IMPÉRIO

STEVEN SAYLOR

IMPÉRIO

Tradução de
RICARDO GOMES QUINTANA

1ª edição

EDITORA RECORD
RIO DE JANEIRO • SÃO PAULO
2015

CIP-BRASIL. CATALOGAÇÃO NA FONTE
SINDICATO NACIONAL DOS EDITORES DE LIVROS, RJ

Saylor, Steven, 1956-
S284i Império / Steven Saylor; tradução de Ricardo Gomes Quintana. - 1ª ed. - Rio de Janeiro: Record, 2015.

Tradução de: Empire
ISBN 978-85-01-09150-5

1. Ficção americana. I. Quintana, Ricardo Gomes. II. Título.

14-17041 CDD: 813
CDU: 821.111(73)-3

TÍTULO ORIGINAL:
EMPIRE

Texto revisado segundo o novo Acordo Ortográfico da Língua Portuguesa.

Impresso no Brasil

ISBN 978-85-01-09150-5

Seja um leitor preferencial Record.
Cadastre-se e receba informações sobre nossos lançamentos e nossas promoções.

Atendimento e venda direta ao leitor:
mdireto@record.com.br ou (21) 2585-2002.

EDITORA AFILIADA

À LEMBRANÇA
DE MICHAEL GRANT

A história é capaz de preservar a lembrança de tudo, exceto dos mitos.

GUSTAVE LE BON, *PSICOLOGIA DAS MULTIDÕES*

SUMÁRIO

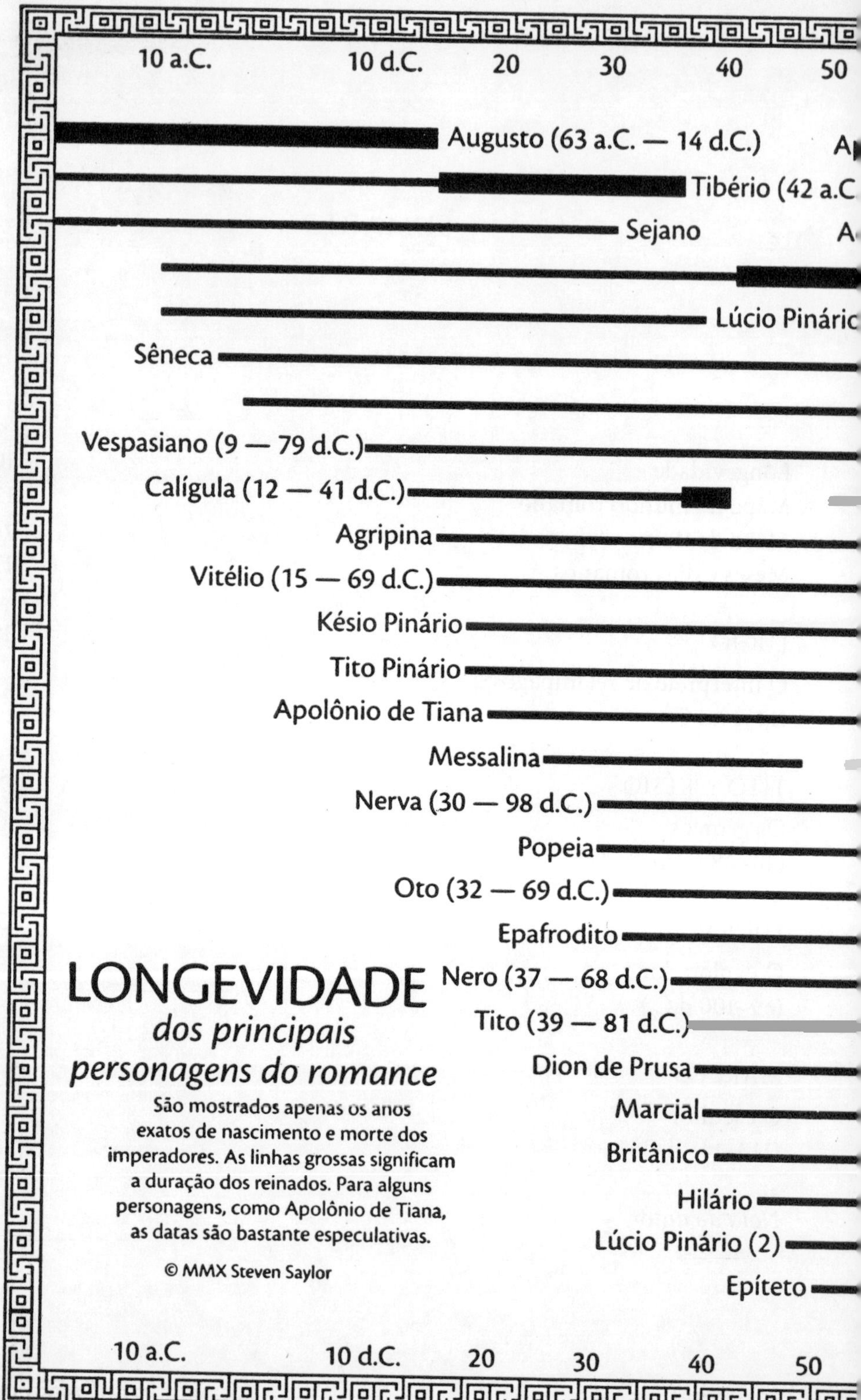

10 a.C.
10 d.C.
20
30
40
50
Augusto (63 a.C. — 14 d.C.)
Tibério (42 a.C
Sejano
Lúcio Pináric
Sêneca
Vespasiano (9 — 79 d.C.)
Calígula (12 — 41 d.C.)
Agripina
Vitélio (15 — 69 d.C.)
Késio Pinário
Tito Pinário
Apolônio de Tiana
Messalina
Nerva (30 — 98 d.C.)
Popeia
Oto (32 — 69 d.C.)
Epafrodito
Nero (37 — 68 d.C.)
Tito (39 — 81 d.C.)
Dion de Prusa
Marcial
Britânico
Hilário
Lúcio Pinário (2)
Epíteto
LONGEVIDADE
dos principais
personagens do romance
São mostrados apenas os anos exatos de nascimento e morte dos imperadores. As linhas grossas significam a duração dos reinados. Para alguns personagens, como Apolônio de Tiana, as datas são bastante especulativas.
© MMX Steven Saylor
10 a.C.
10 d.C.
20
30
40
50

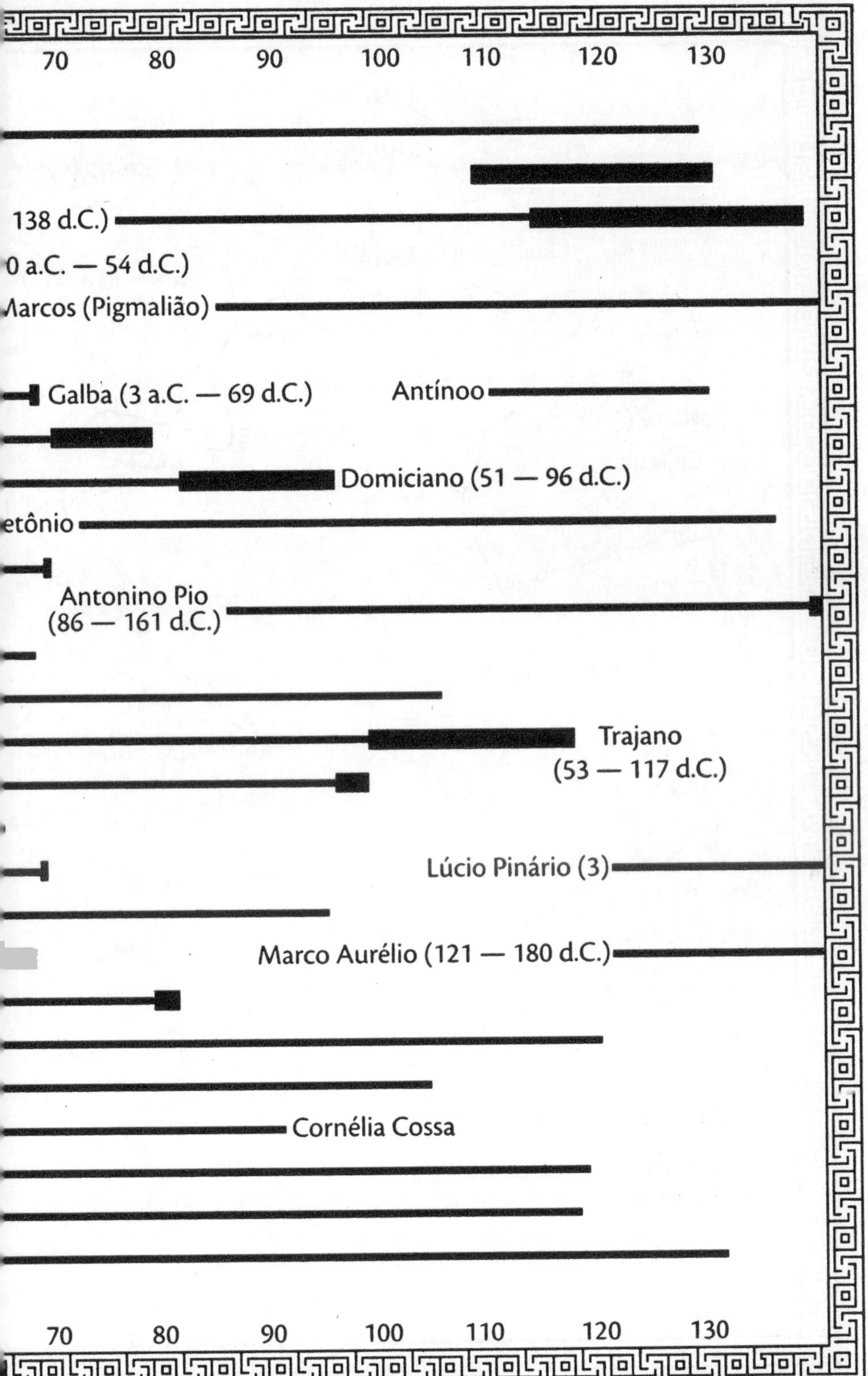
70
80
90
100
110
120
130
138 d.C.)
0 a.C. — 54 d.C.)
/larcos (Pigmalião)
Galba (3 a.C. — 69 d.C.)
Antínoo
Domiciano (51 — 96 d.C.)
etônio
Antonino Pio
(86 — 161 d.C.)
Trajano
(53 — 117 d.C.)
Lúcio Pinário (3)
Marco Aurélio (121 — 180 d.C.)
Cornélia Cossa
70
80
90
100
110
120
130

Os nomes das províncias romanas se referem a locais geográficos aproximados. Fronteiras políticas não são mostradas, nem todas as províncias e subdivisões provinciais são nomeadas.

O MUNDO ROMANO
no reino de Adriano,
por volta de 130 d.C.
SARMÁCIA
CÍTIA
Lago Meócio
Mar Hircaniano
DÁCIA
Sarmizegetusa
Mar Euxino
Artaxata
ARMÊNIA
ÍNDIA
SÉRICA
MÉSIA
PONTO
TRÁCIA
BITÍNIA
CAPADÓCIA
PÁRTIA
Prusa
CEDÔNIA
GALÁCIA
ASSÍRIA
Troia (sítio)
Pérgamo
Nisibis
Rio Tigre
Nicópolis
ÁSIA
Tiana
Edessa
Batnae
MESOPOTÂMIA
Atenas
Éfeso
Antioquia
CILÍCIA
GRÉCIA
LÍCIA
RODES
Rio Eufrates
Ctesifonte
Palmira
CHIPRE
Damasco
Babilônia
CRETA
SÍRIA
Jerusalém
(Aelia Capitolina)
Cirene
CIRENAICA
ARÁBIA ROMANA
Alexandria
ARÁBIA
Heliópolis
EGITO
Antinópolis
Rio Nilo
Mar Vermelho
Tebas
ETIÓPIA

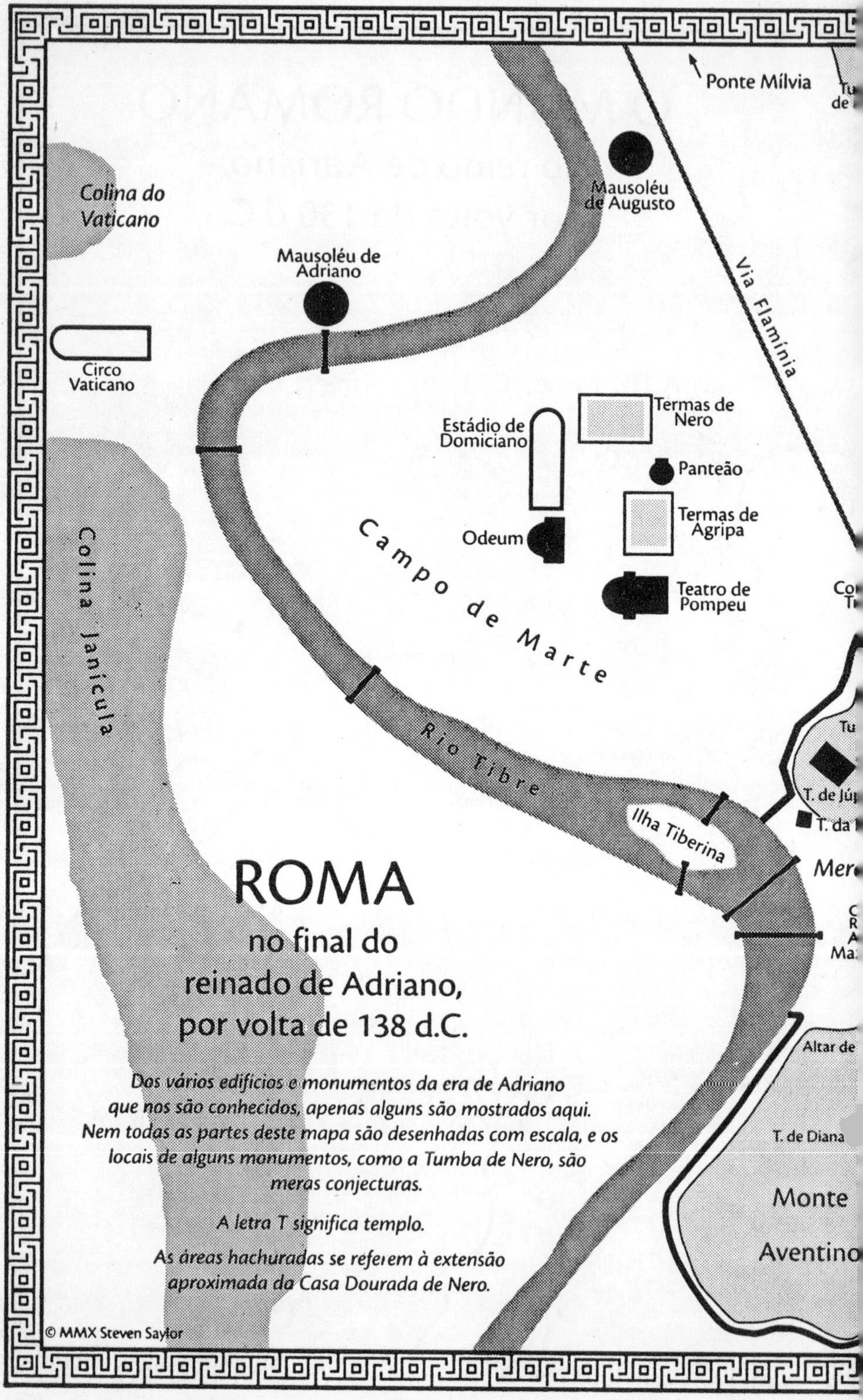

Ponte Mílvia
Colina do Vaticano
Mausoléu de Augusto
Mausoléu de Adriano
Via Flamínia
Circo Vaticano
Termas de Nero
Estádio de Domiciano
Panteão
Termas de Agripa
Odeum
Campo de Marte
Teatro de Pompeu
Colina Janícula
Rio Tibre
Ilha Tiberina
ROMA
no final do
reinado de Adriano,
por volta de 138 d.C.
Dos vários edifícios e monumentos da era de Adriano que nos são conhecidos, apenas alguns são mostrados aqui. Nem todas as partes deste mapa são desenhadas com escala, e os locais de alguns monumentos, como a Tumba de Nero, são meras conjecturas.
A letra T significa templo.
As áreas hachuradas se referem à extensão aproximada da Casa Dourada de Nero.
Altar de
T. de Diana
Monte Aventino
© MMX Steven Saylor

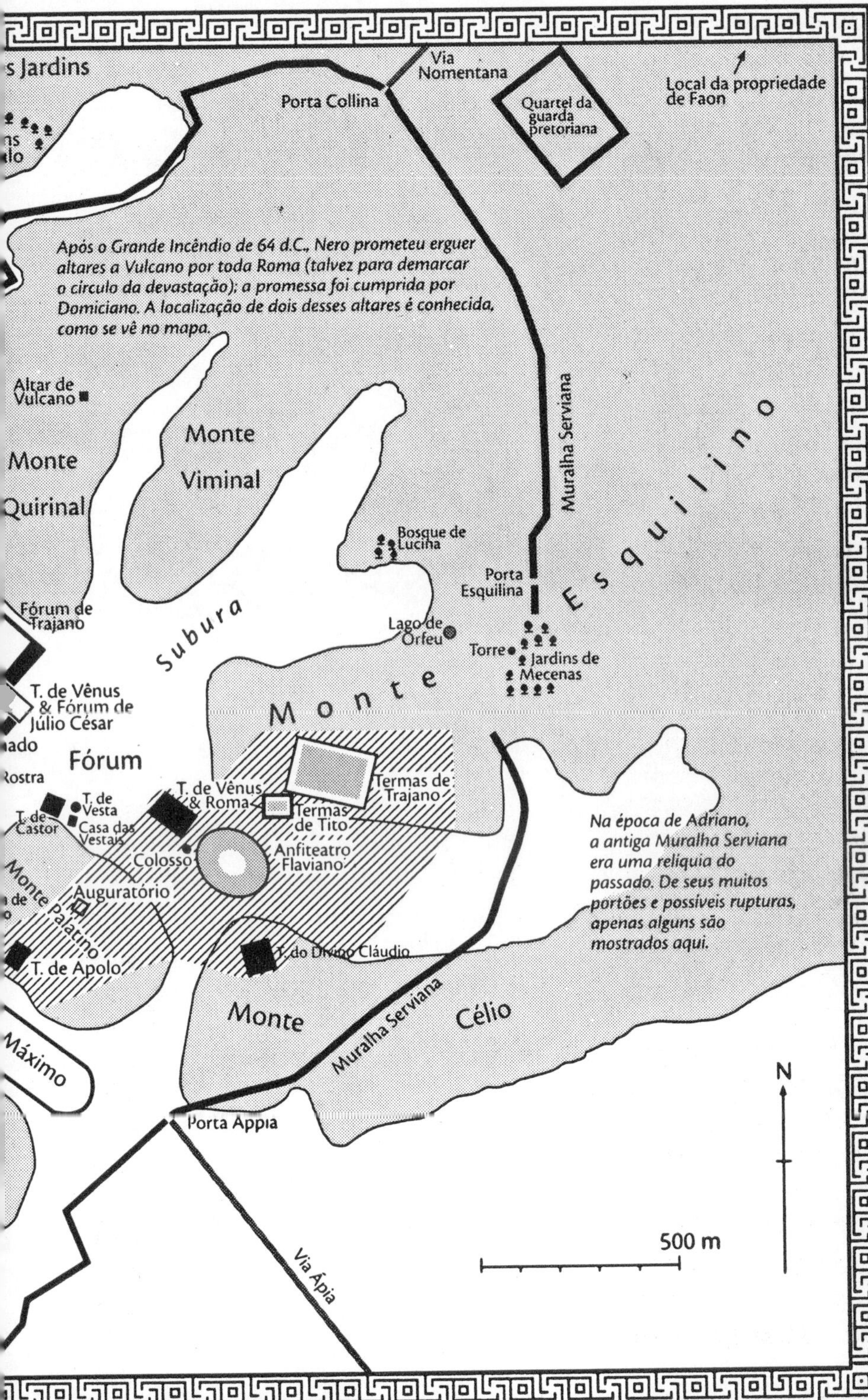

s Jardins
Via Nomentana
Porta Collina
Quartel da guarda pretoriana
Local da propriedade de Faon
Após o Grande Incêndio de 64 d.C., Nero prometeu erguer altares a Vulcano por toda Roma (talvez para demarcar o circulo da devastação); a promessa foi cumprida por Domiciano. A localização de dois desses altares é conhecida, como se vê no mapa.
Altar de Vulcano
Monte Quirinal
Monte Viminal
Muralha Serviana
Monte Esquilino
Bosque de Lucina
Porta Esquilina
Fórum de Trajano
Subura
Lago de Orfeu
Torre
Jardins de Mecenas
T. de Vênus & Fórum de Júlio César
Fórum
Rostra
T. de Vênus & Roma
Termas de Trajano
T. de Vesta
T. de Castor
Casa das Vestais
Termas de Tito
Colosso
Anfiteatro Flaviano
Na época de Adriano, a antiga Muralha Serviana era uma relíquia do passado. De seus muitos portões e possíveis rupturas, apenas alguns são mostrados aqui.
Augurató rio
Monte Palatino
T. do Divino Cláudio
T. de Apolo
Monte Célio
Muralha Serviana
Máximo
Porta Appia
N
500 m
Via Ápia

MESES E DIAS ROMANOS

Os nomes dos meses romanos eram Januarius, Februarius, Martius, Aprilis, Maius, Junius, Julius (em homenagem a Júlio César), Augustus (em homenagem a César Augusto), September, October, November e December.

O primeiro dia de cada mês era chamado de calenda. Os idos caíam no décimo quinto dia de Martius, Maius, Julius e October e no décimo terceiro dia dos outros meses. As nonas caíam nove dias antes dos idos. Os romanos calculavam as datas contando para trás, de forma inclusiva, a partir das calendas, dos idos e das nonas. Assim, por exemplo, a data que chamaríamos de nove de junho era designada como o quinto dia anterior aos idos de Junius.

PARTE I

LÚCIO

O intérprete de relâmpagos

14 D.C.

Lúcio acordou sobressaltado.

Havia tido um sonho. Nele, a terra não existia, apenas um céu escuro e vazio, vasto de maneira inimaginável, e, para além dele, o firmamento cristalino, no qual as estrelas brilhavam intensamente. Nenhuma nuvem as obscurecia e, no entanto, havia relâmpagos no sonho, mas sem trovões, lampejos aleatórios de luz ofuscante, iluminando grandes revoadas de pássaros que encheram de súbito aquele céu escuro. Viam-se abutres e águias, corvos e gralhas, todas as espécies imagináveis de aves, voando alto e batendo as asas, contudo, tão silenciosamente quanto os relâmpagos. O sonho lhe insuflou um sentimento de urgência e confusão.

Desperto, Lúcio ouviu um leve rumor de trovoada a distância.

Também ouviu outros sons que vinham de algum lugar da casa. Os escravos estavam acordados e iniciando as tarefas, atiçando o fogo na cozinha e abrindo as janelas.

Lúcio pulou da cama. O quarto, com uma pequena sacada que dava para oeste, encontrava-se no andar superior da casa. Embaixo, ficava a encosta do monte Aventino. As residências mais próximas, ao longo do cimo da colina, eram grandes e bem-feitas, como a de sua família. Mais abaixo do monte, moradias simples, habitações coletivas e oficinas de artesãos se apinhavam próximas umas das outras e, mais distante ainda, havia um terreno plano, com grandes silos e armazéns, perto do Tibre. A cidade terminava no rio, que, na outra margem, ostentava bosques e prados, divididos pelas propriedades particulares dos ricos, estendendo-se até o horizonte longínquo de morros e montanhas.

Como sua mãe odiava aquela vista! Nascida em um ramo abastado da família Cornélio, crescera em uma casa no lado mais elegante do monte Aventino, com vista para o Circo Máximo abaixo, o monte Capitólio encimado por templos de um lado e, bem em frente, o opulento monte Palatino, onde morava o imperador.

— Ora, de nosso telhado, quando eu era jovem — diria ela —, podia ver a fumaça dos sacrifícios no Capitólio, assistir às corridas de bigas embaixo e até vislumbrar o próprio imperador, passeando em algum de seus terraços, do outro lado da via.

(— Tudo isso ao mesmo tempo, Camila? — perguntaria o pai de Lúcio, zombando gentilmente dela.)

Entretanto, essa era a vista com a qual Lúcio havia crescido. Fazia 24 anos que aquela era a Roma que se via de seu quarto, uma mistura de ricos e pobres — especialmente pobres —, na qual escravos trabalhavam sem cessar em imensos armazéns, a fim de acomodar mercadorias e cereais que chegavam todos os dias, transportados pelo rio, vindos do vasto mundo distante, o qual pertencia a Roma.

O mês de Maius havia sido nublado e chuvoso até então e aquele dia não prometia ser diferente. À luz baça do amanhecer sob um céu fechado, Lúcio viu os gigantescos ciprestes ao longo do Tibre balançando para lá e para cá. O vento tempestuoso era morno e trazia cheiro de chuva. A distância, nuvens negras de temporal se revolviam no horizonte, deixando escapar relâmpagos.

— Tempo ideal para um augúrio! — murmurou Lúcio.

A mobília do quarto era escassa: uma cama estreita; uma única cadeira, sem recosto; uma estante simples repleta de pergaminhos, remanescentes de sua educação infantil; um espelho com suporte de cobre escovado; e algumas arcas para guardar roupas. Ele abriu a mais decorada delas e retirou com cuidado a vestimenta especial que continha.

Em geral, esperava um escravo vir ajudá-lo a se vestir — dispor as dobras de forma correta era uma tarefa complicada —, mas naquele dia Lúcio não foi capaz de esperar. A veste não era simplesmente uma toga, como a que envergara quando se tornou homem, aos 17 anos. Era uma *trabea*, um artigo de vestuário especial usado apenas pelos áugures, membros de uma antiga classe sacerdotal, treinada para interpretar o desejo dos deuses. Não era branca, mas cor de açafrão, com listras púrpura largas. Com exceção do momento da prova, quando o alfaiate a havia feito para ele, essa era a primeira vez que Lúcio tocava a *trabea*. A lã virgem era macia e grossa, com um aroma fresco de corante à base de múrice.

Ele vestiu o traje e tentou arranjar as pregas da melhor maneira possível. Olhou-se no espelho de metal e, então, abriu novamente a arca, retirando dela uma fina varinha de marfim, que terminava em uma pequena espiral. O *lituus* era uma relíquia de família e um amigo íntimo; Lúcio passara inúmeras horas praticando com ele, em preparação para aquele dia. Entretanto, observava agora o objeto com um olhar diferente, examinando os intricados entalhes que enfeitavam toda a superfície, com imagens de corvos, gralhas, corujas, águias, abutres e galinhas, assim como raposas, lobos, cavalos e cães — as diversas criaturas a partir de cujas ações um áugure experiente interpretava a vontade dos deuses.

Lúcio saiu do quarto e desceu a escada, atravessou o jardim, cercado por um peristilo, localizado no centro da casa, e entrou na sala de jantar, onde a mãe e o pai estavam reclinados sobre um divã, enquanto um escravo lhes servia o desjejum.

A mãe usava uma estola simples; o longo cabelo ainda não estava penteado e preso para o dia. Ela pulou do divã.

— Lúcio! O que você está fazendo já usando sua *trabea*? Não pode comer vestido assim! E se cair algo nela? Ainda falta um tempo para a cerimônia. Vamos primeiro às termas. O barbeiro tem de fazer sua barba e a de seu pai...

Lúcio riu.

— Mãe, é apenas um capricho. É claro que não comerei usando-a. Mas o que acha?

Camila suspirou:

— Está esplêndido, Lúcio. Absolutamente esplêndido! Tão belo quanto seu pai de *trabea*. Você não acha, querido?

O pai de Lúcio, que sempre se esforçava para manter a severidade apropriada a alguém de sua posição — um patrício, senador e primo do imperador —, apenas assentiu.

— Belo nosso filho certamente é. Mas parecer bonito não é o objetivo quando um homem veste a *trabea*. Um sacerdote deve usar sua vestimenta da mesma forma que carrega o *lituus*, com dignidade e autoridade, como convém a um intermediário dos deuses.

Lúcio ajeitou a postura dos ombros, ergueu o queixo e empunhou o *lituus*.

— O que acha, pai? Pareço suficientemente digno?

O Lúcio Pinário mais velho olhou para o filho e ergueu uma sobrancelha. Para ele, muitas vezes, o jovem Lúcio ainda parecia um menino, principalmente naquele momento, trajando as vestes sacerdotais, mas com as pregas da *trabea* arranjadas ao acaso, como uma criança com roupas de adulto. Vinte e quatro anos era pouco para a iniciação no colégio de áugures. O pai já estava com 40 quando aquela honra lhe coubera. Com o cabelo negro ainda despenteado, o amplo sorriso e os belos e suaves traços, o jovem Lúcio dificilmente se encaixava na imagem padrão do sacerdote com rugas e cabelo branco. No entanto, pertencia a uma longa linhagem de áugures e demonstrara grande habilidade nos estudos.

— Você está muito bem, meu filho. Agora, vá se trocar e pôr uma bela túnica. Vamos comer algo, depois ir às termas, tomar banho e fazer a barba. Então voltar para casa e nos aprontar para a cerimônia. Espero que a tempestade demore a cair para não ficarmos encharcados.

Com a ajuda de um escravo, a *trabea* adquirira um novo aspecto, Lúcio tinha de admitir, enquanto se examinava mais tarde no espelho de cobre. Sua imagem, recém-arrumado e vestindo o traje da maneira correta, encheu-o de confiança. É claro que ainda não era um áugure de fato. Antes da cerimônia de iniciação, haveria um exame final que testaria as habilidades de Lúcio. Ele franziu o cenho. Estava um pouco nervoso por causa daquela prova.

Desta vez, quando desceu do quarto, a mãe quase desmaiou ao vê-lo. O pai, vestindo a própria *trabea* e carregando seu *lituus*, lançou-lhe um sorriso de aprovação.

— Já estamos saindo, pai?

— Ainda não. Você tem visita.

Do outro lado do jardim, um rapaz e uma moça estavam sentados em um banco sob o peristilo.

— Acília!

Lúcio começou a correr até ela, mas depois reduziu o passo. A *trabea* não era feita para correr e seria terrível se a lã macia ficasse presa a um espinho, ao passar pelas roseiras.

O irmão mais velho de Acília se levantou, cumprimentou-o de forma breve e se retirou discretamente. Olhando para trás, Lúcio viu que os pais também haviam desaparecido, a fim de lhe permitir um momento de privacidade com a noiva.

— Acília, você está linda hoje — declarou Lúcio, segurando as mãos da jovem.

Era verdade. O cabelo cor de mel era longo e liso, como convinha a uma moça solteira; os olhos, azuis e brilhantes; as maçãs do rosto, suaves como pétalas de rosa. O corpo pequeno e delicado se encontrava em grande parte oculto pela túnica recatada, de mangas compridas, mas desde o noivado, há um ano, ela começara a adquirir os contornos de uma mulher. Acília era dez anos mais jovem que Lúcio.

— Olhe para você, Lúcio... Tão belo em sua *trabea*!

— Foi o que minha mãe disse.

Enquanto passeavam pelo jardim, ele de repente tomou consciência da paisagem em volta. Lúcio tinha a exata noção de que a casa do pai de Acília era muito mais suntuosa e mobiliada, além de dispor de mais escravos que a dos Pinários e de ser localizada no lado mais elegante do monte Aventino, próxima ao Templo de Diana. Os Acílios eram plebeus, descendendo de uma família bem menos antiga que os patrícios Pinários, contudo possuíam muito mais dinheiro, ao passo que a fortuna da família de Lúcio diminuíra nos últimos anos. O falecido avô fora dono de uma bela mansão no Palatino, porém as dívidas forçaram a família a se mudar para as atuais acomodações. É claro que o vestíbulo da casa continha as máscaras de cera de muitos ancestrais veneráveis, mas isso não era o tipo de coisa que impressionava uma moça. Teria Acília notado como o jardim se encontrava coberto de ervas e malcuidado? Lúcio se lembrou das plantas e das sebes perfeitamente aparadas, dos passadiços de mármore e das caras estátuas de bronze no jardim da residência de Acília. O telhado do peristilo atrás da moça carecia de algumas telhas e a aparência do muro, com buracos e manchas de umidade, era terrível. O escravo que deveria cuidar do jardim via-se sobrecarregado com outros afazeres, e não havia dinheiro para reformar o telhado nem o muro.

Falta de dinheiro: essa era a razão pela qual ainda não estavam casados. O pai de Acília, após a novidade inicial de ver a filha noiva de um patrício, filho de senador e primo do imperador, encontrava uma desculpa após a outra, com o propósito de adiar a data da cerimônia. Obviamente, tendo descoberto mais sobre as finanças dos Pinários, Tito Acílio ficou hesitante em relação às perspectivas futuras de Lúcio. Desde o momento em que a viu pela primeira vez, durante um encontro organizado pelos pais dela, o rapaz gostara de Acília; a partir de então, havia se apaixonado perdidamente por ela, que parecia sentir o mesmo. No entanto, isso de nada valia se não persuadisse o pai da moça a aprovar a união.

Acília nada comentou sobre o estado do jardim e a parede desagradável. Olhou com admiração para o *lituus* que ele carregava.

— Que entalhes mais elaborados! De que é feito?

— Marfim.

— Da presa de um elefante?

— Assim dizem.

— É muito lindo.

— Pertence a nossa família há muito tempo. Dá para ver que o marfim é bastante antigo, por causa da cor. Muitas gerações de Pinários foram áugures, predizendo auspícios em cerimônias oficiais, campos de batalha, consagrações de templos. E em eventos particulares também, como... casamentos.

Acília parecia devidamente impressionada.

— Apenas os homens de antigas famílias patrícias podem se tornar áugures?

— Isso mesmo.

E posso dar a você um filho patrício, pensou ele. Enquanto se deleitava com a admiração dela, Lúcio escutou um ruído, olhou para cima e viu um rato correndo ao longo do telhado do peristilo, atrás da noiva. Com um piparote da cauda comprida, o animal deslocou uma telha solta. Ouvindo-o ofegar, Acília se virou a tempo de vê-la cair e se espatifar sobre uma pedra do pavimento. Ela deu um pulo e soltou um gritinho. Teria visto o rato?

Para distraí-la, Lúcio pôs a mão no ombro da moça, fazendo-a girar para encará-lo e a beijou. Foi breve, mas mesmo assim ela ficou espantada.

— Lúcio, e se meu irmão vir?

— O quê? Isso?

Ele a beijou novamente, com menos rapidez.

Acília deu um passo para trás e corou, embora parecesse satisfeita. Diante dela estava o amuleto no colar que Lúcio usava. Havia escapulido do interior da *trabea* e se encontrava agora aninhado entre as pregas cor de açafrão e púrpura.

— Isso faz parte de seu traje de áugure? — perguntou ela.

— Não. É uma relíquia de família. Meu avô me deu quando eu tinha 10 anos. Só uso em ocasiões especiais.

— Posso tocar?

— Claro!

Ela ergueu a mão para pegar o pequeno pedaço de ouro, ligeiramente cruciforme.

— Lembro o dia em que meu avô me deu isso. Ele me mostrou como se deve usar a toga e depois me levou para um passeio pela cidade, somente nós dois. Mostrou a mim o local exato onde seu tio-avô, Júlio César, foi assassinado. E também o Grande Altar de Hércules, o santuário mais antigo da cidade, erguido pela família Pinário quando Roma nem existia ainda. Mostrou a figueira no Palatino, em que Rômulo, Remo e seu amigo Pinário subiam nos galhos. E me mostrou enfim o Templo de Vênus que César construiu. Foi a primeira vez que vi a fantástica estátua de ouro de Cleópatra, lá dentro. Meu avô a conheceu muito bem e conhecia Marco Antônio também. Um dia... Um dia quero ter um filho, levá-lo para ver tudo isso e contar a ele sobre seus ancestrais.

Acília ainda segurava o amuleto. Enquanto Lúcio falava, havia se aproximado dele, até seu corpo se encostar suavemente no do rapaz. Ela contemplava o objeto. Depois, fitou os olhos de Lúcio.

— Mas que tipo de amuleto é esse? Não entendo sua forma.

Lúcio balançou a cabeça.

— É engraçado. Meu avô fez tanto estardalhaço para dá-lo a mim, mas nem ele tinha certeza do significado ou da origem. Sabia apenas que estava na família há muitas gerações. A forma original deve ter se desgastado ao longo de tantas vidas.

— Não há nada parecido em nossa família — comentou Acília, claramente impressionada.

Ela estava tão perto que Lúcio sentiu vontade de abraçá-la e apertá-la contra ele, sem se importar que o irmão pudesse aparecer a qualquer momento. Entretanto, o céu sobre eles de repente abriu as comportas e começou a bombardear o jardim com gotas de chuva. A água estava morna. Lúcio adoraria permanecer ali, segurando-a, os dois deixando-se encharcar. Entretanto, Acília soltou o amuleto, pegou a mão do noivo e, com uma gargalhada aguda, empurrou-o primeiro para o peristilo e, depois, para dentro da casa.

Encontraram o pai de Lúcio e o irmão de Acília sentados perto um do outro, em cadeiras idênticas de ébano, com lápis-lazúli e haliote incrustados. Não fora por acaso que o pai havia conduzido o convidado às duas melhores peças de mobiliário da residência.

Marcos Acílio era apenas alguns anos mais velho que a irmã e tinha o mesmo cabelo dourado e os olhos azuis brilhantes.

— Mas já se passaram cinco anos desde o desastre na floresta de Teutoburgo — dizia ele —, e ainda não se fez nada para acertar as contas com as tribos germânicas. Elas estão rindo de nós. É um escândalo!

— Então, a chuva os trouxe para dentro — disse o pai de Lúcio, olhando para o casal e sorrindo com simpatia para Acília. Ele queria tanto quanto o filho que o casamento acontecesse. — Marcos e eu estávamos conversando sobre a situação no norte — acrescentou, depois voltou novamente a atenção para o irmão de Acília:

"Você é jovem, Marcos. Cinco anos para você parece um tempo muito longo. Mas em um cenário mais amplo, isso não passa de um piscar de olhos. Essa cidade não foi construída em um dia nem o império foi conquistado em uma geração. Na verdade, por um bom tempo, Roma parecia irrefreável. Nossas legiões aumentavam as fronteiras do império e todos os obstáculos ruíam diante de nós. No norte, o tio-avô de meu pai, Júlio César, conquistou a Gália e garantiu condições para que nosso primo Augusto cruzasse o Reno e subjugasse os germânicos. As tribos selvagens foram pacificadas. Seus líderes, conquistados com o privilégio da cidadania romana. Cidades foram construídas, templos foram consagrados aos deuses, impostos foram arrecadados e a Germânia se tornou uma província como outra qualquer.

"Depois, veio Armínio, ou Hermann, como os germânicos o chamam, que aprendeu a lutar com os romanos, recebeu todos os benefícios de nossa hospitalidade e nos retribuiu com a mais desprezível das traições. Sob o pretexto de sufocar um pequeno levante, atraiu três legiões romanas para a floresta de Teutoburgo e então armou uma emboscada. Nenhum romano escapou. Os homens de Armínio não se contentaram com um simples massacre. Eles profanaram os corpos, cortando-os em pedaços, pendurando membros nas árvores e enfiando cabeças em estacas. Um episódio completamente lamentável, com certeza... Mas não significou o fim dos interesses romanos na Germânia. O massacre da floresta de Teutoburgo aconteceu por causa da ambição de um homem, Armínio, que deseja transformar a província que construímos em seu reino pessoal. Ele não passa de um ladrão. Soube que ele ousa se proclamar o "Augusto do Norte", se é que se pode acreditar em uma afronta dessas!

"Mas não tema, jovem Marcos. Até agora nossos esforços para punir Armínio e controlar a situação têm sido malogrados, mas não por muito tempo mais. Como senador, posso garantir a você que a vigilância do imperador em relação a esse assunto é inabalável. Não se passa um dia sem que ele tome uma atitude para corrigir isso. E o que Augusto planeja fazer, ele faz."

— Mas o imperador tem 75 anos — comentou Marcos.

— É verdade, mas existem membros de sua família mais jovens e vigorosos, com experiência militar. O enteado, Tibério, é um comandante muito habilidoso; foi seu falecido irmão, Druso Germânico, quem primeiro conquistou a província. E tem o filho de Germânico, ansioso por honrar o nome que o pai lhe legou com vitórias suas. Não tema, Marcos. Vai custar tempo, esforço e muito derramamento de sangue, mas a província da Germânia será pacificada. Ah, mas veja só! Ficar falando de guerra e política na presença de alguém com uma sensibilidade tão profunda — concluiu e sorriu para Acília outra vez.

— É verdade que os germânicos cortam a cabeça dos soldados e as enfiam em estacas? — sussurrou ela, empalidecendo.

— O senhor a perturbou, pai — declarou Lúcio, aproveitando-se da aflição de Acília para passar o braço em torno dela. O irmão não objetou.

— Então, chega de conversa sobre assuntos tão desagradáveis — decretou o Pinário mais velho.

— Chega mesmo, se quiserem chegar a tempo para a cerimônia — interveio a mãe de Lúcio, entrando no aposento. — A chuva deu uma trégua. Vocês dois têm de partir e rápido. Mas não precisa ir embora ainda, Acília.

Tenho umas coisas para fiar; não existe nada mais relaxante que fiar lã. Pode me ajudar se quiser, e podemos conversar.

Camila acompanhou Lúcio e o pai até o vestíbulo.

— Não fique nervoso, filho. Sei que você vai se sair de modo esplêndido. Ou é a presença de Acília que faz você tremer? — brincou. Então ordenou: — Vão!

— Você acha que exagerei lembrando o jovem Marcos sobre nosso parentesco com o Divino Júlio e o imperador? — perguntou o pai de Lúcio.

Eles haviam descido o declive do Aventino e caminhavam pela área congestionada da margem do rio, dirigindo-se à Escada de Caco, que os levaria ao topo do Palatino.

— Acho que os Acílios conhecem muito bem nossos laços familiares — respondeu Lúcio, com tristeza. — Mas não tenho certeza de que levantar esse assunto ajude em alguma coisa. Mesmo meu avô tendo sido herdeiro do Divino Júlio e que sejamos primos do grande Augusto, de que isso adianta?

O pai suspirou e disse:

— É mesmo, de quê? Exceto o fato de ainda estarmos.

— O que o senhor quer dizer com isso?

Eles começaram a subir a Escada de Caco, que até os dias de Júlio César, ainda tão recentes, não passava, desde o tempo de Rômulo, de um caminho íngreme e tortuoso. Augusto o transformara em uma escadaria de pedra, decorada com flores e terraços. O pai de Lúcio olhou para a frente e para trás, certificando-se de que ninguém se encontrava suficientemente próximo para ouvi-los.

— Você nunca notou, filho, quantos membros da família do imperador já foram mandados para o exílio e como os que lhe são mais queridos morrem?

Lúcio franziu o cenho.

— Sei que ele baniu a filha Júlia.

— A conduta dela o decepcionou.

— E o neto Agripa.

— Que também não foi considerado correto o suficiente.

— E sei que os outros netos, Lúcio e Gaio, seus herdeiros preferidos, tiveram morte prematura.

— Sim, tiveram. Estar próximo demais do imperador não é necessariamente bom, seja relacionado à felicidade ou à saúde.

— O senhor está dizendo que...

— Estou dizendo que o imperador é como uma chama. Aqueles a sua volta estão ansiosos para se aquecer. Mas ninguém inveja aquele que se aproxima tanto a ponto de se queimar.

Lúcio meneou a cabeça.

— As coisas poderiam ter sido diferentes se meu avô tivesse recebido mais favores dos deuses?

O Pinário mais velho suspirou.

— Como o primo Augusto, seu avô foi mencionado no testamento de Júlio César, mas de muito pouco lhe adiantou, pois ele preferiu ficar do lado de Marco Antônio e Cleópatra na guerra civil. Após os dois perderem tudo na batalha de Ácio, seu avô caiu em si e passou para o lado de Augusto, que com benevolência o perdoou... e nunca mais lhe mostrou um grão de generosidade. Talvez o vencedor tenha achado que poupar a vida errante do primo e permitir que ficasse com o que restou de sua fortuna, a maior parte da qual seu avô acabou perdendo, apesar de todos os negócios no Egito. Desde então, seu primo Augusto nos ignora. Somos tolerados, porém recebemos pouco em termos de favor e desfavor, o que não é necessariamente ruim. Sim, obter as boas graças dele seria ótimo, mas ser alvo de seu desagrado ou do daqueles que tramam e maquinam a sua volta pode ser fatal.

— O senhor diz que ele nos concede poucos favores. No entanto, o imperador me pôs no rol dos pretendentes a áugure.

— Sim, é verdade. E você não faz ideia de quantos favores tive de pedir para isso acontecer. Seja grato por essa oportunidade, meu filho.

— Eu sou, pai — disse Lúcio, de forma humilde e sincera.

No alto da Escada de Caco, eles vislumbraram o rio; mesmo em um dia nublado e tempestuoso, o cais se encontrava movimentado e havia vários navios nas águas agitadas. Sobre o rio, assomava o monte Capitolino, com seus templos brancos reluzindo após a chuva recente. Um raio de sol solitário rompeu as nuvens acima e brilhou sobre a estátua dourada de Hércules.

Na curta vida de Lúcio, ele vira a cidade de Roma adquirir um aspecto cada vez maior de prosperidade e opulência. Inúmeras lojas estavam repletas de mercadorias vindas do mundo inteiro. Templos e monumentos antigos haviam sido restaurados, e outros ainda maiores, erguidos. Edifícios oficiais, feitos de tijolos, foram recobertos com placas de travertino e mármore. O imperador dissera certa vez:

— Encontrei Roma construída com tijolos secos ao sol. Vou deixá-la coberta de mármore.

Augusto tinha cumprido a promessa.

Lúcio morara a vida inteira em Roma e nunca havia ido mais longe que Pompeia. Entretanto, tinha a sensação de que nenhum lugar seria tão animado e belo quanto aquela cidade. Sentia-se orgulhoso de estar para se tornar uma parte verdadeira de Roma, receber um papel para desempenhar, agir como mediador entre os deuses e a cidade que estes favoreceram mais que qualquer outra no mundo.

Em meio às esplêndidas residências do monte Palatino, havia uma praça aberta, coberta por grama e cercada por um pequeno muro de pedra, conhecida como Auguratório. Nesse mesmo lugar, quase oitocentos anos antes, Rômulo estabeleceu o local da cidade a partir de um augúrio. Ele viu doze abutres; no monte Aventino, o irmão gêmeo, Remo, observou apenas seis. Assim, os deuses tornaram conhecida a preferência de que a nova cidade fosse fundada no Palatino e não no Aventino. Com o tempo, ela cresceu, incluindo o outro monte e todas as Sete Colinas ao longo do Tibre, mas havia sido ali que começara. Segundo uma lenda da família, um Pinário estivera presente junto de Rômulo naquela ocasião sagrada. Portanto, a introdução de um novo membro seu no colégio de áugures era sempre um acontecimento com bastante repercussão.

Quando Lúcio e o pai saíram de uma rua estreita e se aproximaram do Auguratório, um mar de açafrão e púrpura os envolveu; a multidão toda vestia *trabea* e carregava *lituus*. Um jovem alto surgiu de forma abrupta diante deles, de braços abertos para dar um abraço em Lúcio.

— L-L-Lúcio! — exclamou. — Pensei que você não fosse chegar nunca. A ideia de fazer o exame sozinho estava me fazendo s-suar frio.

— Você está brincando, primo Cláudio! Suas habilidades de áugure são muito maiores que as minhas e você sabe disso.

— Buscar sinais junto aos deuses é uma coisa. F-Fazer isso em frente a uma plateia é outra!

— Vocês dois vão se sair muito bem, tenho certeza — disse o pai de Lúcio, olhando para ambos com orgulho.

Lúcio e Cláudio seriam os únicos iniciados no colégio naquele dia. Cláudio era neto de Lívia, a esposa do imperador, e, assim, neto adotivo de Augusto — mas não oficial, nem por consanguinidade nem pela lei, pois Augusto nunca havia adotado o falecido pai de Cláudio, Druso Germânico. Ainda assim, era parente de sangue do imperador, por ser neto de Marco Antônio e Otávia, irmã de Augusto, e, portanto, seu sobrinho-neto, além de ser também primo distante de Lúcio.

Cláudio e Lúcio nasceram no mesmo ano. Nos últimos meses, os primos haviam estudado a ciência do augúrio juntos. Tornaram-se amigos íntimos, embora o pai de Lúcio considerasse as diferenças maiores que as semelhanças. O filho era extremamente belo, forte e elegante — um fato claro e não a predisposição de um pai coruja —, ao passo que Cláudio, apesar de alto e de não ser feio, intimidava-se com facilidade, gaguejava com frequência e sofria de tiques nervosos faciais e tremores na cabeça. A gagueira e os tremores eram mais pronunciados em determinados momentos. Alguns julgavam que possuía alguma incapacidade mental. Na verdade, embora jovem, Cláudio era um estudioso do passado, mais versado nas minúcias da história de Roma que qualquer um que o Pinário mais velho tivesse conhecido. Ele aprovava inteiramente a amizade entre o filho e Cláudio; o perigo sobre o qual já advertira o filho — o de se aproximar demais do imperador e de seu círculo íntimo — não parecia se aplicar a Cláudio, que Augusto, por vergonha dos defeitos do jovem, mantinha a distância.

Um gongo soou. Os áugures pararam de circular e se agruparam ao longo dos quatro lados do Auguratório, de acordo com a idade e a posição. No centro da praça, o mestre do colégio pediu a Lúcio e Cláudio que viessem para seu lado e então perguntou:

— Quem indica esses novos membros?

O pai de Lúcio deu um passo à frente e pôs a mão no ombro do filho.

— Eu, Lúcio Pinário, áugure, indico meu filho, Lúcio Pinário.

Outra figura emergiu da multidão, um senhor com a aparência totalmente descuidada. O cabelo branco necessitava de um corte e a *trabea* rota já havia visto dias melhores. No entanto, quando botou a mão sobre o ombro de Cláudio e falou, a voz transmitia um inegável tom de autoridade.

— Eu, Gaio Júlio César Otaviano Augusto, áugure, indico meu sobrinho, Tibério Cláudio Nero Germânico.

O mestre assentiu.

— Assim sendo, darei início ao exame.

O ribombar de um trovão distante o fez olhar para o céu.

— A adivinhação é o meio pelo qual os homens podem determinar a vontade dos deuses, que revelam seus desejos por sinais, chamados de auspícios. Os que possuem o saber revelam se esses auspícios são favoráveis ou desfavoráveis. Por augúrio, a localização de Roma foi escolhida. Como o começo de um dos poemas de Ênio, "Após augúrios, a augusta Roma foi fundada".

"À medida que o império de Roma foi crescendo, encontramos outros povos com outros meios de adivinhação. Os etruscos examinavam as entranhas dos animais sacrificados; os babilônios observavam as estrelas; os gregos escutavam profetas cegos; os judeus recebiam instruções de arbustos em chamas. Entretanto, esses não são os meios dos romanos; são formas inferiores de predição, como fica evidente pela ventura inferior de seus praticantes. O meio romano de adivinhação, legado a nós por nossos ancestrais mais antigos, é o augúrio, que foi, é e sempre será o melhor e mais verdadeiro modo de inferir a vontade dos deuses."

— Ouçam, ouçam! — gritou Augusto, incitando outros na multidão a fazer o mesmo.

— Existem cinco categorias de augúrios — continuou o mestre —, cinco meios pelos quais os auspícios podem ser obtidos. Os mais poderosos são transmitidos pelo trovão e pelos relâmpagos, que vêm diretamente de Júpiter. Os auspícios também podem ser obtidos pela observação de certos pássaros: o corvo, a gralha, a coruja, a águia e o abutre. Dessa segunda forma de augúrio, aviária, resulta a terceira, que nossos ancestrais criaram originalmente para uso nas campanhas militares, quando um auspício pode ser necessário a qualquer momento, a fim de se tomar uma decisão crítica; esse terceiro tipo de adivinhação é realizado soltando-se uma galinha de sua gaiola, espalhando-se grãos diante dela e observando-se o modo como a criatura cisca, ou não, o alimento. Os auspícios também podem ser obtidos a partir de animais quadrúpedes, o que é a quarta forma. Se uma raposa, um lobo, um cavalo, um cão ou qualquer outro animal de quatro patas atravessar o caminho de alguém ou aparecer em um ambiente incomum, só um áugure pode interpretar o significado; mas é importante lembrar que essa quarta forma de augúrio nunca é empregada em nome do Estado, apenas como adivinhação particular. O quinto tipo de adivinhação diz respeito a todos os sinais que não se encaixam nas outras quatro categorias e inclui toda espécie de acontecimentos raros como o nascimento de um animal com duas cabeças, algum objeto estranho caído do céu, chamas que aparecem e desaparecem sem deixar vestígio. Essa quinta forma de augúrio pode também se originar a partir de incidentes comuns: um espirro, um tropeço, a pronúncia incorreta de um nome ou palavra.

Cláudio de repente meneou a cabeça. Com o canto do olho, Lúcio mal percebeu o movimento, que deve ter parecido óbvio para a multidão diante deles. Seria aquele espasmo um incidente do tipo que o mestre havia acabado de mencionar, um sinal dos deuses? Lúcio não achava; todos sabiam que Cláudio era dado àqueles tremores desde a infância. Às vezes, um espasmo era apenas um espasmo. No entanto, ouviram-se murmúrios de inquietação em meio à assembleia.

O mestre fingiu não perceber.

— Lúcio Pinário, que forma de augúrio demonstrará a nós hoje, a fim de determinar se os deuses favorecem sua admissão neste colégio?

Uma vez que o dia estava tempestuoso, a resposta foi óbvia.

— A primeira forma — declarou Lúcio.

Os outros deram um passo atrás, deixando-o sozinho no centro do Auguratório. Ele girou vagarosamente, realizando um círculo e examinando o céu. As nuvens de tempestade estavam mais concentradas a sudoeste. Lúcio ergueu o *lituus* e apontou naquela direção. Os áugures se agruparam atrás dele. Com o objeto, desenhou um quadrado invisível no ar. Da esquerda para a direita, incluía tudo, desde o alto do Templo de Diana, no Aventino, até o topo do Templo de Júpiter, no Capitólio; de cima a baixo, abarcava tudo, do horizonte ao zênite. Tendo delineado aquele segmento de céu, Lúcio baixou o *lituus* e se pôs a observar e esperar.

Teve paciência no início, mantendo os olhos abertos e tentando não piscar; depois começou a ficar um pouco nervoso. Os deuses, inclusive Júpiter, nem sempre enviavam sinais. E se não surgisse nenhum relâmpago? A ausência de sinal, em uma circunstância daquelas, seria interpretada como um auspício desfavorável. Atrás de si, Lúcio acreditou ter ouvido murmúrios e pés arrastando-se, como se os outros se inquietassem tanto quanto ele. Quanto tempo era suficiente para se aguardar um sinal? Apenas o mais velho dos áugures presentes, naquele caso o imperador, tinha capacidade para decidir isso. Eles poderiam ficar ali de pé durante horas, até o cair da noite, aguardando a aparição de um raio — ou Augusto poderia resolver terminar o exame no momento seguinte.

O coração de Lúcio martelava. A espera era enlouquecedora! Se não aparecesse um sinal, o que seria dele? O que o pai diria? Percebeu que apertava o *lituus* com força incomum e respirou bem fundo, relaxando a mão. Depois, deslizou os dedos da outra mão para o interior da *trabea* e tocou o amuleto de ouro que usava em torno do pescoço.

Lúcio viu um lampejo. No instante seguinte, ouviu os outros ofegarem atrás dele e, então, após algumas batidas do coração, ouviu um trovão. O clarão distante veio da esquerda, bem acima do Templo de Diana, mas ainda dentro da área delimitada. Relâmpagos à esquerda eram favoráveis e, quanto mais à esquerda, melhor. O auspício era bom! Júpiter estava claramente satisfeito. E, depois, como se para dirimir qualquer dúvida quanto à aprovação, lampejos ofuscantes de raios, recortados, surgiram no mesmo local, um após o outro, seguidos pelo ribombar de trovões. Para Lúcio, aquilo soava como se o deus estivesse gargalhando de prazer.

— O auspício é favorável! — gritou o mestre. — Algum áugure presente discorda?

Lúcio se virou e procurou o rosto do pai em meio à multidão. O Pinário mais velho sorria, como os que estavam ao redor.

Augusto também parecia sorrir, embora Lúcio tivesse dificuldade em interpretar a expressão do imperador. Os olhos apresentavam um aspecto cansado, sem alegria, e a barreira de dentes amarelos lembrava mais uma careta que um sorriso.

— Acho que concordamos todos que o auspício é favorável, não? — perguntou o imperador.

Cabeças assentiram e murmúrios de concordância foram ouvidos entre a multidão.

O mestre pôs as mãos sobre o ombro de Lúcio.

— Parabéns, Lúcio Pinário. Hoje você se tornou um áugure. Que possa sempre usar suas habilidades e seus poderes de sacerdote com sabedoria, para o bem de Roma e com grande respeito aos deuses.

O mestre se voltou para Cláudio.

— E agora você, Tibério Cláudio Nero Germânico. Que forma de augúrio mostrará a nós hoje, a fim de determinar se os deuses favorecem sua admissão no colégio?

Cláudio deu um passo à frente.

— Escolho a observação dos...

Ele parou por completo, como fazia às vezes ao falar; a gagueira lhe causava dificuldade para dizer a palavra seguinte. Por fim, apertando os lábios com força, declarou:

— P-P-Pássaros!

Ouviram-se murmúrios na multidão, cuja maioria, inclusive Lúcio, ficou surpresa com a decisão. Em um dia como aquele, com tantos relâmpagos, todos os pássaros estavam certamente em seus ninhos, protegendo-se do vento e da chuva.

Entretanto, Cláudio parecia seguro de si. Após examinar com cuidado o céu, virou-se para nordeste, na direção oposta à escolhida por Lúcio. Usou o *lituus* para demarcar uma parte do firmamento sobre o Fórum e o monte Esquilino.

Quando estava terminando a demarcação, Cláudio deixou o *lituus* cair. Lúcio gemeu, como vários outros. A falta de jeito era uma coisa, mas deixar cair o *lituus* significava com certeza um mau presságio.

Se Augusto se sentiu embaraçado, não demonstrou.

— Pegue o *lituus* — disse ele —, e vamos ao que interessa, meu jovem, rápido como se ferve aspargo!

O nervosismo da multidão foi aliviado por gargalhadas. O imperador era conhecido por aquele tipo de metáfora simplória, que, vinda de qualquer outro, teria soado tola.

Augusto limpou a garganta e falou:

— Quando interpretei auspícios pela primeira vez, também escolhi observar os pássaros. Vi doze abutres... Sim, doze! O mesmo número que Rômulo viu ao fundar a cidade. Vamos ver como os emissários emplumados de Júpiter vão pressagiar para meu sobrinho hoje.

O velho esboçou um sorriso ou uma careta, Lúcio não soube dizer qual.

Enquanto observavam e aguardavam um sinal, Lúcio considerava as complexidades desanimadoras de um augúrio aviário. Para conseguir um auspício, era necessário levar em conta não apenas os tipos de pássaros que apareciam mas também a quantidade, se voavam em fila única ou dupla na retaguarda e se emitiam som ou iam silenciosos. Todo ruído e movimento de cada ave possuía um significado diferente, de acordo com circunstâncias variadas e a época do ano em que era observado. O augúrio aviário tinha mais possibilidades que o do relâmpago de produzir um augúrio suscetível a interpretações diferentes — se é que algum pássaro surgia de fato em um dia como aquele.

Eles aguardavam. Lúcio começou a ficar inquieto, experimentando tanta ansiedade por Cláudio quanto havia sentido por si mesmo. Parecera impensável que ele pudesse decepcionar e envergonhar o pai. A pressão sobre Cláudio, sentindo a presença do imperador atrás de si, devia ser bem maior.

Quando Lúcio já não podia mais aguentar o suspense, Cláudio ergueu o *lituus* e apontou.

— A-A-Ali! Dois abutres sobre a Porta Esquilina, voando nesta direção!

De fato, dois pontos móveis haviam aparecido, mas estavam tão distantes que Lúcio, possuidor de uma ótima visão, não tinha certeza quanto à espécie de pássaro. Aparentemente, os olhos de Cláudio eram ainda melhores que os seus, pois, quando os animais se aproximaram, houve uma concordância geral entre os áugures de que eram abutres. Os dois deram meia-volta em direção à Porta Esquilina e começaram a circundá-la ao alto.

Dois outros abutres surgiram, vindos do mesmo local e, então, mais dois e, depois, outro, até que sete aves circundaram a Porta Esquilina. Para além dela, fora das muralhas, ficava a necrópole, a cidade dos mortos, onde escravos eram enterrados e as carcaças de criminosos executados, deixadas para os pássaros. Não foi surpresa os abutres terem aparecido naquela região, mas era certamente extraordinário que tantos surgissem de uma só vez, durante o augúrio de Cláudio, e em um dia tão inclemente. O padrão de voo, primeiro em direção ao Auguratório e, em seguida, para longe, foi também um auspício favorável.

Augusto declarou o augúrio terminado. O mestre estava impressionado.

— Sete abutres! Pouco menos que o recorde estabelecido por Rômulo e igualado por nosso imperador, mas um a mais que Remo viu! Alguém aqui duvida que esse auspício seja favorável? Não? Muito bem, então, declaro que no dia de hoje Tibério Cláudio Nero Germânico demonstrou ser um verdadeiro áugure, aceito por seus colegas e, mais importante ainda, pelo próprio Júpiter. Que possa sempre usar suas habilidades e o seu poder de sacerdócio com sabedoria, meu jovem, para o bem de Roma e com todo respeito pelos deuses.

A cerimônia foi concluída. Lúcio e Cláudio receberam os parabéns dos colegas áugures e, depois, os membros começaram a se dirigir para a residência imperial. O banquete após a admissão de novos áugures era, em geral, realizado em uma casa particular, mas naquela ocasião Augusto fez o papel de anfitrião. Queria com certeza lembrar a todos o parentesco com Cláudio. O fato de Lúcio Pinário ser primo sequer havia sido mencionado.

Durante a pequena caminhada, que os levou a passar por algumas das mais belas casas da cidade, Lúcio andou ao lado de Cláudio e admitiu o quanto estava impressionado pela visão dos abutres.

— Foi muito corajoso de sua parte. Eu jamais ousaria escolher um augúrio aviário. Fiz o que era mais seguro e preferi o relâmpago. O mais inteligente também, ou assim imaginei, pois em geral os augúrios de raios são mais respeitados. Mas você me ofuscou hoje, Cláudio!

Cláudio comprimiu os lábios, assentiu e cantarolou, pensativo. Sua cabeça tremeu para o lado.

— É, acho que sim, embora, como você disse, o augúrio de relâmpago é a forma mais estimada de todas. Você faz ideia do porquê?

Passado o exame, a gagueira havia acalmado momentaneamente.

— Como o mestre nos ensinou, o relâmpago e o trovão vêm diretamente de Júpiter — respondeu Lúcio.

— Mas os pássaros são os mensageiros de Júpiter. Então, por que os augúrios aviários não são tão valorizados? Não, acho que os de raio são mais impressionantes porque o clarão não pode ser adulterado por mortais, enquanto qualquer um pode soltar determinados pássaros em uma determinada área em uma hora determinada.

Lúcio franziu o cenho.

— Você está dizendo que aqueles abutres foram deliberadamente soltos?

— Não no caso de Rômulo nem do meu tio-avô, com certeza. Mas no meu... Quem sabe? — Cláudio deu de ombros. — Por causa de minhas deficiências óbvias, meu tio-avô não consegue imaginar uma posição social mais alta para mim que a de áugure. Eu tremo demais para encontrar a glória como guerreiro. Você me viu deixar o *lituus* cair hoje; imagine eu deixando cair a espada no campo de batalha! Eu g-g-gaguejo demais para fazer d-d-discursos impactantes no Senado — declarou, lançando um sorriso sardônico; estaria gaguejando de propósito? — Como é o patamar mais alto que posso alcançar, meu tio-avô está decidido a que todos reconheçam minha competência como áugure e olhe lá. Três abutres teriam sido suficientes, você não acha? Meu tio-avô sempre exagera nessas coisas! Quando abriram essas duas vagas no colégio, por que você acha que ele permitiu que se candidatasse, Lúcio?

— Sei que meu pai fez tudo que pôde para me promover e ganhar o favor do imperador. Ele se surpreendeu por ter conseguido, por eu ser tão jovem...

— Há! Meu tio-avô só aprovou sua admissão no colégio por uma razão: ele queria me tornar um áugure e se livrar de mim e queria outro candidato da minha faixa etária para entrar comigo, de modo que eu não chamasse muita atenção. Você não se tornou áugure apesar da idade, Lúcio, mas por causa dela! Porém, o mais importante, primo Lúcio, é que nosso exame acabou e agora somos áugures, para a vida inteira! Mas o que é isso que você está usando?

Cláudio se referia ao amuleto no colar de Lúcio, que deslizara para fora da *trabea* e o ouro brilhava contra a lã púrpura.

— É um talismã de família.

— De onde veio e o que significa?

— Eu realmente não sei — confessou Lúcio, com algum pesar.

Cláudio era tão culto e tão conhecedor da história da própria família que nunca tinha dificuldades para explicar até mesmo as partes mais misteriosas das tradições dos ancestrais.

Ele parou, pegou o amuleto e o examinou com atenção. Lúcio já vira aquele brilho nos olhos do amigo antes, durante os estudos conjuntos — a empolgação do antiquário dedicado na presença de algum enigma intrigante.

— Eu acho, Lúcio... Sim, eu a-a-acho que faço u-uma ideia do que é isso. Vou ter de fazer algumas pesquisas...

— Venham, meus colegas áugures — chamou o pai de Lúcio, aproximando-se deles. — Já estamos chegando.

Da mesma forma que Lúcio, ele nunca estivera no interior da residência imperial e estava rubro de excitação.

Eles entraram primeiro em um pátio, de grandiosidade semelhante ao de qualquer outra casa moderadamente abastada, exceto pelos proeminentes troféus em exibição no centro. Sobre uma plataforma de madeira, via-se a armadura do imperador, inclusive a espada, o machado, o elmo e o escudo.

— Olhe só como brilham — sussurrou Lúcio —, como se tivessem acabado de ser lustrados!

— Sim, acho que tem um escravo que faz isso todo dia — acrescentou Cláudio.

Enquanto os áugures enchiam o pátio, esperando as portas de bronze maciço se abrirem, Lúcio olhava para a coroa de louros gigantesca, esculpida no dintel de mármore sobre elas.

— A coroa de louros é dada tradicionalmente ao soldado que salva a vida de um companheiro na batalha — observou Cláudio, seguindo seu olhar. — Adivinhe por que o Senado votou para conceder essa imagem estupenda a meu tio.

— Suspeito que você saiba a resposta.

— Foi concedida a ele em homenagem à sua vitória sobre Cleópatra e meu avô Marco Antônio, que nunca conheci, é claro, pois ele se matou com a própria espada vinte anos antes de meu n-n-nascimento. Ao vencer aquela guerra, Augusto nos salvou de sermos escravizados pela rainha egípcia, todos os cidadãos de Roma e as gerações vindouras... e assim mereceu uma coroa de louros de esplendor apropriado.

O ruído retumbante de um ferrolho sendo removido soou dentro da casa e as grandes portas de bronze começaram vagarosamente a se abrir para dentro.

Flanqueando a entrada, Lúcio notou, havia dois viçosos loureiros. Quando clarões faiscaram acima deles e o ribombo de um trovão sacudiu o pátio, ele viu alguns áugures quebrarem raminhos daquelas árvores e enfiá-los nas *trabeas*. Era fato conhecido que o loureiro evitava raios, jamais sendo atingido por um. Carregar um raminho era uma proteção contra raios? Muita gente achava que sim.

Em vez de ser opulento ou ostentoso, o interior da casa imperial era decorado com grande simplicidade. As colunas eram de travertino e não de mármore. O piso era recoberto com ladrilho branco e preto, em formas geométricas simples, e não enfeitado com mosaicos coloridos. As paredes estavam pintadas em cores uniformes, e não com aquelas paisagens espantosamente realistas, que Lúcio via às vezes nas residências de conhecidos mais ricos, como os Acílios. As várias salas de jantar que davam para o jardim central eram espaçosas o bastante para acomodar um grande número de convidados, porém os divãs eram tão modestos quanto os da casa de Lúcio.

A refeição era simples também. Quando foi servido como entrada aspargo, imerso em água fervente brevemente, de forma que ficasse cozido mas ainda crocante, Cláudio, reclinado ao lado de Lúcio, partiu um talo em dois e gracejou:

— "Rápido como se ferve aspargo"... Exatamente do jeito que meu tio-avô gosta!

Lúcio nunca havia visto o amigo de tão bom humor.

— Estou um pouco surpreso de ver como a residência imperial é mobiliada com simplicidade — confessou. — Até a casa do pai de Acília é mais opulenta. A área privada é igualmente austera?

— Mais ainda! Meu tio-avô dorme em uma cama de palha e só tem cadeiras sem encosto na casa. "A coluna de um romano deve ser rígida o suficiente para mantê-lo ereto", ele costuma dizer. Augusto acha que deve dar o exemplo, praticando as virtudes antiquadas do decoro e da moderação e espera que a família faça o mesmo. Quando Julila, sua neta, construiu uma casa para ela em escala muito grandiosa, meu tio-avô mandou d-d-d-demolir tudo. Não consigo lembrar se isso foi antes ou depois de ele banir a pobre Julila para aquela ilha por ter cometido adultério. E, depois, quando ela t-t-teve um filho do amante, ele ordenou que o bebê fosse abandonado à morte na encosta de uma montanha. — Cláudio mordeu um talo de aspargo, mastigou ruidosamente e engoliu. — Ele baniu a mãe de Julila também, a própria filha, por conduta indecorosa. E o único neto sobrevivente, Agripa, também não estava à altura dos padrões de meu tio-avô e, então, acabou em uma ilha por aí. Você percebe agora que esse ambiente espartano não é fingimento. É um reflexo verdadeiro do temperamento de meu tio.

Em cada um dos locais de refeição, havia um divã para o anfitrião, que ia pelo jardim de sala em sala, dando a todos os convidados a honra de sua presença. Para Lúcio, Augusto parecia mais observador que participante da festividade, falando pouco e não comendo nada. O velho parecia inquieto e ausente, sobressaltando-se toda vez que trovejava. Uma chuva fina varria ocasionalmente o jardim e rajadas de vento atiçavam os braseiros acesos desde o cair da noite. Pouco mais de uma hora após o sol se pôr, com diversos pratos ainda a serem servidos, o imperador foi até o centro do jardim, onde todos os convidados podiam vê-lo, desejou boa-noite aos colegas áugures e se retirou.

Sem a presença do anfitrião, a atmosfera se tornou visivelmente mais descontraída. Alguns convidados ousaram beber vinho sem água, mas ninguém ficou embriagado. Após um último prato de cenouras com um molho espesso de peixe, todos começaram a se dispersar, congratulando os novos membros antes de partir. O pai de Lúcio foi o último a ir embora.

— Você não vem comigo, filho?

— Cláudio me convidou para um passeio até o Templo de Apolo.

— Com esse tempo?

— O templo fica aqui perto. E não está chovendo agora.

— A chuva pode desabar a qualquer momento.

— Se a tempestade piorar, Lúcio p-p-pode passar a noite aqui, em meus aposentos — ofereceu Cláudio.

— Acho que não posso objetar — concluiu o Pinário mais velho, ao mesmo tempo satisfeito e ansioso pelo filho se tornar um hóspede bem-vindo na casa de Augusto.

O Templo de Apolo era cercado por uma bela colunata e contíguo à residência imperial, erguendo-se no cume do monte Palatino, logo acima do Circo Máximo. De todas as novas construções de Augusto, era a mais magnífica. Iluminado por braseiros rubros ao redor da colunata, encoberto por uma ligeira neblina, o templo ficava ainda mais espetacular à noite. As paredes brilhantes foram erguidas com sólidos blocos de mármore luna e a biga dourada do sol, sobre o telhado, parecia feita de chamas. Dominando a praça em frente à entrada, uma estátua de mármore de Apolo se localizava sobre um altar, flanqueada por quatro touros de bronze. À luz bruxuleante, pareciam quase vivos. Quando Lúcio disse isso a Cláudio, o amigo explicou que eles tinham centenas de anos, obra do grande Míron, famoso por sua estátua, tão copiada, "O arremessador de disco".

No alto dos degraus, após as colunas altas, eles chegaram a duas portas maciças, decoradas com relevos em marfim. À luz dos relâmpagos, Lúcio viu um fabuloso painel detalhado, um turbilhão de figuras em violenta movimentação — homens e mulheres jovens correndo, para cima e para baixo, em grande pânico; alguns atingidos por setas e, no céu, sobre eles, os irmãos divinos, Apolo e Ártemis, seguravam um arco.

— O massacre dos nióbidas de Tebas — explicou Cláudio. — Quando a mãe deles, Níobe, gabou-se de ter prole maior que Leto, os filhos da deusa se ofenderam e massacraram todos. Apolo disparou sobre os rapazes e Ártemis, sobre as moças. Níobe havia cometido a *hubris*, o orgulho desmesurado dos mortais, e seus filhos pagaram o preço. Os d-d-descendentes de mortais poderosos parecem muitas vezes pagar um preço simplesmente por existirem — declarou Cláudio, com um ar pensativo. Depois, virou-se e apontou com o *lituus* para o retângulo de céu, emoldurado pelas colunas mais próximas. — Os relâmpagos estão se aproximando. Olhe aquele clarão! Você já havia visto algum igual? O mestre diz que todas as manifestações possíveis já foram catalogadas e classificadas ao longo dos anos, o que significa que o raio se repete, como as letras e as palavras de um idioma; mas me pergunto, às vezes, se cada um deles não seria único. Mas é claro que, se fosse assim, não haveria significado nos relâmpagos nem poderíamos entendê-los.

Uma grande treva, mais escura que o restante do céu e tomada pelo clarão dos relâmpagos, estava movendo-se na direção deles, vinda do sudoeste. Encontrava-se sobre o Tibre então; a fúria refletida sobre a superfície turbulenta das águas.

Lúcio se sentia privilegiado por estar com o amigo, integrante da casa imperial, na soleira do maior templo do imperador. Entretanto, ao mesmo tempo, experimentava um ligeiro tremor de medo, pois a tempestade iminente prometia ser violenta e a imagem horripilante dos nióbidas massacrados o perturbava. Ele estava ali para prestar homenagem a Apolo, mas este podia ser um deus vingativo.

Cláudio não parecia compartilhar sua ansiedade:

— Você sabia que, anos antes, este mesmo lugar era a residência imperial? Um dia, foi atingido por um raio e se incendiou completamente. Augusto declarou que os d-d-deuses o haviam marcado como sítio sagrado, adequado apenas a um templo, e fez com que o Senado reservasse fundos para construir não apenas o templo mas também a nova moradia imperial ao lado. O templo é magnífico, como você pode ver, e todos pensaram que meu tio-avô ia construir um palácio de esplendor semelhante, mas, em vez disso, ele fez a casa nova exatamente igual à antiga, só um pouco mais ampla e com anexos para acomodar seu número cada vez maior de servos — comentou Cláudio, dando um risinho.

— Augusto estava na casa quando ela foi atingida pelo raio?

— Sim, estava. E não foi o primeiro encontro de meu tio-avô com um raio. Ele quase m-m-morreu atingido por um durante uma marcha noturna na campanha da Cantábria, depois que meu avô, Antônio, foi derrotado; um raio passou de raspão pela liteira de meu tio-avô, atingindo e matando o escravo que carregava a tocha diante dele. Tendo se salvado por um milagre, ele dedicou um santuário a Júpiter. Olhe ali, se você forçar a vista, poderá vê-lo, no Capitólio. É muito impressionante quando o relâmpago o ilumina. Desde então, meu tio-avô tem um medo mórbido de raios. Como ele odeia tempestades! Tenho certeza de que foi por isso que deixou o b-banquete cedo para se abrigar no subsolo. O homem não teme nada nem ninguém nesse mundo, mas acha que a m-m-morte talvez venha do céu para ele, como aconteceu com o rei Rômulo. Por isso ele estava usando aquele amuleto essa noite, que sempre usa quando o tempo está tempestuoso.

— Amuleto?

— Você não notou, Lúcio? Ele estava usando um amuleto feito de pele de foca para proteção como outros carregam raminhos de louro.

— Pele de foca?

— Do mesmo modo que o louro nunca é atingido por um raio, a foca também não. É um fato científico, confirmado por autoridades confiáveis. Prefiro o louro — completou ele, tirando um ramo de dentro da *trabea*.

— Acho que eu devia ter pegado um para mim também — falou Lúcio.

Os relâmpagos e os trovões estavam aproximando-se. A tempestade estava quase sobre eles.

— Fique perto de mim; talvez meu ramo proteja você. Existe uma história interessante sobre aqueles loureiros na entrada da casa imperial. Pouco depois de Lívia ter ficado noiva de Augusto, ela estava indo de biga por uma estrada, no campo, e uma galinha totalmente branca caiu do céu em seu colo com um raminho de louro no bico! Lívia cuidou da galinha para usar suas crias em augúrios e plantou o louro, a partir do qual um bosque sagrado surgiu na propriedade imperial ao longo do Tibre, além dos dois espécimes que flanqueiam a entrada do palácio. Augusto usou coroas de louro retirado dessas duas árvores em seus cortejos triunfais. Ah, estou falando demais...

— Às vezes você fala — admitiu Lúcio, sorrindo. Pouco depois estremeceu ao ouvir o ribombar muito alto de um trovão.

Ele ouvia o barulho da chuva enquanto ela se aproximava deles sobre o Aventino.

— Você perguntou sobre o amuleto de pele de foca. E, falando de amuletos, estive p-p-pensando sobre esse que você usa. Acho que talvez eu tenha uma ideia do que é...

Cláudio foi interrompido por um relâmpago ofuscante, seguido imediatamente por um trovão ensurdecedor. Um raio havia atingido o Palatino, em algum lugar muito próximo a eles.

— Você acha que caiu na casa imperial? — perguntou Lúcio.

Eles correram até o fim do pórtico e olharam para a residência. Não havia sinal de fogo. Então, um aguaceiro súbito obscureceu tudo para além dos degraus do templo. O vento trazia a chuva para o interior do pórtico; o frontão não oferecia abrigo. Cláudio abriu uma das portas altas. Eles entraram no templo e a fecharam.

O ar cheirava a incenso. Uma estátua gigante de Apolo dominava o santuário, iluminado por lâmpadas bruxuleantes presas às paredes. Naquela noite de tempestade, parecia a Lúcio que o lugar possuía uma estranha magia. O próprio ar continha uma carga de excitação. Olhando para o deus, ele sentiu arrepios na nuca. Com uma certeza misteriosa, sabia que algo muito importante aconteceria naquela noite.

Olhou para trás. Sentado em um banco de mármore contra uma das paredes, Cláudio já cabeceava com o maxilar aberto e um fio de baba suspenso do lábio inferior. Sem sombra de dúvida, qualquer um que o visse naquele momento pensaria que se tratava de um idiota. Pobre Cláudio!

A sensação de estranheza se abrandou. Lúcio sentou-se ao lado do amigo, escutando-o ressonar baixo e ficou esperando a tempestade diminuir.

Quando a porta maciça começou a se abrir para o interior, ele se sobressaltou. Estivera cochilando? E por quanto tempo? Um homem entrou no templo, vestindo uma túnica de servo imperial e carregando uma tocha.

— Cláudio? Você está aqui, Cláudio?

Cláudio despertou. Agarrou o braço de Lúcio e limpou a baba do queixo.

— O quê? Quem está aí?

— Eufranor. — Era um dos libertos de maior confiança do imperador. Tinha o cabelo preto, mas a barba era quase totalmente branca. — Já lhe procurei em todo lugar!

Ele se aproximou e entregou a Cláudio uma tabuleta de cera em que se podia escrever, apagar e escrever de novo.

À luz da tocha, Cláudio a olhou. Em uma caligrafia ilegível, de velho, estava escrita a curiosa frase: "Venha, rápido como aspargo." *Aspargo* estava cortado por um traço e a palavra *raio* escrita por cima.

— Um recado escrito com a letra de meu próprio tio-avô! — exclamou Cláudio, obviamente surpreso. — O homem tem um batalhão de escribas para anotar suas palavras a qualquer momento do dia ou da noite. Por que com a própria letra? O que ele quer com tanta urgência? E por que "rápido como *raio*"?

Lúcio se sentiu de repente deslocado.

— Acho que eu deveria ir para casa agora...

— No meio da tempestade? Não, não! Você vem comigo.

— Tem certeza?

— Meu tio-avô não disse para você *não* vir. Siga-me, primo, rápido como aspargo! Eufranor, ilumine o caminho.

Sob a chuva, eles seguiram o servo até a casa, passaram pelas salas de jantar, pelo jardim, onde a chuva caía em torrentes; depois, por uma série de portas e um labirinto de corredores. Por fim, chegaram a um portal estreito, dando para uma escada que descia.

— Vou ficar aqui — avisou Eufranor. — Vocês vão encontrá-lo lá embaixo.

Cláudio desceu os degraus da escada longa, íngreme e em espiral, com Lúcio atrás dele. Por fim, chegaram a um aposento subterrâneo, iluminado por uma lâmpada. Lúcio percebeu logo que o teto e as paredes eram decorados com mosaicos; milhares de pequenos ladrilhos cintilavam e pareciam tremular. Entre as estonteantes imagens, reconheceu o rei Rômulo, com a barba longa e a coroa de ferro. Outra só podia retratar as crianças gêmeas, Rômulo e o irmão Remo, à deriva no Tibre em um cesto. Outra ainda mostrava Rômulo sendo carregado para o céu em um raio de luz, enviado por Júpiter. Havia muitas outras ilustrações, todas retratando histórias da vida do Fundador.

— O que *ele* está fazendo aqui?

Lúcio se virou e viu Augusto, mais perto que nunca. Que dentes horríveis tinha o imperador! Amarelos e podres. E como era baixo, calçando sandálias em vez dos sapatos de sola grossa, que o tornavam mais alto. Lúcio pensou que deveria, ao menos, sentir-se um pouco intimidado, porém a presença do imperador em nada o impressionava. Na juventude, dizia-se que o alourado Otávio era o rapaz mais belo de Roma, tão bonito que o tio Júlio César o tomou como amante (assim se murmurava) e, anos depois, o rapaz Otávio, que se tornou o homem Augusto, conquistou autoridades suficientes para curvar nações inteiras a sua vontade. Naquele momento, entretanto, Lúcio via apenas um velho pequeno com dentes podres, cabelo cor de palha despenteado, com tufos de pelos saindo pelas narinas e sobrancelhas eriçadas que se encontravam acima do nariz.

Frente a frente com o soberano do mundo, Lúcio se sentia amparado por um curioso sentimento de confiança, lembrando-se da premonição que tivera no Templo de Apolo, de que algo muito importante estava para acontecer.

— Quer que eu o mande embora, tio-avô?

Augusto encarou Lúcio por tanto tempo e com tanta intensidade que a confiança deste começou a se abalar. O velho falou por fim:

— Não. O jovem Lúcio Pinário pode ficar. Ele é um áugure agora, não? E seus ancestrais estavam entre os primeiros adivinhos de Roma. Um Pinário acompanhava Rômulo quando este havia tido auspícios, e, antes disso, a família já era guardiã do primeiro santuário para o povo, o Grande Altar de Hércules. O Estado só assumiu essa tarefa mais de trezentos anos depois; talvez eu devolva o Grande Altar à guarda hereditária dos Pinários. Reviver tradições antigas agrada aos deuses. E ele é um parente de sangue, o que quer que isso valha. Talvez, Lúcio Pinário, os próprios deuses o tenham trazido aqui para mim esta noite.

Intimidado pelo escrutínio do imperador, Lúcio desviou o olhar e fitou os mosaicos no alto.

— São imagens da vida de Rômulo, como você pode claramente perceber — explicou Augusto. — Esta câmara onde estamos é o Lupercale, a caverna sagrada onde os gêmeos abandonados, Rômulo e Remo, foram amamentados pela loba. Eu mesmo a descobri quando as fundações desta casa estavam sendo feitas e, sob minha direção, ela foi decorada como santuário sagrado.

— Os mosaicos são belíssimos — elogiou Lúcio.

— São. Ali se pode ver os gêmeos sendo amamentados pela loba e, lá, o resgate de Remo pelo irmão, o assassinato do rei Amúlio e a tomada de sua coroa de ferro. Mais além, a visão dos abutres e Rômulo fazendo um sulco para demarcar os limites da cidade. Deste lado, o primeiro cortejo triunfal e a ascensão do rei aos céus durante uma tempestade de trovões.

Lúcio assentiu. Recordou-se de um comentário de Cláudio de que o imperador considerara adotar o nome de Rômulo como título em vez de Augusto, mas por fim o rejeitou por trazer má sorte; afinal de contas, o antigo rei matara o irmão, e, embora a lenda dissesse que ele foi levado vivo pelos deuses para o Olimpo, alguns historiadores acreditavam que tivesse sido assassinado em uma conspiração de senadores.

— É claro que não se pode tomar as lendas de forma muito literal — observou Cláudio, apontando para a imagem da loba amamentando. — Meu tutor, Tito Lívio, diz que nossos ancestrais usavam a mesma palavra, *lupa*, para indicar tanto uma loba quanto uma prostituta. Lívio sugere que os gêmeos podem ter sido criados não por um animal selvagem, mas por uma meretriz comum.

— Não seja desrespeitoso, sobrinho! — repreendeu Augusto, e estava prestes a continuar quando o estrépito de um trovão sacudiu o recinto. O imperador apertou com força o amuleto de pele de foca que usava em uma corrente ao redor do pescoço. — Até aqui, tão abaixo do solo, a terra treme! — sussurrou. — É possível que a casa tenha sido atingida por um raio duas vezes em uma só noite?

Os olhos reumosos faiscaram com algo que Lúcio pôde apenas interpretar como medo.

— Por que o senhor nos ch-chamou, tio-avô? — perguntou Cláudio, em voz baixa.

— Vou mostrar agora, apesar de que, para fazê-lo, teremos de deixar a segurança do Lupercale.

Augusto franziu o cenho; depois, empertigou-se e foi na frente, subindo os degraus vagarosamente. Eufranor os esperava no alto da escada. A uma ordem do imperador, o liberto trouxe para cada um deles uma tocha.

— Quando você vir o presságio, Cláudio, vai entender por que ninguém mais deve saber sobre isso. Ninguém! — Augusto se virou para Lúcio. — Você está entendendo também, jovem? Qualquer presságio relativo a mim é segredo de Estado e jamais pode ser divulgado. Não se pode prever seu uso pelos que me desejam mal. Divulgar um segredo desses é crime punido com a morte.

Ele os guiou até um pátio. As sebes aparadas com primor e as pedras do pavimento brilhavam. A chuva diminuíra; apenas uma neblina leve os envolvia. O local era dominado por uma estátua de bronze do imperador, pintada em cores reais. *Ele já foi um dia assim?*, perguntou-se Lúcio, pois a imagem daquele guerreiro serenamente seguro, belo e jovem parecia muito pouco com o combalido velho ao lado deles.

Quando se aproximaram mais da estátua, a tocha de Lúcio iluminou algo no chão, no lado mais distante do pedestal. Era o cadáver de um jovem, vestido com os restos calcinados do que já havia sido uma túnica de escravo imperial.

— Olhem ali! — gritou Augusto. — Ainda sai fumaça do corpo. Ele está queimando por dentro, como carvão em um braseiro.

Cláudio comprimiu os lábios.

— Esse escravo, ele foi m-m-morto pelo primeiro raio, o que caiu enquanto Lúcio e eu estávamos no Templo de Apolo?

— Foi. O raio atingiu a imagem. O escravo devia estar muito perto. Vejam os danos à estátua, os locais onde a pintura ficou queimada, o modo como o marfim incrustado nos olhos ficou preto! — disse Augusto, ofegante. — Por Hércules! Ela foi atingida novamente por aquele segundo raio, que sentimos lá embaixo, no Lupercale! É incrível...

— Impossível! — protestou Cláudio. — Todas as autoridades concordam: um raio nunca atinge o mesmo lugar duas vezes. Isso é inédito.

— Mesmo assim, é verdade. A placa de bronze no pedestal não estava danificada antes, juro por Júpiter, mas agora vejam como a letra *C* está ausente, destruída — falou Augusto, engolindo em seco com o rosto pálido.

Olhando mais de perto, Lúcio viu que o dano fora exatamente como o imperador havia descrito. Na placa de bronze, com a inscrição em relevo, a primeira letra de CAESAR derretera, sem deixar traço.

— O que isso significa, Cláudio? — perguntou Augusto. — Esses caprichos da natureza são sempre um sinal dos deuses. Apesar de inútil como é para a maioria das coisas, sempre escondido naquela sua biblioteca, você sabe tudo sobre presságios.

Cláudio tocou com a ponta dos dedos a placa de bronze queimada, retirando-os rapidamente.

— Está quente demais para tocar! — arfou ele.

Depois, olhando para a placa, murmurou:

— *Aesar.*

— O que você disse?

Cláudio deu de ombros.

— Só estava lendo a palavra que sobrou sem a letra *C*.

— Mas *aesar* não é uma palavra.

— Talvez seja, em etrusco. Não tenho certeza.

— Então descubra!

— D-D-Demora, tio-avô. Vai levar algum tempo para se interpretar da maneira correta esse presságio. Você não acha, Lúcio? Precisamos saber exatamente a hora que os dois raios caíram e o nome do escravo morto. Até o nome do escultor da obra pode ser importante. Tenho de ir a minha biblioteca e examinar a literatura sobre o assunto, c-c-consultar meus dicionários de etrusco e examinar os presságios anteriores, originados por raios.

— Quanto tempo isso vai levar?

Cláudio franziu a testa, mas depois se empolgou.

— Lúcio vai me ajudar. Como o senhor mesmo notou, tio-avô, não foi coincidência ele estar comigo quando o senhor mandou me chamar. Juntos, eu lhe prometo, Lúcio e eu descobriremos o significado desse presságio.

— Façam isso rápido!

— R-R-Rápido como aspargo, tio-avô! — disse Cláudio, dando um sorriso torto e limpando um filete de saliva do canto da boca.

— Talvez nossa sorte esteja para melhorar, Lúcio — declarou Cláudio. — Acabamos de receber do próprio imperador uma tarefa muito importante. Isso nos torna importantes. É melhor a gente começar.

Eles estavam na biblioteca de Cláudio. O aposento se encontrava bem-iluminado por várias lâmpadas. Lúcio nunca vira tantos rolos de pergaminho e manuscritos juntos, todos classificados e catalogados de forma cuidadosa e obsessiva. Havia histórias, mapas, calendários e genealogias; listas detalhadas de todos os magistrados que já serviram ao Estado romano; inúmeros dicionários, não apenas de latim, mas de grego, egípcio, parto, do idioma púnico, que tinha morrido com Cartago, a virtualmente defunta língua etrusca e até de idiomas que Lúcio jamais havia ouvido falar; esboços de sítios históricos visitados por Cláudio, junto de anotações pessoais e cópias de inscrições, tiradas de estátuas e outros monumentos.

Procurando entre os documentos, Cláudio descobriu um pesado pergaminho, desenrolou-o sobre uma pequena mesa e colocou pesos sobre os cantos, a fim de mantê-lo aberto. Um grande círculo dividido em quatro partes por uma linha vertical e outra horizontal com várias anotações ao redor. Apesar de saber pouco sobre astrologia, Lúcio reconheceu um horóscopo.

— E não é um horóscopo qualquer, mas o do próprio imperador — explicou Cláudio. — Essa é uma cópia exata do que foi feito para o jovem Otávio pelo astrólogo Teógenes de Apolônia. Você conhece a história? Não? Ah, foi assim...

Cláudio pigarreou.

— Isso foi no tempo em que o Divino Júlio andava por este mundo, apesar de já muito próximo do fim de sua vida. Ele decidiu mandar o sobrinho ser educado em Apolônia, na costa ocidental da Grécia. Como companhia, Otávio levou seu querido amigo Marcos Agripa. Os dois jovens decidiram fazer os horóscopos com o famoso Teógenes. Agripa foi o primeiro e contou ao astrólogo a hora e o local exatos de seu nascimento. Teógenes desapareceu em seu estúdio enquanto os rapazes esperavam. O horóscopo resultante foi tão f-f-favorável, o astrólogo jurou nunca ter visto outro igual, que Otávio decidiu não fazer mais o seu, temendo ficar eclipsado pelo do amigo. Mas Agripa o pressionou, provocando-o sem piedade, imagino, até Otávio concordar e dar a Teógenes as informações necessárias. Mais uma vez, os dois esperaram. Quando o astrólogo saiu enfim do estúdio, caiu de joelhos diante de Otávio em admiração e declarou que ele seria o dono do mundo. Dizem, embora eu nunca tenha confirmado isso com certeza, que o horóscopo foi entregue a Otávio no momento exato do assassinato do tio em Roma.

"Desde esse dia, o imperador teve tanta certeza de seu d-d-destino que nunca mais fez segredo da hora de seu nascimento. Ele até manda pôr o signo, Capricórnio, em suas moedas. Se algo merece ser classificado como segredo de Estado, pensaria-se logo que seria o horóscopo do imperador. No entanto, eis aqui ele, para você e eu examinarmos, exatamente como Teógenes o fez. E, como temos acesso a essa informação, vamos aproveitar."

— Mas não sei nada sobre astrologia, Cláudio.

— Então você vai sair dessa sala sabendo mais que quando entrou.

— Porém o mestre diz que um augúrio é suficiente para qualquer adivinhação.

— Suspeito que o mestre esteja com um pouco de inveja da popularidade crescente da astrologia. Não vejo nenhum conflito entre os princípios do augúrio e o estudo da ciência astrológica. Qualquer um com bom senso percebe que os corpos celestes exercem influência sobre os objetos, tanto animados quanto inanimados. Certos efeitos do Sol e da Lua são óbvios: eles fazem com que a vegetação cresça, determinam o sono e o cio dos animais, além do fluxo das marés. Da mesma forma, as estrelas têm controle sobre tempestades e inundações, que se pode observar quando vêm e vão, de acordo com a ascensão e o declínio de certas constelações. Essa influência é invisível, como a de um ímã, portanto, considerando-se sua natureza onipresente, seria irracional presumir que ela não exerça um efeito sobre os seres humanos.

"Foram os babilônios que primeiro mapearam os movimentos das estrelas e criaram um vocabulário para descrever essa influência sobre a humanidade. Depois que Alexandre, o Grande, conquistou a Pérsia, o estudo da astrologia se expandiu para a Grécia e o Egito. Foi o sacerdote babilônio Beroso, que se mudou para Cós, quem fundou a primeira escola da disciplina na Grécia e traduziu *O olho de Bel* para o grego. Foi Bolo do Egito quem escreveu *Simpatias e antipatias*, que permanece um texto clássico. Meu exemplar já está bem gasto."

Lúcio olhava para o horóscopo, intrigado com os cálculos matemáticos e as anotações sobre casas, signos e planetas.

— Você acha realmente que a solução para o presságio do raio está no horóscopo do imperador?

— Eu não ficaria surpreso se ele tiver algum papel a desempenhar em nossa pesquisa. Mas acho que deveríamos começar consultando meus dicionários de etrusco, para ver se estou certo quanto a essa palavra *aesar*...

A tempestade perdurou a noite inteira, sacudindo janelas, despejando chuva sobre o telhado e estremecendo o chão com trovões, enquanto Lúcio e Cláudio examinavam vários textos. Ocasionalmente, escravos lhes traziam comida e bebida, reabastecendo as lâmpadas quando o óleo baixava. Lúcio não se apercebeu de que a aurora rompera até ouvir um galo cantar. Cláudio abriu as janelas. A tempestade havia passado. O céu estava claro. Contudo, o sol pálido da manhã não dissipou a atmosfera de severidade na sala. Eles conseguiram interpretar o presságio.

— Talvez devêssemos dizer que o presságio se mostrou ilegível, que não descobrimos nada — sugeriu Lúcio.

Cláudio meneou a cabeça.

— Ele não aceitaria. Iria dizer na mesma hora que estamos escondendo alguma coisa.

— Talvez ele simplesmente desconsidere nossa interpretação. Por que acreditaria nos dois áugures mais jovens de Roma?

— Porque nossa interpretação está correta, como ele verá por si mesmo. Meu tio-avô tem uma fé profunda e arraigada nos presságios. O resultado de cada uma de suas batalhas foi previsto por algum augúrio que ele mesmo adivinhou: a águia que espantou dois corvos em Bonônia, que previu seu triunfo final sobre os companheiros de triunvirato; a sombra de César que apareceu diante de Filipos; o condutor e o asno que ele encontrou na estrada antes da batalha de Ácio, um chamado Eutychus e o outro, Nicon, "prosperidade" e "vitória" em grego.

— E agora esse presságio.

— Sobre o qual não temos outra escolha senão e-e-entregá-lo.

Eufranor os acompanhou pela escada até a câmara alta com várias janelas, onde o imperador os aguardava. Esse era o aposento, como Cláudio informou a Lúcio em um sussurro, que Augusto chamava de sua Pequena Siracusa, porque o grande inventor siracusano Arquimedes tivera uma sala como aquela em sua casa, isolada do restante do edifício.

O refúgio se encontrava apinhado de lembranças. Havia maquetes arquitetônicas de diversos de seus edifícios, inclusive um Templo de Apolo de marfim, em miniatura. Viam-se troféus de guerra, como uma proa de navio, capturada na batalha de Ácio, na qual a destreza naval de Agripa derrotara por completo Antônio e Cleópatra. Tinha tesouros egípcios exóticos, trazidos de Alexandria, onde o romano e a rainha escaparam da captura cometendo suicídio. Uma estátua do Divino Júlio era adornada por uma capa vermelha, um pouco desbotada e comida pelas traças, usada pelo próprio na última batalha, em Munda, na Espanha.

Observavam-se também recordações mais pessoais, inclusive navios e catapultas de brinquedo que pertenceram aos netos falecidos do imperador. Quando Lúcio e Cláudio entraram, Augusto segurava um par de sapatos para bebê.

— Que pezinhos ele tem, o pequeno Gaio! Acabou de chegar da fronteira germânica, Cláudio, com um bilhete de seu irmão. Já estão pequenos para seu sobrinhozinho. Então, Germânico os mandou para mim como lembrança. Fascinantes, não? Acho que Germânico e Agripina pensam que me induzirão a nomear o filho de 2 anos deles como meu herdeiro. Seu irmão mais velho não é de todo mau e Agripina é a única entre meus netos que mostrou não ser uma completa inútil. O pequeno Gaio *é* meu bisneto e dizem que o menino é saudável, de maneira que talvez haja alguma esperança para o futuro, no final das contas...

Sua voz rateou. Ele fitou os pequenos sapatos por um longo tempo antes de guardá-los por fim entre os brinquedos abandonados.

O imperador parecia ter passado uma noite tão insone quanto os dois jovens e estava com uma aparência muito pior por causa disso. Trocara a *trabea* por uma túnica tão comum e gasta que Lúcio não se surpreenderia se visse um escravo usando-a. A voz estava rouca e havia uma espécie de estertor em sua garganta.

— E então? O que vocês descobriram?

Cláudio deu um passo à frente, mas, quando abriu a boca para falar, não disse nada. Por um instante, ficou imóvel e silencioso como uma estátua; depois, começou de repente a estremecer e gaguejar, balançando-se de um lado para o outro e emitindo ruídos incoerentes. Lúcio agarrou o ombro dele para firmá-lo, porém o tremor piorou. Ele nunca havia visto o amigo tão severamente atacado por suas enfermidades.

Augusto resmungou e revirou os olhos.

— Que Júpiter me ajude! Você, então. Sim, você, Lúcio Pinário! Fale!

O coração de Lúcio bateu mais forte e ele sentiu uma intensa pressão no interior da garganta. Por um momento, temeu estar à beira de um ataque, como Cláudio. Depois, conseguiu respirar e as palavras irromperam.

— Acreditamos, ou seja, Cláudio e eu, que nossa análise da literatura sobre o assunto e nosso exame de certos precedentes... precedentes esses que têm a ver especificamente com raios e... estátuas... e o idioma etrusco, que encontramos na literatura...

— Por Hércules, você é tão inútil quanto meu neto! Diga logo o que tem a dizer.

Lúcio se sentia disperso e zonzo pela falta de sono, mas continuou:

— Por exemplo, no tempo de Tarquínio, o último rei, uma de suas estátuas foi atingida por um raio, que causou dano apenas à inscrição, escrita em latim e etrusco; bem, o senhor pode ver como esse precedente se aplica aqui. Naquele caso, o numeral X foi desfigurado em quatro pontos, assim como as palavras etruscas *tinia*, que significa dias, e *huznatre*, que quer dizer um grupo de rapazes. Ninguém conseguiu interpretar o presságio, mas o significado se tornou claro quando, quarenta dias depois, uma companhia de quarenta guerreiros jovens fez com que Tarquínio e os filhos literalmente corressem da cidade, acabando com a monarquia e estabelecendo a república. Ficou claro então que os quatro Xs desfigurados pelo raio significavam quarenta e se referiam aos dias que restavam ao reinado de Tarquínio e ao número de guerreiros que o expulsariam. E ainda tem mais um exemplo...

— Chega dessa velharia! Você testa minha paciência, Lúcio Pinário. Interprete o presságio com clareza de uma vez.

Lúcio respirou fundo.

— Como Cláudio achava, *aesar* é uma antiga palavra etrusca. Significa divindade ou espírito divino. E é claro que C, a letra derretida pelo raio, é também o símbolo de cem. A presença do escravo queimado foi uma indicação de mortalidade, uma morte pequena prenunciando uma grande. Quando esses fatos são reunidos e se consideram os precedentes relevantes, cujos detalhes o senhor preferiu que eu omitisse, chega-se à conclusão de que o presságio dos dois raios indica o seguinte: que em cem dias, a pessoa retratada na estátua vai deixar o mundo dos vivos e se juntar aos deuses.

A cor desapareceu abruptamente do rosto do imperador, como o vinho de um cálice. Sua expressão se tornou tão estranha e a voz tão tênue que Lúcio quase acreditou que a sombra diante dele era o fantasma de um homem já morto.

— O que você está dizendo, jovem? Está me contando que só tenho cem dias de vida?

— N-N-Noventa e nove, na verdade — corrigiu Cláudio, conseguindo de repente falar, mas mantendo a cabeça baixa e desviando o olhar. — O presságio aconteceu ontem. Então, t-t-temos de subtrair... — disse, olhando para cima de súbito, como se surpreso por ouvir a própria voz, e calando-se.

Augusto não disse nada por um longo tempo.

— Vai ser uma morte tranquila?

— O presságio não dá nenhuma indicação quanto ao tipo de morte — respondeu Lúcio.

Augusto assentiu, vagarosamente.

— Sempre invejei os que têm uma morte tranquila. Os gregos têm uma palavra para isso: *euthanasia*, "boa morte". É tudo o que espero: *euthanasia*. Aceito não ter o controle da hora nem do lugar; isso será escolhido por outros. Mas quero ir com o máximo de tranquilidade e sem dor, com minha dignidade intacta — afirmou, afastando-se dos rapazes, depois se empertigou e se recompôs. — Vocês sabem que não podem repetir isso para ninguém. Vão, agora. Estão dispensados.

Enquanto saía do aposento, Lúcio olhou para trás e viu o imperador pegar os sapatos de bebê do neto e fitá-los, pálido e com lágrimas nos olhos.

Eufranor havia desaparecido. Eles desceram a escada desacompanhados.

— Foi quase como se ele estivesse esperando por isso — comentou Lúcio, que se sentia esgotado.

— Talvez *estivesse* esperando. T-T-Talvez fosse o que ele *queria* ouvir.

— Como assim, Cláudio? Você acha que seu tio-avô está contemplando o suicídio? Ou teme ser assassinado? O que Augusto quis dizer com não ter o controle sobre a hora e o local da morte? "Isso será escolhido por outros", ele disse. Que outros? Os deuses?

Cláudio deu de ombros.

— Ele é v-v-velho, Lúcio. Você e eu não podemos imaginar todas as coisas terríveis que ele já viu, todas as coisas terríveis que já fez. A vida lhe trouxe um bocado de decepções, especialmente nos últimos anos. Tantas m-m-mortes na família, tantas rixas. — Cláudio respirou fundo. — Falando nisso...

Vindo em direção a eles pelo corredor, imponente apesar da idade avançada e da natureza despretensiosa de sua veste, estava a avó de Cláudio. A esposa de Augusto nada fazia para colorir o cabelo ou disfarçar as rugas e usava uma estola simples o bastante para agradar até o marido, que odiava luxo. Ainda assim, Lívia projetava uma aura inegável de privilégio e poder. Caminhando ao lado dela, com uma túnica igualmente simples, vinha o filho, tio de Cláudio, Tibério, um homem robusto, de meia-idade e com uma expressão austera. Segundo a opinião geral, Augusto pretendia torná-lo seu herdeiro, apesar de o enteado não ser um parente de sangue.

Cláudio e Lúcio deram um passo para o lado, mas, em vez de passarem, Lívia e o filho pararam diante deles. Cláudio engoliu em seco e começou a apresentar Lúcio, mas gaguejava tanto que Lívia o interrompeu com um aceno de mão.

— Não se preocupe, meu neto, sei quem ele é: Lúcio Pinário, o jovem.

Ela os examinou de cima a baixo e ergueu a sobrancelha.

— É curioso vocês dois ainda estarem vestindo as *trabeas* de ontem. Buscando auspícios já tão cedo? Ou não foram para a cama ainda? É, pela aparência de vocês, acho que passaram a noite acordados. Mas fazendo o quê? Pergunto-me. Não foi comemorando, senão estariam cheirando a vinho.

Ela encarou Lúcio, que não sabia o que responder. O imperador lhes dera ordens explícitas para que não falassem sobre o presságio com ninguém.

Lívia parecia estar divertindo-se com o desconforto dele.

— Não percebe que o estou provocando, meu jovem? Nada que acontece nesta casa é segredo para mim. Sei perfeitamente que um raio atingiu a estátua de meu marido à noite passada; não uma, mas duas vezes. Ao mesmo tempo que me espanto por ele ter confiado a interpretação de um presságio desses a alguém como vocês. Estou curiosa para saber o que descobriram. Nenhuma resposta? Ah, muito bem, vou eu mesma perguntar a ele.

Lúcio olhou para Cláudio. Era óbvio que ele morria de medo da avó. Aparentemente, Tibério não o assustava tanto, pois Cláudio ousou estender a mão e tocar no ramo de louro preso à túnica.

— É da n-n-noite passada, tio? O temporal já passou e você não precisa mais de proteção. Mas eu pensava que um ateu como você não tivesse m-m-medo de raios. — Cláudio se virou para Lúcio. — Tio Tibério não tem fé nos deuses, portanto não crê em a-adivinhações. Se não existem deuses, não faz sentido tentar descobrir a vontade deles. Tio Tibério menospreza os augúrios. Só acredita na astrologia.

Tibério olhou para Cláudio com um ar sombrio.

— Correto, meu sobrinho. As estrelas determinam quando um homem nasce e morre e decidem o curso de sua vida. A lógica é inegável. Algum tipo de mecanismo inimaginavelmente grande deve controlar o movimento delas, que, por sua vez, controla nossas pequenas vidas. Nós mortais ficamos muitas vezes distantes da força básica que anima o cosmo.

— Então, as estrelas controlam a humanidade como o m-m-mecanismo de uma balista controla a trajetória do projétil — sugeriu Cláudio —, ou os dentes e as engrenagens de uma roda hidráulica determinam os m-m-movimentos de uma folha que cai no canal? Isso é tudo que somos, tio Tibério, projéteis arremessados no espaço, ou folhas numa torrente?

— Suas metáforas não são ruins, Cláudio, especialmente para alguém que crê que um raio seja um presságio — declarou Tibério, sorrindo com escárnio. Então meneou a cabeça. — Só um idiota ou uma criança acreditaria que o raio seja uma arma lançada das nuvens por algum gigante malvado. Ele é um fenômeno natural, que ocorre de acordo com regras muito precisas embora complexas, exatamente como o movimento das estrelas. Acredito em ciência, Cláudio, não em superstição.

Lívia suspirou, entediada com o rumo da conversa. Pegou o braço do filho e demonstrou o desejo de voltar a caminhar.

Cláudio ficou olhando até que desaparecessem em uma curva, rangendo os dentes.

— Lá vai o novo imperador.

— Já é certo que ele vai suceder Augusto?

— Há sempre uma chance de que o velho m-m-mude de ideia em relação a Agripa. Ele é o único neto sobrevivente de Augusto, afinal de contas. E é só dois anos mais velho que você e eu, jovem o bastante para desfrutar um longo reinado. Seu banimento foi obra de Lívia, eu suspeito: os que ficam em seu caminho costumam morrer ou desaparecer. Tio Tibério é o último que sobrou, de modo que se tornou o herdeiro presuntivo. Acredito que seja o melhor. A ferida sangrenta da fronteira germânica é o maior problema do império no momento e Tibério é um general c-c-competente, mesmo sendo ateu. Temo, Lúcio, que nossa habilidade para a adivinhação não vá nos servir tão bem no reinado do novo imperador quanto no do atual.

— Servir-nos bem? Não vejo como essa história tenha me servido bem! — desabafou Lúcio, com aspereza, sentindo-se de repente completamente arrasado pela falta de sono e pelo esforço para satisfazer as exigências do imperador. Ele abaixou a voz para um sussurro. — E se nossa previsão se tornar conhecida e o imperador *não* morrer em cem dias? Vou parecer um tolo!

— N-N-Noventa e nove dias, na verdade...

— E se ele *morrer*...

— Aí você vai parecer um jovem muito sábio para sua idade.

— Ou vão nos responsabilizar pela morte dele? Como é aquele velho provérbio etrusco? "A culpa é do adivinho."

— Não, Lúcio. Se o imperador morrer, não vai ser de você nem de mim que vão suspeitar. — Cláudio olhou de relance para onde haviam encontrado Lívia e Tibério. — Acho que seria bom para você estudar outra coisa, Lúcio. Você consegue aprender astrologia em n-n-noventa e nove dias?

— Talvez, pai, a gente devesse ir ao Templo de Apolo, no Palatino, e rezar — sugeriu Lúcio.

Segundo seus cálculos precisos, exatos cento e cinco dias haviam decorrido desde que o raio atingira a estátua do imperador. O dia que ele e Cláudio tinham predito que Augusto seria levado pelos deuses já passara, mas a exatidão da profecia ainda era incerta. Augusto não estava em Roma e, como as notícias não chegavam mais rápido que o galope de um cavalo ligeiro, não havia como saber se algo havia acontecido ou não ao imperador.

Todavia, as últimas notícias, que Lúcio e o pai iam buscar no Fórum todo dia, eram preocupantes. Pretendendo viajar até Benevento, acompanhando parcialmente Tibério em uma missão para iniciar novas operações militares na Ilíria, Augusto caíra doente. Supostamente estava recuperando-se em seu retiro na ilha de Capri, onde sofria de uma ligeira irregularidade no intestino. Naquele dia, mais uma vez, Lúcio e o pai foram ao Fórum, ansiosos por mais notícias sobre a condição do imperador.

— Preces são recomendáveis — disse o pai de Lúcio. — Mas por que no Templo de Apolo?

— Porque foi lá que tudo começou, na noite do temporal.

Lúcio se lembrou da estranha premonição sentida pouco antes de Eufranor vir chamar Cláudio.

— Mas vamos rezar pelo quê? — O pai baixou a voz e olhou em volta.

Eles não estavam distantes do Templo de Vesta, em uma parte movimentada da Via Sacra. Diversas vestais saíam do templo redondo com as acompanhantes e um grupo de senadores de toga se encontrava próximo; alguns deles cumprimentaram com a cabeça o Pinário mais velho ao passar. Os dois se retiraram para um local mais isolado, do lado oposto do Templo de Castor.

— Como eu dizia, filho, por que você quer que rezemos? Claro que não é pela morte do imperador; seria traição. Mas, se pedirmos para que ele não morra de acordo com o presságio, não estaríamos então rezando para frustrar a vontade dos deuses?

Não era a primeira vez que Lúcio se arrependia de ter confiado no pai. Para começar, o Pinário mais velho estava mais nervoso que Lúcio por causa do presságio e das consequências. E não pusera o pai em perigo ao contar o fato, contra as ordens explícitas do imperador? No entanto, não teria conseguido suportar a tensão da espera sozinho.

— Então não vamos rezar para nenhuma das duas coisas, pai. Vamos rezar para o bem-estar do Estado romano — sugeriu Lúcio.

— Você me faz lembrar de seu falecido avô! — comentou o Pinário mais velho, com um sorriso seco. — O velho era mestre em descobrir o meio-termo. Você está certo, é claro. Vamos até o Senado fazer uma oferenda lá.

Eles atravessaram o Fórum, passando pelos imponentes edifícios erguidos por Augusto para sediar a burocracia imperial e pela antiga plataforma de discursos, chamada de Rostra, decorada com proas de navios capturados. Ali, os grandes oradores da República haviam arengado os votantes de Roma. Ultimamente, a Rostra era pouco usada.

A edificação do Senado era relativamente nova, tendo sido iniciada por Júlio César, pouco antes de seu assassinato, e terminada por Augusto. O exterior era muito austero se comparado aos templos próximos, elaborados com muitas cores e ornamentos.

— Eu estava presente quando o imperador consagrou esse edifício — recordou-se o Pinário mais velho —, ainda menino, nem vestia a toga de adulto. Praticamente, cresci aqui, assistindo a debates com seu avô, fazendo anotações e levando mensagens para ele, muito antes de me tornar senador.

Eles subiram os degraus e entraram. Contrastando com o exterior, a câmara era muito bem-acabada. Gradis dourados e tecidos vermelhos aveludados dividiam os diversos espaços do vasto recinto. Mármores polidos adornavam as paredes e o chão. Janelas no alto enchiam o imponente local de luz. Os senadores não estavam reunidos naquele dia, mas muitos de seus membros se encontravam por ali, conversando à toa ou cuidando de negócios com os secretários. Sob o governo autocrático de Augusto, o Senado ainda desempenhava numerosas funções burocráticas. A sobrevivência daquela antiga instituição ajudava a manter a ficção oficial de que Roma ainda era uma república e o imperador era apenas o primeiro entre iguais, não o senhor de seus companheiros cidadãos, mas o dedicado servo de todos.

Lúcio e o pai se aproximaram do Altar da Vitória, feito de mármore verde, enfeitado com refinados relevos de folhas de louro. Assomando atrás e acima do altar, via-se uma gigantesca estátua da deusa da Vitória, cercada por uma amostragem dos espólios de guerra tomados por Augusto. Essa exibição era trocada de tempos em tempos. Naquele dia, os troféus em exposição incluíam a proa de ferro de um navio de guerra egípcio, capturado em Ácio, modelada em forma de cabeça de crocodilo. Havia também uma seleção das joias da rainha Cleópatra, inclusive um colar de cornalina e uma de suas altas coroas emplumadas, feita de marfim, com incrustações em ouro e lápis-lazúli.

O Pinário mais velho começou o ritual realizado por todos os senadores ao entrarem na câmara. Queimou um pouco de incenso no altar, fez uma libação de vinho e recitou uma prece:

— Deusa, garanta vitória a Roma e derrota aos inimigos. Proteja o império que entregou a Augusto. Guarde Roma contra todos que queiram causar-lhe dano, seja do exterior ou do interior.

Eles se afastaram do altar. O pai de Lúcio balançou a cabeça enquanto repetia, em um sussurro, as palavras finais da prece:

— "Inimigos do exterior... ou do interior." Essa parte é para ser aplicada a pessoas como Marco Antônio... e seu avô. Que desperdício o homem fez de sua herança! Ele também era sobrinho-neto do Divino Júlio, assim como Augusto. Ele também foi nomeado herdeiro, embora tenha recebido uma parte menor. Ele também poderia ter chegado a uma posição grandiosa. Mas como adorava aquele canalha, Antônio! Para agradá-lo, tornou-se inimigo do próprio primo. Augusto nunca confiou muito na conversão tardia de seu avô para o lado dos vencedores. O imperador o poupou, porém o excluiu de desempenhar qualquer papel no novo regime. Os Pinários foram postos de lado, nem perseguidos nem recompensados... herdeiros esquecidos de Júlio César. — O tom melancólico de sua voz de repente ficou amargo. — E, durante todas as nossas dificuldades financeiras, Augusto nunca jogou um sestércio sequer em nosso caminho!

Não mencionou a esperança que ele e Lúcio já haviam discutido, em particular e aos sussurros, de que talvez as coisas fossem mudar em breve. Se o imperador *morresse*, era quase certo que Tibério tomaria seu lugar, e ele não tinha razão para tratar os Pinários como proscritos. Talvez o desentendimento familiar entre Augusto e o primo pudesse enfim ser esquecido. Se Lúcio agradasse o novo imperador, nada o impediria de progredir na vida. Para esse fim, seguindo o conselho de Cláudio e com o objetivo de satisfazer ao futuro imperador, Lúcio começara a estudar a ciência babilônica da astrologia. E, apesar da pouca influência de Cláudio sobre Tibério, ele era membro da família imperial e, talvez, sua amizade crescente por Lúcio pudesse trazer algum benefício à família Pinário.

Justamente quando os pensamentos de Lúcio se voltaram para Cláudio, o amigo surgiu na entrada do Senado. Olhava para um lado e para o outro, parecendo agitado e confuso. Depois, viu Lúcio e correu até ele.

— Achei que o tinha v-v-visto mais cedo no Fórum. Procurei-o em todo lugar.

Lúcio ergueu a sobrancelha.

— Alguma notícia?

Cláudio meneou a cabeça.

— Sem novidades. Mas tenho outra coisa para dizer, muito interessante. Talvez distraia sua cabeça do p-p-problema que está nos preocupando, pelo menos — declarou, olhando em volta da câmara, para os grupos de senadores que conversavam em voz baixa e para os secretários que corriam de um lado para o outro, então se contraiu receoso. — Não aguento a atmosfera deste lugar, toda essa formalidade e a pompa asfixiante! Venha, vamos procurar um lugar mais confortável para conversar. Sei aonde podemos ir.

Ele os guiou, passando pelo Fórum, pelo vale entre o Capitólio e o Palatino, até a margem do rio. O destino era uma taverna nas docas. Quando entraram e seus olhos se adaptaram à escuridão, Lúcio torceu o nariz por causa do cheiro, uma combinação de vinho derramado, pessoas sujas e os eflúvios da Cloaca Máxima, que desembocava no Tibre, ali perto. Os poucos fregueses eram aqueles que frequentavam tavernas no meio do dia — atores, marinheiros, prostitutas e jogadores.

Cláudio suspirou aliviado.

— Obrigado aos deuses por um lugar onde posso me sentir à vontade! Ninguém olhando para mim, ninguém se queixando de mim, expressando desaprovação e decepção. Aqui posso ser eu mesmo.

— Você tem certeza de que é adequado alguém da casa imperial ser visto em um estabelecimento como este? — perguntou o pai de Lúcio olhando de viés para a clientela.

Ele parou por um momento, mas depois se sentou em um banco ao lado do filho, diante de Cláudio.

— Por que não? Vários dos libertos de meu tio-avô são fregueses desta taverna. Ora, foi Eufranor quem primeiro me mostrou este lugar. E não há ninguém em quem o imperador confie mais. Já vi o homem s-s-sentado aqui neste mesmo banco, tão embriagado de vinho barato que não conseguia ficar de pé.

— Você falou que tinha algo para nos contar — disse o pai de Lúcio olhando para a criada viçosa que trouxera canecas e um jarro de vinho. — Só um pouquinho de vinho, nada mais; encha o restante da caneca com água.

Lúcio fez o mesmo pedido, mas Cláudio tomou vinho puro. Entornou uma caneca e depois pediu outra antes de começar a falar.

— É sobre o amuleto, aquela relíquia da família de vocês. Vejo que está com ele hoje, Lúcio.

Lúcio tocou o pedaço de ouro no peito.

— C-C-Consultei meu antigo tutor, Tito Lívio — começou Cláudio, com a fala ligeiramente arrastada. — Vocês devem ter lido a história da cidade que ele escreveu desde a fundação. Não? Nenhum dos dois? Nem as partes que tratam de sua família? A maioria faz uma busca nos pergaminhos para achar menções aos ancestrais. — Cláudio balançou a cabeça. — Bem, minha conversa com Lívio confirmou minha crença inicial de que esse talismã pode ser identificado como um *fascinum*. Em outras palavras, muito tempo atrás, antes dos detalhes ficarem desgastados, ele retrataria um falo mágico, provavelmente alado, considerando-se a forma. Se olharem bem e usarem um pouco a imaginação, vão poder visualizar o amuleto como era originalmente — explicou e, sem pedir, estendeu a mão e segurou o talismã, puxando o colar em sua direção, com Lúcio junto. — É, olhem... Aqui é a haste, aqui os testículos e aqui as duas asinhas!

Cláudio soltou o amuleto. Lúcio o tomou entre os dedos e o examinou, sentindo um profundo desapontamento. Um *fascinum*? Aquelas bugigangas eram extremamente comuns, usadas pelas mulheres como proteção durante o parto e colocadas em torno do pescoço das crianças para protegê-las do olhar nocivo dos invejosos, o chamado mau-olhado. Até os escravos as usavam.

— Então ele é isso? — questionou Lúcio. — Nada além de um *fascinum* comum?

Cláudio fez que não com o dedo.

— Não tem n-n-nada de comum! Não, esse *fascinum* é especial, muito especial. Na verdade, se minhas conjeturas estiverem corretas, pode ser o mais antigo desses amuletos existentes. Atualmente, um *fascinum* é considerado mera quinquilharia, um talismã da sorte. Nós os vemos feitos de metal barato, pendurados no pescoço de escravos. Quase ninguém se lembra do deus Fascinus, de quem esses amuletos levam o nome, mas o falo alado surge nas histórias mais antigas, contadas por nossos ancestrais. Sua manifestação apareceu na lareira da mãe do rei Sérvio Túlio, e, mesmo antes disso, outra manifestação surgiu para um dos reis de Alba e exigiu relações sexuais com sua filha. Nenhum deus que toma essa forma foi descrito pelos gregos nem por qualquer outro povo que Roma tenha conquistado. Podemos concluir que o deus Fascinus apareceu exclusivamente para nossos ancestrais e deve ter desempenhado algum papel na origem de Roma.

"Além do mais, nem todo *fascinum* é uma simples bugiganga. Um dos objetos mais sagrados da religião do Estado é o sagrado *fascinum* guardado pelas virgens vestais. Vi a coisa com os próprios olhos. Tem um tamanho exagerado e é muito pesada, feita de ouro s-s-sólido. Há séculos, a Virgem Máxima o mantém em um lugar secreto, sob a biga cerimonial, dirigida pelos generais durante as procissões triunfais, para proteger contra o mau-olhado. Você conta nos dedos da mão aqueles que sabem a origem desse c-c-costume: Tito Lívio, a Virgem Máxima, eu... e provavelmente ninguém mais, pois vocês, Pinários, parecem ter se descuidado de transmitir a história para as novas gerações.

— Você está dizendo que algum Pinário esteve envolvido na origem desse costume? — indagou o pai de Lúcio.

Ele estivera distraído antes por causa do jogo de dados e de certa atividade libidinosa que ocorria mais além, na escuridão da taverna, mas agora Cláudio tinha toda a sua atenção.

— Estou dizendo exatamente isso. O c-c-costume de se colocar o *fascinum* embaixo da biga triunfal se originou com uma vestal, que possuía uma devoção especial por Fascinus. Seu nome era... Pinária! Sim, não há dúvida de que ela vinha da família de vocês. Essa Pinária serviu a Virgem Máxima Foslia, na época em que os gauleses capturaram a cidade, há cerca de quatrocentos anos. Naquele tempo, amuletos como o de vocês não eram nem um pouco comuns; na verdade, só descobri uma referência a um *fascinum* que date do tempo dessa vestal. Agora, ouçam com atenção, porque é aí que a história se complica, especialmente quando se bebeu tanto vinho como eu!

"Graças à história completa de Roma, escrita por Fábio Pictor, que deu atenção especial às contribuições da própria família, os Fábios. Acho que vocês também não a leram, não é? Com isso, descobri uma referência a um *fascinum* de o-o-ouro usado por um certo Késio Fábio Dorso. Ele era filho adotivo do famoso guerreiro Gaio Fábio Dorso, que ficou sitiado no alto do monte Capitolino quando os gauleses ocuparam a cidade, junto da... vestal Pinária! Eles ficaram ilhados lá durante uns nove meses. Quase imediatamente após a libertação, Gaio Fábio Dorso adotou uma criança chamada Késio, cuja família é desconhecida. Dadas as circunstâncias, não é difícil imaginar que fosse fruto do amor entre a vestal Pinária e Gaio Fábio Dorso e que o conhecido *fascinum* de ouro que usava fosse um presente da mãe, a mesma mulher que deu origem ao costume de pôr um *fascinum* sob a biga triunfal. — Cláudio se encostou na parede, com ar de satisfação, e fez sinal para a criada trazer mais vinho.

O Pinário mais velho franziu o cenho.

— Em primeiro lugar, a ideia de uma vestal ter um filho, em segredo e de forma ilegal, é desagradável para qualquer cidadão respeitável...

— Mas não é algo desconhecido — interveio Cláudio. — Posso lhe garantir, a história das vestais é repleta dessas indiscrições, algumas vindas a público e castigadas, mas muitas outras encobertas. Daí o velho ditado: mostre uma vestal que seja virgem e eu mostrarei uma que seja feia.

O pai de Lúcio não riu.

— Mesmo assim, aceitando-se que esse Késio Fábio Dorso fosse filho da vestal Pinária e que ela tenha lhe dado um *fascinum* de ouro, o que isso tem a ver com o amuleto deixado por meu pai e usado por Lúcio?

Cláudio o fitou com uma descrença de bêbado.

— Vocês, Pinários! Que espécie de p-p-patrícios são vocês, para não conhecerem cada raiz, ramo e galho da própria árvore genealógica? Vocês são descendentes diretos de Késio Fábio Dorso! Vocês não sabem sobre Fábia, que foi mais que sua tetravó, na época de Cipião Africano? Sim, tenho certeza da linhagem: possuo a prova genealógica em minha biblioteca. E assim podemos conjeturar que o *fascinum* que você usa, Lúcio, um objeto antigo, passado de g-g-geração em geração, é o mesmo de seu ancestral Késio Fábio Dorso, que imagino que tenha vindo da vestal Pinária. Mas de quem ela o herdou? Quem sabe? Seria voltar muito no tempo. Esse pequeno pedaço de o-ouro é com certeza o modelo mais antigo que já encontrei. Podemos até conjeturar que seja *o fascinum*, o protótipo original, anterior mesmo ao das virgens vestais. Talvez tenha sido criado pelo próprio deus Fascinus, ou por seus primeiros adoradores, os Pinários, que também fundaram e cuidaram do Grande Altar de Hércules, muito antes da cidade de Roma ser fundada.

Cláudio esbugalhou os olhos, impressionado com a própria erudição. Falar o deixava com sede. Ele engoliu o vinho da caneca e pediu mais.

— A família Pinário é muito antiga, mais que a minha. Meu ancestral, o guerreiro sabino Ápio Cláudio, chegou relativamente tarde a Roma, nos primeiros anos da república. Mas vocês, Pinários, já estavam aqui antes disso, antes dos reis, antes mesmo da cidade existir, no tempo em que s-s-semi-deuses como Hércules vagavam pela terra. E essa "pequena quinquilharia" pendurada em seu pescoço, caro Lúcio, é um elo direto com essa época.

Lúcio olhou para o *fascinum*, devidamente impressionado, mas ainda com um pouco de dúvida.

— Mas nem temos certeza se isso *é* um *fascinum*, Cláudio.

— Lúcio, Lúcio! Tenho um instinto para essas coisas e ele n-n-nunca se engana.

— É a isso que a história se resume? — perguntou Lúcio. — A examinar listas e pedaços de pergaminhos antigos, fazer genealogias, conexões entre fatos díspares e depois chegar a conclusões baseado em suposições, intuições ou fantasias?

— Exatamente! Você acaba de pôr o dedo na própria essência da história! — exclamou Cláudio, com uma gargalhada de bêbado.

Lúcio jamais o vira tão inebriado ou descontraído. Ocorreu-lhe que Cláudio havia gaguejado muito pouco desde que chegaram à taverna.

— Com toda certeza, Lúcio, a história, diferente da adivinhação, é uma ciência inexata. Isso acontece porque ela lida com o passado, que já se foi para sempre e nem os deuses nem os homens podem alterar ou revisitar. A adivinhação trata do presente e do futuro, além da vontade dos deuses, que precisa ser revelada. Ela *é* uma ciência exata, desde que o adivinho tenha conhecimento e habilidade suficientes.

Cláudio olhou para a porta e estremeceu. Sentou-se ereto e abriu bem os olhos.

Como um mensageiro em uma peça, chegando no momento apropriado!

O recém-chegado era Eufranor. Entrando no recinto escuro, vindo da luz da rua, ele não os viu até Cláudio o chamar e acenar para ele.

— Procurando por mim, Eufranor?

— Na verdade, não. Acabo de chegar à cidade e preciso de uma bebida.

— Então, j-j-junte-se a nós — disse Cláudio, afastando-se para o lado e batendo com a mão no lugar vazio.

Eufranor se sentou, fazendo uma careta de dor.

— Estou dolorido por causa da sela — explicou. — Preferia ficar de pé, mas estou exausto. — Tinha a capa e a túnica cobertas de poeira.

— Quais são as n-novidades, Eufranor?

— Pelo amor de Vênus, homem, deixe-me beber algo antes!

Eufranor chamou a criada e virou duas canecas, uma após a outra. Olhou de modo turvo para Lúcio e o pai, parecendo um pouco relutante em falar.

— Vamos, Eufranor — incentivou Cláudio. — Pode falar à vontade. Estou certo de que se lembra de Lúcio Pinário. Esse é seu pai.

Eufranor fechou os olhos por um longo tempo; depois, quase sussurrou:

— Sou o primeiro a chegar com a notícia, de modo que ninguém em Roma sabe disso ainda. O imperador morreu.

— Por Numa! — murmurou Cláudio. — Agora *todos* precisamos de mais bebida! — declarou, fazendo um sinal à criada. — Quando, Eufranor?

— Cinco dias atrás.

Cláudio e Lúcio trocaram olhares. Augusto havia morrido exatamente cem dias após o raio ter caído.

— Onde?

— Na cidade de Nola.

— Ela fica próxima do monte Vesúvio, um pouco a leste. Por que a n-n-notícia demorou tanto a chegar a Roma?

— A demora foi por ordem de Tibério.

— Mas por quê?

Eufranor resmungou:

— Só posso lhe contar a sequência dos acontecimentos. Augusto morreu. Tibério deu ordens estritas para que não divulgassem a notícia até ele mandar. Uns dias depois, chegou um mensageiro com a informação de que o jovem Agripa havia morrido...

— O neto do imperador? — perguntou o pai de Lúcio.

— Morto pelos soldados que o guardavam na ilha onde estava exilado. Após essa mensagem chegar, Tibério me mandou vir a Roma o mais rápido possível e dar a notícia aos auxiliares do imperador.

— Entendi — sussurrou Cláudio. — O tio Tibério adiou tornar pública a morte de Augusto até se livrar de Agripa. É o que você está dizendo. Pobre Agripa!

— Contei a você apenas a sequência dos acontecimentos. Não vou especular sobre como nem por quê — retrucou Eufranor, com a expressão imparcial que os servos imperiais assumiam tantas vezes. — Quando recebeu a mensagem sobre a morte de Agripa, Tibério negou de imediato e em público qualquer responsabilidade.

Cláudio assentiu.

— É possível que Augusto tenha deixado instruções para Agripa ser assassinado depois de sua morte. Ou que Lívia tenha forjado essas instruções. Tecnicamente, o tio Tibério pode ser inocente do a-a-assassinato de Agripa.

— Mas o que vai ser de *você*, Cláudio? — perguntou Lúcio.

— De mim? O inofensivo, gago e meio idiota Cláudio? Vão me deixar com meus livros e meu *lituus*, imagino.

A criada veio servir mais bebida. O pai de Lúcio recusou a oferta de água e bebeu uma caneca inteira de vinho puro. O filho fez o mesmo.

— Como o imperador morreu? — quis saber Cláudio.

Eufranor pareceu de repente murchar, devido à exaustão e ao vinho. Os ombros caíram e o rosto desabou.

— Tínhamos saído de Capri e estávamos a caminho de Roma. O imperador não vinha bem. Sentia fraqueza, dor de estômago e estava com o intestino solto, mas deu sinais de melhora. No entanto, na estrada piorou. Fizemos um desvio para a casa da família em Nola. O imperador foi para a cama no mesmo quarto em que o pai morreu. Ficou lúcido quase até o fim. Parecia resignado com a morte, até um pouco... satisfeito. Reuniu a família e os companheiros de viagem, inclusive Lívia, Tibério e eu, e citou um diálogo de uma peça, como um ator que deseja receber aprovação. "Se desempenhei meu papel nessa farsa com tranquilidade convincente; então, aplaudam-me, por favor. Aplaudam! Aplaudam!" E assim fizemos. Isso pareceu agradá-lo. Porém, nos instantes finais, ficou irrequieto e assustado. Via coisas que só ele podia ver. Gritou uma palavra em etrusco, *huznatre*! E depois "Eles estão me levando! Quarenta rapazes estão me levando!". Então acabou.

Cláudio e Lúcio trocaram olhares de cumplicidade.

— Ilusões de um homem à beira da morte — comentou o pai de Lúcio.

— Não foi ilusão. Foi uma profecia — retrucou Eufranor. — Tibério mandou reunir quarenta pretorianos para formar uma guarda de honra, a fim de trazer o corpo do imperador de volta à cidade.

16 D.C.

Era uma manhã de sol no mês de Maius. Nesse dia, tão aguardado, Lúcio Pinário e Acília iam se tornar marido e mulher.

O casamento fora enfim possibilitado graças à generosidade do falecido Augusto. No testamento, além de nomear Lívia e Tibério como principais herdeiros, o imperador havia deixado vários legados, menores porém generosos, entre esses, uma grande soma para Lúcio Pinário. Os fofoqueiros de Roma, que analisavam os detalhes do testamento como adivinhos etruscos examinando entranhas, presumiram que esse foi o modo que Augusto encontrou de indenizar os primos, os Pinários, após toda uma vida ignorando-os, e talvez tenha sido. Entretanto, Lúcio supôs que a herança foi também uma espécie de honorário, pago a ele postumamente, por seu papel na adivinhação do presságio do raio. Por alguma razão, Augusto fez de Lúcio um homem rico.

Ainda assim, mesmo com a nova riqueza do rapaz, o pai de Acília havia insistido em um noivado longo. Isso deu a Lúcio tempo de pagar as dívidas da família, investir o que sobrou do dinheiro no comércio de grãos do Egito, renovando as antigas associações comerciais do avô, e de comprar, e mobiliar, uma casa para si e a futura esposa. Ele não possuía condições de ter uma propriedade no Palatino, mas conseguiu comprar uma residência no lado mais elegante do Aventino, com vista para o Tibre e o Capitólio, do andar de cima, e um vislumbre do Circo Máximo. Isso agradou muito sua mãe.

Ao pôr do sol, o cortejo matrimonial saiu da casa de Acília. A procissão era encabeçada pelo menino mais novo da casa, o pequeno irmão da noiva, que levava uma tocha de pinho, acesa no fogo da casa. Quando chegassem à casa de Lúcio Pinário, a chama seria inserida na lareira da residência do marido.

Atrás do carregador da tocha ia uma virgem vestal. Usava uma vestimenta de linho e uma estreita faixa em torno da cabeça, de lã vermelha e branca, chamada *vitta*. Trazia também um toucado, o *suffibulum*, que ocultava o cabelo muito curto, e um manto que encobria a cabeça e os ombros. Carregava um bolo feito de grãos benzidos salpicado com sal sagrado; durante a cerimônia o casal consumiria alguns pedaços e depois o quitute seria distribuído entre os convidados.

Em seguida, vinha a noiva. O cabelo louro de Acília estava puxado para trás, cacheado e preso com pinos de marfim de forma elaborada. Ela usava um véu amarelo e sapato da mesma cor. A longa veste branca era cingida na cintura por uma faixa púrpura, amarrada atrás de um modo especial, chamado nó de Hércules; mais tarde, seria privilégio de Lúcio desatá-lo. Trazia também um fuso para fiar e um carretel com lã. Ladeando-a, viam-se dois de seus primos, meninos pouco mais velhos que o carregador da tocha.

Atrás da noiva, vinham mãe, pai e o restante do cortejo matrimonial, que entoava uma antiga canção nupcial chamada "Talásio", que relembrava o rapto das sabinas por Rômulo e seu bando. Segundo a lenda, a mais bela dentre elas foi capturada pelo escudeiro de um certo Talásio. Quando a levaram, as sabinas imploraram para saber o paradeiro dela. As mulheres do cortejo matrimonial cantavam as perguntas, e os homens, as respostas:

Aonde me levas?
Até Talásio, homem de grande seriedade!
Por que me levas?
Porque és para ele um oceano de beldade!
E qual será meu destino?
Casar-se com ele, ser sua companheira!
E que deus pode me salvar?
Nenhum, pois para eles essa união é costumeira!

O cortejo nupcial chegou à casa de Lúcio Pinário. Na rua, a céu aberto, um cordeiro foi esfolado e sacrificado em um altar. O couro foi arremessado sobre duas cadeiras, sobre as quais os noivos se sentaram. Cláudio, como áugure, pedia aos deuses que abençoassem a união e tirava auspícios; o voo de dois pardais, da direita para a esquerda, cruzando o céu que escurecia, foi declarado por ele como um presságio favorável.

Segurando o fuso e o carretel, Acília se levantou da cadeira e foi até a porta da casa, decorada com guirlandas de flores. A mãe a abraçou. Todos sabiam o que viria em seguida e uma corrente de excitação nervosa percorreu a multidão. Quando Lúcio, ainda sentado, pareceu hesitar, o pai gritou:

— Vá, filho, faça!

— Sim, Lúcio, v-v-vá! — gritou Cláudio.

Sorrindo, gargalhando e batendo palmas, outros aderiram ao coro:

— Vá! Vá! Vá!

Enrubescendo e rindo, ele pulou da cadeira e tirou Acília dos braços da mãe. Ela gritou quando Lúcio a pegou no colo, abriu a porta com o pé e a carregou como uma sabina cativa, cruzando a soleira. O cortejo saudou e aplaudiu, aglomerando-se ao redor para assistir ao ato final da cerimônia.

Dentro da casa, Lúcio pôs Acília sobre um tapete de pele de carneiro. Ela soltou o fuso e o carretel. Ele lhe entregou as chaves da casa.

— Quem é essa recém-chegada? — perguntou ele, com o coração batendo forte.

— Quando e aonde tu fores Lúcio, serei então Lúcia — replicou ela.

A cerimônia dava a Acília o que nenhuma solteira possuía: o primeiro nome; era a forma, no feminino, do primeiro nome do marido e seria usada apenas em particular, entre os dois.

Durante o banquete que se seguiu, Lúcio procurou Cláudio. Eles foram até um local tranquilo, distante dos outros, sob o pórtico que cercava o jardim. A lua estava cheia; o ar, tomado pela fragrância dos jasmins noturnos.

— Sua casa é b-b-bonita, Lúcio.

— Obrigado, Cláudio. E obrigado também pelos auspícios hoje.

— Foi um prazer servir de áugure. Mas, com essa residência e a bela noiva, você não precisa de m-m-mim para confirmar que a Fortuna sorri para você.

— Fortuna ou Destino?

Cláudio riu.

— Vejo que seguiu meu conselho e estudou astrologia. Como Bolo escreve em *Simpatias e antipatias*, todo estudante do assunto tem de, mais cedo ou mais tarde, enfrentar o paradoxo de Destino *versus* Fortuna. Se o Destino é um caminho inexorável posto diante de nós pelos astros, do qual nenhuma divergência é possível, qual a vantagem então de se fazer preces para a Fortuna ou qualquer outra divindade? Mesmo assim, os homens invocam Fortuna o tempo inteiro e em toda circunstância. Está em nossa natureza propiciar os d-d-deuses e pedir bênçãos a eles. Então, deve haver alguma utilidade em se fazer isso, apesar da natureza inexorável do Destino. Em minha opinião, nosso destino pessoal é como um caminho largo. Não podemos andar para trás ou sair dele, nem mudar o ponto de chegada, mas dentro desse caminho podemos fazer pequenos desvios e curvas. Nessas circunstâncias, somos capazes de realizar escolhas e o favor dos deuses pode fazer diferença.

Lúcio olhou a distância e assentiu.

Cláudio suspirou.

— Vejo pelo seu rosto, Lúcio, que nenhuma palavra do que eu disse faz sentido para você.

Lúcio riu.

— Para ser sincero, Cláudio, meus estudos de astrologia não foram exatamente bons. Não é como o augúrio. Não que eu tenha apreciado, em particular, todo aquele tempo que passei com o mestre, mas gostei dos conhecimentos que ele nos transmitiu, porque a ciência do augúrio faz sentido para mim. Ela foi aperfeiçoada pelos antepassados, atendia às necessidades deles e é nosso dever continuar a prática, para manter o favor dos deuses voltado a nós e a nossos descendentes. Porém, a astrologia... — explicou Lúcio, balançando a cabeça. — Dar nome aos planetas, categorizar seus efeitos sobre a conduta dos homens e o resto... Parece-me muito arbitrário, como se algum babilônio, morto há muito, tivesse inventado tudo isso. E, como você diz, se o Destino existe, qual é a vantagem de saber o futuro? Diferente de você, Cláudio, não tenho certeza se o augúrio e a astrologia podem ser conciliados. Acho que é preciso acreditar em uma coisa ou na outra.

— A esse respeito, ao menos, você concorda com o tio Tibério.

— Foi muita consideração de sua parte, Cláudio, obter para mim as informações sobre o nascimento do imperador, além daqueles dois horóscopos. O mais antigo, feito por Escribônio no nascimento de Tibério, consegui decifrar relativamente bem. No entanto, o mais recente, o de Trasilo, não fez o menor sentido para mim. Não entendi seus cálculos. E a descrição do caráter do imperador, um homem humilde, que relutou, mas foi forçado pelo destino a assumir uma grande responsabilidade, pode ser fiel, porém não consigo ver como ele chegou a tal conclusão.

— Pode ser que Trasilo, selecionando os dados, tenha feito uma interpretação de acordo com a imagem que o tio Tibério quer projetar.

— Você está dizendo que ele falou ao imperador o que este desejava ouvir.

— O fato de que talvez um astrólogo não seja honesto não invalida a ciência em si, Lúcio. O tio Tibério provavelmente é para Trasilo um enigma tão grande quanto para o restante de nós. Temos um imperador que se recusa a usar a coroa de louros ou a tomar qualquer um dos títulos de meu tio-avô. Nada de augusto ou de pai de seu país, nem de imperador depois do nome. Mas também não p-p-parece propenso a restaurar a república. Ele diz que todos os senadores são "bons para serem escravos". O tio Tibério é realmente um sujeito humilde, levado à notoriedade pelas circunstâncias, sem falar das ambições de minha avó? Ou ele está simplesmente fazendo pose, como meu tio-avô fez quando se definiu como um modesto servidor público, que só desejava servir ao Estado?

— O estudo das estrelas pode ter dado uma resposta a Trasilo, mas não a mim — disse Lúcio. — Eu simplesmente não levo jeito para a astrologia.

— Ah, pensei em pôr você no c-c-caminho, mas não deu certo. Sorria, Lúcio! Só fiz uma piada sobre o Destino.

— Mas você não teve outra escolha.

Cláudio concordou e olhou para o jardim, onde Acília conversava com a mãe.

— Se o livre-arbítrio existe, então você fez uma boa escolha de esposa, com certeza. Acília é muito b-b-bonita.

— Ela é. E eu a amo. É curioso. Meu pai decidiu cortejar os Acílios porque eles tinham dinheiro, mas agora isso é irrelevante, graças à fortuna que herdei de seu tio-avô. Fiquei livre para casar por amor.

— Homem de sorte! Hoje em dia, a maioria casa por causa do benefício tributário. Meu tio-avô queria que todos casassem, se estabelecessem e procriassem. Então, resolveu punir os solteiros e sem filhos com impostos. Ele tornou a vida mais fácil para os casados e mais fácil ainda para os que têm filhos. Você já pode começar essa noite!

Lúcio também olhou para Acília. Em sua veste branca e com o véu amarelo, iluminada pelo luar e pelas lâmpadas, ela parecia brilhar suavemente.

— Nessa época, ano que vem, posso já ter um filho — declarou ele, assustado com a enormidade daquilo. — Você lembra, Cláudio, quando Augusto nos mostrou aqueles sapatinhos de bebê?

— Sapatinhos de bebê?

— Quando conversamos com ele naquele estúdio, no andar de cima, ele nos mostrou o calçado do sobrinho.

— Ah, é. Os que meu irmão mandou de lembrança. O pequeno Gaio já cresceu desde então. É grande para uma criança de 4 anos e já é um guerreiro. Germânico me contou que o menino tem botas militares em miniatura, a *caliga*, usada pelos soldados. Como as tropas adoram ver o rapaz desfilando! Chamam-no de Calígula, "Botas Pequenas".

— Seu irmão mais velho está se saindo bem, à altura do nome.

— É verdade. Sua primeira tarefa foi acalmar a inquietação da tropa quando o tio Tibério retirou as bonificações prometidas por Augusto; só a popularidade de Germânico entre os soldados impediu uma rebelião total. Aprendemos uma lição lá, sobre a base do verdadeiro p-p-poder do imperador; não é o Senado, mas as legiões. Germânico não apenas reanimou as tropas no Reno como também conduziu uma invasão ao coração do território germânico e vingou o desastre da floresta de Teutoburgo. Dois estandartes da águia perdidos foram recuperados e ele jurou que vai trazer o outro também, mesmo que tenha de arrancá-lo da mão morta de Armínio.

— Todos em Roma estão falando desse sucesso.

— O povo agora o ama tanto quanto suas tropas. É quase certo que Tibério vai ter de conceder um triunfo a Germânico quando ele retornar a Roma. Imagine a pompa e a glória, todos os escravos e espólios germânicos c-c-capturados em exibição, a aclamação das legiões e o pequeno Calígula ao lado do pai na biga, calçando botinhas militares!

Lúcio tocou o *fascinum* em seu peito.

— E embaixo da biga estará o *fascinum* sagrado das vestais para proteger contra o olhar dos invejosos.

— O invejoso nesse caso será Tibério — murmurou Cláudio.

Lúcio também baixou a voz.

— Ele vê Germânico como rival?

— Quem p-p-pode saber?

— Se Tibério se sente ameaçado por seu irmão, o que isso significa para você, Cláudio?

— Talvez eu deva c-consultar meu horóscopo.

De repente, Lúcio se sentiu inquieto. Durante muitos anos, no governo de Augusto, o poder em Roma estava bem-consolidado; gostando ou não, todos conheciam seu lugar. Porém, após a morte do imperador, o futuro da cidade e o destino do povo se tornaram incertos.

Contudo, para ele mesmo, no curto prazo ao menos, Lúcio só previa felicidade. A oportunidade de servir a Augusto o tornara rico e lhe proporcionara a esposa que desejava. A amizade com Cláudio o havia trazido até o círculo externo da família imperial, perto o bastante para desfrutar de certos privilégios, mas não tão próximo a ponto de provocar o temor e a inveja dos poderosos. Os estudos de astrologia o tinham levado a um beco sem saída, porém o amor pela ciência do augúrio era maior que nunca. O que importava se o novo imperador depositava a confiança inteiramente na astrologia? O atual fascínio babilônico pela observação das estrelas poderia ser apenas uma moda passageira, ao passo que os áugures seriam sempre necessários e respeitados em Roma.

Por fim, após muita comemoração, os últimos convidados foram embora. Os escravos se recolheram aos aposentos para passar a noite. Enquanto Acília se retirava para o quarto, a fim de se aprontar, Lúcio andava sozinho de um aposento para o outro, fazendo um inventário do ambiente. Cláudio tinha dito que a casa era bonita, e era. A luz das lâmpadas iluminava com suavidade as paredes, recém-pintadas com imagens de pavões e jardins, e caía com brandura sobre todos os belos objetos que Lúcio comprara para torná-la digna de Acília: lâmpadas e mesas, cadeiras e tapetes, divãs para refeições e cortinados. Quanta mobília era necessária para equipar uma residência e como aquilo tudo era caro! Como alguém que não tivesse recebido uma herança arcaria com tanta despesa? Lúcio sabia que era um homem de sorte.

Ele entrou no quarto, onde Acília o aguardava. Com dedos trêmulos, desamarrou o nó de Hércules que segurava a faixa púrpura em torno da cintura dela e retirou a veste matrimonial. Embaixo, vestia um traje leve, feito de tecido brilhante, tão transparente que era possível ver através dele. Acília soltou o cabelo e as tranças cor de mel caíram quase até a cintura. Lúcio permaneceu imóvel, apenas olhando para ela, desejando parar o tempo. Que momento seria mais perfeito que aquele, uma combinação da profunda satisfação que o dia lhe trouxera e dos prazeres intensos da noite que começava?

Ele acariciou o cabelo louro que emoldurava o rosto da esposa; depois, tocou o tecido brilhante e sentiu o calor e a firmeza da carne.

— Minha Lúcia! — murmurou, pronunciando o nome que a ele apenas era permitido dizer, enquanto cobria a boca de Acília com a sua.

19 D.C.

Cruzar o Fórum em um dia revigorante de October, vestindo a *trabea* e carregando o *lituus*, dava a Lúcio uma sensação maravilhosa de pertencimento e autoestima. Aos 29 anos, não era apenas um cidadão da maior cidade da terra mas um marido e pai de gêmeos (como Augusto aprovaria aquilo!), além de membro altamente respeitado da comunidade.

O augúrio que havia acabado de realizar havia sido muito bom. Uma taverna nova estava para abrir em uma das ruas de pior reputação em Subura e o dono queria saber qual o melhor dia para começar a servir os fregueses. O voo para lá e para cá das gaivotas, pássaros raros de se ver no interior, tinha indicado claramente que seria o dia seguinte ao amanhã. A cerimônia não era uma ocasião importante, mas fazia parte dos deveres de um áugure tornar os auspícios disponíveis a todos os cidadãos, para todo tipo de propósito. O dono da taverna lhe pagara o honorário padrão; Lúcio bateu na bolsa cheia de moedas sob a *trabea*. Também havia oferecido comida e bebida gratuitas, sempre que aparecesse por lá. Lúcio fingira gratidão, mas era improvável que aceitasse algum dia a oferta. Estava acostumado a um passadio superior àquele oferecido pela humilde taverna e, exceto por motivos profissionais, ele raramente visitava as ruas cheias e barulhentas da agitada Subura. Os estabelecimentos que frequentava estavam localizados na parte mais baixa das encostas do Aventino e do Palatino, em áreas onde as classes superiores costumavam se encontrar.

Ele cogitava visitar seu local favorito, um esconderijo agradável na rua de sua casa, quando se deparou com Cláudio. Já ia convidá-lo a acompanhá-lo, quando percebeu o olhar no rosto do amigo.

— Cláudio, o que aconteceu?

— P-P-Péssimas notícias. P-P-Péssimas! — Havia lágrimas em seus olhos.

Por um momento, ele pareceu incapaz de falar, preso a alguma consoante teimosa; depois, despejou:

— G-Germânico morreu! Meu querido irmão. Morto!

— Cláudio, que notícia *terrível*!

Lúcio torceu o nariz diante do hálito de vinho. O amigo estava bêbado. Lúcio pegou seu braço, mas Cláudio parecia ter criado raízes no local, tremendo e piscando entre uma lágrima e outra.

Um ano antes, o pai de Lúcio havia morrido. O Pinário mais velho não sofrera muito; sentira uma dor de cabeça horrível certa vez, havia entrado em coma à noite e, dois dias depois, estava morto, sem jamais ter recuperado a consciência. A perda súbita abalou Lúcio. Cláudio foi um conforto para ele no período de luto e Lúcio agora faria o máximo para retribuir o favor ao amigo aflito.

— Ele tombou em alguma batalha?

Após o grande triunfo em Roma, Germânico fora enviado à Ásia por Tibério, onde obtivera mais sucesso ainda, derrotando os reinos de Capadócia e Comagena, transformando-os em províncias romanas. Ultimamente, comentava-se em conceder a Germânico um segundo triunfo. Apenas os maiores comandantes haviam recebido mais de um na história de Roma.

— Não, morreu na própria cama.

— Mas Germânico era tão jovem!

— Tinha quase 35... e estava em e-e-excelente estado de saúde até cair doente. Os médicos culparam uma misteriosa doença terminal, mas há rumores de e-e-envenenamento e encantos mágicos inscritos em tabuletas de chumbo.

— Mas quem ousaria assassinar Germânico?

Cláudio respirou fundo e se firmou.

— No tempo de Augusto, nos perguntávamos quem p-p-poderia envenenar o imperador. Agora nos perguntamos quem o imperador p-pode envenenar! E, nos dois casos, o culpado é o mesmo.

Lúcio olhou para os dois lados da rua. Havia poucas pessoas à vista e ninguém perto o bastante para ouvi-los. Ainda assim, baixou a voz.

— Você não deve dizer essas coisas, Cláudio.

— Ao menos meu sobrinho está bem, pelo que sabemos. P-P-Pobre pequeno Calígula, órfão! Acho que ninguém vai envenenar um menino de 7 anos.

— Claro que não — concordou Lúcio, pensando nos próprios filhos, que ainda não tinham 1 ano.

Ele ergueu a mão para tocar o lugar vazio de seu peito; naquele dia, não estava usando o *fascinum*. Sentiu vontade de correr para casa.

— Venha comigo, Cláudio. Acília vai querer ouvir a notícia. Minha mãe fará o jantar para nós. Passe a noite conosco.

— Não, não, não. Tenho muito a fazer. P-P-Pessoas a avisar. Coisas a organizar.

— Então vou com você — declarou Lúcio, tentando disfarçar a relutância.

— Não, não, Lúcio, você pertence a sua família. Vá ficar com ela. Estou bem. Ninguém nunca vai querer envenenar ou enfeitiçar o p-p-pobre Cláudio — disse ele, antes de virar e descer a rua rapidamente.

Lúcio o observou até que desaparecesse na esquina, depois se dirigiu para casa.

Antes mesmo de entrar, sentiu que havia algo errado. A porta estava escancarada. Onde estava o escravo que tomava conta da entrada? No interior, escutou os gêmeos, Tito e Késio, chorando alto. Então, ouviu sons mais perturbadores: um homem dando ordens, o barulho de passadas com botas, o ruído de móveis sendo derrubados e um grito de Acília.

Lúcio correu para dentro. No vestíbulo, as efígies em cera de seus ancestrais estavam tortas nos nichos, como se reviradas; a do pai caíra no chão. Ele disparou para o salão de recepções, com vista para os aposentos ao redor. Soldados invadiram a casa e estavam ocupados saqueando-a. Pela insígnia imperial que usavam, Lúcio percebeu se tratar de pretorianos, corpo de elite de centuriões, alocados em uma guarnição fortificada fora da cidade. Eram responsáveis pela guarda pessoal do imperador e pela prisão de seus inimigos. O que estavam fazendo ali, destruindo a mobília, arrancando tapetes e perfurando as paredes?

— Parem imediatamente com isso! — gritou Lúcio.

Os soldados o viram e pararam. Dois deles correram até Lúcio. Enquanto um o segurava pelos ombros, o outro o revistava.

— Está desarmado! — berrou o militar.

Eles o soltaram e continuaram o que estavam fazendo.

Acília apareceu, carregando Késio e Tito, um em cada braço. Os meninos tinham o rosto vermelho e choramingavam. A mãe estava pálida. Ela correu para o lado do marido.

Seguindo-a de perto, havia um homem alto, de presença imponente. Quando se aproximou, os gêmeos ficaram em silêncio. Lúcio o reconheceu: Sejano, chefe da guarda pretoriana e braço direito de Tibério. O olhar duro do militar fez o sangue gelar nas veias de Lúcio.

— O que significa isso? Por que estão saqueando minha casa?

— Saqueando? — questionou Sejano, com um sorriso sombrio. — Mais tarde, se uma ordem de confisco for emitida, seus pertences serão removidos de forma civilizada. Mas, por enquanto, Lúcio Pinário, meus homens não estão aqui para roubá-lo. Estão em busca de provas.

— Provas de quê?

— Vamos saber quando encontrarmos.

Um dos soldados se aproximou. Segurava um pergaminho aberto na mão.

— Chefe, encontrei isso entre os documentos naquela sala ali — indicou, apontando com a cabeça para o estúdio de Lúcio.

Sejano pegou o pergaminho, soprou o pó e o examinou. Seu rosto assumiu um ar de preocupação.

— O que temos aqui? Por Hércules, creio que isso seja um horóscopo feito para o imperador. Que desculpa plausível você pode ter, Lúcio Pinário, para possuir um documento como esse?

Lúcio abriu a boca, mas não disse nada. Sejano segurava a cópia do horóscopo feito por Trasilo, fornecida por Cláudio anos antes, como exemplo para estudo, quando ele tentara, e fracassara, em dominar a ciência da astrologia.

— Não sabe responder? Onde obteve isso? — perguntou Sejano, com rispidez.

Devia contar que o próprio sobrinho do imperador lhe dera? Isso o absolveria com certeza de qualquer suspeita alimentada por Sejano. Ou não? O irmão de Cláudio havia acabado de morrer e ele estava convicto de que Tibério era o responsável. O hesitante e gago Cláudio fora sempre considerado excluído do círculo das possíveis ameaças ao imperador, mas ele tinha agora mais motivos que nunca para odiar o tio. Revelar a Sejano que o horóscopo fora presente de Cláudio poderia colocá-lo em perigo, assim como a Lúcio, dando a impressão de que estava conspirando com o amigo.

— Comprei isso de um vendedor em Subura, há anos, quando tentei estudar astrologia. Não fazia ideia do que era. Olhe em meu estúdio, vai ver algumas obras de astrologia e outros horóscopos também, nada de importante. Não dou uma olhada neles há muito tempo. Você mesmo viu que esse estava coberto de pó.

Sejano o olhou fixamente.

— Não me tornei chefe da guarda pretoriana sem aprender a perceber quando mentem para mim. Não importa. Uma nova ordem imperial decreta que todos os astrólogos praticantes, exceto aqueles expressamente escolhidos pelo imperador, serão exilados da Itália. Eu diria que esse documento e os outros que admite possuir são uma evidência clara de que se encontra entre a classe a ser banida.

— Mas isso é ridículo! Já lhe disse, não olho para esses documentos há anos.

— Se eu examinar esse material com calma, vou encontrar cálculos astrológicos e horóscopos feitos com sua própria caligrafia?

O rosto de Lúcio ficou quente.

— Talvez. Anos atrás, fiz alguns horóscopos, só para treinar. Mas não sou e nunca fui astrólogo. Sou áugure, como você pode ver pelo que trago — declarou Lúcio, balançando de modo impotente o *lituus* no ar.

Sejano se aproximou, pairando sobre ele e fitando-o de cima. Encontrava-se tão perto que Lúcio podia sentir a respiração do homem em sua testa.

— Que tipo de idiota é você, Lúcio Pinário? Não vê que estou lhe oferecendo uma saída?

— Não estou entendendo.

— A maioria dos inimigos do imperador não tem escolha quanto às acusações contra eles, mas estou lhe dando uma.

— Por quê?

— Porque sou um bom homem — respondeu Sejano, suavemente. — Porque adoro bebês — confessou e olhou para os gêmeos, que devolveram o olhar em silêncio. — Porque de um jeito vai ser mais trabalho para mim, e do outro, menos, seu idiota! Suas opções são as seguintes:

"Primeira: uma acusação de posse não autorizada do horóscopo do imperador, um crime de traição. Se eu a fizer contra você, haverá necessariamente uma investigação muito extensa e as consequências são imprevisíveis; pense em seus amigos, Pinário. E a penalidade não será apenas a morte, mas o confisco de seus bens; pense em sua esposa e em seus filhos.

"Segunda: uma acusação simples de prática da astrologia sem o conhecimento do imperador. Nesse caso, você será exilado da Itália e seu destino será determinado por mim. Apenas o material relacionado à prática da astrologia será confiscado."

Lúcio olhou para Acília, que o fitava trêmula e aterrorizada. Tito e Késio, sentindo o desespero, começaram novamente a choramingar.

— Isso é um ultraje! — sussurrou Lúcio. — Meu pai era senador. Meu avô, sobrinho e herdeiro do Divino Júlio, primo do Divino Augusto...

— Ao passo que Tibério era só enteado de Augusto? É isso que você está dizendo? Está questionando a legitimidade do direito do imperador ao poder? Está afirmando que tem mais direito?

— Não!

— É por isso que você possui uma cópia do horóscopo do imperador. Para descobrir em que dias ele está mais vulnerável, a fim de tramar sua queda e tomar seu lugar?

— É claro que não! Já lhe disse... — Lúcio lutava para combater o tremor. — Nunca fui desleal. Nunca falei contra o imperador. Nunca! Por que vocês vieram aqui hoje? O que o fez pensar que encontraria algo incriminador?

— Você estava na lista — respondeu Sejano.

— Que lista?

— A lista de homens a serem vigiados.

— Mas por quê? Por que razão?

— Por saber demais, eu suspeito. Essa é a razão, em geral. E, com toda certeza, aqui em sua casa encontramos os meios de se obterem conhecimentos que poderiam ser usados contra o imperador.

— Mas isso é uma loucura. Já lhe disse, não sou astrólogo. Sou um membro respeitado do colégio de áugures, servidor público do Estado romano. Sirvo a Tibério com lealdade, assim como servi a Augusto...

Lúcio ficou em silêncio. De repente, compreendeu. Havia respondido a própria pergunta. Por que aquilo estava acontecendo? Porque era áugure; porque havia servido a Augusto; *por causa do presságio do raio.* O papel naquele acontecimento singular parecera ter trazido a Lúcio um destino feliz — a confirmação das habilidades como áugure, uma amizade mais íntima com Cláudio, uma herança do imperador que tinha transformado sua vida. No entanto, agora, sua participação no evento levara àquela catástrofe. Augusto havia morrido no dia indicado por causa do Destino — ou em virtude de intervenção humana? Lívia e Tibério deviam conhecer a previsão; eles sabiam de tudo que se passava na casa imperial. Lúcio sempre suspeitara da participação de um deles, ou de ambos, na morte de Augusto. Ele nunca havia falado dessa possibilidade, nem mesmo com Cláudio. Todavia, Tibério não era bobo. O imperador estava tomando medidas drásticas para eliminar qualquer possibilidade de ameaça a seu governo — o rival Germânico, todos os astrólogos da Itália, os infelizes incluídos na lista misteriosa mencionada por Sejano — e Lúcio estava entre os que poderiam saber demais.

Sejano estava certo: Lúcio deveria se considerar com sorte se escapasse com vida e com a fortuna intacta.

Ele olhou para o documento que Sejano tinha em mãos. Por que não havia queimado o horóscopo incriminador de Tibério? Havia sido um idiota em guardá-lo. Entretanto, tê-lo queimado faria alguma diferença? Caso Sejano não tivesse descoberto os documentos astrológicos, encontraria alguma outra forma de incriminá-lo.

— Parece que você finalmente ficou sem palavras — comentou Sejano. — Tem mais alguma coisa a dizer? Não? — Ele ergueu a voz: — Lúcio Pinário, você é culpado de praticar astrologia sem autorização do imperador. Você tem dez dias para resolver seus negócios em Roma. Depois disso, embarcará em um navio e deixará a Itália, sob pena de morte. Se quiser, pode levar esposa e filhos.

— E minha mãe? — Lúcio olhou em volta.

Onde estava sua mãe? Provavelmente na cama; sua saúde havia se deteriorado desde a morte do marido.

— E sua mãe — completou Sejano, com suavidade. — Você tem alguma preferência de destino?

Lúcio se sentia atordoado pelo choque. Os gêmeos choravam.

— Meu avô tinha amigos no Egito. Tenho investimentos em Alexandria — respondeu ele, devagar.

Sejano assentiu.

— O Egito é bom. É uma posse do imperador, em vez de província sob jurisdição senatorial. Vai ser mais fácil para meus agentes ficarem de olho em você lá.

Sejano enrolou o pergaminho bem apertado e entregou o horóscopo de volta ao pretoriano que o trouxera.

— Queime isso imediatamente. Pegue todos os outros documentos e os leve com você. Cancele a revista. Já acabamos aqui.

Em instantes, os soldados partiram. Exceto pelos gêmeos que choravam, a casa se encontrava em silêncio. Gradualmente, os escravos começaram a deixar os esconderijos. As mulheres cercaram Acília, tentando confortá-la e aos bebês. Os homens se aproximaram de Lúcio, que os dispensou.

Ele foi até o estúdio. Cada rolo ou pedaço de pergaminho havia sido retirado do aposento, não só os poucos itens relativos à astrologia, mas todos os documentos de negócios também. Como poderia resolvê-los sem os registros financeiros? Até a pequena coleção de peças e poesia fora levada. Ele se viu olhando para a fileira de prateleiras vazias, onde ficavam guardados os diversos rolos de pergaminhos que compunham sua cópia da história de Tito Lívio, presente de Cláudio, a qual nunca dera importância. Como faria para lê-la agora? Haveria com certeza cópias da obra de Lívio no Egito. Alexandria era famosa pelos livros; a sede da Grande Biblioteca...

Ele estava pasmo. Os últimos momentos haviam destruído sua vida; todavia, começava a aceitar o Destino.

Lúcio andou pela casa como se estivesse em um sonho. Viu-se no quarto — o lugar da primeira relação com Acília, da concepção de Késio e Tito, do parto dos gêmeos. Até aquele recinto tinha sido revirado. Os baús e armários estavam todos abertos; as roupas, espalhadas pelo chão. A cama fora derrubada. As almofadas — sobre as quais suspirara de prazer após fazer amor com Acília, chorara de alegria no nascimento dos filhos e respirara a essência de seus sonhos enquanto dormia — haviam sido rasgadas, como se Sejano achasse que escondessem algum segredo terrível.

No chão, havia uma caixa de prata com a tampa forçada. Entre as joias espalhadas encontrava-se o *fascinum* de ouro.

Lúcio se ajoelhou e o pegou, apertando-o com força. Murmurou uma prece ao antigo deus que protegera sua família desde o começo.

— Fascinus, deus de meus ancestrais, proteja-me. Proteja meus filhos. Traga-nos de volta a Roma um dia.

Dez dias depois — agitados e atormentados —, Lúcio estava pronto para deixar a cidade.

Fiel à promessa, Sejano não havia confiscado os bens, porém insistira que Lúcio vendesse a amada casa. O que ele fez, com perda considerável. Seus registros financeiros, após serem totalmente esmiuçados, foram devolvidos a ele, assim como a cópia da história de Tito Lívio, junto de alguns outros pergaminhos de valor. Os documentos foram todos enrolados bem apertados e cuidadosamente embalados em caixas redondas feitas de couro para livros, do tipo chamado *capsae*.

Lúcio estava com a família e os escravos que levaria consigo em uma doca à beira do rio, esperando o barco que o transportaria pelo Tibre até Ostia, onde conseguira passagens em um navio comercial com destino a Alexandria. O cheiro do cais o fazia se lembrar da taverna na qual Eufranor havia chegado com a notícia da morte de Augusto. Onde ela ficava? Não muito longe, pensou. Virando-se e olhando por sobre a pilha de caixotes, contendo os pertences da família, ele viu a entrada da taverna. Como aquele dia parecia distante!

Enquanto contemplava a taverna, sua porta se abriu. Uma figura saiu e começou a andar em direção às docas, balançando de um lado para o outro, quase colidindo com a pilha de caixotes. Era Cláudio.

Ele desviou o olhar enquanto se aproximava. Lúcio deu um passo à frente para encontrá-lo e abriu os braços. Os dois se abraçaram.

— Lúcio, sinto muito. Se eu nunca tivesse d-d-dado a você aqueles horóscopos!

— Não, Cláudio. Não é culpa sua.

— Mas fui eu quem insistiu que você v-viesse comigo aquela noite, quando o raio atingiu a estátua de meu tio-avô...

— Não, Cláudio. Você não tem culpa. Nem Sejano; nem Tibério. Se o Destino existe e não pode ser alterado, então esse momento tinha de chegar e o próximo passo na jornada de minha vida já está predeterminado, assim como o seguinte, e o próximo, e o seguinte, até a hora de minha morte.

— E se o Destino não existir? Se o acaso e o livre-arbítrio governarem o cosmo?

— Então fui eu quem fracassou em obter o favor da deusa Fortuna. Fui eu quem fez as escolhas erradas.

— Você se t-t-tornou um filósofo!

— Às vezes o consolo da filosofia é tudo que resta a um homem — comentou Lúcio, com amargura, fechando os olhos, respirando fundo e balançando a cabeça. — Não, isso é errado. Eu tenho Acília. Tenho os gêmeos e minha mãe.

Ele olhou para Camila, que segurava um dos meninos, Késio, achou, embora fosse difícil ter certeza — falando-lhe com ternura e estalando a língua. Parecia tão envelhecida. Estivera deprimida e mal de saúde desde a morte do marido; aquele desastre fora um golpe tremendo. Uma viagem por mar em October não convinha a alguém de sua idade, mas ela havia insistido em vir, a fim de ficar perto dos netos.

Acília segurava o outro gêmeo. Como parecia infeliz! Durante toda a agonia dos últimos dez dias, não tinha dito uma palavra contra ele. O pai e o irmão não foram tão generosos. Os dois foram até a casa na manhã seguinte à visita de Sejano, primeiro ansiosos e alarmados devido aos rumores; depois, furiosos e cheios de recriminação contra Lúcio. Acílio dissera palavras ofensivas, do tipo que não podem mais ser retiradas, sobre a inutilidade do sangue patrício de Lúcio e a vergonha que havia causado aos Acílios. Argumentou que a filha e os netos deveriam permanecer em Roma com ele, e Lúcio tinha tremido, tentando imaginar o exílio em Alexandria sem eles. Foi Acília quem o calou, dizendo que não tinha intenção de abandonar o marido ou de tirar os filhos do pai. Acílio havia ido embora furioso e eles não o viram mais. Não apareceu nem para se despedir.

Ninguém aparecera. Ninguém queria ser visto dizendo adeus a um inimigo exilado da casa imperial — a não ser Cláudio.

O gêmeo que a mãe segurava começou a chorar. Sim, era Késio, como Lúcio havia achado; tinha mais facilidade para reconhecer os meninos pelo choro que pelo rosto, verdadeiramente idênticos.

Os escravos começaram a pôr os caixotes no convés de carga do barco. Lúcio e Cláudio estavam no caminho. Eles se afastaram até a margem do cais e ficaram lado a lado, olhando para os reflexos distorcidos na água.

— Pode ser que seu exílio seja uma coisa b-boa. Quem sabe?

— Uma coisa boa? Deixar a única cidade que conheço, o único lar que tive? A ideia de ter de criar meus filhos em outro lugar é para mim de uma tristeza indizível, quase insuportável.

— Não, Lúcio, escute-me. Tibério está se tornando muito desapegado, dando cada vez mais autoridade a Sejano. A situação em Roma só pode piorar. Pela primeira vez na vida, comecei a temer por minha sobrevivência. O ambiente que cerca Tibério é tão carregado de desconfiança que até um homem inofensivo como eu p-pode se tornar um alvo.

— O que você vai fazer, Cláudio?

— Pretendo me afastar da vida pública o máximo p-p-possível. Plantar em minha casa de campo. D-D-Dar continuidade aos meus estudos da antiguidade. Ficar bêbado com meus amigos de classe baixa. Assim que você for embora, pretendo voltar à taverna e ficar ainda mais bêbado do que já estou.

A pilha de caixotes havia desaparecido. Embalados dentro de um deles estavam a *trabea* e o *lituus* de Lúcio.

O barco estava pronto para zarpar.

A mãe tropeçou na prancha de embarque. Quando Lúcio a segurou, ficou chocado ao ver como pesava pouco e se perguntou se sobreviveria à viagem.

Cláudio ficou sozinho no cais e acenou quando eles partiram; depois, deu meia-volta e retornou à taverna.

Lúcio via os edifícios passando. Conhecia cada rua e telhado daquela parte da cidade, entre o Tibre e o Aventino, embora estivesse mais acostumado a vê-los do alto da colina; a vista era estranha, olhando para cima a partir do rio.

Examinando o horizonte, acabou vendo sua casa, ao alto, no ápice do Aventino. Porém, não era mais sua; os novos donos estavam de pé em uma das sacadas, acenando para os vizinhos do outro lado da rua. Lúcio contemplou a cena e descobriu como os lêmures dos mortos deviam se sentir, observando os vivos da sombra.

Tito e Késio começaram a chorar. Será que seria assim a viagem inteira até Alexandria?

O barco prosseguia. Em terra, templos e casas deram lugar a armazéns e pilhas de lixo e, depois, a campos abertos. A cidade desapareceu de vista.

Evidente como se um deus tivesse sussurrado a notícia em seu ouvido, Lúcio soube que jamais veria Roma outra vez.

PARTE II

TITO E KÉSIO

Os gêmeos

40 D.C.

— Imponente? Concordo. Mas Alexandria também é — declarou Késio Pinário, examinando o centro de Roma, do alto do monte Capitolino.

O Templo de Apolo, no alto do Palatino, dominava o horizonte; contíguo a ele, o complexo imperial havia sofrido muitos acréscimos desde o tempo de Augusto e apresentava um emaranhado de telhados, jardins suspensos e terraços com colunas. Diretamente abaixo, via-se o Fórum com sua série de grandes edifícios ao longo da Via Sacra, do Senado ao templo redondo de Vesta e mais além. A norte e a leste, avistavam-se as outras colinas de Roma e, aninhada entre elas, a concentração de habitações coletivas, algumas chegando a sete andares, na apinhada Subura.

— Imponente? Que incrível! Alexandria simplesmente não se compara. Nem qualquer outro lugar que eu já tenha visto.

O irmão gêmeo de Késio, Tito, mal continha o entusiasmo. Aos 22 anos, ainda não podia dizer que viajara o mundo, mas o falecido pai os levara certa vez em uma viagem até Antioquia. Além disso, ele e Késio fizeram escala em várias cidades, inclusive Atenas, no caminho até Roma.

— Em Alexandria, todas as ruas se estendem como uma rede. As esquinas são todas iguais. Tudo é regular e monótono. Mas Roma é repleta de colinas, vales e ruas, emaranhadas como um ninho de serpentes, e edifícios enormes para onde quer que se olhe.

Késio concordou:

— Sim, é uma confusão.

— É magnífico!

— "Magnífico" serve para descrever o Templo de Serápis em Alexandria, ou a Grande Biblioteca, ou o farol de Faros, ou talvez o Museu...

— Mas nenhum se compara ao Templo de Júpiter — disse Tito.

Ele olhou para trás e para cima, em direção à grande estrutura, com colunas imensas e telhado com frontão, encimado por uma estátua dourada do maior dos deuses em sua quadriga, reluzindo sob a luz oblíqua do sol brilhante de Novembe**r**. Tito se virou, fazendo um pequeno círculo, captando a vista em todas as direções, encantado pelo curso sinuoso do faiscante Tibre, espantado com a imensidão da cidade.

— Com certeza, irmão, essa é a vista mais magnífica da terra.

— Certamente nosso pai achava isso. Como ele gostava de falar sobre sua adorada Roma! — suspirou Késio. — Se ao menos ele ainda estivesse vivo para estar aqui conosco hoje.

Tito concordou:

— Ele deveria estar aqui. *Estaria* aqui, assim como nossa mãe, se a febre não os tivesse levado no ano passado. O Destino foi cruel com nossos pais, Késio. Mais que tudo, eles queriam retornar para essa cidade. Por fim, a oportunidade chegou, porém a Fortuna a arrancou deles. No entanto, o Destino foi mais generoso conosco, não é, irmão? Enfim estamos em casa.

— Em casa? — Késio meneou a cabeça. — Éramos bebês quando nossos pais fugiram da cidade. Não temos nenhum parente próximo aqui, com exceção dos Acílios, que cortaram todos os laços com nossa mãe. Nossos avós paternos morreram antes que nascêssemos...

— A avó Camila não. Ela morreu na viagem para Alexandria. Você não lembra?

— Lembro que nosso pai nos contou isso, mas não tenho nenhuma lembrança *dela*.

— Acho que eu tenho — disse Tito, franzindo o cenho.

— Eu, não. E não tenho nenhuma lembrança de Roma também. Você tem? Éramos bebês quando fomos embora. Crescemos em Alexandria. Lá é nosso lar.

— *Era* nosso lar, Késio. Somos romanos de nascimento, sempre fomos cidadãos de Roma e, agora, somos verdadeiros romanos de novo. É o que nosso pai queria. Graças a Cláudio...

— Ouvi meu nome ser falado? Espero que b-b-bem.

Cláudio se encontrava perto, abaixado para ver a assinatura do escultor em uma estátua de Hércules. Ele se ergueu, gemeu um pouco — aos 50 anos, as costas estavam ainda menos flexíveis — e caminhou vagarosamente até eles. Um dos dedos do pé estava com uma bolha de tanto andar, porém ele suportava a dor com um sorriso. Os filhos de Lúcio Pinário e suas esposas caminhavam pela primeira vez através da cidade e era um prazer para ele servir de guia.

— Eu estava lembrando a Késio a gratidão que sentimos por tudo que fez — explicou Tito.

— Quem dera eu tivesse conseguido arranjar o retorno de vocês e de seu pai a Roma antes. Achei que seria possível quando Tibério m-m-mandou executar Sejano. Terá sido há uns nove anos? Como o tempo voa! Mas se livrar daquela víbora traiçoeira não tornou o imperador menos irracional. Pelo contrário. Meu tio ficou mais desconfiado e com medo que nunca. Executou dois de meus sobrinhos por conspirarem contra ele, trancando-os e deixando que morressem de fome, enquanto satisfazia seu apetite, e não só por comida.

— Como assim? — perguntou Késio.

— Em seus anos de declínio, meu tio decidiu seguir seus impulsos, sem se i-i-importar com as consequências.

— Impulsos? — indagou Tito.

Cláudio olhou para trás. Sua jovem esposa e as dos gêmeos descansavam sentadas nos degraus do Templo de Júpiter, com os escravos ao lado. As três sorriram e acenaram; depois, continuaram a conversa. Não havia ninguém perto para ouvir. Por que ele havia entrado no assunto de Tibério e seus apetites? O fato era que Cláudio precisava desabafar. Durante anos, não tivera ninguém com quem falar livremente, nem mesmo seus escravos, nos quais não podia confiar ou, em certos casos, não desejava compartilhar a responsabilidade de guardar seus segredos. Olhando para o passado, percebia não ter tido ninguém com quem conversar sem preocupação, exceto o caro amigo e primo Lúcio Pinário. Desde a chegada dos gêmeos a Roma, Cláudio se viu confiando neles cada vez mais, como fizera com o pai deles.

— A conduta de Tibério em seus últimos anos foi realmente escandalosa. O homem s-s-satisfazia todos os seus desejos sem nenhuma restrição. O que Augusto deve ter pensado, vendo tudo lá do Olimpo?

— Que tipo de desejo? — perguntou Tito, curioso para saber mais.

— Como eu temia as visitas àquele seu retiro de perversão em Capri! Ao menos ele tinha o bom senso de limitar seus excessos a sua ilha particular. Todas aquelas crianças nuas vagando por lá. Não rapazes e moças na puberdade e não apenas escravos, mas crianças livres! Tibério cunhava os próprios nomes para elas. Na cama, elas eram suas espíntrias, seus pequenos esfíncteres apertados. No banho, eram seus peixinhos. Meu tio dizia que não havia prazer maior para um velho que entrar em uma piscina aquecida e ser mordiscado e chupado debaixo d'água por boquinhas pequenas, enquanto olhava os mosaicos pornográficos do teto.

— Mosaicos com pinturas de casais fazendo sexo? — indagou Tito, rindo. — Nunca vi nada assim! O que você acha disso, Késio?

Késio balançou a cabeça. Cláudio franziu o cenho, um pouco irritado por Tito não se escandalizar o suficiente, mas se animou ao ver que o outro gêmeo compartilhava seu desdém.

— Como Tibério gostava de sua p-p-pornografia! O lugar todo era um museu do sexo, repleto de pinturas e estátuas as mais libidinosas possíveis. Achei que poderia escapar indo para a biblioteca, porém as prateleiras só continham obscenidades. Pergaminhos e mais pergaminhos com as histórias mais lascivas imagináveis, escritas especialmente para Tibério, por escravos adquiridos unicamente pelas habilidades em tecer esse tipo de narrativa. Ele dizia que eram histórias para dormir. Como a maioria de seus companheiros de cama não tinha qualquer educação ou idade para saber ler, Tibério contratava artistas a fim de ilustrar os textos, de maneira a usar os desenhos para mostrar aos parceiros o que exatamente queria que fizessem.

Tito cutucou o irmão com o cotovelo.

— O que você acha disso, Késio? Nunca vi esse tipo de livro na Grande Biblioteca de Alexandria!

O irmão fez uma expressão de desagrado.

— Mas o que me fez entrar nesse assunto horrível? — questionou Cláudio, surpreso. — Ah, sim! Meus esforços para trazer o pai de vocês de volta a Roma. Bem, no final, Tibério perdeu todo o interesse em governar o Estado, deixando isso para os subordinados e retirando-se em tempo integral para Capri. Mas, ocasionalmente, quando eu conseguia que meu tio discutisse algum assunto que não fosse a satisfação de seu p-p-pênis, trazia à baila o caso de seu pai. Mostrava que Lúcio era meu primo e os agentes de Sejano o tinham mantido sob vigilância durante anos, e nunca se soube que ele tivesse expressado algum sentimento desleal, ou praticado a astrologia, a propósito. Implorei a Tibério que anulasse o banimento. Mas meu tio não era do tipo que perdoava. Não queria nem ouvir falar sobre isso. Ele não me escutava, exceto uma vez, quando cometi o erro de mencionar que Lúcio tinha gêmeos, tentando lhe despertar alguma piedade à força. Vocês sabem o que Tibério disse? "Que idade eles têm? São bonitos?" Na época contei que vocês já tinham idade para usar toga, com isso ele perdeu todo o interesse e me mandou nunca mais m-m-mencionar meu primo, Lúcio Pinário.

Cláudio suspirou.

— Então, tínhamos simplesmente de esperar Tibério morrer. Como o povo o detestava no final. Quando a notícia de sua morte em Capri chegou a Roma, teve gente dançando nas ruas. Vocês tinham de ver o júbilo que tomou conta da cidade, quando meu sobrinho foi nomeado seu sucessor, o único filho de Germânico, que Tibério havia mandado matar... — desabafou com a voz quase sumindo. Cláudio piscou e se contorceu.

— Houve comemoração em Alexandria também — observou Tito. — Lá no Egito, todos dizem que Gaio Calígula será o governante ideal. As legiões o adoram. Ele é jovem, enérgico e seguro de si.

— Sim, muito seguro de si, como só um d-d-deus consegue ser — murmurou Cláudio, desviando o olhar. — De qualquer forma, em meio a toda a celebração, nosso novo imperador expressou o desejo de ouvir pedidos de anistia, inclusive o meu por seu pai, que foi concedido. Mas a engrenagem do Estado é lenta. Vocês não acreditariam nos níveis de burocracia que existem nessa cidade. E o pai de vocês, é claro, precisava de um tempo para resolver os negócios em Alexandria, antes de ir embora. Na última carta que recebi, ele estava finalmente fazendo os preparativos para a viagem. Como Lúcio estava feliz de ter convencido vocês dois e suas esposas a virem junto! E depois aquela febre o levou e a Acília. Tão triste! Mas vocês dois estão aqui agora, acompanhados dessas lindas esposas. Dizem que as mulheres de Alexandria são as mais belas do mundo; Artemísia e Crisante são a prova. Mas o que é isso aqui?

A luz do sol brilhou sobre o amuleto de ouro usado por Késio em uma corrente em torno do pescoço. Com uma expressão pensativa, Cláudio estendeu a mão e o tocou. Késio sorriu.

— É um *fascinum*, segundo nosso pai, embora não seja possível dizê-lo ao olhar. Ele nos contou que é muito antigo, talvez mais antigo que a própria Roma.

— Ah, sim! Pareceu-me familiar. Por Hércules, eu havia me esquecido disso! Fui eu quem contou ao pai de vocês a história desse amuleto, antes de vocês terem nascido. Então, quando morreu, ele p-p-passou o *fascinum* para você, Késio? Vou usá-lo para diferenciar os dois. Nunca vi gêmeos tão parecidos!

— Acho que você precisa aprender outro truque para nos distinguir, então — comentou Késio. — O testamento de nosso pai não especificou o herdeiro, mas, como seus bens foram divididos igualmente entre nós, concordamos em compartilhar o *fascinum*. Às vezes eu uso e às vezes, Tito.

— Então um bom relacionamento entre gêmeos é *possível*. Vocês aperfeiçoaram o exemplo de Rômulo e Remo! Aposto que seu pai nunca contou que fui eu quem deu os nomes de vocês. Não? Mas é verdade. Quando ele soube que Acília havia tido g-g-gêmeos, não sabia a qual de vocês daria o nome dele, pois o Pinário mais velho recebia há muito tempo o nome de Lúcio. Porém a parteira fez uma confusão tão grande que não houve jeito de saber quem tinha nascido primeiro. Além disso, vocês eram tão idênticos em tudo que pareceu injusto, talvez até de mau agouro, honrar um com o nome dos primogênitos e desconsiderar o outro. Então seu pai decidiu quebrar a tradição e não chamar nenhum dos dois de Lúcio. Ele pediu meu conselho. Decidimos nomear um de vocês de Késio, por causa de um ancestral famoso seu, da família Fábio, que usou esse mesmo *fascinum* há cerca de quatrocentos anos, se minha teoria estiver correta.

— E meu nome? — perguntou Tito.

— Foi em memória a meu mentor, o grande erudito Tito Lívio. Vocês devem ter lido a história de Roma dele? Não? Nem mesmo as partes sobre os antigos Pinários? — Cláudio balançou a cabeça. — Tenho certeza de que dei a seu pai uma cópia muito tempo atrás.

— Acho que está entre os livros que trouxemos de Alexandria — disse Tito.

— Tenho dúvidas de que seu pai alguma vez o tenha lido, mas nem ele nem o avô de vocês se interessavam muito pelo passado. No entanto, é preciso honrar os ancestrais. Quem nos fez e como existiríamos sem eles?

— Prefiro viver para o futuro — anunciou Késio, com um olhar distante, segurando o *fascinum* entre os dedos, à altura da garganta.

— E eu prefiro viver o presente! — exclamou Tito, rindo. — Mas, falando em futuro, quando teremos a honra de conhecer o imperador? Gostaríamos de lhe agradecer pessoalmente por restaurar a honra de nosso pai. Com os direitos plenos de cidadãos e patrícios restaurados, poderíamos um dia obter nossa admissão no colégio de áugures.

— Como isso agradaria o espírito de seu pai! — declarou Cláudio. — É claro que eu ficaria muito orgulhoso em supervisionar os estudos de vocês e apadrinhar a admissão de um ou dos d-d-dois.

Késio fez uma careta.

— É Tito quem sonha em se tornar áugure, não eu.

— Eu trouxe a velha *trabea* e o *lituus* de meu pai comigo, de Alexandria — disse Tito. — Mas e o encontro com o imperador?

Cláudio desviou os olhos.

— Bem, se o imperador chamar vocês para uma audiência, é claro que devem ir. Mas, com a urgência de seus negócios, e Calígula é tão generoso com tantos de seus súditos, é perfeitamente possível que ele se esqueça dessa demonstração particular de generosidade e, caso isso ocorra, talvez seja melhor não o lembrar. Na verdade, seria melhor que vocês não fizessem nada para chamar atenção.

Tito franziu a testa.

— Como assim, primo Cláudio?

— Como posso explicar? O exílio é uma maldição, mas pode ser também uma b-bênção. Apesar da tristeza de ter sido mandado para tão longe da cidade que amava, seu pai teve a sorte de escapar do terror que se espalhou por aqui no tempo de Sejano e de todas as eventuais crueldades de Tibério. Então, quando meu sobrinho sucedeu Tibério, pareceu o começo de uma nova era, um tempo de esperança e confiança renovadas. Eu estava ansioso para que seu pai retornasse. E ele também. T-T-Talvez tenhamos ficado ansiosos demais. T-T-Talvez devêssemos ter ficado menos otimistas e esperado um pouco mais — disse ele, meneando a cabeça. — Foi o pai de Calígula, meu irmão Germânico, quem deveria ter se tornado imperador. Todos dizem isso. Suas habilidades militares eram excelentes. Seu temperamento, ideal. Germânico era amado pelas legiões, pelo povo, até pelo Senado. Mas não muito pelos deuses, que acharam melhor tirá-lo de nós. Os deuses, ou seja, Sejano, Lívia e Tibério. Que importância tem isso? Todos já morreram. Todos.

Késio pôs a mão no ombro do homem mais velho.

— O que você está tentando nos dizer, Cláudio?

— Diferente do pai, meu sobrinho sempre foi um pouco... desequilibrado. — Cláudio teve um tremor e limpou um fio de saliva. — Isso pode parecer uma crítica, até absurda, vindo de alguém como eu, mas é verdade. Quando era m-m-menino, o pequeno Gaio era epiléptico.

— Assim como o Divino Júlio — completou Tito.

— Talvez, mas suspeito que o caso de Calígula seja bem mais severo que o de Júlio César. Durante toda a juventude ele foi assolado por ataques que mal o deixavam andar ou ficar de pé, ou até de erguer a cabeça. Ficava tonto depois, incapaz de pensar direito, mas sempre se recuperava. À medida que ia ficando mais adulto, pareceu ter superado esse sofrimento, o que nos deu esperanças. Nunca tivemos motivo para nos preocuparmos com sua... sanidade.

— E agora? — perguntou Késio.

Cláudio hesitou, mas novamente não resistiu à necessidade de desabafar.

— A mudança ocorreu de repente. Da noite para o dia, na verdade. Foi causada por uma p-p-poção do amor dada a ele por aquela sua esposa terrível, Cesônia. Ela é muito mais velha; já era mãe de três filhos quando eles começaram a se relacionar. Se você me perguntar, não é natural que um jovem escolha uma parceira mais velha; deveria ser o contrário, vocês não acham? Como e-e-eu e Messalina.

— Claro! — concordou Tito. — Mas você estava nos falando do imperador.

— É. Bem, aparentemente Calígula, como amante, foi uma decepção para Cesônia, uma meretriz com vasta experiência. Então, ela decidiu remediar a situação dando um afrodisíaco ao rapaz. Dizem as más línguas que ela lhe deu a substância que os gregos chamam de *hippomanes*, uma massa de carne encontrada às vezes na testa de um potro recém-nascido.

Késio torceu o nariz.

— Parece nojento.

— Isso funciona? — quis saber Tito.

— Ela é misturada com vinho e ervas, a fim de se tornar palatável — explicou Cláudio. — É um afrodisíaco conhecido, vários eruditos o mencionam, mas em todos os estudos que fiz, não descobri outro caso que deixasse um homem l-l-louco. Desconfio de que Cesônia o tenha adulterado com mais algum ingrediente.

— Ela o envenenou deliberadamente? — perguntou Tito.

— Não. Qualquer que tenha sido o ingrediente que ela acrescentou devia ser provavelmente inofensivo em si, mas misturado ao *hippomanes* criou uma combinação tóxica. Essa é minha teoria. Suspeito que Cesônia pode ter repetido a mesma p-p-poção de amor que deixou Lucrécio louco.

Os gêmeos olharam para ele sem entender.

— O p-p-poeta Lucrécio — explicou —, que viveu na época do Divino Júlio. Dizem que a loucura de Lucrécio ia e vinha. Nos momentos de lucidez, ele conseguiu escrever sua grande obra, *Sobre a natureza das coisas*, mas no final acabou se suicidando.

— Você tem medo de que Calígula se mate? — perguntou Késio.

Cláudio estremeceu, abraçou-se e relinchou como um cavalo. Os gêmeos temeram que fosse um ataque, mas ele estava apenas rindo.

— Não, Késio, não é *disso* que tenho medo! O comportamento de Calígula torna até os piores excessos de Tibério triviais. As histórias que posso contar... Mas vejam, aí vêm Messalina e suas lindas esposas.

As mulheres se juntaram aos maridos. Em toda Roma, era difícil que alguém pudesse encontrar três moças mais belas lado a lado. Os gêmeos escolheram esposas que podiam passar por irmãs também; Artemísia e Crisante eram viçosas e usavam o cabelo negro, de fios grossos, em tranças longas, à moda egípcia. Messalina era a mais jovem das três, porém parecia uma matrona, com o cabelo preto puxado para trás e preso em um penteado elaborado. Usava uma estola volumosa, que a cobria da cabeça aos pés e ocultava os braços também. A distância, a veste solta ocultava sua condição; vista de perto, o busto aumentado e o ventre protuberante deixavam óbvia a gravidez.

— Sobre o que vocês, mulheres adoráveis, conversaram esse tempo todo? — perguntou Tito, olhando para os seios de Messalina enquanto pegava a mão de Crisante.

— Sobre diversas coisas — respondeu a esposa. — Penteados, em geral. Artemísia e eu parecemos tão provincianas. Messalina prometeu mandar a escrava que a penteia para nos dar instruções sobre os estilos em voga em Roma.

— Não compliquem demais sua b-b-beleza — comentou Cláudio. — Vocês são lindas do jeito que estão — afirmou e beijou Messalina na testa. Em seguida, tocou-a bem em cima do umbigo com delicadeza e adoração.

Késio franziu o cenho. Tito o puxou para um lado e sussurrou em seu ouvido:

— Qual é o problema com você, irmão? Passou o dia de péssimo humor.

— Essa menina tem idade para ser neta dele!

— Isso não é de nossa conta. Tente não demonstrar sua desaprovação de maneira tão aberta.

— Lá em Alexandria...

— Estamos em Roma agora. As coisas são diferentes aqui — observou Tito, suspirando.

Em Alexandria, o irmão se envolvera com pessoas estranhas, adquirindo ideias muito intolerantes. O culpado era o pai por dar aos filhos liberdade demais quando eram jovens. Tito e Késio receberam a educação tradicional em uma academia perto do Templo de Serápis e cursaram o currículo habitual de filosofia, retórica e esportes. Entretanto, quando as aulas na escola terminavam, Késio passava as horas livres no Bairro Judeu, atraído até lá por um fascínio pelo misticismo. Os chamados eruditos daquele local lhe haviam enchido a cabeça com todo tipo de ideia bizarra, sem proveniência grega nem romana. O pai, ocupado demais com os negócios, nunca tentou afastá-lo dessas influências duvidosas. Esse seria o papel de um avô, achava Tito, alguém mais velho e sábio, com paciência e tempo de sobra, mas o destino lhes roubara o avô. Eles cresceram sem ter conhecido nenhum dos avós, circunstância muito pouco romana para jovens patrícios.

Entretanto, estavam em Roma agora, finalmente, e não poderiam desejar amigo e guia melhor que o primo Cláudio.

— Vamos passar no Palatino? — perguntou Cláudio. — Podemos ver a Cabana de Rômulo, o Templo de Apolo...

Messalina revirou os olhos.

— Marido, você não espera que eles vejam Roma inteira em um só dia!

— Mas o que tenho na cabeça? Você deve estar cansada, minha q-q-querida. Foi muito corajoso de sua parte sair.

— Eu não podia perder a oportunidade de dar as boas-vindas a seus caros primos — declarou Messalina, fitando rosto por rosto. Seus olhos pairaram primeiro sobre Késio e depois, Tito.

— Mas não se exceda. Vou chamar a l-l-liteira e mandar você direto para casa.

A liteira chegou, carregada por um grupo de escravos musculosos. Dois deles ergueram Messalina até o interior almofadado. Cláudio lhe deu um beijo de despedida; depois, cerrou as cortinas ricamente bordadas para que a esposa fosse transportada com privacidade. Quando a liteira já estava partindo, ela entreabriu o cortinado e olhou para fora. O olhar repousou em Tito, que o retribuiu.

Cláudio e as mulheres discutiam o itinerário do restante do dia e não perceberam, mas Késio viu e ouviu tudo — o olhar penetrante trocado entre o irmão e Messalina, que entrecerrou os olhos e deixou os lábios entreabertos, o grunhido de Tito, seguido de um suspiro.

A cortina se fechou. A liteira desapareceu de vista. Tito virou o rosto para encarar Késio, que franziu o cenho e fez um sinal reprovador com a cabeça.

Tito ergueu a sobrancelha e lançou um sorriso torto.

— Estamos em Roma agora, irmão.

41 D.C

Késio sacudiu os três dados de marfim na mão e os atirou sobre a mesa. As faces voltadas para cima mostraram dois quatros e o número um.

— Que falta de sorte, irmão! Muito ruim — disse Tito, pegando os dados e jogando-os: um, seis e três. — Um Lance de Vênus para mim. Ganhei! Hoje, eu vou usar o *fascinum*.

— Ninguém vai vê-lo mesmo, embaixo da toga.

— Mas ele estará lá, perto de meu coração no momento de nossa audiência com o imperador. Esperamos um bocado por esse dia, Késio.

Três meses se passaram desde a chegada a Roma. Eles se encontravam estabelecidos em uma casa no Aventino, não muito distante daquela onde haviam nascido. Não era uma residência particularmente elegante, não oferecia uma bela vista por ficar em uma parte baixa da colina, mas era grande o bastante para os quatro e os escravos, com espaço para acomodar novos acréscimos à família.

Enquanto os gêmeos vestiam as melhores togas, as esposas trajavam as mais belas estolas e davam os toques finais aos novos penteados. Não demoraram a adotar o estilo usado em Roma, embora Artemísia permanecesse a mais conservadora das duas, em respeito ao desagrado de Késio pela ostentação. Em segredo, invejava o penteado mais ousado de Crisante, que se erguia no alto da cabeça como uma das habitações coletivas em Subura.

Transportados em duas liteiras construídas com esmero, alugadas especialmente para a ocasião, os casais partiram para a casa do imperador, no Palatino. O dia de Januarius estava bom, com raios de um sol pálido atravessando as nuvens finas e altas. Quando passaram pela antiga *Ara Maxima*, o Altar-Mor de Hércules, Tito insistiu que parassem e saltassem. Com o estímulo de Cláudio, ele havia começado por fim a ler a história de Lívio; um capítulo anterior recontava a consagração da *Ara Maxima*. Pareceu apropriado a Tito que naquele dia, em especial, eles fossem observá-la.

O altar era feito com blocos de pedra maciça, cortados de forma rústica, que pareciam muito antigos. Uma estátua de bronze de Hércules se erguia perto, uma figura magnífica, segurando uma clava e vestindo apenas uma pele de leão, que descia desde a cabeça. Quando se aproximaram, um sacerdote ofereceu seus serviços. Por algumas moedas, derramou um pouco de vinho e queimou incenso sobre o altar, enquanto Tito fazia uma prece para que a audiência com o imperador corresse bem.

Ele explicou a Artemísia e Crisante o significado especial do altar para os Pinários.

— Muito antes de existir uma cidade no Tibre, e quando apenas pastores e alguns comerciantes viviam entre as Sete Colinas, Hércules fez uma visita, trazendo um rebanho de gado. Um monstro chamado Caco morava em uma caverna no Palatino, bem ali, aterrorizando os habitantes locais. Caco cometeu o erro de tentar roubar um dos bois do estranho. Mal sabia com quem estava lidando! Após uma luta terrível, Hércules matou o monstro nesse mesmo local. Os Pinários já viviam aqui então, porque Lívio nos conta que foi um deles quem fundou esse local de adoração, o primeiro altar para um deus em toda a região das Sete Colinas.

Késio, que havia permanecido silencioso desde o momento em que saltaram da liteira, falou por fim:

— Hércules não era um deus, irmão.

Tito o olhou de soslaio.

— Estritamente falando, enquanto viveu ele era um semideus, pois Júpiter o concebeu em uma mortal. Mas, depois que morreu, juntou-se aos deuses no Olimpo.

Késio bufou baixinho.

— Se você acredita num absurdo desses.

— Késio! — exclamou Tito, rangendo os dentes.

Não era a primeira vez que o irmão expressava sentimentos ateus, mas fazê-lo em público, onde alguém poderia ouvir, e logo naquele lugar, com elos antigos e sagrados com a família Pinário, ia além dos limites da decência. Tito pediu a Artemísia e Crisante que retornassem às liteiras e então disse a Késio, com os dentes cerrados:

— Você devia aprender quando falar, irmão, e quando guardar seus pensamentos para você.

— Por quê? Se Júpiter me ouvir, ele vai me atingir com um raio?

— Ele podia fazer exatamente isso! Estou errado, irmão, ou essa atitude irreverente de sua parte vem crescendo desde que viemos para Roma? Eu tinha esperanças de que, ao chegar aqui, deixando para trás a influência daqueles judeus místicos em Alexandria, você se aproximaria dos deuses. Sei que essa também era a esperança de nosso pai.

— Não ponha nosso pai nisso.

— Por que não? Quando um homem honra o pai, está honrando os deuses e vice-versa. Você não parece inclinado a fazer uma coisa nem outra. Os alexandrinos têm uma longa tradição de permitir que toda espécie de ideias estranhas e até perigosas sejam ensinadas, e pudemos ver o resultado: tem-se a impressão de que os deuses abandonaram aquela cidade há muito. Mas estamos em Roma agora, o coração do mundo, centro da religião. Essa é a casa de nosso imperador, que também é Pontífice Máximo, o supremo sacerdote. Os deuses fazem de Roma sua casa quando querem vir ao mundo. Por quê? Porque nenhuma outra cidade oferece a eles tantos templos esplêndidos para residir, ou fornece tantos altares para os devotos realizarem sacrifícios em sua honra. E, em troca, Roma, acima de todas as outras cidades, foi divinamente abençoada. Aqui você tem de aprender a guardar os pensamentos impuros para si e a demonstrar o respeito apropriado pelos deuses. Não sou eu quem exige isso, mas eles.

— Não, é você, Tito. Seus deuses não exigem nada, porque eles não existem.

— Blasfêmia, Késio! Até seus judeus místicos de Alexandria acreditam nos deuses, mesmo que prefiram um acima dos demais. O deus deles, Jeová, não lhes disse "Não tereis outros deuses *antes de mim*"? Está vendo, Késio? Eu sei algo sobre essas ideias que você assimilou em Alexandria, embora não consiga imaginar que tipo de deus exige que os adoradores desprezem os outros deuses.

Késio balançou a cabeça.

— Você não sabe nada sobre isso, Tito. Já tentei explicar a você...

— Eu sei que, quando um homem renega os deuses, está pedindo para ser punido por eles.

Késio suspirou.

— Imagino que iremos encontrar um dos seus chamados deuses hoje.

— Como assim?

— Dizem que Calígula acredita ser um deus. Ou deusa, nos dias em que ele se veste de Vênus. Vamos nos ajoelhar e adorá-lo?

O tom de Késio era sarcástico, mas Tito respondeu com seriedade:

— Na verdade, antes de sermos admitidos a sua presença, podem nos pedir para reconhecer de alguma forma a origem divina do imperador. Não vai matar você murmurar uma prece e queimar um pouco de incenso. Vamos nos juntar a nossas mulheres e seguir em frente?

Enquanto os carregadores abriam caminho pela ladeira do Palatino, Crisante tentava melhorar o humor de Tito com especulações aleatórias. O imperador se faria acompanhar da esposa, Cesônia? O que ela estaria vestindo? Sua jovem filha apareceria? Tito resmungava ocasionalmente alguma resposta, mas não estava escutando. A discussão com Késio abalara seus nervos. Viu-se à mercê de maus pensamentos. Durante vários dias, desde a convocação, Tito tentara se convencer que uma audiência imperial era uma honra singular e uma oportunidade de ouro, algo desejável e não temível. De repente, sentia-se nervoso e incerto quanto ao que esperar. Ouvira tantos rumores estranhos sobre o imperador.

Certa vez, Calígula havia navegado para a Britânia em uma missão de conquista; depois, subitamente, deu meia-volta e ordenou às tropas que catassem conchas do mar que exibiu diante do povo e do Senado de Roma como espólio de guerra, alegando ter conquistado o próprio oceano. Um taverneiro de Subura contara essa história a Tito e todos no recinto confirmaram. No mercado, a esposa de um arquiteto contou a Crisante que o marido havia ajudado a construir uma magnífica baia de mármore e uma manjedoura de marfim para o cavalo favorito do imperador, que Calígula cobria de mantos cor de púrpura e colares de pedras preciosas, convidava para jantares e tratava de "cônsul".

Essas histórias eram quase risíveis, porém outras soavam mais preocupantes. Em outra situação, Calígula organizara uma competição de oratória e fez os perdedores apagarem as tabuletas de cera com a língua. Ao adoecer, um homem declarou que sacrificaria de bom grado a própria vida para salvar a do imperador; quando Calígula se recuperou, lembrou a promessa ao sujeito e o forçou a cometer suicídio. Durante uma exibição de gladiadores, o número de condenados a serem mortos pelos animais selvagens ficou abaixo da expectativa; para aumentá-lo, Calígula ordenou que alguns espectadores fossem atirados na arena. Todas essas histórias eram amplamente divulgadas e declaradas como verdadeiras.

Igualmente difundidos eram os rumores de relações sexuais com as três irmãs. O imperador praticava incesto de forma aberta e proclamava com orgulho que ele próprio era produto do incesto entre a avó, Júlia, e o pai, o Divino Augusto.

Tito não sabia o que pensar. Cláudio poderia ajudá-lo a entender essas histórias, mas Tito e Késio já não viam o primo havia mais de um mês. À medida que o parto de Messalina se aproximava, ele se tornava mais reticente e recluso, acabando por se confinar na residência imperial e por não receber visitas, nem mesmo durante as festividades das Saturnálias. Quando os gêmeos receberam o convite para a audiência com Calígula, Tito despachara imediatamente uma mensagem para Cláudio, contando-lhe a novidade e pedindo um encontro, na esperança de receber conselhos do primo. Em resposta, ele enviou apenas um bilhete enigmático: "Que a Fortuna esteja com vocês!"

As liteiras chegaram ao átrio de cascalho da casa imperial, onde diversas outras também se encontravam. O pátio estava repleto de carregadores ociosos, assim como mensageiros e escravos, cujos donos tratavam de negócios no interior. Apesar da grande expansão do palácio desde a época de Augusto, a entrada para convidados ainda era o portal flanqueado por loureiros e o pátio ainda exibia a armadura do Divino Augusto. Quando passou por ela, Tito ousou tocar o peitoral de bronze. A carga de excitação por estar naquele lugar era tamanha que quase dissipou sua ansiedade.

Eles tiveram de se apresentar a muitos servidores e passar por outras tantas portas até serem recebidos pelo imperador. Logo Tito perdeu o senso de direção e não fazia ideia de onde se encontravam no interior do vasto complexo. Por fim, foram levados a um pequeno aposento finamente decorado, com piso em mármore preto, cortinas vermelhas e móveis dourados. O ambiente era informal. Um servo anunciou os dois casais e depois os convidou a relaxar sobre divãs, posicionados diante do imperador, que estava reclinado com a esposa, Cesônia.

Como revelado por todas as histórias, era uma mulher de meia-idade, mas tinha seios fartos e quadris suntuosos, emanando certo encanto maduro. O cabelo tingido com hena estava penteado de forma a emoldurar seu rosto, como uma cauda de pavão. Com o dedo indicador, Cesônia mexia distraída no colar de âmbar e lápis-lazúli. Seu olhar fixo deixava Tito nervoso.

A visão do imperador era tranquilizante, a princípio pelo menos. Aos 29 anos, Calígula era apenas sete anos mais velho que Tito e Késio, porém o cabelo claro já havia começado a rarear um pouco. Seus traços eram comuns, mas regulares, e a expressão suave, quase ausente. Tinha um aspecto absolutamente normal, pensou Tito, exceto pelo traje excêntrico. O imperador não usava as botas que deram origem a seu nome, mas uma espécie de sapatilha e um vestido feminino chamado *cyclas*, bordado com púrpura e ouro e feito de seda. No tempo do Divino Augusto, fora aprovada uma lei que proibia os homens de vestirem seda. Contudo, ali estava o próprio imperador envolto no tecido.

— Vocês devem chamá-lo de Dominus — instruíra o servo em um sussurro, antes que entrassem no aposento.

Essa era outra forma em que Calígula diferia dos predecessores. Augusto e Tibério rejeitaram de modo explícito usar como título a palavra pela qual os escravos se dirigiam aos donos.

A conversa começou bem. Os gêmeos agradeceram ao imperador a anulação do banimento do pai. Calígula aceitou os agradecimentos e demonstrou conhecimento da história da família e das atuais circunstâncias, mencionando o sucesso no comércio de grãos em Alexandria, apesar do tratamento injusto de Lúcio Pinário por Tibério.

— E assim a roda do tempo gira — disse Calígula. — Aqui estão vocês dois, diante da presença imperial como seu pai anteriormente. Sejam bem-vindos.

Tito começou a relaxar. O imperador os estava tratando com amizade e respeito. O que poderia ser melhor? Ele olhou de soslaio e surpreendeu os olhos do irmão. Késio parecia tenso e ansioso. Precisava aprender a descontrair-se e a desfrutar dos benefícios que a sorte lhes concedera.

A audiência foi interrompida pela aparição da filha do imperador. A pequena Júlia Drusila estava acompanhada por uma ama de aparência atormentada, que usava a vestimenta das sacerdotisas de Minerva. A menina correu berrando para o pai. Tito se perguntou se havia algo de errado com ela, mas Calígula permanecia imperturbável. Ele abriu a boca e gritou de volta para ela; depois, tomou-a nos braços enquanto os dois gritavam às gargalhadas. Pai e filha pareciam brincar de um jogo ruidoso e familiar. Tito observou a esposa e a cunhada sorrirem e se interessarem, como tendiam a fazer na presença de qualquer criança.

A pequena Júlia Drusila estava completamente despenteada, com o cabelo louro em desordem e o vestido torto e, quando parou de gargalhar, seus modos voltaram a ser petulantes. Com um olhar de assombro, Calígula notou uma mancha de sangue na túnica dela.

— O que é isso? — gritou ele.

— É o sangue de outra criança — explicou a sacerdotisa, rapidamente. — Ela estava brincando com os outros...

— E o que aconteceu? — perguntou Cesônia, com severidade.

— Eles olharam para mim rindo, então arranhei o rosto deles! — respondeu a menininha, com uma expressão assustadora e imitando as unhas de um gato.

— Fiquei com medo de que ela cegasse uma das crianças — sussurrou a sacerdotisa.

Calígula examinou as mãos da menina.

— Vejam isso, ela está com sangue debaixo das unhazinhas! — exclamou ele, recostando-se no divã e batendo palmas. — Boa menina! Você é uma leoazinha! Se já foi exigido provar que a filha é minha, como foi dito por más línguas já falecidas, aí está. Tal pai, tal filha! Não hesite, se as outras crianças ofenderem você, não tolere. Arranque os olhos delas! É muito empolgante tirar sangue, não é, minha pequena?

— É, papai.

— Corra e diga olá a meus convidados. Tenho certeza de que as senhoras querem conhecê-la.

Júlia se aproximou primeiro de Artemísia, que se encolheu. A menina se virou então para Crisante, que deu um sorriso amarelo e estendeu a mão. Júlia olhou para a mão por um instante; depois rosnou e simulou uma mordida. Crisante retirou a mão com um grito. Júlia deu meia-volta e correu, gargalhando, para o pai, que se divertia tanto quanto a filha com o desconforto das mulheres. Ele se despediu de Júlia com um beijo, dispensando a menina e a ama.

Cesônia olhou para os convidados e deu de ombros.

— Crianças... Dão um trabalho! Mas também trazem tanta alegria. Alguma de vocês já tem filhos?

Artemísia corou e olhou para Crisante, que havia recuperado a serenidade.

— Não, ainda não. Mas, como diz meu marido, talvez a demora tenha sido uma bênção, pois agora nosso primogênito pode ser concebido aqui, na cidade de seus ancestrais.

— Tão jovens e sem serem mães — constatou Cesônia. — Então vocês ainda devem ser bem apertadas.

O sorriso de Crisante vacilou.

— Acho que não entendi bem.

Cesônia deu uma risadinha e, com o dedo, chamou Calígula para mais perto, que se inclinou para ela murmurar algo em seu ouvido.

Enquanto o casal imperial conversava em sussurros, Késio se inclinou para Tito.

— Dê-me o amuleto — segredou ele.

Tito franziu o cenho e balançou a cabeça, tocando defensivamente o *fascinum* escondido sob a toga. Ele vencera a disputa nos dados aquela manhã, como Késio sabia muito bem.

No entanto, o irmão insistia.

— Por favor, irmão! Dê-me!

— Por quê?

— Para proteção.

— Contra o quê?

— Você não sente a presença dele?

— De quem?

— Do diabo.

Tito revirou os olhos, sem acreditar que Késio estivesse repetindo mais uma daquelas ideias absurdas que aprendera em Alexandria. E na presença do imperador. Ele se assustou ao perceber que Calígula estava dirigindo-se a ele com uma voz ríspida.

O rosto de Tito enrubesceu.

— Mil perdões, Dominus. Não o escutei.

— Então escute com mais atenção, Tito Pinário. Não faço perguntas sem importância e odeio me repetir. Mas perguntarei de novo porque Cesônia quer saber: vocês são idênticos em tudo?

Tito ergueu a sobrancelha.

— Certamente temos algumas diferenças de opinião, Dominus.

— Estou falando fisicamente, idiota! — exclamou Calígula, rindo, revelando os dentes mais que o normal.

— Sim, Dominus, somos gêmeos idênticos, como se pode ver. Comentam sobre nossa semelhança o tempo inteiro.

— Completamente idênticos em todos os sentidos?

— Sim.

— Mostrem-nos.

— Como assim?

— Mostrem-nos. Cesônia quer ver e eu também.

— Não estou entendendo — disse Tito, sentindo o coração se abater.

— Acho que está. Fiquem de pé e tirem as togas, os dois.

Tito e Késio trocaram olhares dolorosos. Nenhum dos dois se mexeu.

Calígula suspirou.

— Não sejam desagradáveis. Vocês não têm realmente escolha. É um deus quem está pedindo.

— Isso é completamente indecente — retrucou Késio.

— Indecente? — Calígula parecia estar mais achando graça que se sentindo zangado. — Estão vendo aqueles homens armados ali, ao lado das colunas? Por que acham que eles estão lá?

— Para proteger o imperador — respondeu Tito, com a boca seca.

— O imperador é um deus e não precisa de proteção — afirmou Calígula, rindo. — Esses homens estão aí para fazer cumprir a vontade do imperador, quando os que se encontram em sua presença demoram a obedecê-lo. Precisarei chamá-los? Eles vão usar a força necessária.

Tito vislumbrou o rosto dos guardas. Talvez aquilo tudo fosse uma brincadeira, alguma espécie de teste, pensou ele, até ver seus olhares. Seu sangue gelou.

Tito estava tão tonto que mal pôde ficar de pé. Gesticulou para que Késio fizesse o mesmo que ele. Quando o irmão hesitou, Tito o agarrou pelo ombro e o ergueu à força. Tentando manter um ar despreocupado, como se estivesse sozinho no próprio quarto, ele começou a retirar a toga. Normalmente um escravo ajudava o dono a vesti-la e a tirá-la também. As mãos de Tito eram desajeitadas; a lã macia parecia determinada a dificultar as coisas. Ele tropeçou na toga e quase caiu, antes de livrar seu corpo dela e, no processo, perdeu qualquer pretensão à dignidade. Puxar a túnica pela cabeça foi mais fácil. Ele ficou ereto, vestindo apenas a tanga.

Calígula e Cesônia olhavam fixamente para Tito e depois se voltaram para Késio, que se demorava. Por fim, ele ficou apenas com a tanga também, ao lado do irmão. Na extremidade dos dois divãs, Artemísia e Crisante estavam tão imóveis e quietas que pareciam ter se transformado em pedra.

— Continuem — ordenou Calígula. — Temos de ver tudo.

Com o rosto vermelho e as mãos trêmulas, Tito soltou a tanga, deixando-a cair. A não ser pelos sapatos e o *fascinum* no peito, estava nu. Com o canto dos olhos, viu Késio fazer o mesmo.

— Extraordinário! — Calígula se levantou do divã e foi vê-los mais de perto, examinando-os como se fossem estátuas ou escravos à venda. — Diz-se que os deuses nunca fazem duas pérolas, nem mesmo duas ervilhas num favo, tão iguais que não se possa diferenciá-las. Ainda assim, eu desafiaria qualquer um a distinguir vocês dois. O que acha, Cesônia?

— Encolhido assim, qualquer membro se parece. Acho que vamos ter de vê-los eretos.

— Dominus, isso não é justo! — disse Tito, com uma voz entrecortada. — Mande nossas esposas embora, ao menos.

— Mas suas esposas são essenciais para a experiência.

Cesônia se pôs de pé diante dos dois irmãos, estendeu a mão e começou a acariciá-los ao mesmo tempo. Tito arfou e fechou os olhos. Embora não achasse possível, reagiu ao toque. Sentiu o sangue intumescendo seu membro e pequenos arrepios de prazer com o toque de Cesônia.

Aparentemente, Késio também havia reagido, pois Calígula bateu palmas e gargalhou de prazer.

— Ainda exatamente iguais! Idênticos em todos os aspectos! Você percebe alguma diferença, Cesônia? Pese os dois em sua mão. Meça a grossura e o comprimento. Examine com atenção para ver se há alguma mancha ou característica especial.

Tito abriu os olhos. Cesônia parecia muito satisfeita com o efeito que causava neles. Sentia a cabeça mais leve que o ar e as pernas vacilantes, porém não havia como negar o prazer que ela lhe induzia.

— Nenhuma diferença! — anunciou Cesônia.

— Ah, mas a mão, por mais delicada que seja, é um instrumento sem sensibilidade em comparação aos lábios e à língua. Não é verdade, Cesônia, com base em sua experiência?

— Dominus, por favor! — implorou Tito, com a voz fraca. — Que a esposa do imperador faça o que está sugerindo...

— Cale essa boca imunda! — gritou Calígula.

Sua cólera súbita fez Tito empalidecer, apesar de sentir seu membro ficando cada vez mais rígido ainda na mão de Cesônia.

— Como ousa sugerir uma coisa dessas? Cesônia é minha e apenas minha. A ideia de ela se rebaixar a cometer um ato desses com um mortal como você é repugnante.

— Dominus, se entendi mal...

— Claro que entendeu! Guardas, tragam vendas para essas duas mulheres. E mordaças para os maridos, para mantê-los calados durante a experiência.

— Dominus, que experiência?

Calígula revirou os olhos impaciente, como um tutor diante de um pupilo obtuso.

— Vamos ver se suas esposas podem sentir alguma diferença, é claro! Primeiro, vamos vendar as mulheres. Depois vamos pôr vocês dois de costas um para o outro. E então rodaremos as duas vendadas até perderem o senso de direção e colocá-las de joelhos. Finalmente, elas vão nos mostrar se fazem alguma distinção, usando apenas a boca, entre um gêmeo e o outro.

O evento se desenrolou exatamente como Calígula desejava. A cada momento, o medo e a humilhação de Tito só eram igualados pela excitação incansável. Às vezes, sentia-se como se tivesse deixado o corpo e se encontrasse flutuando sobre a cena, um mero observador do espetáculo degradante que ocorria abaixo. Aproximando-se para formar um cordão em torno deles, os guardas observavam tudo. Ocasionalmente, um deles ria baixinho ou grunhia e, às vezes, quando Tito demorava a cooperar, algo afiado espetava sua garganta, o peito ou alguma parte exposta do corpo, em geral oculta aos olhos. Cesônia dava risinhos e cochichava no ouvido do imperador, que supervisionava a experiência com prazer infantil.

Um fato curioso chamou a atenção de Tito. Depois de todo aquele escrutínio, Calígula não havia notado a única coisa que o distinguia do irmão, mesmo estando nus: o *fascinum*. O pequeno bloco de ouro parecia ora de um frio perfurante ora quente como se queimasse contra a pele nua e suada; às vezes, parecia se mover e palpitar, como se fosse vivo.

Quando Tito chegou ao clímax, a experiência acabou. Vendadas, nem as esposas conseguiam distinguir entre Tito e Késio.

Uma hora depois do início da audiência, Tito, Késio e as esposas receberam permissão para deixar o palácio — vivos, sem marcas e, aparentemente, ilesos. Todavia, enquanto as elegantes liteiras os levavam para a casa que dividiam, as mulheres choravam e os homens mantinham os olhos baixos.

— Você devia ter me dado o amuleto quando pedi — disse Késio.

A noite havia caído. As esposas, perturbadas, haviam se retirado para os quartos. Os irmãos, insones, estavam sentados um pouco afastados um do outro no jardim enluarado, tremendo sob cobertores grossos.

Tito balançou a cabeça, franzindo o cenho, pasmo pelo irmão quebrar o silêncio entre os dois daquele modo, constante desde que se retiraram da casa imperial.

— Se eu tivesse lhe dado o *fascinum*, que diferença isso poderia fazer?

— Poderia ter protegido Artemísia e eu.

— Mas ele não protegeu nenhum de nós, seu idiota! O *fascinum* serve para desviar o olhar dos invejosos. Porém o imperador é um deus ou algo muito próximo. O olhar dele era muito poderoso...

— Calígula não é nenhum deus e aquele objeto não é um *fascinum*.

Tito meneou a cabeça.

— Você tem de discordar de tudo que digo, irmão?

— Só existe um deus...

— Não! Pare com essa conversa desrespeitosa.

— E essa coisa em torno de seu pescoço pode muito bem ser um talismã sagrado, mas não é um *fascinum*.

— E o que é então?

— Você já olhou realmente para ele? Com atenção? Faça isso agora.

Tito tirou a corrente pela cabeça e pegou uma lâmpada. O amuleto brilhava entre seus dedos.

— Vejo um pedaço de ouro, provavelmente misturado com algum metal inferior, para ficar mais durável. Mesmo assim, já está tão desgastado que perdeu a forma...

— Não perdeu a forma, irmão. Ele tem forma. Descreva-a.

— Tem mais comprimento que largura, com pequenas saliências se projetando de cada lado. Dá para ver que já foi um falo com asas...

— Você o vê como um falo com asas, irmão, porque é isso que quer ver. Mas, se esquecer o que contaram e olhar simplesmente para ele, o que parece?

Tito deu de ombros.

— Uma cruz, talvez.

— Exatamente! Uma cruz... O crucifixo no qual os criminosos e os escravos que fogem são pendurados para morrer.

Tito fez uma careta.

— A crucificação é o tipo de morte mais deplorável. Quem faria um amuleto de um crucifixo? Só se fosse para trazer uma maldição a quem usa, em vez de bênção.

— Não estou dizendo que nosso amuleto começou como cruz, Tito. Talvez ele *seja* antigo, tão antigo quanto nosso pai imaginava. E talvez fosse de início um *fascinum*, como Cláudio acredita. Mas ele se tornou algo completamente diferente. O tempo e a divindade o transformaram.

— Acho que ele foi transformado por um desgaste gradual, ao longo de muitas gerações.

— Como aconteceu, aqui nesse mundo material, não tem importância. O que interessa é a forma que assumiu e o que ela simboliza.

— E o que é?

— Existem pessoas que acreditam que o único deus verdadeiro, o criador de todas as coisas, manifestou-se na terra como um homem que foi condenado a morrer em uma cruz em Jerusalém, durante o reinado de Tibério.

— Quem acredita nisso? Seus judeus místicos de Alexandria?

— Eles não são os únicos.

— Ah, Késio, não me diga essas coisas! Isso é demais. Já sofremos o bastante hoje...

— Sofremos porque caímos nas mãos do próprio Satã...

— Satã?

— O Senhor do Mal.

— Pensei que você acreditava na existência de apenas um deus.

— E acredito. Ele é tudo o que há de bom.

— Mas você acabou de dizer que existe um deus do mal, chamado Satã...

— Satã não é um deus. Só Deus é deus.

Tito tapou os ouvidos.

— Pare de falar bobagem, Késio!

— Como isso aconteceu eu não sei, Tito. Mas recebemos um amuleto em forma de cruz, um símbolo sagrado, porque foi em uma cruz que nosso Salvador, Jesus Cristo, foi morto.

— Esse é o nome de seu deus, Jesus Cristo? Como ele pode ter sido morto? Por definição, um deus é imortal. Você está dizendo que sempre existiu apenas um deus e que agora ele está morto? — Tito tremeu e começou a chorar, caindo de joelhos do assento. — Ó Hércules, cujo altar fundamos! Ó Fascinus, adorado por nossa família antes mesmo de a cidade ser fundada! Ó Júpiter, pai e superior de todos os deuses! Meu irmão foi tratado de forma tão cruel hoje. Sua cabeça não está no lugar! Fazei com que essa loucura passe rápido e que ele volte a si, em nome de sua pobre esposa, em nome de todos nós!

Késio se levantou. Sua postura era desafiadora.

— Nunca falei abertamente com você sobre isso, irmão, porque temia que fosse reagir assim. Um dia, espero trazer você para o verdadeiro conhecimento de Deus, que recebi em Alexandria, e é reconhecido até aqui, em Roma, mesmo que por poucos. A recompensa pelo esclarecimento é a vida eterna, irmão.

— E isso? — perguntou Tito, ainda ajoelhado, agarrando o *fascinum* e balançando o punho. — Foi por isso que essa conversa louca começou, com a alegação de que o amuleto teria salvado você. Como isso aconteceria?

— Deve haver uma razão para esse crucifixo nos ter sido dado. Se eu o tivesse usado, como fiel, o poder de Jesus Cristo poderia ter nos protegido do olhar odioso de Satã. Os verdadeiros fiéis já testemunharam vários desses milagres...

— Mas você acabou de dizer que seu deus está morto!

Com raiva e revolta, Tito atirou o amuleto no irmão.

— Tome! Não quero nunca mais vê-lo de novo. Esse negócio é inútil, não vale nem o ouro de que é feito. Fique com ele, Késio. Use-o todo dia se quiser e veja que bem ele pode fazer!

— Terrível! — exclamou Cláudio, balançando a cabeça. — R-R-Realmente apavorante. É muita coragem a sua, T-Tito, confiar em mim.

Estavam nos aposentos particulares de Cláudio no complexo imperial. Ele devia estar a par de algum rumor sobre a provação dos gêmeos, pois, quando Tito enviou um recado, solicitando novamente um encontro, Cláudio respondeu de imediato.

O convite estava endereçado aos dois irmãos, porém Késio se recusara a ir, dizendo que jamais poria os pés em qualquer parte do palácio novamente. Foi até melhor Tito ir sozinho; desde o dia da audiência e da discussão posterior, os irmãos mal se falavam.

Tito pretendia ocultar os aspectos mais humilhantes da audiência com o imperador, mas acabou contando tudo para o amigo.

— Não vai c-c-consolá-lo — disse Cláudio —, mas saiba que até eu fui tratado de maneira quase tão vergonhosa por meu sobrinho. Ele acha por bem matar as pessoas que vivem ao seu redor, e não é por medo ou desconfiança, como Tibério e até Augusto faziam ocasionalmente; ele parece fazer isso por pura maldade. Calígula tem me poupado até agora, mas já deixou claro que posso m-m-morrer a qualquer momento. Ele só me mantém vivo pelo prazer de me ver sofrer de vez em quando. Mais de uma vez, ele já me fez chorar e implorar por minha vida. Não falo sobre isso com ninguém, no entanto estou contando a você, Tito, porque foi tão honesto comigo.

— Mas por que você não nos preveniu, primo? Já tínhamos ouvido rumores sobre a conduta excêntrica de Calígula, mas ninguém nos preparou para o que aconteceu.

Cláudio deu de ombros.

— Sua natureza imprevisível faz p-p-parte da loucura dele. Às vezes, Calígula se comporta de forma decente. Eu esperava que tivessem sorte. Mantive a distância por medo de atrair atenção sobre vocês. E, se eu tivesse prevenido do perigo, vocês teriam recusado a audiência? Isso iria atrair algo ainda pior e, acredite em mim, mesmo sendo tão horrível, o que Calígula fez com vocês não foi a atrocidade mais pavorosa que ele já cometeu contra diversos inocentes desavisados.

Tito estremeceu.

— Ele parece uma criança monstruosa.

— Calígula tinha 24 anos quando se tornou imperador, só um pouco mais velho que você é agora. A juventude dele parecia tão atraente, depois de termos aguentado a decrepitude inconveniente de Tibério. Agora é uma maldição. Calígula pode governar pelo resto de nossas vidas. Ainda pode ser imperador quando nossos netos se tornarem adultos. — Cláudio meneou a cabeça. — Augusto e Tibério não nos deixaram nenhum mecanismo para remover um imperador. Eles governaram até a morte e parece que Calígula fará o mesmo. Se pensarmos bem, um rapaz tão jovem nunca deveria ter se tornado imperador. Tanto poder entregue a alguém tão jovem...

— Você não está falando de mim, está, querido? — perguntou Messalina, adentrando o aposento.

A gravidez estava agora no oitavo mês. O traje fino, mais adequado para o quarto que para a rua, mostrava não apenas a barriga redonda mas também os seios muito aumentados. Tito tentou não a encarar, porém Messalina gingava enquanto circulava pela sala, parecendo se exibir deliberadamente.

— Messalina, você deveria estar na c-c-cama.

Ela suspirou.

— Não posso passar todas as horas do dia, todo dia, deitada. E estou com uma fome de leão. Pensei que Calígula daria algum banquete hoje.

Cláudio balançou a cabeça e explicou a Tito:

— Meu sobrinho está dando uma festa particular. Venha até a sacada comigo.

Embaixo deles, havia um caminho cercado por colunas que levava a um pátio próximo, rodeado por um pórtico e arbustos altos.

— Está acontecendo ali, naquele pátio. Dá para ver um p-p-pedaço do palco montado para a ocasião. As festividades devem começar a qualquer momento. Rapazes das melhores famílias, da Grécia e da Jônia, cantarão um hino que o imperador compôs para sua divindade. Você pode escutá-los ensaiando — declarou, então se virou para Messalina: — Mas você sabe por que não v-v-vamos, querida. Soube que o imperador está adoentado, sofrendo de uma indigestão, e só quer a companhia da esposa e da filha. Vai ser bom não irmos, se quer saber. Quando Augusto tinha indigestão, preocupávamo-nos com sua saúde; quando é Calígula, é com nossa vida que temos de nos preocupar! É uma pena que romanos antes tão orgulhosos agora tremam de medo quando um homem está com gases!

— Quem disse a você que o imperador não quer que a gente vá? — quis saber Messalina, pondo as mãos nos quadris, fazendo com que os seios se projetassem para a frente.

— Eu não disse? Foi Cássio Querea, o t-t-tribuno pretoriano.

Messalina riu com ironia.

— Aquele puritano que o imperador provoca sem piedade? — questionou ela, olhando com malícia para Tito. — Calígula acha muito engraçado dar a Querea nomes carinhosos perversos, como se ele fosse a espíntria de algum velho... "Boquinha doce", "buraco do prazer", esse tipo de coisa — comentou, rindo. — Se você visse o velho Querea, grisalho e com aquele queixo de ferro, ia entender o absurdo da coisa. E, sabendo como ele é muito sensível com as palavras, para a senha do dia, Calígula inventa as frases mais obscenas possíveis, só para Querea ter de repetir várias vezes as palavras mais indecentes. Porém, o mais engraçado de tudo é quando Calígula passa e oferece a ele o anel para beijar e, depois, no último instante, estica o dedo do meio e faz Querea...

— Messalina, q-q-querida, chega! — exclamou Cláudio, balançando a cabeça. — Essa criança é tão inocente, não faz ideia do que está dizendo. Agora volte para seus aposentos, minha querida, e descanse. Se estiver com fome, peça algo a Narciso.

Messalina fez beicinho, mas obedeceu ao marido, lançando um último e duradouro olhar para Tito, além de passar a ponta dos dedos sobre os seios agigantados, antes de sair.

Tito tirou os olhos de Messalina e os direcionou para a vista da sacada. Aguçou os ouvidos e franziu o cenho.

— Você ouviu isso, Cláudio?

— Meus ouvidos já não são mais o que eram. Não ouço nada.

— Exatamente. A cantoria parou. Tem alguém gritando. Eles estão sacrificando algum animal?

— Por que pergunta?

— Achei ter ouvido as palavras ritualísticas que precedem o sacrifício, quando um sacerdote pergunta "Devo executar o ato?" e o outro responde "Dê o golpe agora!". Mas soou estranho de alguma forma, como se não fossem sacerdotes...

Vindo do pátio distante, eles ouviram um alvoroço súbito — berros, o bater de metal e então gritos agudos. Cláudio franziu o cenho.

— O que está acontecendo lá?

Um servo surgiu correndo, seguido por outros e depois por um grupo de meninos gritando. Passaram rápido pelo caminho sob a sacada, alguns tropeçando, caindo e levantando-se novamente.

Cláudio se debruçou sobre a balaustrada.

— O que está a-a-acontecendo? — gritou.

Todos o ignoraram, exceto um menininho que parou por um instante e olhou para cima, com os olhos esbugalhados pelo terror. Outro menino esbarrou nele, quase o derrubando, e ele continuou a correr.

— Pelo Hades! — murmurou Cláudio, endurecendo de repente.

Os servos e os meninos cantores desapareceram. Um grupo de homens armados surgiu a passos largos, vindos do pátio. As espadas estavam desembainhadas; os rostos, sombrios. Guiando-os havia um tribuno pretoriano.

— Cássio Querea! — sussurrou Cláudio.

Tito prendeu a respiração.

— Veja sua espada.

A lâmina estava coberta de sangue, e o peitoral, salpicado.

Outro tribuno apareceu andando rápido, até emparelhar com Querea.

— Cornélio Sabino — murmurou Cláudio, com a voz falhando.

— Carregando outra espada ensanguentada — sussurrou Tito.

Ele olhou de relance para Cláudio, que havia empalidecido e estava segurando a balaustrada com toda a força. O coração de Tito disparou.

Querea os viu na sacada, observando a cena, e parou. Sabino se aproximou. Os dois tribunos trocaram palavras abafadas e depois fitaram Cláudio, erguendo as espadas ensanguentadas.

— Hoje temos uma senha nova! — gritou Querea. — Essa senha é *Júpiter*. Deus do raio! Da morte súbita!

Mais pretorianos surgiram, vindos do pátio. Estavam divididos em dois grupos; cada um levava uma liteira improvisada. A princípio, Tito não entendeu o que eram as formas volumosas e irregulares carregadas. Depois, com um sobressalto, percebeu que eram cadáveres. Um deles, pela quantidade de cabelo despenteado e a elegante estola coberta de manchas de sangue, parecia ser de uma mulher. Quando os soldados se aproximaram, Tito finalmente viu o rosto. Os olhos de Cesônia estavam esbugalhados; os lábios, repuxados para trás, e os dentes, trincados.

O outro corpo era muito menor, de uma menina; o cabelo louro empastado de sangue; o rosto, irreconhecível: a cabeça tinha sido esmagada. Mesmo àquela distância, Tito podia sentir o cheiro de sangue. A visão o deixou nauseado.

— Cesônia... e a p-p-pequena Júlia! — Cláudio cambaleou e se firmou contra a balaustrada, depois se virou e saiu da sacada. — Por Hércules, eles pretendem matar todos nós! Ajude-me, Tito, eu imploro. Esconda-me.

— Mas eles saudaram você, Cláudio, e deram a senha...

— Eles brandiram as espadas e z-z-zombaram de mim! Você não viu a expressão dos olhos deles? Assassinos a sangue-frio! Matadores de mulheres! De crianças! Uma vez, homens como esses mataram o Divino Júlio e, agora, ousaram matar Calígula. Se pretendem restaurar a república, vão chacinar toda a família. Não apenas eu mas Messalina e o bebê que nem nasceu ainda! Sou um homem morto, Tito!

Tito fazia o possível para acalmá-lo, mas Cláudio só ficava mais histérico. Corria de um lado para o outro pelo aposento, sem decidir se ficava ou se partia. A cabeça começou a tremer de forma incontrolável e ele nem se incomodava de limpar a saliva que escorria dos cantos da boca. Por fim, correu até a porta, determinado a fugir; depois, ficou imóvel, ao som de passos ruidosos no corredor. Cláudio puxou Tito pelo braço e o levou de volta à sacada, escondendo-se atrás da cortina e agarrando-o, tentando esconder os dois.

Os passos chegaram ao vestíbulo, um grupo de homens entrou no aposento.

— Ele não está aqui, senhor — anunciou uma voz poderosa.

— Mas os tribunos disseram que o viram nesse aposento, de pé na sacada.

— Mas ele não está aqui agora.

— Não passamos por ele no corredor...

— Será que pulou da varanda? Fugindo de seu dever!

— Cale a boca, idiota! Use os olhos. Você está vendo o que eu estou?

Cláudio e Tito olharam para baixo. Os pés do primeiro estavam projetados para além da parte inferior da cortina. Ele os puxou para trás, mas era muito tarde.

Ouviram passos aproximando-se. A cortina foi aberta.

Tito se preparou para o que aconteceria. A seu lado, Cláudio caiu, tremendo, de joelhos. Começou a balbuciar, incapaz de falar por causa da gagueira; então, cobriu o rosto com os braços e deu um grito.

Os soldados deram um passo atrás. Se estavam achando graça ou assustados, os rostos sem emoção não demonstravam. Tendo servido a Calígula, pensou Tito, provavelmente não deveria haver muito que os chocasse ou excitasse.

A pequena companhia de pretorianos estufou o peito e fez uma saudação com rigidez.

— Ave, Dominus! — gritaram em uníssono.

Cláudio baixou vagarosamente os braços. Piscou e limpou a saliva do queixo.

— Do que vocês me c-c-chamaram?

Tito o ajudou a se levantar. Cláudio tremia tanto que mal ficava de pé. Ele se sobressaltou quando mais pretorianos entraram no recinto, porém os homens mantiveram a distância, ficaram em posição de sentido e saudaram:

— Ave, Dominus!

Murmurando uma prece de alívio, Tito ergueu a mão para tocar o *fascinum*, mas ele não estava em seu peito. Em um momento como aquele — do qual jamais se esqueceria, sobre o qual falaria para filhos e netos —, ele deveria estar usando o *fascinum* dos Pinários. Como fora tolo em rejeitar o amuleto e dá-lo a Késio! Em não confiar nos deuses e na própria sorte!

Uma hora, vira-se mergulhado em desespero, um súdito humilhado à mercê de um imperador louco e, depois, em um piscar de olhos, encontrava-se ao lado do querido primo do falecido pai, seu amigo e confidente, novo imperador do mundo.

Tito se afastou de Cláudio, deixando o imperador sozinho na sacada. Juntou-se aos soldados e abaixou a cabeça respeitosamente.

— Ave, Dominus! — gritou.

47 D.C.

— O que você acha, pai? — sussurrou Tito Pinário.

Ele estava no vestíbulo de sua casa no Aventino, diante da fileira de nichos que abrigavam as efígies de cera de seus ancestrais. Entre elas, estava a máscara mortuária do pai, moldada em Alexandria. Colocá-la no vestíbulo, junto das outras efígies, estivera entre as primeiras tarefas de Tito e Késio após a mudança para a casa.

Tito vestia a *trabea* herdada do pai. Segurava o *lituus* de marfim, finamente trabalhado, pertencente à família por gerações. Aos 24 anos — a mesma idade precoce em que o pai havia sido admitido — Tito se tornara áugure, graças ao apadrinhamento do primo, o imperador Cláudio. Agora, aos 29, ele era um membro experiente e altamente respeitado do colégio. Crisante, notando que a lã tingida de açafrão, com a larga listra púrpura, tinha começado a desbotar um pouco, havia sugerido que o marido adquirisse uma *trabea* nova, mas ele não queria ouvir falar no assunto. Em vez disso, os melhores tintureiros de Roma lhe fizeram uma limpeza completa e aplicaram mais corante, de modo que a vestimenta se encontrava tão macia e reluzente como no primeiro dia em que o pai a vestira.

Tito observou a efígie do pai — a semelhança era real, exatamente como se lembrava dele — e sentiu que ele aprovava.

— Quando visto essa *trabea*, honro os deuses — declarou em voz baixa —, mas também honro você, pai.

Ele sentiu uma ponta de culpa. Era quase como se o pai tivesse dito em voz alta: *Mas onde está seu irmão, Késio? Deveria estar aqui também.*

Tito não se lembrava da última vez que o irmão estivera com ele naquele vestíbulo e prestara homenagem aos antepassados. Logo que pôde, após o incidente com Calígula — sobre o qual ninguém jamais falou —, Késio havia partido. Levara o *fascinum* com ele, apesar do pedido de Tito, de que o compartilhassem novamente, mas ficara feliz por deixar as efígies de cera com o irmão; Késio parecia não se importar nem um pouco com os ancestrais, nem mesmo com o pai. Nunca pedia nenhum favor a Cláudio e rejeitou as várias sugestões de Tito para que se tornasse, também, áugure ou que obtivesse alguma outra posição respeitável, digna de seu *status* de patrício. Em vez disso, Késio vendeu a Tito metade de sua participação no comércio de grãos em Alexandria, dizendo que não desejava ter posses. O que havia acontecido com a parte da fortuna da família que pertencia a Késio? Aparentemente, ele a distribuíra entre os membros de seu culto, mais numerosos em Roma do que Tito imaginara. O irmão e a cunhada estavam morando em um aposento sórdido em Subura. Késio não parecia se preocupar com o fato de ter descido para a pobreza, comportando-se e crendo em coisas cada vez mais esquisitas com a passagem dos anos.

— Você está magnífico! — exclamou Crisante, juntando-se a Tito no vestíbulo para se despedir dele. Nos braços, carregava o filho recém-nascido, Lúcio. O menino tinha muito cabelo para um bebê e uma semelhança impressionante com o avô.

Estar diante da imagem do pai, vestindo a *trabea* que fora dele, junto da esposa e do filho — parecia a Tito o momento mais belo desejado por um homem. Por que Késio havia virado as costas para uma vida comum? Ele e a esposa sequer desfrutavam da bênção de um filho e, aparentemente, não era por acaso, mas por escolha.

— Por que trazer mais uma vida a um mundo sórdido como esse — dissera-lhe Késio certa vez —, especialmente quando esse mundo está chegando ao fim?

Aquela tinha sido mais uma conversa que não havia corrido bem.

— Que tipo de augúrio você vai fazer hoje? — perguntou Crisante. — Em alguma ocasião pública com a presença do imperador?

— Não, outra coisa. É um pedido para um augúrio particular. Uma questão de família, imagino. A casa fica ali no Esquilino.

— Você vai no sedã?

Ela estava se referindo a um novo e elegante meio de transporte, carregado por escravos, no qual o ocupante se sentava ereto, e não reclinado, como nas antigas liteiras.

— Não. Está fazendo um lindo dia de outono. Vou a pé.

— Leve algum escravo como guarda-costas.

— Não há necessidade. Vou sozinho.

— Tem certeza? Caminhar até o Fórum é uma coisa, mas passar por Subura...

— Ninguém se mete com um áugure cumprindo seus deveres oficiais — garantiu-lhe Tito. Então beijou a esposa, o filho e saiu.

Na verdade, ele preferira ir só porque desejava fazer uma visita, sem o risco de que a esposa descobrisse mais tarde, por meio de algum escravo de língua solta. No caminho para seu compromisso no Esquilino, ia visitar Késio.

Passando pelo Circo Máximo, Tito olhou brevemente seu interior, para ter uma ideia do remodelamento em grande escala recém-concluído, bem a tempo dos recentes Jogos Seculares. Entre várias outras melhorias, as barreiras de tufo calcário da área de largada haviam sido substituídas por outras, de mármore; e os postes cônicos de madeira, em cada extremidade da espinha dorsal, por pilares de bronze dourado. Alguns poucos condutores de biga praticavam aquele dia, conduzindo os cavalos em ritmo lento ao redor da grande pista. Como era diferente ver o local vazio, em vez de cheio até a capacidade máxima, com oitenta mil espectadores vibrando.

Atravessando o Fórum, ele ostentava a *trabea* com orgulho e acenava com a cabeça para os conhecidos vestidos de toga, detendo-se por um instante para assistir às virgens vestais a caminho do templo do fogo sagrado.

Depois do Fórum, um bairro de lojas e restaurantes respeitáveis logo deu espaço a locais de reputação cada vez mais duvidosa. Cães e crianças brincavam nas ruas estreitas, em frente a pontos de jogatina, tavernas e bordéis. Habitações coletivas altas tapavam o sol. O ar parado se tornava mais denso, com uma mistura de odores desagradáveis, nunca sentidos por Tito nas ladeiras arejadas do Aventino.

Ele chegou à habitação coletiva de cinco andares onde Késio morava. O lugar dava a impressão de que poderia desmoronar a qualquer momento. Uma longa seção de parede, feita de tijolos esfarelados e argamassa, encontrava-se recoberta por pranchas de madeira. A escada de madeira no interior era instável e não tinha alguns degraus. Escutando a construção ranger e gemer a seu redor, Tito subiu com cuidado até o último andar e bateu a uma porta fina.

Késio a abriu. Agora, usava barba e vestia uma túnica tão gasta que Tito pôde ver o *fascinum* através do tecido. O colar do qual pendia era feito de barbante, não de ouro.

Késio saudou o irmão educadamente, mas sem emoção.

— Entre, irmão.

No interior, Tito fez um gesto de reprovação com a cabeça, sem ocultar a consternação diante da esqualidez das condições de vida de Késio. Esteiras de dormir encontravam-se espalhadas pelo chão. Reunidos no aposento seguinte, viam-se homens e mulheres de aparência nada respeitável, que ele só podia supor que dividiam o aposento. Os membros do culto de Késio deviam celebrar a pobreza, vivendo de forma comunal e compartilhando indiscriminadamente o pouco que possuíam.

Um dos estranhos, um homem de barba branca, usando uma veste esfarrapada, juntou-se a eles, com os olhos fixos na *trabea* de Tito.

— Esse companheiro é um irmão? Um áugure?

— Não, irmão, ele não é um dos nossos. Esse é meu irmão gêmeo, Tito Pinário — respondeu Késio, sorrindo.

O estranho deu outra olhada em Tito e riu.

— Eu devia saber! Sim, agora vejo a semelhança. Então, querem ficar um pouco a sós? Os irmãos e irmãs vão deixar vocês por um momento.

O grupo se arrastou para fora do aposento. Para Tito, cada um deles parecia mais maltrapilho e desgrenhado que o outro. A escada rangia sob seu peso.

— Parecemos tão diferentes assim, agora? — perguntou Késio, quando ficaram sozinhos.

Para um observador casual, os gêmeos já não se pareciam mais tanto como antes. Késio usava o cabelo longo, uma barba maltratada e nada fazia para se tornar apresentável, ao passo que Tito, consciente do caráter oficial de seu trabalho e meticuloso por natureza, era escanhoado diariamente pelo barbeiro e banhado com regularidade pelos escravos nas termas públicas. Quando fora a última vez que Késio tinha ido a uma terma? Tito torceu o nariz.

Késio sentiu a desaprovação e usou um tom de voz ríspido.

— Então, irmão, por que veio me ver?

Tito foi igualmente áspero.

— Você me chama de "irmão"? Tenho a impressão de que encontrou outros mais dignos de serem chamados de irmãos.

Quando Késio não respondeu, Tito se arrependeu do tom rude.

— Preciso ter uma razão para visitar você?

— Irmão, nos vemos tão pouco. Desconfio que você tenha algum motivo para estar aqui.

Tito suspirou.

— Na verdade, tenho uma razão. Espero que não seja demais pedir que guarde isso para você. O decreto vai se tornar público muito em breve, mas prefiro que não vaze o fato de que avisei alguém de antemão.

— Sobre o que você está falando?

— Você ainda se considera um seguidor de Cristo?

— Não é o que me considero. É o que sou.

Tito meneou a cabeça.

— Você deve saber quantos problemas seu pessoal vem causando na cidade. Mês passado, houve um tumulto em um dos bairros judeus...

— Causado pela intolerância de certos judeus que não aprovam aqueles dentre eles que seguem Cristo.

— Toda essa disputa entre os judeus! Eles não podem fazer outra coisa? Em Jerusalém, dizem que estão ocorrendo apedrejamentos todos os dias, porque esses judeus se trucidam por qualquer dissensão religiosa. Se é que, de fato, algum deles pode ser chamado de religioso, pois se recusam a reconhecer os deuses...

— Os judeus adoram o único deus, como eu e os outros seguidores de Cristo.

— Mas, se você não é judeu, Késio, como pode ser cristão?

— Irmão, já expliquei tudo isso a você antes. Embora existam alguns que argumentem o contrário, eu acredito que um seguidor de Cristo não precisa ser judeu e, portanto, não precisa ser circuncidado.

Tito estremeceu.

— Não diga isso a Cláudio. Ele está convencido de que toda essa desavença não passa estritamente de uma questão de dissensão interna entre os judeus, sem o envolvimento de romanos. Foi por isso que decidiu banir os judeus da cidade. Foi isso que vim lhe contar.

— O quê? — Késio pareceu horrorizado. — E para onde eles irão?

— De volta a Judeia, imagino. Faremos com que levem embora toda essa discórdia por causa de um deus, da circuncisão e de Cristo e deixem em paz o bom povo de Roma.

— Por que você está me contando isso, Tito?

— Porque eu detestaria ver você e sua esposa presos e deportados para a Judeia, seu idiota! O que pode muito bem acontecer, se insistir em ficar espalhando ideias profanas e permanecer na companhia de judeus fanáticos.

— Mas se eu comprovar minha cidadania romana...

— Seria o suficiente para proteger você. Ou pode também mostrar que não é circuncidado — acrescentou Tito, com um estremecimento de repugnância. Ele olhou de soslaio para o irmão. — Você não é... circuncidado... é, Késio?

Késio retrucou erguendo a sobrancelha.

— Não, irmão. Nesse aspecto, ainda somos idênticos.

Fosse ou não intencional, a observação fez Tito se lembrar da audiência com Calígula. Ele não sabia mais o que dizer. Foi Késio quem quebrou o desconfortável silêncio.

— Obrigado por me contar, Tito. Ao menos posso avisar alguns de meus irmãos judeus sobre as intenções do imperador e dar a eles tempo para se prepararem. Isso pode amenizar o infortúnio deles.

— Pensei que vocês apreciavam adversidades — comentou Tito, observando o ambiente esquálido: as esteiras de dormir imundas, os cobertores esfarrapados, os restos de comida pelo chão, uma lâmpada de barro quebrada que cheirava a óleo rançoso.

— No reino dos maus, é inevitável sofrer... um pouco mais, pelo menos — declarou, dando de ombros.

— Por favor, Késio, não comece a falar sobre o fim do mundo novamente.

— Ainda há tempo para você, Tito, se agir rápido. O fim está bem próximo. Cristo ensinou que sua segunda vinda seria mais cedo que mais tarde, e, para os que têm os olhos abertos, os sinais do iminente fim dos tempos estão em toda parte. O véu desse mundo de sofrimento será rasgado. A Cidade Celestial será revelada. Se sua chamada ciência do augúrio e essa vareta inútil que carrega tivessem algum poder, veria por si mesmo.

— Não me insulte, Késio. E não insulte os deuses. Vim aqui para lhe prestar um favor. Talvez já não o veja mais como irmão, porém honro a memória de meu pai, e você é filho dele...

Com um guincho agudo, um rato saiu de baixo das cobertas e correu por cima do pé de Tito, com tanta rapidez que ele não teve tempo de pular para trás. Seu coração quase saiu pela boca. Aquilo foi a gota d'água.

— Tenho de ir agora, Késio.

— Vai fazer algum augúrio? Toda vez que você engana os outros, sacudindo essa vareta e contando pássaros, está fazendo o trabalho de Satã.

Tito mal pôde conter a cólera. Por que se dera ao trabalho de vir? Deu as costas a Késio e saiu sem dizer palavra.

A casa onde havia sido chamado para fazer o augúrio ficava em uma rua tranquila, uma das melhores partes do monte Esquilino. Como muitas residências romanas, a fachada dela não passava de uma parede cega dando para a rua, mas a entrada era muito elegante, com degraus de mármore branco e uma porta elaboradamente trabalhada. Prometeram a Tito uma remuneração substancial e parecia que o morador podia se dar a esse luxo.

Entretanto, assim que entrou, Tito se sentiu inquieto. O escravo que abriu a porta lhe lançou um olhar voraz, nem um pouco conveniente, e desapareceu em seguida. O vestíbulo não possuía nichos para os antepassados; em vez disso, exibia um pequeno altar a Vênus, com uma estátua da deusa, cercada de incenso fumegante. Examinando a casa, do vestíbulo, Tito vislumbrou uma moça gargalhando, enquanto atravessava correndo o átrio. Era loura e estava quase nua, vestindo apenas uma espécie de tanga.

Deixaram-no sozinho no vestíbulo pelo que lhe pareceu um longo tempo. Por fim, uma escrava surgiu, dizendo que ia levá-lo até a dona. Tito estava quase certo de que era a mesma moça que vira correndo no átrio, vestindo agora uma túnica azul sem mangas, muito justa, que deixava exposta a maior parte de suas pernas.

Ele a seguiu, sem saber exatamente o que pensar. Passaram por um aposento com uma decoração belíssima, com estátuas de Eros e Vênus. As pinturas na parede retratavam histórias de amantes famosos e algumas das imagens eram bastante explícitas. A escrava o conduziu por um corredor longo, com várias portas fechadas, mas que deixavam passar ruídos de sexo — suspiros, gemidos, sussurros, uma palmada e uma gargalhada muito alta.

Fora-lhe dito que se tratava de uma casa particular. Teria ele por acaso vindo por engano a um bordel?

— Essa é a casa de Licisca, não é? — perguntou à jovem.

— Sim, claro! — respondeu, guiando-o até um aposento com uma iluminação suave, decorado em tons de laranja e vermelho. — Esse é o nome de minha senhora. E aí está ela.

Em meio às sombras profundas e à claridade âmbar das lâmpadas, reclinada sobre um divã elegante e usando uma veste tão transparente que parecia feita de fibra de teia de aranha, estava a mulher do imperador.

Tito ficou sem palavras. Ele vira Messalina ocasionalmente ao longo dos anos, mas sempre na presença do marido e, em geral, durante ocasiões oficiais. Um mês depois da ascensão súbita de Cláudio, o filho deles, Britânico, nascera, e desde então Messalina havia se mostrado mãe e esposa romana modelo, mimando o filho, vestindo estolas modestas, presidindo os ritos religiosos que celebravam a maternidade e comportando-se, nos jogos e no circo, de modo irrepreensível. Sua conduta era tão discreta que os comentários sobre a diferença de idade entre Cláudio e ela cessaram. Embora ainda na casa dos 20 anos, era uma matrona romana exemplar.

A mulher acomodada no divã diante de Tito parecia muito diferente. A aplicação discreta de cosméticos tornou seu rosto ainda mais belo. O cabelo estava preso em um turbilhão no alto da cabeça, revelando por completo o pescoço longo e branco, adornado por um colar de prata com pequenos pingentes de pérolas. Outras, maiores, pendiam de brincos de prata nas orelhas e as pulseiras, também de prata, produziram uma espécie de música quando ela pegou uma taça de vinho. A veste cobria seu corpo com um brilho prateado, sem esconder nada.

Mais alguém compartilhava o divã com Messalina, que Tito reconheceu — na verdade, praticamente qualquer um em Roma teria reconhecido Mnester, o ator favorito de Calígula, que continuava a desfrutar do favor imperial no governo de Cláudio. Aquele grego de cabelo claro era figura onipresente em banquetes e cerimônias públicas. Com olhos azuis brilhantes e traços apolíneos, tronco esculpido, membros longos e elegantes, ele era provavelmente mais famoso pela bela aparência que pelo talento teatral, embora Tito o tivesse visto representar um Ajax memorável. Nessa ocasião, o ator vestia apenas uma tanga, com aspecto tão transparente quanto o tecido da veste de Messalina. Os dois, reclinados, com as cabeças tocando-se, passavam a taça de vinho entre si. Pareciam já ter bebido um bocado.

Nervoso pelo modo como os dois o olhavam fixamente sem falar nada, Tito se sentiu na obrigação de dizer alguma coisa.

— Domina — saudou ele, dirigindo-se formalmente à imperatriz.

— Licisca — interrompeu a imperatriz de imediato. — Esse é meu nome nesta casa.

— Licisca?

— Inspirei-me para adotar esse nome quando vi Mnester representando em uma peça sobre Acteão. Você viu essa interpretação, Tito?

— Acho que não.

— Mas deve conhecer a história. Acteão, o caçador, com sua matilha de cães, veio até Diana, que se banhava em um lago na floresta. A deusa virgem não gostou que um mortal a visse nua, gabando-se disso mais tarde. Então, para manter Acteão calado, transformou-o em um veado. Mas ela não imaginou o que aconteceria depois. Em um piscar de olhos, o caçador se tornou a caça. Os cães correram enfurecidos para cima de Acteão e o estraçalharam. Sempre achei cruel demais um homem ser destruído só porque viu uma deusa nua. Diana devia tê-lo convidado a se banhar com ela, em vez disso; especialmente se Acteão era tão jovem e belo como todas as estátuas mostram... ou lindo como Mnester, que arrancou lágrimas da plateia com sua interpretação. Até meu marido chorou.

— E o nome Licisca? — perguntou Tito, tentando não olhar diretamente para os seios de Messalina, que subiam e desciam enquanto ela falava, fazendo o tecido parecer ora transparente ora opaco.

— Licisca era a líder da matilha de caça de Acteão, metade loba, metade cadela. Sob esse telhado, não me chame de outro nome.

— Mas por que se dar esse nome?

— Espero que nunca descubra, Tito Pinário! Agora, venha cá e junte-se a nós no divã — chamou ela, indicando um lugar entre eles. — Desfrute um pouco desse belo vinho falerniano.

— Vim aqui para realizar um augúrio.

Messalina deu de ombros.

— Pareceu-me o melhor jeito de fazer você vir aqui. Desculpe, mas não temos nenhuma necessidade de seu *lituus* hoje. Talvez possua alguma outra vara que me possa ser útil...

A intenção da imperatriz era absolutamente clara. Tito sentiu um impulso de dar as costas e sair logo do aposento mas também sentiu outro, tão forte quanto o primeiro, de parar e considerar a oportunidade que lhe estava sendo oferecida, curioso para descobrir as consequências. Ele não se opunha a desfrutar de um pouco de prazer sexual quando este surgia em seu caminho; todos os homens sucumbiam a tentações vez por outra, embora em geral não com a esposa do imperador. Tito ganhou tempo fazendo uma pergunta.

— Há outros nessa casa; ouvi um bocado de gemidos e suspiros através das portas. Que tipo de lugar é este?

— Não é um bordel, se é o que está pensando! — Messalina riu. — E as mulheres aqui não são prostitutas. Algumas, entre as mais bem-nascidas de Roma, vêm até aqui para desfrutar de um pouco de liberdade, que não podem ter em outros lugares.

— E os homens?

— São do tipo cuja companhia dá prazer a essas mulheres bem-nascidas. A maioria é jovem, bela e viril. Como você, talvez.

— Você me lisonjeia, Messalina.

— Licisca!

— Muito bem: Licisca. Mas me ocorre que, se eu ficasse aqui mais tempo, cometeria um ato que poderia ser interpretado como desleal, não apenas para meu imperador mas meu primo, um homem que tem sido um bom amigo.

Mnester bufou.

— Isso quer dizer que ele está com medo de ser pego.

Era verdade, porém não toda a verdade. Estava claro que Tito sentia uma ponta de apreensão ao pensar nas consequências que poderiam advir ao trair a confiança do imperador. Entretanto, sentia-se também verdadeiramente grato a Cláudio e até o admirava, apesar dos defeitos. Como imperador, o velho camarada se mostrara uma decepção para muitos; havia ordenado várias execuções e, não raro, demonstrava pouco bom senso. Dizia-se que era facilmente influenciado pelos que o cercavam, em especial por Messalina e seu liberto de confiança, Narciso. No entanto, levando-se tudo em consideração, a maioria concordava que Cláudio, apesar de inseguro, significava uma melhora em relação às crueldades de Tibério e à loucura de Calígula. Tito pensava assim; Cláudio havia feito bastante para ajudá-lo e a sua família, e nunca lhes causara mal.

— A consequência sobre a qual você deveria se preocupar é a de *me* decepcionar — retrucou Messalina. — O nome Gaio Júlio Políbio significa alguma coisa para você?

— O estudioso de literatura e amigo do imperador que foi executado por traição?

— Essa foi a acusação oficial. O fato é que Políbio esteve exatamente onde você está e se recusou a fazer o que eu desejava. Depois, contei a meu marido que ele tinha feito insinuações impróprias e insisti que fosse punido.

— Mas Políbio deve ter protestado sua inocência.

— Quando se trata de escolher entre acreditar em mim ou em outra pessoa, inclusive você, Tito Pinário, meu querido marido fica sempre a meu lado. Podemos fazer um teste, se você insistir; mas quer realmente se arriscar a ter o destino de Acteão? Pense em como seria mais agradável deitar a meu lado nesse divã e tomar um pouco de vinho.

— O vinho é muito bom — comentou Mnester, erguendo a taça em um convite.

Indeciso, Tito continuava a hesitar.

— Entendo seu dilema, amigo — confessou o ator, rindo. — Eu mesmo tentei resistir a ela, a princípio... em vão. Como você, o medo de ofender Cláudio se sobrepôs a meu desejo por Licisca, atraente como só ela é, que me fez promessas, ameaças; usou todos os seus truques de sedução. Ainda assim, recusei. Então, um dia, Cláudio mandou me chamar para um encontro em particular, apenas nós dois. Ele me disse que a esposa estava se queixando de que eu havia me recusado a atuar para ela e que isso a deixara muito infeliz. Cláudio me mandou fazer, em termos bem claros, tudo que ela pedisse. "Devo me submeter a *qualquer* coisa que ela ordene?", perguntei. "Sim, qualquer coisa!" E aqui estou, meramente cumprindo as ordens de meu imperador.

— Mas Cláudio não devia imaginar o que você estava falando! Ele não aprovaria isso.

— Não? A maioria dos maridos se dá a liberdade de procurar prazer fora do casamento e alguns são esclarecidos o bastante para permitir que as mulheres tenham a mesma liberdade, especialmente se elas forem muito mais jovens, tiverem apetite sexual intenso e já tiverem produzido um herdeiro saudável.

O pequeno Britânico estava com quase 7 anos então, pensou Tito. Não havia nada de maternal na aparência de Messalina naquele momento.

— Você está sugerindo que Cláudio não se oporia se eu me juntasse a vocês? Acho que dificilmente ele concordaria com algo assim se eu lhe pedisse.

— Não se você pedisse de forma explícita e fizesse a coisa debaixo do nariz dele, sem lhe dar uma chance de manter a dignidade. Não é assim que o jogo funciona. Tudo acontece com uma piscada e um aceno, sem que ninguém veja, está entendendo? O importante é que Messalina esteja feliz. Você não quer fazê-la feliz, Tito?

Mnester se aproximou mais de Messalina e enfiou os dedos sob o vestido transparente, pondo a mão em concha sobre um seio, apertando-o até que o bico pressionasse o tecido. Messalina suspirou.

— Ela é muito sensível — murmurou Mnester. — Nunca fiz amor com uma mulher como ela. Junte-se a nós, Tito, você realmente se deve isso.

Os últimos resquícios de resistência em Tito cederam. Os dois eram jovens, belos e pareciam não ter inibições. O dever não seria pesado, desde que Tito evitasse pensar nas consequências assustadoras que poderiam resultar daquilo. De repente, ele ficou extremamente excitado. Seria o fator perigo que o estava excitando, até mais que Messalina?

— Então, se realmente não tenho escolha — murmurou ele, dando um passo à frente. — E se Cláudio não se opõe — acrescentou, sem crer na mentira nem por um segundo.

Em um instante, viu-se entre os dois, não mais de pé, mas na horizontal. O divã era firme; as almofadas, macias. Ambos se revezavam pondo mais vinho na taça e levando-a aos lábios. Depois, tiraram o sapato, a *trabea* e soltaram a tanga. Mãos mornas acariciavam sua pele. Alguém o beijava — não sabia ao certo quem, porém eram lábios macios e dóceis, uma língua sôfrega. Era Messalina. Mnester estava fazendo algo com a boca em outro lugar. Messalina se afastou para que Tito pudesse ver.

— Ele não é lindo? — sussurrou ela. — Eu o amo e o odeio pela mesma razão... porque é mais bonito que eu!

Ela tirou de algum lugar um chicote de couro fino com cabo de marfim. Com um golpe que fez Tito pular, ela o usou com força surpreendente contra os ombros largos de Mnester. Ele gemeu, mas não parou o que estava fazendo. Na verdade, prosseguiu com mais avidez, fazendo Tito se retorcer de prazer.

— Mnester é tão bonito, até Cláudio já o beijou depois de uma representação particularmente notável — comentou Messalina. — Acho que ele é o único que meu marido já beijou. Cláudio não se interessa por homens nem por meninos, aquele velho idiota!

Messalina beijou Tito novamente, tirando seu fôlego.

— Do que você gosta, Tito Pinário? Não, não responda. Mnester e eu descobriremos tudo que lhe dá prazer.

Após todos terem se satisfeito, mais de uma vez, houve um longo e lânguido momento de total indolência, enquanto os três permaneciam muito próximos, nus e em silêncio, exauridos de desejo.

Foi Messalina quem por fim falou:

— Você não tem um irmão, Tito?

Ele estava quase cochilando e demorou um pouco a responder.

— Tenho.

— Gêmeo?

— Sim.

— Imaginei. Lembro-me de conhecer os dois quando chegaram a Roma. Mas eu conseguia diferenciar vocês. Sabia que *você* era o travesso.

— Você estava absolutamente certa! — disse Mnester, sonolento. Tito sorriu, apreciando o elogio.

— Mas ninguém o vê por aí. Ele está vivo, não? Seu irmão gêmeo...

— Está.

— E ainda na cidade?

— Sim. — Tito se mexeu, inquieto. Estava totalmente acordado agora.

— Então, onde o está escondendo? Você tem de trazê-lo para me ver. Com um de vocês, já é delicioso; com os dois, seria divino. Já pensou, Mnester? Gêmeos idênticos.

Mnester emitiu um som gutural.

Tito se retorceu um pouco, sem apreciar muito o rumo que a conversa estava tomando.

— Na verdade, já não somos mais tão parecidos quanto antes. Késio... não se preocupa muito com a aparência. Ele anda muito descuidado ultimamente.

— Um homem selvagem? Melhor ainda! — ronronou Messalina. — Vou catalogar as diferenças e as semelhanças entre vocês dois.

Tito sentia agora um profundo desconforto, lembrando pela segunda vez o dia da audiência com Calígula. Aquela ocasião fora um tormento, motivo para pesadelos. O encontro amoroso de hoje, igualmente inesperado e, até certo ponto, sob coerção, deixara-o em um estado de êxtase. Era curioso como os mesmos atos, resultando na mesma liberação física, podiam acarretar infelicidade ou alegria, dependendo das circunstâncias e dos envolvidos.

Messalina ficou um momento em silêncio e Tito se esforçou para pensar em outros assuntos.

— Nos Jogos Seculares — disse ele. — Foi lá.

— Sobre o que você está falando? — perguntou Messalina.

— Foi quando vi Mnester representar Ajax, em uma das peças montadas durante os Jogos Seculares no verão passado. Eu estava tentando me lembrar disso desde o momento em que entrei neste quarto e o reconheci. Lembrava o espetáculo, mas não o local.

— Ao menos fui inesquecível — murmurou Mnester.

— Mais que inesquecível — acrescentou Tito. — Você foi brilhante. Não deixei de acreditar, nem por um segundo, que você fosse o maior guerreiro do mundo, vestindo aquela armadura magnífica. Quando Atena o enfeitiçou, realmente achei que você era sonâmbulo. E, quando acordou, coberto de sangue, e percebeu que havia matado um rebanho de ovelhas em vez do inimigo, ri e tremi ao mesmo tempo. E a cena de seu suicídio... Juro, você me fez chorar.

Mnester fez um ruído de contentamento.

— Agora que penso nisso — continuou Tito —, o festival todo foi notável. Tudo nos Jogos Seculares foi magnífico... As lutas de gladiadores, as corridas, as peças, os banquetes, os concertos nos templos. A caçada à pantera no Circo Máximo... Aquilo foi espetacular! Embora eu ache que fiquei mais impressionado ainda com os cavaleiros da Tessália, o modo como conduziam aquele rebanho de gado em debandada em volta da pista, como desmontaram depois e partiram para a luta no solo. Foi magnífico! Acredito que aqueles jogos foram o ponto alto do reinado de Cláudio até agora. E por que não? Dizem que os Jogos Seculares só são realizados uma vez na vida, e esses marcaram o aniversário de oitocentos anos de fundação da cidade, uma ocasião inesquecível...

Ele parou de repente. Mnester o estava chutando sob a fina coberta. Tito se virou e viu que o ator franzia o cenho e balançava a cabeça, como se advertindo-o a não tocar naquele assunto.

Contudo, já era tarde demais. Messalina se sentou ereta e cruzou os braços. O belo rosto se retorceu com um ar de irritação.

— Os Jogos Seculares... Foi onde *ela* obteve seu triunfo!

— Ela? — perguntou Tito.

— Agripina, a sobrinha de Cláudio. Aquela rameira!

Mnester se encolheu e se moveu para o outro lado do divã:

— Agora você a provocou — sussurrou ele.

— Foi durante a representação de Troia — explicou Messalina. — Você não estava lá àquela tarde no Circo Máximo, Tito? Não viu?

— A Representação de Troia? Não, eu perdi.

Assistir a rapazes patrícios, vestidos de guerreiros troianos, realizando manobras a cavalo era um espetáculo que ele considerava mais indicado a mães e avós corujas.

— Então você perdeu o triunfo de Agripina. Eu estava lá, é claro, com Cláudio e o pequeno Britânico, no camarote imperial. Antes da representação começar, fiquei de pé com meu filho e acenei para a multidão. Quase não houve aplausos. O que o povo estava pensando ao render tão pouca homenagem à esposa e, principalmente, ao filho do imperador? Por fim me sentei, totalmente indignada.

"Agripina estava no camarote conosco. Cláudio a convida para tudo. Diz que é seu dever como tio, pois os pais dela morreram e Agripina está viúva novamente, criando o filho sozinha. Depois que sentei, Cláudio pediu a ela que se levantasse, junto daquele fedelho de cara manchada, o pequeno Nero. Pelos colhões de Numa! Não posso nem pensar nos aplausos e ovações, que não paravam. Por quê? Imagino que todos tenham lido aquelas memórias insípidas que ela escreveu, onde pinta um retrato tão exagerado de si mesma, de seus sofrimentos. Você leu, Tito?"

— Não.

Estritamente falando, era verdade, mas Tito conhecia a maioria das histórias do livro de Agripina por meio da esposa. Crisante se sentiu muito inspirada pela biografia de uma mulher nascida nas classes privilegiadas, mas forçada pelo Destino a lutar por si mesma e pelo filho. Na hora de dormir, após terminar um capítulo, ela repetira à exaustão os detalhes emocionantes para edificação de Tito.

Messalina tinha uma impressão diferente da história de Agripina.

— Dá para pensar que é Cassandra diante do incêndio de Troia, pela forma como ela relata suas agruras. Filha do grande Germânico e de uma mãe irrepreensível, ambos falecidos prematuramente... Ora, mais cedo ou mais tarde, os pais de qualquer um morrem. Irmã de Calígula, que se voltou contra ela, confiscou seus bens e a exilou nas ilhas Pontinas, onde era obrigada a mergulhar para colher esponjas, a fim de se sustentar. É claro que ela não menciona o incesto com Calígula ou o fato de que conspirou para eliminá-lo. Viúva duas vezes e obrigada a criar o único tataraneto do Divino Augusto sozinha... embora a morte suspeita do último marido a tenha deixado muito rica. Pobre e sofredora Agripina! Sua campanha para se tornar benquista pelo povo parece estar funcionando, se julgarmos a reação na Representação de Troia. E, quando a ovação começou, o fedelho de cara manchada deu um passo à frente da mãe e começou a se virar de um lado para o outro, sorrindo e gesticulando para a multidão... Como vocês, atores, chamam isso, Mnester, "arrancar" aplausos da plateia?

Mnester grunhiu, tentando se manter fora da conversa.

— Depois Agripina anunciou que Nero participaria da Representação de Troia, apesar do fato de ter apenas 9 anos e os outros meninos serem todos mais velhos, e lá foi ele pôr sua armadura de brinquedo, pegar uma espada de madeira e montar em seu pônei. Mais ovação! Embora eu deva admitir que, para um menino de 9 anos, ele se porta muito bem em cima de um cavalo.

— Nascido para montar — murmurou Mnester.

Messalina bufou.

— Que menino exibido! Cláudio o chama de precoce, como se isso fosse um elogio. Alguns acham as afetações dele um encanto; eu sinto algo de repelente nele. E na mãe também. Exibir os próprios sofrimentos em público e buscar reconhecimento entre o povo é de extrema vulgaridade, você não acha?

O olhar exigia uma resposta. Mnester deu outro pontapé disfarçado em Tito, que assentiu com vigor.

— É tão óbvio o que aquela víbora adoradora de intrigas tem em mente — declarou Messalina. — Ela acha que seu pequeno Nero deve ser o próximo imperador.

— Claro que não! — exclamou Tito.

— Cláudio está ficando velho, Nero vai receber a toga antes de Britânico e o fedelho *é* descendente direto de Augusto. Calígula também era, e sabemos como tudo terminou.

— Você realmente acha que Agripina está pensando tão à frente?

— Claro! As memórias sentimentalistas, o jeito como prepara Nero e o apresenta em público, sua deferência subserviente a Cláudio, o papel calculado de viúva virtuosa... Agripina não faz nada em vão. Ela e aquele filhote precisam ser cuidadosamente vigiados.

Mnester rolou para mais longe. A coberta escorregou, revelando as nádegas musculosas. Messalina pegou abruptamente o chicote com cabo de marfim e o golpeou nas costas.

— Do que você está rindo?

— Eu não estava rindo, Licisca! — Mnester escondeu o rosto em uma almofada enquanto o corpo todo sacudia. Tito pensou que estivesse tremendo de medo, até perceber que o ator tentava ocultar uma gargalhada.

— Seu palhaço! — gritou Messalina, dando-lhe outra chibatada.

— Por favor, Licisca! — exclamou Mnester, embora Tito achasse que ele não fazia nenhum esforço para evitar os golpes; pelo contrário, erguia o quadril e o remexia um pouco. Até então, Messalina poupara Tito das chicotadas e, embora fosse excitante ver um homem nu, bem-constituído como Mnester, levar uma chibatada, ele não tinha nenhum desejo de receber uma, nem mesmo de Messalina. Também estava cansado. Se aquilo era um prelúdio para se fazer mais amor, Tito não estava certo de estar preparado para isso.

Não precisava ter se preocupado. A conversa deixara Messalina de mau humor e as risadas de Mnester haviam refreado seu ardor. Ela disse a Tito que se vestisse e, quando ele já estava de novo com a *trabea*, entregou-lhe um pequeno saco com moedas.

— O que é isso? — perguntou ele.

— Seus honorários. Não é comum pagar um áugure pelos serviços?

— Mas não fiz nenhum augúrio.

— Mas fez outra coisa. E sua esposa deve estar esperando que você leve para casa algo para pôr no cofre da família, não? Agora, vá.

— Você quer me ver de novo? — indagou Tito.

— Quem sabe? Não faça beicinho! Detesto quando homens fazem beicinho. Você foi um garanhão insaciável, uma força elementar da natureza; me fez derreter de êxtase... com toda honestidade. É claro que quero ver você de novo. Mas agora saia!

Tito deixou a casa no Esquilino com sentimentos confusos. Uma tarde de amor pervertido era a última coisa que teria esperado em um dia como aquele, e ser pago por seus serviços o fazia se sentir um pouco como um espíntria, como chamavam os prostitutos da cidade, adaptando a palavra cunhada por Tibério. Todavia, seu desempenho devia ter sido superior, pois Messalina, que podia ter os homens que quisesse, disse que queria vê-lo novamente.

O dia de outono havia sido curto. A noite caía; era hora de se acenderem as lâmpadas nas ruas. Tropeçando um pouco pela ladeira do Esquilino e atravessando Subura, Tito passou pelo beco que conduzia à pobre habitação de Késio. Que existência terrivelmente enfadonha o irmão levava, em comparação a sua movimentada vida.

48 D.C.

Dias se passaram, depois, meses, e Tito não recebeu mais nenhum chamado de Messalina. Sentiu-se um pouco ofendido por achar que ela o esquecera, mas provavelmente fora melhor. A tarde como brinquedo de Licisca havia sido uma experiência nova, porém, quando pensava no perigo, ficava sem fôlego. Além disso, Tito estava bastante feliz com a vida doméstica. Nenhum homem jamais tivera uma esposa mais devotada que Crisante.

Foi justamente por intermédio dela que Tito soube do rumor que explicava a perda do interesse de Messalina.

— Você não vai acreditar no que a esposa do vizinho me contou hoje de manhã — disse ela um dia, quando Tito voltou para casa após realizar um augúrio em um templo no monte Quirinal.

— O quê?

— Sobre a mulher do imperador.

— Mesmo? — Tito tentou parecer apenas um pouco curioso.

— Todos sabem que ela é uma devassa.

— É? Sempre soube que Messalina é dedicada como esposa e mãe.

Crisante emitiu um som grosseiro.

— Essa seria a descrição da sobrinha do imperador, Agripina, dificilmente da esposa. Você realmente não sabe nada sobre essa mulher, marido, assim como seu amigo, o imperador. Não é surpresa que Messalina tenha vez por outra um amante. Cláudio é muito mais velho e, com base na conduta de membros anteriores da família, começando com a filha do Divino Augusto, parece que essas imperatrizes são incapazes de se comportar com decência. Mas agora tenho a impressão de que Messalina foi longe demais. Dizem que está firme com um único amante, o senador Gaio Sílio. Foi assim que ele foi nomeado cônsul esse ano, por meio da influência de Messalina.

Tito o conhecia. Parecia jovem demais para ser cônsul, tinha ombros largos, era inegavelmente belo, vaidoso e ambicioso — o tipo de homem que Messalina escolheria como amante.

— Continue.

— O mais escandaloso é que ela chama Sílio de "marido". Imagine isso! Como se Cláudio não existisse. Ou fosse deixar de existir muito em breve.

— Como a esposa do vizinho pode saber de uma coisa dessas?

— Os escravos falam — respondeu Crisante.

Essa era sua explicação comum para a inexplicável propagação de certos rumores. Ela ergueu a sobrancelha e acrescentou:

— Dizem que Cláudio está tão deteriorado mentalmente que não sabe de nada disso.

Tito ficou um pouco impressionado com a ironia de que Crisante, jovem e em pleno poder das faculdades mentais, nunca tivesse suspeitado de sua infidelidade. Os oniscientes escravos, dessa vez, ficaram de boca fechada.

Tito franziu o cenho. As novidades de Crisante, se verdadeiras, representavam um dilema. Estaria Messalina pensando seriamente em se livrar de Cláudio? Teria ela levado o papel de Licisca a um estágio além do flerte inofensivo, a ponto de estar considerando a possibilidade de assassinato e revolta palaciana? Nesse caso, Tito era obrigado a avisar o velho amigo e mentor sobre a conduta sediciosa da esposa, mas como fazer isso sem se comprometer?

Ele teria de amadurecer a decisão.

Tito não perdeu o sono àquela noite por causa de Messalina e do novo "marido". Apenas pôs o assunto em segundo plano. Por que havia pensado que precisava agir? Se até a mulher do vizinho tinha conhecimento daquele rumor, então todos sabiam. Assim, não cabia a Tito correr a Cláudio para avisá-lo de que a esposa infiel poderia ou não estar conspirando contra ele.

Na manhã seguinte, recebeu uma convocação para comparecer à residência imperial. Era uma mensagem do próprio imperador. O emissário lhe entregou uma pequena tabuleta de cera, envolvida por placas de bronze com uma decoração elaborada, tudo amarrado com uma fita púrpura. Dentro estava escrito, em uma caligrafia intrincada, que devia ser do próprio Cláudio: "Venha, meu jovem amigo, rápido como se ferve aspargo! Preciso de um augúrio muito particular."

A referência a aspargos nada dizia a Tito, no entanto ele logo vestiu a *trabea* e pegou o *lituus*.

Já fazia algum tempo que Tito não entrava na residência imperial. Enquanto o emissário o levava através de diversos aposentos e corredores, ele notava as mudanças na decoração — novos mosaicos nos pisos, imagens recém-pintadas de flores e pavões nas paredes, novas e reluzentes estátuas de mármore e bronze. Como Cláudio não se importava muito com decoração, Tito supôs que aquilo tivesse o dedo de Messalina.

Ele e o mensageiro esperaram em uma sala onde duas estátuas se defrontavam, sobre um piso de mármore verde. A de Messalina apresentava uma imagem familiar. Havia várias delas pela cidade, sempre representando a imperatriz como mãe atenciosa. O corpo aparecia envolvido em uma volumosa estola, com uma dobra guarnecendo sua cabeça, como um manto. Com uma expressão serena, ela contemplava o corpo nu do bebê Britânico, aninhado em seu colo.

Em frente à de Messalina, havia uma estátua de bronze que Tito nunca vira antes, retratando uma figura nua e heroica. O corpo era recoberto de ouro, enquanto o elmo grego apoiado no braço esquerdo, a espada erguida na mão direita e os mamilos no peito musculoso eram banhados em prata. Os metais preciosos reluziam com um brilho flamejante aos raios oblíquos do sol da manhã. Os ombros eram tão largos e os quadris tão estreitos que se podia pensar que o artista tomara certas liberdades, porém Tito possuía a confirmação de que o retrato era preciso. A inscrição no pedestal dizia AJAX, mas o modelo havia sido claramente Mnester.

— Lindo, não? — perguntou o emissário.

— Estonteante. Deve ter custado uma fortuna.

O emissário sorriu e explicou:

— Existe uma história interessante sobre isso. Depois de eliminar Calígula, o Senado votou uma lei para derreter todas as moedas que tivessem sua efígie, tirando-as de circulação. Eles não queriam mais ver seu rosto! Os lingotes ficaram guardados por um longo tempo, até o imperador dar instruções para que se usasse a prata e o ouro na decoração dessas estátuas. O imperador com certeza gosta de Mnester, mas dizem que foi ideia de sua esposa fazer a escultura.

— É mesmo?

— Ela disse que fazia sentido usar a cunhagem de Calígula para homenagear seu ator favorito.

— Entendo.

As duas estátuas foram colocadas de modo a se encararem, uma de cada lado da sala; as duas figuras pareciam se fitar, como se trocassem olhares cúmplices. Era cruel da parte de Messalina, pensou Tito, ostentar seu caso, mesmo dessa maneira encoberta, no próprio coração do palácio, debaixo do nariz do marido e na frente dos visitantes.

Por fim, Tito foi chamado.

Uma inspeção minuciosa era necessária para se chegar à presença do imperador. Nem mesmo mulheres e crianças estavam isentas da indignidade da inspeção em busca de armas. Até o escriba mais modesto era obrigado a esvaziar a caixa de estilos. Tito já havia passado pelo processo antes e estava pronto para ver o *lituus* examinado e as dobras da *trabea* sacudidas. Entretanto, naquele dia, o exame foi mais rigoroso que nunca. Ele foi levado até uma sala privativa e educadamente intimado, por um pretoriano robusto, a retirar a *trabea*.

— Mas isso não é necessário.

— É, sim — retrucou o pretoriano.

— E se eu me recusar?

— Você está aqui por solicitação do imperador. Esse é o procedimento prescrito. Não há como recusar.

O guarda cruzou os braços. Tito viu que o homem tinha se posicionado de modo a bloquear a porta e sentiu um tremor de inquietude.

Ao retirar a *trabea*, lembrou-se da primeira visita à residência do imperador, havia muito, e da audiência com Calígula. Ele apagou a recordação, pensando no fim do imperador, sangrando pelos ferimentos de trinta estocadas. Essa era a razão, afinal de contas, daquela indignidade: Cláudio jamais esquecera a morte violenta do antecessor e não tinha intenção de ter destino semelhante.

Houve um tempo em que o imperador parecia invulnerável e intocável, protegido pelos deuses; o adorado Augusto e o detestado Tibério viveram até a velhice e morreram em suas camas. Porém, o fim violento de Calígula mudou tudo. O assassinato mostrou que um imperador podia sangrar e morrer como qualquer mortal. Sua morte livrou o mundo de um monstro, mas estabeleceu um precedente terrível; foi por isso que Cláudio, em vez de recompensar o tribuno Cássio Querea, condenou por fim o assassino à execução. Ninguém podia matar um imperador e ficar impune, permissão que não seria concedida nem mesmo pelo maior beneficiado com isso, o próximo governante.

Por fim, a indignidade terminou, e Tito obteve permissão de se vestir. Segurando o *lituus*, foi levado não até uma sala de recepção oficial, mas para o estúdio particular do imperador. As prateleiras encontravam-se repletas de rolos, e as mesas, de pedaços de pergaminhos. Mapas, árvores genealógicas e listas de magistrados pendiam das paredes. A poeira do ar fez Tito espirrar.

Cláudio estava com 58 anos, porém parecia mais velho. A toga púrpura estava torta, como acontecia às vezes com os velhos, sem condições de cuidar da aparência e sem alguém que fizesse isso por eles. Havia uma mancha escura um pouco acima do peito; enquanto Tito observava, Cláudio agarrou aquele pedaço de tecido e o usou para limpar a baba no canto da boca. Ele parecia inquieto e aflito, mexendo em pilhas de rolos, olhando para um lado e para o outro antes de encarar Tito.

— Você t-t-tem de fazer um augúrio para mim, Tito.

— Certamente, César.

Cláudio preferia aquele título a Dominus.

— Qual é o caso?

— O caso? — perguntou o imperador, encostando o punho na boca e fazendo um ruído estranho. — O caso é uma decisão que preciso t-tomar.

— Pode me dizer mais?

— Não, ainda não. Mas posso dizer o seguinte: alguém vai m-m-morrer, Tito. Se eu tomar a decisão errada, vão morrer e por razão nenhuma. Ou eu poderia m-morrer. Eu poderia morrer!

Cláudio agarrou as dobras da *trabea* de Tito, que viu medo nos olhos do primo, assim como no dia do assassinato de Calígula.

— É claro que muitos já morreram por causa *dela*. Porque eu era um velho idiota e acreditava em tudo que me dizia. Políbio, com quem passei tantas horas felizes nesta sala, lendo l-l-livros que ninguém, a não ser nós dois, jamais tinha ouvido falar... e meu bom amigo Asiático, que eu teria absolvido da acusação de traição se não fosse pela interferência dela... e o jovem Gneu Pompeu, último descendente do triunvirato, apunhalado até a morte em sua c-c-cama, nos braços de um menino... Todos mortos, porque ela assim quis! E, quando penso nos membros da família e nos velhos amigos que mandei para o exílio, por causa de suas maquinações... Ah, Tito, você é um homem de sorte por nunca tê-la aborrecido!

Tito assentiu, com a boca seca.

— Mas, antes que eu diga outra palavra, você t-t-tem de tirar os auspícios. Estou com medo de fazer isso eu mesmo.

— Mas ainda não entendi o propósito do augúrio.

— Nem precisa. Os deuses leem minha mente. Sabem o que pretendo fazer. Você só tem de perguntar se eles são a favor de minhas intenções... Sim ou não. Venha, podemos fazer isso no jardim em frente ao estúdio. Dá para ver um pedaço de céu ao norte.

Com Cláudio de pé a seu lado, Tito demarcou um retângulo do firmamento. Durante um momento longo e tenso, ambos observaram em silêncio, até que dois pardais surgiram, voando da direita para a esquerda. Tito já estava pronto para declarar que o auspício era negativo, quando um falcão, vindo de lugar nenhum, atacou os pardais, pegando um deles com as garras e voando em uma direção, enquanto o pássaro sobrevivente fugia em outra. Do céu sem nuvens, uma única pena de pardal caiu, aterrissando do outro lado do jardim.

Atrás de Tito, Cláudio prendeu a respiração.

— Sem sombra de dúvida, é um presságio favorável! Concorda?

O coração de Tito martelava.

— Concordo — disse ele, por fim. — Os deuses favorecem sua ação. O que pretende fazer, César?

Tito sentiu a mão do primo no ombro e se retraiu. Cláudio pareceu não perceber a reação.

— Obrigado aos deuses pelos Pinários! Eu sempre podia desabafar com seu pai e, embora os deuses o tenham levado de mim, eles me deram você.

Cláudio atravessou de modo vacilante o jardim e recolheu a pena, gemendo enquanto se abaixava e levantava. Havia sinais de sangue na penugem.

— Durante anos, fui um idiota c-c-completo, deixando Messalina e seus amantes me fazerem de marido traído. Acreditei em todas as mentiras dela, aceitei todas as suas evasivas, confiei nela, acima de todos que tentaram me alertar. Mas agora a verdade veio finalmente à tona e é pior que tudo que eu pudesse ter imaginado. Messalina tem se comportado como uma meretriz. Ela tinha uma casa no Esquilino, sob um nome falso, e dirigia o local como se fosse um b-b-bordel, permitindo que outras mulheres bem-nascidas encontrassem os amantes lá, organizando todo tipo de orgia. Dizem que uma vez ela reuniu um bando de prostitutas de Subura e inventou uma competição para ver quem satisfazia o maior número de fregueses em uma só noite... e ela foi a vencedora! Consegue imaginar, a esposa do imperador recebendo p-p-pagamento para fazer sexo com qualquer homem que a quisesse, um depois do outro! O que meu tio-avô diria de uma coisa dessas?

Ele se virou a fim de olhar para Tito, que não sabia o que dizer.

— Sei que você está chocado demais para falar, Tito. Não encontra palavras para expressar sua indignação. E o que poderia dizer para me consolar? Mas ainda não contei a pior parte. Messalina contraiu um casamento bígamo com o cônsul Gaio Sílio. Fizeram até uma cerimônia, com testemunhas, como se fosse uma união legal, abençoada pelos deuses. Imagino que a próxima encenação seria meu funeral!

Tito conseguiu, por fim, dizer algo:

— Mas como sabe disso tudo, César?

A resposta de Cláudio foi a mesma de Crisante.

— Pelas conversas dos escravos. E por homens livres, sob tortura.

— Messalina sabe que descobriu seus segredos?

— Uma escrava a alertou. Ela fugiu para sua casa nos jardins de Lúculo... o ninho de amor que ela comprou de Asiático, quando me convenceu a executar o coitado. Os pretorianos já cercaram o local. Ela aguarda seu destino.

— E Gaio Sílio?

— Morto, pelas próprias mãos.

— E... os amantes dela?

— Também. Seus vários e vários amantes!

Cláudio brincava com a pena, descendo os dedos pelo cabo e arrancando a penugem. O sangue que ficou na ponta dos dedos ele limpou na toga. A lã púrpura o absorveu sem deixar vestígios.

— Venha comigo, Tito. Preciso ao menos de uma p-p-pessoa no recinto em quem eu possa confiar.

Um a um, os amantes eram exibidos diante de Cláudio para fazerem as confissões e receberem as sentenças.

O imperador estava sentado em uma cadeira como um trono em cima de um estrado. Guardas pretorianos estavam de pé dos dois lados e em vários locais da sala. Tito se encontrava em cima do estrado, ao lado de Cláudio e próximo a um pretoriano, um brutamontes corpulento que cheirava a alho. Segundo os médicos, comer alho dava força e, a julgar pelos músculos daquele espécime, estavam certos.

O liberto de maior confiança de Cláudio, Narciso, supervisionava o processo. Era o burocrata imperial típico, meticuloso em relação à aparência, grosseiro com os subalternos, adulador e assertivo com o senhor. À medida que cada um dos acusados era introduzido no recinto, Narciso lia as acusações e conduzia o interrogatório.

Alguns deles se queixavam de terem sido chantageados por Messalina. Outros admitiam abertamente que buscaram seus favores sexuais. Alguns imploravam o perdão, outros nada diziam. Não fazia diferença, quando chegava a hora de Narciso perguntar ao imperador a sentença, Cláudio fitava os olhos de cada um deles e declarava:

— C-C-Culpado!

A maioria era cidadão e tinha o direito de morrer decapitada, a forma de execução mais rápida, menos dolorosa e mais digna. Contudo, alguns dos acusados eram estrangeiros; esses podiam apanhar até morrer, ser estrangulados ou até atirados aos animais selvagens. Havia escravos entre eles, a maior parte da casa imperial, mas também outros, pertencentes a estranhos; em vez de incriminá-los de cometer adultério — a ideia da cópula entre o escravo de outro homem e a imperatriz era escandalosa demais para ser contemplada —, Narciso os acusava de cumplicidade com Messalina e de ajudá-la a conspirar. A pena seria a crucificação. *Morrerão como o chamado deus de Késio, em uma cruz*, pensava Tito, tocando o peito e desejando estar com o *fascinum* para protegê-lo.

O número de amantes de Messalina era avassalador; e a repetição do processo, enfadonha. Tito adoraria fugir, mas não tinha escolha a não ser ver e ouvir tudo. Seu primo queria que agisse como testemunha calada de um martírio que era quase tão doloroso e degradante para Cláudio quanto para os acusados.

Ou estaria o imperador fazendo um jogo cruel com ele? Se Narciso e os agentes haviam descoberto as escapadas de Messalina com todos esses outros homens, como não teriam identificado Tito? A qualquer momento, ele esperava ouvir o liberto chamar seu nome, sentir as mãos do pretoriano que cheirava a alho agarrando-o e ser atirado diante de Cláudio para implorar pela própria vida.

Poderia Cláudio ser tão astuto? Ele parecia ter se tornado mais ingênuo com a idade, mas talvez aquilo fosse apenas o ardil de uma mente verdadeiramente engenhosa. Tito olhou de soslaio para o primo, que limpava um fio de baba da boca, e tentou imaginá-lo não como o pobre idiota que parecia, mas como um mestre da manipulação. Cláudio tinha não só sobrevivido praticamente a todos da família como também havia conseguido se tornar imperador. Essa sobrevivência seria resultado de mero acaso ou de um desígnio estudado?

No entanto, se fosse necessária alguma prova da cegueira de Cláudio, seria o próprio espetáculo que se desenrolava diante deles, à medida que um amante após o outro era trazido, para demonstrar a ignorância do imperador.

Narciso chamou o nome do próximo a ser julgado:

— Tragam Mnester!

O coração de Tito parou por um instante. Cláudio gemeu.

O cabelo louro de Mnester estava emaranhado e ele vestia apenas uma leve túnica de dormir, sem mangas, como se acabasse de ter sido arrancado do leito. Os olhos estavam esbugalhados de medo, enquanto examinava o recinto. Tito deu uns dois passos para trás e para o lado, escondendo-se o máximo possível atrás do pretoriano corpulento. Mnester já o teria visto? Tito achava que não e prendia a respiração.

Narciso leu as acusações: numerosas ocasiões de adultério com a imperatriz e participação em uma conspiração criminosa para matar Cláudio, que estava próximo das lágrimas.

— Mnester, como p-p-pôde fazer isso?

— Mas, César, você me ordenou a me submeter a ela.

Cláudio pareceu confuso.

— Ordenei?

— Não se lembra? Tentei resistir a ela e implorei que você ficasse de meu lado, mas me ordenou a fazer o que ela mandasse, por mais degradante que fosse. Disse exatamente essas palavras para mim: "Você deve fazer tudo que ela mandar." E, por causa disso, pode ver o que tenho sofrido!

Mnester se inclinou para a frente e caiu de joelhos. Tito estremeceu, pois, de repente, ficou no campo de visão de Mnester, porém o ator manteve a cabeça baixa e olhava para o chão, enquanto puxava a túnica por sobre a cabeça. Ele não estava usando tanga. Nu, prostrou-se diante de Cláudio, revelando as marcas de chicotadas ao longo das costas largas.

Mnester foi tomado por soluços.

— Vê como ela me maltrata, César? Muitas vezes, quis vir até você e me queixar, mas tinha muito medo dela. Medo por minha vida, César!

Mnester não parecera muito temeroso quando Tito o havia visto nu pela última vez; na verdade, o ator fora um participante sôfrego de tudo que tinha acontecido. Todavia, mesmo sabendo que era mentira, ficou comovido com a lamentação. Mnester era um ator magnífico e aquela era a representação de sua vida. As lágrimas que escorriam de seus olhos eram reais, assim como as marcas rubras de açoite nos músculos retesados das costas.

Cláudio estava perturbado. Tapou a boca com a mão e meneou a cabeça; os olhos brilhantes de lágrimas.

Mnester olhou para cima. Tito viu um clarão de esperança em seus olhos.

— Por favor, César, fui barbaramente usado, degradado, humilhado, transformado no brinquedo de uma mulher que detinha um poder de vida e morte sobre mim. Tenha piedade, eu imploro! Pode me banir de Roma, me mandar para o fim do mundo, mas poupe minha vida!

— Ela usou você, sim — murmurou Cláudio —, da mesma forma que me usou.

Tito olhou de soslaio para Cláudio e viu que o primo estava completamente deslumbrado com a encenação. Viu o contraste entre os dois homens e, ao mesmo tempo, compreendeu a ligação entre eles: o envelhecido e encurvado imperador fitava extasiado Mnester, como se aquela figura bela e prostrada diante dele fosse a personificação idealizada de seu sofrimento. Não seria esse o maior feito que um ator poderia almejar?

Tito deu mais um passo para trás do pretoriano, porém não antes de ser surpreendido por Mnester. Foi tudo muito rápido, mas ele teve a certeza de que o ator o reconheceu e, em seus olhos, Tito viu o próprio destino. Mnester começou a erguer uma das mãos, como se fosse fazer uma acusação. Tito sentiu o chão se abrir sob ele. O rosto ficou quente e o coração passou a martelar seu peito.

— Lembre-se dos auspícios! — sussurrou Tito.

Cláudio torceu a cabeça para o lado:

— O quê?

— Lembre-se dos auspícios, César. Os deuses pedem justiça.

Cláudio assentiu vagarosamente, chamou Narciso até ele e lhe disse algo ao ouvido. O liberto atravessou a sala e falou com os pretorianos que estavam à porta.

Mnester permanecia no chão; o rosto e o peito banhados em lágrimas, mas com a leve insinuação de um sorriso no canto dos lábios. Era a expressão de um ator ao fim de uma peça trágica, exausto pelo papel e ainda imerso no momento catártico, mas pronto para receber a ovação da plateia. Ele acreditava ter obtido o perdão de Cláudio.

No momento seguinte, ficou ciente de seu erro. Os pretorianos o cercaram. Um deles pegou uma tira de couro, presa nas duas extremidades a um cabo de ferro. Enquanto dois homens seguravam Mnester para impedi-lo de se soltar, o instrumento para estrangular era passado sobre sua cabeça. Apenas dois giros do cabo foram necessários para retesar a tira. O rosto de Mnester assumiu um tom vermelho vivo e, depois, arroxeou. Os olhos saltaram, escorreu muco do nariz e a língua se projetou para fora da boca. O único ruído que ele emitiu soou, de forma desconcertante, como um guincho de camundongo.

O guarda que segurava o cabo deu mais um giro completo. Todo o corpo de Mnester se convulsionou, de forma tão violenta que os pretorianos mal conseguiram segurá-lo. Depois, desabou sem vida.

O cadáver foi arrastado para fora da sala. Narciso chamou um escravo para limpar o piso, onde Mnester havia esvaziado a bexiga. A túnica de dormir do ator foi usada como pano de chão.

— Tem m-m-mais algum? — perguntou Cláudio, com uma voz inexpressiva.

— Sim — respondeu Narciso. — Mais alguns.

— Chega por hoje — ordenou, fazendo um gesto com a cabeça. — Estou cansado. E com fome.

— Como desejar, César. Mandarei que preparem seu jantar.

— O primo Tito vai j-j-jantar comigo.

Tito suprimiu um gemido.

— Se preferir ficar só...

— Não, não, eu insisto. Ande logo, Narciso. Já lhe alcanço — disse ele, voltando-se para Tito. — Obrigado, primo.

— Pelo quê?

— Por me ajudar a manter a coragem. Quase a perdi. Mnester tinha de ser c-c-castigado.

— Ainda assim, César, não havia necessidade de testemunhar algo tão desagradável.

— Não? Mnester me traiu. Merecia m-m-morrer. Mas suas atuações me deram grande satisfação ao longo dos anos. Devo a ele o prazer de assistir à última delas.

No jantar, Tito era o único conviva. Falou pouco. Era Cláudio quem quebrava o silêncio, passando de um assunto a outro, da situação militar na Britânia — conquistada, mas ainda sob pacificação pelo general Vespasiano — ao ódio pelos judeus e todos os problemas religiosos que aquele fanatismo vinha causando, não apenas na terra deles como também em Roma, Alexandria e toda cidade onde tinham presença significativa.

Cláudio parecia completamente desconectado dos acontecimentos do dia. Tito não conseguia pensar em outra coisa. Uma parte dele permanecia preparada para alguma surpresa terrível.

Continuava a ver o rosto de Mnester no final. Se não tivesse dito nada, estaria ele vivo ainda? Tito simplesmente havia lembrado Cláudio dos auspícios. Por que sentia essa necessidade de se justificar? Todos manipulavam Cláudio a fim de se beneficiar. Ele fizera o mesmo para salvar a própria vida.

Narciso anunciou que um mensageiro havia chegado com notícias de Messalina.

— Sim, onde ela está? — perguntou Cláudio, com a voz pastosa pelo vinho. — Por que ela nunca está aqui na hora do j-j-jantar?

Tito foi tomado por uma sensação de desânimo.

Cláudio continuava a comer. Chupando um osso de galinha, perguntou:

— E então, Narciso?

— Messalina está morta, César.

Cláudio se apoiou no encosto da cadeira, parecendo desnorteado. Piscou algumas vezes, teve um tremor na cabeça e depois encolheu os ombros. Agarrou o copo e bebeu mais vinho; depois, pegou outro pedaço de galinha.

Narciso esperava, pronto para dar mais informações. Cláudio não dizia nada. Por fim, o liberto pigarreou e contou os detalhes.

— Os agentes de César cercaram seus aposentos nos jardins de Lúculo. Os escravos não ofereceram resistência. Entregaram-lhe uma faca e lhe ofereceram a oportunidade de tirar a própria vida. Ela anunciou que assim o faria, mas não teve coragem. Ao fracassar, um dos agentes de César tirou a faca dela e terminou a tarefa.

Messalina esfaqueada até a morte! Tito ficou estupefato com a gravidade do caso.

Cláudio mordeu um pedaço de galinha e mastigou por um longo tempo; o olhar perdido a distância.

— César tem mais alguma ordem? — perguntou Narciso.

— Ordens? Sim. Diga ao r-r-rapaz que traga mais vinho — proferiu, voltando-se a Tito. — Você é um bom homem, primo. Alguém em quem posso confiar! Acho que vou fazer de você senador. Seu avô também era, não? Perdemos alguns hoje e será necessário substituí-los. O que acha da ideia? — perguntou Cláudio, balançando a cabeça, pensativo. — Vou fazer de você senador sob uma condição: se eu alguma vez pensar em me c-c-casar outra vez, tem de me impedir. Vai pôr isso em votação e me tirar do cargo. Se algum dia eu vier sequer a m-m-mencionar a ideia de c-c-casamento, dou a você e aos outros senadores permissão para me matar na hora e livrar este velho idiota de outra infelicidade!

Após o jantar, Cláudio desejou boa-noite a Tito e se retirou.

O mesmo emissário que havia ido buscá-lo mais cedo reapareceu para escoltá-lo até a porta. Eles passaram pela sala onde Tito ficara aguardando. Algo estava diferente.

— As estátuas — disse ele. — Onde estão?

— Que estátuas? — perguntou o emissário, olhando para a frente.

— As de Messalina e Mnester.

— Não me lembro dessas estátuas nesta sala — declarou o emissário.

— Mas você me contou aquela história, sobre como as moedas de Calígula foram derretidas...

O mensageiro deu de ombros e apertou o passo.

Até os pedestais não estavam mais lá e o piso de mármore verde fora encerado até não deixar traços. As imagens de Messalina e Mnester haviam desaparecido como se nunca tivessem existido.

51 D.C.

O clima parecia moderado para meados de December. Uma multidão de dignitários e membros da casa imperial se encontrava de pé no perímetro do Auguratório, no Palatino. A ocasião era o décimo quarto aniversário do jovem Nero, filho de Agripina, neto de Germânico, tataraneto de Augusto, sobrinho-neto e agora filho adotivo de Cláudio. Tito Pinário estava presente, vestindo a *trabea*, em vez da toga senatorial de borda púrpura, e carregando o *lituus*. Ele realizaria o augúrio para o dia em que o jovem vestiria sua toga, sua passagem para a idade adulta.

Crisante estava entre os convidados, bela como sempre e apenas ligeiramente desconfortável na companhia das matronas nascidas em Roma, que sempre a considerariam uma alexandrina. Ela devotava toda atenção ao filho deles, Lúcio, que, aos 4 anos, foi considerado por Tito maduro o bastante e suficientemente bem-comportado para participar de uma cerimônia daquelas, assistindo ao pai trabalhar.

Enquanto aguardava ser chamado, Tito examinava a multidão. Muitas das mulheres estavam estonteantes em suas melhores roupas, mas nenhuma se sobressaía mais que a mãe de Nero. Aos 36 anos, Agripina ainda era uma mulher muito atraente. O cabelo estava partido no meio; cachos longos caíam como fitas dos dois lados e eram presos por uma tira em púrpura e dourado, atrás da cabeça. A estola era um traje com numerosas camadas e dobras, feito de um tecido multicolorido. O sorriso luminoso revelava os caninos proeminentes — sinal de boa sorte, muitos acreditavam. A Fortuna sorrira sem dúvida para Agripina nos últimos anos.

Apesar do voto de permanecer solteiro após ser humilhado por Messalina, Cláudio quase que imediatamente se casou com Agripina. O viúvo parecia se sentir incompleto sem uma mulher resoluta e bela para manipulá-lo. A escolha de esposa do imperador havia escandalizado a cidade, uma vez que o casamento entre tio e sobrinha era considerado incesto. A fim de afastar os receios da população de que alguma calamidade sobrenatural adviesse, Cláudio chamara Tito para buscar presságios e precedentes que favorecessem a união com Agripina e o áugure obedecera. Agripina ficou grata por esse serviço. O papel prestigioso de Tito no evento daquele dia era a prova mais recente de seu favor.

Entretanto, nem sempre a Fortuna havia sorrido para Agripina. A morte prematura dos pais, o exílio humilhante durante o reinado de Calígula, a perda de dois maridos — ela havia suportado todas essas provações e saído triunfante. Havia mesmo superado as maquinações da antiga imperatriz — pois a maioria percebia agora que Agripina fora ameaçada pelo ciúme de Messalina, e não o contrário. Dizia-se que esta última tinha enviado certa vez um assassino para matar Nero no berço, mas o homem se assustara com uma cobra na cama do bebê — na verdade, uma pele de cobra, colocada ali pela inteligente e vigilante mãe. Agripina se tornara um exemplo empolgante da feminilidade romana. Sobrevivera a todos os reveses e o casamento com o tio, Cláudio, transformara-a na mulher mais poderosa de Roma.

O filho de 9 anos de Cláudio e Messalina, Britânico, também estava presente. Vestia uma túnica antiquada, de mangas compridas, ainda usada por muitos meninos patrícios. O cabelo era longo e malcuidado. Parecia um pouco tímido e reservado, cumprindo os procedimentos de cabeça baixa e com olhares de esguelha. Tito se perguntava como ele seria quando crescesse, tentando imaginar a combinação da diferença espantosa entre os pais. Como seria a vida do menino atualmente, três anos após a morte terrível da mãe, caída em desgraça? Cláudio já havia sido um pai capaz de atos extremos, mas Tito achava que ele agora negligenciava o menino. Não havia dúvida de que Britânico lembrava Messalina ao imperador. Como Cláudio se sentia em relação a um filho tão semelhante à mulher que o fizera de bobo e havia sido executada por ordem sua?

Era certo que Agripina não amava Britânico. Ela não só havia convencido Cláudio a adotar Nero, tornando-o o herdeiro principal, como também conseguira que o filho fosse reconhecido como adulto um ano antes da idade tradicional — um jovem trajava a toga, em geral, entre os 15 e 17 anos —, de maneira que pudesse começar a acumular as honras e recompensas de uma carreira pública. O feito era claramente em prol de seu plano para elevar o filho, mas havia também um motivo político forte para fazer Nero avançar o mais rápido possível. Enquanto Cláudio não tivesse um herdeiro adulto, rivais em potencial ficariam encorajados a conspirar contra ele. E, se morresse, um Britânico órfão estaria bastante vulnerável, ao passo que Nero tinha idade suficiente, em especial com a mãe por trás, para atuar como governante plausível. Também em seu benefício, havia o fato de que Nero era descendente direto do Divino Augusto.

Embora negligenciado, o jovem Britânico não estava só. Com ele, estava o companheiro constante, um menino cerca de um ano mais velho, Tito Flávio, filho do general Vespasiano. Fora criado junto de Britânico, tendo os mesmos professores e instrutores de esporte. O sorriso brilhante do jovem e a personalidade extrovertida contrastavam com o modo retraído, quase furtivo, do filho do imperador.

O Vespasiano mais velho também estava presente, junto da esposa, que segurava o filho bebê. Aos 40 e poucos anos, ele era um veterano de trinta batalhas na província da Britânia recém-conquistada. As vitórias o tornaram merecedor de um triunfo público, no qual o jovem Tito estivera a seu lado na biga, e ele havia sido recompensado com o cargo de cônsul, o mais alto a que um cidadão podia aspirar. De nariz grande, boca muito pequena para o rosto cheio e uma testa pesada e marcada, Vespasiano não era belo; tinha a expressão constante de quem faz força para esvaziar o intestino. A sorte da família começara com o pai, um coletor de impostos na província da Ásia, sob outras circunstâncias os Flavianos não seriam conhecidos. Pelas costas, os membros da corte imperial se queixavam dos modos grosseiros de Vespasiano e de seu evidente alpinismo social. Para Tito Pinário, nas poucas ocasiões em que conversaram, o general parecera direto e sem rodeios, como convinha a um militar. Não foi muito apropriado

Vespasiano trazer o filho de 2 meses para uma cerimônia daquelas, mas ficava claro que o general estava ansioso por exibir a criança. Com todos que o cumprimentavam, ele insistia em apresentar "o mais novo acréscimo aos Flavianos, meu pequeno Domiciano".

O olhar de Tito retornou ao jovem que vestia a toga da idade adulta naquele dia. Achou Nero encantador e muito senhor de si para a idade. Aos 14 anos, conhecia pintura e escultura, escrevia poemas e adorava os cavalos. Era alto, mas tinha um físico malproporcionado. A túnica de manga comprida dos jovens não favorecia o pescoço grosso, o tronco atarracado e as pernas ossudas; parecia melhor na toga dourada e púrpura. O cabelo louro brilhava à luz do sol e os olhos azuis vivos estavam bem abertos, observando cada detalhe da cena. Nero gostava de ser o centro das atenções.

A seu lado, estava o pai adotivo do jovem, Cláudio, mais decrépito que nunca. O coitado jamais fora o mesmo após a descoberta da bigamia de Messalina e do consequente banho de sangue. Tito ainda sentia um arrepio ao lembrar como Cláudio havia esperado Messalina para o jantar na mesma noite em que ordenara sua morte. E, na manhã seguinte, o imperador enviou mensagens para alguns dos executados, convidando-os a um jogo de dados e depois se queixando quando não apareceram. Mandou-lhes novos recados, acusando-os de ficarem na cama e terem preguiça de responder. "Dorminhocos", ele os chamara, esquecendo-se de que, por ordem sua, todos foram executados.

Do outro lado de Nero, via-se seu tutor, Lúcio Aneu Sêneca, um homem de barba, na casa dos 40 anos, vestindo uma toga de senador com bordas cor de púrpura. Era o erudito consumado, famoso pelos inúmeros livros e peças. Messalina havia convencido Cláudio a exilá-lo, porém Agripina orquestrara sua volta, encarregando-o de dar a Nero a educação mais refinada possível.

A cerimônia começou. Quando chegou a hora para a realização dos auspícios, todos se voltaram para Tito. Ele começou fazendo um pequeno discurso sobre o objeto de seu augúrio, cujo nome completo, desde a adoção pelo imperador, era Nero Cláudio César Druso Germânico.

— Como muitos de vocês sabem, o nome Nero deriva de uma antiga palavra sabina que significa "forte e valoroso" e os que viram esse jovem montando um cavalo e empunhando armas na representação de Troia sabem que ele é digno de se chamar assim — disse Tito.

Os aplausos de apreciação por aquela frase bem-construída foram interrompidos por um acesso súbito de choro, por parte do bebê de Vespasiano. Tito franziu o cenho. O berreiro foi ficando cada vez mais alto, até que a mãe levou o pequeno Domiciano para longe. Vespasiano, que permaneceu impassível, acenou para o bebê.

Tito pigarreou bem alto e continuou.

Com o *lituus*, demarcou um segmento de céu. No meio do inverno, com poucos pássaros em Roma, era preciso paciência para a observação, mas quase que de imediato Tito viu um casal de abutres. Estavam muito distantes, circulando sobre a pista de corridas particular que Calígula havia construído para si, do outro lado do Tibre, na colina do Vaticano. Tito aguardou, esperando para ver mais; por fim, sentiu que a multidão se impacientava. Declarou os auspícios encerrados e propícios. Na verdade, foram apenas moderadamente favoráveis, quase neutros. De pé atrás dele e com a mesma visão de Tito, Cláudio perceberia isso; mas, quando Tito olhou para trás, notou que o imperador tinha o olhar fixo no chão.

Houve mais discursos e, depois, Nero foi convocado a desfilar diante da assembleia, vestindo a toga. Ele o fez com uma arrogância quase cômica. Tito lembrou o comentário sarcástico de Messalina, "Que menino exibido!". Ninguém riu, embora lhe parecesse que Vespasiano tinha um ar zombeteiro; com aquela expressão eternamente constipada, era difícil dizer. Por fim, o grupo se retirou em direção à residência imperial para o banquete, passando pela armadura do Divino Augusto no átrio e pelos velhos loureiros que flanqueavam as portas de bronze maciço.

— Com que idade está o imperador? — perguntou Crisante a Tito, ambos acomodados em divãs, quando era servido o primeiro prato, azeitonas recheadas com anchovas. Ela observava Cláudio, que dividia um divã com Agripina, do outro lado da sala.

Tito calculou mentalmente.

— Sessenta e um, acho. Por que pergunta?

— Quando viemos para Roma, dez anos atrás, já o achei velho, mas tinha muito mais vida. Lembra como ele ficou entusiasmado para nos mostrar a cidade? Agora parece murcho, como uma árvore que teve a raiz cortada e pode cair a qualquer momento.

— E a bebida não ajuda — acrescentou Tito, ao observar um serviçal encher a taça do imperador. Crisante tinha razão. O primo estava mais debilitado que nunca. Como contrastava com Agripina! Ela parecia efervescer, sorrindo e gargalhando, entretendo os convidados com anedotas contadas ao pé do ouvido, a se julgar pelos risos que provocava. Nero, reclinado em um divã próximo, fitava a mãe com adoração.

Enquanto Tito observava, Agripina fez um gesto para o filho. Obedecendo a ordem, o jovem puxou uma dobra da toga, a fim de desnudar o braço direito. Enrolado como uma cobra em torno do bíceps, havia um bracelete de ouro. Os que ouviam Agripina assentiram com a cabeça e emitiram sons de apreciação.

— O que está havendo? — perguntou Tito.

— Ele está exibindo seu bracelete de cobra — explicou Crisante. — Metade das crianças da cidade usa um desses agora, embora não de ouro maciço. No interior, está a pele de serpente que assustou o assassino enviado por Messalina, quando Nero estava no berço. Ele está usando a joia para demonstrar gratidão e dedicação pela mãe e dizem que a pele do animal ainda o protege. Você acha que devíamos mandar fazer um igual para o pequeno Lúcio?

O filho se encontrava em outra sala em companhia da ama, comendo com as outras crianças.

— Talvez — disse Tito, embora tenha lhe ocorrido que um talismã mais apropriado para o filho seria o *fascinum* dos ancestrais.

Por que havia permitido que Késio o levasse? Tito se deu conta de que estava com os dentes cerrados. Tirou da cabeça os pensamentos sobre o irmão, recusando-se a deixar que eles estragassem uma ocasião tão alegre.

À medida que o banquete avançava e mais vinho era servido, os convidados começaram a se locomover pela sala, formando pequenos grupos ou dividindo divãs enquanto conversavam. Tito abriu caminho até o divã de Nero. Agripina se encontrava perto, assim como Sêneca. Parada ao lado deste estava uma mulher com cerca de metade de sua idade, a esposa, Pompeia Paulina.

— Ensine a meu filho toda poesia, retórica e história que você quiser, eu disse a Sêneca, mas filosofia não! — exclamou Agripina. — Todos esses conceitos sobre destino, livre-arbítrio e a natureza fugidia da realidade... Talvez sejam interessantes para quem não tem coisa melhor para pensar, mas só se tornam um empecilho para alguém como meu filho, que precisa estar pronto para assumir uma responsabilidade tão grande.

— É verdade — concordou Sêneca.

Ele havia deixado a barba crescer no exílio e a manteve na volta; fazia-o parecer mais filósofo que senador.

— A poesia traz consolo aos poderosos...

— Enquanto a filosofia traz consolo aos destituídos de poder? — perguntou Tito.

— Saudações, Tito Pinário — declarou, sorrindo. — Embora imagine que deva tratá-lo agora de senador Pinário.

— Ou de áugure; essa é a especialidade de Pinário. E o que ele fez hoje foi esplêndido — comentou Agripina. — Mas me deem licença para tratar de outra coisa. Teremos atrações mais tarde e me disseram que o flautista e a dançarina desapareceram.

Tito a observou se afastar; depois, virou-se para Sêneca e a esposa.

— Falando em atrações, é verdade que Nero vai cantar uma canção que compôs especialmente para a ocasião?

— É claro que não! — exclamou Sêneca, fazendo uma careta. — Nero compôs uma canção, de fato; é uma reflexão sobre as virtudes do tataravô, o Divino Augusto, inteiramente apropriada para a ocasião. Mas será cantada por um jovem liberto, artista treinado.

— Então Nero canta mal?

Sêneca e a esposa se entreolharam. Os dois se casaram quando ela era muito jovem, acompanhando-o durante os anos de exílio. Sem ter outro aluno à mão, dizia-se que Sêneca ensinara filosofia a Paulina. Apesar da juventude, era provavelmente a mulher mais culta de Roma.

— Não é que a voz de Nero seja... desagradável — suavizou Paulina, que estava evidentemente sendo generosa.

— Mas o talento dele de cantor é irrelevante — acrescentou Sêneca. — Não cai bem para o filho de um imperador representar como se fosse um simples ator diante do público. É uma ideia vulgar.

— Então imagino que jamais terei o prazer de ouvir Nero cantando — disse Tito. — Mesmo assim, mal posso esperar para ouvir sua composição. No que diz respeito à escrita, não existe um professor melhor que você. Estive presente na reunião em que sua peça sobre Édipo foi lida. Que linguagem forte! Que imagens inesquecíveis!

— Obrigado, senador Pinário — agradeceu Sêneca, com um sorriso radiante. — Nero também apreciou a peça. Seus gostos são muito sofisticados. Mas ele ainda precisa de mais instrução em questões de... decoro. O menino queria recitar a peça inteira, se é que dá para imaginar. Um filho de imperador, fazendo o papel de parricida incestuoso! Tentei explicar que imperadores não podem ser atores; mesmo assim, ele ainda fala em tomar parte na nova peça que estou escrevendo, sobre Tiestes. Espero tê-la aprontado para um recital durante as festividades que se aproximam, em homenagem à eleição de Nero como cônsul.

— Um cônsul não precisa ter ao menos 20 anos?

— Sim, mas não existe uma lei que proíba alguém de ser escolhido aos 14 e de desfrutar dos privilégios de um cônsul eleito até atingir os 20 anos. Tenho certeza de que podemos contar com seu voto para ratificar a escolha, senador Pinário.

Tito assentiu, aquiescendo com aquele pequeno deslize da lógica constitucional. Afinal de contas, Sêneca era um político e não apenas filósofo.

— De qualquer forma — continuou Sêneca —, durante a peça para comemorar sua eleição, posso lhe garantir que o novo cônsul estará na plateia, e *não* no palco.

Tito balançou a cabeça.

— Uma peça sobre Tiestes, você disse? Ele não foi aquele rei grego que comeu os próprios filhos por engano?

Sêneca ia dar uma mordida em uma guloseima, mas a recolocou no prato.

— Foi. O irmão de Tiestes, o rei Atreu, assou os meninos como recheio para uma torta e a serviu ao pai, que nada sabia. Depois, mostrou as cabeças ao pobre Tiestes, que se vingou de forma terrível.

— Como eles sempre fazem nessas histórias gregas — acrescentou Paulina, lançando um olhar irônico a Tito. — Tiestes e Atreu eram gêmeos, dizem. Você tem um irmão gêmeo, não é, senador Pinário?

Tito franziu o cenho. Após um longo período sem pensar em Késio, em uma hora apenas se lembrara do irmão duas vezes. Ele levou o assunto de volta ao trabalho de Sêneca.

— Édipo e Tiestes... Que histórias trágicas.

— Busco minha inspiração dos autores de peças gregas antigas, especialmente Eurípedes. Apesar da antiguidade dos temas, o enfoque é absolutamente moderno; a atmosfera sombria e a violência de suas histórias têm a ver com os romanos de hoje. E tem minha própria experiência de vida, que não foi das mais tranquilas. Fui forçado a me retirar prematuramente por Calígula, em função de suas desconfianças insanas. Voltei às boas graças com Cláudio e depois fui enviado de volta ao exílio durante oito anos, por causa das maquinações de Messalina. Agora retornei mais uma vez, graças a Agripina, e fui bem recebido no coração da casa imperial. Agripina é para mim um *deus ex machina*, minha Palas-Atena que aparece no último momento da peça, descendo do céu para devolver a harmonia ao cosmo.

— A imperatriz é sua musa então?

— Minha salvadora, sem sombra de dúvida — confirmou Sêneca erguendo a cabeça. — Mas há também os sonhos, naturalmente.

— Sonhos?

— Como fonte de inspiração. Você não sonha, Tito Pinário?

Tito deu de ombros.

— Quase nunca.

— Talvez seja uma bênção. Meus sonhos são muito reais, repletos de sons, sangue e violência... mais altos, brilhantes e espantosos que qualquer coisa do estado de vigília. Às vezes, mal posso suportá-los. Acordo suando frio; então pego a tabuleta de cera ao lado da cama e faço anotações para uma cena... Édipo cego tropeçando no corpo da mãe, ou Tiestes boquiaberto diante da visão das cabeças decepadas dos filhos.

Sêneca ergueu uma sobrancelha.

— Acabo de me lembrar de um sonho, esquecido até este momento. Foi na noite em que Cláudio me disse que eu teria a honra de ser o tutor de Nero. É estranho como se pode esquecer um sonho completamente e depois, de repente, ele volta. Sonhei que aparecia na casa imperial, aqui mesmo nesta sala, pronto para meu primeiro dia, mas, quando meu jovem pupilo se virava para me olhar... era Calígula! Que choque! E tão sem sentido, pois Nero nada tem a ver com o tio. Calígula foi criado calçando botas de exército e teve muito pouca educação, ao passo que Nero adora o saber. — Sêneca estremeceu. — Você chegou a encontrar Calígula?

— Apenas uma vez — respondeu Tito.

— Sorte a sua!

Vespasiano se aproximou para se juntar a eles. A esposa, Domitila, vinha ao lado, ainda carregando o bebê Domiciano, que se acalmara. Paulina saiu de perto do marido para dar uma olhada na criança.

— Ouvi vocês mencionarem o falecido Calígula? — perguntou Vespasiano.

Sêneca olhou para o general com um ar condescendente.

— Sim, eu estava contando ao senador Pinário uma história...

— Quem não tem uma história sobre Calígula para contar? — disse Vespasiano. O general estava mais acostumado a falar que a ouvir. — Acho que a minha é completamente inofensiva se comparada à maioria. Calígula era imperador; eu não tinha mais que 30 anos... É isso, porque meu Tito era recém-nascido... e eu havia acabado de ser eleito edil. Uma de minhas responsabilidades era manter a cidade limpa. Eu achava que estava fazendo um trabalho muito bom, até que, um dia, Calígula mandou me chamar para ir encontrá-lo em uma ruazinha secundária e enlameada, do outro lado do Aventino. Não era uma rua pavimentada, mas um beco sujo, que ficava atrás de uns armazéns. Ele me perguntou por que a rua estava tão enlameada. "Porque ela é feita de lama?", respondi — comentou Vespasiano, rindo. — Calígula não gostou. Ficou furioso. Por Hércules, foi um milagre eu não ter perdido a cabeça ali mesmo! Ele mandou os lictores pegarem punhados de lama e enfiarem por dentro de minha toga, até eu ficar todo coberto e imundo, como se fosse um odre de vinho em vias de estourar. Então Calígula chorou de rir e foi embora. Mais tarde, um adivinho me disse que o incidente havia sido na verdade um bom presságio, porque a terra de meu país cobriu a minha pele e ficou sob a proteção de minha toga. Mas esses adivinhos conseguem fazer com que tudo se transforme em um prognóstico bom, não é mesmo? — Ele riu e depois se deteve. — Desculpe, isso não é coisa que se diga a um áugure — acrescentou, rindo de novo, mais alto. — Mas você já conheceu meu filho, Tito, senador Pinário? Ele estava bem aqui, com o amigo Britânico... Ah, lá estão eles, rindo com Nero.

Os meninos se encontravam, de fato, perto, mas não estavam mais rindo. Algo tinha dado errado. O rosto de Nero, naturalmente sardento e sujeito a manchas, estava vermelho-escuro e contorcido por um acesso súbito de fúria. Ele atirou a taça de vinho em Britânico. O jovem se desviou e a taça passou voando pelo nariz de Vespasiano. Assustado, o bebê Domiciano começou a chorar outra vez.

Britânico fez uma expressão exagerada de choque.

— Mas Lúcio Domício — disse ele, dirigindo-se a Nero pelo nome de batismo. — Só desejei a você um feliz aniversário...

— Trate-me por meu nome, fedelho! — gritou Nero, cuja voz ressonante penetrou em cada canto da sala. Os convidados ficaram em silêncio.

Britânico ergueu a sobrancelha.

— Mas como posso fazer isso, irmão? Hoje, mais cedo, o áugure explicou que "Nero" quer dizer "forte e valoroso"... E você, Lúcio Domício, é fraco e covarde.

O amigo de Britânico, Tito, tentava conter o riso.

— Isso é mentira, seu bastardozinho! — acusou Nero. — Por falar nisso, o que você está fazendo aqui? Acho que devia estar comendo na outra sala com as crianças.

Agripina se aproximou dos meninos para acabar com a briga. Cláudio permaneceu no divã, sem parecer notar o que estava acontecendo.

Britânico saiu da sala, seguido por um pequeno grupo de libertos e serviçais, remanescentes da facção de Messalina na casa imperial. Ele caminhava com uma imponência notável para um menino de 9 anos.

O jovem Tito olhou para o pai. Vespasiano assentiu e o menino saiu da sala com Britânico. O general balançou a cabeça.

— Esse Britânico... voluntarioso e rebelde, exatamente como a mãe! Vou atrás dele. Talvez o convença a se desculpar com Nero. Consegui intermediar a paz entre aquelas tribos celtas da Britânia, vocês sabem. Talvez possa fazer o mesmo aqui — disse ele, partindo com Domitila e o bebê, que continuava chorando.

Paulina retornou para o lado do marido. Agripina se juntou a eles.

— O que eu *faço* com esse menino?

— Acho que você está se referindo a Britânico — disse Sêneca. — Mas o que vamos fazer com Nero? Ele não pode ficar chamando o filho do imperador de bastardo em público. Não está certo.

Agripina assentiu.

— Mas... há rumores sobre Britânico.

— Rumores? — perguntou Paulina.

Agripina olhou de soslaio para Tito, como se incerta quanto a confiar nele, então continuou:

— Não que a criança seja bastarda... embora todos nós saibamos que Messalina era uma meretriz. Não, há pessoas que acreditam que Britânico não é filho de Messalina nem de Cláudio, que o bebê deles nasceu morto e ela pôs outra criança no berço, ansiosa por presentear Cláudio com um herdeiro. Pergunto a vocês, Britânico se parece com algum dos dois?

— Um substituto, você está querendo dizer? — Sêneca bufou. — Esse é o tipo de coisa que acontece nas comédias gregas antigas.

— Quando acontece na vida real, o resultado é ainda mais cômico. — Agripina se virou para Tito. — Senador Pinário, não faço segredo de que prefiro a astrologia e sei pouco sobre augúrios. Mas me pergunto, nesse caso, a adivinhação poderia ser de alguma ajuda?

— Como assim? Não estou entendendo.

— Haveria uma forma de interpretar os auspícios, de modo a descobrir a verdadeira identidade de uma criança em particular? Suas habilidades de adivinho são tão grandes e Cláudio confia tanto em você... — Agripina o fitou fixamente.

Perturbado com aquele escrutínio, Tito olhou para o imperador. O primo estava totalmente imerso em seu divã e fitava, com a boca aberta, a taça de vinho. Tito desviou então os olhos para o jovem Nero, que já se acalmara e estava flertando com uma moça convidada. Cláudio era o passado; Nero, o futuro. Agripina parecia pedir ajuda, em nome do rapaz que, com quase toda certeza, seria imperador um dia, talvez mais cedo do que se esperava. A fidelidade de Tito seria sempre para com a profissão de áugure, com o empenho em interpretar corretamente o desejo dos deuses; mas seria possível fazer isso e agradar Agripina ao mesmo tempo?

— Para se descobrir se um bebê foi trocado, o augúrio tradicional seria de pouca utilidade — explicou, com prudência —, mas existem outros modos de adivinhação que podem chamar a atenção do imperador, que se interessa por todas as formas de prognósticos. O primo Cláudio me incumbiu recentemente de compilar uma lista de todos os presságios e portentos já verificados na Itália e, juntos, examinaríamos a lista a intervalos regulares.

Ontem mesmo, em Óstia, nasceu um porco com garras de falcão. Uma ocorrência dessas é sem dúvida uma mensagem dos deuses. Tempo incerto, enxames de abelhas, estrondos na terra, luzes estranhas no céu... tudo isso requer uma interpretação cuidadosa. Tenho um secretário que examina atentamente os registros de mortes, em busca de coisas bizarras; em um determinado dia, talvez todos os homens que morram em Roma tenham o mesmo primeiro nome, por exemplo. Vocês ficariam espantados com todas as ligações possíveis, quando se procura por elas.

— Incrível! — exclamou Agripina. — Mas como é possível se decifrar corretamente esses sinais?

Tito sorriu.

— A percepção de um áugure começa com o treino, mas cresce com a experiência. Passei muitos anos estudando as manifestações da vontade divina — disse ele, olhando para Nero, observando a cabeça grande e a testa proeminente. — Diga-me, algum fisionomista já examinou Britânico?

— Não que eu saiba — respondeu Agripina.

— Nem eu — ajuntou Sêneca.

— Esse ramo da ciência é muito especializado. Baseados em preceitos estabelecidos por Aristóteles e Pitágoras, os fisionomistas examinam o rosto e a forma da cabeça, em busca de indicações sobre o destino da pessoa. Eles falam mais sobre o futuro, mas talvez possam ver o passado também. Se existe, como se desconfia, algo... de estranho... em relação à origem de Britânico, a verdade ainda pode ser revelada ao imperador. Sim, acho que o primeiro passo para se descobrir a verdade poderia ser a consulta a um fisionomista. Conheço um profissional egípcio... Ah, aí vem seu filho.

Nero, tendo fascinado o suficiente a jovem convidada, segurou as dobras da toga dourada e púrpura e se aproximou deles.

— Irmãos! — chamou ele, revirando os olhos, como se para explicar a altercação com Britânico. — Você tem um, não? — perguntou a Tito. — Um gêmeo, Sêneca me disse.

— Tenho. — Tito suspirou.

Mais uma vez, era obrigado a pensar em Késio.

— Vocês são gêmeos *idênticos*? — perguntou Nero.

A curiosidade do jovem parecia totalmente inocente; ainda assim, Tito se retraiu.

— Fisicamente, ao menos quando éramos mais jovens. Tirando isso, somos tão diferentes que chego a achar que ele foi... trocado. — Tito olhou para Agripina.

— Por que nunca o vemos? — quis saber Nero. — Você sempre vem ver o imperador no estúdio dele, mas seu irmão gêmeo nunca aparece.

— Meu irmão é...

Aquela não era a primeira vez que o comportamento desagradável de Késio causava embaraços a Tito. Ainda assim, ele nunca inventara uma boa forma de explicar a ausência total do irmão, não só da vida pública como também da sociedade digna. Como alguém da casa imperial poderia entender as crenças bizarras de Késio e a conduta perversa? Que desculpa Tito poderia dar dessa vez por ele? Diria que o irmão era louco? Bêbado? Inválido?

— Meu irmão é...

Sêneca terminou a frase por ele:

— Cristão.

Tito empalideceu.

— Como soube?

— O tutor do filho do imperador tem de saber de muitas coisas, senador Pinário — declarou Sêneca, rindo.

Agripina franziu o cenho e indagou:

— Como um patrício romano pode ser cristão? Eu achava que isso era o nome de uma seita judaica.

— E é — disse Sêneca. — Mas aqui em Roma, como em muitas outras cidades do império, eles vêm recrutando membros para seu culto. A maioria escravos, acredita-se. Os cristãos os acolhem bem. É possível imaginar por que o tipo de escravo menos respeitável se sente atraído por essa seita... A adoração a Cristo é mais uma atividade realizada pelas costas dos donos. Mas não são todos escravos. Disseram-me que entre eles existem alguns cidadãos romanos. Eles pregam que esse mundo é um lugar terrível, dominado pelos maus... Na verdade, acreditam que Roma e tudo que representa é mau, mas acham também que esse mundo vai acabar em breve, para ser substituído por outro, no qual seu deus morto vai voltar à vida e governar pela eternidade. Uma religião adequada, se é que se pode chamar isso de religião, para escravos insatisfeitos, mas não para os homens livres da cidade cujo destino é manter a ordem no mundo e defender o respeito pelos deuses.

— Isso soa a subversão — comentou Nero. — Se esses tais de cristãos odeiam Roma tanto assim, vamos deixar que voltem para aquela empoeirada Judeia e aguardem o fim do mundo lá. Cláudio não baniu os judeus?

— O édito se mostrou impraticável — explicou Sêneca. — Durou pouco e foi aplicado de forma irregular, mas serviu de advertência para que as seitas judaicas na cidade mantenham a paz. Eles já não se apedrejam mais em público nem fazem tumultos na rua. Aprenderam a manter as desavenças entre si, pelo menos na cidade. Por causa disso, não se ouve muito sobre os cristãos atualmente.

— E isso inclui o misterioso irmão cristão do senador Pinário — disse Nero. — Mas desconfio que veremos Tito Pinário bem mais nos próximos anos. — E endereçou a Tito seu sorriso mais sedutor.

59 D.C.

Naquele dia, de fim de março, quando a notícia da morte da mãe do jovem imperador chegou a Roma, Tito Pinário acendeu velas no vestíbulo de sua casa e murmurou uma prece diante de cada uma das máscaras de cera dos ancestrais, agradecendo-lhes a boa sorte.

Há muito tempo, fora censurado pelo falecido primo Cláudio por conhecer tão pouco o passado da família:

— Um homem tem de honrar os ancestrais — dissera Cláudio. — Quem veio antes de nós e como surgimos?

Desde essa época, Tito se dedicara ao estudo dos ancestrais, descobrindo tudo que podia sobre eles, aprendendo com seus exemplos e prestando-lhes homenagem, como um romano obediente, tentando tornar a própria vida motivo de orgulho para os antepassados.

Aos 41 anos, Tito se encontrava mais próspero e bem-considerado que nunca — e feliz por ainda estar vivo. Não tinha sido fácil, nos seis anos desde a morte de Cláudio, atravessar a política traiçoeira de uma corte imperial, dividida entre uma mãe cruel e um filho jovem, que lutava para se libertar dela.

Entretanto, Agripina estava morta agora. De alguma forma, sua morte era um acontecimento mais importante que a de Cláudio, pois ele tinha decaído gradualmente, enquanto Agripina ainda estava em plena posse das faculdades mentais e poderia ainda ter recuperado o controle sobre Nero e a corte. Que mulher havia sido, não permitindo que o fato de não ser homem limitasse suas ambições! Tito se lembrava ainda de um incidente, quando enviados armênios defenderam sua causa diante de Nero. Agripina surgira de trás do biombo onde ficava oculta e estava prestes a sentar-se na tribuna do imperador para também governar. Enquanto a corte inteira se via paralisada de medo, Sêneca assobiara para Nero interceptar a mãe e, assim, uma cena escandalosa havia sido evitada.

Agripina! O mundo não seria mais o mesmo sem ela. Uma nova era começaria.

Tito sentiu tanto o impacto da notícia que se viu incapaz de dar conta das tarefas de um dia normal. Apenas atividades não planejadas e excepcionais seriam apropriadas em um dia tão estranho. Seguindo esse impulso, decidiu cumprir com um dever penoso que havia muito pesava sobre ele: visitar o irmão.

Uma vez a cada um ou dois anos, ele se obrigava a ver Késio, com o intuito de oferecer ao irmão mais uma chance de retornar a um modo de vida normal e respeitável. Sentia que devia isso à lembrança do pai, mas não por Késio, que sempre o rechaçava.

Saiu de casa com uma escolta pequena, como convinha a um senador de sua estatura. Havia um escriba com uma tabuleta de cera, a fim de fazer um memorando, e outro escravo, versado em todas as ruas e atalhos da cidade, para que Tito nunca se preocupasse em saber onde ficava a taverna mais próxima, loja de prataria ou local para comer. Mais outro escravo sabia os nomes não apenas de cada senador e magistrado da cidade como também de qualquer um que Tito pudesse encontrar, importante ou não, de modo que nunca precisasse buscar na memória um nome ou título em vão. E, é claro, havia vários guarda-costas musculosos e educados, cujo tamanho era tão intimidador que raramente precisavam usar a força, fosse para defender o senhor ou abrir caminho em meio à multidão.

Era um dia típico de fim de março, claro e primaveril em um momento, tempestuoso e nublado no instante seguinte. Tito achava o tempo instável revigorante e caminhava a passos rápidos. Agripina havia morrido! A notícia não o pegara completamente de surpresa. Recentemente, Nero o convocara para consultá-lo sobre presságios relativos ao futuro da mãe e ao seu; o jovem imperador não dizia nada sobre o que tinha em mente, mas se encontrava claramente desesperado para se livrar de Agripina. Graças aos deuses que era Nero quem confiava e consultava Tito, naquele estágio precário da luta pelo poder, e não Agripina! Como muitos membros da corte, ele andara na corda bamba entre mãe e filho durante anos, temeroso de ofender cada um dos partidos ou de arriscar irrevogavelmente a sorte com um ou com o outro.

A história da morte de Agripina havia se desenrolado como uma comédia de erros. Segundo rumores, Nero tinha tentado, em mais de uma ocasião, envenená-la, mas, todas as vezes, Agripina fora prevenida ou tomara algum antídoto para se proteger. Depois o teto despencara sobre seu leito — não por acidente — e Agripina tinha escapado de ser esmagada apenas porque estava deitada, por acaso, perto da cabeceira.

Então, dizendo que desejava se reconciliar com ela, Nero a convidou para sua propriedade à beira-mar, em Baiae, a fim de celebrar a festa de

Minerva. Lá, ele a presenteou com uma esplêndida barcaça para lazer e a convenceu a fazer um passeio pela baía, apesar da atmosfera tempestuosa. No entanto, não se tratava de uma embarcação comum: um dos engenheiros de Nero a planejara de modo que virasse e afundasse sem deixar vestígio, circunstância essa que poderia ser atribuída às águas agitadas ou a uma rajada de vento brusca, mas jamais ao jovem imperador. O barco virou e afundou como planejado, porém Agripina — que se sustentara durante o exílio mergulhando em busca de esponjas — era uma nadadora tão exímia que chegou à margem. Nero decidiu então que sua desesperada mãe, como uma leoa ferida, devia ser eliminada imediatamente. Na casa de praia onde a encharcada Agripina se refugiou, assassinos apareceram e acabaram com ela de uma vez por todas.

Um astrólogo lhe dissera certa vez que o filho se tornaria imperador, mas que ela teria de pagar por sua grandeza com a própria vida. Agripina teria retorquido com impertinência: "Deixe-o matar a mãe então, desde que se torne imperador." E assim havia acontecido.

Caminhando ao longo da margem do rio e atravessando o Fórum, Tito se deixou distrair pela vista e pelos sons da cidade. Apesar da tensão e confusão constantes no interior da casa imperial, para Roma e o império, os últimos anos foram uma época de ouro. Sêneca tinha assumido a condução do governo e feito um trabalho esplêndido. Impostos foram reduzidos, ao mesmo tempo que serviços públicos melhoraram. A paixão de Nero pela música e a poesia, o entusiasmo juvenil, a personalidade teatral e o amor pelo espetáculo permeavam a cultura. Ele havia inventado formas de entretenimento extraordinárias para o populacho, mais ainda pelo fato de não derramarem sangue; embora as lutas de gladiadores ainda fizessem parte das comemorações de muitos feriados e festivais, Nero decretara que ninguém deveria ser levado à morte na arena, nem mesmo criminosos.

Roma prosperava. Parecia a Tito que o mundo jamais conhecera momento melhor. E agora que a discórdia na casa imperial havia chegado ao fim, com a morte de Agripina, acreditava-se que Nero ascenderia à glória.

Tito deixou para trás os monumentos de mármore reluzente e travertino e adentrou Subura, com suas ruas estreitas e sujas. Estava contente por ter a companhia da escolta, especialmente os guarda-costas. Quando mais jovem, ousava caminhar por Subura a qualquer hora, sozinho e desarmado, mas aquela época se fora havia muito. Contudo, mesmo ali, pensava ele, as condições tinham melhorado desde que Nero ascendera ao poder, graças à prosperidade geral do império e à administração eficiente de Sêneca sobre a cidade.

Ocorreu a Tito que o bem-estar geral do mundo tornava a atitude odiosa do irmão em relação à existência mais perversa e inexplicável. Como Késio podia detestar tanto a vida quando havia tanta alegria e beleza nela? E, entre todos os lugares da terra, Roma era com certeza o mais belo — embora, diante da moradia de Késio, Tito tivesse de admitir que se tratava de um lugar sombrio, pior que a última residência do irmão. Se ele se visse reduzido a viver em meio a tanta miséria e, como Késio, tivesse de ganhar a vida como um operário comum — trabalho tão penoso para um homem de 41 anos! —, talvez odiasse a vida também.

Tito deixou a escolta, deu permissão aos guarda-costas para jogar dados e subiu a escada até o andar mais alto. Por que Késio sempre morava em andares tão altos? A escada estava repleta de escombros e lixo — um sapato descartado, cacos de louça, uma boneca de madeira sem os membros e, em um patamar, não apenas um, mas dois ratos, que ele interrompeu em plena cópula. Como Késio aguentava morar em um lugar daqueles?

Tito bateu na porta. Escutou o ruído de movimentos no interior; nesses locais, as paredes eram tão finas que se podia ouvir tudo. Késio abriu e deu um sorriso.

— Saudações, irmão.

Tinha a aparência desleixada de sempre — a barba desgrenhada poderia perfeitamente ocultar um ninho de pássaros —, mas estava de excelente humor. Tito interpretou isso como um bom sinal. Talvez o encontro fosse agradável. Notou que o irmão estava usando o *fascinum* preso a um barbante em torno do pescoço.

— Saudações, irmão — retorquiu ele.

— Entre.

Artemísia lhe lançou um olhar rápido, do outro cômodo, cumprimentou-o casualmente e depois desapareceu. Parecia gorda e feia, sem maquiagem e com o cabelo sujo. Crisante estava muito melhor, apesar de ter dado à luz um filho e três filhas. A pobre Artemísia nem mãe se tornara, pois o marido não via sentido em trazer vida nova para o mundo.

— Você parece contente, Késio.

— E estou.

— Posso perguntar por quê?

— Você não vai gostar da resposta.

— Provavelmente, não. Mas experimente...

— Estou feliz porque o fim do mundo está bem próximo agora. Muito próximo! Talvez aconteça ainda este ano.

Tito gemeu.

— E isso deixa você feliz?

— Claro! É o que mais desejamos, nos livrarmos da prisão deste lugar imundo e nos reunirmos a Cristo, para ver a face nua de Deus, revelada em toda a sua glória.

Tito suspirou.

— E como o mundo vai acabar, Késio? Como uma coisa dessas pode acontecer? Que incêndio pode ser tão grande, que terremoto tão terrível, que onda gigante seria alta o bastante para varrer toda a criação? As estrelas vão cair? O sol vai apagar e a lua se despedaçar como um dente-de-leão? Essa ideia de fim do mundo é uma bobagem!

— O Deus único é onipotente. Ele criou o mundo todo em seis dias e pode destruir tudo em um piscar de olhos.

— Se esse deus é onipotente e se não existem outros em seu caminho, por que ele simplesmente não faz com que o mundo fique a seu gosto, também em um piscar de olhos, e acaba com todo o mal e sofrimento que você diz nos cercar? Que tipo de deus é esse que você adora, que faz esse jogo cruel de espera com seus seguidores?

— Você não entende, Tito. É culpa minha; não tenho como lhe explicar isso. Se você viesse a uma de nossas reuniões; existem outros muito mais sábios que eu...

— Não, Késio, o senador Tito Pinário não vai ser visto em uma reunião de cristãos!

A ideia era tão absurda que Tito riu alto.

— Você ri de mim, irmão, mas de que tanto se orgulha? De sua situação privilegiada no mundo, sua amizade com o imperador? Você era amigo do último imperador também. No entanto, não fez nada, não disse nada, quando o primo Cláudio foi assassinado.

Tito sentiu o sangue sumir de seu rosto.

— Você não sabe se Cláudio foi assassinado.

— Claro que sei. Todos sabem. Pergunte a seus amigos senadores, ou a meus vizinhos. A sobrinha com quem se uniu naquele casamento incestuoso, que violava até os padrões romanos de decência, pôs veneno nos cogumelos dele e, quando isso não surtiu efeito com a rapidez desejada, Agripina chamou um médico para tratar dele que pôs uma pena em sua garganta para fazê-lo vomitar. Mas a pena havia sido mergulhada em um veneno ainda mais poderoso e esse foi o fim do pobre Cláudio. Você alguma vez o lamentou, irmão?

Tito estava pasmo. Que o povo tivesse uma ideia vaga de como Cláudio encontrara seu fim não o surpreendia, mas Késio sabia os mínimos detalhes e, se ele os conhecia, então todos na cidade também deveriam estar a par.

Talvez, pensou Tito, aquilo não fosse mau. Se o povo acreditava que Agripina era uma envenenadora, isso tornaria a notícia de sua morte violenta mais aceitável.

— Ninguém sabe ao certo se aquela pena tinha sido envenenada ou não — declarou Tito. — Pode ser verdade que Agripina, como mãe dedicada, tenha tomado medidas extremas para promover o filho...

— O filho, que também adotou o assassinato com o mesmo entusiasmo. Ou você vai querer me dizer que o jovem Britânico teve uma morte natural? Ele também foi envenenado, não foi? Alguns meses depois da ascensão de Nero. Pobre rapaz! E você, como amigo e primo de Cláudio, não ergueu um dedo para proteger o infeliz órfão!

Acertara o alvo. Longe de proteger Britânico, Tito, a pedido de Agripina, contribuíra para propagar a ideia de que o menino fora trocado no berço, de maneira a desacreditar qualquer reivindicação do título de imperador.

— Não tive nada a ver com a morte de Cláudio nem com a de Britânico — defendeu-se Tito.

— Mas sabe quem os matou.

— *Se* foram mortos.

— Tito, meu pobre e iludido irmão! Você se move no meio dessa gente como um encantador egípcio circula entre as serpentes. Elas podem não o ter mordido ainda, mas sua peçonha já o envenenou. A malignidade de Nero já passou para você, poluiu...

— Ousa chamar Nero de cobra? Em cinco anos, esse jovem admirável já fez mais por esta cidade que qualquer imperador desde Augusto. Se você saísse deste tugúrio e desse uma volta pelos bairros decentes de Roma, onde as pessoas decentes moram, veria como elas estão felizes. São elas que não querem que o mundo acabe, porque Nero o tornou um lugar melhor.

— E para que servem todas as realizações terrenas de Nero, quando se acha que ele matou a própria mãe?

Tito ficou estupefato. Ele próprio só fora informado da morte de Agripina por um mensageiro que veio diretamente de Baiae.

— Como você sabe sobre Agripina? Vivendo neste buraco, um ninguém no meio de outros tantos? — Uma suspeita tenebrosa o assaltou. — Existe alguma rede de espionagem entre os escravos cristãos? Essa rede chega até a própria casa imperial?

— Você acha que todos os cristãos são judeus, escravos, párias ou mendigos — declarou Késio, rindo. — Se soubesse a verdade, Tito! Temos pessoas de todas as classes, até mesmo senhoras romanas finas e honradas. Nem todos podem aspirar ao exemplo de pobreza dado por Jesus, mas podem aguardar o dia em que seremos redimidos e unidos no além...

— Então *existe* mesmo uma rede de espiões cristãos até na casa imperial?

Tito se lembrou de algo dito por Nero certa vez, que os cristãos poderiam se tornar sediciosos. O senador já chegara à conclusão, havia muito, de que as obsessões do irmão eram irritantes, mas inofensivas. No entanto, seria possível que o culto cristão fosse mais sinistro do que pensava?

— Diga-me uma coisa, Késio. A todo momento, chega a mim alguma informação sobre seu culto, querendo eu ou não. Recentemente alguém chamou minha atenção para um suposto texto sagrado que contém uma citação do próprio Cristo. Quando li, achei tão alarmante que memorizei: "Se alguém vem a mim, e não odeia seu pai, sua mãe, sua mulher, seus filhos, seus irmãos, suas irmãs e até a sua própria vida, não pode ser meu discípulo." Seu deus realmente disse essa coisa tão terrível?

Késio assentiu.

— Um seguidor de Cristo deve estar pronto para rejeitar todo apego ao mundo material em troca do renascimento espiritual...

— Você não precisa me explicar essas palavras. Posso compreender muito bem — disse Tito, com desgosto.

Um raio de luz pareceu sair do *fascinum*, chamando a atenção de Tito.

— Você ousa usar o *fascinum* de nossos antepassados... Você que não faz nada para honrá-los, que declara desprezar tudo que eles conquistaram e nos legaram! Você, que declararia odiar nosso pai e a mim, só para agradar seu deus?

Késio sorriu e tocou o *fascinum*.

— Esse amuleto não é o que você pensa, Tito. Ele é um símbolo do sofrimento de Cristo e uma promessa de sua ressurreição futura, da ressurreição de todos que creem...

— Não, Késio, ele é um elo com o passado, um talismã que chegou até nós de uma época anterior à fundação de Roma. Você quer pervertê-lo, torná-lo algo completamente diferente, com seu ódio aos deuses e a Roma!

— Os deuses que você adora não são deuses, Tito. Não passam de demônios, embora eu tenda a acreditar que, na verdade, eles sequer existem, que nunca existiram...

— Idiota! Ateu! Os deuses sempre existiram e sempre existirão. Eles pertencem ao mundo e estão nele. Eles fizeram o mundo. Eles *são* o mundo. Se os mortais não os compreendem, é porque somos tão pequenos, e eles, tão vastos. Que mundo pequeno você imagina, brinquedo de um único deus que deseja que seus adoradores sejam pobres, atrasados e infelizes como ele é! Você não vê a beleza, a majestade e o mistério dos deuses a nossa volta? Sim, eles nos desconcertam e confundem e seu desejo é difícil de adivinhar. Mas faço o que posso. Pratico os rituais de nossos antepassados, que nos precederam e encontraram os deuses antes de nós. Sinto reverência por sua sabedoria. Você despreza isso tudo! Nunca visita minha casa. Nunca presta homenagem às efígies de cera dos Pinários. Dá as costas a nossos ancestrais. É desrespeitoso, irreverente e indigno de ser chamado de romano!

— Mas não me chamo de romano, Tito. Chamo-me de cristão. E o que você chama de sabedoria de nossos ancestrais não diz nada para mim. Os pecados e as tolices do passado não têm nenhuma utilidade para mim. Olho para a frente, para o futuro brilhante e perfeito.

— Um futuro no qual você vai ser completamente esquecido por não deixar descendentes. Todas as suas lembranças vão desaparecer, Késio, porque você quebrou o elo entre uma geração e outra. A única imortalidade que se pode conquistar é ser lembrado, ter os que vieram depois dele recordando seus feitos e falando de seu nome com orgulho.

— Assim como você imagina que os homens de alguma época futura vão falar de Nero? O fratricida, matricida? E, se tiver sorte, mencionarão que o senador Tito Pinário foi amigo de Nero... Amigo de um homem que matou a mãe! Essa é sua ideia de imortalidade, irmão?

Tito fitou o *fascinum*. Ele se controlava para não arrancá-lo do pescoço do irmão.

— Vim aqui hoje por respeito a nosso pai. Em respeito à memória dele, faço o que posso para cuidar de você. Mas esse foi o golpe final, Késio. Não venho mais vê-lo.

61 D.C.

Tito foi fiel a sua palavra: nunca mais procurou o irmão. Quando os dois se encontraram a próxima vez, dois anos depois, foi porque Késio foi visitar Tito, que estava em seu estúdio, completamente absorvido em um texto antigo sobre augúrios, dado a ele anos antes por Cláudio, quando um escravo bateu de leve no portal para chamar sua atenção.

— O que foi? — perguntou Tito, sem levantar a cabeça.

— Um visitante, amo.

Tito ergueu os olhos, apertando-os. Sua vista começava a ficar cansada com a leitura; queixa não muito rara em um homem de 43 anos.

— Eu lhe conheço?

— Sou Hilário, amo. O novo porteiro.

— Ah, sim — disse Tito, olhando para o menino, que sequer parecia ter idade para trabalhar nessa função.

Havia tantos escravos na casa àquela época que Tito não conseguia se lembrar de todos. Crisante insistia que eram necessários na administração da residência, porém o senador tinha a impressão de que precisaria, em breve, comprar uma moradia maior para acomodar tantos. Era sempre muito bem-servido e não precisava fazer nada sozinho: os escravos esvaziavam seu penico de manhã, levavam e traziam seus pertences para as termas, davam-lhe banho, faziam massagem, faziam a barba, vestiam-no, anotavam o que ditava, pegavam tudo de que precisava, levavam mensagens aos amigos e parceiros comerciais, ensinavam seus filhos, liam para ele em voz alta quando sua vista estava cansada, faziam todas as compras, preparavam e serviam a comida, cantavam durante o jantar e afofavam sua cama à noite. Também cuidavam de suas necessidades sexuais. Após mais de vinte anos de casamento e quatro filhos, ele e Crisante raramente praticavam o ato, mas Tito a amava e não desejava tomar outra esposa; de modo que não sentia qualquer remorso ao usar as escravas mais bonitas quando sentia vontade. Elas não pareciam se importar, pois Tito não era do tipo que sentia prazer com violência ou maus-tratos e se satisfazia com discrição, jamais em lugares públicos ou vulgares, que causassem vergonha ou embaraço a elas. Nem todos os amos tinham tanta consideração.

— Quem é? — perguntou Tito.

— O visitante diz ser seu irmão — respondeu Hilário, soando desconfiado.

Tito desviou os olhos por um longo tempo.

— Mande-o entrar. Não, espere. Vou até o vestíbulo encontrá-lo.

Tito se levantou e atravessou a casa, passando pelo jardim verdejante com uma estátua de Vênus, em mármore, recém-instalada; pelo salão de recepções, com o novo piso de mosaico; até o vestíbulo. Ali estava Késio, com certeza, com aspecto de um mendigo esfarrapado da rua. Encontrava-se parado diante da efígie de cera do pai.

— Você veio prestar homenagem finalmente? — perguntou Tito.

Késio se sobressaltou um pouco, tomado de surpresa, e olhou para ele inexpressivo.

— Se quiser queimar um pouco de incenso diante da efígie e talvez entoar uma prece, junto-me a você com alegria — declarou Tito. — E tenho certeza de que nossos antepassados ficarão muito satisfeitos.

Ele apontou as outras efígies nos nichos.

— Você sabe que não vim por isso — disse Késio, em voz baixa.

— Não faço a menor ideia de por que você veio — retrucou Tito.

Ele notou que Késio estava usando o *fascinum*. Que afronta ostentar o talismã da família na frente dos ancestrais! Tito respirou fundo, determinado a ser educado.

— Tenho um pedido a fazer — declarou Késio, soando quase dócil.

Tito balançou a cabeça de forma seca e comunicou:

— Estou esperando algumas visitas daqui a pouco. Um senador recebe muitos visitantes pedindo favores. Mas acho que dá tempo de falar com você. Venha até meu estúdio.

Enquanto conduzia o irmão pela casa, perguntava-se qual era a opinião de Késio sobre o lugar. Desde que ele se mudara, anos antes, Tito vinha fazendo melhoras contínuas, investindo em móveis caros e belos trabalhos de arte. Seu estúdio era um dos aposentos mais aprazíveis de todos, com lindas imagens das *Metamorfoses*, de Ovídio, pintadas nas paredes e com estantes sob encomenda, feitas de carvalho. Um mosaico no piso retratava Prometeu dando o fogo à humanidade; o titã nu carregava um talo gigante de erva-doce contendo uma brasa reluzente, roubada da incandescente carruagem do sol, com um círculo de mortais espantados cercando-o. Tito imaginou que Késio estivesse muito impressionado, mas a única reação do irmão foi menear a cabeça e murmurar:

— Como você tem escravos!

— Escravos?

— Pela casa toda. Passamos por pelo menos uns dez entre o vestíbulo e esse aposento.

— Foi? Mal reparo neles. A não ser quando preciso de um e não consigo encontrar! — declarou Tito, rindo.

Késio parecia sombrio.

— Você quer um pouco de vinho? — perguntou Tito, determinado a tratar o irmão como qualquer outro visitante.

Ele bateu palmas. Uma escrava que passava apareceu imediatamente na porta, aguardando instruções. Tito sorriu para ela. Tratava-se de uma bela jovem ruiva, uma de suas favoritas. Qual era seu nome? Eutrópia? Eutália?

— Não quero vinho — recusou Késio, rapidamente. — Confundiria minhas ideias. Preciso estar em condições de falar com clareza.

Tito fez um gesto à jovem para que seguisse seu caminho.

— Do que se trata, Késio?

— O que você sabe sobre o assassinato do prefeito de uma cidade, um ex-cônsul, chamado Lúcio Pedânio Secundo.

Tito se sentou em uma velha cadeira de dobrar, antiguidade que o vendedor alegava ter pertencido originalmente a Catão, o Jovem. Késio permaneceu de pé. Para o senador, não era incomum se sentar enquanto os visitantes ficavam de pé.

— Pedânio foi morto por um dos próprios escravos — continuou Tito. — Um caso muito desagradável. Os escravos raramente matam os amos, mas, quando o fazem, sempre causa confusão. Ainda se fala da revolta de Espártaco, quando os escravos de toda a Itália se voltaram contra os donos e cometeram várias atrocidades. Fazendas foram queimadas. Cidadãos crucificados. As mulheres foram violentadas e assassinadas.

— Isso foi há mais de cem anos — disse Késio.

— Cento e trinta e dois anos atrás, para ser preciso. E outra tragédia dessas não ocorreu de novo, no século passado, porque medidas extremas foram tomadas na época, e continuam a ser, toda vez que um escravo comete um crime contra o dono. A alternativa é o caos. Por que você está perguntando sobre esse assunto, Késio?

— Você conhece os detalhes do crime?

— Como senador, fui inteirado de todos os fatos.

Tito juntou as pontas dos dedos. Deveria ter pedido à jovem que trouxesse o vinho, querendo Késio ou não. Falar sobre escândalos provocava sede.

— Um caso indecoroso. Parece que Pedânio foi dono do escravo, um homem chamado Anacleto, durante muitos anos, e o alçou a uma posição elevada na casa. Depois de muitos anos de serviço obediente, Pedânio permitiu que Anacleto comprasse a própria liberdade. Mas o escravo queria mais que isso: o homem estava apaixonado por um belo menino também escravo da casa e desejava permissão para comprá-lo e levá-lo com ele. Pedânio, em um ato de generosidade, concordou. Mas depois mudou de ideia; aparentemente, olhou mais uma vez para o escravo e decidiu que queria o jovem para o próprio prazer. A próxima coisa que se sabe é que amo e escravo se tornaram rivais por causa do coração do menino, uma situação absurda para qualquer cidadão, e então começaram os problemas. Pedânio não só voltou atrás na promessa de libertar Anacleto como também começou a dormir com o jovem toda noite.

— E depois?

Tito hesitou em continuar com os detalhes sórdidos, mas eles se tornariam de conhecimento público muito em breve.

— Uma noite, Anacleto pegou uma faca e, segurando uma lâmpada para iluminar o caminho, esgueirou-se, passando pelo vigia da noite, e invadiu o quarto do amo. Ele diz que só queria ameaçar Pedânio. Mas os pegou no ato.

Pedânio não se abalou. Aparentemente fazia questão de exibir seu poder sobre o amante, mostrando a Anacleto que podia e iria fazer o que desejasse com um menino que era, afinal de contas, propriedade sua. Aquilo deixou Anacleto furioso. Ele esfaqueou Pedânio até a morte, enquanto o menino gritava e chorava.

— Revoltante — murmurou Késio. — Tudo isso é revoltante. Então não há qualquer dúvida sobre a culpa do escravo?

— Nenhuma.

— Anacleto será condenado à morte?

— Claro. Vai ser crucificado.

— E o menino?

— O menino testemunhou o crime e não fez nada para impedir. A lei é muito clara.

— E o vigia da noite?

— Ele falhou de forma notória no cumprimento de seu dever. É claro que deve morrer também.

— E o restante dos escravos da casa... O que vai acontecer com eles?

— Como eu disse, a lei é muito clara. Todos os escravos de Pedânio serão interrogados sob tortura, o que já aconteceu, e depois vão ser mortos.

— Não é possível! — protestou Késio. — Sei que nossos ancestrais decretaram essas terríveis penalidades, mas a lei tem de ser mais branda hoje em dia. Um crime desses é tão raro...

— É raro exatamente porque a lei é tão dura. Mais uma razão, quando ocorre um crime desses, para que a penalidade prevista pela lei seja plenamente aplicada. A jurisprudência data de tempos imemoriais, mas foi codificada pelo Senado no governo de Augusto.

Késio balançou a cabeça e perguntou:

— Você sabe quantos escravos têm na casa de Pedânio?

— Não.

— Eu sei. Mais de quatrocentos. Quatrocentos, Tito!

Tito comprimiu os lábios.

— Isso *é* muito escravo para ser crucificado ao mesmo tempo. Não sabia que havia tantos.

— Alguns deles são velhos, Tito; alguns, crianças.

— Imagino — disse o senador, inquieto na cadeira.

Móveis antigos eram sempre tão desconfortáveis; não era de admirar que Catão fosse famoso pelo mau humor. Tito estava seco. Por que não pedira à jovem para trazer vinho?

— Você se lembra de algum massacre de escravos domésticos como esse ocorrendo em Roma? — perguntou Késio.

— Não, acho que não. Esses crimes ocorrem em geral no campo ou em alguma província distante. E acho que o número de escravos envolvidos não costuma ser tão grande.

— Pense nisso, Tito. Por causa de um crime passional, cometido por um único escravo, quatrocentos seres humanos vão morrer. Pessoas que estavam em outros lugares, realizando seu trabalho ou provavelmente dormindo, sem ter ideia do que estava acontecendo. Isso não pode fazer sentido para você, Tito.

— Se eles não faziam ideia das intenções de Anacleto, deveriam. É o que diz a lei. O estatuto é claro: é da responsabilidade de um escravo, a qualquer momento e sob qualquer circunstância, proteger o dono, com a vida se necessário, contra qualquer mal vindo de fora da casa ou de qualquer outro escravo dentro dela.

— Mas Anacleto agiu sozinho. Não houve nenhuma conspiração. Como os outros escravos podiam impedir o crime?

— Admito que, às vezes, examinando-se caso a caso, a lei não se adapta perfeitamente a todas as situações. Mas lei é lei e tem de ser obedecida. Se for adequada em todas as situações, da próxima vez que um escravo quiser matar o dono, ele vai achar que pode se safar.

— Isso não faz o menor sentido, Tito.

— Mas qual é seu interesse nessa questão? Não, não me conte... Deve haver alguns cristãos entre esses quatrocentos escravos.

Késio respirou fundo.

— Sim, tenho irmãos e irmãs na casa de Pedânio.

— Ah, pode parar de fingir todo esse ultraje moral então. Você simplesmente não quer ver seus companheiros de culto receberem o castigo justo. Estou certo? Mas por que se preocupa com o destino deles na terra? O mundo não está para acabar a qualquer momento?

— Isso é cruel, Tito. É impossível você não ficar tocado com o sofrimento de tantos inocentes. Já pensou como deve ser morrer em uma cruz?

— A lei...

— Como você pode ser conivente com uma crueldade dessas e chamá-la de justiça, só porque "era assim que nossos ancestrais faziam"? Como os deuses que você venera aceitam uma maldade dessas? Você não sente pena, vergonha, diante de tamanha injustiça? Não tem vontade de fazer tudo que pode, como senador, amigo do imperador, para alterar o curso dos acontecimentos?

— É por isso que você está aqui, Késio? Para pedir que eu faça algo como senador, que altere os rumos da justiça?

— Não há nada que você possa fazer?

Tito declarou dando de ombros:

— Haverá uma discussão no Senado amanhã. Imagino que a logística para quatrocentas crucificações irá requerer um planejamento especial, no mínimo.

— Então você *poderia* fazer uma proposta de indulgência?

— Acho que sim, se me sentisse inclinado. E se não achasse que os outros senadores me poriam para fora do Senado às gargalhadas.

— Nem todos os senadores serão a favor do cumprimento estrito das penalidades da lei. É claro que alguns têm um mínimo de piedade. E, se não os senadores, talvez se pudesse convencer Nero...

— Ou talvez seu deus onipotente possa ser persuadido a salvar seus seguidores. O que você acha disso, Késio? Ele não é todo-poderoso e onisciente? Por que você não pede a seu deus para mudar a lei? Ele poderia fazer isso em um piscar de olhos.

— Não ria de Deus, Tito.

— Então vá rezar para ele, Késio, e me deixe fora disso.

Késio estava tremendo de raiva.

— Você já pensou que Pedânio teve o que merecia? Escarnecendo de um escravo com falsas promessas, violentando o menino enquanto o escravo assistia...

— Já chega, Késio! Se você está sugerindo que o assassinato de um cidadão por um escravo pode ser justificado, sob qualquer circunstância, saia de minha casa agora. Não vou tolerar esse tipo de conversa debaixo de meu próprio teto. Não vou deixar que minha família e meus escravos fiquem expostos a uma ideia tão obscena.

Cerrando as mandíbulas, Késio saiu do estúdio sem uma palavra.

Tito ficou sentado, em silêncio, por um longo tempo, olhando para o vazio.

A garganta estava seca. Ele ergueu as mãos para bater palmas e então viu que o escravo Hilário ainda se encontrava parado à porta, observando-o com uma expressão inescrutável.

Tito dormiu inquieto àquela noite. Antes do galo cantar, já estava de pé.

Deixou Crisante adormecida e foi até o jardim. Não sentia apetite e era cedo demais para ir às termas. Sentou-se em um banco de pedra. À luz baça que precedia o alvorecer, tudo ao redor era indistinto. A casa se encontrava silenciosa. Até os escravos ainda dormiam, exceto o vigia, que passava a noite acordado, mas devia estar adormecido também. Era uma piada confiar a própria segurança a um vigia que não era vigiado para se ter certeza de que estava vigilante! O vigia de Pedânio dormia enquanto o dono era assassinado.

Fazia muito tempo que Tito não se sentava sozinho, em silêncio, sem nenhuma distração e ninguém ao lado, nem mesmo um escravo um pouco distante, mas pronto para atender seu chamado.

O Senado iria se reunir mais tarde, naquela manhã, após os membros terem tempo de ir às termas se arrumar e vestir as togas ou, mais precisamente, depois de terem sido arrumados e vestidos pelos escravos. Tito decidiu ir à sessão e talvez até participar do debate, algo que raramente fazia.

Se pretendia falar, teria de preparar algumas anotações, pensou. O primeiro impulso foi o de acordar um dos secretários, ditar as ideias e deixar que ele as organizasse; um serviçal velho, chamado Antígono, era bom nessas coisas. Depois, ocorreu a Tito que não seria bom compartilhar alguns temas do discurso, pois a punição dos quatrocentos servos de Pedânio seria o assunto do debate. Que circunstância peculiar, que um senador quisesse ocultar seus pensamentos de um escravo!

Tito pegou uma lâmpada e descobriu uma forma de acendê-la no candeeiro que permanecia queimando a noite inteira. Em seguida, vasculhou o estúdio até encontrar uma tabuleta de cera, um estilo e, franzindo os olhos sob a luz opaca, começou a fazer algumas anotações. Pouco depois, estava com câimbras na mão; não escrevia nada de próprio punho havia muito tempo. Sentia-se também incerto quanto à ortografia de algumas palavras; quando se ditava sempre a um escriba treinado, não era necessário saber escrever.

Redigir algo digno de ser lido no Senado, sem um escravo para transcrever e editar, era um trabalho árduo, percebeu. Todavia, também se entreteve com a tarefa, apagando frases mal-elaboradas, refazendo-as, tendo ideias novas, que precisavam ser inseridas dentro de outras e reformulando a ordem dos argumentos. Sem que sentisse, o dia havia raiado e a casa voltara à vida. Escravos passavam para lá e para cá pelo corredor, alguns surpresos de verem o dono acordado tão cedo. O cheiro da farinha de cereais escapava da cozinha.

De repente, Tito se sentiu faminto e com desejo de comer algo doce. Chamou uma das meninas e lhe disse que trouxesse uma tigela de farinha de cereais quente com mel, tâmaras e pinhões.

— Você sabe como eu gosto — disse ele.

Após o desjejum, chamou o séquito habitual de escravos e se dirigiu às termas. Em geral, frequentava um estabelecimento no declive do Aventino, em cima do Circo Máximo. O lugar era antigo e pequeno, ventoso um pouco, mas convenientemente próximo de casa. Naquele dia, porém, Tito decidiu ir às termas de Agripa. Queria um pouco de luxo e exibição e aquele local sempre fornecia isso. Também, havia bastante espaço nas galerias para se trabalhar um pouco, caso quisesse aprimorar mais as anotações.

Essas termas ficavam no Campo de Marte, a uma boa distância da residência. Ele considerou a hipótese de tomar um sedã ou uma liteira, mas decidiu ir caminhando. Tito não desejava se tornar um daqueles indivíduos afeminados, que nunca saíam de casa sem serem carregados por escravos.

Enquanto seguia pelos mercados ao longo do Tibre e, depois, pelas vizinhanças movimentadas do Circo Flamínio e do teatro de Pompeu, pareceu-lhe que uma multidão seguia para o outro lado, na direção do Fórum, e todos se mostravam muito sérios. Havia algo no ar, uma atmosfera de tensão. Seus guarda-costas também notaram. Tito os viu se aproximarem uns dos outros, olhando para um lado e para o outro com atenção redobrada.

Tito não entendeu o que acontecia e esqueceu tudo ao chegar às termas. Nunca cansava de se maravilhar com a beleza grandiosa do lugar, com os tetos altos, as esplêndidas colunas de mármore, as galerias com pinturas e estátuas famosas. O luxo da piscina quente, da fria, da morna e, depois, de uma massagem completa o rejuvenesceriam após uma noite de inquietação. Ele ficou observando por um instante os banhistas na longa piscina, apertando os olhos diante do brilho do sol da manhã, refletido pela água, e sentindo o calor no rosto. Mordiscou um pouco de figos e amêndoas secas e bebericou uma taça de vinho com bastante água, esquecendo todas as preocupações por um momento. Esqueceu até o discurso e não trabalhou mais nas anotações. Quando estava finalmente pronto para que lhe vestissem a toga, viu no relógio de sol, ao lado da piscina, que, caso não se apressasse, se atrasaria para a tomada dos auspícios — que dessa vez não lhe cabia — e para a abertura do dia de trabalho no Senado.

Decidiu chamar um sedã e disse aos carregadores para irem a passos rápidos. Os guarda-costas trotavam ao lado, mas os outros escravos ficaram um pouco para trás; eles os alcançariam e aguardariam do lado de fora do Senado, no caso de Tito precisar deles. A corrida foi tão suave que ele conseguiu pegar a tabuleta de cera e revisar as anotações. Tomar um sedã não era nenhum excesso de complacência, chegou à conclusão, se o tempo fosse utilizado para se trabalhar um pouco.

Os carregadores pegaram o caminho mais direto, entre o lado norte do monte Capitolino e o Templo de Vênus, construído pelo Divino Júlio. Antes que Tito se desse conta, já estavam se aproximando dos fundos do Senado. Ele desviou os olhos das anotações, distraído por um ruído estranho que vinha da direção do Fórum: parecia o mar bramindo ou uma multidão no Circo Máximo. Quando o sedã contornou a esquina, Tito viu algo que jamais testemunhara antes: uma multidão ocupava toda a área diante dos degraus do Senado. Havia centenas, talvez milhares. Não existia nenhuma razão para que estivessem ali; não era nenhuma festividade nem de qualquer cerimônia pública que necessitasse de sua participação. O que aquelas pessoas estavam fazendo ali?

O sedã parou em uma das extremidades dos degraus. Suspendendo a barra da toga, Tito subiu e depois se virou para ver melhor a multidão, composta, em sua maioria, de homens do povo, desgrenhados e vestindo túnicas de cor parda — o populacho de Roma. Ele observou os rostos. Não pareciam felizes. Alguns davam a impressão de estarem bêbados, mas isso era inevitável em qualquer aglomeração grande. Outros se encontravam divididos em grupos menores, conversando entre si ou escutando algum orador. Sobre o que falariam? Por que pareciam estar com tanta raiva e tão agitados?

Tito jogou algumas moedas para os carregadores do sedã, que desapareceram de imediato.

— Esperem por mim aqui, neste lugar — avisou aos guarda-costas, sentindo uma inquietação incomum.

Em geral, permitia que eles perambulassem em torno do Fórum, enquanto estava no Senado, como cães soltos da coleira, mas naquele dia queria ter certeza de encontrá-los mais tarde exatamente ali.

Continuando a subir os degraus, encontrou um companheiro senador, Gaio Cássio Longino. No tempo de Cláudio, como governador da Síria, Cássio juntara uma grande fortuna. Seus comentários eruditos sobre a lei o haviam estabelecido como o principal perito do Senado em todas as questões judiciais. Ainda assim, Tito nunca esqueceria que o ancestral e homônimo de Cássio havia sido um dos assassinos do Divino Júlio. Sua visão começara a falhar; muitas vezes estava de mau humor e aquele dia não era uma exceção. Tito, que possuía muito menos tempo de Senado, em geral, teria feito um cumprimento de cabeça e nada mais, porém não resistiu a lhe perguntar se sabia algo sobre aquela multidão diante do Senado.

Cássio fitou a aglomeração, apertando os olhos e franzindo o cenho.

— Estão aqui para pedir piedade por aqueles escravos — respondeu ele.

— É mesmo? Em tão grande número!

— Sim? Então é uma bênção eu não os enxergar direito. Disseram-me que estão chegando desde cedo pela manhã e a cada momento vêm mais. Nossos ancestrais assistiam a esse tipo de coisa o tempo inteiro... Multidões reunindo-se para protestar no Fórum toda vez que havia um debate no Senado. Às vezes, provocavam distúrbios. Outras, era assim o dia todo durante a República, especialmente no fim. Dá para imaginar o caos?

Tito olhou para a plebe. Então essa era uma multidão romana dos tempos antigos!

— Eles parecem descontentes, mas não se comportam mal.

— Ainda não! — declarou Cássio, estremecendo. — O que acho alarmante é a razão de estarem aqui. Quando os ancestrais deles bateram na cabeça de alguns patrícios por causa dos direitos dos plebeus; ou quando se rebelaram por ordem dos irmãos Graco, para ajudar os pequenos proprietários de terra; ou até quando atearam fogo no Senado depois que Clódio, o incitador de ralés, foi morto; ao menos lutavam pelos próprios interesses como cidadãos. Mas essa mistura vergonhosa de libertos e cidadãos está aqui a fim de defender benefícios para os escravos. É revoltante! Imagine se durante a revolta de Espártaco a plebe tivesse se reunido para dizer ao Senado "Parem o que estão fazendo! Talvez esse gladiador tenha razão!".

— Não é exatamente o mesmo — comentou Tito, com cautela.

— Não? Lei é lei, e essas pessoas estão aqui para cuspir na lei por causa de escravos! Nero devia mandar chamar os pretorianos e atirá-los todos no Tibre.

— Acho que são tantos que não daria — retrucou Tito.

De fato, fora do Circo Máximo, ele nunca vira semelhante aglomeração. Estaria imaginando ou a multidão se tornara mais incontrolável nos últimos instantes? Ele segurou as dobras da toga e subiu correndo os degraus que faltavam.

Chegou a tempo de se juntar aos companheiros senadores no lotado pórtico, para realizar os auspícios. Foram favoráveis, embora Tito achasse que o áugure estivesse sendo muito generoso ao interpretar o voo de um corvo. Depois, os senadores entraram em fila, parando para acender um pouco de incenso e dizer uma prece no Altar da Vitória, antes de ocuparem as fileiras de assentos, que se defrontavam ao longo da grande câmara. Havia um comparecimento maciço. Tito calculou que deviam ter mais de duzentos senadores presentes.

Após todos se sentarem, Nero chegou. Seguido por Sêneca e uma escolta de escribas e secretários, ele atravessou toda a extensão do salão e se sentou na cadeira sobre o estrado, na outra extremidade. Tito achou que o jovem imperador não havia caminhado com a autoconfiança habitual; teria a visão da multidão lá fora o perturbado tanto quanto aos senadores? Reparou também na aparência de Nero, que deixara crescer a barba ou, pelo menos, uma barba parcial; algo inédito para um imperador. Os pelos foram raspados a fim de deixar apenas aqueles abaixo da mandíbula, ao passo que as bochechas e o queixo se encontravam escanhoados. O efeito era proporcionar uma moldura dourada para o rosto quadrado.

Mais impressionante ainda era o traje do imperador. Desde a morte de Agripina, a forma de se vestir de Nero se tornara mais excêntrica. Naquela ocasião, ostentava os tons habituais, dourado e púrpura, porém o traje não era uma toga e sim uma veste para se usar em casa à noite e, nos pés, via-se o que pareciam mais chinelos que sapatos, de fato.

A vestimenta deixava grande parte de seus braços nus. Tito notou que o bracelete de ouro, envolvendo a pele de cobra da sorte, que Nero sempre usara para agradar a mãe, havia desaparecido. Após a morte de Agripina, ele tinha declarado que não mais suportava o toque do bracelete na pele; na verdade, não aguentava sequer olhá-lo e o atirara no mar, do terraço da propriedade, em Baiae. *O imperador não tem mais seu amuleto*, pensou Tito, *e nem eu*, desejando, como sempre fazia, possuir ainda o *fascinum* dos antepassados. Justo naquele dia precisava de bastante sorte.

As formalidades preliminares do Senado foram logo dispensadas, a fim de que os membros tratassem de imediato a questão premente do assassinato de Lúcio Pedânio Secundo e da punição dos escravos. Os fatos do caso foram lidos em voz alta por um escriba. A entonação do homem, mesmo ao relatar os detalhes mais lascivos, era completamente sem emoção, no entanto, em vários pontos, alguns senadores emitiram ruídos descorteses e zombeteiros. Ser morto por um escravo era chocante mas também vergonhoso, e, sob aquelas circunstâncias — por causa de uma rivalidade por outro criado —, era motivo de escândalo. Se Pedânio tivesse escapado da morte, teria se tornado objeto de zombaria. Porém, fora vítima do crime mais assustador possível, um ato deliberado de violência, perpetrado em sua casa por alguém que lhe pertencia.

Os textos das leis relevantes foram, então, lidos em voz alta. Os estatutos eram exatamente como Tito se lembrava e havia recitado ao irmão, no dia anterior. Se um escravo matava o dono, todos os outros da casa tinham de ser interrogados, sob tortura, e castigados com a morte, sem exceção. Os quatrocentos já haviam sido ouvidos. Agora, encontravam-se confinados, sob vigilância, na residência de Pedânio, aguardando a sentença do Senado.

Enquanto isso, em preparação para as iminentes execuções, cruzes eram erguidas ao longo da Via Ápia, fora da cidade.

Nero, sobre seu estrado, nada dizia e apenas observava os procedimentos, como muitas vezes fazia quando o Senado tratava de assuntos de rotina.

Os membros foram convidados a se levantar e a tratar da questão em pauta: em uma ocasião como aquela, a lei deveria ser cumprida por completo e ao pé da letra, sem correção nem brandura?

Sem esperarem ser chamados, muitos senadores simplesmente berraram suas opiniões e um clamor geral tomou conta do salão. Tito ouviu gritos de "Matem-nos todos agora, já!" e "Lei é lei!". Contudo, percebeu também algumas vozes clamando "É muita severidade!", "Compaixão!" e "Tem de haver exceções!".

Nero tapou os ouvidos, como se a cacofonia lhe causasse dor, e fez um sinal a Sêneca, que deu um passo à frente e pediu ordem.

— Alguém deseja falar formalmente em favor da anulação ou abrandamento da pena?

Houve um tumulto no salão, muitos olhando uns para os outros, porém ninguém ficou de pé. Sêneca já estava abrindo a boca para falar novamente quando Tito pigarreou bem alto e se levantou.

Sêneca o olhou surpreso.

— Deseja falar, senador Pinário?

— Sim.

Todos os olhos se voltaram para Tito. Seu rosto ficou vermelho. Sentia-se tonto. As palmas das mãos ficaram úmidas. Se não tomasse cuidado, a tabuleta de cera contendo as anotações escaparia de suas mãos...

Percebeu então que elas estavam vazias. A tabuleta! Onde estava? Tito olhou em volta e não a viu. Estava com ela antes, durante a tomada dos auspícios? Não conseguia se lembrar. Poderia tê-la deixado no sedã alugado? Sentia-se inteiramente perdido. Enquanto isso, os olhos do Senado inteiro estavam fixos nele. O recinto se encontrava em completo silêncio.

Ele teria ou de se sentar sem dizer palavra, e parecer um idiota completo, ou falar sem as anotações. Seria capaz? Tito as havia lido com tanta atenção que poderia se lembrar ao menos dos pontos principais, se não de todas as frases elegantes que elaborara com tanto cuidado. Limpou a garganta novamente e respirou bem fundo.

— César — começou ele, balançando a cabeça para Nero —, e meus estimados companheiros senadores, estamos todos cientes da multidão que se reuniu diante de nossa porta da frente. Devo dizer que foi para mim uma surpresa quando cheguei aqui. Acredito que tenha sido uma surpresa para todos nós. Eu nunca havia visto algo assim, e vocês?

— Não, mas também nunca vi um rebanho de girafas — gritou um dos senadores. — O que as duas coisas têm a ver com a lei? — O aparte foi recebido com gargalhadas aqui e ali e alguns gritos de "Ouçam, ouçam!".

— Muito bem — disse Tito, sentindo-se confuso —, houve um tempo em que o povo possuía a própria assembleia e alguma influência na feitura das leis... — Ele percebeu que estava se afastando dos tópicos das anotações.

— Que conversa é essa? — berrou alguém.

— Uma conversa subversiva! — gritou outro. — Para incitar a plebe!

Tito ergueu as mãos para abafar o clamor.

— Só estou dizendo que algo agitou todas essas pessoas. Cada um de vocês nesta câmara também está agitado. Talvez devêssemos ao menos expor o caso dos que estão pedindo piedade, a fim de que possamos examinar os argumentos de forma clara.

Isso era melhor, pensou ele, sentindo que havia acalmado os ouvintes e recuperado toda a atenção. Observou que um escriba anotava suas palavras, usando sem dúvida a taquigrafia, inventada, como todos sabiam, pelo secretário de Cícero, Tiro.

— Em virtude das circunstâncias desse crime atroz — continuou Tito —, quem duvida que a grande maioria dos escravos na casa de Pedânio é completamente inocente de qualquer delito? Esse parece ser um crime passional e não uma conspiração envolvendo outros empregados e maturada ao longo do tempo. A menos que algum deles estivesse no próprio quarto ou, ao menos, perto o bastante para ouvir o que estava acontecendo, como poderia esse escravo ter de alguma forma impedido o crime? E tem também o fato de que em uma casa tão grande, com quatrocentos ou mais serviçais, muitos devem ser velhos e enfermos, ou jovens e frágeis, ou mulheres, algumas das quais poderiam estar grávidas. Será que todos eles devem morrer, apesar de sua inocência? E se houvesse escravos cegos? Ou surdos-mudos?

— E se tivesse algum escravo cego, surdo *e* mudo? — gritou alguém.

— Então vamos condená-lo à morte, é claro, visto que não serve para ninguém! — berrou outro, provocando uma onda de gargalhadas.

— A menos que seja belo como o menino com quem Pedânio estava transando — acrescentou alguém, indo longe demais.

Esse senador recebeu vaias e olhares indignados.

— Senadores! — gritou Tito, tentando recuperar a atenção. — Já me perguntei por que esse processo provocou uma reação tão sem precedentes em tantos cidadãos comuns. Acho que sei algumas das razões. Primeiro, não há um crime como esse em nossa memória recente nem a perspectiva de um massacre de escravos em escala tão grandiosa, pelo menos, não aqui, em Roma. Se esses crimes aconteceram e essas punições gigantescas foram levadas a cabo, deve ter sido em alguma fazenda ou casa de campo, onde os escravos fossem desconhecidos de todos fora da própria moradia. Mas a casa de que estamos falando é diferente. Eles residem aqui, na cidade onde moram, trabalham e se locomovem livremente. Esses escravos devem ser conhecidos não só de outros companheiros escravos, de outras casas, mas também de lojistas, artesãos e todo tipo de cidadão com quem se relacionem. Alguns são meninos de recados e mensageiros; outros, costureiros e cabeleireiros; outros mais, cozinheiros e faxineiros. Há os que são guarda-livros e escribas, altamente educados, e escravos valiosos, que merecem um pouco de respeito. Têm aqueles que já estão na idade de morrer; os recém-nascidos, apenas começando a vida; os que se encontram no auge dela, na plenitude de sua utilidade e valor. Há servas grávidas, prontas a gerar novas vidas. Essas vítimas da lei não são uma multidão sem rosto, mas seres humanos, conhecidos de seus vizinhos, de maneira que não podemos nos surpreender se estão murmurando por toda a cidade que a lei é severa demais. Quando há um clamor como esse, mesmo aqui no Senado, não se pode fazer uma exceção à lei?

Bem, não foi tão difícil assim, pensou Tito. Ele se sentia muito satisfeito consigo. Fantasiava que naquele momento toda a câmara explodiria em aplausos, mesmo os oponentes admirariam sua coragem de tomar uma posição. Em vez disso, após uns poucos gritos de "Ouçam! Ouçam!" e alguns murmúrios espalhados de concordância, o fim do discurso foi saudado por um silêncio tão profundo quanto aquele que o precedeu.

Gaio Cássio Longino se levantou para falar.

— César e estimados colegas senadores, muitas vezes estive presente nesta assembleia quando foram feitos pedidos de alteração, diluição ou eliminação total dos costumes e leis de nossos ancestrais. Em todos os casos, as mudanças foram para pior. Sim, em todos eles as leis feitas por nossos ancestrais eram superiores às inovações propostas para substituí-las. No entanto, frequentemente fiquei de boca fechada e deixei a maioria fazer as coisas a seu modo, não querendo ficar conhecido como um baluarte da lei, que se torna cansativo ao exaltar sempre o precedente dos antigos. Eu estava guardando minha munição, se assim o desejarem, para um momento quando minha voz fosse de fato necessária, a fim de impedir que o Estado cometesse um erro terrível. O momento chegou!

"Um ex-cônsul foi deliberadamente assassinado em casa por um dos próprios escravos. Nenhum deles fez qualquer coisa para impedir o crime, embora a lei seja clara que esse é seu dever. Votem para poupá-los, se desejarem. Mas, se o prefeito de uma cidade não se encontra a salvo dentro da própria moradia, quem de nós estará? Quem terá escravos suficientes para protegê-lo, se os quatrocentos de Pedânio não foram o bastante? Quem pode contar com a ajuda de um serviçal, se mesmo a ameaça de morte não é o bastante para fazer com que ele o ajude?

"Fiquei sentado aqui em silêncio, escutando a relação dos 'fatos' dessa questão, que imputam vários comportamentos indecorosos por parte de Pedânio. Pergunto a vocês, considerando-se que o morto não pode mais falar por si, como e de quem esses 'fatos' foram obtidos? Dos dois escravos presentes a sua morte, naturalmente... O próprio assassino e seu jovem amante. Não há dúvidas de que essa 'prova' foi recolhida como prescreve a lei, sob tortura, mas acho que podemos descartar a história deles como uma invenção completa, criada para manchar o nome da vítima e despertar simpatia por eles. A próxima coisa que ouviremos é que esse assassinato foi um homicídio justificável e que Pedânio teve o que mereceu! Estão jogando poeira em nossos olhos, senadores, e não é por um advogado experiente, mas por escravos. Que vergonha!

"Também ouvimos o argumento de que os outros empregados da casa não tinham como saber que o dono estava sendo ameaçado. Não acredito nisso nem por um instante. Vocês acham seriamente que um escravo conspirou para matar o dono sem ter pronunciado uma única palavra imprudente ou ameaçadora, de antemão, para alguém da casa? Mesmo que esse amante ciumento e insano tenha se mantido calado a respeito de suas intenções, como conseguiu uma faca sem que ninguém notasse e questionasse o possível uso? Como adentrou o quarto do amo, passando pelo vigia e carregando uma lâmpada, prestem atenção, sem que ninguém visse?

"Vocês podem dizer que, mesmo que alguns dos escravos tenham suspeitado que o dono se encontrava em perigo, a maioria com certeza desconhecia o fato. Talvez. Mas digo que todos daquela casa, seja qual for o grau de cumplicidade, estão irrevogavelmente contaminados pelo crime. Mesmo alguém que tenha nascido na residência naquela manhã está contaminado e deve ser destruído, como um cão raivoso. Imaginem um escravo crescendo, sabendo que seu primeiro dono foi brutalmente assassinado por alguém de sua casta e que outros iguais a ele não foram punidos. Teria esse escravo um entendimento pleno de sua condição no mundo e do respeito imutável que deve ao amo? Vocês gostariam de ter esse escravo em suas casas, crescendo com o conhecimento de que um antigo dono foi assassinado, espalhando isso para os outros? Acredito que não!

"Alguns de vocês agem como se deparassem com um crime desses pela primeira vez e devêssemos chegar a uma decisão importante nunca tomada antes. Mesmo que um crime semelhante tenha ocorrido no passado, como argumentado, esse caso é de alguma forma único e requer nossa consideração especial. Bobagem! Não há nada de novo aqui, nenhuma situação inédita ou sem precedentes que deva ser debatida e resolvida. Nossos ancestrais viram situações não muito diferentes dessa, lidaram com elas da melhor maneira possível e legaram seu precedente a nós. Serão vocês tão mal-agradecidos a ponto de desprezar esse presente? Serão tão vaidosos que se consideram mais sábios que eles?

"Nossos ancestrais não confiavam nos escravos, embora estes últimos nascessem na mesma propriedade, às vezes até na mesma casa, que os donos. A familiaridade de toda uma vida não reduzia as suspeitas ou os induzia a tratar esses servos com mais leniência. A situação que enfrentamos hoje é muito mais perigosa. Atualmente, nossas grandes casas estão repletas de escravos do mundo inteiro, que falam vários idiomas... Quem sabe o que eles dizem por nossas costas? Praticam religiões diferentes... ou não têm nenhuma. Formam grupos entre si e aderem a cultos estrangeiros e secretos sem nosso conhecimento. Temos de ficar de guarda dentro de casa, mais que nunca agora. A única maneira de se lidar com essa plebe misturada é através da intimidação e de uma conformidade total à lei.

"Inocentes morrerão, vocês dizem. Mas a lei já reconheceu há muito que o sofrimento individual é justificado pelo benefício de todos. Quando uma legião romana sofre uma derrota e dez homens são abatidos a golpe de clava pela vergonha, os corajosos morrem junto dos covardes, mas, por meio dessas medidas tão severas, nossos ancestrais construíram exércitos que conquistaram o mundo. Esses mesmos ancestrais nos deram as leis que discutimos hoje. Pensem bem e com afinco antes de banalizá-las. Descartem a lei e quem sabe que terríveis consequências se seguirão. Mantenham a lei e seus filhos dormirão com mais segurança em suas camas esta noite."

Tito havia sonhado com uma ovação calorosa, mas foi Cássio quem a recebeu. Em meio a gritos e aplausos, ele ouviu um senador próximo comentar com outro:

— Por isso Cássio é o maior jurista vivo!

— O mais consumado mestre da lei desde Cícero — acrescentou o companheiro.

Réplicas foram solicitadas, mas ninguém ficou de pé.

O Senado concordou em dividir a câmara. Aqueles a favor de manter a lei, sem abrandamentos, deveriam se sentar à direita do imperador; os que desejavam criar exceções, à esquerda.

Tito, que já se encontrava à esquerda de Nero, permaneceu onde estava. Os senadores cujos comentários ele havia acabado de ouvir se levantaram de imediato e atravessaram a câmara, como fez Cássio, cuja visão falha o levou a buscar assistência; diversos admiradores correram para obter o privilégio de ajudá-lo. Houve um bocado de movimentação, para lá e para cá, com grupos de senadores parados no meio do salão, empenhados em discussões de última hora.

Tito se divertia vendo que senadores permaneciam, como sempre, indecisos até o último momento possível, de pé no meio da câmara e olhando ansiosamente de um lado para o outro, a fim de observar qual era a tendência de voto. Eram sempre os mesmos, aqueles que não possuíam opinião própria e votavam, invariavelmente, com a maioria, assim que conseguiam detectar de que lado ela estava.

Quando todos por fim se acomodaram, não houve necessidade de contagem. Embora um número considerável de senadores tenha votado em favor da leniência — muito mais que Tito esperara após o discurso entusiástico de Cássio —, a maioria clara ficou a favor da lei. Sem exceção, todos os escravos da casa de Pedânio foram condenados à morte por crucificação. Os preparativos já haviam sido feitos e a sentença seria executada naquele mesmo dia.

Nero permanecera fora da discussão. Tinha a prerrogativa de falar quando quisesse, mas, embora tivesse escutado com atenção, não dissera nada. Todavia, após o encerramento formal da sessão e os senadores começarem a se levantar dos assentos, um mensageiro correu até o estrado e sussurrou algo no ouvido do imperador, então Nero se pôs de pé.

Sêneca bateu com um cajado no chão. Todos os olhares se voltaram para o imperador.

— Senadores — chamou ele —, fui informado de que a multidão lá fora se tornou mais numerosa, muitos estão agora brandindo tochas e clavas. Parece que já foram informados sobre sua decisão e não estão contentes.

— Mas o anúncio sequer foi feito ainda — retrucou um senador próximo a Tito. — Quem contou a eles?

— Provavelmente algum escravo imperial — respondeu outro. — Eles estão constantemente correndo para dentro e para fora da câmara.

Os gritos vindos do Fórum eram audíveis, mesmo com as portas de bronze do Senado fechadas. Ao serem abertas, com as gigantescas dobradiças girando devagar, o clamor abafado do lado de fora se transformou em um bramido.

Tito seguiu os outros senadores até o pórtico e ficou chocado com o que viu.

A multidão se tornara muito maior. O Fórum era um mar de faces enfurecidas aos berros. Havia homens junto a estátuas, sobre os pedestais, nos degraus e pórticos de todos os edifícios à vista. A aglomeração já havia ultrapassado a venerada plataforma dos oradores, a Rostra, onde manifestantes balançando tochas estavam sentados como cavaleiros sobre as famosas proas de navio que se projetavam por cima da multidão.

Diante da visão dos senadores emergindo do Senado, o ajuntamento se moveu para a frente, precipitando-se até a metade dos degraus, antes que a guarda pretoriana de Nero formasse um cordão para detê-lo. Eles gritavam, balançavam o punho e brandiam clavas. Alguns, mais atrás, ousavam atirar pedras nos pretorianos, que levantaram os escudos para se proteger. O ruído era ensurdecedor.

Tito examinava ansiosamente a multidão e ficou aliviado ao ver que seus guarda-costas encontravam-se exatamente onde os deixara. Entretanto, não pretendia se juntar a eles ainda; não tinha a intenção de passar pelo meio daquela plebe tão enfurecida. Foi um dia triste, no qual vestir uma toga de senador, no coração de Roma, fazia um homem se sentir um alvo!

— Isso é uma loucura — murmurou ele.

— Esse é exatamente o tipo de comportamento que um discurso como o seu incita — disse o senador Cássio, aproximando-se dele.

— Que absurdo! — exclamou Tito. — Essas pessoas não estavam presentes na câmara para ouvir meu discurso.

— Nem estavam para ver o resultado da votação; ainda assim, ficaram sabendo bem rápido. Os escravos falam. E saber que há senadores simpatizantes de sua causa, que na verdade desejam defendê-la no Senado, mesmo que de forma temerária, só os encoraja a pensar que podem obter o que querem com agitação.

— E o que pode ser feito? — perguntou Tito.

— Como essa plebe não tem a autodisciplina de seus superiores, só pode ser dispersada pela força.

Aparentemente, Nero pensava de outra forma. Enquanto os senadores continuavam a se acotovelar no pórtico, sem ver uma forma segura de sair, um arauto imperial cruzou suas fileiras e tomou posição no alto dos degraus. Ele tocou repetidamente uma espécie de corneta, até a turba ficar silenciosa o suficiente para ouvi-lo.

Esses arautos eram escolhidos pela voz ressoante. Aquele era capaz de projetá-la o suficiente para atravessar o amplo espaço e fazer com que as palavras ecoassem pelos edifícios ao longo do caminho:

— Cidadãos, César acaba de promulgar um édito! Escutem bem!

Em meio ao silêncio, ouviram-se gritos de "Nero! Nero terá compaixão! César vai nos salvar da injustiça do Senado!".

Seria possível uma coisa daquelas? Nero tinha poderes para suplantar o Senado em muitos assuntos, mas escolheria ele fazer isso justo naquela ocasião? Nos velhos tempos da cidade, quando Roma era governada por reis, contava-se que os monarcas ficavam muitas vezes do lado do povo contra os nobres ricos. Os reis tinham razões para temer tanto a nobreza quanto o povo, de forma que eram aliados naturais.

Aproveitaria Nero essa oportunidade para estender a mão ao povo, ignorando a decisão do Senado e tornando-se o herói da plebe? Estaria ele em condições de desprezar a lei e fazer tantos inimigos políticos?

Quando o arauto falou, as esperanças da multidão foram por água abaixo.

— O Senado debateu a questão que preocupa vocês e chegou a sua conclusão. A lei será mantida. A sentença, executada. César os reprova por esta conduta imprópria e ameaçadora. Esta aglomeração é declarada ilegal. Vocês têm ordens para se dispersar imediatamente!

A turba reagiu com uivos de protestos. Mais pedras foram atiradas. Algumas chegaram perto do arauto, que se retirou prontamente.

Mais tochas acesas foram passadas pela multidão. A visão de tantas chamas era alarmante. O que aquelas pessoas estavam pensando, usar o fogo como ameaça? Uma flama acesa era uma força incontrolável; o fogo varreria qualquer lugar, destruiria qualquer coisa se não fosse contido. Nos últimos anos da República, o Senado havia sido incinerado por uma multidão enfurecida. O Divino Augusto a reconstruíra com grande esplendor. Seria ela queimada novamente agora?

Examinando a multidão, Tito viu de repente um rosto familiar. Os pelos de sua nuca se arrepiaram. Era Késio. O irmão fazia parte da turba. Não um simples participante, mas uma espécie de líder! Brandia uma tocha na frente dos pretorianos, que protegiam os degraus do Senado, agitando o outro braço e gritando para encorajar aqueles ao redor.

Tito balançou a cabeça. Da mesma forma que havia alimentado a falsa esperança de receber o elogio dos companheiros senadores por ter pronunciado um belo discurso, estivera ansioso para contar a Késio sobre o feito, deixando o irmão saber que, afinal de contas, não era um homem sem sentimentos. Na verdade, fizera algo muito corajoso, especialmente considerando-se sua posição na sociedade. Que mudança teria sido receber um pouco de aprovação e até de elogios por parte de Késio! Porém, ali estava ele, estragando tudo, como sempre, não apenas tomando parte no protesto como também berrando mais alto que todos e dando um espetáculo. Tito se retraiu; e se algum dos companheiros notasse o irmão na turba, desse uma boa olhada nele e, apesar da barba desgrenhada e dos olhos arregalados, observasse a semelhança com Tito e percebesse de quem se tratava? Se os outros senadores soubessem que seu gêmeo era um dos líderes da plebe, Tito ficaria mortificado.

De repente, o irmão olhou de volta para ele. A reação ao vê-lo foi exatamente igual a de Tito. Empalideceu, pareceu chocado e estarrecido; depois, desgostoso e irritado. Os gêmeos se encararam por um longo tempo, como se estivessem olhando para um espelho distorcido. Então, como nenhum dos dois suportava ver o outro por mais um segundo, no mesmo instante desviaram o olhar.

Logo, o som de pés marchando ecoou pelo Fórum. Ao fracassar em reprimir a multidão com seu édito, Nero havia convocado mais pretorianos da guarnição que ficava fora da cidade. Quando as fileiras de soldados com rosto fechado convergiram, desembainhando as espadas, muitos na multidão entraram em pânico e fugiram imediatamente. Outros recuaram com relutância, atirando pedras enquanto se retiravam. Uns poucos ousaram enfrentar os pretorianos, empunhando clavas e tochas.

Tito procurou por Késio, mas ele havia desaparecido na multidão agitada.

Com o propósito de reforçar os pretorianos, Nero também mandou chamar as vigílias, tropas de bombeiros treinados, organizadas por Augusto. Elas também atuavam como sentinelas noturnos e às vezes prendiam escravos fugitivos. Usavam elmos de couro, em vez de chapas blindadas, carregando picaretas e não espadas. Contudo, sua disciplina os tornava superiores aos tendeiros e trabalhadores da multidão.

Algumas cabeças foram atingidas, derramando sangue, mas logo a turba se dispersou. Enquanto as vigílias extinguiam as tochas abandonadas, espalhadas ao redor do Fórum, os pretorianos se reagrupavam e se dirigiam à casa de Pedânio, onde os escravos eram mantidos sob guarda.

Em uma hora, os escravos foram conduzidos ao local da execução, fora da cidade, com a guarda pretoriana enfileirada ao longo de todo o caminho, a fim de evitar qualquer interferência. Normalmente, as crucificações eram um acontecimento público — quanto maior a multidão, melhor, para haver uma edificação moral —, mas, quando os escravos passaram para fora das muralhas, os pretorianos fecharam o Portão Apiano e desviaram todo o tráfego da Via Ápia.

As crucificações foram realizadas sem espectadores. O trabalho levou um dia e uma noite.

Na manhã seguinte, com a guarda pretoriana ainda patrulhando a área, o Portão Apiano e a Via Ápia foram reabertos ao tráfego. Para os viajantes que chegavam do sul, a primeira visão das cercanias da cidade era a exibição pavorosa da justiça romana, que se estendia pela estrada. Do interior das muralhas, um fluxo constante de cidadãos vinha assistir ao destino dos quatrocentos escravos de Pedânio. Alguns observavam admirados, sem palavras; outros murmuravam palavras de ódio; e havia ainda os que choravam.

Os corpos crucificados permaneceram em exibição durante muitos dias. A maior parte dos senadores encontrou tempo para ir lá e ver sua obra, inclusive Gaio Cássio Longino, que amaldiçoou a vista ruim, que o impedia de contemplar todo o esplendor da justiça romana.

Tito Pinário não foi ver as crucificações. Ele tentava esquecer tudo que havia acontecido naquele dia terrível no Senado.

64 D.C.

Antes do amanhecer de uma manhã cálida, no mês do Divino Júlio, em sua casa no monte Aventino, Tito Pinário despertou sentindo cheiro de fumaça.

— Hilário! — chamou.

Crisante se mexeu ao seu lado.

— O que está acontecendo?

— Tenho certeza de que não é nada, minha querida. Volte a dormir.

O jovem Hilário apareceu à porta. O ex-porteiro havia se tornado um dos criados favoritos de Tito; por isso o chamara pelo nome, em vez de simplesmente bater palmas, atraindo a atenção do escravo mais próximo.

Ao longo dos últimos três anos — desde o caso Pedânio —, Tito havia feito questão de olhar para os escravos e aprender a diferenciá-los, prestando atenção às suas idiossincrasias e até aprendendo seus nomes. Todos os donos de escravos em Roma passaram a observar melhor os serviçais, na esteira do assassinato de Pedânio. Tito tomara a decisão consciente de tratá-los com mais cuidado. Dizia a si mesmo que aquilo não era um sinal de que estava se abrandando com a idade (tinha somente 46 anos, afinal de contas); mas apenas sendo prudente. Um cavalo ou cão bem-tratados não retornavam o investimento de generosidade do dono, proporcionando serviços melhores e mais longos? Por que não seria assim com aqueles de quem era dono?

Entre seus escravos, Tito havia prestado atenção especial a Hilário. O jovem não só era apresentável, agradável de ver e sempre bem-arrumado, como também tinha um pensamento rápido, sendo misteriosamente destro em antecipar as necessidades do amo. Tito começara a chamá-lo por quase qualquer motivo e, assim, ao despertar com o cheiro de fumaça nas narinas, foi o nome de Hilário que veio a seus lábios.

— Sim, amo? — atendeu Hilário, falando em voz baixa, em deferência à dona, que dormia.

— Você está sentindo esse cheiro? — sussurrou Tito.

— Sim, amo. É fumaça. Não vem de dentro da casa. Já acordei outros escravos e verificamos tudo. Não vem de perto também. Mandei dois meninos mensageiros darem uma volta pela vizinhança e eles não viram nenhum sinal de fogo.

— Que alívio! Muito bem, Hilário. Foi bastante responsável de sua parte.

— Obrigado, amo.

— Mesmo assim, há fumaça no ar, definitivamente. Acho que o cheiro está ficando mais forte.

— O senhor está certo, amo.

— Você foi até o telhado?

— Ainda não, amo — respondeu Hilário, desviando o olhar.

O jovem parecia ter medo de altura. Bem, nenhum escravo era perfeito.

— Leve a escada até o jardim — pediu Tito, levantando-se da cama e gemendo enquanto se espreguiçava. — Eu mesmo subo.

Crisante, de olhos fechados, murmurou:

— Deixe que um dos meninos escravos faça isso.

— É melhor não, minha querida. Se há algo para ver, quero ver com os próprios olhos. Mas tenho certeza de que não será nada. Volte a dormir.

Subir a escada, mesmo à luz baça da aurora, não assustava Tito mas sim a possibilidade de escorregar em uma telha solta ou quebrada. Ele pisava com todo o cuidado ao longo do telhado, sentindo um vento seco no rosto, que vinha do leste e trazia o cheiro de fumaça. A luz do sol que apenas nascia sobre as colinas distantes, ao leste, iluminava uma pequena nuvem de fumaça. Ela parecia se elevar da extremidade oposta do Circo Máximo, embaixo, no vale, entre o Palatino e o Aventino. À medida que a nuvem subia, esfiapava-se e era dispersada pelo vento, porém a base era densa e negra. No interior dela, Tito acreditava ver o flamejar de chamas e vestígios de torvelinhos de cinzas.

O que estaria queimando? Havia uma arcada com lojas naquela extremidade do círculo e um grande armazém de tecidos, que Crisante costumava visitar. A queima de lã e linho explicaria um volume tão denso de fumaça erguendo-se de uma área tão pequena. A descoberta da origem das chamas o tranquilizou. O incêndio se localizava muito longe e, sem nenhuma dúvida, as vigílias já deviam estar a caminho para contê-lo.

Que sabedoria e visão o Divino Augusto havia demonstrado quando criou as vigílias! Antes delas, havia apenas brigadas de incêndio particulares na cidade, compostas por escravos alugados pelos donos para extinguir o fogo. Esse sistema nunca funcionara muito bem; os criados tinham pouco incentivo para arriscar as vidas e nem todos estavam em condições de pagar as somas exorbitantes pedidas pelos donos daquelas brigadas. Augusto criou um imposto sobre a venda de escravos, a fim de estabelecer as vigílias, administradas pelo Estado; incumbiu seu treinamento aos militares e induziu os escravos a aceitar aquele perigoso dever, oferecendo-lhes liberdade e cidadania após seis anos de serviço.

Descendo do telhado com cuidado, Tito decidiu começar o dia. Mandaria alguns escravos vigiar o incêndio, mas, a menos que houvesse algum acontecimento inesperado, tentaria simplesmente ignorar o cheiro desagradável. Comeria algo e depois iria se banhar no estabelecimento de costume — mas não, aquela terma estava localizada perto da origem das chamas; então, talvez não fosse uma boa ideia. Mandaria chamar um sedã e iria às Termas de Agripa; no Campo de Marte, o ar estaria quase certamente mais puro. Tito possuía diversas cartas para ditar, endereçadas aos parceiros comerciais de Alexandria, e faria isso melhor após um banho relaxante na piscina quente. Havia ainda algumas providências a serem tomadas para o dia de vestir a toga do jovem Lúcio, que se aproximava. Como era possível que o filho já estivesse com quase 17 anos?

No entanto, mesmo nas Termas de Agripa, o cheiro de fumaça era forte, e todos falavam sobre o incêndio. Tito, que havia visto a origem, escutou tantos rumores obviamente falsos que os descartou. Entretanto, no caminho de volta para casa, viu que o fogo estava produzindo um bocado de fumaça. A nuvem negra preenchia um quarto do céu.

Hilário o recebeu com notícias alarmantes. Longe de ser contido, o incêndio se espalhara para o Circo Máximo, engolindo toda a extremidade leste. As chamas tinham começado a subir a ladeira do Palatino e ameaçavam a residência imperial.

Tito sabia que Nero estava fora de Roma, em sua casa de campo em Antium. Ao menos o imperador se encontrava a salvo.

Ele encontrou Crisante no quarto. Ia lhe dizer que começasse a embalar as joias mais valiosas, mas ela já o estava fazendo. Mandou então Hilário pegar determinada arca no depósito e trazê-la para o vestíbulo, entregando-se ele mesmo à tarefa de começar a retirar as máscaras de cera dos antepassados dos nichos, envolvendo uma a uma em linho e empilhando-as cuidadosamente na arca.

Lúcio apareceu.

— Posso ajudar, pai?

— Claro, filho! — respondeu Tito, feliz em ver que o menino se interessava pelos ancestrais.

Lúcio pegou a máscara de seu homônimo nas mãos. Olhando primeiro a do pai e depois o rosto do filho, Tito sorriu ao ver como o neto se parecia com o avô.

— Vamos deixar a casa, pai?

— Acredito que não chegaremos a isso. Mesmo assim, não faz mal estar preparado.

Tito disse a verdade. Não estava seriamente preocupado, pelo menos, não por enquanto, mas no fundo já havia calculado o tempo que levaria para chegar a casa de campo, do outro lado do Tibre. Em geral, era uma viagem de apenas meio dia, porém as estradas poderiam estar apinhadas de outros que fugiam da cidade.

— Pronto, esse é o último ancestral, cuidadosamente embalado — anunciou ele. — Acho que agora vou sair e dar uma olhada no incêndio.

— Posso ir com você, pai? — indagou Lúcio.

Tito hesitou. Seu impulso foi o de dizer não, mas o filho era quase um homem, afinal de contas. Em algumas famílias, já teria recebido a toga de adulto. Tito não podia mandá-lo ficar em casa com a mãe.

— Claro, filho! Venha comigo e juntos veremos o que há para ser visto.

Levando apenas dois guarda-costas, pai e filho saíram. A fumaça tomava conta do ar, irritando seus olhos e fazendo Tito tossir. As ruas estavam cheias. Alguns pareciam estar cuidando dos negócios normalmente, conversando e até rindo, como se nada de desagradável estivesse acontecendo. Outros se dirigiam para longe do incêndio, rumo ao Tibre, parecendo ansiosos. Gente do povo empurrava carroças, atulhadas com os pobres pertences. Gemendo sob o peso, escravos carregavam liteiras e sedãs, normalmente usados para passageiros, repletos de arcas e objetos preciosos. Uma das cenas mais bizarras era uma liteira dourada, carregada por uma trupe elegantemente vestida de escravos núbios, na qual a passageira era uma estátua de bronze de Afrodite, reclinada. O jovem Lúcio riu alto diante da estranheza daquilo.

Viam-se alguns de joelhos, rezando diante da *Ara Maxima*. Uma multidão havia se reunido às portas do Templo de Fortuna, onde sacerdotes com expressão perturbada tentavam acalmar as mulheres que se lamentavam nos degraus do edifício.

Tito e Lúcio passaram por uma carreta repleta de dezenas de caixas de couro redondas. Não havia dúvida de que as *capsae* continham os valiosos pergaminhos de algum bibliófilo dedicado. Tito sequer havia pensado no que aconteceria com sua pequena biblioteca em caso de incêndio. Teria ele o número suficiente de caixas para pôr tudo dentro, se precisasse levar para um local seguro? Alguns dos livros eram muito antigos e preciosos, como a história de Lívio, presente de Cláudio ao primo Lúcio.

As portas do Circo Máximo estavam abertas e eles entraram, subindo os degraus até a fileira de assentos mais elevada, na curva a extremo oeste. Outros fizeram o mesmo. Era como se fossem espectadores de uma peça, encenada pelo próprio Vulcano. O outro lado do circo parecia um vaso com labaredas, que já chegavam à pista do meio. À esquerda, a maior parte da ladeira do Palatino, acima do Circo, encontrava-se em chamas, inclusive uma pequena seção do complexo imperial. O fogo também engolira a colina mais distante do Aventino. Com um suspiro, Tito percebeu que sua terma local, que pensara em visitar àquela manhã, deveria estar totalmente tomada pelo fogo. Pensou no homenzinho que sempre o saudava à entrada e no menino egípcio, escravo, que lhe fazia massagem e flertava de forma tão escandalosa com os fregueses. Teriam ficado ilhados pelo fogo? E se Tito houvesse ido lá mais cedo, naquela manhã? Ainda estaria vivo?

Um vento quente soprava por toda a extensão do Circo Máximo, deixando os olhos de Tito irritados e enchendo sua boca com gosto de cinzas. Ele limpou o rosto com a mão e viu que os dedos ficaram negros de fuligem.

Tito já vira o bastante e estava pronto para ir, no entanto Lúcio apontou para uma divisão distante de vigílias, que podia ser vista trabalhando no Aventino. Um pequeno grupo de espectadores, dentro do Circo, havia se juntado, debruçando-se sobre o parapeito mais alto das arquibancadas para observá-los.

— Pai, vamos lá ver!

— Temos de voltar. Sua mãe ficará preocupada...

— Mas tem pessoas assistindo. Deve ser seguro. Por favor!

Na verdade, Tito também estava curioso para ver as vigílias em ação. Eles caminharam ao longo do parapeito superior até alcançarem a multidão e não puderam ir mais longe. Era o suficiente; o mais próximo das chamas, na extremidade do Circo, que Tito desejava chegar. Debruçando-se sobre o parapeito, eles tinham uma visão clara das vigílias embaixo.

Chamas haviam acabado de ser vistas no telhado de um edifício, de três andares, do outro lado da rua, em frente ao Circo. As vigílias estavam usando todas as ferramentas para combater o fogo, antes que devorasse a construção. Uma bomba portátil, com um tanque de água, fora empurrada o mais perto possível. Enquanto dois homens miravam o grande bocal de ferro, outros quatro operavam uma bomba-gangorra, que lançava um jato d'água até o telhado da construção. Mais vigílias, pedindo ajuda aos cidadãos, haviam formado uma brigada de baldes, a fim de reabastecer o tanque com água de uma fonte vizinha.

Mais adiante, outro grupo de vigílias tentava demolir uma edificação já engolida pelas chamas. Uma catapulta do tipo usado pelas legiões para arremeter projéteis — essencialmente uma grande balestra com uma catraca, acionada à mão por manivela, a fim de criar a tensão — estava sendo utilizada para lançar ganchos triplos de ferro, presos a correntes. Atirados com uma precisão excepcional, os ganchos aterrissaram dentro das janelas e se mantiveram firmes. Quando cinco deles se encontravam já instalados, as equipes de vigílias agarraram as correntes e puxaram juntas. A parede queimada cedeu e caiu, provocando uma chuva de centelhas. Depois, soltaram-nas, pegaram picaretas e machados e correram para quebrar os escombros caídos.

— O que eles estão fazendo deve ser muito perigoso! — exclamou Lúcio. — Mas olhe, mais acima do monte. Eles estão incendiando mesmo?

Com o prefeito vociferando ordens, algumas vigílias pegavam tições, acendiam-nos nas brasas que ardiam, do edifício demolido, e punham fogo em uma construção térrea, longa e estreita, na periferia do incêndio.

— Acho que isso é o que chamam de aceiro — explicou Tito. — Se eles conseguirem destruir rápido aquele edifício, o espaço criado pode conter o avanço das chamas, ao menos naquela direção.

Lúcio balançou a cabeça, fascinado tanto pelo incêndio quanto pelas técnicas usadas para combatê-lo.

— Posso ingressar nas vigílias um dia?

Tito sorriu e olhou rapidamente em volta, feliz por ninguém na multidão ter escutado. A tradição e a lei diziam que Lúcio era quase um homem, porém ele ainda tinha algumas ideias infantis sobre o mundo.

— As vigílias são formadas por escravos e libertos, Lúcio. Esse tipo de trabalho não é para cidadãos que nasceram livres, nem mesmo aqueles das classes mais baixas.

— Mas quem os comanda? Como aquele homem ali, berrando ordens.

— Homens da ordem equestre têm qualificação para servir como prefeitos das vigílias. Mas nenhum patrício jamais se rebaixaria a um cargo desses. Se você está em busca de aventuras, para um jovem de sua classe social existe sempre a carreira militar...

— Mas soldados não apagam incêndios. Eles queimam cidades propositalmente.

Tito comprimiu os lábios.

— É, às vezes o fogo é uma arma usada pelas legiões. Mas tenho certeza de que as tropas são treinadas para apagar chamas também, quando o inimigo usa o fogo contra nós — atalhou, pensando em um exemplo. — Quando seu antepassado, o Divino Júlio, ficou sitiado com o exército no palácio de Cleópatra, em Alexandria, os egípcios tentaram queimá-lo. Eles puseram fogo em um armazém ao lado da Grande Biblioteca. Imagino que os homens de César foram responsáveis por apagar o incêndio antes que se espalhasse, fora de controle.

Lúcio assentiu pensativo e olhou para as vigílias abaixo.

— Só um grupo de escravos e libertos, então. Mesmo assim, é de admirar a coragem e habilidade deles.

Pouco depois do meio-dia, o vento cessou abruptamente. A fumaça repleta de cinzas se elevava reta no ar, como uma vasta coluna. Graças ao tempo calmo e ao trabalho árduo das vigílias, os incêndios pareciam estar sob controle, ao menos no Aventino.

Tito decidiu não deixar a cidade. Antes de ir para a cama, instruiu Hilário e alguns outros escravos a manterem a guarda durante a noite inteira e despertá-lo imediatamente se fosse preciso.

Naquela noite, ele e Crisante fizeram amor, algo que não ocorria havia muito tempo. Talvez, a atmosfera de crise tivesse excitado a Tito e a ela também, que pareceu se divertir imensamente. O ato aliviou um bocado da tensão e o ajudou a adormecer.

Ele teve um sonho estranho. Interpretava um augúrio no Palatino, porém não havia espectadores; toda a cidade estava vazia. Aguardava a visão de pássaros quando, de repente, uma por uma, todas as nuvens do céu explodiram em chamas, como tufos de lã branca incendiados. As nuvens flamejantes começaram a soltar gotas de fogo, fazendo toda a cidade arder.

Foi quando Crisante e Lúcio o acordaram. Tito se sentou de um salto, encharcado de suor. Tinha dificuldade em respirar e a garganta doía. O ar estava cheio de fumaça.

— Pai, venha até o jardim. Olhe o céu!

Ele seguiu a esposa e o filho, perguntando-se se ainda estaria sonhando, pois, no meio da noite, um céu sem estrelas brilhava, iluminado por um vermelho embotado. Tito subiu a escada até o telhado, com Lúcio atrás. De lá, presenciou uma visão aterrorizante: todo o Circo Máximo estava em chamas. O longo vale entre o Aventino e o Palatino era um lago de fogo. Na verdade, de certo nível para baixo, toda a cidade parecia um mar de labaredas, com as colinas elevando-se como ilhas em meio à conflagração. Mesmo no topo, aqui e ali, ele via focos de incêndio ou o brilho alaranjado das brasas entre os restos calcinados de áreas já queimadas. O complexo imperial, no Palatino, estava quase todo tomado.

— Por que não me despertaram antes? — gritou ele. — Mandei Hilário me acordar imediatamente se o fogo piorasse.

— Estão dizendo que aconteceu muito rápido, pai. Parece que o fogo se espalhou para todo lado ao mesmo tempo...

— Temos de ir embora imediatamente e rezar para não ser tarde demais!

As carretas contendo a arca com as efígies de cera e outros bens, embalados e colocados nelas no dia anterior, foram empurradas para a rua pelos escravos mais fortes. As três filhas mais novas foram acordadas pela mãe. Quando finalmente se aprontaram para partir, estavam todos prestes a entrar em pânico.

Tito chamou os escravos e lhes deu ordens. Todos iriam com a família, cada um deles carregando algo de valor, exceto os dois guarda-costas mais jovens e fortes.

— Vocês dois fiquem aqui o máximo de tempo possível. Se as chamas não atingirem esta rua, a tarefa de vocês será proteger a casa contra saqueadores. Se elas se aproximarem e a vigília chegar aqui para combatê-las, ajudem-nos a salvá-la.

— Mas, amo — disse um dos escravos —, se a casa pegar fogo e não tiver ninguém para nos ajudar e não tivermos outra escolha a não ser fugir?

Tito se deu conta de que os dois escravos não passavam de rapazes, sem estrutura para tomar uma decisão daquelas.

— Hilário ficará com vocês. Ele decide se vocês ficam ou partem. Entenderam? Hilário tem minha autorização para lhes dar ordens quando eu não estiver mais aqui.

Tito olhou para Hilário e sentiu uma pontada estranha de uma emoção desagradável. Seria culpa? Antes que pensasse sobre isso, o escravo deu um passo à frente e tomou-lhe a mão.

— Obrigado, amo, sinto-me honrado com sua confiança.

Tito balançou a cabeça, mas teve dificuldades em fitar os olhos do escravo. Em seguida reuniu todos e partiu.

A rota que pretendia tomar encontrava-se bloqueada, então foram forçados a retornar e procurar outra. As ruas escuras, cheias de pessoas aterrorizadas, estavam iluminadas apenas por um brilho avermelhado e opaco vindo do céu. Em meio à caótica compressão de corpos, Tito ouviu uma declaração ultrajante.

— Foi o imperador quem pôs fogo! Os próprios agentes de Nero começaram o incêndio e, depois, continuaram a iniciar outros, pela cidade inteira!

Tito agarrou o homem pelo braço.

— Isso é uma mentira deslavada!

— É verdade — retrucou o sujeito. — Vi com meus próprios olhos. Homens uniformizados, com elmos de couro, demoliram a parede de um celeiro, usando uma espécie de aríete. Uma parede de pedra forte, que nunca teria se incendiado e puseram fogo no que havia no interior, deliberadamente. Reconheço um incendiário quando o vejo!

— O que você viu foram as vigílias, seu idiota, pondo fogo num armazém cheio de grãos altamente inflamáveis, antes que o grande incêndio chegasse lá e fizesse com que o pó explodisse. Derrubar paredes e criar pequenos focos de incêndio faz parte do trabalho das vigílias...

— Começar um incêndio para apagar um incêndio? Está me chamando de tolo? — gritou. — Esse incêndio foi iniciado pelos homens de Nero. Vi as provas e muitos outros também. Quanto às vigílias de que você tanto fala, elas não estão fazendo nada para combater o fogo. Estão é participando dos saques.

Não havia tempo para discussões. Tito empurrou o idiota para o lado e seguiu em frente.

As ruas pareciam um pesadelo, cheias de entulho e carretas viradas. Crianças abandonadas se encolhiam nas esquinas, chorando. Idosos confusos vagavam sem rumo, parecendo perdidos. Havia também um bocado de cadáveres bloqueando o caminho. Alguns talvez tivessem morrido pela inalação da fumaça, pois os corpos não mostravam marcas; outros, por queimaduras; e ainda havia os que pareciam ter sido pisoteados pela multidão.

Enfim, Tito, a família e os escravos alcançaram a ponte mais próxima para o outro lado do Tibre. A área diante dela, que se afunilava em um caminho estreito, encontrava-se atulhada de pessoas, animais e carretas. A travessia tomaria um longo tempo. Alguns, desesperados, cruzavam o rio a nado. Por fim, Tito e seu pessoal conseguiram pôr os pés na ponte, com a multidão empurrando-os para a frente. Ele fez uma contagem. Por algum milagre, o grupo permanecera reunido, até mesmo os escravos mais velhos e fracos.

Todavia, a contagem não incluía um membro da família.

Ele chamou o filho.

— Lúcio, você conhece o caminho para a casa de campo. Pode guiar todos até lá, não?

— Claro que sei o caminho, pai. Mas que conversa é essa? É você quem vai nos levar até lá.

— Não. Preciso voltar — declarou suspirando.

Crisante ouviu e se virou.

— Não seja ridículo, marido! O que você pode ter deixado de tão valioso para querer voltar?

— Vou me juntar a vocês mais tarde, ainda esta noite ou talvez de manhã. Não se preocupem comigo. Os deuses tomarão conta de mim.

Tito parou de andar. A multidão passou por ele como uma onda, carregando a família pela ponte e, logo, para fora do campo de visão.

Foi árduo andar contra o fluxo. Ele foi empurrado, socado e amaldiçoado; algumas vezes, quase derrubado. Por fim, atravessou a parte mais densa da multidão e então se deslocou com maior liberdade.

Tomou o caminho do Fórum. Ali, as chamas eram irregulares; algumas construções ardiam, enquanto outras permaneciam incólumes. Teria o fogo sagrado do lar, que nunca pode se apagar, sido transferido para um vaso sagrado, pelas vestais, e levado em segurança, como no tempo em que os gauleses invadiram a cidade? Parecia estranho se preocupar com uma chama em meio àquele inferno!

Acima do Fórum, todo o Palatino parecia em chamas. O Auguratório, a antiga cabana de Rômulo, os templos, as casas dos ricos, a residência imperial — estaria tudo destruído? A catástrofe ia além da compreensão.

Ele seguiu em frente e chegou a Subura. Lá, havia grandes áreas ainda não atingidas pelas chamas. Que conflagração irromperia se todas aquelas altas habitações coletivas, construídas tão próximas umas das outras, pegassem fogo! Ele tentou se lembrar das ruas que o levariam até a última residência de Késio, mas percebeu-se perdido na escuridão e no labirinto de becos desconhecidos. Que missão inglória resolvera empreender! Quais eram as chances de encontrar Késio em meio a tanta confusão?

Tito dobrou uma esquina e se deparou com uma área ampla, com uma habitação coletiva recém-demolida. No espaço aberto, um pequeno grupo se reunira para observar um edifício próximo que ardia. Em meio ao grupo, encontravam-se Késio e Artemísia, de mãos dadas.

Enquanto todos em volta se moviam em um frenesi, Késio e os amigos permaneciam em total imobilidade. Com os rostos voltados para o fogo, pareciam estar em uma espécie de transe. Alguns continuavam em silêncio, de mãos dadas. Outros batiam palmas, cantavam ou gritavam preces a seu deus. Havia ainda os que choravam de alegria.

— O fim chegou! Finalmente chegou! Deus seja louvado! — berrava uma mulher, erguendo as mãos.

— É o Juízo Final! Roma foi julgada e condenada! — gritava um homem, com uma túnica esfarrapada e uma longa barba branca. — Os tolos pedem a seus falsos deuses que salvem Roma, mas eu digo que Deus amaldiçoou Roma! Deus lançou Roma à danação! Louvado seja Deus e toda Sua obra! E, de todas elas, essa é a mais grandiosa: fulminar essa cidade maldita e destruí-la!

Alguns transeuntes ouviram aquela arenga e se sentiram ultrajados, sacudindo os punhos, rogando pragas e atirando pedras nos cristãos, então, partiram.

Tito se aproximou do grupo e foi até Késio. O irmão tinha no rosto, iluminado pelas chamas, uma expressão abençoada. Não percebeu a presença de Tito de imediato. Por fim, baixou os olhos e fitou surpreso o irmão.

— Tito! Por que você está aqui? — perguntou Késio, perplexo, mas depois sorriu. — Veio enfim se juntar a nós?

— Vim para ver se você estava bem, Késio.

Késio sorria e meneava a cabeça.

— Não há palavras para descrever minha alegria!

— Pelo quê? Por ver a cidade de nossos ancestrais totalmente em chamas?

— Isso é o fim do mundo, Tito. O dia pelo qual estávamos esperando e ansiando.

— Não seja ridículo! Venha comigo, antes que seja tarde demais.

— "Tarde demais"? Essas palavras não fazem mais sentido. Esse é o fim de todas as coisas, o fim do próprio tempo. Louvado seja Deus!

De repente, a edificação em chamas desabou. Os cristãos suspiraram coletivamente de êxtase diante daquela visão espantosa. Entretanto, quando uma torrente de cinzas e escombros em chamas caiu sobre eles, retiraram-se em confusão. Até Késio se sobressaltou e deu um passo vacilante para trás, afastando-se daquela rajada ardente. O amuleto de ouro em seu pescoço refletia um brilho avermelhado à luz do fogo, como uma cruz flamejante.

Sem pensar, Tito estendeu a mão, agarrou o *fascinum* e deu um puxão forte. O cordão arrebentou. Tito se virou e correu pelo caminho por onde viera, segurando o talismã com o punho fechado, desesperado para retornar à ponte e se reunir à família.

Que Késio perecesse nas chamas, se esse era seu desejo. Tito não iria permitir que o *fascinum* dos ancestrais se perdesse no fogo.

O incêndio continuou durante dias.

De sua propriedade rural, do outro lado do Tibre, Tito podia ver o brilho distante das chamas à noite. De dia, via as grandes colunas de fumaça.

Por fim, o brilho começou a esmaecer, e a fumaça, a diminuir. Teria o fogo sido apagado?

As notícias que recebia de vizinhos e passantes eram confusas e contraditórias. O incêndio havia sido contido, mas ainda continuava em áreas isoladas; espalhara-se desde o Campo de Marte até o Tibre, consumindo toda a cidade, até não haver mais nada para queimar. Os focos foram extintos muitas vezes, porém alguém continuava a provocar novos. Era impossível saber no que acreditar.

Estaria sua casa ainda de pé? Se tivesse sido destruída, Hilário e os dois escravos teriam vindo se juntar a eles, mas isso não ocorrera. Teria sido consumida pelas chamas e os três estariam mortos?

Por fim, Tito decidiu se aventurar de volta à cidade. Lúcio queria ir com ele. Sentindo-se ansioso e incerto quanto ao que poderia encontrar, ficou feliz por ter a companhia do filho. Eles levaram os guarda-costas. Quem poderia saber o grau de ordem da cidade?

Quando se aproximaram do Tibre, o cheiro de fumaça tornou-se mais forte. Não era um bom sinal, porém, grandes nuvens de fumaça não pairavam sobre a cidade. A estrada apresentava muito pouco tráfego e eles atravessaram a ponte com quase ninguém à vista. Era como se Roma tivesse sido completamente abandonada. Contudo, essa ilusão foi temporária. O fogo não havia alcançado a margem do rio, deixando as docas e os armazéns intactos e, aqui e ali, viram marinheiros e estivadores trabalhando; também não tinha consumido o monte Capitolino. Acima deles, a grande área nos arredores dos templos, incluindo o mais antigo e sagrado, o de Júpiter, parecia incólume.

Tito pretendera se dirigir diretamente para casa, mas Lúcio sugeriu que escalassem primeiro o Capitolino; do alto, poderiam ver praticamente a cidade inteira e verificar a situação. Tito concordou, em parte porque temia encontrar a casa em ruínas e desejava adiar a descoberta um pouco mais.

Muito tempo antes, quando veio para Roma, ele estivera no monte Capitolino e observara a cidade do alto, maravilhando-se com a vista. Agora, estava com o filho no mesmo local e se sentia horrorizado com a extensão do prejuízo. Apesar dos focos esporádicos de incêndio, na maioria dos lugares, as chamas haviam sido extintas. A extensão dos danos não era tão grande quanto temera. O pior da devastação se dera no Aventino, no Palatino e na área baixa entre este último e o Esquilino. Grande parte do Fórum não apresentava danos; a maior parte do Campo de Marte tinha escapado da devastação do fogo; e apenas umas poucas áreas de Subura haviam sofrido algum tipo de destruição. Olhando-se na direção do Aventino, não dava para ver se sua casa estava de pé ou não. Algumas partes da vizinhança pareciam enegrecidas e calcinadas; outras, não.

Quando Tito viera pela primeira vez àquele local, a fim de apreciar a vista, Késio estava com ele. Onde estaria o irmão agora? Tito tocou no *fascinum* no peito e murmurou uma prece a Júpiter, o maior e mais poderoso dos deuses, para que o irmão ainda estivesse vivo e — como o mundo não tinha acabado, como Késio previra com tanta alegria — percebesse a tolice de suas crenças, arrependendo-se prontamente do ateísmo e retornando ao culto dos deuses.

Eles desceram do monte e se dirigiram para casa. À medida que se aproximavam, viam que algumas foram queimadas, e outras, não; os caprichos do fogo não se atinham a um padrão discernível. Quando dobraram a esquina, Tito viu a residência do vizinho mais próximo. O lugar havia se transformado em uma pilha de destroços fumegantes. Seu coração disparou; mal podia respirar. Deu mais alguns passos e avistou a própria casa.

Ainda estava de pé. A parede contígua à do vizinho estava queimada e enegrecida, mas não havia qualquer outro sinal de dano.

Lúcio gritou de alegria e correu. Ao chegar à entrada, hesitou por um instante e depois desapareceu no interior. As portas haviam ficado abertas? Certamente Hilário teria tido o bom senso de mantê-las fechadas e trancadas. Tito apertou o passo. Antes de chegar à porta, Lúcio reapareceu. O rapaz parecia estupefato.

Tito alcançou a entrada e viu a causa da agonia do filho. As portas foram arrombadas e arrancadas das dobradiças. No vestíbulo, jaziam dois corpos disformes. Pelas túnicas, Tito reconheceu os jovens guarda-costas incumbidos de proteger a casa.

Ele caminhava vagarosamente, de aposento em aposento, sem palavras.

A casa fora saqueada. Todos os objetos portáteis de valor, que haviam ficado para trás, quando a família fugiu, foram levados — vasos, lâmpadas, tapetes, até algumas peças grandes de mobília. Inclusive a cadeira antiga em que Catão, o Jovem, um dia tinha se sentado.

O que os ladrões não puderam levar, destruíram. A estátua de mármore de Vênus, no jardim, fora derrubada e partida em pedaços — um ato de pura profanação. Os mosaicos do piso tinham sido esfacelados, como se a golpes de martelo. As pinturas nas paredes estavam sujas de excremento. No quarto, a cama que compartilhava com Crisante encontrava-se destruída; o estrado de madeira, quebrado, e as cobertas, rasgadas.

Era como se a destruição avassaladora do fogo tivesse infectado os saqueadores, com um desejo insano de causar o máximo de dano possível. Ou seria a inveja que os pobres tinham dos ricos, que o caos permitiu se manifestar de forma incontrolável? Tito estava horrorizado diante do ódio daqueles que fizeram àquilo a sua casa. Nunca imaginara que vivia em meio a essa gente. Pensou na multidão enfurecida reunida no exterior do Senado, quando o destino dos escravos de Pedânio fora decidido. Seriam aquelas pessoas as responsáveis por isso? Talvez, homens como Gaio Cássio Longino estivessem certos ao desconfiar e desdenhar tanto a plebe romana.

Tito entrou nos alojamentos dos escravos. Aqueles quartos pequenos, mobiliados apenas com esteiras para dormir, encontravam-se intactos; pouco havia de valor neles para ser roubado ou danificado. No aposento contíguo, ouviu um ligeiro ruído de pés arrastando-se. Ocorreu-lhe que ladrões ou outros vagabundos poderiam ter se refugiado naquela parte da casa. Ele já ia chamar os guarda-costas quando um rosto familiar apareceu.

Era Hilário.

O jovem escravo, a princípio, pareceu temeroso; depois, aliviado e, por fim, envergonhado. Ele correu até Tito e caiu de joelhos.

— Perdoe-me, amo! No dia seguinte a sua partida, uns homens arrombaram a casa. Não tivemos como impedir. Eles eram muitos. Mataram os guarda-costas. E teriam me matado também, se eu não tivesse me escondido. Por favor, amo, não me castigue!

— Hilário! É claro que não vou castigar você. Mas por que não foi até a propriedade de campo para dar a notícia?

— As ordens eram para que eu ficasse aqui, amo. E foi uma boa coisa que fiz, porque naquela noite a casa do vizinho pegou fogo. Corri e encontrei umas vigílias, que conseguiram impedir que as chamas se espalhassem para cá. Havia sempre a chance de que o fogo pudesse voltar; então, eu não podia ir embora. Ah, amo, fiquei aqui com tanto medo, completamente sozinho, especialmente à noite. Tem havido tanta violência... Pessoas mortas, rapazes e mulheres violentados, crimes horríveis.

Tito fez o escravo ficar de pé.

— Você fez muito bem, Hilário. Graças aos deuses que ainda está vivo!

Eles conseguiram encontrar um pouco de comida na despensa. Tito se sentou com Lúcio e Hilário no jardim. A visão da estátua de Vênus quebrada o fez perder o apetite.

Tito se levantou.

— Vou dar uma volta. Sozinho.

— Mas, pai, leve ao menos um dos guarda-costas com você — sugeriu Lúcio.

— Não, eles vão ficar aqui com você e Hilário. Sou um senador romano, um patrício e parente de sangue do Divino Augusto. Não vou me intimidar a ponto de não poder dar uma caminhada por minha cidade, sem homens armados para me proteger! — disse ele, e caminhou em direção ao vestíbulo e depois saiu.

Tito vagou pela cidade, aterrorizado com o grau de destruição. Em áreas antes familiares, viu-se irremediavelmente perdido; as ruas estavam repletas de escombros e os pontos de referência desapareceram. Em uma ladeira do Esquilino, Tito se deparou com um batalhão de vigílias trabalhando para extinguir um dos focos de incêndio remanescente. Encontravam-se cobertos de lama, fuligem e pareciam completamente exaustos; ainda assim, esforçavam-se. Que calúnia infame alguém acusar aqueles homens de incendiários e saqueadores!

Quando o sol começou a se pôr, havia uma beleza terrível na forma como a cobertura de nuvens refletia o brilho sombrio da cidade, que ainda ardia com lentidão, como se o céu fosse uma escoriação matizada sobre a terra ferida. Roma era como uma bela mulher que tivesse ficado com cicatrizes horríveis. Ainda reconhecível, apesar de devastada, e ainda amada. Tito jamais a abandonaria.

Acima dele, no Esquilino, uma torre estreita se erguia como um dedo apontado para o céu. Estava localizada nos jardins de Mecenas, uma das propriedades imperiais onde Nero às vezes residia; parecia ter escapado à devastação. Era a hora do crepúsculo e tudo estava quieto. Vindo da torre, Tito ouviu o som de uma lira e um homem cantando. A voz era fina e esganiçada, mas estranhamente pungente.

A canção falava da queima de Troia — a mais gloriosa das cidades antigas, mais bela que Mênfis ou Tiro, que os gregos conquistaram através de um logro e queimaram por completo; Troia, de onde o guerreiro Eneias havia fugido para a Itália e fundado a raça romana. Troia havia ardido em chamas; agora era a vez de Roma. A canção parecia provir de um sonho meio esquecido. A melodia, vagarosamente tocada na lira, espalhava um encanto sobrenatural.

Tito percebeu de repente que estava ouvindo a voz de Nero. Dando meia-volta e olhando para cima, viu uma figura vestindo púrpura e dourado, parada no parapeito da torre, tocando a lira e contemplando a cidade. O jovem imperador tinha voltado a Roma e encontrado as ruínas fumegantes de Troia.

Nero chegou ao final de um verso e a música parou. Devia haver outros com ele, pois o silêncio foi seguido por aplausos serenos e vozes, instando-o a cantar mais um verso. Nero aquiesceu. Tito escutava, fascinado, porém um membro das vigílias, com o rosto enegrecido pela fuligem, pôs as mãos no quadril e cuspiu no chão.

— Essa é a coisa mais terrível que já aconteceu em Roma desde que os gauleses saquearam a cidade — murmurou o bombeiro. — E o que o imperador faz? Canta uma bela canção. Não consegue acertar uma nota, não é?

Tito não fazia ideia do que o homem estava dizendo. Para ele, a canção era indescritivelmente bela, estranha e misteriosa; de uma tristeza insuportável, embora repleta de esperança. Não importava que Nero não fosse um bom cantor; ele tinha a alma de um grande poeta. Como era contrastante a conduta do imperador comparada a de Késio, que havia contemplado as chamas e rido como um tolo. Nero respondia com um lamento que arrancaria lágrimas de um deus.

Olhando para cima, escutando enlevado cada palavra da canção de Nero, transportado por cada nota, Tito agarrava o *fascinum*, feliz por tê-lo de volta, enfim. Naquele momento, sentiu que todos os ancestrais o observavam, da mesma forma como os deuses também assistiam a Nero.

65 D.C.

Com a esposa e o filho ao lado, Tito Pinário se pôs diante das efígies de cera dos ancestrais no vestíbulo de casa. Enquanto olhava rosto por rosto e recitando seus nomes para homenageá-los, Crisante acendia pequenas velas, encaixadas por Lúcio em cada nicho. Estariam as mãos do filho tremendo? Estavam todos nervosos e empolgados por causa dos acontecimentos iminentes do dia.

Tito se sentia grato por ter levado as efígies de cera quando fugiu da cidade; ao contrário dos objetos roubados ou destruídos pelos saqueadores, as máscaras dos ancestrais eram verdadeiramente insubstituíveis. Devolvê-las aos nichos fora o primeiro passo para devolver a casa à glória anterior. Tito ainda não encontrara um artesão habilitado para reparar os mosaicos do piso, esses profissionais estavam sendo muito solicitados, porém as pinturas das paredes haviam sido meticulosamente limpas; a estátua quebrada de Vênus fora colada, remendada e pintada, de modo que ninguém era capaz de perceber os estragos; e muitas das peças de decoração roubadas ou destruídas já tinham sido substituídas. Ele conseguira encontrar uma cadeira dobrável antiga, quase idêntica à que pertencera a Catão. Nos meses que se seguiram ao incêndio, graças a um bocado de trabalho árduo e a despesas consideráveis, a residência aos poucos havia retornado ao normal. Muitos em Roma não tiveram essa sorte.

Tito havia tomado conta das imagens dos ancestrais, e elas, dele; disso não tinha qualquer dúvida. Essa era uma das razões por que as homenageava naquele dia especial, quando o imperador estava para conceder a ele e à família uma grande honra.

Tito trajava a toga senatorial, com a listra púrpura. O filho também vestia uma, traje ao qual ainda não estava habituado. Crisante usava a mais bela estola, uma esplêndida vestimenta bordada, de linho ocre. O cabelo estava penteado ao estilo em voga, lançado pela jovem e belíssima esposa do imperador, Popeia Sabina, com profusões de anéis de fios emoldurando seu rosto.

A cerimônia foi concluída e eles se retiraram para o jardim, a fim de aguardar os acontecimentos do dia. Nada ali era tão belo quanto Crisante, pensou Tito, sentindo-se orgulhoso, mais uma vez, da noiva que escolhera tantos anos antes. Nada possuía um perfume tão bom quanto ela.

— Você cheira a pétalas de rosa e leite — sussurrou ele, em seu ouvido.

— Agradeça à esposa do imperador — respondeu, sorrindo. — Popeia lançou o costume de se tomar banho de leite, para as mulheres mais elegantes de Roma.

— E você também vai se tornar judia, como a imperatriz? — perguntou Tito, provocando-a.

Era amplamente sabido que Popeia se mostrara favorável aos judeus, em Roma, recebendo com regularidade seus eruditos e sacerdotes. Dizia-se que havia se convertido secretamente à religião.

— Tanto quanto você se tornou cristão — disse a esposa, retribuindo a provocação.

Ela apontou para o *fascinum*, que Tito usava para marcar a ocasião especial. Ele não achou aquela brincadeira muito engraçada. Tinha a impressão de que Késio havia alterado o amuleto, de alguma forma, a fim de fazê-lo se parecer mais com uma cruz. Ainda assim, Tito usava o *fascinum* abertamente e com orgulho, recusando-se a ocultá-lo no interior da toga.

Ouviu-se uma batida à porta, seguida de um alvoroço de excitação pela casa. Até os escravos estavam agitados, e por um bom motivo. Não era todo dia que o imperador vinha em pessoa fazer uma visita.

Hilário entrou correndo no jardim.

— Eles chegaram, amo!

— Não vão entrar?

— Acho que não. O homem lá na porta disse para meu amo sair e ir se juntar a eles.

— Então, não vamos deixá-lo esperando — declarou Tito, pegando a esposa pela mão e deixando o filho ir à frente.

A comitiva na rua era ainda maior do que Tito havia esperado. Viam-se secretários e escribas, uma tropa da guarda pretoriana, alguns senadores de toga e até um grupo colorido de atores e acrobatas. Em meio ao séquito, carregada por alguns dos escravos mais musculosos já vistos por Tito, havia uma grande liteira, pousada sobre varas douradas e moldada de forma a parecer um cisne gigante. Uma mão adornada por diversos anéis puxou a cortina púrpura. Com um amplo sorriso, Nero fez um gesto de boas-vindas. Sentada ao lado dele, estava a bela Popeia; com o cabelo louro penteado em um estilo elaborado, inédito para Tito.

Uma escada portátil foi desenrolada da liteira. Crisante entrou primeiro, seguida de Tito e Lúcio. Eles se acomodaram em meio a almofadas suntuosas, diante do imperador e da esposa. Tito sentiu que Crisante tremia e pegou-lhe a mão. Popeia sorriu àquele gesto de intimidade e, igualmente, segurou a mão cheia de joias de Nero.

— Não estamos com pressa. Acho que poderíamos fazer uma pequena caminhada pela cidade durante o caminho até nosso destino.

— Certamente — concordou Tito. — Há tantas edificações em construção, por toda Roma, que perco a conta.

Na verdade, Tito possuía conhecimento de quase todos os projetos em andamento na cidade, mas o passeio seria um divertimento para Crisante e Lúcio, e ele se sentia tremendamente lisonjeado pela oferta do imperador, de dedicar um tempo a sua família.

Nero sorriu.

— Meu tataravô disse, todos sabem, que encontrou Roma como uma cidade de tijolos e a cobriu de mármore. Eu encontrei uma cidade de mármore queimado, mas a cobrirei de ouro.

Enquanto eram carregados pela cidade, Nero apontava com orgulho para o rápido progresso feito na reconstrução de diversos templos e estruturas públicas. A reforma do Circo Máximo era um dos maiores projetos; ainda levaria tempo para que reabrisse, porém Nero tinha planos de torná-lo mais esplêndido e belo que antes. Havia também curiosidades a serem vistas. No alto do Palatino, a antiga Cabana de Rômulo fora poupada pelo fogo e, embora a maioria das partes antigas da residência imperial tivesse sido queimada, os loureiros que flanqueavam a entrada original sobreviveram e permaneceram intactos.

— Isso é com certeza um presságio, pai — declarou Lúcio, vencendo a timidez diante do casal imperial, em especial de Popeia, cuja beleza intimidava qualquer homem.

— Sem dúvida — concordou Tito. — Aquelas árvores parecem indestrutíveis, imunes ao fogo e aos raios. Acho que aqueles dois loureiros vão sobreviver enquanto houver descendentes do Divino Augusto.

O comentário foi devidamente apreciado pelo casal imperial, que trocou um olhar de afeição. Dizia-se que Popeia, embora ainda não aparentasse, estava grávida. A primeira filha do casal havia morrido na infância; Nero ficara devastado. Agora tinha novamente esperança de uma nova geração, com descendência direta do Divino Augusto, e de um herdeiro para o imperador, que ainda não completara 30 anos.

— Tantas casas antigas e belas se perderam — comentou Nero, unindo as pontas dos dedos, enquanto contemplava a vista. — O incêndio não desalojou apenas os ricos que moravam no Palatino, mas muitos outros também. Disseram-me que esses cidadãos viviam em uma pobreza aterradora, empilhados uns em cima dos outros, mal tendo espaço para se virarem. Então, vamos construir habitações novas e ensolaradas para eles, melhor que aquelas ratoeiras em que moravam antes. Isso vai levar tempo, é claro. Infelizmente, muitos desses desamparados ainda estão em abrigos temporários, no Campo de Marte e em meus jardins, do outro lado do Tibre. Para dar trabalho aos cidadãos, contratei um verdadeiro exército de pedreiros e ajudantes de obra, para os projetos de construção na cidade inteira. Baixei várias vezes o preço dos grãos, a fim de alimentar suas famílias. E, para garantir que uma catástrofe dessas não se repita mais, implementei novas leis de construção, com a garantia dos peritos de que reduziria o perigo de incêndio. Edifícios mais distantes uns dos outros, limite de altura e a exigência de que tenham instrumentos para combate ao fogo, como picaretas e baldes, no local, esse tipo de coisa. Ah, vejam ali — disse ele, apontando para um aqueduto coberto de andaimes. — Também estamos reformando e ampliando os aquedutos danificados. Teremos cisternas e chafarizes para garantir um suprimento de água adequado, a fim de se combater qualquer incêndio futuro.

— A reação rápida e firme de César à crise tem sido uma inspiração para todos nós — disse Tito.

— Ah, agora estamos passando pelo centro do que será o novo complexo imperial — explicou Nero, sorrindo de animação. — Todo esse lado do Palatino foi limpo e requisitado para as novas acomodações imperiais. E, lá embaixo, naquela área aberta, onde ficavam uns edifícios velhos e horrorosos, teremos um lago grande, inteiramente cercado pelo complexo imperial. Não vai ficar lindo? Um lago particular no centro da cidade, cercado de vinhedos e jardins, além de uma pequena floresta com veados selvagens, a fim de que Popeia e eu possamos nos retirar para um passeio no campo, ou até para caçar, sem precisar sair do palácio imperial nem dos muros da cidade. É claro que o lago terá sua função prática também. Servirá de reservatório, uma fonte de água em caso de incêndio.

A criação do lago artificial já estava bem adiantada. Centenas de trabalhadores limpavam e retiravam enormes pilhas de terra escavada, moldando-as em colinas redondas, que se tornariam o bosque artificial em torno do lago.

— Aqui, desse lado do lago, haverá um grande pavilhão com um caminho coberto, de um quilômetro e meio de comprimento — continuou Nero. — Os aposentos serão muito espaçosos e decorados com o que há de melhor... Mármores importados, belas estátuas, divisórias de marfim e os tecidos mais suntuosos. Vocês precisam ver os croquis que os desenhistas fizeram para mim. Os tetos vão ser decorados com pedras brilhantes e madrepérola, de modo que à noite, à luz das lâmpadas, parecerá que o próprio céu estrelado desceu para olhar com inveja esses recintos esplêndidos. E ouro... Tem de haver muito ouro em todos os lugares. Cobriremos a fachada toda com ladrilhos de vidro dourado, para que ofusque os olhos. A única cor que realmente me agrada é a púrpura; e o único metal, o ouro. Como gosto de seu peso, da cor suave, como o brilho do sol na água! Igual a esse pequeno e lindo amuleto dourado que você está sempre usando, senador Pinário.

Tito tocou o *fascinum* e sorriu.

— Presente de meus ancestrais.

— Sim, eu sei. Algo curioso de se ver — comentou Nero, dando um sorriso zombeteiro. Depois, voltou a atenção para o trabalho de construção sendo realizado em torno. — Quando chegar a hora, haverá uma grande cerimônia para comemorar o dia em que Popeia, o bebê e eu nos mudarmos. Acho que vou chamá-la de Casa Dourada. O que você acha, senador Pinário?

— Um nome esplêndido para uma residência esplêndida.

— A única adequada para alguém em minha posição — refletiu Nero. — Ah, chegamos ao local do grande pátio. Essa vai ser a entrada principal para os visitantes que vêm do Fórum. A Via Sacra terminará em uma escadaria que dará na porta da Casa Dourada. Existirão outras entradas, é claro, inclusive a entrada antiga de Augusto, no Palatino, ladeada pelos velhos loureiros, mas vai ser uma espécie de porta dos fundos. O grande pátio será enorme, cercado por um pórtico com centenas de colunas de mármore. Não dá para avaliar a enormidade agora, abarrotado como está, com todas essas barracas de trabalhadores. A peça central será aquela estátua de bronze colossal, que está sendo erguida no meio, me retratando. Ainda não decidimos de que forma vou aparecer. Popeia acha que eu devia posar de Hércules, mas Zenodoro, o escultor, prefere que eu seja o Sol, usando uma coroa de raios. Quando estiver pronta, a estátua terá mais de trinta e cinco metros de altura... A maior desde o Colosso, que havia em Rodes. E, diferente dele, essa será coberta de ouro. Dá para imaginar seu esplendor em um dia de sol? Será vista a quilômetros de distância e, quanto mais perto, mais deslumbrante se tornará. Em um dia de sol, ela vai ser ofuscante.

— Certamente, César, o novo Colosso vai ser um monumento fenomenal — declarou Tito, novamente espantado, não só com o alcance da imaginação de Nero mas também com a enormidade dos gastos. A fim de permitir a expansão do palácio imperial, o Estado confiscou uma vasta quantidade de propriedades privadas, assim como muitos tesouros de templos, em todos os cantos do império, para financiar as construções e a decoração.

Naquele empreendimento ambicioso, Tito desempenhara um papel preponderante. Era preciso realizar auspícios em busca de aprovação divina para muitos dos atos de Nero, e cerimônias religiosas tinham de ser feitas para propiciar os deuses, cujos tesouros estavam sendo consumidos. Ele servira fielmente a Nero como áugure, da mesma forma como desempenhara as mesmas funções para Cláudio. Oferecera-se a fazê-lo, trabalhara incansavelmente e com lealdade inabalável. Desde a noite em que tinha ficado imobilizado pela canção de Nero, sobre a queima de Troia, Tito havia se tornado um dos partidários mais fervorosos do imperador.

Nero se sentia grato por seus serviços leais. O convite a Tito e à família para acompanhar o imperador e a esposa na liteira imperial foi uma das formas de agradecimento.

— Sinto-me grato, como sempre, por desempenhar qualquer papel, por menor que seja, nos grandes empreendimentos de César — disse Tito.

— Infelizmente, senador Pinário, nem todos pensam como você — retrucou Popeia.

Ela estivera calada durante todo o passeio, dando até a impressão de estar um pouco entediada; já devia ter ouvido Nero dizer as mesmas palavras diversas vezes antes. Tito já a encontrara em algumas ocasiões, mas, por nunca terem conversado em particular, não sabia muito bem o que pensar sobre Popeia, que sempre parecia distante, voltada para si e tendia a falar por meio de charadas. Nero não era seu primeiro marido; anteriormente, fora casada com um amigo dele, Oto. Havia rumores de que os três jovens tinham se tornado tão íntimos que formavam, como disse certo faceto, "um monstro amoroso de três cabeças". Entretanto, no final, Nero a quis só para si e forçou Oto a se divorciar dela, nomeando-o governador da Lusitânia, a fim de tirá-lo de Roma e tornar Popeia sua esposa.

A observação referia-se provavelmente aos boatos, cada vez mais disseminados, de uma conspiração contra o imperador. Apesar da reação enérgica de Nero, em resposta à crise, e dos planos otimistas com relação ao futuro, um descontentamento crescente perpassava todas as classes. O incêndio fora seguido por uma peste, que havia matado dezenas de milhares, especialmente os pobres sem-teto, e a perda de tantos tesouros religiosos e históricos havia abatido por completo o moral do populacho. Os gigantescos projetos de construção de Nero pretendiam substituir esses tesouros perdidos, mas entre os ricos existia o temor de que aqueles gastos esbanjadores causassem uma crise financeira. Murmurava-se que senadores hostis tramavam contra ele e, entre os cidadãos comuns, rumores infames afirmavam que o próprio Nero começara o incêndio de propósito, a fim de reivindicar vastas áreas de propriedades destruídas para a casa imperial e reconstruir a cidade a seu modo.

Infelizmente, e com óbvio pesar, o imperador achara necessário banir vários senadores, que suspeitava serem desleais. Entre eles, encontrava-se Gaio Cássio Longino, que havia feito o discurso apaixonado em favor da crucificação dos escravos de Pedânio. Nero havia lhe ordenado que retirasse, de entre as efígies de seus ancestrais, a máscara de cera do Cássio que assassinara o Divino Júlio — pedido absolutamente razoável, achava Tito. O senador se recusara. O exílio de Cássio para a Sardenha havia causado um clamor entre os companheiros, os quais argumentaram que Nero deveria mostrar piedade por um jurista de tal renome, especialmente agora que a cegueira o tomara por completo.

A seu lado, Tito ouviu Crisante gemer e depois entendeu a razão. Em um muro chamuscado, tudo que restava de um edifício destruído, uma mensagem havia sido rabiscada com tinta preta:

Forte e valoroso,
Ele matou a mãe
E incendiou minha casa!

Cada vez com mais frequência, nos últimos tempos, Tito vinha observando esses grafites aviltantes em paredes e latrinas por toda a cidade. Felizmente, um grupo de homens apagava essa mensagem e acrescentava outra. Tito espichou o pescoço para ver o que escreviam, mas, quando a liteira passou, tudo que pôde discernir foram as palavras *cristãos* e *queimem*.

— Meus fiéis libertos, trabalhando duro — disse Nero, mexendo nos anéis dos dedos. — Não preciso nem pedir a eles. Andam pela cidade e apagam as calúnias encontradas.

— Os boatos são algo terrível — murmurou Popeia.

— Certamente — concordou Crisante, balançando a cabeça de forma solidária.

— Mas no dia de hoje todos esses rumores sórdidos terão fim e os verdadeiros culpados serão levados à justiça — avisou Nero, recuperando o bom humor. — O povo vai ver que o imperador se dedica a proteger Roma e a destruir os que a prejudicam. Vou lhes dar uma lição que jamais esquecerão!

Eles foram em direção ao local de destino, os jardins imperiais, do outro lado do Tibre, onde Calígula havia construído uma grande pista de corrida para diversão pessoal, ao pé da colina do Vaticano. Nero a usava com frequência, pois adorava conduzir bigas, e Sêneca o convencera de que não era adequado ao imperador apostar corridas em público. Como o Circo Máximo ainda não tinha sido reconstruído, Nero decidira abrir o Circo Vaticano ao público; era um dos poucos espaços grandes o bastante para acomodar as atrações espetaculares, que planejara para punição dos incendiários condenados.

Enquanto os carregadores da liteira os transportavam por uma área rudimentar do Campo de Marte, Tito via o mar de abrigos improvisados, onde a maioria do populacho estava vivendo. Essas habitações nada mais eram que alpendres, construídos com sobras de madeira, ou tendas temporárias, feitas de pedaços de tecido emendados. Naquele dia, ninguém se encontrava dentro dos abrigos. Animados pelo espetáculo iminente, todos em Roma pareciam estar se dirigindo, em um grande bloco, aos jardins imperiais, do outro lado do Tibre.

Quando a liteira passou pela multidão, com os pretorianos abrindo caminho, o povo se aglomerou para ter um vislumbre do imperador e a esposa. Ouviram-se aclamações e gritos de "Ave, César!" e "Ave, bela Popeia!". No entanto, alguns deram de ombros e se viraram, ou lançaram ao casal imperial olhares hostis, até mesmo murmurando-lhe pragas. Popeia franziu o cenho e sussurrou algo no ouvido de Nero. Ele chamou um dos integrantes da guarda pretoriana e lhe mandou reforçar o cordão em torno da liteira; depois, tirou do gancho as correntes que mantinham as cortinas abertas, a fim de que prosseguissem com relativa privacidade; o tecido transparente permitia que Nero e os convidados enxergassem, mas impedia que fossem vistos do exterior.

Uma nova ponte cruzava o Tibre, permitindo o acesso direto do Campo de Marte para os prados do Vaticano. Por ordem de Nero, a ponte havia sido construída a uma velocidade espantosa, com o propósito de fazer com que os desamparados de Roma se locomovessem com facilidade entre a cidade e os abrigos, providenciados para eles do outro lado. Naquele dia, a ponte nova serviu como meio para as multidões assistirem ao espetáculo no Circo Vaticano. A multidão que se reunira já era tão grande que a ponte e a área diante dela estavam apinhadas de gente, mas os pretorianos abriram rapidamente caminho para a liteira passar e cruzar o rio.

Espalhando-se pelos prados do Vaticano, havia uma verdadeira cidade de abrigos improvisados; alguns pareciam até mesmo morar nas árvores. Depois, chegaram aos jardins simétricos, plantados por Calígula. Entrava-se neles por um portão de ferro. A guarda pretoriana empurrou a multidão para trás, a fim de que Nero pudesse passar. Os jardins, em ambos os lados do amplo caminho de cascalho, eram esplêndidos, com canteiros de rosas e outras flores perfumadas, belas estátuas e inclusive um chafariz particularmente marcante, onde pairava uma Diana nua, com água borbulhante até o tornozelo, enquanto o infeliz Acteão, transformado em veado, era atacado pelos cães.

Eles chegaram ao Circo. A arquibancada permanente, construída em travertino, era elegantemente equipada, mas muito pequena. Assim, foi aumentada com a construção de outra, temporária, em madeira, que circundava completamente a pista e podia acomodar dezenas de milhares de espectadores. Já estava ocupada pela metade e chegava mais gente a cada momento.

A liteira parou diante da estrutura de travertino contígua ao circo. Nero e seu grupo saltaram. O imperador e Popeia desapareceram abruptamente — Tito não sabia aonde tinham ido —, enquanto o senador e a família eram escoltados diretamente até o camarote imperial. Tito estava vermelho de excitação e viu que a esposa e o filho, com os olhos esbugalhados, sentiam-se da mesma forma. Nunca antes os Pinários foram convidados pessoais do imperador em um evento público. Não apenas assistiriam aos procedimentos junto de Nero como também seriam vistos a seu lado, na companhia dele, e notados como pertencendo à elite do círculo imperial. Era um dia importante para eles — não só para Tito e a família, mas para todos que usaram o nome Pinário no passado ou usariam no futuro.

O camarote estava forrado em tecidos cor de púrpura, guarnecidos de dourado, e cercado por um cordão de pretorianos. Tito e a família foram os primeiros convidados a chegar, sendo conduzidos até divãs a um canto.

Um escravo lhes ofereceu uma lista de vinhos e também uma bandeja com guloseimas.

Bem em frente a eles, no centro da linha que dividia a pista de corrida oval, pairava um imenso obelisco egípcio, construído em sólido granito vermelho. Havia sido trazido para Roma, por Calígula, da cidade de Heliópolis, no Egito. Os quatro lados eram incrivelmente lisos, sem hieróglifos. Uma esfera dourada estava colocada ao alto, equilibrada na ponta. O obelisco era um ponto de referência, visível de muitos lugares na cidade. Tito o avistara anteriormente apenas a distância e estava impressionado com a altura.

Virgens vestais e membros de várias classes sacerdotais encontravam-se sentados nas primeiras fileiras, à esquerda do camarote imperial. À direita, havia uma área espaçosa, reservada aos senadores. Na arena, para animar a multidão, músicos tocavam enquanto acrobatas davam cambalhotas, andavam sobre as mãos e formavam pirâmides humanas. Ouviam-se gargalhadas e aplausos por toda a arquibancada, mas muitos continuavam a conversar e passear, enquanto esperavam pelo evento principal.

Mais convidados chegaram ao camarote imperial. Conduzindo um grupo, surgiu Sêneca. Desde a morte de Agripina, ele havia se tornado mais poderoso que nunca, embora Tito tivesse ouvido rumores sobre uma crescente discórdia entre o imperador e o principal conselheiro; todos foram afetados pela tensão de ter de lidar com as sequelas do incêndio. Chegando com Sêneca, vinha a esposa, Paulina; agora que ele já estava na casa dos 60 anos, e ela, quase na dos 40, a diferença de idade entre os dois já não era tão marcante como antes.

Também com Sêneca estava seu belo sobrinho. Lucano era dois anos mais jovem que Nero e o amor dos dois pela poesia os tornara grandes amigos. Como o imperador, ele havia sido precoce. Aos 11 anos, causou sensação com o primeiro poema, sobre o combate entre Heitor e Aquiles e, aos 25, era o poeta mais famoso da cidade. Nessa ocasião, estava usando uma *trabea* de áugure. Nero achara por bem nomear Lucano para o colégio muito antes da idade prescrita, da mesma forma que imperadores anteriores fizeram por Tito e o pai.

Lucano estava acompanhado da esposa. Pola Argentária se tornara quase tão famosa quanto o marido, graças aos versos que este escrevera elogiando-a. Era filha de um rico senador e, como a esposa de Sêneca, havia recebido uma educação excepcionalmente extensa para uma mulher. Dizia-se que Argentária era musa e copista do marido e talvez até colaboradora, pois o ajudava, de forma incansável, a revisar e aperfeiçoar seus versos.

Gaio Petrônio foi o próximo a chegar. O árbitro de elegância do imperador ainda não completara 40 anos e tinha alguns fios brancos no cabelo. Tito achava impossível descobrir o que diferenciava aquele homem de todos os outros; Petrônio vestia uma toga que nada tinha de extraordinário e a aparência, apesar de impecável, não possuía nada de incomum. Ainda assim, ele irradiava charme com apenas a mera presença. Talvez fosse a graça natural com que andava ou a expressão inescrutável. Mesmo quando se encontrava completamente sério, viam-se lampejos de humor nos olhos cinza pálidos.

Tito se sentia privilegiado por estar em tão ilustre companhia, mas achava aquilo um pouco exaustivo também. Tinha dificuldade em participar da conversa, que girava em torno, em grande parte, dos projetos literários daqueles três homens e era cheia de trocadilhos e alusões de duplo sentido, muitas das quais eram indecifráveis para ele. Tito inferiu que Lucano estava para publicar o próximo volume de seu poema épico sobre a guerra civil entre César e Pompeu, obra repleta de atos violentos e cenas de grandeza heroica. Sêneca, que andara lendo o trabalho em andamento, achava que o sobrinho talvez tivesse tomado demais o partido de Pompeu e da causa republicana contra o Divino Júlio, um ponto de vista que com certeza despertaria controvérsias.

Petrônio estava trabalhando em algo muito diferente, um trabalho longo no qual o narrador recontava uma série de trapalhadas eróticas e desastres cômicos, todos narrados, para realçar a ironia, na prosa mais elegante e refinada. Sabendo como Nero confiava nos conselhos de Petrônio em questões de bom gosto, Tito lhe perguntou se era responsável pela encenação dos espetáculos que estavam para assistir.

Petrônio estreitou os olhos.

— Contribuí muito pouco. César planejou a maior parte dos divertimentos. O imperador se lançou nesse projeto da mesma forma que entra em todos os seus empreendimentos, com energia e entusiasmo extraordinários. Mas e você, Sêneca, no que vem trabalhando ultimamente, enquanto não está minerando ouro para construir a casa nova do imperador?

— Terminei finalmente a peça sobre Pasífae — respondeu ele, com um sorriso e notando o olhar inexpressivo no rosto de Lúcio. — Você conhece a história, jovem Pinário?

— Acredito que não — admitiu Lúcio. Tito estremeceu. A educação do filho se refletia nele.

— Pasífae era esposa do rei Minos, de Creta — explicou Sêneca. — Ela foi amaldiçoada por Netuno por desejar copular com um touro.

— Que mulher nunca desejou? — brincou Petrônio.

Crisante corou, Lúcio deu uma risadinha nervosa e o próprio Tito ficou admirado com o comentário, mas os outros pareceram achá-lo muito divertido.

— Exatamente — concordou Sêneca, com um sorriso irônico —, mas Pasífae fez algo em relação a isso. Ela ordenou ao inventor Dédalo que construísse uma efígie de novilha, tão realista que até um touro a achasse convincente. Depois, escondeu-se no interior e conseguiu seduzir o touro a satisfazê-la. Nove meses depois, Pasífae deu à luz uma criança com cabeça de touro: o Minotauro.

— Quem, a não ser Sêneca, traria um material desses para o palco? — indagou Petrônio, em um tom que tornava impossível saber se estava sendo respeitoso ou sardônico. — O imperador já leu?

— O imperador é sempre meu primeiro leitor e, invariavelmente, o mais astuto. Fico feliz em dizer que César pareceu fascinado pela tragédia de Pasífae. Ah, aí vem ele!

Todos ficaram de pé quando Nero entrou no camarote, com Popeia ao lado. Alguns na multidão o viram chegar e um estremecimento percorreu a arquibancada de cima a baixo. Entretanto, a reação variava. Como anteriormente Tito ouvira gritos de "Ave, César!" nas ruas, muitos na multidão berravam elogios, mas também havia murmúrios de queixas e vaias isoladas.

Nero acompanhou Popeia até seu assento e depois, dando um passo à frente, ergueu as mãos. Com o cabelo louro e trajes em púrpura e dourado, era visível e reconhecível instantaneamente a todos no Circo. A multidão fez silêncio. Por um momento, pareceu que Nero iria se dirigir a ela. Na verdade, ele havia desejado fazer um discurso de abertura, mas Sêneca o persuadiu do contrário: muitos problemas poderiam surgir, quando um imperador discursava diretamente a uma aglomeração tão grande e imprevisível. Em vez disso, Nero fez um gesto para o arauto, que deu um passo à frente. Com voz portentosa e treinada, o homem foi capaz de se fazer ouvir de um lado a outro do Circo. Enquanto falava, Tito podia ver que o imperador movia os lábios em sincronia com o arauto, como um autor orgulhoso no teatro dizendo baixo as falas do ator.

— Senadores e povo de Roma, estão aqui hoje a convite de César. Bem-vindos! Mas se vieram esperando um simples divertimento, podem se surpreender com o que verão. Hoje não verão corridas de bigas nem gladiadores lutarem até a morte. Não verão animais selvagens serem caçados nem prisioneiros de guerra reencenando alguma batalha famosa, para sua diversão. Não verão atores representando uma comédia ou um drama. O que verão será um ato de justiça, realizado a céu aberto, de forma que todos os deuses e o povo de Roma possam testemunhar os procedimentos.

"Os delinquentes que verão castigados hoje são culpados de incêndio criminoso e assassinato. Eles conspiraram contra o Estado romano. Tramaram a destruição do povo romano. Mesmo aqueles não diretamente culpados de iniciar incêndios devem ser punidos. Seu ódio notório aos deuses, à humanidade e à própria vida torna-os uma ameaça a todos nós.

"Por causa do incêndio, muitos de vocês estão ainda sem uma casa decente; muitos perderam seus pertences mais valiosos, pessoas queridas, cujos gritos de agonia ainda soam em seus ouvidos. Nossa cidade, a mais amada pelos deuses de todas as cidades sobre a terra, foi devastada. Os próprios deuses lamentam a destruição de Roma e o sofrimento do povo romano.

"Graças à vigilância de nosso imperador, os incendiários que perpetraram essa calamidade foram presos. Eles se chamam de cristãos. O nome vem de Cristo, o fundador de sua seita, criminoso que sofreu a penalidade máxima nas mãos de Pôncio Pilatos, um de nossos procuradores na Judeia durante o reinado de Tibério. Graças a Pilatos, a superstição insidiosa propagada por esse Cristo foi contida, mas apenas por um curto tempo, porque rapidamente espraiou-se novamente, não apenas na Judeia, a origem desse mal, mas em muitos locais do império, até aqui em Roma. Escondendo-se entre nós, os seguidores de Cristo têm tramado nossa destruição.

"Graças à vigilância de César, os cristãos foram presos. Sob interrogatório, revelaram os cúmplices e confessaram seu crime. Mais que confessaram, proclamaram-no sem remorso. Os cristãos orgulham-se do que fizeram. Sentem-se gratificados por nosso sofrimento!"

A multidão irrompeu em vaias e assovios.

Inicialmente, Tito ficara em dúvida quando começaram as prisões em massa dos cristãos; eles lhe pareciam um grupo inofensivo de vadios. Contudo, quando se lembrava de suas reações de júbilo diante das chamas, não era difícil imaginar que alguns deles tivessem iniciado o incêndio propositalmente. Um crime desses era quase impensável, mas o fanatismo de todas as seitas judaicas era bem conhecido e o ateísmo inflexível dos cristãos e a rejeição a tudo considerado romano era particularmente virulento. Que a aversão pelos deuses os tivesse levado a um crime tão monstruoso era chocante, mas talvez não surpreendente.

As vaias da multidão continuaram até Nero pedir silêncio com um gesto. O arauto continuou:

— Mas que punição, perguntarão, pode adequar-se a um crime tão hediondo? Para delitos tão infames, tão cruéis, que retribuição pode ser apropriada? É isso que estamos aqui para ver.

"Senadores e povo de Roma, este é um dia sagrado. Chamamos os deuses para testemunhar o que vai acontecer neste local. O que faremos, será em homenagem aos deuses e em gratidão pelo favor que nos demonstram."

O arauto deu um passo para trás. Lucano se adiantou. Das dobras da *trabea*, ele tirou um belo *lituus* de marfim. Enquanto o jovem poeta realizava os auspícios, Tito sentiu uma ponta de inveja, desejando ter sido o escolhido para a honra. No entanto, mesmo tendo caído tanto nas graças do imperador, sabia que não havia como competir com Lucano, com quem Nero desfrutava de uma intimidade especial, em razão de serem tão próximos na idade e de compartilharem um amor tão profundo pela poesia.

Os auspícios foram favoráveis. O imperador pôs um manto branco sobre a cabeça, a fim de assumir o papel de Pontífice Máximo, deu um passo à frente e ergueu a mão. Todas as cabeças no Circo baixaram quando Nero pronunciou a invocação a Júpiter, Melhor e Maior dos Deuses.

O espetáculo começou.

Nas lutas de gladiadores e em outros eventos públicos, a punição de criminosos fazia em geral parte do programa, mas sempre como uma atração menor na qual o condenado lutava contra um gladiador ou servia de isca para animais selvagens. Naquela ocasião, por haver tantos criminosos e pelo fato de o crime ter sido tão grande, o castigo ocuparia toda a programação. Com orientação de Nero, os encenadores enfrentaram grandes desafios, tanto logísticos quanto artísticos. Como poderiam tantos criminosos, de todas as idades, sofrer e morrer de formas não apenas garantidas e eficientes mas também significativas e satisfatórias para o público?

De uma cela sob a arquibancada recém-erguida, um imenso número de homens, mulheres e crianças foi levado até a pista de corrida. Vestiam farrapos. A maior parte tinha um ar confuso e assustado, mas alguns possuíam o mesmo olhar sereno e vidrado observado por Tito no rosto dos cristãos que assistiam ao incêndio. Pareciam desconhecer o que estava para acontecer, ou talvez aguardassem ansiosamente por aquilo.

— Há tanta gente! — murmurou Crisante, inclinando-se para a frente.

— Esse é apenas um grupo pequeno de incendiários — avisou Nero. — Ainda há muitos para vir. A punição vai durar um bom tempo.

— Como pudemos ter tantos deles entre nós? — admirou-se Lucano. — O que atraiu essa gente terrível para Roma, em primeiro lugar, e como seduziram romanos decentes a se juntar a eles?

— Tudo que é repugnante e vergonhoso acaba chegando a Roma e, inevitavelmente, atraindo seguidores — explicou Petrônio. — Como uma chama atrai insetos, um rodamoinho atrai destroços, Roma atrai os vermes e a sujeira do mundo.

— No entanto, a chama se torna bela — acrescentou Nero —, assim que os insetos queimados são removidos. E um rodamoinho é lindo, logo que os destroços são retirados. Da mesma forma, Roma será magnífica novamente, assim que se purificar desses criminosos horríveis — disse, olhando embevecido para a arena embaixo.

A seu lado, Popeia também se inclinava para a frente com ansiedade. Embora tenha recebido em casa eruditos e sábios judeus, ela detestava os cristãos, que para ela não passavam de judeus hereges.

Lucano olhou de soslaio para Tito.

— Meu tio me contou que você tem um irmão que se diz cristão.

Tito ficou imóvel. Era inevitável que o assunto viesse à tona e ele estava preparado para isso.

— Não tenho nenhum irmão — retrucou, com rigidez.

Constrangido, tocou o *fascinum*, aninhado entre as dobras da toga.

De depósitos sob as arquibancadas, um exército de ajudantes surgiu com uma profusão de cruzes e as botou sobre a areia. Os cristãos foram obrigados a formar um círculo em torno da pista de corrida, sob açoites, e depois agarrados e presos nas cruzes. Enquanto gritavam de terror, as mãos e os pés eram pregados. Depois, as cruzes foram fixadas em buracos, cavados de antemão na areia.

De repente, o Circo estava repleto de uma floresta de crucifixos. A multidão vaiava os cristãos. Espectadores, de braços fortes e boa mira, competiam para ver quem os atingia mais com pedras e outros objetos. Alguns, na arquibancada, haviam trazido ovos especialmente com esse propósito.

— Essas crucificações são uma imitação do deus morto que eles professam adorar, que também terminou em uma cruz — explicava Nero, em voz baixa. — Enquanto esse grupo fica pendurado nas cruzes, eles vão observar o que acontecerá com seus cúmplices.

Mais cristãos foram trazidos até a arena. Seus braços se encontravam amarrados, e os corpos, envolvidos em peles ensanguentadas de animais, mas as cabeças iam descobertas para que a plateia enxergasse os rostos e ouvisse os gritos. Nas duas extremidades do Circo, matilhas de cães bravos foram soltas. Os animais farejaram o ar. Pouco tempo depois, começaram a correr em direção aos cristãos.

Os cães tinham um longo caminho a percorrer. Os cristãos correram primeiro para um lado e depois para o outro, encurralados entre as matilhas que os atacavam de ambas as direções. A multidão enlouqueceu.

Alguns ficaram de pé de pura empolgação, antecipando o momento em que os animais alcançariam a presa. Nero sorria. Essa era exatamente a reação esperada.

Os cachorros atacaram sem hesitação e fizeram as vítimas em pedaços. Os latidos, gritos, a visão de tanto sangue e carnificina excitava a multidão a níveis cada vez mais altos. Alguns cristãos proporcionaram diversão considerável, enquanto gritavam e choramingavam, pedindo piedade, correndo de um lado para o outro para evitar os cães. Os que dentre eles conseguiam morrer com um mínimo de dignidade, murmurando preces e até cantando hinos, despertavam a fúria da multidão. Um comportamento desses era uma zombaria à justiça; como ousavam aqueles criminosos continuar a provocar as vítimas mesmo enquanto eram castigados?

Mais cristãos foram trazidos até a pista de corrida. Mais cães, soltos. Cada morte era mais sangrenta que a anterior, porém a multidão começou a ficar impaciente, entediada com a repetição. Nero tinha previsto isso. A um sinal seu, uma nova fase do espetáculo começou. A fim de reavivar o interesse dos espectadores, várias histórias familiares foram reencenadas, usando os cristãos como figurantes.

Ilustrando a lenda de Ícaro, meninos com asas presas aos braços eram conduzidos até o alto de uma torre portátil e forçados a pular. Um após o outro, despencavam no chão, onde ficavam contorcendo-se na areia. Os que sobreviviam eram carregados de volta até o alto da torre e atirados novamente.

A fim de ilustrar a história de Laocoonte e os filhos, tanques repletos de enguias mortíferas foram transportados até a areia e grupos de pais e filhos eram jogados na água, onde morriam gritando e debatendo-se.

Para Tito, o mais impressionante dos momentos foi a história de Pasífae, talvez porque Sêneca tivesse acabado de contá-la. Exibiu-se primeiro uma menina cristã nua em volta da pista, enquanto a multidão vaiava e gritava obscenidades. Depois, ela foi forçada a entrar em uma efígie de madeira, representando uma novilha. Por meio de algum artifício, treinadores de animais induziram um touro branco a montar na imitação, construída mais para amplificar os berros da menina que abafá-los; os gritos lancinantes podiam ser ouvidos de uma extremidade à outra do circo. A multidão ficou fascinada. Por fim, a gritaria parou.

Quando o animal terminou, os treinadores o levaram embora. Um tempo depois, de um compartimento oculto embaixo da efígie, um menino nu, usando uma cabeça de bezerro, pulou e executou uma dança agitada.

— O Minotauro! — gritavam. — O Minotauro nasceu dela!

A multidão enlouqueceu, aplaudindo e gritando. Nero sorria de orgulho.

Esse tipo de cena, uma após a outra, era realizada aqui e ali, em toda a extensão do circo.

No final, como clímax, surgiram homens com tochas. Os cristãos que jaziam sem vida ou próximos da morte, na areia, assim como tudo que era de madeira, foram incendiados, porém os crucifixos permaneceram incólumes. A visão das chamas era assustadora, do mesmo modo que o cheiro da fumaça. Alguns membros da plateia, revivendo o trauma do incêndio, choravam de sofrimento. Outros gargalhavam sem controle. Ouviam-se soluços e gritos na multidão mas também ovações e aplausos. Os cristãos eram incendiários condenados e a punição prevista em lei para incêndios criminosos era a morte pelo fogo.

Quando as chamas espalhadas morreram e a noite começou a cair, postes sólidos, duas vezes maiores que a altura de um homem, foram cravados nos espaços entre as cruzes. Eles tinham sido lambuzados de piche, como ficava evidente pelo cheiro forte. Era óbvio que um novo espetáculo, envolvendo fogo, estava para ser apresentado. A multidão reagiu com gritos de temor e fascinação ao mesmo tempo. No alto de cada poste, uma espécie de cesta de ferro foi presa, grande o suficiente para conter um corpo humano.

Até então, Tito havia assistido ao espetáculo com um distanciamento implacável. Os auspícios para o evento foram inequivocamente favoráveis — ele observara com atenção enquanto Lucano fazia o augúrio —, e aquilo era uma indicação clara de que os deuses estavam satisfeitos. Assistir às punições pavorosas dos incendiários não dava qualquer prazer a Tito, mas era seu amargo dever, como cidadão e amigo do imperador, acompanhar o evento.

Tito sentiu vontade de esvaziar a bexiga. Tinha a impressão de que o momento era oportuno, pois parecia haver um intervalo antes da próxima atração; assim, levantou-se, desculpando-se. Olhando para trás, Nero lhe disse onde encontrar a latrina mais próxima e depois deu uma risadinha, como se estivesse a par de alguma brincadeira secreta. Tito saiu do camarote imperial, feliz por o espetáculo deixar o imperador com humor tão leve.

A latrina ficava em uma pequena construção, a alguma distância das arquibancadas. Havia outros homens lá, falando sobre as atrações enquanto se aliviavam. Todos concordavam que, enquanto algumas punições tinham sido muito repetitivas, outras foram notáveis. Havia um consenso entusiástico de que o estupro de Pasífae fora, de longe, o momento mais impressionante.

— Não é algo que se veja todo dia! — opinou um homem.

— A não ser que se seja um deus, como Netuno, e se possa fazer isso acontecer com um balançar do tridente.

— Ou se você for Nero!

Tito voltou para a arquibancada. O céu havia escurecido e as estrelas começavam a surgir. Tochas tinham sido colocadas aqui e ali para iluminar a área. Quando se aproximou, uma dupla de guardas pretorianos bloqueou sua passagem de forma abrupta.

— O que é isso? — perguntou um deles.

O homem era grande e de aparência brutal, mas tinha dentes perfeitos, que brilhavam à luz das tochas. Ele apontou para o *fascinum* no peito de Tito.

— Isso não é uma cruz, como a que os cristãos usam?

— O que uso no pescoço não é de sua conta — retrucou Tito de forma seca, tentando passar pelos dois, mas eles barraram seu caminho.

— Você vem conosco — disse o pretoriano de dentes perfeitos.

— É claro que não vou. Vocês não estão vendo que uso toga de senador? Estou voltando para o camarote imperial.

— Claro! Um cristão no camarote do imperador!

Cada um deles o pegou por um braço e, juntos, levaram-no, apesar de seus esforços para resistir, a uma pequena sala sob a recém-construída arquibancada de madeira. Um terceiro pretoriano, aparentemente seu superior, estava sentado diante de uma mesa com pilhas de pergaminhos.

— Algum problema? — indagou ele.

— Um cristão fugido, senhor — respondeu o pretoriano de dentes perfeitos.

— Isso é ridículo! — exclamou Tito, com irritação.

— Qual é seu nome, cristão? — quis saber o oficial.

— Meu nome é Pinário. Senador Tito Pinário.

O oficial consultou uma lista.

— Ah, sim, realmente temos um Pinário entre os que estão escalados para serem punidos no Circo hoje. Um cidadão do sexo masculino, 47 anos. Deve ser ele.

Tito cerrou as mandíbulas. O dia inteiro evitara pensar no irmão, dizendo-se que não tinha um.

— Deve ser Késio Pinário, não Tito...

— *Agora* reconheço você! — declarou o oficial. — Foi um dos primeiros incendiários que prendemos. Está bem diferente! Como conseguiu ficar tão limpo e fugir da cela? E onde no Hades você conseguiu essa toga? Aposto que matou algum senador para pôr as mãos nela!

— Isso é um absurdo — bradou Tito. — Sou um senador, um áugure e amigo do imperador.

Os guardas riram.

Tito sentiu um desfalecimento. A situação estava ficando fora de controle. Disse a si mesmo que permanecesse calmo.

— Deixem-me explicar uma coisa — falou ele, entre dentes. — Tenho um irmão... gêmeo... que é cristão...

Os pretorianos riram ainda mais.

— Gêmeo idêntico — gritou o guarda de dentes perfeitos. — Essa é boa!

— Com essa imaginação, você devia escrever comédias para o teatro e não causar incêndios — comentou o oficial, que cessou abruptamente de rir e assumiu um ar severo. — Uma história absurda dessas só confirma o que eu já suspeitava. O que vocês acham, companheiros? Como tratamos um cristão mentiroso e assassino?

Os pretorianos começaram a empurrar Tito com violência, para lá e para cá, entre eles; a puxar sua toga até arrancá-la; depois, rasgaram sua túnica íntima, deixando-a em farrapos; e ele ficou apenas com a tanga. Quando um deles tentou pegar o *fascinum*, Tito resistiu, mas se sentiu como uma criança enfrentando gigantes. O guarda de sorriso perfeito lhe deu um tapa no rosto com tanta força que até seus dentes doeram, deixando-o tonto e sem firmeza, com um gosto de sangue na boca.

Eles agarraram seus braços, empurraram-no para fora da pequena sala e começaram a levá-lo para outro lugar. No espaço aberto, atrás das arquibancadas, passaram por dois homens em togas senatoriais. Tito tentou erguer os braços, mas os pretorianos o contiveram.

— Socorro! — gritou ele.

Os senadores o olharam e um deles murmurou:

— Incendiário imundo!

Os pretorianos deram outro tapa no rosto de Tito para silenciá-lo e o empurraram até um portão, que se abriu, e ele se viu em um compartimento pouco iluminado. Acima, podia ouvir o murmúrio da multidão. Ao redor, ecoavam os rangidos da arquibancada de madeira, quando os espectadores se moviam. À medida que os olhos foram ajustando-se à escuridão, ele viu que a cela era grande e estava cheia, a maior parte ali se encontrava em andrajos ou vestindo pouco mais que ele. Tinham a aparência suja, desgrenhada e fediam a urina e suor. Tito passou por eles, fitando seus rostos. Alguns tremiam de medo e murmuravam preces, de olhos fechados. Outros pareciam estranhamente calmos, falando com os companheiros em voz baixa e tranquilizadora.

— Em um mundo tão perverso quanto esse, a morte é uma libertação a ser desejada — disse um homem, com uma longa barba branca, que Tito já vira certa vez na casa de Késio. — Até a morte sob circunstâncias tão terríveis quanto essas é melhor que a vida em um mundo desses. A morte nos levará a um lugar melhor.

Um encenador afobado entrou correndo, seguido por um grupo de pretorianos.

— Estou *tentando* manter a ordem aqui; *tentando* manter a programação do imperador para o espetáculo! — gritou o encenador. — Agora preciso que vocês, companheiros, dividam os prisioneiros em grupos...

Tito foi rapidamente até o funcionário.

— Ouça — disse ele. — Houve um erro. Eu não devia estar aqui...

O encenador deu um passo para trás, como se um cão bravo tivesse avançado nele. Antes que Tito pudesse dizer outra palavra, um dos guardas ergueu o escudo e o usou a fim de empurrá-lo para longe. Por uma fração de segundo, viu seu reflexo no metal brilhante, iluminado pela luz de uma tocha, e ficou chocado com a visão: um homem quase nu, com uma expressão de loucura nos olhos, o rosto machucado e os lábios sangrando. Com que rapidez sua identidade grave, intocável, de senador romano fora arrancada!

Tito olhava de um lado para o outro, desesperado para encontrar alguém a quem pudesse explicar sua situação.

De repente, viu-se diante de Késio.

Nunca vira o irmão com uma aparência tão miserável. Como Tito, Késio vestia apenas uma tanga. O corpo que via à frente era familiar mas distorcido, como uma imitação do seu, coberto de contusões, ferimentos e partes ensanguentadas. Késio havia apanhado e sido torturado. Pela aparência esquelética, passava fome também. Não havia nada de alheio em seus modos, como era o caso de alguns cristãos; o irmão parecia totalmente arrasado e perturbado. Tito via um homem assustado e digno de pena.

À medida que a prisão e o interrogatório dos cristãos prosseguiam e o dia do castigo se aproximava, Tito havia se forçado a não pensar no irmão. Já negara tantas vezes o fato que acabara quase acreditando nisso. Agora Késio estava diante dele, uma sombra do homem que um dia havia sido, mas ainda, inegavelmente, o filho de Lúcio Pinário, gêmeo de Tito. Este sentia uma tristeza incalculável, lembrando-se da infância conjunta em Alexandria e dos anos decorridos, antes de se tornarem estranhos um para o outro. Como conseguiram se afastar tanto? Como Késio havia ido parar entre aqueles loucos, adoradores da morte?

— Está tudo bem, irmão — sussurrou Késio. — Eu o perdoo.

A tristeza de Tito se abateu. Ele sentiu uma ponta de raiva. O que havia feito para necessitar de perdão? Por que Késio tinha de ser sempre tão presunçoso e farisaico?

Tentou pensar em uma resposta, mas não houve tempo. De repente, uma fileira de guardas estava entre eles, empurrando Késio para um grupo e Tito para o outro. Com os pretorianos berrando ordens em seus ouvidos, os presos do grupo de Késio foram obrigados a vestir túnicas, encharcadas de piche, depois tiveram os braços amarrados às costas.

Uma porta se abriu. Da arena, vinha o bramido da multidão. O diretor de cena gritou aos prisioneiros que corressem para lá.

— Rápido, rápido, rápido!

Guardas com lanças os faziam passar pela abertura.

De repente, Tito percebeu que o encontro com Késio não fora acidental. Recebera dos deuses uma última chance de se salvar. Ele saiu de seu grupo e tentou obter a atenção do diretor de cena.

— Somos gêmeos! Aquele é meu irmão gêmeo! Olhe para nós! Está vendo? Somos dois, iguais, mas meu irmão é cristão, não eu! Não era para eu estar aqui!

O encenador o olhou com exasperação e impaciência. Um dos guardas usou o cabo da lança para derrubar Tito no chão.

Késio conseguiu sair do grupo e correu até Tito. Cheirando a piche, com os braços amarrados, caiu de joelhos ao lado do irmão.

— Dê-me o crucifixo — sussurrou ele. — Por favor, Tito! É a única coisa que pode me dar forças para enfrentar o fim.

Deitado de costas, Tito agarrou o *fascinum* no peito e balançou a cabeça.

— Tito, eu imploro! Tito, vou ser queimado vivo! Por favor, irmão, faça-me esse último pequeno favor.

Com relutância, Tito retirou o colar e o pôs sobre a cabeça de Késio. Mesmo enquanto o fazia, sabia que estava errado em abrir mão dele. Tentou, desesperado, agarrar o *fascinum* e tomá-lo de volta, porém um guarda pôs Késio de pé e o objeto escapou de sua mão.

O irmão foi o último do grupo a ser empurrado para a pista. Tito se levantou rapidamente. Pela porta aberta, viu que os prisioneiros estavam sendo erguidos e colocados nas cestas de ferro, no alto dos postes cobertos de piche. Guardas carregando tochas correram até a pista e se posicionaram ao lado, prontos para acender as tochas humanas.

Enquanto Tito assistia, Késio foi levado até o mais próximo dos postes, sendo o último a ser erguido até a cesta. Ele vislumbrou algo brilhante e luminoso no peito do irmão — o *fascinum* —, então, desviou o olhar. Não conseguiria suportar ver.

Depois, ouviu um murmúrio abafado percorrer a multidão, uma onda de suspiros, como um vento que passasse pela relva alta. A isso se seguiu uma aclamação, que começou em uma das extremidades do circo e, em seguida, gradualmente cresceu até se tornar um rugido. Das arquibancadas acima veio o ruído ensurdecedor dos espectadores batendo os pés de excitação.

Tito foi até a porta e olhou para fora. Do outro lado do Circo, uma biga solitária havia sido levada até a pista. O condutor estava vestido com o traje de corrida, em couro, e usava o elmo da facção verde, favorita do imperador. Trazia os corcéis brancos em um trote lento, enquanto acenava para a multidão.

A popularidade de alguns condutores de biga rivalizava com a dos mais famosos gladiadores, mas qual deles seria tão estimado por Nero, a fim de ser selecionado para aquele papel tão majestoso, quase divino? Ao passar por cada uma das tochas humanas, ele erguia o braço, apontava um dedo acusador diante do prisioneiro e a tocha irrompia em chamas. O efeito era fantástico, como se o condutor tivesse o poder de lançar raios.

À medida que mais tochas eram acesas, a arena ficava mais iluminada, e Tito viu por fim o que a multidão nas arquibancadas já havia percebido: o condutor era Nero.

Enquanto o imperador continuava o avanço lento, aproximava-se cada vez mais da porta onde Tito se encontrava e do poste no qual Késio havia sido erguido. A um gesto de Nero, a tocha a seu lado foi acesa. Ele seria o próximo.

De repente, Tito foi agarrado. Os guardas viram que ele se encontrava do lado de fora e estavam puxando-o de volta. Reunindo todas as forças, conseguiu se libertar e correu para a pista.

Escorregou ao passar por uma área lisa e molhada e caiu de frente. Levantando-se rapidamente, tocou em algo e gritou de nojo. Era uma orelha humana. Ergueu-se de novo e olhou para si. Onde a pele nua tocara o chão, viu-se coberto de uma gosma áspera, feita de areia e sangue. Ouviu os guardas gritando atrás de si e correu.

Como era diferente estar ali, no solo da arena, em vez de no camarote imperial! Havia observado as atrações do dia da arquibancada, com uma mistura de determinação impávida e privilégio exaltado, confortavelmente distanciado do que estava acontecendo lá embaixo. Agora, via-se em uma paisagem bizarra, formada por cruzes enormes e tochas humanas, cercado por chamas e carnificina de todo lado. Sangue, urina, fezes de cães e de humanos se espalhavam pela areia. Para onde quer que olhasse, via dedos, de mãos e pés, e outros pedaços de carne, deixados para trás pelos cães famintos. Um cheiro nauseante penetrava suas narinas e a fumaça quente queimava seus pulmões. Acima dos urros da multidão, ouvia os gritos dos que estavam pegando fogo, o crepitar dos corpos sendo queimados e o gemido dos crucificados.

Com os guardas em seu encalço, Tito correu impetuosamente até Nero, alcançou a biga e se atirou no chão.

Deleitando-se com a aprovação da multidão, os olhos faiscando à luz do fogo, Nero não demonstrou surpresa diante da aparição súbita de Tito. Com um grande sorriso, atirou a cabeça para trás e gargalhou. Depois, puxou as rédeas para deter os cavalos e fez sinal aos guardas para que se afastassem. Desceu da biga, caminhou até onde Tito jazia arfando sobre a areia e se abaixou para acariciar sua cabeça.

— Não tema, senador Pinário — disse ele. — César vai salvá-lo!

Chorando de alívio, Tito se agarrou às pernas longas e finas de Nero.

— Obrigado! Obrigado, César!

Os espectadores consideraram o diálogo parte do espetáculo. Aplaudiram e gargalharam muito diante daquela demonstração satírica de clemência, em meio a tamanha carnificina.

— Nero é piedoso! Piedoso Nero! — gritou alguém.

Com isso, a multidão começou a cantar.

— Nero é piedoso! Piedoso Nero! Nero é Piedoso! Piedoso Nero!

O canto se misturava aos gritos das tochas humanas.

Tito tremia com tal violência que pensou estar à beira de se espedaçar. Chorava descontroladamente. Não tinha outra escolha a não ser permanecer de joelhos. Era-lhe impossível ficar de pé.

Nero meneava a cabeça e estalava a língua.

— Pobre Pinário! Você não percebeu que toda essa agonia era apenas uma brincadeira?

Tito olhou para ele, confuso.

— Uma brincadeira, Pinário! Aquela herança de família ridícula que você insiste em usar me deu a ideia. Onde está ela, por falar nisso? Não vá me dizer que perdeu.

Tito apontou em silêncio para Késio, preso na cesta ao alto do poste mais próximo.

Nero balançou a cabeça.

— Entendi. Você a deu a seu irmão gêmeo. Que apropriado! Petrônio sempre disse que achava de péssimo gosto você usar algo que parecia um crucifixo, porque todos sabem que tem um irmão cristão. Seria divertido, pensei, se Pinário se visse entre os cristãos.

— Você... Você planejou tudo isso?

— Nem tudo. Eu não fazia ideia de que você correria para me saudar assim. Mas foi perfeito! É um daqueles momentos raros e fortuitos que às vezes acontecem no teatro, quando tudo se encaixa como que por mágica.

— Mas eu podia ter morrido. Podia ter sido queimado vivo!

— Não, não! Você não correu perigo algum. Dei instruções aos guardas para ficarem esperando e o prenderem na saída das latrinas. Você tinha de ir lá, mais cedo ou mais tarde. Mas falei para não lhe machucarem. Bem, não mais que o suficiente para convencê-lo a ir com eles. Você tomou um susto, não? Mas induzir ao terror é uma das funções do teatro; o próprio Aristóteles disse isso. Terror e piedade... que você vai sentir muito em breve. Não foi delicioso sentir o hálito quente de Plutão sobre você e, depois, quando toda esperança estava perdida, escapar ileso? Temo que seu irmão incendiário vá ter um destino diferente.

Pegando o queixo de Tito com a mão, Nero dirigiu seu olhar a Késio. Com o outro braço, fez uma mímica do ato de atirar um raio. O poste ao qual Késio se encontrava preso irrompeu em chamas.

Tito não tinha como desviar o olhar e observava — horrorizado, fascinado, estupefato.

Nunca antes sentira a presença dos deuses, com tanta força, como naquele momento. O que experimentava ia além das palavras, era quase intenso demais para suportar. Aquele era o lugar, diferente de qualquer outro, aonde os personagens de uma tragédia chegavam; era o momento da revelação suprema, tão terrível que um simples mortal mal aguentava. O que Tito sentia era maravilhoso e horrível; repleto de significado e, no entanto, completamente absurdo. E era Nero quem lhe proporcionava aquele momento — Nero, que pairava acima dele, sorrindo, sereno, divino. Para tê-lo concebido, ele era sem dúvida o maior de todos os poetas ou dramaturgos que já existiram na humanidade. Tito sentiu novamente, magnificado agora para além dos limites, a mesma reverência que experimentara ao ouvir o imperador cantando a queima de Troia. Com certeza, Nero era divino. Quem, a não ser um deus, poderia ter conduzido Tito àquele momento supremo?

O imperador olhou para ele e balançou a cabeça de forma consciente.

— E quando isso acabar, Pinário, quando a fumaça clarear e as brasas morrerem, vamos recuperar seu amuleto das cinzas de seu irmão e você deverá usá-lo todos os dias. Sim, a cada hora de cada dia, para nunca mais esquecer este momento.

— Você é um homem agora, meu filho. O herdeiro dos Pinários. Às vezes, a transmissão do *fascinum* ocorre no momento da morte de quem o usa, às vezes, quando ele ainda está vivo. É minha decisão passá-lo a você agora. A partir desse momento, o *fascinum* de nossos ancestrais pertence a você.

Tito Pinário repetia uma cerimônia já encenada por incontáveis gerações da família Pinário, desde épocas imemoriais. Ele ergueu o colar com o amuleto sobre a cabeça e o colocou em torno do pescoço do filho. Tito estava com 50 anos; Lúcio, 21.

Todavia, a atmosfera na casa não era de júbilo. Crisante desviou os olhos. As três filhas choravam. Hilário baixou o rosto e os outros escravos seguiram seu exemplo. Até as máscaras de cera dos antepassados, trazidas ao jardim para testemunhar a cerimônia, pareciam melancólicas.

O jardim estava repleto de cores e fragrâncias, cercado de rosas e trepadeiras floridas. Como qualquer outra parte da nova e esplêndida casa no Palatino, ele era muito espaçoso e mantido com sofisticação, um local de beleza e elegância, especialmente em um dia cálido do mês de Junius.

Como um dos súditos mais leais do imperador, sempre pronto a realizar auspícios, a lhe dar bons conselhos e a estimular seus empreendimentos, Tito havia prosperado muito nos últimos anos. Graças à generosidade de Nero, adquirira uma fortuna considerável e possuía propriedades em toda Itália. A velha casa no Aventino tinha começado a ficar apertada e antiquada. Foi um dia de orgulho quando os Pinários se mudaram para uma mansão recém-construída, a apenas alguns metros de distância de uma ala, no Palatino, da Casa Dourada de Nero.

Tito se preparou para sair. Vestiu a *trabea*, a mesma usada muito tempo antes, no momento em que ingressou no colégio, a convite do primo Cláudio, mas o *lituus* que escolheu era o segundo melhor. O antigo, de marfim, que herdara do pai, preferiu deixar em casa.

— Tem certeza de que não posso ir com você, pai? — perguntou Lúcio, com lágrimas nos olhos.

— Tenho, filho. Quero que fique aqui. Sua mãe e suas irmãs vão precisar de você.

Lúcio assentiu:

— Eu entendo. Adeus, pai.

— Adeus, filho.

Eles se abraçaram; depois, Tito abraçou e se despediu de cada uma das três filhas. A mais nova tinha 10 anos e a mais velha, 16. Como eram parecidas com a mãe!

Crisante e Hilário o seguiram até o vestíbulo. O escravo abriu a porta para Tito. A esposa pegou sua mão, a voz embargada pela emoção.

— Não há nenhuma chance...?

Tito balançou a cabeça.

— Quem pode dizer? Quem sabe aonde os deuses me levarão hoje?

Ele a beijou. Depois, deu um passo atrás e respirou fundo. Com rapidez, sem ousar hesitar, saiu de casa e ganhou a rua.

O último morador da residência que viu foi Hilário, que o olhava da porta. Tito se deteve e se virou.

— Você me serviu bem, Hilário.

— Obrigado, amo.

— Que idade você tem?

— Nunca soube ao certo, amo.

Tito meneou a cabeça e sorriu.

— Seja qual for sua idade, para mim você ainda parece um menino. Mesmo assim, imagino que, se fosse liberto, seria hora de pensar em criar a própria família. Você sabe que deixei instruções com Lúcio para você ser alforriado, no caso de...

Hilário balançou a cabeça.

— Sim, amo, eu sei. Obrigado, amo.

— É claro que espero que você continue a servir Lúcio. Ele vai precisar de um escravo, um liberto, em quem possa confiar. Alguém fiel como você, inteligente e com bom senso.

— Vou ser sempre fiel aos Pinários, amo.

— Excelente — disse Tito, pigarreando. — Bem, então...

— Quer que eu feche a porta agora, amo?

— Sim, Hilário. Feche e tranque a porta.

A porta se fechou e Tito ouviu a pesada barra sendo colocada no lugar. Voltou-se, então, e caminhou rápido pela rua.

Não passou por ninguém. A rua estava deserta. Talvez fosse um bom sinal.

Ele alcançou a entrada mais próxima da Casa Dourada, a que estava acostumado a usar quase todos os dias, mas descobriu que estava fechada por uma enorme porta de bronze. Nunca vira aquela porta fechada antes; invariavelmente, a qualquer hora, sempre se deparava com ela aberta e guardada por pretorianos. Nesse dia, não havia guardas à vista.

Levantou a pesada aldrava de bronze e a deixou cair. O som reverberou por toda a rua. Não houve resposta.

Tito a usou várias vezes, constrangido por causa do barulho. Ninguém respondeu.

Teria de tentar outra entrada. A mais próxima era a original, da antiga residência imperial, construída por Augusto, que basicamente servia agora de porta dos fundos, a mais distante do grande vestíbulo da Casa Dourada, na extremidade sul do Fórum. Havia muito que não a usava.

Nem todo o Palatino reconstruído era tomado pela Casa Dourada ou por residências particulares. O caminho o levou por uma área de lojas e tavernas, de clientela muito exclusiva. As primeiras se encontravam todas fechadas, mas uma delas estava aberta e parecia ter um bom movimento, especialmente para aquela hora do dia. Ao passar, Tito ouviu alguns fregueses cantando:

A mãe matou,
E a mulher maltratou.
Quem é pior que Nero?
A cidade queimou,
E seu bebê liquidou.
Parece louco? É apenas Nero!

De repente, um grupo de homens passou correndo por ele. Pareciam tomados de pânico. Tito reconheceu um companheiro senador, partidário leal do imperador, como ele próprio, mas o político vestia uma túnica comum, em vez da senatorial. Ele reconheceu Tito e segurou seu braço.

— O que você está fazendo na rua, Pinário? Devia estar em casa com a família. Ou, melhor ainda, sair da cidade. Você não tem uma propriedade no campo aonde ir?

O homem continuou a correr sem dizer mais nada.

Tito viu mais gente se aproximando pela rua. Brandiam clavas e cantavam palavras de ordem. Tito não esperou para ouvir o que diziam. Dirigiu-se rapidamente na direção oposta.

Passou por ruas vazias e chegou até uma pequena praça, com um chafariz público. Próximo, via-se uma estátua de mármore do imperador. Tito gemeu. Alguém havia colocado, meio fora de lugar, uma peruca de teatro grosseira sobre a cabeça e amarrado um saco com um cartaz, em volta do pescoço, que dizia: ESTE ATOR MERECE O SACO!

Tito estremeceu. Culpados de parricídio eram postos em sacos como aqueles, que eram então costurados, e atirados no Tibre para se afogar.

A que ponto as coisas chegaram! Quando haviam começado a dar errado?

Teria sido quando Nero, cansado dos conselhos de Sêneca, demitiu o antigo tutor e o substituiu pelo frio e insanamente desconfiado prefeito da guarda pretoriana, Tigelino? Tudo havia certamente piorado depois disso.

Ou fora quando a conspiração senatorial contra Nero veio à luz? O banho de sangue que se seguiu dividiu a cidade, mas que escolha tinha Nero a não ser eliminar brutalmente os responsáveis? Talvez o imperador tivesse exagerado um pouco. O senador Piso e uma dezena de outros eram sem dúvida culpados, mas e Sêneca, Petrônio, Lucano e tantos outros, que fizeram da corte de Nero um lugar tão vibrante? Todos se foram então, executados ou forçados a cometer suicídio. As mortes foram tão inesquecíveis quanto as vidas que levaram e já haviam se transformado em lenda.

Petrônio tinha oferecido um banquete esplêndido; depois cortara os pulsos e os amarrara, de modo que sangrasse vagarosamente até a morte, enquanto conversava com os amigos mais chegados. Dizia-se que nunca fora mais divertido e franco que naquela noite, ridicularizando Nero ao ditar uma carta na qual listava todas as aventuras sexuais do imperador e os detalhes íntimos de cada uma delas. Seu ato final como árbitro da elegância foi selar a carta e enviá-la a Nero.

Pouco depois da punição aos cristãos, Lucano se desentendeu com Nero e foi proibido de publicar novos poemas. No entanto, versos que lhe eram atribuídos circulavam livremente, nos quais acusava o imperador de ter iniciado o Grande Incêndio. Ao ser preso por conspirar com Piso, Lucano foi forçado a entregar os cúmplices e se cobriu de vergonha quando implicou a mãe; depois, suicidou-se. Enquanto sangrava até morrer, recitou as últimas palavras de um soldado, tiradas de seu poema sobre a guerra civil:

Trago os olhos arregalados na iminência da aniquilação.
Os vivos, sem o saber, caminham pela escuridão.
Os deuses cegos os deixam para que não vejam a realidade dura.
Mas eu percebo a verdade: sei que é a única cura.

Sêneca, que muitos suspeitavam querer substituir o protegido como imperador, disse palavras duras quando os pretorianos de Nero vieram buscá-lo.

— É assim que todos os meus esforços para educá-lo terminam? Todos os meus ensinamentos para isso? Ele matou o irmão e a mãe, agora mata o tutor!

A esposa de Sêneca decidiu morrer com ele. Os dois cortaram os pulsos e ficaram deitados, lado a lado, mas a morte tardava a vir. Sêneca tomou veneno — cicuta, imitando Sócrates —, mas isso também não funcionou. Finalmente, foi colocado em uma banheira com água quente, para apressar o sangramento, e morreu sufocado pelo vapor.

Quando disseram a Nero que Paulina ainda vivia, o imperador declarou que ela nada havia feito para prejudicá-lo e ordenou que seus pulsos fossem envolvidos por bandagens. Paulina sobreviveu. Seguindo as instruções no testamento do marido, ela cremou Sêneca sem ritos funerários.

A investigação da conspiração, conduzida por Tigelino, tornou-se tão ampla que Tito começou a temer que recaíssem suspeitas sobre ele. Entretanto, ninguém era mais leal a Nero. O imperador nunca desconfiava dele.

Assim que cada conspirador era condenado, Nero confiscava os bens do culpado. Pela lei romana, as posses dos traidores sempre passavam para o Estado. Ainda assim, os confiscos causaram muitos protestos. Acusavam o imperador de condenar os ricos só para pôr as mãos em suas propriedades. Era verdade que precisava de todo o dinheiro que pudesse obter. A construção suntuosa da Casa Dourada e a reconstrução em série de monumentos e templos, por toda Roma, fizeram com que Nero incorresse em dívidas pesadas. O povo se queixou quando ele propôs que a cidade ressuscitada se chamasse Nerópolis, mas não teria o imperador comprado o direito de rebatizá-la?

Dinheiro — esse era o problema, pensava Tito. Se Nero ainda o tivesse poderia controlar a cidade, o Senado e o império. Porém, todo o capital se fora. O tesouro estava vazio. Quando Tito percebeu a gravidade da situação, ofereceu-se a doar os próprios bens aos cofres públicos, como um sinal de gratidão por todas as benesses concedidas por Nero a ele. O imperador apenas rira. Mesmo a riqueza considerável do senador era uma bagatela, se comparada às dívidas de Nero, uma gota d'água no oceano.

Problemas nas províncias também haviam contribuído. O levante sangrento de Boudica, na Britânia, no reinado de Nero, fora tratado de forma sumária, porém, a revolta que se propagava na Judeia, nos últimos dois anos, era mais preocupante. Nero tinha nomeado Vespasiano para pôr fim à rebelião. A resistência ao longo da costa e na parte norte da Judeia fora sufocada, mas a cidade de Jerusalém, um caldeirão de fanáticos, aguentava o cerco romano até então. Fora lá que o culto dos cristãos se originara, lembrava-se Tito. Por que aquela parte do mundo era um solo tão fértil para ideias perigosas e tão resistente ao domínio de Roma?

Também houve uma revolta, comandada por Víndice, governador da Gália, aparentemente contra os impostos exorbitantes de Nero. A sedição tinha sido suprimida, no entanto, não antes das calúnias a respeito da vida pessoal do imperador provocarem muitos rumores maliciosos por todo o império.

Tito suspirou. Por mais devastadores que tenham sido os acontecimentos na esfera pública — a conspiração de Piso, a ascensão de Tigelino, a perda de Sêneca, a dizimação do círculo íntimo de Nero, as enormes despesas necessárias para a reconstrução da cidade queimada, os problemas em Britânia, Judeia e Gália —, talvez o evento mais importante de todos tivesse sido a morte de Popeia Sabina. Possivelmente, os problemas começaram ali.

Pobre Nero! Tito testemunhara com os próprios olhos seu remorso após a morte de Popeia. Naquela noite, o imperador havia bebido muito. O casal foi ouvido gritando um com o outro. Nero ficara possesso. Ninguém viu o que aconteceu, mas o médico, tendo-a examinado mais tarde, disse a Tito que apenas um chute na barriga poderia ter causado o sangramento que matou Popeia e o filho não nascido.

Nero ficou inconsolável. Em vez de cremar Popeia à maneira romana, mandou que enchessem seu corpo com especiarias perfumadas e o embalsamassem. Alguns atribuíram aquilo a suas crenças religiosas particulares, porém Tito achava que o verdadeiro motivo era o fato de Nero não suportar a ideia de ver sua beleza consumida pelas chamas.

Foi por mero acaso que, um dia, Tito notou um rapaz que poderia ser uma duplicata de Popeia. Tinha o nome de Esporo e era servo da casa imperial. Quando chamou a atenção de Nero para a misteriosa semelhança, o imperador se apaixonou de imediato. No entanto, a atração não foi apenas sexual ou romântica; Nero achava que Esporo estava ligado de forma mística a Popeia, que a falecida esposa retornara sob a forma de um jovem. Essa ideia estranha se tornou tamanha obsessão que Nero induziu Esporo a ser castrado. O imperador declarou que, por um ato da vontade divina, transformara o menino em menina. À criação, deu o nome de Sabina, alcunha de Popeia.

Em uma cerimônia que repetia exatamente o casamento com ela, Nero tomou Esporo, agora Sabina, como mulher. Uma coisa dessas nunca teria acontecido sob a influência de Agripina ou de Sêneca. Tito realizou os auspícios, Tigelino executou o ritual e, daquele dia em diante, o imperador vestiu Esporo com as roupas de Popeia, tratando o eunuco rigorosamente como esposa. Vendo os dois brigarem durante um banquete, depois, fazer as pazes e se acariciar, Tito ficava às vezes espantado diante da ilusão de que Popeia ainda se encontrava entre eles.

Parecia-lhe que a transcendência do imperador para além do masculino e feminino era mais uma manifestação de sua natureza divina. Os apetites de Nero não deveriam ser condenados pelas supostas limitações do corpo mortal. O imperador-deus podia transformar um menino em menina e até, de certo modo, ressuscitar os mortos.

Contudo, nem todos possuíam essa percepção delicada de Tito. Inevitavelmente, espíritos mais rudimentares faziam daquele relacionamento não convencional alvo de piadas. "Se o pai dele tivesse escolhido uma esposa dessas", diziam alguns, "nunca teria existido um Nero!".

Tito contemplou longamente a estátua do imperador profanada, ao lado do pequeno chafariz. Subiu no pedestal com a intenção de retirar a peruca ridícula e o saco de parricida; em seguida, ouviu um grupo de homens vindo em sua direção. Pareciam bêbados e estavam cantando outro verso da cantiga que ele escutara na taverna:

Representou nos palcos gregos
E conseguiu uma coroa.
Um palhaço de vida boa: este é Nero!
Feita para um deus foi.
A casa Dourada.
Mas um verme a fez de morada: o próprio Nero!

Os homens carregavam clavas; dava para saber por causa das batidas contra as paredes das construções por onde passavam.

Assim, Tito pulou do pedestal e se apressou.

De nada adiantava examinar o passado agora, tentar entender como Nero chegara àquela situação. Procurou se lembrar dos bons momentos. A Casa Dourada era sem dúvida a maior maravilha arquitetônica da época, mesmo com algumas partes ainda inacabadas. O imperador ousara construir uma residência verdadeiramente adequada para um deus, um lugar tão belo que todo ângulo privilegiado oferecia um espetáculo aos olhos, e cada um das centenas de aposentos convidava o visitante a se entregar ao luxo. Que festas Nero havia realizado lá, apresentando os melhores e mais requintados artistas de todos os cantos do mundo, oferecendo os banquetes mais suntuosos e disponibilizando os prazeres sensuais mais refinados e ocultos. "A dor é para os mortais", dissera certa vez, "o prazer é divino". Ser um conviva na Casa Dourada era se tornar um semideus, mesmo que por uma noite.

Os bons tempos da Casa Dourada foram inesquecíveis, mas nenhuma época fora melhor que os dias da grande viagem de Nero pela Grécia. Distante do olhar de censura dos antiquados senadores romanos e de suas esposas, o imperador tinha representado em público nos lendários teatros do país, interpretando todos os grandes papéis — Édipo, Medeia, Hécuba, Agamenon —, sempre com Tito, para tomar os auspícios antes das apresentações. Alguns críticos inamistosos se queixavam de que as habilidades do imperador como cantor e ator eram no máximo medíocres, apesar dos muitos prêmios conquistados. Vespasiano, que também participou da viagem, chegou a adormecer durante um dos recitais de Nero. Apenas uns poucos escolhidos, como Tito, eram capazes de apreciar toda a extensão da genialidade do imperador.

Onde quer que Nero aparecesse, o teatro lotava; todos queriam ver um imperador no palco. Para os dramas clássicos, ele declamava portando uma máscara trágica, ao estilo grego antigo. Nas produções mais modernas, em que os outros atores se apresentavam sem nada cobrindo a face, em nome da decência, Nero ainda assim usava máscara, não do personagem, mas do próprio rosto. O efeito, para Tito, só aumentava a dramaticidade. Como era estranho ver uma máscara do imperador e saber que ele próprio estava por trás dela. E de que forma tão marcante se invertia toda a lógica do teatro quando se tinha um governante no palco. Normalmente, a plateia sentia-se invisível, com a força de seu olhar coletivo focado em um homem, mas quem conseguia ter a sensação da invisibilidade quando o imperador, em pessoa, poderia estar devolvendo aquele olhar? Os espectadores se tornavam espetáculo, e os atores, observadores. O teatro tinha começado como instituição sagrada e, durante um período, as peças foram rituais religiosos. Nero restaurara o poder santificado do teatro, tornando-o uma experiência de fato transcendente. Cada vez mais, Tito ficava impressionado com a genialidade do imperador-deus.

Por fim, ele chegou à entrada que vinha procurando, o átrio construído por Augusto. A armadura daquele imperador ainda estava no mesmo lugar, assim como as portas de bronze originais e o dintel de mármore acima delas, com a escultura em relevo de uma coroa de louros. No entanto, para desgosto de Tito, os dois loureiros que flanqueavam a entrada, ali desde que Lívia os plantara e que haviam milagrosamente escapado do Grande Incêndio, estavam sem folhas e murchos. Ele pegou um galho e a madeira quebradiça e escura partiu em sua mão.

Um comentário que Tito havia feito certa vez a Nero e Popeia voltou a sua mente: "Acho que aqueles dois loureiros vão sobreviver enquanto houver descendentes do Divino Augusto." Agora, as árvores estavam mortas. Tito estremeceu, mais perturbado com a visão das plantas murchas que com os bandos que vagavam pelas ruas.

As grandes portas de bronze se encontravam fechadas. Tito empurrou uma delas. Era muito pesada e, a princípio, recusou-se a se mover, mas por fim conseguiu empurrá-la o suficiente para se esgueirar pela abertura.

O que tinha sido o vestíbulo da modesta residência de Augusto era agora um jardim a céu aberto. Havia cerejeiras e parreiras, rosas e outras flores perfumadas e sebes com forma de animais. Depois, via-se um gramado, onde uma cascata artificial caía por entre pedras. Salas e corredores se estendiam além, assim como mais jardins e aposentos.

Enquanto vagava pela casa, sem ver nem ouvir ninguém, Tito alternava entre estar no interior de cômodos e a céu aberto; passar do interior para o exterior era uma espécie de ato mágico na Casa Dourada, tal era a perfeição com que seu planejamento reunia as duas coisas. Dentro, ele sentia com frequência que estava no seio da natureza, cercado por opulentas pinturas de folhagens, pisos verdes de mosaico cintilante, fontes borbulhantes e janelas altas, abertas para o céu azul. Fora, sentia-se como se estivesse no aposento mais belamente decorado, em meio a colunas de mármore e treliças de marfim, cortinados suntuosos e mobília feita de pedra e metal elegantemente trabalhado, repleto de almofadas macias.

Muitas estátuas enfeitavam jardins e salas. Nero havia saqueado todo o império, a fim de encontrar peças em número suficiente para decorar aquela casa imensa; só de Delfos, retirara quinhentas delas. Algumas retratavam deuses, e outras, mortais; umas eram singulares, e outras, eróticas. Havia as que eram realistas e as ousadamente heroicas. Novas e velhas, mas todas recém-pintadas, de forma tão convincente que davam a impressão de poder se mover ou falar a qualquer momento.

Os melhores pintores do mundo decoraram a Casa Dourada. Da mesma forma que as estátuas, cada parede era pintada, assim como os tetos incrivelmente altos. A fim de criarem bordas e molduras, eles utilizaram padrões geométricos, medalhões e imagens da natureza — folhas, conchas, flores — enquanto preencheram os espaços maiores com ilustrações, que retratavam as grandes histórias de seres humanos e deuses. As cores eram incrivelmente vivas e brilhantes; as composições, elaboradas. Havia tantos aposentos — centenas deles — que Tito, por mais que a visitasse, toda vez que ia à Casa Dourada se via em algum recinto onde nunca estivera antes, repleto de pinturas inteiramente inéditas, cada uma mais bela que a outra.

Igualmente deslumbrantes eram os pisos, as paredes e as altivas colunas de mármore. Havia um mármore de um verde vivo trazido de Esparta e um amarelo com veios negros, vindo da Numídia, além do magnífico pórfiro do Egito; mas esses eram os tipos mais comuns. Havia cores e padrões de mármore na Casa Dourada que Tito jamais vira em qualquer outro lugar, transportado até Roma em grandes quantidades e a um custo altíssimo, de todas as partes do mundo.

Muitos dos pisos, internos e externos, eram decorados com mosaicos. Lindas pinturas eram emolduradas por bordas múltiplas, feitas com desenhos geométricos estonteantes, mostrando marinheiros pegando peixes, agricultores trabalhando em campos de grãos, gladiadores na arena, condutores de bigas no Circo, estudiosos em bibliotecas, mulheres dançando, sacerdotes oferecendo sacrifícios e crianças brincando. Os ladrilhos tremeluziam, refletindo a claridade de diferentes ângulos, de maneira que as imagens pareciam vivas no chão.

Enquanto Tito se deslocava de jardim em jardim, de construção em construção e de aposento em aposento, impressionava-lhe a quietude total. O palácio inteiro parecia deserto. O silêncio era perturbador. Por fim, após descer os terraços escalonados da face do Palatino, onde ficava o Fórum, entrou em uma edificação e ouviu um ruído no aposento contíguo. Antes que pudesse decidir se iria se esconder, um leão surgiu à porta e veio em sua direção.

Nero mantinha um grande zoológico em um dos jardins, do outro lado da Casa Dourada, ao pé do Esquilino. Evidentemente, os tratadores dos animais haviam fugido também e alguém deixara as jaulas abertas.

O grande felino ficou parado um instante, olhando para Tito, mexendo os bigodes e balançando a cauda. Era um espécime magnífico, de pele castanho-amarelada e juba esplêndida.

Tito ficou imóvel. Uma gota de suor desceu por sua espinha. Automaticamente, buscou o *fascinum*, que não estava mais com ele. Dera-o a Lúcio.

O leão mexeu a cabeça, sacudiu a juba e pareceu então tomar uma decisão. Caminhou em direção a Tito, que resistiu ao impulso de fugir. Já vira criminosos condenados correr de leões na arena e o resultado nunca era bom. Ocorreu-lhe tentar gritar com o animal e ver se o assustava, mas não conseguia falar.

O animal chegou até ele, esticou o pescoço e esfregou o focinho contra sua coxa. Emitiu um ruído que Tito pensou ser um rosnado, mas depois percebeu se tratar de um ronronar. O leão ergueu a cabeça e o fitou com olhos grandes, então esfregou a cara contra sua outra coxa.

Com a mão trêmula, Tito ousou tocar a juba do animal. A criatura pôs para fora uma língua longa e áspera, lambendo sua mão.

Vagarosamente, Tito se virou e saiu de costas pela porta, sem tirar os olhos do leão, que o observava com uma expressão curiosa, mas sem fazer qualquer movimento para segui-lo. Jogou a cabeça para trás, abriu a boca cheia de dentes afiados e bocejou.

Assim que se viu fora do campo de visão do animal, Tito começou a andar muito rápido e, depois, a correr.

Ao dobrar uma esquina, colidiu com um casal de escravos da casa, de meia-idade, os primeiros que via desde que entrara na Casa Dourada. O homem caiu de costas, derrubando um saco grande que carregava, que estourou com um ruído alto, deixando escapar taças de prata, bandejas e outras miudezas sobre o piso de mármore.

A mulher ficou imóvel, segurando o grande e improvisado saco que também carregava, o qual parecia ser um lençol seguro pelas pontas. Ela o fitou com os olhos bem abertos.

Tito prendeu a respiração. Antes que pudesse falar, a escrava ficou muito ruborizada e deixou escapar:

— Lustrar! Estávamos levando isso tudo... para lustrar!

Todas as peças espalhadas haviam ficado imóveis, menos um pequeno prato. Com o retinir típico de metal contra o mármore, ele girava em uma espiral decrescente. Por fim, firmando uma das bordas, parou de rodar com um ruído súbito. Os objetos de prata brilhavam sobre o piso, sem qualquer nódoa.

Tito ignorou a mentira óbvia da escrava.

— Onde estão todos?

— Cada um foi para um lado — respondeu, dando de ombros.

— E seu amo? Onde está o imperador?

— Nós o vimos no pátio grande há pouco. Sentado ao pé do Colosso. Fica bem em frente...

— Eu sei onde é — interrompeu Tito, apressando o passo e ouvindo os dois escravos discutindo, enquanto recolhiam a prataria espalhada pelo chão.

Entrar no pátio grande, fosse pela primeira vez ou pela centésima, provocava inevitavelmente uma sensação de espanto e vertigem. Tudo ultrapassava a escala humana. O pórtico que o cercava era para gigantes, com colunas de mármore pretas e brancas imensas e intercaladas, da mesma forma que as enormes pedras do pavimento. Zenodoro tinha convencido Nero de que o simples preto e branco seria a vitrine mais impressionante e, ao mesmo tempo, mais harmoniosa para a gigantesca estátua dourada, que se erguia no centro, mais alta que qualquer outro objeto à vista.

Do pescoço para baixo, a estátua nua, com um físico ideal, com certeza não se parecia com o imperador, que tinha barriga protuberante e pernas finas e compridas. Contudo, Zenodoro fizera um trabalho esplêndido ao captar a expressão de Nero, reconhecível de imediato, mesmo a distância. A estátua representava o imperador no papel de Sol, com a cabeça emanando raios.

Tito discerniu quatro pequenas figuras na base do Colosso. Uma delas, identificável pelas vestes dourada e púrpura, era Nero, que parecia deitado de barriga para cima. Estava cantando, se é que se poderia chamar aquilo de canto, emitindo notas longas que ecoavam pelo vasto pátio.

Das três outras figuras, uma, aparentemente masculina, andava para lá e para cá, enquanto as duas restantes, um homem e uma mulher, estavam perto uma da outra, conversando. As três pararam o que estavam fazendo e olharam para Tito, que se aproximava, fitando-o com apreensão. Por fim, chegou perto o bastante para reconhecer Epafrodito, secretário pessoal de Nero, e Esporo, com quem havia estado conversando. A figura que andava era a de um dos libertos de maior confiança do imperador, Faon. Os três reconheceram Tito e suspiraram de alívio.

A seus pés estava Nero, deitado. Dois pratos de metal, unidos por uma tira de couro, encontravam-se sobre seu peito. Ele sustentava uma nota durante o máximo de tempo possível, praticando um exercício para fortalecer o pulmão. O hálito cheirava a cebola. Quando treinava para alguma competição de canto, o imperador fazia uma dieta especial, que consistia em azeite de oliva para a garganta, e cebolas, a fim de limpar o nariz e abrir o pulmão.

Tito olhou para o Colosso e depois para Nero, prostrado. Como um era grande, e o outro, pequeno! A nota que emitia prosseguiu até o fôlego acabar e ele respirar fundo, suspendendo os pratos de metal. Quando inspirou novamente, com o peito bem inflado, o imperador começou a emitir outra nota, mais alta que a anterior.

Tito observou os companheiros de Nero. Epafrodito era um liberto grego muito educado, bem-barbeado e com um toque grisalho nas têmporas. Como recompensa pelo papel central que teve em descobrir a conspiração de Piso, tornara-se secretário pessoal do imperador e mordomo da corte. Ninguém sabia mais sobre as operações diárias da Casa Dourada que Epafrodito e, dentro da altamente complexa burocracia imperial, nada de importante podia ser feito sem seu conhecimento e aprovação. Estudava filosofia e era famoso por permanecer calmo durante crises.

O cabelo, a maquiagem e a estola elegante de Esporo faziam com que se assemelhasse de forma estranha a Popeia. O mesmo poderia ser dito da postura, com um pé ligeiramente à frente do outro, mãos nos quadris e queixo erguido. No entanto, quando virou a cabeça, Tito percebeu que o eunuco estava com um hematoma feio em uma das maçãs do rosto. Esporo notou o olhar de Tito e tocou a contusão, desviando o rosto.

Andando rapidamente para cima e para baixo, o liberto Faon parecia não saber mais o que fazer. Era mais jovem que Epafrodito, porém sua ascensão junto a Nero fora rápida. Pelos serviços leais, o imperador o recompensara com vários bens valiosos, inclusive uma propriedade perto da cidade, na estrada para Nomentum.

A nota sustentada por tanto tempo silenciou quando o fôlego de Nero se exauriu mais uma vez. Tito achou que faria uma pausa em seu exercício para lhe dar algum sinal de reconhecimento, mas, em vez disso, ele respirou bem fundo, fazendo os pratos de metal subirem, e emitiu outra nota, muito baixa.

Tito ouviu alguém correndo na direção deles. Antes mesmo de se virar para ver quem era, já sabia se tratar de Epíteto, escravo de Epafrodito. Ele tinha uma perna deficiente e andava mancando; quando era obrigado a correr, fazia-o desajeitadamente. O escravo mal tinha idade para ter barba, no entanto a usava longa e desgrenhada, à maneira dos filósofos e pedagogos.

Epíteto chegou até eles e tentou recuperar o fôlego. Não estava acostumado a correr. Nero pareceu não o perceber. Terminou a nota e começou a encher o pulmão de novo.

— César — chamou Epafrodito. — O escravo pode ter novidades. Talvez deva fazer uma pausa nos exercícios.

O imperador voltou o olhar para cima, a fim de ver Epafrodito, e desamarrou as tiras de couro que uniam os pratos de metal, que caíram sobre as pedras de mármore do pavimento com um estrondo. Depois, levantou-se. Seus olhos brilhavam e deu um largo sorriso. Tito não sabia o que pensar sobre o humor exuberante do imperador. Talvez fosse efeito dos exercícios respiratórios.

— Muito bem, que novidades? — perguntou Nero. — Alguém já cortou a cabeça do bode velho?

O bode velho ao qual se referia era Sérvio Sulpício Galba, governador da Espanha, que marchava sobre Roma com as legiões. Estava na casa dos 60 anos; era alto; tinha olhos azuis, rosto marcado e era completamente calvo. Sob muitos aspectos, era o oposto exato de Nero: um militar parcimonioso, com aversão à pompa e à ostentação, além de uma reputação de disciplinador cruel. Quando Calígula foi assassinado, alguns senadores foram favoráveis a Galba, um militar enérgico, então no auge da juventude, para sucedê-lo; porém ele não se ofereceu e serviu lealmente a Cláudio. Depois, quando a autoridade de Nero se esfacelou, sem ninguém mais da família de Augusto na linha de sucessão, os partidários o convenceram de que chegara a hora. Sua candidatura, agora aberta, ao poder e a notícia de que marchava sobre a cidade provocaram caos em Roma.

Epíteto se apoiava na bengala, abaixando-se para massagear a perna deficiente.

— Venho do Senado, César. Estão debatendo sobre o que fazer com Galba. Escutei alguns discursos...

— Sim? — disse Nero, erguendo uma sobrancelha.

— As notícias não são boas, César.

— Como assim? Ninguém está me apoiando?

— Alguns, mas seus partidários foram superados pelo restante. O sentimento em favor de Galba é forte.

— E meus pretorianos? — indagou Nero, pasmo. — O que Tigelino está fazendo para resolver a situação? Ele é fiel a mim, e a guarda é fiel a Tigelino.

Epíteto trocou um olhar desconfortável com o amo. Epafrodito comprimiu os lábios e depois falou:

— Não sabemos onde Tigelino está, César. Já enviei mensageiros...

— E os mensageiros não o encontraram?

— Não sabemos, eles não retornaram. César, falamos sobre isso tudo ontem...

— Sei, sei, eu me lembro. Ora, se Tigelino fugiu, onde está seu companheiro prefeito, Ninfídio Sabino?

Epafrodito olhou para Epíteto, que falou de novo, com relutância:

— Ninfídio já declarou abertamente seu apoio a Galba. Os pretorianos desejam seguir o exemplo dele.

— O quê? Impossível! Ninfídio é parente de Popeia. Ele nunca a trairia. O que ele está pensando...? — questionou Nero, olhando para Esporo e parecendo confuso.

Tito franziu o cenho. Estaria o imperador acreditando que o eunuco fosse de fato a esposa morta?

Nero começou a chorar de repente.

— Meus pretorianos! Tão corajosos, tão fiéis! Como foram corrompidos assim? O que vai ser de Nerópolis sem ninguém para defendê-la? O que vai ser da Casa Dourada?

Nero lhes deu as costas, ergueu o peito e respirou fundo. Quando se virou, o sorriso havia retornado.

— Foi muito bom ter exercitado a voz. De uma forma ou de outra, serei forçado a usá-la — declarou ele, olhando de um rosto sombrio para o outro. — Por que vocês estão com essas caras? Por que me olham desse jeito?

— Estamos esperando para escutar o que César planeja fazer a seguir — respondeu Epafrodito.

— Mas não é óbvio? Preciso aparecer para o povo, os cidadãos de Nerópolis, para quem construí novas casas, termas e teatros, meus filhos queridos, para quem organizei tantos festivais e espetáculos opulentos. As pessoas me adoram. São gratas por tudo que fiz por elas e se deliciam com a beleza e a alegria que lhes dei como artista. Só os senadores me odeiam, esses medíocres seguidores de Galba, com seus espíritos tacanhos, sua inveja despeitada e seu ódio à beleza e à cultura. O que acham? Devo mandar arautos para convocar uma reunião pública? Vou me vestir todo de preto e subir na Rostra para me dirigir ao povo. Vou arrancar o cabelo, chorar e me lamentar, lembrar-lhes todo o amor que demonstrei, apelar por sua ajuda nessa hora de necessidade. Vou ter de recorrer a todas as minhas habilidades de ator dramático; talvez baseie minha atuação em Antígona ou em Andrômaca. Vou fazê-los sentir terror e piedade. Terror e piedade... Isso vai trazer o povo para meu lado!

— Acho — começou Epafrodito, falando com cautela — que o clima na cidade anda incerto demais para se ter certeza sobre a reação do povo a esse discurso.

— O que ele está tentando dizer é que a plebe provavelmente arrancará todos os seus membros — declarou Esporo por fim.

Ele estava distante dos outros e ocultava deles o lado ferido do rosto. Até o tom de voz lembrava estranhamente o de Popeia.

Nero empalideceu; depois, endureceu as mandíbulas e fulminou Esporo, que lhe devolveu o olhar. O imperador primeiro piscou e depois engoliu em seco.

— Arrancar... todos os meus membros? — sussurrou ele. — Muito bem, se não posso contar com o povo para me proteger, então vou negociar com o Senado. Não diretamente, é claro. César não trata diretamente com subalternos — anunciou ele, franzindo o cenho e depois olhando para Tito com um sorriso. — Você é incrivelmente bom nessas coisas, Pinário! Lembro o dia em que falou diante do Senado em defesa daqueles escravos. É preciso coragem para se fazer isso! Você foi tão eloquente, arrebatado. Se você falasse por mim...

Tito enrubesceu. Ficou com a boca seca.

— César, os escravos para quem implorei piedade foram todos crucificados.

Nero piscou.

— É verdade, foram. Bem, acho que a negociação pode ser feita por carta. Você pode estabelecer os termos para mim, Epafrodito. E se eu concordasse em deixar de ser imperador, sem protesto, e, em troca, o Senado me nomeasse governador do Egito? Os egípcios adoram a cultura grega, legada a eles pelos ptolemaicos. Apreciariam meu talento. É para lá que devo ir, para Alexandria. Eles vão me adorar lá. O que acha, Sabina? — perguntou ele, voltando-se para Esporo. — O que acha de passear comigo de barco pelo Nilo, como Cleópatra fez com o Divino Júlio?

Esporo mantinha o rosto de lado, olhando a meia distância.

Epafrodito assumiu uma expressão dolorosa.

— César, mesmo que o Senado pudesse ser persuadido a conceder a prefeitura do Egito, o que duvido, acho muito improvável que Galba concorde com uma solução dessas. O comércio de grãos do Nilo é essencial para a economia romana e a prefeitura do Egito sempre esteve sob controle direto do imperador...

— Eu sei, eu sei. Entendo o que você quer dizer — retrucou Nero. — Muito bem então, e se eu pedir só um salvo-conduto para Alexandria? Não preciso ser governador, imagino. Posso ganhar a vida como ator ou tocando lira.

Epafrodito fez uma careta.

— César, não está sugerindo seriamente...

— Mas eu não *seria* mais César — gritou Nero, mais exasperado que furioso. — Esse é o ponto! Ficaria livre dessas regras infinitas e tediosas do decoro. Iria ser eu mesmo finalmente. Ou duvida que eu possa me sustentar com meus talentos? É essa sua preocupação? Já esqueceu todas as coroas de flores e prêmios que ganhei na Grécia? Quase dois mil, Epafrodito! Nenhum outro artista na história do mundo já obteve algo assim. E não eram apenas os juízes que me adoravam. Lembra como me aplaudiram em Olímpia e a ovação que recebi nos Jogos Ístmicos? Doces lembranças! — Nero suspirou e enxugou uma lágrima dos olhos. — Acredito que os alexandrinos ficarão bastante entusiasmados em receber o ator mais famoso do mundo entre eles. A cidade inteira comparecerá a minha estreia. O que vou representar? Algo que agrade os habitantes locais, acho. Qual é aquela peça em que Odisseu naufraga e encontra Helena, vivendo em um palácio no Nilo? Poderíamos representá-la nas locações de fato. Mas qual dos papéis principais seria melhor para mim? Todos gostam do astuto Odisseu, porém é Helena quem foge de uma cidade em chamas e se vê em uma terra estranha, uma deusa entre crocodilos. Então, talvez represente Helena...

Esporo soltou uma gargalhada nervosa e aguda, tampando a boca com a mão. Epafrodito gemeu. Epíteto esfregou a perna deficiente com impaciência. O liberto Faon recomeçou a andar, irritado. Tito desviou o olhar do imperador e se viu contemplando o Colosso. Daquele ângulo tão baixo, a imensa estátua mal parecia uma figura humana; pairava como uma imagem sobrenatural e monstruosa, saída de um pesadelo.

Nero observou as reações e franziu o cenho. Ficou calado por um longo tempo e depois jogou as mãos para o alto.

— Muito bem, então! Abandonarei a arte e me concentrarei na política. Vamos direto para a última opção? Irei até os párticos como suplicante. Por que não? Vou me entregar ao único outro império na terra que pode rivalizar com Roma. Os gregos e os persas costumavam fazer esse tipo de coisa, não? Quando algum de seus líderes era deposto, ele fugia pela fronteira e se entregava à compaixão do inimigo. Quem melhor que um rival estrangeiro para entender e simpatizar com minha situação? Se eu tiver sorte, os párticos podem até me ajudar a retornar ao poder. Isso me deixaria em dívida com um rei estrangeiro, o que não é uma circunstância ideal, mas, se garantir meu retorno à Casa Dourada, eu faria. O que acha, Epafrodito?

Tito esperava que o mordomo fizesse outra objeção dolorosa, mas Epafrodito parecia considerar essa ideia com mais seriedade que as outras.

— Se César está enfim pronto para deixar Roma e a Casa Dourada por um destino mais seguro, então sim, eu o aconselho a abordar os párticos. Mas há muito pouco tempo. Não temos informações confiáveis sobre a posição de Galba; ele pode chegar aqui em apenas alguns dias. O Senado pode estar, nesse momento, votando uma resolução para proclamá-lo imperador. E, se Ninfídio e os pretorianos decidirem apoiar essa moção, eles podem agir a qualquer momento.

— Agir? — perguntou Nero.

Epafrodito pigarreou.

— César, estou pensando no destino de seu tio.

Essas palavras provocaram um calafrio geral. A morte de Calígula nas mãos dos pretorianos traidores ainda pesava na lembrança de todos.

— Mas essa viagem iria requerer preparativos demais — comentou Nero, pousando o indicador sobre os lábios. — Você se lembra do tamanho de meu séquito quando viajamos pela Grécia? Você ficava me aconselhando a realizar cortes, Epafrodito, mas vimos que era impossível viajar com menos de mil acompanhantes. Alimentar e fornecer acomodações para toda essa gente...

— Mas era porque estava representando todas as noites e oferecendo banquetes aos organizadores dos festivais — expôs Epafrodito. — A viagem que contemplamos agora seria bem diferente. Quanto menos acompanhantes, melhor. Na verdade, seria aconselhável que César viajasse incógnito.

— Incógnito? Sem ser reconhecido? — questionou Nero. — Não me soa bem.

— Pense nisso como um papel, César. Pense no astuto Odisseu, na ocasião de sua volta para casa, quando se fingiu de mero vagabundo para enganar os pretendentes de Penélope.

Nero balançou a cabeça, pensativo.

— Ah, sim, entendo o que quer dizer. Coberto de trapos, até César ficaria invisível para seus inimigos.

De repente, ele começou a cantar:

E para Ulisses em farrapos veio Atena.
— Por que se aflige? Aqui é sua casa,
E ali está sua mulher e seu filho
Mais belo que qualquer outro...

Enquanto o imperador cantava versos de Homero, Tito pegou Epafrodito pelo braço e falou ao ouvido dele:

— A situação chegou a esse ponto? Não há escolha a não ser fugir?

O mordomo gemeu.

— Estou tentando fazê-lo aceitar essa opção há dias! Até agora, ele vinha se recusando a deixar a Casa Dourada. Diz que prefere morrer e parece estar falando sério, ao menos às vezes. Ontem, mandou chamar um de seus gladiadores favoritos, para que acabasse com ele, mas o homem desapareceu quando soube o que César queria. Então, pediu veneno e, ao que tudo indica, obteve, por minhas costas, porém os escravos sumiram com o material, em vez de trazerem para ele.

— Mas é possível fugir? — questionou Tito. — Há cavalos para isso? Algum navio para ele em Óstia?

— Não em Óstia, agora não mais, porém seria possível atravessar as montanhas, ir até Brundisium e fretar um navio lá, tomando a rota de Pompeu quando o Divino Júlio cruzou o Rubicão. Ele teria de ir incógnito, como falei; todos teríamos de nos disfarçar. Se conseguirmos convencer César da necessidade, e se ele conseguir suportar as dificuldades...

— Mas a vida dele está realmente em perigo? Chegou a esse ponto? — perguntou Tito, sentindo-se de repente como Nero, levado ao limite e louco para desafiar a lógica indiscutível de Epafrodito. — Sei que Calígula foi morto pelos pretorianos, mas eram conspiradores que tramaram tudo em segredo. E, depois, Cláudio mandou matá-los! Será que alguém ousaria fazer o mesmo com Nero?

— Não vão precisar conspirar em segredo. O destino de César está sendo discutido abertamente no Senado exatamente agora.

— E você realmente acredita que o Senado ousaria impor uma sentença de morte a um imperador legítimo, herdeiro de Augusto? A maioria dos membros votaria para estabelecer um precedente desses?

Epafrodito meneou a cabeça.

— O problema é que não temos o precedente de um imperador abrindo mão voluntariamente de sua posição. Augusto, Tibério, Calígula, Cláudio... Todos morreram no poder. Sim, César tem seus partidários entre os senadores, e alguns deles estão tentando, neste momento, negociar uma forma do imperador passar o cargo a Galba sem derramamento de sangue. Mas as chances são poucas. Mesmo que o debate resulte em uma solução aceitável, César deveria fugir para algum lugar seguro nesse meio-tempo...

— Eureca! — gritou Nero, interrompendo abruptamente a canção. — Se posso citar Arquimedes.

— Sabemos como foi seu fim — resmungou Faon, sem parar de andar nem por um minuto. — Em uma poça de sangue na praia, em Siracusa.

Nero prosseguiu, sem ouvir o comentário:

— Ocorreu-me que estamos esquecendo o óbvio. Farei meu apelo não para o Senado nem para o povo, mas diretamente às legiões.

Epafrodito suspirou.

— Infelizmente, César, perdemos a confiança das tropas na Gália e na Grécia também. Talvez lembre que já discutimos isso antes...

— Estou falando das legiões de Galba, essas que estão marchando da Espanha para cá.

Epafrodito ergueu a cabeça e levantou as sobrancelhas.

— Só porque essas tropas estão obedecendo ordens de um comandante rebelde — disse Nero —, não é motivo para se pensar que os próprios soldados não amem mais seu imperador. E se eu fizer meu apelo diretamente a eles? Sim, e se reunirmos uma trupe de teatro, encontrarmos as legiões, montarmos um palco... e eu fizer a maior representação de minha vida? Quando eles me virem ao lado daquele cadáver murcho, Galba, a escolha será óbvia. O que acham?

Nero olhava de rosto em rosto. Ninguém respondia, mas seu entusiasmo permanecia inalterado.

— Os soldados vão querer me ver representar um guerreiro, naturalmente. O que acham, eles prefeririam me ver como Hércules ou Ajax? Hércules é mais majestoso, é claro, porém Ajax é mais trágico, portanto atrai mais simpatia. E é um papel cantado melhor; nove em cada dez vezes é a voz que ganha o público. Ah, mas como Hércules eu poderia matar o leão de Nemeia! Você sabe, Epafrodito, que venho me preparando para essa atuação já há um bom tempo. Da última vez que ensaiei com o leão manso, tudo saiu sem falhas. O animal estava praticamente lambendo meu nariz! Será uma pena ter de matá-lo, mas nesse tipo de representação é a autenticidade que a torna tão arrebatadora. Finjo lutar com o leão, derramo um pouco de sangue falso para parecer que fui arranhado nas costas e no rosto; os espectadores prendem a respiração, convencidos de que posso ser estraçalhado a qualquer momento e, depois, em uma virada gloriosa, mato a criatura e ergo os braços em triunfo. Matá-lo com as próprias mãos seria o melhor, mas não acho que mesmo esse animal manso me permitiria esmagá-lo em meus braços; acho que vou ter de usar uma clava. Bem, e o que vocês acham? Invoco o espírito divino de Hércules, ponho minha vida sob sua proteção, envolvo-me em uma luta de vida e morte e, depois, bem diante dos olhos dos soldados, mato a criatura mais perigosa da terra. E então, alguém aqui acha seriamente que esses soldados levantarão um dedo contra mim?

Os outros trocaram olhares incertos. A ideia era absurda e, ainda assim, o entusiasmo de Nero era contagiante. Uma jogada tão louca poderia de fato mudar o curso dos acontecimentos?

Tito pigarreou.

— Talvez haja um problema — retrucou ele, em voz baixa. — Acho que o leão ao qual se refere pode ter escapado.

— Escapado? — gritou Nero.

— Vi a criatura vagando aqui pela Casa Dourada. Lambeu minha mão.

Esporo assentiu.

— Alguém abriu todas as jaulas do zoológico hoje de manhã. Há zebras e macacos andando por toda parte e crocodilos soltos no lago.

— Então vamos ter de pegar o leão e colocá-lo de volta na jaula! — insistiu Nero. — Onde está o domador? E de quantos ajudantes de palco precisaremos para transportar o cenário e encenar a peça? Ah, e é preciso alguém para me ajudar a escolher o guarda-roupa...

— César, acho que devíamos voltar para sua ideia anterior — declarou Epafrodito, em voz baixa, porém, firme. — Temos de fugir da cidade imediatamente.

Um brilho reluziu nos olhos de Nero e depois desapareceu. Os ombros se arquearam e ele deixou escapar um gemido abafado, baixando o rosto.

Esporo suspirou e sorriu com tristeza. Foi até Nero para abraçá-lo. O imperador deu um salto para trás e esbofeteou seu rosto.

Esporo tocou a face que ardia e irrompeu em lágrimas, cambaleando para trás. O escravo Epíteto correu até ele, quase caindo também, mas conseguiu ampará-lo e firmá-lo segurando os ombros do eunuco.

Faon parou de andar de repente.

— Epafrodito está certo. Temos de fugir da cidade imediatamente. Sem mais hesitações, sem mais ideias loucas.

— Mas aonde iremos? — perguntou Nero em voz baixa.

— De início, podemos ir para minha propriedade, na estrada de Nomentum — sugeriu Faon. — Fica a apenas alguns quilômetros da Porta Collina.

Nero se iluminou.

— Teremos de passar pelo quartel pretoriano! Quando os soldados me virem, poderemos avaliar sua reação. É quase certo que...

— Mas César irá incógnito — lembrou-lhe Epafrodito.

— Ah, é — disse o imperador, desanimado, parecendo hesitar mais uma vez.

Epafrodito gemeu. Faon ergueu os braços. Epíteto ainda confortava Esporo.

— Pinário! — gritou Nero, assustando a todos. — É com você agora.

Tito balançou a cabeça.

— César? Não entendo.

— Você já realizou os auspícios para mim em diversas ocasiões. Tem de realizar mais uma vez agora. Devo ir ou ficar? É preciso saber a opinião dos deuses.

Tito enfiou a mão na *trabea* e retirou o *lituus*. Ficou com medo de Nero perceber que não era o seu melhor, mas o imperador nem notou. No vasto pátio, Tito dispunha de um bocado de céu aberto para escolher. Ele se afastou um pouco dos outros, em direção à longa sombra projetada pelo Colosso, e delimitou uma parte do céu com o *lituus*.

A dignidade simples e a familiaridade de toda uma vida com aquele gesto o acalmaram, fortalecendo seus nervos. Lembrou-se de quem e o que era: um cidadão de Roma; patrício; descendente de uma das famílias mais antigas da cidade, parente do Divino Júlio e do Divino Augusto; um áugure treinado para adivinhar a vontade dos deuses; filho de Lúcio Pinário e pai de Lúcio Pinário; guardião, durante a maior parte da vida, do antigo *fascinum*; amigo e confidente do imperador.

Tito observava o céu. Não via nada: nem um pássaro, uma nuvem ou uma folha carregada pela brisa leve. Os deuses estavam mudos.

Parecia-lhe que o silêncio dos céus já era em si uma mensagem. Os deuses abandonaram Nero.

Tito sentiu um arrepio, seguido de um acesso de raiva e, depois, uma onda de orgulho. Em sua instabilidade, os deuses poderiam trair seu favorito; mas ele, nunca!

Tito se virou para Nero.

— Deve fazer o que Epafrodito e Faon sugeriram: fugir da cidade imediatamente.

Nero fitou os terraços e telhados da Casa Dourada; depois, o Colosso. Apertou os olhos. A luz brilhante refletida na coroa de raios dourados era ofuscante.

— Você vem comigo, Pinário?

Era uma pergunta, não uma ordem. Tito ficou sensibilizado.

— É claro, César.

— E você, Epafrodito? E você, Faon? E, é claro, você, Sabina? Querida Sabina! — disse Nero, abrindo amplamente os braços.

Esporo hesitou por um momento e depois se libertou do apoio de Epíteto. Caminhou até Nero, com os olhos baixos e se deixou abraçar. Nero tocou delicadamente com a ponta dos dedos o hematoma no rosto do eunuco e acariciou seu cabelo louro.

Epíteto foi até o alojamento dos escravos buscar roupas. Os outros se retiraram para um aposento privado, que dava para o pátio. Atrás de um biombo, Nero removeu as vestes douradas e púrpuras, descalçando os chinelos incrustados de joias. Tito removeu a *trabea*. Epafrodito e Faon se livraram dos trajes elegantes que os destacavam como libertos da casa imperial. Esporo, com recato feminino, foi até outra sala para retirar a estola, a maquiagem e soltar o cabelo.

Epíteto chegou com as roupas. Nero fez uma careta ao ver a túnica remendada, a capa desbotada e o sapato improvisado que deveria usar, passando a impressão de estar mudando de ideia. Depois, riu.

— Talvez eu vá fingir que estamos encenando *A comédia da marmita*, de Plauto, e que sou o escravo oprimido. A comédia é um desafio para mim; meu forte é a tragédia. Mas um artista tem de expandir seu repertório.

A túnica de lã grosseira arranhava a pele de Tito. Estremeceu ao pensar que Nero estava se sujeitando à indignidade de vestir aquelas roupas, mas passou a tirar forças do indomável senso de humor do imperador.

Esporo apareceu. Em uma túnica rústica, sem maquiagem no rosto e prendedores nas madeixas, poderia ser tanto um rapaz quanto uma moça, apesar das longas tranças louras. Epíteto pôs um manto com capuz sobre os ombros do eunuco, que cobriu a cabeça com ele, escondendo o cabelo e obscurecendo o rosto.

Epíteto trouxe cavalos do estábulo. Os melhores já haviam sido levados e outros tinham fugido. O coração de Tito esmoreceu diante da montaria ordinária, porém Nero ria.

— Montarias que combinam com nosso disfarce! — exclamou ele. — Quem reconheceria o maior condutor de bigas do mundo, montado em uma criatura tão patética?

— Ainda assim, César, acho que deveria esconder o rosto — propôs Epafrodito.

Epíteto pegou um pano e o amarrou em torno da cabeça de Nero, puxando-o bem sobre a testa, a fim de ocultar os olhos de César.

— Agora só falta um tapa-olho! — exclamou o imperador.

Epíteto trouxera também adagas para cada um deles. Quando o escravo passou uma das armas a Nero, querendo escolher a melhor, o imperador a observou com uma expressão estranha; depois, jogou-a no chão e se recusou a contemplá-la outra vez.

Epafrodito ordenou a Epíteto que ficasse e se informasse sobre o avanço de Galba e o resultado do debate no Senado.

— Assim que souber de algo importante, siga-nos o mais rápido que puder. Venha sozinho. Não podemos confiar em mais ninguém.

O escravo partiu, mancando. Nero gargalhou.

— Um mensageiro manco! Óbvio que isso é uma comédia; nenhum autor recorreria a uma ideia tão batida. Bem, vamos embora!

Eles montaram nos cavalos, do jeito que estavam, e partiram, com Faon à frente. Tito decidiu ficar na retaguarda. Teve de esperar por Esporo, que havia ficado para trás, olhando por sobre o ombro para Epíteto, até o escravo deficiente desaparecer de vista.

As ruas estavam desertas, a não ser por alguns transeuntes solitários e bandos de bêbados, que viram a distância. Tito virava com frequência a cabeça, mas não via sinais de estarem sendo perseguidos. Atrás deles, a estátua colossal de Nero dominava o horizonte, porém diminuía à medida que se dirigiam para a Porta Collina. Alguns soldados patrulhavam a muralha, mas sequer prestaram atenção no grupo esfarrapado que deixava a cidade.

O caminho os levou a passar pela guarnição pretoriana fora das muralhas. Já não tinham mais disciplina alguma. No exterior, soldados estavam sentados no chão em pequenos grupos; alguns com armadura completa e outros, apenas de túnica, conversando, bebendo e jogando dados. Os homens olharam quando a pequena comitiva de Nero passou, mas não deram atenção.

De repente, a terra tremeu sob eles. A montaria de Tito empinou e relinchou. Os soldados sentados no chão sentiram o tremor com mais violência que o grupo a cavalo. Alguns se levantaram rápido e foram derrubados de novo pelo abalo intenso.

Tão abruptamente como havia começado, o terremoto terminou. Tito recuperou o controle do animal, mas viu que Esporo estava tendo problemas com o seu e foi ajudá-lo.

Um soldado próximo praguejou:

— Pelos colhões de Numa! Vejam os dados! Juro que no meu lance saíram números diferentes, mas agora estão todos com o um virado para cima!

— Como você é idiota, Marco! — comentou o outro, rindo. — Acha que os deuses enviaram um terremoto só para seu Lance de Vênus se transformar em uma jogada de um? Foi um sinal vindo do céu, tudo bem, mas não para você.

— Para quem foi então?

— Para Nero, acredito. Eles já não aguentam mais esse patife. Talvez o tremor tenha jogado aquela estátua gigante dele no chão e o resto da tal Casa Dourada junto!

— Cale a boca, Gneu! Você está falando do imperador.

— Imperador não por muito tempo, eu acho — comentou o soldado, fazendo um gesto de cortar a garganta com a mão.

Tito olhou para Nero, que ainda tentava acalmar a montaria. O rosto do imperador estava oculto pelo pano em volta da cabeça, mas, por um instante, ele vislumbrou seus olhos, esbugalhados de medo, e soube que ouvira o comentário.

— Galba é o imperador agora, ou quase — continuou o soldado, dirigindo-se aos companheiros. — Para mim, que se dane o matricida e aquele menino bonito que ele mandou cortar o saco.

— Ah, aposto que você gostaria de dormir com ele! — gritou alguém, e todos riram.

Nero recuperou o controle do cavalo. Faon prosseguia, guiando-os em um passo mais rápido.

Um pouco depois, encontraram um bando de mais de vinte homens de aparência rude, a cavalo, dirigindo-se para a cidade. A comitiva de Nero se desviou para um lado da estrada, a fim de deixar o grupo maior passar. Os cavalos eram tão esquálidos quanto os do imperador e os viajantes se vestiam pior ainda. Um deles, achando que Faon era o líder, perguntou-lhe:

— Quais são as novidades na cidade?

Faon não respondeu.

— E então, estranho? — forçou o homem. — Nero ainda vive?

— O imperador vive — respondeu Faon.

— Bom! Então ainda temos tempo de participar da caçada!

O sujeito e os companheiros riram. Alguns brandiam adagas. Outros seguravam clavas e pedaços de corda.

— Dizem que será divertido quando o Senado banir Nero e seus malditos seguidores. Vocês estão indo na direção errada. Perderão a festa!

Nero cambaleou sobre o cavalo, como se fosse desmaiar. Tito se aproximou para segurá-lo, pondo uma mão sobre seu ombro. O grupo passou. Faon seguiu em frente de novo, conduzindo-os.

Chegaram ao rio Anio. Vindo em sua direção, cruzando a ponte, viram um único guarda pretoriano. Pelo cavalo reluzente, pelas sacolas que carregava e pelo fato de se deslocar só, Tito inferiu que se tratava de um mensageiro. Assim que o soldado saiu da ponte e passou por eles, a montaria de Nero se assustou com um corpo caído na estrada.

O cadáver era recente; o sangue ainda escorria de um ferimento na cabeça.

— Essa gangue que estava indo para a cidade deve ter acabado de matá-lo — sussurrou Tito, horrorizado.

O cavalo do imperador empinou. Nero conseguiu controlar o animal, mas o pano em torno da cabeça se desamarrou e caiu no chão. O pretoriano, parando para ver qual era o problema, observou-o e empalideceu. O jovem soldado pareceu completamente confuso por um momento; depois, endireitou-se e saudou Nero, gritando:

— César!

O imperador o fitou, erguendo de modo automático o braço para reconhecer a saudação.

O pretoriano parou o cavalo, olhando primeiro para o corpo no chão e depois para Nero e seu séquito esfarrapado.

— Siga em frente, pretoriano! — ordenou Nero, com a voz vacilante.

— Se César precisa de ajuda... — declarou, com hesitação.

— Siga em frente, já disse!

O pretoriano bateu com os calcanhares na barriga da montaria e partiu.

— Ele está indo na direção da guarnição — disse Epafrodito. — Devíamos ter pedido para ver as mensagens que está carregando. Pode ser que tenha notícias de Galba...

— Mas ele me reconheceu! — exclamou Nero, em um tom de voz agudo. — Deveríamos tê-lo matado.

— Nenhum de nós é capaz de enfrentar um pretoriano armado — retrucou Esporo, em voz baixa.

Nero olhou para o cadáver. Era o de um homem de meia-idade e estava bem-vestido.

— Se essa gangue desgraçada o matou, foi só para roubá-lo... ou porque ele falou bem de mim?

— Não estamos longe de minha propriedade, César — avisou Faon. — Temos de prosseguir imediatamente.

Eles atravessaram a ponte. Faon os conduziu para fora da estrada principal, entrando por um caminho estreito e arborizado, dizendo que achava melhor se aproximarem da propriedade pelos fundos, a fim de se abrigarem em algum anexo remoto; assim, nem os escravos saberiam que estavam lá.

Por fim, chegaram à parede de trás de uma construção, sem porta nem janela.

Virando-se para apreciar a vista, Tito percebeu por que Faon escolhera aquela propriedade como uma das recompensas concedidas pelo imperador. O local era agradável, isolado e calmo, com uma bela vista das planícies verdejantes do Tibre. O contorno da cidade era visível ao longe. Apesar do terremoto, o Colosso ainda estava de pé, com a coroa de raios brilhando ao sol da tarde, parecendo, àquela distância, um brinquedo de criança.

Faon lhes disse que ficassem onde estavam enquanto ia dar uma olhada no outro lado da construção. Após um momento, ele retornou.

— É como pensei. Esse é o antigo alojamento dos escravos, fora de uso. Fica a alguma distância do restante da propriedade, em cima do morro, mas o terreno foi limpo aqui e a frente da construção está completamente exposta. Não há como entrar pela porta da frente sem o risco de ser visto por alguém na casa principal, lá em cima.

— Preciso descansar! — gritou Nero.

Faon pensou por um momento.

— Essa construção é antiga. As paredes são finas. Podemos quebrar a parede dos fundos. Vai levar algum tempo e fazer um pouco de barulho. No caso de alguém ouvir e aparecer, é melhor que não o vejam, César. Tem um velho areal bem ali, com sombra. Se quiser descansar lá...

— Não! Em um areal, não! Não quero ficar enterrado. Ainda não...

Enquanto os outros encontraram uma tábua solta e tentavam arrancá-la, Nero descia até um pequeno lago. Lá, ajoelhou-se, pegou um pouco de água salobra e a sorveu. Tito o ouviu gritar:

— Essa é minha água especial?

Na Casa Dourada, o imperador costumava beber apenas água destilada, resfriada com neve. Ele sentou no chão. Pela expressão em seu rosto, Tito achou que chorava, mas nenhuma lágrima descia pelas faces sardentas do imperador. Era como se estivesse fingindo desalento, como um mímico praticando uma expressão facial.

A tábua se soltou e, sem muito esforço, eles conseguiram abrir uma passagem na parede dos fundos. Faon entrou para olhar; depois, fez um gesto para os outros o seguirem. Nero foi primeiro, ficando de quatro para passar.

Eles se viram em uma pequena sala empoeirada, tendo apenas alguns tamboretes por mobília e um saco cheio de palha velha e mofada como cama. Um corredor curto levava a um vestíbulo modesto. Como na maioria dos alojamentos para escravos, a porta não possuía fechadura pelo lado de dentro nem uma barra para travá-la.

Uma janela pequena, coberta por um pano rasgado, fornecia luz. Olhando por um buraco no tecido, Tito viu um pátio sujo, um declive coberto de capim e uma parte da casa principal, em cima do morro. O local parecia muito elegante, com uma cobertura de telhas vermelhas e colunas de mármore amarelo, cercado por ciprestes majestosos, roseiras em flor e sebes podadas em forma de obeliscos, cubos e esferas.

Nero sentou na cama, apoiou as costas na parede e começou a chorar de verdade, soluçando até o rosto ficar coberto de lágrimas.

— Chore comigo, Sabina — gritava ele. — Lamente-se por mim e arranque o cabelo, como uma boa esposa!

Esporo obedeceu e começou a varrer o chão imundo com as tranças soltas, emitindo um som fúnebre.

— César, não há razão para perder a esperança — declarou Epafrodito, em voz baixa. — Ainda não.

— Você acha que estou chorando por mim, mas não — retrucou Nero. — Estou chorando por aqueles que jamais me verão em um palco. Que artista o mundo está perdendo!

Tito se sentou em um dos tamboretes, encostou-se na parede e fechou os olhos, exausto. A consciência ia e vinha. A tarde se arrastava, mas o tempo parecia ter parado. O mundo todo se reduzira àquele lúgubre e pequeno aposento, no qual se encontrava.

Faon apareceu com pão e água. Nero bebeu um pouco, mas não comeu. Disse-lhes que deveriam começar a cavar uma sepultura para ele, para esconder seu corpo dos inimigos.

— Se não, cortarão minha cabeça e a levarão de volta a Roma, para provar a todos que estou morto. Não deixe que cortem minha cabeça, Epafrodito!

— Isso não acontecerá, César. Juro, isso não acontecerá.

— Melhor ainda, vocês devem me queimar. Tragam água para lavar meu cadáver. Juntem lenha para fazer a pira!

— Ainda não, César — sussurrou Epafrodito, cerrando os olhos de cansaço. — Ainda não. Descanse. Durma se puder. A noite vai chegar e, depois, outro dia...

Tito cochilava.

Foi despertado por uma confusão na sala. Os outros estavam amontoados na janela, olhando para fora, apavorados.

O recinto se encontrava escuro. Era a última hora antes do pôr do sol. Tito se juntou aos outros e observou, com olhos embaçados, o que acontecia do outro lado da cortina rasgada. Longas sombras podiam ser vistas no pátio sujo, diante do alojamento. Raios de sol oblíquos perfuravam a nuvem de poeira, levantada por um cavaleiro solitário. Pela barba longa e cheia, Tito viu que se tratava de Epíteto.

Antes que alguém reagisse, Esporo se adiantou até a porta da frente, abriu-a e saiu. O eunuco correu para Epíteto enquanto este ainda se encontrava montado. Os dois trocaram algumas palavras. Da janela, Tito se esforçava para ouvir o que diziam, mas não conseguia entender.

Epíteto desmontou. A perna deficiente cedeu e ele caiu. Fazendo uma careta, ergueu-se, olhou em volta, em busca de um lugar para amarrar a montaria, depois segurou a coxa, tropeçando e caindo outra vez.

Enquanto isso, Esporo havia corrido para dentro.

— Como ele nos encontrou? — quis saber Faon.

— Ele perguntou na casa principal. Os escravos não sabiam de nada, mas alguém sugeriu que viesse até aqui.

— Quais são as novidades? — perguntou Epafrodito.

Esporo olhou para Nero e pareceu temeroso de falar.

— Quais são as novidades? — gritou Nero.

— O Senado votou.

— E? — A voz de Nero era aguda.

— Declarou Galba imperador.

Nero arfou.

— E eu? O que será de mim?

— O Senado o declarou inimigo público — respondeu Esporo, desviando os olhos. — Eles disseram que... disseram que deve morrer à maneira antiga.

— À maneira antiga? — repetiu Nero.

— Foi o que Epíteto me disse.

— O que, por Hades, significa isso, Epafrodito? — berrou Nero.

O secretário não respondeu.

Foi Tito quem falou. A voz soava inexpressiva aos próprios ouvidos.

— À maneira antiga se refere a um meio específico de execução, inventado por nossos ancestrais. A vítima é exibida diante do povo e desnudada em público...

Nero gritou.

— Depois que está nua, o pescoço é amarrado a um forcado de dois dentes, de forma que possa ser conduzida ou mantida no lugar — continuou Tito. — Homens com varas lhe batem...

— Não! — exclamou Nero, tremendo dos pés à cabeça, os olhos esbugalhados de terror.

Estranhamente, Tito não compartilhava o medo do imperador. Sentia algo muito diferente. Experimentava a sensação de mistério e revelação que lhe havia invadido quando ouvira Nero cantar Troia, acima das ruínas fumegantes de Roma, e, depois, quando tinha sido forçado a ver o irmão ser queimado.

— César, não enxerga? Esse é o destino que os deuses reservaram para você desde sempre.

— O que está dizendo, Pinário?

— Que papel maior pode haver para o maior de todos os atores? Será o herói caído, o imperador-deus obrigado a suportar a mais terrível e desgraçada das mortes. Sua execução acontecerá diante de toda Roma. Todos na cidade o verão nu. Todos o verão sofrer e sangrar, sujar-se, lamentar-se e implorar perdão. Todos o verão morrer. Ninguém jamais esquecerá o fim de Nero. Sua execução pública será a atuação máxima de uma vida!

Nero olhava para ele, de queixo caído. Por um momento, pareceu levar a sério o que Tito dissera, assentindo vagarosamente. Depois, estremeceu e cambaleou para trás, balançando a cabeça e agitando a mão diante do rosto.

— Loucura! O que está dizendo é loucura, Pinário!

De repente, Nero estacou, olhou para o braço direito e o segurou com a mão esquerda.

— Onde está? — gritou.

— O que, César? — perguntou Epafrodito.

— Meu bracelete! Onde está o bracelete de ouro que minha mãe me deu, o amuleto que guarda minha pele de cobra da sorte?

— Não se lembra? — indagou Epafrodito. — César o jogou fora muito tempo atrás. César declarou que o odiava, após a morte da mãe.

Nero olhou para Epafrodito, aturdido, e depois deu um pulo. Do pátio empoeirado, vinha o som estrondoso de cascos de cavalo.

Eles olharam pela janela. Eram pretorianos armados.

— Devem ter seguido Epíteto — sussurrou Faon, começando a reunir os tamboretes e pedaços de escombros, do buraco na parede, e a empilhar tudo contra a porta, em um esforço para bloqueá-la.

Os guardas desmontaram rapidamente. Alguns agarraram Epíteto enquanto tentava correr, mancando, para longe deles. Outro estudou a construção por um instante; depois, sacou a espada e começou a caminhar até a entrada.

Esporo puxava o cabelo e chorava. Seus gritos agudos causaram arrepios na nuca de Tito. Ele olhou para Nero. De repente, não viu um deus nem um gênio, mas um simples mortal, assustado e digno de piedade.

Nero correu até Epafrodito.

— Dê-me sua adaga! Rápido!

O secretário lhe passou a arma.

Nero apontou a lâmina para o peito, depois hesitou, olhando para os outros.

— Nenhum de vocês vai se matar primeiro, para me encorajar?

Esporo continuava a chorar. Os outros permaneciam imóveis. Do vestíbulo, ouviram o guarda bater o cabo da espada contra a porta.

— Júpiter, que artista morre comigo! — gritou Nero.

Ele enfiou a adaga na barriga, mas não conseguiu empurrar até o fim. O sangue empapou a túnica grosseira, quando caiu no chão, contorcendo-se de agonia.

— Ajudem-me! — implorou ele.

Epafrodito se ajoelhou a seu lado. Os olhos estavam marejados de lágrimas; mas as mãos, firmes. Ele virou Nero de costas e tirou a adaga da barriga; colocou-a sobre o coração, reuniu forças e empurrou a lâmina bem fundo.

Nero teve um espasmo. O sangue saiu pela boca e pelas narinas.

O pretoriano conseguiu empurrar a porta, espalhando os tamboretes empilhados contra ela. Parou por um instante no vestíbulo, a fim de que os olhos se adaptassem à penumbra; depois, correu para o interior. Tito reconheceu o jovem mensageiro que encontraram na ponte. A expressão de choque em seu rosto o fazia quase parecer uma criança. Ele tirou a capa e a jogou sobre os ferimentos ensanguentados de Nero, ajoelhando-se ao lado do imperador.

— Tarde demais! — ofegou Nero, pegando a mão do soldado. — Tarde demais, meu guerreiro fiel!

O imperador se contorceu, vomitou mais sangue, cerrou os dentes e, de repente, ficou imóvel. Os olhos vidrados permaneceram abertos; a boca ensanguentada se encontrava fixa em uma careta tão pavorosa que até o pretoriano estremeceu. Todos no recinto olharam em outra direção — exceto Tito, que fitava fascinado a expressão de agonia no rosto de Nero.

Para ele, o horror daquele momento era de uma perfeição quase insuportável. Nem Sêneca ao morrer ensanguentado orquestrara uma cena que rivalizasse com aquela. O fim de Nero havia sido tão espalhafatoso e patético que era inenarrável. Ao observá-lo, Tito fora levado a um estado extremo de terror e piedade. Até no momento da morte o imperador havia sido um ator, transformando o rosto em uma máscara que teria feito o mais forte dos homens desmaiar.

Nero estivera certo e Tito, errado. Uma execução pública, à maneira antiga, teria sido vulgar e exagerada, um desperdício inadequado dos talentos de Nero, diante de um público indigno de seu gênio. Em vez disso, seu fim fora uma representação particular, encenada perante os olhos de uns poucos privilegiados. Tito se sentia infinitamente honrado por ter testemunhado a cena final do maior artista que existira.

Ele olhou para os outros. Epafrodito, Faon e Esporo eram simples libertos, cortesãos, e ainda podiam ter esperanças de escapar à execução. No entanto, Tito era um senador e, como áugure, havia declarado a aprovação divina a todos os atos de Nero. Com o imperador morto, ele não tinha dúvidas de que seria julgado e executado. Caso isso acontecesse, sua família seria deserdada, cairia em desgraça e teria de deixar Roma. Só se morresse pelas próprias mãos, esposa, filho e filhas poderiam nutrir esperanças de escapar à retaliação.

Tito segurou Epafrodito pelo pulso.

— Prometa-me uma coisa, Epafrodito! Jure pelo espírito de Nero! Se você sobreviver a este dia, prometa-me que fará tudo o que puder para tomar conta de Lúcio, meu filho.

Tomado pela emoção e incapaz de falar, Epafrodito só conseguiu assentir.

Mais guardas entraram correndo no pequeno aposento, com as espadas desembainhadas. Antes que pudessem alcançá-lo, Tito pegou a adaga e a enterrou no peito.

PARTE III

LÚCIO

O explorador

69 D.C.

Lúcio Pinário suspirou.

— Ah, se Oto ainda fosse vivo e imperador. Você o manipulava com um pé nas costas.

Esporo, vestindo um elegante manto de seda, apenas resmungou como resposta. Ela — pois Lúcio só pensava nele como "ela" e o eunuco preferia ser tratado como mulher — espreguiçou-se com graça felina no divã, perto dele. Lado a lado, os dois amigos contemplaram a cena complexa, pintada no teto, com as cores brilhantes suavizadas pela luz oblíqua de inverno. Era um retrato do rapto de Ganimedes por Júpiter. Belo e nu, o jovem segurava um aro de brinquedo em uma das mãos e, na outra, um galinho, presente do cortejo de Júpiter, enquanto o deus dos deuses, com os braços musculosos abertos, estava prestes a se transformar em uma águia, a fim de carregar o objeto de seu desejo para o Olimpo.

— Este é o aposento mais bonito da Casa Dourada — comentou Esporo. — Adoro este ambiente, você não gosta?

— Gostaria mais se eu fosse apenas um visitante e Epafrodito concordasse em me deixar voltar para minha casa e família — retrucou Lúcio.

— Ele só está fazendo o que acha ser melhor. Epafrodito fez uma promessa a seu pai de tomar conta de você; fui testemunha do juramento. Se ele diz que você está mais seguro morando aqui, então devia estar contente de ele ainda ter esses aposentos, apesar de todas as mudanças, e mais contente ainda de haver espaço para você. Além disso, se não estivesse mais aqui, eu ficaria terrivelmente só, Lúcio.

O rapaz sorriu.

— Há um ano e meio, mal nos conhecíamos.

— Há um ano e meio, muitas coisas eram diferentes. Nero ainda vivia. Imagine só... Um mundo vasto o bastante para conter Nero nele! Ele era grande demais para este mundo. Galba era pequeno demais.

— Galba ainda podia ser imperador, se tivesse pagado aos pretorianos o que lhes devia.

— Galba era um chato! — declarou Esporo. — Um sovina e chato. Teve um reinado de sete meses de infelicidade para todos, inclusive para si próprio. Os soldados estavam certos quando mataram o velho idiota. E certos em fazerem de Oto imperador no lugar dele. Foi quase como se Nero tivesse voltado para nós. — Esporo suspirou. — Houve um tempo, durante a era de ouro, em que Oto e Nero eram os melhores amigos, sabia? Suas festas e bebedeiras eram famosas. Nero me dizia que Oto era como um irmão mais velho para ele... embora estivesse se elogiando ao dizer que havia semelhança física entre os dois. Oto era tão belo. E que corpo tinha! Foi Popeia quem os afastou. Oto era casado com ela; Nero quis tê-la. O pobre Oto foi obrigado a se divorciar de Popeia e ir para a Espanha.

— E, quando os soldados se livraram de Galba, Oto foi o escolhido para sucedê-lo.

— Porque o povo já estava nostálgico de Nero e Oto era quem mais se assemelhava ao antigo imperador. Tinha só 37 anos; podia ter reinado por um longo tempo. Tomou o nome de Nero. Recuperou as estátuas dele que haviam sido derrubadas. Anunciou sua intenção de completar as partes da Casa Dourada que ainda estavam em construção, em uma escala ainda maior que a pretendida por Nero.

— Os pedreiros e artesãos de Roma adoraram ouvir isso! — exclamou Lúcio.

— Sob todos os aspectos, Oto parecia pronto para governar como Nero.

— E pronto para amar como Nero.

Esporo suspirou, assentindo.

— Sim. Querido Oto! Porque eu me parecia com *ela*, é claro. Lembro a primeira vez que ele me viu. Eu estava nestes aposentos. Ele veio ver Epafrodito com alguma questão sobre o funcionamento da casa. Ele me viu do outro lado. Foi como se tivesse levado um golpe e fosse cair. Percebi os joelhos dele trêmulos.

— A túnica era tão curta que dava para ver os joelhos?

— Oto adorava exibir as pernas e tinha boas razões. Eram como as de um montanhês, lisas e firmes, como se esculpidas em mármore. As coxas pareciam troncos de árvore. A panturrilha...

— Por favor, Esporo, isso já é o bastante sobre as pernas de Oto! — declarou Lúcio, rindo.

— Não demorou muito para nos conhecermos — confessou Esporo, sorrindo.

— Você quer dizer que o arrastou direto para sua cama!

— Foi na cama dele que dormimos, embora não me lembre de ter dormido. Foi como a noite em que o Divino Júlio encontrou a rainha Cleópatra em Alexandria... Amor à primeira vista!

— Ou desejo!

— Talvez. Às vezes o desejo vem primeiro, e o amor, depois. Quando estávamos sozinhos, ele me chamava de Sabina, como Nero fazia — disse Esporo, franzindo o cenho. — Às vezes eu me pergunto como seria minha vida se não parecesse tanto com *ela*. Que destino estranho os deuses traçaram para mim. Ah, não vale a pena pensar nisso.

Uma expressão melancólica passou pelo rosto do eunuco. Lúcio já a havia visto antes e Epafrodito a explicara uma vez para ele.

— Esporo fica com essa expressão quando pensa nos testículos perdidos há tanto tempo.

Oto reinara por apenas 95 dias, muitos dos quais foram passados longe de Roma, reunindo tropas e preparando-se para a invasão de Aulo Vitélio, governador da Baixa Germânia, proclamado imperador pelas próprias tropas. Oto saiu em campo contra o rival no norte da Itália, mas, antes que a campanha começasse verdadeiramente, ele se matou.

Por quê? Todos em Roma se perguntaram. Ele possuía todas as chances de derrotar Vitélio, mas, em vez disso, preferiu morrer em sua tenda, na véspera da batalha. Os amigos disseram que Oto se matara para salvar Roma da guerra civil. Lúcio tinha dificuldades em imaginar esse ato de autossacrifício, especialmente em um homem saudado como um segundo Nero. Todavia, a história foi repetida tantas vezes, e de forma tão calorosa, que o suicídio, em defesa de Roma, já se tornara uma lenda.

Talvez ele esperasse dar à cidade uma trégua no derramamento de sangue e nos levantes, mas sua morte e a sucessão sem controvérsia de Vitélio resultaram justamente no oposto. O novo imperador chegou a Roma à frente de um exército licencioso e sedento de sangue. A cidade se tornou palco de revoltas e massacres, espetáculos de gladiadores e festas extravagantes. Para recompensar seus legionários vitoriosos, Vitélio dissolveu a guarda pretoriana existente e nomeou os próprios homens. Sob Galba e Oto, poucas vozes corajosas no Senado defenderam o retorno do governo republicano; o reinado de terror de Vitélio silenciou toda oposição.

Fisicamente, o novo imperador era o oposto do majestoso Oto. Era obeso a ponto de ser grotesco. Ao que tudo indica, nem sempre havia sido assim; segundo rumores, o jovem Vitélio fora um dos espíntrias de Tibério em Capri, onde os serviços para o pervertido imperador impulsionaram a carreira do pai. Lúcio achava difícil imaginar Vitélio como um menino roliço e atraente, ao olhar para o homem prestes a completar 60 anos.

A morte de Oto havia deixado Esporo sem um papel na casa imperial. Como fizera na confusão após a morte de Nero, e sob Galba, o eunuco mais uma vez pediu proteção a Epafrodito. Foi assim que ele e Lúcio se viram juntos. Este último já residia com o ex-secretário do imperador, raramente afastando-se de seus aposentos, tentando atrair o mínimo de atenção para si e para a fortuna herdada do pai. Havia espaço suficiente nos aposentos de Epafrodito para acomodar Lúcio e Esporo, mas os dois protegidos se viram inevitavelmente passando o tempo juntos. Eram mais ou menos da mesma idade: Lúcio tinha 22 e Esporo era um pouco mais jovem. De resto, pouco havia em comum entre os dois; porém, nunca brigavam e conversavam muitas vezes durante horas, compartilhando mexericos, rindo das brincadeiras um do outro e lembrando-se dos mortos — não só de Tito e de Oto, mas de todos os outros que caíram no esquecimento, no tumulto iniciado com a morte de Nero.

Até então, Lúcio havia permanecido longe da atenção do novo imperador, assim como Esporo. Epafrodito lhes dissera que isso era bom, porém os dois ficavam inevitavelmente impacientes, trancados nos aposentos.

Agora, havia outra vez sinais de mudança no ar. Segundo Epafrodito, Vitélio talvez não fosse permanecer imperador por muito tempo. O general Vespasiano, muito enriquecido com a guerra contra os judeus e antecipando a conquista de tesouros ainda maiores após o saque da capital, Jerusalém, fora proclamado imperador por suas tropas no oriente e pelas legiões do Danúbio. Enquanto ele e o filho, Tito, permaneciam na Judeia, comandantes leais a ele marchavam sobre a Itália. Outro confronto pelo controle do império era iminente. O clima na cidade vinha se tornando cada vez mais incerto e aflitivo. Havia uma sensação de que qualquer coisa poderia acontecer e o temor de um banho de sangue. Astrólogos predisseram o fim de Vitélio. A reação deste, além de mandar imediatamente matar todos os astrólogos de Roma, foi oferecer uma festa suntuosa após a outra.

Circularam até rumores de que Nero não havia morrido — de que tinha encenado a morte como um embuste — e o herdeiro de Augusto retornaria, a qualquer momento, à frente do exército pártico. Esporo e Epafrodito sabiam a verdade, é claro, embora nenhum dos dois contasse a Lúcio o que acontecera exatamente nos últimos momentos da vida de Nero, que foram também os derradeiros do pai do rapaz.

— O imperador escolheu o momento e o método de sua morte e morreu com dignidade — era tudo que Epafrodito dizia —, da mesma forma que seu pai, que decidiu corajosamente segui-lo.

Deitado no divã, Lúcio contemplava a pintura de Júpiter, de ombros largos, e do esguio mas elegantemente musculoso Ganimedes, que parecia um pouco maduro e desenvolvido demais para carregar um aro de menino.

— Entendo por que Ganimedes é liso como um bebê — comentou Lúcio —, mas um homem musculoso como Júpiter devia ser mostrado com mais pelos no peito, você não acha? Mas os pintores nunca retratam os homens assim nem os escultores. É verdade que Oto não tinha nenhum pelo no corpo?

— Sim — respondeu Esporo, rindo. — Não tinha nada. Nem na cabeça, quando tirava aquela peruca...

— Oto usava peruca? Você nunca havia me contado!

— Ele me fez jurar que não contaria a ninguém, se morresse em combate. Ora, ele não morreu em combate, morreu? Escolheu me abandonar pelas próprias mãos! Então, posso lhe contar. Sim, Oto usava peruca. Era muito boa, tenho de admitir. Enganou até você! — disse Esporo, rindo. — Mas o resto dele... Até *eu* tenho mais pelo no corpo que Oto. Ele tinha o maior trabalho para retirar todos. Raspava aqui, arrancava ali e, em certas áreas mais delicadas, usava um emplastro de cera para se depilar. Era muito vaidoso em relação ao físico. Quando estava nu, não queria que nada obscurecesse a visão de seus músculos. E gostava, é claro, do toque da seda contra a pele sem pelos. Que guarda-roupa possuía aquele homem! Esta veste que estou usando pertenceu a Oto... — declarou Esporo, diminuindo a voz.

Lúcio pensou em outra coisa que Epafrodito dissera.

— Essa é a expressão de Esporo quando se lembra dos que morreram e o deixaram para trás.

Ouviu-se uma batida suave na porta. Epíteto entrou.

Durante muito tempo, Lúcio havia ficado confuso com a conduta furtiva, quase servil, do escravo deficiente, sempre que se encontrava na presença de Esporo. Epafrodito tratava Epíteto com respeito, reconhecendo e até submetendo-se à imensa erudição do jovem, concedendo-lhe uma liberdade considerável para fazer e dizer o que bem quisesse. Ele não era nenhum lacaio amedrontado; contudo, na presença de Esporo, parecia desajeitado e desviava o olhar; até a deficiência ficava mais pronunciada. Por fim, Lúcio percebeu que o escravo era apaixonado por Esporo e dolorosamente consciente de que aquele amor nunca seria correspondido. O eunuco tinha sido consorte de dois dos mais poderosos homens do mundo; não era de esperar que notasse um escravo deficiente, que escondia o rosto feioso atrás de uma barba revolta. Não havia dúvida de que Epíteto era inteligente. Epafrodito dissera que não conhecia homem mais lido ou mais versado em filosofia, o que era notável, levando-se em consideração que Epíteto tinha a mesma idade de Lúcio. Porém, de que valia todo o saber quando o objeto de sua afeição estava mais interessado em pernas musculosas e emplastros para depilação que no discurso estoico?

— Tem uma visita no vestíbulo — anunciou Epíteto, olhando para Esporo e depois para o chão.

— Epafrodito não estará aqui essa tarde — disse Lúcio. — A visita vai ter de voltar depois.

— Acho que não fui claro — falou Epíteto, ousando erguer os olhos novamente. — A visita é para Esporo.

O eunuco se sentou imediatamente.

— Para mim? Ninguém mais vem me ver. Algum amigo de Oto, talvez?

— Não. Ele vem da parte do imperador Vitélio — respondeu Epíteto. — Chama-se Asiático.

Esporo ergueu a sobrancelha.

— Não é um grandalhão, musculoso e bonito? Que anda como gladiador, mas ri como um espíntria.

Epíteto franziu o cenho.

— Acredito que ele possa ser descrito assim.

— Quem é esse Asiático? — perguntou Lúcio. — Como você o conhece?

— Eu *não* o conheço — respondeu Esporo —, mas parece que já vou conhecê-lo. Lúcio, realmente, você não conhece as histórias sobre Vitélio e Asiático?

— Acho que não.

— Que existência mais recatada seu pai lhe impôs, poupando seus ouvidos delicados dos mexericos da corte. Nero adorava contar as histórias sobre Vitélio e seu garanhão. O relacionamento entre os dois fazia com que as travessuras de Nero na cama parecessem totalmente inocentes.

— Sou todo ouvidos — declarou Lúcio, ficando de bruços e apoiando o queixo com a mão.

— Rápido, então: Asiático nasceu escravo, como qualquer outro, até que, na adolescência, certo membro seu se tornou muito proeminente. Quando Vitélio viu o menino nu, de pé, em um leilão de escravos, um dia, comprou-o, mas não pela inteligência. Como um mestre de corridas que adquire um novo garanhão, ele o levou para casa e o experimentou logo. Ficou feliz com a compra.

"Mas, como você sabe, nesses relacionamentos nem sempre fica claro quem é o amo e quem é o escravo e o desejo nem sempre é mútuo. Asiático se cansou de Vitélio. Quem pode culpá-lo? Dizem que o imperador é muito bom de cama, mas, realmente, dá para imaginar aquele monte de carne mole em cima de você? Ou embaixo, imagino, porque acho que é a posição preferida dele. Bem, chegou uma hora em que o jovem Asiático se cansou e fugiu. Vitélio chorou e arrancou o cabelo! Ficou inconsolável. Depois, um dia, Vitélio estava em Puteoli e adivinha quem ele encontrou em um quiosque à beira-mar, flertando com os marinheiros e vendendo um vinho que mais parecia vinagre? Asiático. Vitélio caiu em prantos e foi abraçá-lo, porém Asiático disparou como uma flecha. Os homens de Vitélio saíram atrás dele, derrubando metade das barracas do mercado diante do mar. Finalmente, pegaram-no e o prenderam. Um final feliz... Os amantes se reuniram de novo!"

— Algo me diz que essa história não acaba aí — comentou Lúcio, sorrindo.

— E não acaba mesmo! Depois, retornaram para Roma, onde tudo correu muito bem... por um tempo. Dessa vez, foi Vitélio quem decidiu que não aguentava mais Asiático. A insolência, as mentiras, os roubos, as escapadas pelas costas do amo. Vitélio bateu o pé, gritou e tirou o chicote, cumprindo uma velha ameaça: vendeu Asiático para outro dono, um companheiro que tinha um grupo itinerante de gladiadores. Mais uma vez os amantes se separaram. Vitélio achou que havia se livrado de Asiático, que, em vez de espalhar sêmen na cama do amo, foi espalhar sangue em uma arena.

Parado à porta, Epíteto pigarreou.

— O homem está aí fora, esperando ainda...

— Não se preocupe, não vou deixá-lo esperando muito — avisou Esporo. — Bem, para encurtar a história, um dia Vitélio é o convidado de honra de uma competição, organizada por um magistrado local em uma cidade do interior. Quem foi o escolhido para a última luta? Asiático! Vitélio ficou branco ao ver o amor de sua vida entrando na arena, mas fingiu que nada estava acontecendo, que já não sentia nada pelo patife e ficaria até feliz em vê-lo sofrer uma morte horrível. A luta começou e as coisas foram mal para Asiático logo de início. Ele foi ferido uma vez, duas e acabou caído no chão, com a espada do oponente na garganta. A multidão começou a gritar, pedindo sua morte e, quando o tal magistrado já estava pronto para dar o sinal, Vitélio dá um pulo e grita "Poupem-no! Poupem meu amado Asiático!". Ele o comprou de volta na hora, por um preço exorbitante, e os dois se encontraram no alojamento dos gladiadores. Imagine as lágrimas, os beijos e os pedidos de perdão no ouvido! Sei que isso parece um romance grego barato, mas juro que não inventei.

Epíteto pigarreou novamente.

— E o restante da história? — perguntou Lúcio.

— Vitélio levou Asiático com ele quando foi governar a Germânia, o que fez do mesmo jeito que governou Roma, com banquetes suntuosos e lutas de gladiadores, para divertir os chefes locais enquanto seus soldados violentavam e saqueavam os cidadãos. Como compensação por tê-lo tornado gladiador, Vitélio libertou Asiático e lhe deu um cargo oficial. Ele se mostrou bastante útil, aparentemente; viver de expedientes acabou treinando-o para ser o tipo de quebra-galho que um governador como Vitélio precisava. Poucos foram os criadores de caso que Vitélio não conseguiu intimidar ou seduzir. E, agora ele está aqui, em Roma, ajudando o antigo amo a dirigir o espetáculo. Não mais liberto, porém membro da ordem equestre.

— Não! — exclamou Lúcio.

— Sim. Não muito depois de Vitélio se tornar imperador, alguns de seus bajuladores o conclamaram para que elevasse Asiático ao nível de equestre, considerando-se que ele possuía a riqueza necessária. Vitélio riu e disse que não fossem ridículos, que a nomeação de um patife como aquele iria desgraçar a ordem. Quando Asiático ficou sabendo, dá para imaginar a reação dele. Rápido como se ferve aspargo, Vitélio deu logo um banquete, no qual presenteou Asiático com um anel de ouro, para simbolizar seu novo status de equestre. Em breve vai transformá-lo em senador!

Lúcio riu e depois franziu o cenho.

— E agora Asiático vem visitá-lo. Não é um bom sinal.

— Não? Estou louca para dar uma olhada nele — declarou Esporo. — Epíteto, diga a meu visitante que pode entrar agora. Mande uma das escravas trazer algo para nos refrescar.

Enquanto Epíteto ainda balançava a cabeça e se virava para ir, viu-se confrontado por uma figura na porta. O visitante o empurrou para o lado e entrou, todo emproado, no aposento.

Na experiência de Lúcio, os homens que buscavam a companhia de jovens tendiam a procurar o ideal grego de beleza. A visão de Asiático o surpreendeu. Tinha a cabeça redonda sobre um pescoço atarracado e um rosto quase suíno — com nariz arrebitado, lábios grossos e olhos estrábicos. Mesmo que se levasse em conta que o embrutecimento dos traços se devesse à vida devassa, era difícil imaginar que algum dia houvesse tido o tipo de beleza que os antigos mestres gregos imortalizariam em mármore. E nem era mais um menino: havia fios grisalhos em meio aos cachos negros. A túnica de equestre, com linhas vermelhas estreitas, passando pelos ombros largos, parecia apertada, deixando expostos os braços musculosos e as coxas peludas, mais do que era decente, e esgarçando-se sobre a largura do peito imenso. Na mão esquerda, enfiado em um dedo curto e grosso, Lúcio viu o anel de ouro equestre, posto ali por Vitélio.

Lúcio se levantou do divã e ajeitou a postura dos ombros para trás. Asiático lhe lançou um olhar rápido, depois fixou os olhos em Esporo e, torcendo os lábios em um sorriso afetado, disse:

— Você deve ser Esporo.

Sua voz também não era o que Lúcio havia esperado, matizada pelo que seu pai chamava de sotaque da sarjeta, de escravos e libertos sem educação.

— E você deve ser Asiático — respondeu Esporo, ainda reclinada no divã, alisando uma dobra da veste de seda, sobre os quadris, com uma das mãos.

— Isso é para você — anunciou Asiático, dando um passo à frente e entregando-lhe um rolo de pergaminho.

— O que é isso? — perguntou Esporo, desamarrando a fita.

— Uma peça nova, escrita pelo próprio imperador.

— Por Júpiter, mais um se achando Nero! — murmurou Epíteto, da porta.

— *O estupro de Lucrécia pelo filho do rei Tarquínio e a queda subsequente da última dinastia de reis* — leu Esporo. — O título é enorme, com certeza, mas a peça não parece ser mais que um esquete.

— Curta e agradável — comentou Asiático. — É ação, em sua maior parte. O imperador não gosta de entediar seu público.

— Público? Haverá uma encenação? Estamos convidados? — perguntou Esporo, relanceando Lúcio com os olhos arregalados e depois sorrindo graciosamente para Asiático.

— O público será composto pelos amigos e conselheiros mais íntimos do imperador. Homens de alta categoria e gosto refinado.

— Você estará lá? — indagou Lúcio, com uma expressão impassível.

Esporo disfarçou o sorriso tossindo.

Asiático encarou Lúcio por um instante e então sorriu.

— Claro que estarei. E você também, jovem Pinário. Assim como seu anfitrião, Epafrodito. O imperador não ia querer que vocês dois perdessem a atuação de Esporo.

— Atuação? — questionou Esporo, entusiasmando-se.

— Eu não expliquei? Você fará Lucrécia.

— Eu? — Esporo deu um pulo e ficou de pé, examinando o pergaminho com grande interesse.

— Hoje à noite haverá um ensaio da apresentação que será encenada no banquete amanhã.

— Amanhã! Mas não vai dar para eu...

— Você não tem tantas falas assim — avisou Asiático, aproximando-se.

Lúcio ficou impressionado como Esporo parecia esbelta e delicada diante de Asiático, que era apenas um pouco mais alto, porém incrivelmente largo.

— Se você esquecer alguma fala, não se preocupe. Estarei lá para soprar em seu ouvido. Assim — disse Asiático aproximando-se e soprando no ouvido de Esporo.

O eunuco se encolheu e deu um passo para trás.

— Você?

— Não expliquei? Farei o papel de Sexto Tarquínio, o filho do rei. O vilão que estupra Lucrécia.

Esporo deu mais um passo para trás, abrindo o rolo de pergaminho e interpondo-o entre ela e Asiático.

— Entendi. Você e eu vamos atuar juntos na peça do imperador, fazendo um par.

— Exatamente. Tenho de ir agora. Tente pôr essas falas nessa cabecinha linda e faça tudo o que precisar para se preparar. Faremos uma apresentação particular para o imperador esta noite, enquanto ele janta.

Asiático olhou Esporo de cima a baixo. O sorriso forçado desapareceu, sendo substituído por uma expressão vaga, com a boca aberta, que Lúcio achou mais desconcertante ainda. Depois, partiu, com o andar afetado.

— Isso é ridículo! — exclamou Lúcio.

— Ridículo? — disse Esporo, mantendo-se ereta. — Você me acha incapaz? Não passei aquele tempo todo ao lado de Nero sem adquirir certo conhecimento sobre a arte da representação. Venha cá, Epíteto, vamos ler a peça juntos e você me ajudará com minhas falas.

Como Asiático havia observado, a "peça" era muito curta. Não tinha como ser o principal entretenimento de uma noite. Parecia mais uma vinheta para encher a programação. As festas de Vitélio incluíam sempre meninos e meninas dançando, gladiadores lutando até a morte, além de poetas declamando e atores cômicos.

A história requeria muito pouco em termos de contexto. Qualquer um na plateia já devia conhecê-la. Quando um amigo do filho do rei se gabou da virtude da esposa, o impulsivo Sexto Tarquínio se sentiu obrigado a desonrá-la; aparecendo enquanto o marido não estava, tirou proveito da hospitalidade de Lucrécia e a estuprou. Incapaz de suportar a vergonha, ela usou uma adaga para se matar. Quando o corpo foi exibido a uma multidão furiosa, no Fórum, o rei Tarquínio e o filho malvado foram expulsos de Roma e a república foi instaurada.

Epíteto passou rapidamente os olhos pelo texto, torcendo o nariz em desaprovação.

— Pouco mais que um espetáculo de mímica vulgar — declarou. — Segundo as instruções do texto, o estupro acontece no palco, assim como o suicídio de Lucrécia.

— Sêneca achava bom incluir todo tipo de efeitos chocantes em suas peças — observou Esporo. — Tiestes come os filhos assados diante do público e Édipo arranca os olhos. Eles usam balões ocultos e sangue de porco.

— Se Vitélio acha que é outro Sêneca, está completamente enganado — comentou Lúcio, olhando o texto. — Esse diálogo aqui é um disparate só.

Esporo deu de ombros.

— Mas, se esse é o tipo de coisa que Vitélio gosta, para mim é uma chance de agradá-lo.

— Não gostei do jeito de Asiático — observou Lúcio, com reprovação. — Que homem insinuante!

— Realmente, ele não é o que eu esperava também — concordou Esporo. — Os homens raramente são assim. No entanto, ele tem um magnetismo animal. Se o imaginarmos vestido de gladiador...

— Deixarei você ensaiar, então — anunciou Lúcio, feliz por Esporo ter escolhido Epíteto para a função.

A visita de Asiático o havia deixado de mau humor. Precisava caminhar um pouco. Os aposentos de Epafrodito davam para o grande pórtico, em frente ao gramado e ao lago artificial, no centro da Casa Dourada. Talvez desse a volta completa à beira d'água.

Pegou uma capa, embora em um dia de inverno tão brando provavelmente não fosse necessária. Enquanto se preparava para sair, ouvia Esporo e Epíteto declamando as falas.

— Quem bate à porta?

— Sou eu, Sexto Tarquínio, amigo de seu marido e filho do rei.

— Mas meu marido não está em casa essa noite.

— Eu sei. Mas você me negaria sua hospitalidade? Abra a porta para mim, Lucrécia. Deixe-me entrar!

Lúcio sorriu. Epíteto parecia estar entrando no espírito da coisa, apesar do desdém explícito pelo material. Ocorreu a Lúcio que o escravo poderia experimentar certo prazer indireto, ao desempenhar aquele papel frente ao objeto inalcançável de seu afeto.

Também passou por sua cabeça que Esporo talvez estivesse imaginando um novo retorno à graça imperial. Por que não? Nero havia se casado com ela. Oto a tomara como amante. Vitélio podia ser insensível a seus encantos, preferindo um parceiro com mais "magnetismo animal" (para usar o termo de Esporo), porém Asiático dera mostras inequívocas de atração e ele era um homem poderoso.

Lúcio suspirou. Quando deixou os aposentos, ouviu mais algumas falas.

— Não! Afaste-se, bruto! Sou fiel a meu marido!

— Entregue-se a mim, Lucrécia! Vou ter o que quero de você!

Epíteto declamou com tanto vigor que a voz lhe falhou. Ele pigarreou e então voltou a falar, soando muito contrariado:

— Agora a rubrica diz que lutamos um pouco e depois rasgo sua veste...

Ao entardecer, um grupo de pretorianos chegou para escoltá-los aos alojamentos particulares do imperador. Esporo caminhava à frente dos outros, consciente de sua posição especial. Lúcio e Epafrodito a seguiam. Epíteto também ia, pretensamente para atender o amo.

Foram levados até um grande salão de banquetes octogonal. As paredes eram de um mármore multicolorido, fascinante, e na entrada havia um chafariz esguichando água. Lúcio nunca vira aquele ambiente, mas ele era obviamente muito familiar a Esporo, que devia ter passado muitas horas felizes ali, primeiro com Nero e depois com Oto. Lúcio a ouviu suspirar quando olhou em volta, avaliando as alterações feitas por Vitélio e a esposa, Galeria, de quem se dizia achar o gosto de Nero muito modesto. Uma profusão de estátuas, lâmpadas decorativas, vasos de bronze, biombos de marfim e cortinados fora colocada no salão, preenchendo o espaço contra a parede e entre os divãs para comer.

A única parte do salão não entulhada de objetos preciosos era um estrado alto contra uma parede. O único enfeite era uma grande estátua de Nero, retratado em trajes gregos com uma coroa de louros na cabeça. Aquele estrado devia servir de palco para a peça, pois os convidados estavam em divãs posicionados, em um semicírculo, diante dele.

Todos estavam vazios, exceto dois, no centro da primeira fila. Sobre um deles, reclinava-se a esposa do imperador, Galeria, e o filho de 7 anos do casal, Germânico. No outro, ocupando todo o espaço, estava deitado o imperador. Um mastim molossiano, quase do tamanho de um homem, jazia enroscado diante de seu divã. O cão se pôs de pé e rosnou quando Lúcio e os outros entraram; mas obedeceu quando o dono o mandou se aquietar.

Quando Vitélio se levantou, Lúcio ponderou sobre a energia considerável necessária para pôr em movimento uma quantidade de carne tão imponente. O imperador era muito alto, tinha braços grandes, barriga enorme e o rosto congestionado de quem bebe muito. Enquanto dava alguns passos na direção deles, mancava ligeiramente em consequência, dizia-se, de um antigo acidente de biga, no tempo de sua juventude libertina; Calígula fora o condutor.

Vitélio trazia uma espada, segurando o cabo com a mão direita e acariciando a lâmina com a ponta dos dedos da esquerda. O punho possuía uma decoração elaborada e a lâmina era recoberta de ouro. Lúcio prendeu a respiração ao perceber o que estava vendo: a espada do Divino Júlio. Um dos seguidores de Vitélio a havia roubado de seu local sagrado, no Santuário de Marte, e lhe dera de presente quando foi proclamado imperador. Vitélio a carregava em vez da adaga tradicional, usada pelos predecessores, como símbolo do poder de vida e morte sobre os súditos. Vitélio a mantinha sempre com ele, como um talismã da sorte. Chegava a dormir com ela.

Sob as dobras da toga, Lúcio tocou o próprio talismã, o *fascinum*, que havia recebido no último dia de vida do pai. Como Tito, ele o usava em ocasiões especiais e nas horas de perigo.

Vitélio encarou Esporo descaradamente. Diferente de Asiático, sem malícia. Foi um olhar de curiosidade e não de desejo. Na verdade, a julgar o modo como contorceu o lábio superior, não gostou do que viu.

— Então, você é o tal que cortou o saco para agradar Nero? Tudo bem, vários meninos já perderam os bagos por razões menos importantes que essa — comentou Vitélio, contornando vagarosamente Esporo e acariciando a espada com a mão. — Depois veio Oto. Ele se encantou também. Imagino que tenha olhado para você e dito: "Que bom negócio! Já fizeram o trabalho." Como um imóvel já reformado pelo dono anterior.

O imperador completou a volta e parou diante de Esporo, como um gigante. Ela o encarou por um instante e depois baixou os olhos.

— Aquele Oto! — disse Vitélio, estalando a língua. — Nunca soube o que pensar dele. Tão receptivo! Evitava confrontos a qualquer custo. Supostamente era o melhor amigo de Nero, mas, quando este quis sua Popeia, Oto abriu mão dela sem protestar. Eu não abriria mão de minha esposa só porque um amigo a pediu. Abriria, meu bem?

A imperatriz Galeria, reclinada ao lado do filho, sorriu com doçura. Ela era a segunda esposa de Vitélio e consideravelmente mais jovem que o marido. Vestia um traje de Popeia, um modelo magnífico de seda vermelha e púrpura, ao qual acrescentara muitos bordados em prata e cordões de pérola. O filho estava deitado ao lado, olhando para Esporo, inexpressivo. Germânico era grande para a idade. Lúcio percebeu que o menino se assemelhava ao pai, com faces rechonchudas e membros carnudos, e notou, com um calafrio, que Germânico tinha provavelmente a idade do pai, quando Tibério o introduziu à devassidão em Capri. Dizia-se que o menino era tão gago que mal falava.

— Enquanto Nero reinou, Oto parecia muito contente em viver no exílio — continuou Vitélio, acariciando a espada e olhando para Esporo. — Nunca participou de nenhuma das conspirações contra o homem que roubou sua esposa, nem mesmo depois de Nero chutar a pobre Popeia até a morte — disse, virando-se para olhar Galeria. — Se alguém chutasse você até a morte, minha querida, eu certamente tomaria medidas para vingá-la.

Galeria riu baixinho. Germânico zurrou.

— Talvez Oto só estivesse fazendo hora — disse Vitélio —, esperando sua chance. Por um tempo, ao menos, parecia de fato que ele seria aquele a rir por último; acabou morando aqui, na Casa Dourada de Nero, seduzindo a nova versão de Popeia. Uma Popeia com pênis, se preferirem! — exclamou, aproximando-se de Esporo como um gigante. — Mas eu apareci e tudo se acabou! Oto se extinguiu como uma vela ao vento. Nas tavernas, cantam uma música sobre ele: "Sem esposa ficou, sem vida acabou, e nunca se rebelou." Não consigo sentir o menor respeito por um homem desses. Pergunto-me que tipo de amante seria. Como era ele comparado a Nero? Popeia poderia ter nos dito, mas ela está morta. Talvez você possa nos informar, eunuco. Mas não agora. Temos uma peça para ensaiar!

O imperador bateu palmas. Lúcio e Epafrodito foram conduzidos a divãs, sendo-lhes oferecido comida e vinho. Epíteto ficou de pé atrás do amo. O cardápio era sofisticado, mas, com pretorianos parados contra cada parede, Lúcio não achou o ambiente relaxante. O pequeno Germânico fazia muito barulho enquanto comia, bufando, babando e mastigando de boca aberta.

Vitélio pegou a mão de Esporo e a acompanhou ao estrado. Com a espada, apontou para a estátua de Nero.

— Esta foi uma das estátuas derrubadas após a morte de Nero e, depois, restaurada por Oto. Se olhar de perto, verá o encaixe da cabeça sobre o pescoço. É apropriado que a estátua esteja aqui, porque o banquete de amanhã será em homenagem a Nero. Primeiro, vai haver um sacrifício em sua tumba no monte dos Jardins, seguido por lutas de gladiadores e depois uma festa para todos na cidade. Apenas convidados muito especiais participarão do banquete neste salão.

Os partidários de Vespasiano marchavam sobre a cidade, pensou Lúcio, e a reação de Vitélio era invocar o espírito de Nero e oferecer ao povo de Roma mais um festim. O homem conhecia apenas uma forma de governar: dar festas; quanto mais grave a crise, maiores os festejos.

— O ponto alto do cardápio será um prato inventado por mim — anunciou Vitélio. — Eu o chamo de Escudo de Minerva. Se eu não for lembrado por nada mais daqui a mil anos, espero que ainda falem dessa iguaria. Nenhum recipiente de cerâmica, grande o bastante para contê-lo, pôde ir ao fogo; então, um escudo gigante, feito de prata de lei, foi fundido para a apresentação. Ele será carregado até este salão por um grupo de escravos e vai servir uma mistura de fígados de lúcio, cérebros de faisão e pavão e línguas de flamingo, tudo borrifado com esperma de lampreias. Seu custo total vai ser de mais de um milhão de sestércios. Será algo que meus convidados nunca vão ter visto nem provado na vida.

"Enquanto comemos, precisamos de entretenimento. Para essa ocasião, escrevi uma pequena peça sobre Lucrécia. Quando comecei a pensar sobre quem escolher para o papel principal, foi Asiático quem sugeriu seu nome, Esporo. Juro a você, esse indivíduo pode passar anos sem expressar um único pensamento inteligente e, de repente, vem com uma ideia genial! Para honrar a memória de Nero, quem mais a não ser a viúva desempenharia o papel de Lucrécia? Está pronta para me mostrar o que pode fazer?"

Esporo assentiu.

— Farei todo o possível para o satisfazer, César.

— Ah, você vai me satisfazer, não tenho dúvida — declarou Vitélio, sorrindo. — O cenário será todo imaginário, a não ser o fuso e a roca de Lucrécia e a cama. Os ajudantes de palco trarão tudo na hora certa. Será tocada uma flauta toda vez que a cena mudar e para enfatizar os momentos mais dramáticos.

O imperador desceu do estrado e se reclinou em seu divã.

O ensaio começou. Um coro de três atores surge no palco primeiro, a fim de declamar o prólogo. Depois, eles se transformam na comitiva de Sexto Tarquínio, representado por Asiático, que discute com o ator que fazia o marido de Lucrécia sobre qual dos dois possui a esposa mais virtuosa. Para resolver a questão, os maridos decidem aparecer para as mulheres de maneira inesperada. O coro então passa a interpretar as acompanhantes da esposa de Sexto, pega fofocando e tomando vinho com as escravas. Depois, torna-se as escravas de Lucrécia; quando os maridos aparecem, encontram-na fiando e a ouvem recitar um solilóquio sobre os deveres de uma esposa. Esporo hesitou um pouco nas primeiras falas, achou Lúcio, mas pareceu ganhar confiança à medida que avançava.

O coro desaparece, então. O satisfeito marido de Lucrécia tece elogios à esposa. Incomodado, Sexto lhe ordena deixar a cidade em uma missão militar; depois, discursa, manifestando a fúria pelo homem que o fez de tolo e declara a intenção de roubar a virtude de Lucrécia.

Sexto faz uma visita a ela em uma hora tardia. Os escravos já estão todos na cama. Lucrécia, fiando à luz de velas, ergue a cabeça diante de um ruído súbito.

— Quem bate à porta? — grita Esporo, com um estremecimento nervoso convincente.

— Sou eu, Sexto Tarquínio, amigo de seu marido e filho do rei — diz Asiático, em voz retumbante.

De pé atrás do amo, Epíteto esforçava-se para não rir alto. Lúcio mordia a língua, com a mesma intenção. Asiático era um péssimo ator, embora fisicamente fosse adequado para o papel. Teria Vitélio escrito uma comédia ou uma tragédia? Era difícil dizer. Como reagiria a plateia no dia seguinte, embriagada pelo vinho e farta com as iguarias do Escudo de Minerva? Os convidados do imperador provavelmente achariam o mesmo dos atores e da peça, excitados pela novidade de ver o garanhão de Vitélio e a esposa-eunuco de Nero juntos no palco.

O ensaio continuou com o determinado Sexto forçando a entrada no quarto de Lucrécia. Ele derruba a roca e a atira na cama. Acima deles, pairava a estátua de Nero.

Lúcio lembrou-se da rubrica, que dizia "Ele rasga suas roupas e tem o que quer dela; Lucrécia resiste e chora".

Talvez Esporo e Asiático estivessem simplesmente representando, mas, para Lúcio, a atividade no palco se tornou de repente real demais, ficando cada vez mais verídica à medida que o estupro continuava. Esporo parecia lutar de verdade, e Asiático, dominá-la, tratando-a com violência e até batendo em seu rosto. Esporo soltou um grito que não pareceu encenação.

Epíteto se retesou. Epafrodito, ouvindo o escravo arfar e sentindo sua agitação, balançou a cabeça e ergueu a mão. Entretanto, Epíteto não conseguia ficar parado. Começou a se mover em direção ao palco. Epafrodito o agarrou pelo pulso.

Vitélio estava excitado com a cena, assim como Germânico, guinchando e batendo palmas diante da exibição de violência. Pai e filho se encontravam ambos sentados, eretos, inclinados para a frente em seus divãs. O imperador brincava nervosamente com a espada do Divino Júlio e começou a dirigir a cena.

— Vamos, Asiático, você pode fazer melhor que isso! Rasgue as roupas dela, como está escrito. Não finja apenas... Quero ouvir o tecido se rompendo. Sim, isso. Mais uma vez! Mas não demais... Não se pode ver que o eunuco não tem seios. É o som que vai eletrizar o público. Agora bata no rosto dela de novo. Segure o cabelo com a mão, puxe a cabeça dela para trás e lhe dê uma boa bofetada, forte. Ah, mais forte que isso! Você está violentando Lucrécia, a cadela que fez você de idiota, exibindo sua virtude. Ela simboliza todas as patrícias, de nariz empinado, que já disseram não para você. Você despreza sua falsa moral, você a quer ver desonrada, rebaixada, completamente humilhada. Quero ouvi-la grunhir como um porco, Asiático. Agora está melhor. Mais alto! A música tem de ficar mais alta, também, e mais frenética.

O flautista, que se encontrava fora do palco, executava uma peça chamada "As Lágrimas de Lucrécia", uma das composições mais conhecidas de Nero. Ele começou a tocar mais alto e rápido.

Imobilizada na cama por Asiático, Esporo soltou um grito tão lastimoso que Epíteto se soltou do dono e começou a coxear em direção ao palco. Um dos pretorianos impediu imediatamente sua passagem.

Lúcio observava, consternado, Asiático bater em Esporo e virá-la de um lado para o outro. Jogando a cabeça para trás, com uma gargalhada, ele a colocou de quatro, de frente para a plateia. Levantou sua veste rasgada, expondo suas coxas, e fingiu montá-la por trás. Estava claramente divertindo-se, rindo alto, quando ergueu a mão para dar uma palmada nas nádegas do eunuco, o qual pareceu tão aterrorizado durante um momento que Lúcio achou estar ocorrendo um estupro de fato, diante de seus olhos.

Contudo, não era o caso. Quando Asiático, após muitas arremetidas e grunhidos, finalmente fingiu um orgasmo e recuou, com um sorriso malicioso e pondo a língua para fora, e Esporo, despenteada e trêmula, encolheu-se na cama, Lúcio pôde ver que o ato fora simulado.

Vitélio aplaudia. Imitando o pai, Germânico também batia palmas e zurrava. Galeria mexia nas pérolas do vestido e parecia entediada.

— Muito bom — disse Vitélio. — Muito bom, mesmo! Exatamente a minha ideia. Mas amanhã à noite quero que dure bem mais que isso, Asiático. Sei como vai ficar excitado, mas prolongue o máximo que puder. Fique à vontade, divirta-se. Saboreie o castigo que está dando em Lucrécia. E você deve ser *muito* mais violento, sei que é capaz disso! Lembre que você é o impiedoso e brutal Sexto Tarquínio e que esse é o estupro de Lucrécia; o sofrimento dela é a fantasia de todo menininho. E também vire o rosto do eunuco para a luz no momento crítico, para que possamos vê-la bem enquanto arfa e grita. Faça com que meus convidados vejam por si o que Nero e Oto viram, quando montaram na criatura. Tudo certo, então! Vamos para a próxima cena.

Asiático saiu do palco. Esporo jazia inerte na cama, escondendo o rosto.

— Vamos em frente, já disse! — gritou Vitélio, batendo, impaciente, com o lado plano da espada na palma da mão. — Isso, isso, você está infeliz; muito convincente. Tão infeliz que pega a adaga debaixo da cama. Vá, pegue-a!

Esporo levantou os olhos, com uma expressão aturdida. Endireitou a veste revirada, puxou para trás o cabelo despenteado e esticou a mão debaixo da cama. A adaga era uma imitação, para teatro, feita de madeira macia. Esporo a fitou. A testa se enrugou e a mandíbula tremeu. Um filete de sangue caiu do lábio inferior, inchado, e escorreu pelo queixo.

— Não consegue lembrar a fala? — gritou Vitélio. — Fui violentada...

— Fui violentada — murmurou Esporo, com os olhos fixos na adaga.

— Mais alto!

— Fui violentada! — gritou Esporo. Após um momento, ela continuou, falando com uma voz inexpressiva, monótona. — Não suporto a vergonha. O filho do rei se vingou de mim apenas por causa de minha virtude. Peço aos deuses que sejam testemunhas de meu sofrimento. Que vinguem minha morte com a queda da casa de Tarquínio...

— Não está bom! Você aprendeu as falas, mas as recita sem convicção e sua voz rateia constantemente. Esse é o ponto alto da peça; como todos vão se lembrar. Você não se importa? Amanhã à noite, tem de fazer melhor que isso. Bem, então, sabemos o que acontece depois. Se precisar de coragem, olhe para aquela estátua e pense em Nero. O que o último pretoriano a abandonar a Casa Dourada disse a Nero, quando ele implorou ao homem que ficasse? "É tão difícil assim morrer?" Ah, boas palavras para se ter em mente esses dias.

Esporo agarrou a falsa adaga com as mãos e a apontou para o peito, fitando-a.

— Já está bom — disse Vitélio. — Chega disso. Lucrécia está morta. O público se sente emocionado. Seu corpo sem vida permanece em cima da cama durante o restante da peça, enquanto o marido, arrasado, incita o povo a se revoltar. Sexto Tarquínio tem o que merece e o coro recita as falas finais. Você não precisa ficar para essa parte, eunuco. Você e seus amigos estão dispensados. Voltem para seus aposentos. E ensaie suas falas!

Com a veste rasgada e o cabelo em desalinho, Esporo conseguiu, com dificuldade, cruzar o palco e descer do estrado. O pretoriano que contivera Epiteto deu um passo para o lado, permitindo que chegasse até ela. Lúcio e Epafrodito se levantaram dos divãs e atravessaram o salão.

Quando entraram no corredor, Asiático bloqueou de repente o caminho. Ele agarrou o queixo de Esporo com um apertão firme e lhe lançou um sorriso lascivo.

— Gostou? — perguntou ele. — Eu gostei.

Esporo tentou se soltar, mas Asiático a segurava com força.

— Amanhã à noite faremos de verdade, para todos verem.

— Diante do público... Não! — murmurou o eunuco.

— Claro, diante do público! A ideia é essa. Excitante, não? Olhe aqui como estou excitado, só de pensar nas coisas que vou fazer com você enquanto todos estiverem olhando — declarou Asiático, pondo uma das mãos dela entre suas pernas e murmurando em seu ouvido. — Parece uma adaga, não? E depois que eu terminar com você amanhã à noite, quando esticar a mão embaixo da cama, encontrará uma adaga de verdade lhe esperando, não um brinquedo.

Ele enfiou a língua no ouvido de Esporo, que se contorceu, dando um gritinho agudo. Asiático mordeu sua orelha, cravando os dentes na carne.

Esporo se soltou e correu, chorando pelo corredor.

Lúcio e os companheiros permaneciam imóveis. Asiático jogou a cabeça para trás e gargalhou.

Vitélio o chamou do salão de banquetes:

— Asiático! Deixe o eunuco em paz. Em breve você fará o que quiser com essa criatura desagradável. Volte para cá. Precisamos ensaiar seu discurso de saída.

Os pretorianos que os escoltaram até os aposentos de Epafrodito não foram embora, mas se postaram no corredor, do lado de fora.

Esporo resistia a todas as tentativas de consolo. Ela se retirou para o quarto e fechou a porta.

Em um terraço que dava para o prado e o lago de Nero, Epafrodito se sentou e cobriu o rosto com a mão. Epíteto balbuciava e andava de um lado para o outro, puxando a barba.

— Isso está acontecendo de fato? — perguntou Lúcio. — Vitélio realmente espera...

— Está evidente o que ele espera — disse Epafrodito. — Amanhã à noite, diante de uma plateia, Esporo vai ser estuprada publicamente... A consorte de dois imperadores, degradada como a prostituta mais baixa! E depois lhe darão uma adaga para que cometa o suicídio, a fim de divertir Vitélio e os amigos.

— Sêneca e Nero são os responsáveis por isso — acrescentou Epíteto.

— Como chegou a essa conclusão? — perguntou Epafrodito, olhando-o, aborrecido.

— Vitélio apenas está levando o trabalho deles um pouco mais à frente. Sêneca vulgarizou todo o conceito de peça teatral com aqueles dramas obscenos que escrevia, despertando o interesse lascivo e alimentando um horror sem sentido, fazendo da falta de esperança e do terror os pontos altos da peça. Nero criou a tradição das execuções como espetáculos públicos e a elevou ao que ele e seus amigos depravados chamavam de arte... queimando pessoas vivas e induzindo touros a estuprar meninas, enquanto a plateia, na arquibancada, aplaudia e gritava. Agora Vitélio pretende realizar suas fantasias infames em um palco, enquanto os amigos se entopem de fígados de lúcio e línguas de faisão.

— Não há um jeito de se impedir isso? — perguntou Lúcio. — Talvez Esporo possa fugir da cidade.

Epafrodito negou.

— Os pretorianos do outro lado da porta estão ali por uma razão. Se olhar embaixo desse terraço, verá mais guardas. Vitélio não tem a menor intenção de deixar sua Lucrécia fugir antes do banquete de amanhã.

Lúcio os deixou no terraço e foi até o quarto de Esporo. Pela porta, ouvia-a chorar. Ele chamou seu nome e ela não respondeu, mas, após um momento, o pranto cessou. Lúcio a chamou novamente e ouviu apenas silêncio. Tentou abrir a porta, mas estava trancada. No entanto, a fechadura era fraca, só impedia os escravos de entrar quando não eram necessários. Pôs o ombro contra a porta e a empurrou. A fechadura cedeu e Lúcio entrou no quarto.

Esporo se encontrava na cama, não mais desarrumada, mas vestida com um de seus trajes mais belos, uma veste de seda verde, com bordados de ouro, herdada de Popeia. O cabelo estava penteado e preso. Uma maquiagem ocultava as escoriações em seu rosto. As mãos estavam cruzadas sobre o peito. Não parecia mais atormentada e sim composta — composta demais, percebeu Lúcio. No chão, ao lado da cama, caída de lado, havia uma taça de prata vazia.

Esporo tinha os olhos fixos, vidrados, no teto. A fala era indistinta.

— Lúcio, você foi um amigo tão bom para mim nesses últimos meses.

Ele se ajoelhou ao lado da cama.

— Esporo, o que você fez?

— Não me aborreça com perguntas, Lúcio. Não há tempo. Mas estou feliz por você ter vindo. Contente que tenha sido você e não um dos outros. Porque tenho algo a dizer. Preciso confessar.

— Do que você está falando?

— Fui responsável...

— Pelo quê?

— Foi por minha culpa que Nero morreu.

— Não, Esporo. Você não sabe o que está dizendo.

— Escute-me, Lúcio! Nero morreu por minha culpa... e seu pai se matou por minha culpa.

Lúcio respirou fundo.

— Fui responsável por tudo, por todos os horrores desde a morte de Nero... Foi tudo minha culpa...

Lúcio pegou a taça vazia.

— O que você tomou, Esporo? Por que isso está fazendo você dizer essas coisas?

— Eu sei o que estou dizendo, Lúcio. Tem sido tão difícil guardar esse segredo... todos esses meses...

— Não estou entendendo.

— Você não estava lá, Lúcio... no final... com Nero... e seu pai. Você não viu... nem ouviu. Você sabe o que aconteceu por Epafrodito, mas ele não sabe a verdade. Epíteto deve saber, mas nunca contou a ninguém... porque me ama. Mas você tem de saber.

A voz de Esporo estava fraca. Lúcio se inclinou para mais perto, aproximando o ouvido dos lábios dela.

— Quando Epíteto chegou da cidade com as notícias... corri para encontrá-lo... enquanto os outros ficaram dentro de casa. Depois levei a mensagem a Nero, antes de Epíteto. Eu menti para Nero. Disse a ele que o Senado... havia votado por sua morte.

— Mas foi o que aconteceu.

— Não! A mensagem que Epíteto trouxe foi de que o Senado não havia votado. Ainda estava deliberando. Eles hesitavam diante da perspectiva de condenar um herdeiro de Augusto à morte. Ainda havia esperança... para Nero. Pretorianos tinham sido enviados de Roma a fim de levá-lo de volta, para que os senadores pudessem falar com ele diretamente e chegar a alguma... solução. Eles queriam negociar. Mas não foi essa a mensagem que passei para Nero. Eu menti. Fiz com que pensasse que não havia esperança alguma.

— Mas por que, Esporo?

— Porque eu queria que ele morresse! — exclamou Esporo, tendo uma convulsão sobre a cama.

Sua testa ficou de repente coberta por gotas de suor. Tinha dificuldades em respirar.

— Só mais tarde, depois que o corpo de Nero foi trazido para Roma... o Senado aprovou a resolução de pedir sua morte. Mas depois do fato ocorrido. Fizeram isso para agradar Galba, para fazê-lo pensar que tomaram a iniciativa de torná-lo imperador. É por isso que circulam tantos boatos... de que Nero ainda está vivo. Todos aqueles senadores não entenderam por que Nero se mataria, quando eles estavam dispostos a negociar. Acham que ainda pode estar vivo, que sua morte foi uma farsa, que ele ainda vai retornar... e se vingar.

Esporo segurou o braço de Lúcio.

— Mas Nero *está* morto, Lúcio. Vi-o morrer com meus próprios olhos. E vi seu pai morrer. Ele não teria se matado... se Nero não tivesse feito isso antes. Foi minha culpa. Eu não sabia... que tantos iam morrer... por causa do que fiz... a Nero.

— Mas por que, Esporo? Por que você queria a morte de Nero?

— Eu o odiava... no final. Acho que o amei... no começo. Não sei. Sempre fiquei confuso... com o que ele fez comigo... pelo que queria de mim. Quem sou eu, Lúcio? Sou o rapaz que seu pai notou um dia na Casa Dourada e levou para conhecer Nero? Sou Popeia? Ou sou... Lucrécia? Por que todos querem que eu seja outra pessoa?

Esporo teve outra convulsão, fazendo uma careta. Os olhos brilhavam como vidro partido.

— Causei a morte de Nero. Isso significa que causei todo o sofrimento que se seguiu. Eu criei Vitélio, compreende? Provoquei minha própria destruição. Segure minha mão, Lúcio. Não posso mais ver nem ouvir. Tenho frio. Se você segurar minha mão, será um sinal de que me perdoa.

Lúcio segurou a mão fina de Esporo. A pele estava gelada. Ela estremeceu e depois enrijeceu. Abriu bem a boca, tentando respirar. De sua garganta saiu um estertor. O *fascinum* escorregou para fora da toga de Lúcio e balançou diante dela. Esporo estendeu a mão e o agarrou com força, puxando-o para mais perto.

Os dedos foram afrouxando e o *fascinum* deslizou entre eles. A luz desapareceu de seus olhos.

Lúcio a fitou por um longo tempo e depois olhou em torno do quarto. Em uma penteadeira próxima, viu o espelho que ela devia ter usado quando penteou o cabelo e fez a maquiagem, redondo, de prata e com cabo de marfim. Pertencera a Popeia. As duas tinham se fitado naquele mesmo espelho e visto o mesmo rosto refletido ali.

Ele o trouxe até as narinas de Esporo. Nenhum traço de vapor embaçou a prata lustrosa. Esporo estava morta.

Epafrodito enviou um mensageiro para informar a Vitélio sobre a morte. Asiático veio confirmar a notícia e partiu enfurecido. Os pretorianos que faziam guarda nos aposentos se foram.

No dia seguinte, a festa, por toda a cidade, em homenagem a Nero aconteceu como planejada. Mesmo sem a apresentação da peça de Vitélio durante o banquete, os convidados ficaram impressionados. Por muitos dias, o Escudo de Minerva foi o assunto em Roma — até chegarem notícias de que as tropas de Vitélio, estacionadas no norte, foram derrotadas e as forças de Vespasiano marchavam sem oposição em direção à cidade.

Do terraço, nos aposentos de Epafrodito, Lúcio assistia e escutava os sinais de pânico na Casa Dourada. Vários residentes instalados pelo imperador — amigos, parentes, partidários e bajuladores — reuniam rapidamente todos os objetos de valor que podiam carregar e se apressavam para fugir.

Epafrodito se juntou a Lúcio no terraço.

— Vitélio está preparando um discurso de abdicação. Ele enviou um mensageiro para me pedir que o ajudasse com o rascunho.

— E você vai?

— Mandei o mensageiro embora sem resposta.

Lúcio franziu o cenho.

— Abdicação? Nenhum imperador, até então, fez isso. Quem se torna imperador morre imperador.

— Nero chegou a considerar a hipótese de abdicação. Acho que foi por isso que Vitélio queria meu parecer, embora meus esforços para ajudar Nero a abdicar tenham sido infrutíferos.

Lúcio balançou a cabeça, mas não fez nenhum comentário. Não havia contado a Epafrodito, nem a ninguém mais, a confissão de Esporo.

Eles ouviram sons de briga e olharam pelo parapeito. Abaixo, no pátio, duas mulheres bem-vestidas disputavam um vaso grego antigo, que escorregou de suas mãos e se espatifou nas pedras do calçamento. Ambas, enfurecidas, atracaram-se.

— Aparentemente — disse Epafrodito —, Vitélio pedirá um salvo-conduto para ele, a esposa e o filho saírem da cidade, além de um milhão de sestércios do tesouro.

— Um milhão de sestércios? Tão pouco... O custo de seu precioso Escudo de Minerva!

— Os Flavianos, parentes de Vespasiano na cidade, vão assistir ao discurso. Se derem sua aprovação, uma transição de poder sem derramamento de sangue ainda pode ser obtida.

Abaixo deles, as mulheres rolavam no chão. Uma delas agarrou um caco do vaso quebrado e fez um talho no rosto da outra.

Lúcio olhou para outro lado, enjoado ao ver o sangue.

Lúcio e Epafrodito se encontravam no meio da multidão, na extremidade sul do Fórum. Diante deles, um vasto lance de degraus de mármore levava à entrada principal da Casa Dourada, cuja fachada era altamente decorada, com ladrilhos dourados e mármore colorido. Para além da porta, acima da linha do telhado, Lúcio via a cabeça e os ombros do gigantesco Colosso de Nero, resplandecendo palidamente contra o céu plúmbeo de December. A enorme estátua compunha um pano de fundo que deixava tudo diante dela fora de escala, de forma bizarra. Como Vitélio parecia pequeno, de pé no alto dos degraus para se dirigir à multidão, com aquela cabeça colossal pairando atrás dele. O homem que aparentara ser tão grande, quando Lúcio o encontrou no salão de banquetes octogonal, tinha agora o tamanho de um inseto, uma criatura insignificante que podia ser facilmente esmagada na palma da mão. Até as fileiras de pretorianos que o ladeavam pareciam pequenas.

— Olhe ali — indicou Epafrodito, apontando para um grupo recém-chegado de homens vestindo togas, abrindo caminho até a frente da multidão. — Veja como todos abrem espaço para eles. Os Flavianos.

Os parentes de Vespasiano se encontravam cercados por um vasto cortejo de escravos, libertos e partidários nascidos livres. A chegada provocou emoções variadas nos outros presentes ao Fórum — medo, esperança, ressentimento e curiosidade.

— Olhe ali, no centro — disse Epafrodito —, aquele para quem todos fazem deferência, embora tenha apenas 19 anos... É o filho caçula de Vespasiano, Domiciano. O mais velho, Tito, é o braço direito do pai na Judeia, mas Domiciano é o responsável pela situação aqui em Roma.

Lúcio localizou o jovem, que tinha as feições típicas dos Flavianos — rosto redondo, nariz pronunciado e pele sardenta. Domiciano se orgulhava abertamente da bela cabeleira castanho-avermelhada, que usava mais longa que o estilo em voga entre os jovens romanos. Justo quando Lúcio olhava, ele ergueu os braços e passou as mãos pela juba ondulada, penteando-a para trás; depois, fez um movimento de cabeça ensaiado, para as mechas se ajeitarem.

— Como é vaidoso! — comentou Lúcio, rindo.

— Talvez, mas é um jovem para quem chegou sua hora. Todos os Flavianos sentem isso. É o momento deles.

Aparentemente, nem todos na multidão concordavam. Quando Vitélio deu um passo à frente para falar, ouviram-se vozes gritando:

— Fique firme, César! Fique firme!

Os Flavianos reagiram com os próprios gritos:

— Abdique! Afaste-se! Deixe a cidade já!

Vitélio parecia hesitar. Estaria reconsiderando a decisão? Trocou olhares com Galeria, que se encontrava próxima, com o pequeno Germânico ao lado, e chamou Asiático para junto de si. Enquanto os dois conferenciavam, os gritos rivais na multidão ficavam mais altos e vociferantes.

— Afaste-se!

— Permaneça onde está!

— Abdique!

— Fique firme, César! Persevere!

Asiático deu um passo atrás. Ainda assim, Vitélio não falou. Cruzou os braços carnudos e contemplou a multidão.

— Pelos colhões de Numa, o que ele está esperando? — sussurrou Lúcio.

Os gritos ficavam mais veementes e ameaçadores.

— Dê lugar a Vespasiano, idiota! Saia da cidade agora, enquanto pode!

— Para Hades com os Flavianos! Cortem as cabeças deles e com uma catapulta mandem para Vespasiano!

Vitélio tomou uma decisão. Virou-se para Asiático e disse algo. Este se voltou para o prefeito dos pretorianos e apontou para os Flavianos na multidão, abaixo.

— Não! — cochichou Epafrodito. — Isso não pode estar acontecendo! O que Vitélio está pensando?

A guarda desembainhou as espadas e desceu os degraus rapidamente. Todavia, os Flavianos vieram preparados para a batalha; quase todos carregavam adagas ou clavas no interior das togas. Os partidários de Vitélio também se encontravam armados.

Entre berros e vaias, Lúcio e Epafrodito procuraram uma forma de escapar, contudo a multidão avançou para cima deles, empurrando-os para lá e para cá. Logo, viram-se separados. Gritos vinham de todos os lados e de baixo: homens estavam sendo pisoteados e mortos pela multidão. Lúcio procurava freneticamente por Epafrodito, sem sucesso, mas, a alguma distância, teve um vislumbre de Domiciano. O longo cabelo se encontrava então desalinhado, as mechas emaranhadas caíam sobre seus olhos, fazendo-o parecer um selvagem. Ele berrava, porém, no tumulto, Lúcio não conseguia entender as palavras. Os Flavianos se agrupavam para protegê-lo de todos os lados.

Com o canto do olho, Lúcio viu Epafrodito, que havia alcançado os degraus de um templo próximo e fugia para o interior, em busca de segurança.

Ele olhou novamente para Domiciano, que brandia a espada com uma das mãos e apontava com a outra. Lúcio ainda não conseguia escutá-lo, mas o gesto era inconfundível. Domiciano sinalizava a retirada. A batalha ia mal para os Flavianos.

Uma cotovelada o atingiu nas costas. Lúcio cambaleou para a frente. Virou-se e viu Asiático. O rosto se encontrava coberto de sangue — se seu ou de outro homem, Lúcio não sabia dizer. Ele brandia uma espada ensanguentada.

— Lute ou saia do caminho, Pinário!

Lúcio conseguiu se precipitar para a margem da multidão e olhou para a entrada da Casa Dourada. Vitélio observava do alto dos degraus, pressionando as pontas dos dedos umas contra as outras, enquanto avaliava o desenrolar da luta. Galeria estava ao lado, balançando a cabeça. Germânico pulava, batendo palmas de entusiasmo.

Acima e além deles, pairava a estátua gigantesca de Nero. Coroado com raios de sol, o rosto parecia completamente sereno.

— Você faz ideia de onde estamos? — perguntou Epíteto.

O escravo alisou a longa barba e contemplou a espantosa coleção de objetos preciosos que atulhavam o enorme salão — obra de Galeria, sem dúvida — e depois coxeou pelo piso de mármore negro até a grande sacada. Protegeu os olhos com a mão contra a clara e leitosa luz do sol.

— Esse deve ser o lugar onde Vitélio assistiu à queima do Templo de Júpiter, no dia em que soltou a guarda sobre os Flavianos. Dá para ver todo o monte Capitolino daqui. As ruínas ainda estão fumegando.

Eles estavam no alto do monte Palatino, em uma área do complexo imperial que Lúcio nunca visitara antes; essa ala havia sido originalmente construída por Tibério e mais tarde reformada e incorporada à Casa Dourada por Nero. Entre os aposentos de Epafrodito e esses salões, eles não encontraram um único guarda armado. A não ser por alguns saqueadores vistos a distância e alguns escravos em pânico, só encontraram uma gangue de meninos de rua, após terem arrombado um depósito e se saciado com o estoque particular de vinho de Vitélio. Lúcio ficara brevemente alarmado quando os meninos brandiram adagas e gritaram ameaças, antes de caírem como uma pilha de bêbados no chão, rindo sem parar.

Lúcio e Epafrodito se juntaram a Epíteto na sacada. Sobre o Capitolino, as colunas do Templo de Júpiter ainda estavam de pé, mas o telhado se fora, juntamente das paredes. A fumaça subia do amontoado de vigas calcinadas e pedras caídas.

— Os Flavianos acharam que estariam a salvo lá, refugiando-se no interior, com Júpiter para protegê-los — disse Epafrodito. — Na pior das hipóteses, devem ter pensado que Vitélio cercaria o templo e os pegaria, a fim de pedir resgate. Seria algo lógico para ele fazer, deter o filho de Vespasiano e manter os outros Flavianos como reféns, enquanto negociava a própria sobrevivência. Tenho certeza de que eles nunca imaginaram que Vitélio fosse incendiar o templo. Até seus homens se recusaram a cumprir a ordem. Dizem que o imperador pegou uma tocha e uns gravetos e começou o fogo ele mesmo.

— Então Vitélio fez o que Nero foi acusado de fazer: incendiou a própria cidade! — exclamou Lúcio.

— Graças aos deuses o fogo não se espalhou — falou Epafrodito. — Nesse caos, não haveria ninguém para combatê-lo. Quem sabe o que aconteceu com as vigílias?

— Provavelmente estão amotinadas e saqueando, como o restante dos habitantes da cidade — respondeu Epíteto.

Ele se abaixou para esfregar a perna deficiente. Parecia a Lúcio que o escravo coxeava cada vez mais e que, muitas vezes, sentia dores, embora nunca se queixasse.

Epafrodito olhou para as ruínas.

— Enquanto o templo era consumido pelas chamas, Vitélio veio até aqui assistir ao espetáculo e deu mais um banquete. O incêndio do templo e o massacre dos Flavianos foram só mais um espetáculo para ele. O fogo continuou a noite inteira, assim como os gritos que vinham de dentro.

— Ouvi dizer que Domiciano morreu no incêndio, junto dos outros — comentou Lúcio.

— Ouvi o contrário — interveio Epíteto. — Um escriba de Vitélio me jurou que viu Domiciano escapar das chamas, disfarçado de sacerdote de Ísis. O capuz de seu manto de linho escorregou um instante e mostrou a cabeleira; foi como o escravo o reconheceu. Mas, antes que esse escriba contasse a Vitélio, Domiciano desapareceu na multidão; então, ficou de boca calada. O imperador acha que Domiciano morreu.

— É quase certo que sim — disse Epafrodito. — Eu não me fiaria muito na história desse escriba. Disfarçado de sacerdote de Ísis, francamente! É um pouco improvável.

— Nem tão improvável assim quando um imperador romano põe fogo no Templo de Júpiter — declarou Epíteto.

A esse aparte, seu dono não fez nenhum comentário.

— Vitélio deve se arrepender dessa decisão agora — disse Lúcio. — Como é aquele verso de Sêneca? "Um ato como este, uma vez feito, não pode mais ser desfeito."

Epafrodito assentiu.

— Ontem ele enviou as virgens vestais para encontrar o exército que se aproxima, a fim de fazer um apelo por paz. Elas voltaram de mãos vazias. Então, ele reuniu os senadores, fez um discurso triste e ofereceu a cada um deles a espada do Divino Júlio para mostrar seu desejo de abdicar. Ninguém aceitou.

— Nenhum deles teve coragem de pegar aquela espada e acabar com Vitélio! — exclamou Epíteto, com amargura.

— Como o restante de nós, os senadores estão esperando para ver como as coisas vão evoluir — falou Epafrodito. — As últimas tropas de Vitélio desertaram. Talvez ainda tenha alguns partidários, mas não passam de gangues de rua, na melhor das hipóteses. Os homens de Vespasiano atravessaram a Ponte Mílvia hoje de manhã. A vanguarda já deve estar na cidade.

— Hoje é o feriado da Saturnália — disse Lúcio —, mas, em vez de escravos e amos trocarem de lugar e de todos ficarem cheirando à bebida, vamos ter um exército conquistador e a ralé mais baixa de Roma em uma competição de saque à cidade. Olhem ali, na arcada das lojas, do outro lado do Fórum. Já dá para ver corpos nas ruas.

— E uma mulher sendo estuprada em um telhado — murmurou Epíteto.

— E lá, na direção de Subura, está ocorrendo uma espécie de batalha de rua. As pessoas estão assistindo das janelas das habitações coletivas. Na verdade, estão incentivando, como se fossem espectadoras de uma luta de gladiadores.

— E provavelmente fazendo apostas quanto ao resultado — completou Epíteto.

A vista da sacada era como a cena de um pesadelo. Quanto mais observavam, mais violência e derramamento de sangue viam. O caos parecia ter se espalhado por todos os cantos. Lúcio se debruçou sobre o parapeito e viu, alarmado, um grupo de soldados armados bem abaixo deles.

— Acho que deveríamos sair da Casa Dourada — avisou ele. — Qualquer um encontrado aqui ficará sujeito à vingança das tropas de Vespasiano.

— Dificilmente estaremos mais seguros na rua — retrucou Epafrodito.

— Vamos imitar Domiciano e nos disfarçar.

— Como sacerdotes de Ísis? — perguntou Epafrodito, erguendo as sobrancelhas.

— Vamos vestir túnicas comuns, para não chamar tanta atenção.

— Já fugi da Casa Dourada uma vez em um disfarce desses, com Nero. E aquele dia terminou mal.

— Mas que escolha temos? Seria loucura ficar aqui. Vamos para a casa de minha família no Palatino. Não é longe. Hilário deve ter posto alguma barricada contra a porta, mas vamos encontrar um jeito de entrar.

Descobrir túnicas para vestir não foi difícil. Encontrar uma forma de sair da Casa Dourada se mostrou mais complicado. Os homens de Vespasiano pareciam ter convergido para todas as entradas no Palatino, de uma só vez. De todos os corredores que levavam para sul, leste ou oeste, eles ouviam gritos e ruídos de luta.

Deram meia-volta e se dirigiram para o norte, subindo uma escadaria após a outra, rumo ao pátio do Colosso. Se saíssem pela entrada principal, era quase certo serem vistos ao descerem os degraus do Fórum, mas Lúcio esperava que, em meio a espaços tão amplos, três homens vestindo túnicas simples não atraíssem atenção. Ele tocou o *fascinum* sobre o peito e depois o enfiou dentro da roupa, a fim de ocultar o brilho do ouro.

Chegaram ao pátio. Com o Colosso de Nero pairando sobre eles, aceleraram o passo ao longo do pórtico coberto até o grande vestíbulo. Dobraram uma esquina e descobriram que os soldados já haviam chegado à entrada.

Os militares os viram, mas não deram muita atenção. Estavam ocupados tentando pôr abaixo uma porta pequena, embutida na principal.

— Por ali eles vão dar no alojamento do porteiro — comentou Epafrodito. — O que podem estar querendo?

— Há uma barricada no interior — gritou um dos soldados, reportando-se a um oficial superior. — Mas meus homens vão pôr a porta abaixo a qualquer momento.

As dobradiças cederam. A porta foi empurrada para dentro e jogada no vestíbulo. Peças de mobiliário — um divã, um colchão e uma cadeira — foram empilhadas contra ela. Estas também foram atiradas no vestíbulo. O caminho estava livre.

O primeiro soldado a atravessar a porta se deparou com um cão enorme. O mastim molossiano, rosnando, pulou em seu peito, jogando-o no chão e cravando os caninos em sua garganta.

De repente, havia sangue por toda parte. Alguns soldados chegaram a escorregar nele. A vítima do cão, sem poder gritar, por causa da garganta aberta, emitia um ruído estranho, semelhante a um assovio. O mastim raivoso se recusava a soltá-la, mesmo quando um soldado enfiou uma espada entre as costelas do animal. O oficial empurrou o ferido para um lado, ergueu o punho e acertou a cabeça do cão com o cabo da espada, matando-o com apenas um golpe. O soldado no chão já estava morto.

Os soldados correram até o alojamento do porteiro. Algum tempo depois, arrastaram para fora um homem vestido de escravo imperial. Era muito alto e extremamente gordo. O cabelo estava sujo e ele não se barbeava havia dias, mas Lúcio reconheceu Vitélio imediatamente.

— Quem é você? O que está fazendo aqui? — perguntou o oficial.

Epíteto deu um passo à frente. Epafrodito o puxou de volta.

— Sou o porteiro — respondeu Vitélio, tentando se soltar do soldado que segurava seu braço balofo.

O movimento produziu um ruído metálico. O oficial rasgou a túnica de Vitélio. Sob a barriga saliente, um cinturão igualmente protuberante cingia seus quadris. O soldado o espetou com a espada abrindo-o e moedas de ouro jorraram no chão.

Alguns soldados se ajoelharam, catando-as.

O oficial gargalhou.

— Podem rastejar por essas moedas se quiserem, homens, mas acho que temos algo muito mais valioso aqui. Esse é o imperador Vitélio.

— Não, não é verdade! — Vitélio estava encharcado de suor.

Tremia dos pés à cabeça. Era um espetáculo tão patético que o oficial de repente duvidou.

Lúcio se adiantou. Epafrodito tentou impedi-lo, porém Lúcio se soltou.

— Esse é Vitélio — acusou ele.

— Quem é você e como sabe? — perguntou o oficial.

— Sou Lúcio Pinário, filho do senador Tito Pinário, mas isso não importa. Essa massa de carne covarde é Aulo Vitélio, e posso provar.

— Como?

— Tem uma coisa amarrada na perna dele.

— É verdade. Homens, desamarrem isso. Imagino que você possa me dizer o que encontraremos, Lúcio Pinário.

— O objeto mais precioso de Vitélio, uma relíquia que ele roubou do Santuário de Marte. Algo ao qual ele não tem direito. Algo de que jamais se separaria de bom grado.

— É uma espada, senhor — anunciou um deles. — Mas não uma normal. A lâmina é recoberta de ouro!

— A espada do Divino Júlio! — exclamou o oficial, aturdido, tomando a arma do soldado. — Então você *é* Vitélio. Negue mais uma vez e corto sua garganta — reiterou, pressionando o fio da espada contra o pescoço do imperador.

Vitélio olhava, vesgo, para a espada.

— Tenho um segredo que só posso revelar a Vespasiano! Está entendendo?

— Acho que entendemos, sim — retrucou o oficial. — Amarrem os braços dele nas costas. Eu mesmo vou pôr o laço no pescoço.

A túnica rasgada se prendia ao corpo de Vitélio, mas o cinturão caíra, de forma que apenas as pregas de gordura, que pendiam da barriga, ocultavam a genitália. Os homens riam da banha trêmula e do modo como ele mancava, quando o puxaram degraus abaixo em direção ao Fórum. O oficial, animado com a presa, não prestou mais atenção em Lúcio e seus amigos.

Lúcio sentiu que já fizera e vira o bastante, mas Epíteto não quis se furtar à chance de ver o que aconteceria em seguida. Os dois amigos seguiram o escravo coxo, acompanhando os soldados que empurravam Vitélio pela Via Sacra.

A notícia se espalhou com rapidez. Uma multidão se reuniu para assistir, gritando e vaiando.

— Ave, imperador! — exclamavam, como se estivessem vendo uma paródia grotesca de alguma procissão triunfal atravessando o Fórum.

— Levante a cabeça! — gritava o oficial. — Olhe para as pessoas quando elas cumprimentarem você! — ordenou, encostando a ponta da espada do Divino Júlio sob o queixo de Vitélio, forçando-o a manter a cabeça erguida.

Os criminosos eram levados para serem punidos da mesma maneira, com o rosto à mostra, sem poder escondê-lo. A ponta da arma perfurou várias vezes a pele flácida. Filetes de sangue desciam pela garganta de Vitélio, escorrendo para o peito balofo.

A plebe jogava estrume, lixo e o insultava:

— Veja como você é feio!

— Gordo como um porco!

— E estão vendo como ele manca? Uma das pernas está encolhida.

— Incendiário!

— Porco!

— Você já morreu!

Eles chegaram ao monte Capitolino. Vitélio foi arrastado para cima, ao longo da escadaria Gemoniana até o Tullianum, local tradicional de execuções dos inimigos de Roma. Enquanto Vitélio se debulhava em lágrimas, lamentava-se e implorava perdão, um fogo foi aceso.

— Vocês não têm respeito? — gritou ele. — Fui imperador!

Em uma demonstração de lealdade, um dos ex-soldados de Vitélio saiu da multidão e correu para a frente com a espada desembainhada, enfiando-a em sua barriga, na intenção de lhe dar um fim rápido. O homem foi atacado pela multidão e jogado escadaria abaixo.

O ferimento de Vitélio foi atado para estancar o sangramento. Homens cujos parentes morreram vítimas do incêndio no templo foram convidados a esquentar ferros e pressioná-los contra o corpo do ex-imperador. A princípio, ele esperneava e gritava toda vez que era queimado, mas, no final, as forças abandonaram seu corpo e os berros se transformaram em guinchos prolongados; depois, em gemidos. Outros preferiam perfurá-lo com facas, fazendo cortes pequenos para não matá-lo muito rápido. A tortura prosseguiu por um longo tempo.

Na multidão, Lúcio viu Domiciano. O filho de Vespasiano estava vivo, de fato. Durante bastante tempo, ele ficou presente e assistiu, sem demonstrar emoção. Por fim, quando todos que desejavam infligir castigo a Vitélio haviam recebido permissão para tal, Domiciano deu um passo à frente.

Um soldado agarrou o cabelo de Vitélio e puxou sua cabeça para trás, sacudindo-a até que ele abrisse os olhos. O infeliz fitou Domiciano e abriu a boca estupefato. O oficial que tinha tomado a espada do Divino Júlio a entregou a Domiciano, que a segurou com ambas as mãos. Enquanto soldados mantinham Vitélio no lugar, Domiciano deu um golpe com a arma.

A cabeça do ex-imperador voou e rolou pela Escadaria Gemoniana. A multidão se regozijou.

Empunhando a espada ensanguentada, Domiciano foi carregado pela multidão. A cabeça de Vitélio foi colocada em um chuço e exibida pelo Fórum. O corpo — tão queimado e ensanguentado que mal dava para ser reconhecido como humano — foi arrastado preso a um gancho ao longo das ruas e atirado no Tibre.

Lúcio e os companheiros se dirigiram para sua casa no Palatino, onde Hilário, a mãe e as irmãs derramaram lágrimas de alegria ao vê-los.

Lúcio se virou de um lado para o outro durante toda a longa noite de meados de inverno, incapaz de dormir. Ao romper da aurora, vestiu uma túnica e saiu de casa. As ruas escuras e frias estavam desertas. Ele passou pela antiga Cabana de Rômulo e desceu a Escada de Caco. Parou por um instante diante do Altar-Mor de Hércules, pensando no pai e tentando recapitular os acontecimentos desde sua morte.

Andou sem rumo por um tempo; depois, viu-se à beira do rio. Seguiu o Tibre na direção da corrente, passando pelos silos e armazéns ao pé do monte Aventino. Chegou à antiga Muralha Serviana e a margeou até a Porta Appia. Pegou a Via Ápia e caminhou para fora da cidade.

O sol nascente emanava raios oblíquos de luz vermelha por sobre as tumbas e os santuários que ladeavam a estrada, lançando sombras profundas. A uma pequena distância, ao longo da Via Ápia, emoldurada pelos raios de sol, uma cruz fora erguida próxima à estrada.

A crucificação era o meio pelo qual se executavam os escravos. Em meio ao caos do dia anterior, quem teria se dado ao trabalho de crucificar alguém?

Lúcio se aproximou. Um homem, com físico de gladiador, encontrava-se preso à cruz. Não parecia se mover nem emitia qualquer som. A morte na cruz poderia levar dias. Os deuses abençoaram aquela vítima com um fim rápido.

Lúcio observou o rosto do homem. Apesar da luz incerta e da careta que contorcia as feições, reconheceu Asiático, o liberto de Vitélio.

Ele fora membro da ordem equestre, imune à crucificação por lei. Os que o haviam matado daquela forma queriam propositalmente degradá-lo. Lúcio fitou sua mão; já não tinha mais o anel de ouro.

Depois, viu algo na grama ao redor. Aproximou-se. Era o corpo sem vida de uma criança, vestindo uma túnica surrada e uma capa esfarrapada. A cabeça estava torcida em um ângulo não natural: o pescoço tinha sido quebrado. Lúcio contornou o cadáver e olhou para o rosto. Era o filho de Vitélio, Germânico. O jovem devia estar fugindo da cidade disfarçado, sob a proteção de Asiático.

A luz do sol se tornou mais forte. O mundo cinzento e sem forma começava a tomar cor e substância, mas Lúcio ainda se sentia cercado por trevas. Vitélio fora o homem mais desprezível que já havia conhecido. Asiático tinha sido uma criatura vil, e Lúcio nunca sentira afeto pelo filho do ex-imperador. Entretanto, nenhuma daquelas mortes lhe dava prazer. Sua reação era o oposto. Testemunhar o fim de Vitélio o havia enchido de horror. Descobrir os corpos de Asiático e Germânico o fazia sentir uma ponta de pesar sombrio.

Por que se sentia tão vazio, insatisfeito? Esporo havia sido seu amigo. Sua morte estava agora vingada. Não era isso que queria?

E, no entanto, Esporo não havia sido nenhum inocente na longa cadeia de horrores que tinha levado àquele momento. Se a confissão fora verdadeira, ela tinha sido responsável, até certo ponto, pela morte de seu pai. E este também não fora um inocente. Como senador e áugure, Tito Pinário tenha sido cúmplice dos atos que levaram tantos a clamar pela morte de Nero.

Os acontecimentos do dia anterior haviam sido a coisa mais pavorosa que Lúcio já testemunhara. Em seu entendimento, porém, a cadeia de crimes e atrocidades que levara até àquele dia não tinha começo nem teria fim.

Ele percebeu que estava segurando o *fascinum*, de uma forma que refletia a luz do sol. O ouro brilhava tanto que contemplá-lo feria os olhos.

O deus Fascinus existiria? Alguma vez existiu?

A pontada de dúvida de Lúcio foi seguida por um tremor de medo supersticioso. A proteção de Fascinus poderia ser a única explicação para ele ainda estar vivo, e não pendurado em uma cruz, como Asiático.

Lúcio estava vivo, mas com que propósito? Qual era o significado de se viver em um mundo daqueles?

Ele retornou à estrada e caminhou de volta à cidade.

79 D.C.

— Seu pai era um homem muito religioso — comentou Epafrodito. — Na verdade, nunca vi ninguém mais devoto no respeito aos ancestrais, ou mais piedoso em sua crença na revelação da vontade divina. Como o pai, Tito se tornou áugure muito cedo, mais jovem do que você é agora, imagino. Qual é sua idade, Lúcio?

— Trinta e dois — respondeu Lúcio Pinário, sorvendo a taça de vinho.

Epafrodito sempre servia vinhos muito bons, e o jardim do terraço de sua casa, cheio de sombra, no monte Esquilino, tinha uma vista magnífica da cidade. Era um dia totalmente sem nuvens, no mês de agosto. O calor era aliviado por uma brisa ocasional que vinha do oeste.

Tendo mantido a fortuna intacta durante o tumulto que se seguiu à morte de Nero, Epafrodito havia se aposentado do serviço imperial, feliz por voltar ao anonimato na década relativamente calma do reinado de Vespasiano. Lúcio também pouco tinha feito nos últimos dez anos, aos olhos da sociedade pelo menos; sequer se casara e formara família e, mesmo possuindo numerosas propriedades e negócios, não possuía exatamente uma carreira. A mãe vivia com uma das irmãs — as três eram casadas e tinham as próprias casas. Morando sozinho, Lúcio evitava a política e o serviço público, buscando prazeres simples como se sentar no jardim do amigo, ao pé do monte, saboreando um bom vinho e apreciando a vista.

— Trinta e dois! — exclamou Epafrodito. — Como o tempo passa rápido! Ora, parece que você chegou a uma idade em que poderia começar a pensar em seguir os passos de seu pai e seu avô.

— Você quer dizer me tornar um áugure?

— Para começar. Hoje em dia, ser áugure é geralmente uma recompensa do imperador a homens que prestaram longos anos de serviço ao Estado, mas sempre há exceções, em especial para quem possui laços hereditários com o sacerdócio. Sei que você nunca estabeleceu um relacionamento com o falecido Vespasiano, mas, agora que o filho, Tito, o sucedeu, é um novo tempo em Roma. Ele se cerca de pessoas na mesma faixa etária. Se você buscasse o favor do imperador...

Lúcio recusou:

— Eu costumava assistir a meu pai realizando os augúrios. Nunca me senti atraído por essa arte.

Não era a primeira vez que conversavam sobre augúrios. Por que Epafrodito ficava puxando aquele assunto? Provavelmente porque Lúcio não manifestava os pensamentos em voz alta.

Seus sentimentos em relação ao pai eram muito variados. Quanto mais descobria a respeito de Nero, mais o intrigava sua lealdade inabalável ao homem. Como liberto, o serviço de Epafrodito fora compulsório, porém o que havia atraído Tito Pinário a Nero? Seria meramente a oportunidade de progredir e ficar rico? Não teria ficado horrorizado quando o próprio irmão foi condenado à morte pelo imperador?

Késio, o tio que Lúcio jamais conhecera, era outra fonte de consternação. Como havia um Pinário, parente de Augusto e descendente de uma das famílias mais antigas da cidade, tornado-se cristão? Ele queria ter tido a chance de conversar com o tio, em vez de ser mantido distante dele. Teria o pai feito um esforço genuíno para entender Késio, ou para trazê-lo de volta à adoração dos deuses? Como os dois estavam mortos, Lúcio jamais saberia a verdade sobre essa relação.

Tinha orgulho da antiga tradição da família, mas se sentia muito confuso no que dizia respeito à geração anterior. Nunca diria uma palavra contra o pai, especialmente para Epafrodito, porém a ideia de seguir os passos dele não o atraía.

— Lúcio, mesmo não sentindo nenhuma afinidade particular pelo augúrio, considere os benefícios. O sacerdócio vai lhe dar uma vocação, um foco para seus talentos, uma ligação com outros de sua classe...

— Felizmente, não preciso dessas coisas — retrucou Lúcio, lançando-lhe um sorriso irônico. — A última vez que me sentei aqui em seu jardim, Epafrodito, você veio com argumentos muito semelhantes, só que o assunto era família e casamento. Você disse que eu devia procurar uma esposa e ter filhos... nem que fosse só para desfrutar da isenção de impostos. Mas não tenho nenhuma preocupação com relação a dinheiro; meu pai me deixou rico. Sim, eu podia desperdiçar meu tempo no serviço público, como sacerdote ou magistrado, mas por que me daria esse trabalho? Poderia me casar com alguma bela patrícia e gerar belos filhos patrícios... mas para quê? O Estado é o imperador; o imperador é o Estado. Somos como grãos de areia em uma praia: intercambiáveis, indistinguíveis e irrelevantes. Um cidadão romano não tem importância nenhuma, por mais que alguns de nós finjamos o contrário.

Epafrodito respirou fundo e olhou em torno do jardim, a fim de se certificar de que nenhum escravo estava ouvindo:

— Lúcio, você tem de tomar mais cuidado com o que diz, mesmo para mim. Esse tipo de conversa não é só derrotista, mas uma espécie de sedição perigosa.

— Você está me dando razão — disse Lúcio, dando de ombros. — Se um cidadão não tem mais liberdade para falar que um escravo, para que serve o Estado?

— Quantos anos você disse que tinha, Lúcio? Trinta e dois? — indagou Epafrodito, balançando a cabeça. — Idade perigosa para um homem... Velho o bastante para sentir que deve ter o controle do próprio destino e para se irritar diante dos constrangimentos de se viver sob um governante absoluto, mas talvez ainda muito jovem para discernir o caminho estreito que precisa trilhar, se quiser sobreviver aos caprichos da Fortuna.

— Você quer dizer os caprichos da família imperial?

— Roma poderia ter caído em mãos piores que as dos Flavianos.

Epafrodito estava expressando o consenso que prevalecia. Vespasiano havia sido um governante competente e equilibrado. Seu reinado fora facilitado pela vasta infusão de riqueza, originada com o saque de Jerusalém, que enchera de ouro os cofres romanos. A escravização dos insurgentes judeus fornecera milhares de escravos, para construir estradas e grandes monumentos novos da cidade. Nero e os sucessores imediatos falharam tanto porque ficaram sem dinheiro. Vespasiano nunca precisou se preocupar com isso.

Cada vez mais confiante, à medida que seu reinado avançava, Vespasiano foi abandonando aos poucos a ficção, mantida constantemente pela dinastia de Augusto, de que o imperador e o Senado eram parceiros iguais, com o imperador apenas como primeiro entre todos os cidadãos. Ao morrer, de causas naturais, não havia a menor dúvida de que Vespasiano era o governante absoluto do Estado. Tornou-se tão confiante em sua popularidade que pôs fim à prática, iniciada por Cláudio, de se revistar, em busca de armas, qualquer um admitido à presença imperial. Abandonou também o costume de Cláudio de preencher os cargos burocráticos com libertos imperiais, tornando o serviço público uma carreira profissional, aberta a cidadãos de mérito, ou ao menos com ambições.

Nos últimos dez anos, houvera uma mudança radical na forma de se pensar sobre os "velhos e bons tempos" da antiga República. Enquanto, no passado, havia um sentimentalismo com relação à República e os senadores falavam com nostalgia sobre seu retorno, atualmente era mais comum se referir à era de César e Pompeu como os "velhos e maus tempos", quando a competição desenfreada entre comandantes militares implacáveis resultava em guerras civis sangrentas. O Ano dos Quatro Imperadores, que se seguiu a Nero, significara um retrocesso ao final da República, um lembrete do caos que poderia se estabelecer quando não havia um sucessor claro, para comandar as legiões e governar o império. Era muito melhor se curvar diante de um imperador, cuja legitimidade estava fora de questão, e desfrutar da estabilidade de uma dinastia governante.

Se Vespasiano tinha um vício, era a cobiça. O imperador e seus favoritos se aproveitaram, sem um pingo de vergonha, de suas posições para acumular uma riqueza imensa, tratando o Estado romano como um sistema para os membros internos enriquecerem. Vespasiano criou um imposto, notório, sobre as latrinas da cidade, reivindicando uma parte do dinheiro obtido pela venda de urina aos pisoeiros, que a usavam para limpar lã. Daí vinha o ditado: "Até quando se urina, o imperador leva uma porcentagem."

Um ano após a morte de Vespasiano, suas últimas palavras ainda surpreendiam: "Puxa, acho que estou me tornando um deus." O Senado votou devidamente a favor de homenageá-lo, depois de morto, como Divino Vespasiano.

O filho mais velho, Tito, sucedeu-o. Servira sob o comando do pai na Judeia, tomando parte no saque de Jerusalém e na escravização dos judeus. Havia sido um parceiro ativo durante o reinado do pai — seu homem de confiança, chamavam-no, pois como prefeito da guarda pretoriana protegia implacavelmente apenas os interesses do pai. Como imperador, porém, Tito exibira até então um temperamento ainda mais brando que o do antecessor. Com a transição de poder, a nova dinastia firmou sua posição, deixando claro que Roma estava destinada a ser governada por reis hereditários, mesmo que ninguém os chamasse assim.

Epafrodito voltou ao assunto do futuro de Lúcio.

— Se você não sente nenhuma inclinação pelo augúrio nem pelo serviço público, talvez não seja tarde demais considerar a carreira militar. Não conheço ninguém mais habilidoso com um arco e flecha. Ano passado, em sua propriedade da Etrúria, vi você abatendo um javali que o atacava com uma lança. Nem todo homem consegue fazer uma coisa dessas; é preciso ter coragem, além da habilidade. Acho que você se sairia muito bem em um campo de batalha.

Lúcio negou com a cabeça.

— Aprendi a usar armas porque tenho terras no campo e gosto de caçar. Isso põe carne em minha mesa também. Mas por que eu iria querer matar outros mortais?

— Para defender Roma.

Lúcio gargalhou.

— Ninguém serve no exército para defender Roma: Roma não está sendo atacada. Os homens se juntam às legiões a fim de ir para os confins do império e procurar novas terras para saquear. É só por causa dos saques, não é? Todos os imperadores bem-sucedidos pilharam algum lugar e trouxeram o espólio para Roma.

— Pela glória, então?

— Se alguém acha glorioso matar estranhos, estuprar suas mulheres e se gabar disso. Se eu quisesse saquear, podia me tornar magistrado e coletar impostos. Seria muito menos perigoso para mim e mataria minhas vítimas muito mais devagar; todos querem que elas fiquem vivas para continuar pagando impostos.

Epafrodito balançou a cabeça.

— Nosso imperador coleta impostos para fazer o Estado funcionar, para o benefício de todos nós. Veja os grandes projetos públicos...

— Como aquela monstruosidade que arruinou a paisagem?

Lúcio se referia à grande estrutura que dominava agora o horizonte da cidade, de todas as direções, mas especialmente do jardim de Epafrodito. Os arquitetos a chamavam de anfiteatro — dois teatros semicirculares unidos para formar um círculo completo. Era de longe a construção mais alta de Roma.

Na época dos primeiros imperadores, o vale entre os montes Célio, Esquilino e Palatino era tomado por habitações coletivas. Depois do Grande Incêndio, Nero eliminou as ruínas calcinadas e transformou a área em um campo de caça particular para ele, no coração da Casa Dourada, completo, com um grande lago artificial. Determinado a se ver livre da propriedade aos poucos, Vespasiano começou por aterrar o lago e limpar o campo. No grande espaço plano que resultou, usando dinheiro proveniente dos saques em Jerusalém para comprar material e doze mil escravos judeus capturados na guerra para trabalhar, Vespasiano começou a construir um anfiteatro imenso, ricamente decorado. O Divino Augusto foi o primeiro a ter a ideia de construir uma estrutura daquelas no meio da cidade, para apresentações de combates de gladiadores, exibições de caça e outros espetáculos; Vespasiano tornaria o sonho de Augusto realidade. A construção prosseguiu durante todo seu reinado, mas ele não viveu para vê-la terminada. Coube a Tito completar a estrutura.

Do jardim de Epafrodito, a escala enorme do Anfiteatro Flaviano era um pouco enganadora, devido à proximidade da estátua gigante de Nero: ver a vasta construção perto do Colosso criava uma ilusão na perspectiva do observador. A escultura gigantesca não estava mais cercada pelo pátio; Vespasiano havia demolido a grande entrada da Casa Dourada, mas preservara o Colosso. Durante um tempo, ele ficou cercado de andaimes e, do jardim de Epafrodito, era possível ouvir o barulho dos artesãos com martelos, cinzéis e pés de cabra. Quando os andaimes foram removidos, o rosto do Colosso não se assemelhava mais ao de Nero; daí em diante, seria simplesmente o do deus Sol.

— Monstruosidade? — indagou Epafrodito. — Acho o Anfiteatro Flaviano não só um feito espantoso de engenharia como também muito lindo de se ver. Admito que fiquei em dúvida quando assentaram a base e deu para se ter uma ideia da imensidão. Mas, depois que tomou forma, que a decoração e os detalhes foram acrescentados, pensei comigo mesmo: *Nunca vou me cansar de olhar para ele.* Foi uma alegria sentar aqui no jardim, dia após dia, estação após estação, e assistir à construção. Nem me importei com o barulho, embora imagine que vá haver mais barulho ainda quando inaugurar, daqui a um ano ou mais. Imagine o ruído ensurdecedor de cinquenta mil espectadores! Por dentro, ele também é impressionante. Um dos arquitetos é um velho amigo e me deixou ver. A sensação é de estar em uma tigela gigante, com todas aquelas fileiras de assentos subindo à volta. Nunca houve nada assim.

Lúcio não se convenceu.

— Como todas essas pessoas vão entrar e sair sem uma espera interminável? E, quando estiverem dentro, como evitarão ser esmagadas?

— Os engenheiros previram isso. O lugar tem oitenta entradas, *vomitoria*, é assim que as chamam, e cada uma delas tem um número; os espectadores vão entrar e sair pelo *vomitorium* especificado no ingresso. As escadarias, os corredores e os patamares são maravilhas arquitetônicas em si. Como ele foi construído no local do lago de Nero, a área já possuía tubulação, de modo que não falta água encanada. O lugar tem mais de cem bebedores e as duas maiores latrinas que já vi.

— Maravilhoso! Cinquenta mil romanos podem urinar ao mesmo tempo.

Epafrodito ignorou o comentário.

— A arena é imensa, capaz de acomodar um exército inteiro de gladiadores. Ou uma armada; se a tubulação que mantinha o lago artificial de Nero for usada, a arena pode ser inundada e esvaziada à vontade. O desafio será encenar espetáculos grandes o suficiente para preencher o espaço.

Lúcio e Epafrodito ficaram sentados em silêncio por um instante, assistindo aos escravos e artesãos movendo-se como insetos no interior da imensa rede de andaimes que cercava o anfiteatro. Mais construções eram realizadas em um vasto complexo de termas perto do anfiteatro e em um grande arco do triunfo que serviria de entrada cerimonial, entre o anfiteatro e o Fórum. As placas de pedra gigantescas sendo instaladas no arco podiam ser vistas até do jardim de Epafrodito; as imagens celebravam a vitória de Vespasiano e Tito sobre os judeus rebelados e o saque de Jerusalém. Os escravos da Judeia que trabalhavam no arco usavam tangas esfarrapadas e brilhavam de suor.

O sol se movimentara e, com ele, o retângulo de sombra. Lúcio mudou a cadeira de lugar e Epafrodito fez um sinal para a moça que servia, a fim de que trouxesse mais vinho. A brisa havia cessado. O dia estava ficando muito quente.

— Essas ideias antissociais, Lúcio... de onde vêm? — perguntou Epafrodito, balançando a cabeça. — Receio que alguém de nosso pequeno círculo de amigos tenha sido uma má influência para você. Mas quem? O estoico, o poeta ou o sofista?

Lúcio comentou sorrindo:

— Epíteto não pode levar a culpa. Como um estoico seria uma má influência? Já não posso dizer o mesmo de Marcial ou Dion. Ah, mas olhe, estão aí, chegando todos juntos.

Epíteto não era mais escravo. Epafrodito o libertara alguns anos antes e os dois haviam se tornado amigos íntimos. Ele mancava cada vez mais; não ia a lugar nenhum sem uma muleta para se apoiar. Em tantos anos de convivência, Lúcio nunca o ouvira se queixar da deficiência. Epíteto era um exemplo vivo da filosofia estoica que adotava, a qual dava grande valor à dignidade humana e a uma condescendência ao que foge ao nosso controle. Desde a alforria, conquistara uma reputação considerável como professor. Epíteto era o próprio: a longa barba recebera os primeiros fios brancos e ele usava o traje costumeiro dos filósofos, a capa grega chamada *himation*.

Dion de Prusa também usava barba e *himation*. Era um sofista grego, escritor que popularizou ideias filosóficas com ensaios e discursos inteligentes. Aos 40 anos, era um pouco mais velho que Epíteto.

O terceiro visitante, da idade de Dion, também era escritor, embora de um tipo muito diferente. Marcial, nascido na Espanha, era poeta. Entre os admiradores mais ardorosos de seu trabalho estava o novo imperador.

Trazia o rosto escanhoado e possuía uma aparência imaculada. Vestia-se formalmente, com uma toga, como convinha a um poeta fazendo uma visita a um importante patrono das artes.

Após cada um estar com sua taça de vinho e trocar comentários casuais sobre o tempo — quem se lembrava de um mês de agosto tão quente? —, Epafrodito ficou de pé e parou diante do objeto a ser apresentado aos convidados. Uma estátua nova havia sido colocada bem no centro do jardim, com o Anfiteatro Flaviano ao fundo. Ela se encontrava coberta por um pedaço grande de lona.

— Primeiro — começou Epafrodito —, deixem-me dizer que conseguir essa estátua não foi fácil. O novo anfiteatro solicitou os melhores trabalhos disponíveis de todos os escultores, dos Pilares de Hércules ao lago Meócio. Contem todos aqueles nichos e arcadas na fachada do anfiteatro e imaginem uma estátua em cada local disponível... É uma enorme quantidade. Mas essa era a que eu queria e a consegui. Não vou dizer quanto paguei, mas, quando vocês a virem, acho que vão concordar com o valor e achar até que foi pouco.

— Por favor, chega de suspense! — interrompeu Marcial, rindo. — Deixe-nos ver essa obra-prima em mármore.

Epafrodito fez sinal para dois escravos que aguardavam perto. Eles retiraram a lona.

— Extraordinário! — murmurou Epíteto.

— Esplêndido! — exclamou Marcial.

— Vocês sabem quem é? — perguntou Epafrodito.

— Melancomas, é claro! — respondeu Dion. — Foi feita enquanto ele estava vivo?

— Sim. Melancomas posou para o escultor alguns meses antes de morrer. Essa é a original, não a cópia. As mãos que moldaram esse mármore foram guiadas por olhos que viram Melancomas em carne e osso. A estátua e o homem ocuparam o mesmo aposento ao mesmo tempo. A pintura também foi feita com ele vivo; as cores delicadas da pele e do cabelo são as mais exatas possíveis. O que vocês estão vendo diante de si pode ser a imagem mais fidedigna de Melancomas que existe. Agora entendem por que eu estava tão entusiasmado para conseguir essa peça.

Durante a breve e notável carreira, o boxeador grego Melancomas se tornara o atleta mais famoso do mundo. A estátua, em tamanho natural, retratava um jovem nu, com os largos ombros para trás, o peito musculoso erguido e uma perna grossa firmemente plantada diante da outra. Os braços bem-torneados se encontravam estendidos para a frente. Mechas louras onduladas emolduravam o rosto de rara beleza, que expressava uma concentração serena, enquanto usava uma das mãos para enrolar uma tira de couro em torno da outra. A imagem era esculpida e colorida de modo tão realista que parecia quase viva. Epafrodito preferira colocá-la não em um pedestal, mas no nível do chão, de forma que, em vez de pairar acima, Melancomas parecesse estar entre eles. O efeito era estranho.

O boxeador havia se tornado famoso pela técnica única de lutar: mal tocava nos oponentes e, em algumas ocasiões, chegou a ganhar combates sem dar um golpe sequer. Usando destreza e vigor extraordinários, ele conseguia evitar golpes e dançar em volta do adversário até eles caírem de exaustão. Suas lutas se tornaram lendárias. Muitos percorriam grandes distâncias para vê-lo competir. Nunca houve um boxeador igual.

A beleza extraordinária também merecera direito igual à fama. Alguns diziam que o rosto de Melancomas era a explicação do número tão pequeno de golpes contra ele: vendo tal perfeição, ninguém tinha coragem de estragá-la. Cinco anos antes, quando Tito, com 33 anos então, presidiu os Jogos Augustinos em Nápoles, tomou Melancomas por amante. Quando o boxeador morreu súbita e inesperadamente, o imperador sofreu, assim como muitos outros.

— Você escreveu uma elegia para Melancomas, não foi, Dion? — perguntou Epafrodito.

O sofista não precisou de outra deixa para recitar o trabalho. Levantou-se da cadeira e se pôs diante da estátua.

— Quando Melancomas se encontrava despido, ninguém conseguia olhar para outra coisa; o olho humano era atraído para sua perfeição, como o ferro é atraído para o ímã. Quando se conta o vasto número de seus admiradores e se considera que já houve muitos homens famosos e belos, nenhum deles foi mais famoso pela beleza. Assim, é possível ver que Melancomas foi abençoado com uma beleza que se pode chamar de verdadeiramente divina.

Dion inclinou a cabeça. Os outros o recompensaram com aplausos.

— Vi Melancomas em algumas ocasiões — continuou. — A estátua faz justiça a ele, de verdade. Que estonteante retorno ao passado ele foi; que anacronismo esplêndido!

— Por que diz isso? — perguntou Lúcio.

— Porque hoje em dia o ideal de beleza masculino se tornou muito confuso. Culpo os persas e sua influência. Da mesma forma que deram ao mundo a astrologia, que encontrou espaço em todos os campos de nossa cultura, eles nos apresentaram um ideal de beleza masculina muito diferente daquele legado por nossos ancestrais.

"Melancomas representa o antigo ideal. Enquanto houver jovens como ele, vamos nos lembrar daquela perfeição que os antigos gregos puseram literalmente em um pedestal, retratada na pedra para ser testemunhada e desejada pelo mundo e seus descendentes. Eles acreditavam que nada era mais belo que o esplendor físico da forma masculina, que encontrou sua representação mais sublime no atleta jovem: as pernas e costas de um corredor, braços capazes de atirar um disco, um tronco esguio e bem-proporcionado, um rosto que irradiasse uma inteligência calma e potencial para a sabedoria. Um jovem desses serve de modelo para a aspiração de outros; ele é um protegido valioso, por quem homens mais velhos se sentem atraídos, pois oferece uma esperança tão grande para o futuro.

"O ideal oferecido pelos persas é completamente diferente. Eles acham as mulheres mais belas que os homens e, por causa disso, consideram que os jovens mais belos são aqueles que parecem moças. Eles veem beleza em eunucos e rapazes dóceis, com membros delgados e nádegas macias. Cada vez mais se vê esse gosto pela beleza feminina espalhando-se entre gregos e romanos. Por isso, cada vez menos jovens aspiram ao antigo ideal; em vez de fortalecer os músculos com exercícios, eles fazem a sobrancelha e usam cosméticos. Então, um espécime como Melancomas, um jovem cujo esplendor pode ser comparado às estátuas mais antigas e famosas, se destaca ainda mais. Ele é a exceção que comprova a regra: nosso padrão de beleza masculina agora, tristemente, é o persa."

— E pensar que Tito realmente possuiu o homem — comentou Marcial, olhando para a estátua por sobre a borda da taça e comprimindo os lábios. — Não é de admirar que meu querido patrono tenha ficado tão desolado quando o jovem morreu. Francamente, eu já me contentaria com um rapaz com um décimo da beleza de Melancomas, se ele simplesmente aparecesse!

— Você foi deixado esperando de novo, Marcial? — perguntou Lúcio, sorrindo.

Aquela era a queixa eterna do poeta.

— Sim, outro! E era um rapaz tão promissor, Ligdo era seu nome. Ele escolheu o lugar, a hora... e nao apareceu. Fui abandonado, sem ser seduzido, tendo de me contentar com a mão esquerda de novo.

Os outros riram. Não importava a complexidade ou o elitismo dos assuntos trazidos à baila pelos filósofos, Marcial sempre tornava a conversa mundana.

— Mas um rapaz pode ser bonito *demais*? — perguntou Dion. — A beleza pode significar um perigo para o dono, especialmente o estilo persa de beleza?

— Que tipo de perigo? — retrucou Marcial.

— Estou pensando em escrever um discurso sobre a questão, usando como exemplo o eunuco que Nero desposou. Esporo era o nome dele. Sua história me fascina. Você conheceu Esporo, não, Epafrodito?

— Conheci — respondeu Epafrodito em voz baixa. — E Lúcio também. Epíteto também a conheceu.

Os três trocaram olhares pensativos.

— Bom. Talvez vocês três possam me dar mais detalhes para enriquecer meu trabalho. Todos sabem que Nero castrou o jovem e o tomou como esposa precisamente por causa da semelhança com a bela Popeia. Nero vestiu Esporo com as roupas dela, mandou os cabeleireiros pentearem seu cabelo como era moda na época e cercou o rapaz de acompanhantes femininas, como se ele fosse também mulher. Oto se sentiu atraído por Esporo pela mesma razão, a semelhança com Popeia. E depois veio Vitélio, que levou o pobre eunuco ao suicídio, por causa de seu desejo de explorar a beleza do rapaz para o próprio divertimento depravado. Que caminho estranho, e finalmente trágico, tomou essa vida; tudo por causa de sua semelhança com uma bela mulher. Se ele fosse feio ou se tivesse sido belo à maneira de Melancomas, dá para imaginar que sua vida tivesse sido diferente.

Lúcio olhou para Epíteto a fim de ver sua reação. O rosto do estoico estava virado, como se algo do outro lado do jardim tivesse atraído seu interesse. Quando Epíteto se voltou para eles, não demonstrava qualquer emoção.

Marcial comentou, rindo:

— Esporo era bonito, mas teve um final feio. Vitélio era feio e teve um final mais feio ainda! Talvez você devesse escrever um discurso comparando os dois, Dion.

Dion meneou a cabeça em negação.

— Normalmente, evito discutir a vida de nossos imperadores, até dos que tiveram um fim desagradável. Meu propósito é discutir moral e não debater política.

— Mas você não soube? — indagou Marcial. — Nosso esclarecido novo imperador decretou liberdade de expressão a todos. Nenhum assunto ou pessoa é proibido, nem o próprio Tito. Permita-me citar meu patrono: "É impossível eu ser insultado ou vilipendiado de alguma forma, pois não faço nada que mereça censuras e as falsidades não me atingem. Quanto aos imperadores mortos, eles podem se vingar se alguém os caluniar, se forem, de fato, semideuses e possuírem poderes divinos."

— Você escreveu esse discurso para ele? — perguntou Lúcio.

— Claro que não! — respondeu Marcial. — Tito é perfeitamente capaz de escrever os próprios discursos. E o que ele fala deve ser levado a sério. Não haverá mais pagamento para os que entregarem outros por conversas sediciosas, como acontecia no tempo de seu pai. Todos sabem que Vespasiano tinha um exército de informantes pagos, e existem salas inteiras na biblioteca imperial repletas de dossiês sobre cidadãos completamente inofensivos. Desconfio que haja um arquivo sobre cada um de nós aqui. Mas Tito se comprometeu a queimar esses documentos e demitir os informantes. Vai até punir os mais notáveis, que espalhavam mentiras maliciosas sobre inocentes.

— O assunto passou para a política, finalmente! — declarou Lúcio, suspirando.

— Pensei que você não gostasse de política — disse Marcial.

— Não, não gosto, mas só tem uma coisa que gosto menos: conversar sobre meninos bonitos.

Os outros riram.

— Esperem, ouçam-me — pediu Lúcio. — Todos aqui somos solteiros, é verdade, mas não gostamos todos de rapazes. Acho que sofro do mesmo mal do imperador Cláudio. Meu pai, que o conhecia muito bem, me contou como certo que o primo Cláudio só se interessava por meninas e mulheres; não tinha nenhum interesse em meninos ou homens. A beleza de Melancomas seria um desperdício para ele. Essas discussões sobre beleza masculina, não importa sua grandeza, o deixariam completamente entediado.

— Da mesma f-f-forma como entediam você, Lúcio? Acho que seu primo Cláudio nunca encontrou o m-m-menino certo! — debochou Marcial.

— Nosso imperador reinante certamente não sofre do mal de Cláudio — observou Dion. — Tito enterrou a primeira esposa, se divorciou da segunda e, apesar dos rumores de seu flerte com a bela rainha dos judeus e com nosso vigoroso Melancomas aqui, ele parece gostar mesmo é dos eunucos. É verdade, Marcial, que Tito possui um estábulo cheio de eunucos bonitos no palácio?

— É. Cada um mais bonito que o outro.

— Fato que fornece mais uma prova para minha tese a respeito do triunfo dos padrões persas — disse Dion. — Era de se esperar que o imperador fosse atrás de outro Melancomas. Em vez disso, cerca-se de meninos castrados.

Lúcio deu uma gargalhada e ergueu as mãos.

— Viram o que aconteceu? A conversa passou rapidamente pela política e depois voltou direto para sexo.

— O assunto é eunucos, que não têm sexo — corrigiu Marcial.

— Chega! — exclamou o anfitrião. — Para agradar Lúcio Pinário, vamos falar sobre outra coisa. Deve haver algum outro assunto digno de ser discutido nesse mundo tão vasto.

— Podíamos falar sobre o próprio mundo — sugeriu Lúcio. — Sabiam que o general Agrícola descobriu que a Britânia é uma ilha? É verdade. A extensão de terra no extremo norte não continua para sempre, como se pensava. Termina em um mar tempestuoso e gelado.

Dion riu e argumentou:

— Essa informação pode ser de algum interesse, se alguém tiver uma razão para ir à Britânia. Prefiro viajar para o sul. Epíteto, você ainda não disse uma palavra. Não acabou de chegar da Campânia?

— Sim. Fiz uma viagem breve até Herculano e Pompeia e depois atravessei a baía até Baiae. Acho que arranjei um emprego muito lucrativo na casa de um fabricante de conservas muito rico. A propriedade dele fica ao lado da fábrica, que cheira a peixe fermentado, mas a casa tem uma vista espetacular da baía e o fedelho a que vou ensinar não é um bárbaro completo.

— Mas como você aguenta deixar a cidade? — perguntou Marcial.

— Certo, a Campânia não é Roma — respondeu Epíteto —, mas todos que são importantes em Roma têm uma segunda casa na baía. Então, sempre há pessoas interessantes indo e vindo. A vida social é igual à dos romanos, porém, além dos jantares, há os passeios de barco e os banquetes na praia. Alguns moram lá o ano inteiro, como seu amigo Plínio.

— Você fez uma visita a ele, como sugeri? — perguntou Marcial. — O bom e velho Plínio, meio chato, mas sempre bom para se tomar um pouco de vinho e conseguir uma cama para passar a noite.

— Não o achei nem um pouco chato. Na verdade, ele me contou sobre umas coisas muito estranhas que andam acontecendo por lá.

— Que tipo de coisa? — quis saber Lúcio.

— Fenômenos estranhos — respondeu Epíteto.

— Ah, Plínio adora esse tipo de coisa — comentou Marcial. — Coleciona fatos estranhos do mundo e os reúne em um livro.

— Ele anda muito preocupado com os terremotos recentes por lá.

— Você vai ter de se acostumar com os terremotos se for se mudar para a Campânia — observou Epafrodito. — Ocorreram uns dois bem fortes durante o reinado de Nero. Você deve se lembrar, Epíteto, pois estava lá comigo quando Nero representou pela primeira vez em público, em Nápoles. Um terremoto atingiu o teatro no meio de sua canção, o chão tremeu como um mar revolto, mas Nero continuou cantando. Ninguém ousou se levantar! Depois, ele me contou que considerou o terremoto um *bom* presságio, porque os deuses o aplaudiam ao sacudir o solo. No momento em que acabou, todos se levantaram e correram para as saídas. E, assim que o local foi esvaziado, a construção inteira desabou! E o que fez Nero? Compôs uma nova música, uma ode de agradecimento aos deuses, pois eles acharam conveniente protelar a catástrofe até o final de sua apresentação, e por ninguém ter se ferido. Ah, Nero! — disse Epafrodito, enxugando uma lágrima nostálgica no olho.

Epíteto reagiu à história com um leve sorriso. Agora que era liberto, não precisava mais fingir compartilhar as lembranças afetuosas do ex-dono com relação a Nero, mas tinha discrição suficiente para não revelar a opinião sobre o falecido imperador.

— Sim, os terremotos são comuns na Campânia — disse ele —, mas ultimamente estão ocorrendo dois ou três tremores por dia. É apavorante, acreditem. E, no começo do mês, muitos mananciais e poços das vizinhanças secaram, fontes de água que sempre foram confiáveis no passado. Plínio diz que alguma coisa deve estar acontecendo nas profundezas da terra. Isso tem preocupado o povo, que diz que... — falou ele, baixando a voz. — Diz que seres gigantes têm sido vistos, andando pelas cidades à noite. Eles se escondem nas florestas. Chegam a voar pelos ares.

— Gigantes? — perguntou Lúcio.

— Titãs, imagina-se. Os deuses do Olimpo os derrotaram milênios atrás e os aprisionaram no Tártaro, as cavernas mais profundas do mundo subterrâneo. O povo da Campânia teme que os titãs tenham se libertado e ido para a superfície. Isso explicaria os tremores e o desvio dos canais de água subterrâneos. Sempre se veem esses titãs vindo da direção do monte Vesúvio.

— Não existem umas cavernas no topo do Vesúvio? — indagou Lúcio. — Sei que há um vale circular com laterais íngremes no alto. O escravo rebelde Espártaco acampou lá com seu exército de gladiadores.

Epafrodito inclinou a cabeça.

— Você andou lendo Tito Lívio.

Lúcio assentiu:

— Peguei os pergaminhos que herdei de meu pai e mergulho em sua história de vez em quando.

Epíteto continuou:

— Para os habitantes locais, o Vesúvio é mais conhecido pelos vinhedos e jardins nas encostas. O solo é incrivelmente fértil. Mas é verdade, Espártaco escondeu de fato seu exército lá, nos primeiros tempos da grande revolta dos escravos. É uma montanha maciça, visível a quilômetros em volta e de alto-mar também, mas não muito difícil de escalar, porque as vertentes são muito graduais. No topo, há uma espécie de depressão oca, um lugar desolado, rochoso e plano, cercado de paredes íngremes, escarpadas, local perfeito para o acampamento de Espártaco, pois fica fora do campo de visão e essas paredes formam uma espécie de parapeito natural por toda volta. Ocorreu-me agora que o alto do Vesúvio não é muito diferente do novo anfiteatro ali, se o imaginarmos situado no alto de uma grande montanha, com as encostas subindo até sua borda, embora, é claro, a cratera no topo do Vesúvio seja muito maior. Entre as rochas, existem fissuras que parecem ter sido marcadas pelo fogo, como se já tivessem cuspido chamas. Vemos esse tipo de fenômeno ainda ativo em diversos lugares da Campânia, mas no Vesúvio o combustível acabou há muito tempo e as fissuras se fecharam.

— Pode ser que tenham se aberto de novo com a saída desses titãs — arriscou Marcial.

Epafrodito meneou a cabeça.

— Eu não me fiaria muito nessas supostas aparições de titãs. Minha opinião, e acredito que Plínio concordaria comigo, é que eles já foram extintos há muito tempo. É certo que já existiram: ocasionalmente, ao se cavar buracos muito fundos para fazer fundações ou canais, foram encontrados ossos tão enormes que só podem ter pertencido a titãs. Mas o próprio fato de só acharem ossos indica que esses seres devem estar extintos.

— Acho que isso torna a aparição deles agora mais perturbadora ainda — emendou Lúcio. — Epíteto acabou de falar que o povo alega ter visto essas criaturas gigantes, nas cidades, nas florestas, até no céu. Todos esses ruídos na terra podem ser sinais de algum acontecimento terrível.

Epafrodito lhe lançou um olhar curioso. Lúcio sabia o que o amigo estava pensando. Apesar de negar qualquer interesse por augúrios, acabara de expressar uma crença na adivinhação. Sem percebê-lo, havia deslizado a mão para dentro da toga e tocado o *fascinum* dos ancestrais. Ele usava muitas vezes o talismã, embora nunca visível por fora da roupa.

Sentiu-se uma rajada súbita de vento. Não era a brisa suave do oeste, que proporcionara algum alívio contra o calor, mais cedo, porém um vento mais forte, quente, vindo do sul. A luz também mudou. Embora não houvesse uma nuvem no céu, o sol pareceu se obscurecer de repente e, depois, mais ainda. O céu ficou escuro. Os cinco amigos pararam de conversar e trocaram olhares incertos.

Fez-se um silêncio estranho. Os trabalhadores no anfiteatro interromperam o que faziam. A cidade inteira ficou subitamente quieta.

Epafrodito começou a tossir. Lúcio também. Ele se mexeu para cobrir a boca e viu-se olhando para as costas da mão. Parecia coberta de um fino pó branco, como o do mármore. Ele olhou para cima e piscou; o mesmo pó branco se acumulava sobre os cílios. Franziu o rosto e cuspiu, sentindo gosto de cinzas na boca. Uma poeira pálida caía do céu, não levada pelo ar, ao acaso, mas de forma constante e firme, em todos os lugares, como neve nas montanhas.

Sem uma palavra, todos se levantaram das cadeiras e foram para o abrigo do pórtico, que margeava o jardim em três lados. Enquanto observavam, o pó continuava a cair. A luz do sol se reduziu a uma claridade baça. A queda da poeira era tão densa que eles não conseguiam mais ver o anfiteatro.

— O que será isso? — murmurou Lúcio.

— Não faço ideia — declarou Epafrodito. — Nunca vi nada assim.

— Parece um pesadelo — comentou Dion.

De algum lugar além dos muros do jardim, uma voz gritou:

— É o fim do mundo!

Aquele grito de pânico gerou outros. De toda a vizinhança, eles ouviram sinais de alarme; berros que soavam estranhamente abafados e distantes.

A queda das cinzas se tornou tão intensa que não dava para se ver mais nada além do jardim. Era como se o mundo em volta tivesse desaparecido por completo. No centro, o pó se acumulava grosso sobre o cabelo ondulado da estátua de Melancomas, empanando suas orelhas, cobrindo ombros e braços musculosos com uma espessa camada branca.

80 D.C.

— Que ano! Que ano terrível! — exclamou Epafrodito. — Primeiro, a erupção de fogo do Vesúvio e a perda total de Pompeia e Herculano. Cidades inteiras queimadas como se nunca tivessem existido.

Um ano depois do dia da queda de cinzas sobre Roma, Epafrodito recebia novamente Lúcio e os outros em seu jardim.

— E depois o surto de peste aqui em Roma, que levou sua mãe, Lúcio. Crisante era uma mulher tão adorável. Morreu antes da hora.

Lúcio assentiu, agradecendo as palavras de condolência do amigo. A morte da mãe fora rápida, mas não indolor. Crisante havia sofrido um bocado, atormentada pela febre e cuspindo sangue. Ele estivera com ela no fim, junto das três irmãs. Não se sentia próximo delas. Foi a primeira vez em anos que estiveram todos juntos.

— Aquela peste — continuou Epafrodito — foi causada, todos dizem, pela poeira estranha que caiu sobre nós depois da erupção do Vesúvio. Devia haver algo tóxico nela. Lembra, durante uns dois dias, até a notícia do desastre em Pompeia chegar, não fazíamos a menor ideia do que era aquele pó nem de onde vinha? Todos achavam que o firmamento estava se desfazendo, sinalizando o fim do universo. Quem imaginaria que um vulcão pudesse atirar tantos fragmentos de rocha? Dizem que as cinzas do Vesúvio chegaram a cair na África, no Egito e até na Síria.

"Depois, mais um desastre. Enquanto o imperador estava na Campânia, consolando os sobreviventes, aquele incêndio terrível irrompeu em Roma. Três dias e três noites de conflagração, que parecia atingir precisamente as áreas que *não* haviam sido queimadas no Grande Incêndio, na época de Nero. A devastação se estendeu do Templo de Júpiter, no Capitólio, recém-reformado, depois de Vitélio tê-lo queimado, até o Teatro de Pompeu, no Campo de Marte, e ao gracioso templo de Agripa, chamado Panteão, que foi totalmente destruído."

Lúcio Pinário concordou com um ar sombrio.

— Cidades perdidas, peste e incêndio de Roma. É verdade, foi um ano terrível. E, no entanto, aqui estamos os cinco, todos vivos e bem.

— Os seis, se contarmos Melancomas — corrigiu Dion, lançando um olhar de apreciação à estátua.

— Melancomas continuará aqui muito tempo depois de todos termos ido — observou Epafrodito.

— Desastres terríveis — concordou Marcial —, mas ninguém pode repreender o imperador. Tito providenciou rapidamente restituições aos cidadãos da Campânia e começou a reconstruir as cidades que sobraram em torno da baía. Depois, se dedicou à restauração das áreas queimadas de Roma, e sem aumentar os impostos, prestem atenção, ou fazer apelos especiais aos ricos. Fez tudo sozinho, retirando até os ornamentos de suas propriedades para redecorar templos e construções públicas, como um verdadeiro pai do Estado romano. Para combater a peste, fez tudo que era possível, buscando conselhos com os sacerdotes e oferecendo os sacrifícios apropriados aos deuses.

— A liderança do imperador nesses tempos de crise não pode ser criticada — comentou Epafrodito. — Mas o povo ainda está muito abalado e temeroso em relação ao futuro.

— Daí por que a abertura do anfiteatro não poderia ter vindo em um momento mais propício — explicou Marcial.

Eles voltaram o olhar para a grande estrutura do outro lado da rua. Os últimos andaimes foram removidos. As paredes curvas, de travertino, reluziam ao sol da manhã; os nichos formados pelos múltiplos arcos estavam repletos de estátuas de deuses e heróis, recém-pintadas. Flâmulas coloridas tremulavam nos mastros fixos nas beiradas. O espaço aberto entre o anfiteatro e as novas termas se encontrava apinhado de gente, como em um feriado. Era o dia de abertura do grande sonho de Vespasiano, o Anfiteatro Flaviano.

— Já estamos prontos para sair? — perguntou Lúcio.

— Creio que sim — respondeu Epafrodito. — Será que levo um escravo?

— Claro! — exclamou Marcial. — Ficaremos lá o dia inteiro. O escravo pode nos levar comida. Ah, se ele pudesse também ir às latrinas por nós! Mas ainda existem algumas tarefas que não podem ser delegadas a escravos.

— Onde vamos deixá-lo? — indagou Epafrodito.

— Imagino que seja como no teatro — respondeu Marcial. — Tem de haver uma seção na parte de trás das fileiras para os escravos de todos.

— Você está com os ingressos? — perguntou Epafrodito.

Marcial mostrou três pequenas tabuletas de cerâmica, sobre as quais estavam estampados numerais e letras.

— Como presente para vocês, o poeta encarregado de testemunhar os jogos inaugurais e de compor um tributo oficial em verso, três excelentes assentos na fileira mais baixa. Vamos ficar ao lado do camarote imperial, bem atrás das virgens vestais. Cuidem de seus ingressos, porque depois vão querer guardá-los como suvenires.

— Apenas três? — perguntou Lúcio.

— Eu não vou — declarou Epíteto.

— Nem eu — acrescentou Dion.

— Mas por que não?

— Lúcio, nunca mais fui a uma luta de gladiadores desde que me tornei liberto — respondeu Epíteto. — E não pretendo ver essa só porque promete ser maior e mais sangrenta que qualquer uma das anteriores.

— E você, Dion?

— Talvez você nunca tenha notado, Lúcio, mas filósofos raramente são vistos em lutas de gladiadores, a menos que queiram se levantar e discursar à multidão sobre os males desse tipo de espetáculo. Acho que nem nosso imperador, um admirador da liberdade de expressão, gostaria de uma interrupção assim nessa ocasião.

— Mas os gladiadores só vão aparecer no final do dia — argumentou Marcial. — Antes disso, tem toda uma programação de espetáculos...

— Conheço muito bem o tipo de entretenimento apresentado nesses eventos — anunciou Dion. — Haverá castigos públicos de criminosos, usando-se os meios mais engenhosos, cujo objetivo é, aparentemente, a edificação do público. Mas dê uma olhada nos rostos nas arquibancadas; se sentirão os espectadores enaltecidos pela lição moral ou empolgados pela humilhação e destruição de outro mortal? E é claro que também haverá exibições de animais; essas, também, são educacionais, ou assim nos dizem, pois nos dão uma chance de ver criaturas exóticas de lugares distantes. Porém esses animais nunca são exibidos simplesmente para nossa apreciação; são obrigados a lutar ou são caçados por homens armados e mortos. Sim, Lúcio, eu sei: você também é caçador e aprecia uma bela exibição de boa mira. Mas, de novo, o que o público aplaude é a habilidade do caçador ou a visão de um animal sendo ferido e massacrado? E todo esse derramamento de sangue é apenas um prelúdio para os combates de gladiadores, em que seres humanos são obrigados a lutar por suas vidas, para o divertimento de estranhos. Desde pelo menos a época de Cícero, alguns de nós viemos fazendo objeções aos espetáculos de arena, que degradam mais que edificam os espectadores. O fato de que essas lutas receberam agora um local mais grandioso que nunca pode ser motivo para as celebrações dos poetas, mas não dos filósofos.

— Mas vocês não querem ver nem a construção? — questionou Lúcio.

— Você mesmo a chamou de monstruosidade.

— Não sou apaixonado por ela, como Epafrodito. A coisa é grande e espalhafatosa demais para o meu gosto. Mas nunca houve um lugar como esse, e hoje é o dia de abertura. Roma inteira estará lá.

— Mais uma razão para um filósofo se manter longe — contrapôs Dion. — Uma coisa é quando a cidade faz seus espetáculos de gladiadores em algum lugar rústico, fora dos portões, em um ambiente natural, onde não se mascare o que está acontecendo; homens sentados no chão, assistindo a outros se matando. Mas pegar esse esporte sangrento e exibi-lo em um cenário palaciano, cercado de belas estátuas e fina arquitetura, como se matar fosse apenas mais um empreendimento artístico, para ser apreciado e degustado por cidadãos esclarecidos, é uma afronta. Ninguém que se considere filósofo pode comparecer a um evento desses. Epíteto e eu vamos encontrar algo melhor para fazer. Você será bem-vindo caso queira se juntar a nós, Lúcio.

— Ei! — exclamou Marcial, acenando com a mão para afastar os filósofos e pondo o braço em torno do ombro de Lúcio. — Vocês não vão convencer Pinário a não ir ao acontecimento mais esperado do ano, para ficar sentado no alto de algum morro, ouvindo vocês se queixarem dos joanetes e dizerem que eles devem ter sido enviados pelos deuses para testar sua capacidade de resignação! — continuou ele, botando um ingresso na mão de Lúcio. — Tome, meu amigo, e segure bem firme. Não deixe nenhum filósofo convencê-lo a não o usar. Vamos, então, todos que estiverem indo.

Eles se separaram na rua, em frente à casa. Lúcio ficou vendo os filósofos subirem a ladeira. Epíteto usava a muleta. Dion dava passos curtos, andando mais devagar para que o homem mais jovem pudesse acompanhá-lo. Lúcio desejou se juntar a eles, porém Marcial agarrou sua toga e o puxou na direção oposta.

O espaço aberto em torno do Anfiteatro Flaviano se encontrava abarrotado de gente. Uma pequena multidão havia se juntado para assistir a uma trupe de mímicos, fazendo uma paródia de um gladiador musculoso e de uma esposa de senador, que flertava com ele pelas costas do marido. Vendedores ambulantes o percorriam, oferecendo amuletos da sorte, pedaços recém-fritos de carne e peixe em espetos, pequenas lâmpadas de cerâmica com imagens de gladiadores e ingressos para ótimos assentos, tão grosseiramente gravados que só podiam ser falsos.

Filas longas começaram a se formar nas entradas, irradiando-se para fora do anfiteatro, mas não havia espera no portão para o qual Marcial os levou. Os homens e as mulheres elegantemente vestidos que entravam pertenciam, claramente, a uma classe diferente dos cidadãos com túnicas rotas, aguardando nos outros portões.

Uma vez cruzada a entrada, eles se viram em um vestíbulo ricamente decorado, com piso de mármore e móveis elegantes. Os corrimãos tinham detalhes em marfim e as paredes eram pintadas com esmero, retratando deuses e heróis.

— Faz com que me lembre da Casa Dourada — comentou Epafrodito. — Estão vendo esse mosaico de Diana em frente à escada? Tenho quase certeza de que foi trazido, pedra por pedra, da antessala do quarto de Nero.

— Faz sentido que os Flavianos desfalcassem a Casa Dourada para decorar o anfiteatro deles — declarou Lúcio. — Mas é claro que a estrutura toda não é decorada com tanto requinte.

— Óbvio que não — concordou Marcial. — Esse é o setor para pessoas importantes, magistrados, dignitários visitantes, virgens vestais e amigos do imperador, como eu, é claro. Só ofereço aos amigos o que há de melhor! E vejam, exatamente como prometi, tem um bufê esplêndido a nossa disposição bem aqui no vestíbulo e vinho de graça. Que existência privilegiada é a vida de um poeta!

Eles se misturaram aos outros convivas no vestíbulo por um tempo, comendo e bebendo, até uma trompa soar e um arauto aparecer no recinto, convocando todos a irem para os assentos. Os homens de toga e as mulheres em elegantes estolas começaram a se encaminhar à escadaria de mármore, que levava até a luz brilhante do sol. Lúcio e os amigos seguiram a multidão.

Epafrodito descrevera a magnitude do anfiteatro e o modo como era traçado; Epíteto o comparara ao vale circular, agora extinto, no topo do Vesúvio. Contudo, nenhuma descrição poderia ter preparado Lúcio para o que viu do alto dos degraus. Por um momento, seu olhar não conseguiu abranger tudo; da mesma forma como o som de cinquenta mil pessoas criava um único e indistinto troar, a visão de tanta gente em um só lugar ficava registrada como uma espécie de borrão, um acúmulo indiferenciado de seres humanos, no qual ninguém podia ser percebido individualmente. No entanto, pouco a pouco, enquanto ainda permanecia no alto da escada, deixou de se sentir desorientado, e seu olhar, a distinguir o que se encontrava próximo do que estava longe.

Lúcio nunca havia experimentado nada como aquele primeiro momento dentro do Anfiteatro Flaviano. Só aquele instante, tão desorientador que quase assustava, único e eletrizante, valia o passeio. Dion e Epíteto eram dois idiotas, pensava ele, privando-se de uma experiência daquelas, impossível de ser vivida em nenhum outro lugar da terra.

Ele percebeu que não estava sob a luz do sol por completo, mas em uma sombra filtrada e brilhante. Então, olhou para cima e viu toldos, feito velas, estendendo-se do parapeito mais alto, em torno de toda a estrutura. Enquanto examinava o alto, apertando os olhos, percebeu haver homens trabalhando no complexo mecanismo, ajustando o ângulo dos toldos para bloquear a luz do sol.

Marcial o puxou pela toga:

— Pare com esse olhar simplório de bronco. Você está interrompendo a passagem. Venha.

Eles encontraram os assentos. A grande cavidade do anfiteatro os cercava. Abaixo, ilusionistas, malabaristas e acrobatas, de ambos os sexos, vestindo trajes reduzidos mas de cores brilhantes, já estavam na arena. Alguns se encontravam tão próximos que Lúcio conseguia ver o rosto deles. Outros pareciam pequenos a distância. A dimensão do local o confundia. Em algum lugar próximo, um órgão hidráulico tocava uma canção animada.

— Será que perdemos o início do espetáculo?

— Não, esse não é o espetáculo — respondeu Marcial. — É só uma bobagem para divertir a multidão enquanto todos se sentam. Pelos colhões de Numa! Vejam como eles amarraram alto aquela corda bamba! Conseguem imaginar o que é andar sobre aquela coisa com outra pessoa no ombro? Sempre sinto um arrepio quando eles não usam rede.

— Por que os assentos à nossa frente estão vazios?

— Porque as vestais ainda não chegaram. Muitas vezes elas são as últimas a aparecer em eventos públicos, até depois do imperador. Ah, aí vem ele agora.

Tito e sua comitiva começaram a entrar no camarote imperial. O imperador estava com 40 anos, porém parecia mais jovem, graças à expressão graciosa e a uma cabeleira farta, sem fios brancos ainda. Ele havia se casado cedo e ficado viúvo. Depois, casara-se novamente e se divorciara, quase com a mesma rapidez, da segunda esposa, cuja família estivera muito associada à conspiração de Piso contra Nero. Desde então, permanecia solteiro. Como companhias femininas, tinha de um lado a filha, crescida, Júlia, e do outro, a irmã mais nova, Flávia Domitila. Alguns de seus eunucos favoritos também o acompanhavam, criaturas belas e vestidas com requinte, que, a um primeiro olhar, não pareciam pertencer ao sexo feminino nem masculino; personificavam o que Dion chamava de ideal persa de beleza.

Os últimos membros da família imperial a entrar no camarote foram o irmão mais jovem do imperador, Domiciano, a esposa e o filho de 7 anos. Aos 28, ele parecia ser da idade de Tito, graças à expressão severa e ao fato de que havia perdido muito cabelo; a gloriosa juba arruivada que o tornava tão distinto, em meio ao cortejo dos Flavianos, durante os últimos dias de Vitélio, se fora. Enquanto Tito sorria e acenava com entusiasmo para a multidão, Domiciano se mantinha atrás, com ar sombrio. Era de conhecimento comum que os irmãos tinham uma relação conflituosa. Após a morte de Vespasiano, Domiciano se queixara publicamente de que o testamento do pai especificava que os irmãos deveriam governar em conjunto, mas que o documento havia sido deliberadamente alterado; implicando que o próprio Tito fizera a falsificação. Alguns acreditavam em Domiciano, mas a maioria não. Em primeiro lugar, Vespasiano havia sempre preferido o filho mais velho; em segundo, ele acreditava que uma das razões do triste final de Calígula e Nero se devia ao fato de terem ascendido ao poder cedo demais. Domiciano era doze anos mais jovem que Tito e lhe faltava claramente a experiência do irmão.

Ninguém tinha muita certeza quanto à etiqueta apropriada no novo anfiteatro. Enquanto o imperador continuava a acenar, muitos na multidão ficaram de pé para retribuir o gesto. Alguns ovacionavam e aplaudiam. Outros permaneciam sentados. Epafrodito estava entre os que ficaram de pé e aplaudiam.

— Aí vocês estão vendo uma cabeça de imperador — disse ele aos companheiros, que o olharam intrigados. — Nunca contei a vocês a história de Agripina e o fisionomista?

— Acho que eu lembraria — respondeu Marcial. — Soa tão maliciosa.

— Não é esse tipo de história. Muito tempo atrás, quando Nero era criança e sua mãe estava desesperada para torná-lo o herdeiro de Cláudio, Agripina mandou chamar um fisionomista egípcio a fim de examinar a cabeça do filho de Cláudio, Britânico. Você sabia, Lúcio? Acho que foi seu pai quem sugeriu o exame.

Lúcio deu de ombros.

— Nunca ouvi essa história.

— Talvez porque o final tenha sido muito embaraçoso. O egípcio não conseguiu chegar a nenhuma conclusão quanto à cabeça de Britânico, mas, como o companheiro constante dele estava por acaso presente, o homem resolveu dar uma olhada também. Esse menino era ninguém menos que o filho de Vespasiano, Tito. O fisionomista declarou que nunca tinha visto uma cabeça mais merecedora de governar. Todos já esqueceram há muito esse incidente, mas, como podem ver, no fim o egípcio estava certo.

— Onde estava Domiciano quando esse exame aconteceu? — quis saber Lúcio.

— Ah, ele era bebê. Tinha acabado de nascer.

— O que poderia ser mais fácil de ler que a cabeça de um bebê, por ser careca? — comentou Marcial. — Embora Domiciano provavelmente tivesse mais cabelo nessa época que agora!

Houve um estremecimento na multidão em volta deles. As virgens vestais haviam chegado e estavam tomando os assentos na fileira da frente. Ninguém tivera muita certeza se deveria ou não ficar de pé para o imperador, mas todos o fizeram para as vestais. Elas andavam com tanta graça e aprumo que a capa de linho parecia flutuar no alto da cabeça.

Quando as seis mulheres passaram, Lúcio olhou os rostos. Ele já vira as vestais em eventos públicos, mas nunca estivera tão perto delas antes. A insígnia de sua função era a *vitta*, uma faixa vermelha e branca presa em torno da cabeça. O cabelo muito raspado bem curto ficava escondido por um toucado característico, chamado de *suffibulum*, e as vestes de linho ocultavam a forma física; assim, tudo que se podia de fato ver delas eram os rostos sem adornos. Elas eram de idades variadas; algumas velhas e enrugadas; mas outras não passavam de meninas. As vestais iniciavam seus trinta anos de serviço compulsório entre os 6 e os 10 anos e a maioria permanecia nessa função até a morte. Pareceu a Lúcio que mantinham os olhos fixos à frente e evitavam de propósito qualquer contato visual — até uma delas virar a cabeça enquanto passava e olhar diretamente para ele.

A vestal era linda. O fato de estar completamente oculta, exceto o rosto, apenas acentuava sua beleza. Dois olhos verdes cintilavam sob sobrancelhas delicadas, de um louro escuro. Os lábios grossos lhe favoreceram com um ligeiro sorriso. Lúcio sentiu um arrepio percorrer as costas, como um filete de água morna.

— O nome dela é Cornélia Cossa — sussurrou Epafrodito em seu ouvido.

— Que idade tem?

— Deixe-me pensar. Ela tinha só 6 quando entrou para a irmandade, no oitavo ano do reinado de Nero; deve estar com uns 24.

— Ela é linda.

— Todos acham.

Os acrobatas e ilusionistas se dispersaram. As cerimônias oficiais começaram com uma série de ritos religiosos. Um augúrio foi realizado e os auspícios considerados altamente favoráveis. Os sacerdotes de Marte desfilaram pela arena, cantando e queimando incenso. Um altar foi erguido no centro do anfiteatro. Eles sacrificaram um cordeiro ao deus da guerra e dedicaram a construção a ele. O sangue do animal sacrificado foi espargido em todas as direções, sobre a areia da arena.

Uma proclamação do imperador foi lida em voz alta, na qual prestava homenagem ao pai, cujo sucesso militar, gênio arquitetônico e amor pela cidade deram à luz o anfiteatro; a estrutura na qual todos haviam se reunido era o presente póstumo do Divino Vespasiano ao povo de Roma. Guerreiros judeus — sujos, nus e amarrados com correntes — foram exibidos, à ponta da espada, em torno da arena, por legionários armados, como lembrete da grande vitória que trouxera a paz às províncias orientais do império, assegurando o tesouro que pagara o anfiteatro, as novas termas e muitas outras benfeitorias em toda a cidade. Vespasiano se juntara aos deuses, mas seu legado em pedra, o Anfiteatro Flaviano, duraria pela eternidade.

A proclamação continuou a ser lida. A atenção de Lúcio começou a se dispersar. Ele notou que Marcial tinha pegado um estilo, uma tabuleta de cera e estava ocupado, escrevendo. Achou que o amigo estava anotando as palavras da proclamação, mas as palavras que leu nada tinham a ver com o que escutava. Marcial o viu perscrutando as anotações.

— Impressões ao acaso — sussurrou ele. — Nunca se sabe o que talvez se torne um poema. Olhe para todas essas pessoas. Quantas raças e nacionalidades acha que estão representadas aqui hoje?

Lúcio olhou em volta.

— Não faço ideia.

— Nem eu, mas me parece que o mundo inteiro está aqui, em um microcosmo. Veja aqueles etíopes de pele negra ali. E aquele grupo lá. Que tipo de gente tem cabelo louro e o usa torcido em nós daquele jeito?

— Acho que se chamam sicambros. Uma tribo germânica que vive na foz do rio Reno.

— E, antes de nos sentarmos, no vestíbulo, vi uns homens de turbante árabe, e sabeanos do mar Vermelho, que se vestem de negro da cabeça aos pés. E farejei cilicianos.

— Farejou?

— As mulheres, os meninos e até os homens da Cilícia usam um perfume muito característico, feito de uma flor que só cresce nos altos picos das montanhas Touro. Você saberia, Pinário, se já tivesse estado com um rapaz ciliciano...

Ele foi interrompido por um pedido de silêncio. Uma das vestais se virara na direção deles e estava fuzilando-os com o olhar. Ela era velha e enrugada, com uma expressão severa, que intimidou até Marcial. A vestal sentada ao lado também se voltou e olhou para eles. Era Cornélia Cossa. O sorriso tranquilo e a beleza radiante apresentavam um contraste tão grande com a companheira sacerdotisa que Lúcio gargalhou alto, arrependendo-se imediatamente, temendo tê-la ofendido. Entretanto, na verdade, o sorriso de Cornélia se abriu ainda mais e havia um brilho em seus olhos quando voltou a dar atenção ao arauto, que lia a proclamação.

— Você viu isso? — sussurrou Marcial. — Ela olhou para você.

Lúcio deu de ombros.

— E daí?

— Ela olhou para você do jeito que uma mulher olha para um homem.

— Marcial, você é incorrigível! Vá farejar seus rapazes cilicianos.

Por fim, as várias proclamações e invocações terminaram. O Anfiteatro Flaviano foi oficialmente inaugurado. Os espetáculos começaram.

A primeira atração foi o açoitamento dos informantes. Tito havia prometido pegar os piores infratores — mentirosos e patifes que ganhavam a vida à custa do dinheiro público, acusando inocentes de conspirarem contra o imperador ou fraudando o Estado. Esse tipo de criatura tinha sido uma praga em todos os reinados, desde o de Augusto. Não importava a sensatez e a confiança de um imperador no início do governo, a cada ano que passava, ele e os ministros ficavam invariavelmente mais suscetíveis a rumores sem fundamento e mais temerosos em relação a inimigos imaginários. O teimoso Vespasiano fora tão imune às calúnias maliciosas quanto os predecessores. No final de seu reinado, muitos sofreram punições baseadas em suspeitas infundadas e vários informantes inescrupulosos ficaram ricos. Tito pretendia romper de todo com o passado.

A multidão murmurou de expectativa quando um grande número de cidadãos, à ponta de lanças, foi trazido à arena. A maioria usava toga e parecia composta por respeitáveis homens de negócio e donos de propriedades. Arrancavam primeiro a toga e depois as túnicas, de forma que ficassem apenas de tanga, como escravos, embora raramente se vissem escravos gordos como a maior parte daqueles condenados. Em grupos de dez, estavam presos pelo pescoço com forcados de dois dentes, enquanto apanhavam com chicotes e varas. Os golpes eram violentos: pedaços de carne e esguichos de sangue se espalharam pela areia. Mesmo quando caíam de joelhos, eram obrigados a ficar de cabeça erguida pelos forcados.

— Olhe quem está aplicando o castigo — disse Marcial. — Tito escolheu um corpo de oficiais composto totalmente de getulianos nômades, do norte da África.

— Por que getulianos? — perguntou Lúcio.

— Por um só motivo: eles são de fora e não possuem ligações com as vítimas nem com ninguém mais na cidade. E, mais importante ainda, são famosos pela crueldade.

Lúcio não tinha dúvidas de que os getulianos estavam gostando do trabalho. Da mesma forma que o público. Muitas das vítimas, mais acostumadas a proporcionar aquele tipo de tratamento a escravos do que a recebê-lo, reagiam gritando e chorando muito. Quanto mais indigno o comportamento do condenado, mais animada era a reação da plateia. Em vez de se cansarem à medida que os castigos prosseguiam, os getulianos se sentiam estimulados pela vibração dos espectadores e se tornavam cada vez mais violentos. As últimas vítimas apanharam mais que as primeiras; para equilibrar o castigo, e para delírio da multidão, as primeiras foram açoitadas novamente.

Muitos dos informantes perdiam a consciência ou não conseguiam mais ficar de pé após as chicotadas e tinham de ser arrastados para fora da arena. Alguns morriam com o castigo. Segundo Marcial, não dos açoites, mas de vergonha, sussurrava o poeta enquanto fazia anotações. Os que sobreviviam seriam enviados ao exílio, para viver o resto de seus dias em ilhas remotas ou, nos piores casos, vendidos como escravos em leilões públicos.

Mais castigos foram administrados. Dessa vez, as vítimas eram criminosos condenados, culpados de delitos capitais — assassinatos, incêndios criminosos ou roubos de tesouros sagrados em templos.

Os organizadores dos jogos se superavam na criação de esquetes especiais para as várias provações, encenando-os ao mesmo tempo, em torno da vasta arena, de modo que sempre havia algo dramático ou repleto de suspense para distrair os espectadores. As punições eram baseadas em mitos e lendas, com as vítimas desempenhando papéis, como atores. O fato de que o sofrimento e a morte de cada uma delas não eram imaginários, e sim reais, tornava o desempenho mais instigante para se assistir.

Em um dos esquetes, a vítima nua era acorrentada a um elaborado cenário teatral, feito para simular um penhasco escarpado. Um arauto proclamou que o homem era um assassino, que matara o próprio pai. O público o vaiou e amaldiçoou. Tratava-se de um tipo musculoso, de meia-idade, com uma barba crespa, candidato ideal para fazer o papel de Prometeu, o titã que deu o fogo à humanidade, desafiando Júpiter. Para lembrar aos espectadores a história, dançarinos, vestidos com peles de animais, formaram um círculo em torno do titã acorrentado, balançando tochas e entoando uma canção primitiva de agradecimento. A música foi abafada por um dispositivo de palco, escondido no interior da rocha, que reproduziu alto o som de um trovão. A esse sinal da ira de Júpiter, os adoradores de Prometeu se dispersaram em pânico. Assim que saíram do caminho, dois ursos foram soltos. Os animais se dirigiram direto ao Prometeu, que começou a gritar e tentar freneticamente se livrar das correntes.

— Ursos? — indagou Epafrodito, torcendo o nariz. — Quem não sabe que Prometeu foi atormentado por abutres? Todo dia eles arrancavam suas entranhas e toda noite elas eram milagrosamente reconstituídas, para que a provação se repetisse pela eternidade.

Marcial riu.

— O treinador que conseguisse induzir abutres a atacar, a um comando seu, cobraria o preço que quisesse! Acho que vamos ver um bocado de ursos hoje. O domador de animais do imperador me contou que eles são, de longe, a melhor escolha quando se trata de atacar vítimas humanas. Os cães são comuns demais; os elefantes, muito melindrosos; leões e tigres, imprevisíveis. Os ursos, contudo, além de aterrorizantes, são extremamente confiáveis. Esses vêm da Caledônia, a parte mais ao norte da ilha Britânia.

Os ursos que acometeram o indefeso Prometeu fizeram jus às expectativas do domador, concentrando o ataque furioso no abdome do homem, arrancando suas entranhas exatamente como atribuído aos abutres na antiga história. Marcial acreditava que os ursos foram treinados para atacar aquela parte em especial; Epafrodito suspeitava que haviam lambuzado com mel a barriga da vítima que dava gritos terríveis.

Por fim, o domador dos ursos apareceu e os levou. O cenário foi girado, para que todos na arquibancada admirassem a visão sangrenta do Prometeu sem entranhas. Depois, os dançarinos reapareceram, fazendo piruetas e lamentações diante do homem, balançando as tochas, a fim de produzir bastante fumaça. Só depois de irem embora, Lúcio percebeu que o propósito da dança e da fumaça era distrair o público, enquanto um truque teatral era realizado na vítima. Como que por mágica, as entranhas foram enfiadas dentro do corpo e a barriga fora costurada. Limparam até o sangue nas pernas. O homem estava muito pálido, porém aparentemente consciente; os lábios e as pálpebras se moviam. Da mesma forma que o castigo de Prometeu se repetia em um ciclo inesgotável, a vítima havia sido preparada para mais um ataque dos ursos. Outra vez, eles vieram a passos largos em sua direção. O homem abriu a boca para gritar, mas não se ouviu nenhum som. Em vez de tentar se livrar das correntes, ele se contorceu e se revirou quando os ursos começaram a arrancar suas entranhas de novo. Por fim, ficou imóvel.

Os dançarinos reapareceram e se livraram das tochas, atirando-as no cenário. O falso penhasco pegou fogo, consumindo junto o corpo da vítima. Os dançarinos formaram um círculo em torno da fogueira, de mãos dadas, e entoaram uma canção de júbilo, louvando a sabedoria e justiça de Júpiter.

Lúcio se viu pensando no que Epíteto e Dion diriam do esquete. A vítima não era apenas um assassino qualquer, mas do pior tipo — um parricida. Certamente, devia ser punido, e por que a morte não poderia ser usada para educar o público? Ela ensinava uma lição dupla. Primeiro, apesar da possível simpatia do povo por um rebelde como Prometeu, a autoridade do rei dos deuses — e, por extensão, a do imperador — tinha de ser respeitada e sempre triunfaria no final. Segundo, em um nível mais básico, nenhum homem deveria ousar matar o próprio pai, por medo de sofrer punição tão terrível. Lúcio desconfiava que os amigos filósofos não se comoveriam com esse argumento. Ele próprio estava se sentindo mais nauseado que edificado pelo espetáculo.

Houve vários outros esquetes do mesmo tipo. Como previra Marcial, os ursos se sobressaíam na maioria deles. Um ladrão de templos foi obrigado a reencenar o papel do ladrão Lauréolo, famoso pelas peças antigas de Ênio e Névio; ele foi preso a uma cruz e depois submetido ao ataque de ursos. Um liberto que havia assassinado o ex-dono foi obrigado a vestir uma clâmide grega e a caminhar por um cenário que imitava um bosque, povoado de sátiros e ninfas cabriolando, como Orfeu perdido na floresta; quando um dos sátiros tocou uma melodia aguda na flauta, as árvores se dispersaram e o homem foi vítima de um ataque de ursos. Um incendiário foi obrigado a usar asas, em uma imitação de Dédalo, subir uma plataforma alta e pular; as asas o mantiveram de fato no ar por uma curta distância, uma visão impressionante, até ele mergulhar em um compartimento repleto de ursos e ser despedaçado.

— Um pouco repetitivo, não? Terminar todas as mortes com ursos... — comentou Epafrodito.

— Ah, mas esses são da Lucânia, não da Caledônia — explicou Marcial. — Boas feras italianas e não animais exóticos do além-mar. Vê como as pessoas os ovacionam? Pobre Dédalo, não teve nenhuma chance.

Após os castigos, houve um intervalo. Mais uma vez, acrobatas correram para o chão de areia da arena. Lúcio e os amigos foram para o vestíbulo em busca de algo para refrescá-los e, depois, a fim de se aliviar, até a latrina mais próxima, onde a qualidade dos ornamentos, em bronze e mármore, era a mais requintada que Lúcio já vira em uma instalação pública. Marcial brincou dizendo que se sentia indigno de se aliviar em meio a tal esplendor.

Enquanto os amigos faziam hora no vestíbulo, Lúcio retornou ao assento. Na arena, o corpo sem vida de um acrobata estava sendo carregado.

— O que aconteceu? — perguntou-se ele, em voz alta.

— O pobre homem estava caminhando em uma corda bamba, quando perdeu o equilíbrio e caiu.

A voz vinha da fileira na frente da sua. Todas as vestais haviam saído para o intervalo, exceto uma. Ela se virou para trás e olhou diretamente para ele.

Lúcio reconheceu Cornélia, mas não conseguiu pensar em nada para dizer. Por fim, a vestal quebrou o silêncio.

— Era quase uma criança. Acho que eles deveriam usar redes, não?

— Acho que eles praticam com redes — explicou Lúcio. — Mas nunca se apresentam com elas. Acabaria com o suspense.

— Mesmo assim, revelaria a habilidade deles. Eu, por exemplo, não tenho a menor vontade de ver um acrobata morrer na corda bamba. Para quê? Uma morte dessas não passa de um acidente; não é um castigo nem o resultado de um combate ritualístico. Eles são acrobatas; não são assassinos nem gladiadores. Qual é seu nome?

A pergunta foi tão súbita que Lúcio ficou olhando-a, embasbacado.

— Não é uma pergunta difícil — brincou ela, rindo.

Não havia nada de malicioso na risada e o som dela lhe deu prazer.

— Lúcio Pinário — respondeu ele. — Meu pai era Tito Pinário.

— Ah, sim, conheço o nome, embora não me pareça que haja muitos de vocês por aí hoje em dia.

— Houve uma época em que os Pinários eram muito importantes — comentou Lúcio. — Várias Pinárias foram vestais. Uma delas foi muito famosa. Mas isso foi há muito tempo.

Ela balançou a cabeça.

— Certo, a vestal Pinária estava entre as que ficaram ilhadas no alto do monte Capitolino, quando os gauleses saquearam a cidade. Ainda falamos dela e contamos a história às novas irmãs. É por isso que seu nome é tão familiar — disse ela, observando Lúcio de cima a baixo. — Você não está vestindo toga de senador. Então, não é político. Nem é militar, acredito. Como teve direito a um assento tão bom nesse dia de inauguração?

— Você é incrivelmente direta — declarou Lúcio.

— Quando se é vestal, não há nenhuma razão para se ser circunspecta. Digo o que penso e pergunto o que quero saber. Talvez seja diferente com as outras mulheres.

— Não sei muito sobre mulheres — admitiu ele.

— Quem está sendo direto agora?

— Aí vêm meus amigos. Um deles é poeta. O imperador gosta de seu trabalho; é por isso que temos esses assentos tão bons. Marcial escreverá uns versos em homenagem aos jogos inaugurais.

— Ah, estava me perguntando quem era esse indivíduo, sempre falando e escrevendo na tabuleta de cera.

— Posso apresentá-lo, se você quiser — sugeriu Lúcio, ficando de pé para deixar Marcial passar.

Ao olhar de novo, Cornélia já havia se virado. As outras vestais tinham retornado aos assentos.

O programa recomeçou com uma série de exibições de animais. Primeiro, um elefante decorado com cores vivas, montado por um domador, subiu uma rampa até a plataforma; depois, caminhou por uma corda bamba. Enquanto os espectadores ainda gritavam de espanto, o animal se dirigiu tranquilamente ao camarote imperial, emitiu um som como de uma trombeta com a tromba e então dobrou as pernas dianteiras, inclinando-se para a frente, em uma mesura muito digna diante do imperador. O público respondeu com a primeira ovação de pé do dia.

Exibições de caça se seguiram. Todas as espécies de criaturas foram soltas, perseguidas e depois mortas — javalis, gazelas, antílopes, avestruzes, os enormes touros selvagens das terras germânicas, chamados de auroques, e até uns bichos de pernas finas, longos pescoços, vindos da parte mais longínqua da África, chamados camelopardos, porque tinham focinho de camelo e pintas como os leopardos. Os caçadores perseguiam as presas a pé e a cavalo, utilizando diversas armas — arcos e flechas, lanças, facões, redes e até laços. Lúcio, que gostava de caçar javalis e veados em suas terras, observava as exibições com interesse e uma ponta de inveja, em especial quando os caçadores perseguiam os animais mais raros e perigosos, pois provavelmente nunca teria a oportunidade de abater um camelopardo ou um auroque. Enquanto a matança continuava, assistentes com carrinhos de mão e ancinhos cobriam as poças de sangue com areia fresca.

Houve também exibições em que animais eram postos para se enfrentarem. A plateia foi ao delírio ao ver um leopardo cercar e abater um camelopardo, pulando em seu longo pescoço.

— Como uma torre de sítio derrubada com uma catapulta — murmurou Marcial, em busca de uma metáfora.

Uma tigresa teve menos sorte ao perseguir um avestruz. O absurdo de uma ave incapaz de voar era óbvio, mas a criatura conseguia correr a uma velocidade impressionante. A predadora acabou desistindo da caça e se sentou, arfando, na areia. Os espectadores riram e gritaram bobagens para o felino, desapontados pelo fato de um gato não conseguir pegar uma ave que não voava. Quando o companheiro da tigresa foi solto, porém, o público ficou calado e assistiu, fascinado, aos dois felinos usando aparentemente uma tática coordenada para encurralar o avestruz. A ave corria de um lado para o outro, à medida que os tigres se aproximavam.

— Meu velho amigo, Plínio, um pouco antes do Vesúvio acabar com ele, escreveu que o avestruz esconde a cabeça em uma moita, quando é atacado, e acredita que todo o seu corpo está encoberto — comentou Marcial. — Veja como os ajudantes espalharam moitas em torno da arena para a ave poder demonstrar toda sua idiotice.

Contudo, o avestruz não escondeu a cabeça. Por fim, desesperado, usou as longas e poderosas pernas para dar chutes furiosos no tigre mais próximo. Isso lhe proporcionou uma breve trégua, mas a ave ia exaurindo-se rápido, enquanto os tigres pareciam renovar suas forças. Como último recurso, o avestruz se deitou no chão, com o pescoço longo e a cabeça pressionados contra a terra. Na breve neblina de calor que se elevou da areia, a ave parecia um monte de terra sem vida e, por um instante, os felinos ficaram confusos. Eles circularam em torno do avestruz prostrado e imóvel, farejando o ar e rosnando. Por fim, a tigresa tocou com a pata o avestruz, que estremeceu, ao que ela atacou e agarrou o longo pescoço da ave entre as poderosas mandíbulas. Os dois felinos se estranharam e lutaram pela carcaça durante um tempo, para grande divertimento do público e, depois, acomodaram-se para compartilhar o banquete. Quando terminaram, os ajudantes recolheram as imensas penas da ave morta e as entregaram, como suvenir, aos espectadores mais próximos, que as usaram para enfeitar a roupa ou se abanar.

Ver um animal ser caçado, fosse por homem ou outro animal, empolgava o público. No entanto, muito mais eletrizante era o espetáculo de assistir a uma fera assustadora confrontando-se com outra em combate igual. Para os jogos inaugurais, o imperador imaginou uma combinação nunca vista antes. Primeiro, um auroque selvagem foi solto na arena. O touro gigantesco possuía chifres enormes e um temperamento explosivo, como foi demonstrado quando domadores, atrás de compartimentos de madeira, provocaram a criatura, atirando bolas vermelhas nela. O auroque atacou a bola de pano e conseguiu espetar uma delas no chifre direito. O movimento da bola enfureceu a criatura mais ainda. Ele bufava e jogava a cabeça furiosamente, até a bola voar em direção à arquibancada. Espectadores ficaram de pé, empurrando-se e lutando um contra o outro para obtê-la.

Depois, uma criatura inédita para muitos dos presentes foi solta na arena. Tratava-se do raro rinoceronte, um animal cuja pele cor de ferro parecia uma armadura e cujo enorme nariz terminava em um formidável par de chifres, um grande e outro pequeno. Apesar da aparência assustadora, o auroque era um parente do boi domesticado, familiar até para os moradores urbanos de Roma, e uma criatura com beleza e graça, porém o rinoceronte não se parecia com fera nenhuma, um ser exótico dos confins da terra.

Provocando os dois animais com bolas, aguilhões e tochas, forçando um na direção do outro, os treinadores os induziram por fim à luta. Os métodos de combate eram tão semelhantes que um parecia ser uma imagem distorcida do outro no espelho. Eles tomaram posição, bateram com as patas no chão, sacudiram os quartos, abaixaram as cabeças e finalmente atacaram. No primeiro confronto, passaram apenas de raspão um pelo outro, como se estivessem testando o oponente. Depois, separaram-se, encararam-se e investiram um contra o outro de novo. Dessa vez, o auroque deu um golpe oblíquo no rinoceronte, que urrou de dor. As apostas nas arquibancadas, que ficaram em massa contra o auroque, se reverteram de súbito.

No terceiro ataque, o rinoceronte demonstrou a força bruta e o poder tremendo do chifre. A criatura lançou um golpe na cabeça do oponente que o fez estremecer. O auroque ficou tonto. Enquanto cambaleava e tropeçava, a fera africana andou para trás apenas o suficiente a fim de se reposicionar para uma nova investida; depois, atingiu o auroque com tanta força que o arremessou no ar, antes de despencar no chão, de lado. O auroque bateu os cascos no chão, mas não conseguiu levantar. Mais uma vez o rinoceronte atacou, mergulhando o chifre no flanco vulnerável do oponente e jogando-o no ar de novo. O bovino urrou de dor. Quando atingiu o chão, moveu os membros por um instante ainda, mas então deitou a cabeça e expirou.

O rinoceronte permaneceu espetando a carcaça por mais um tempo, até perceber que o oponente não significava mais uma ameaça. Depois, investiu contra um ajudante, que se escondeu atrás de um compartimento de madeira. A fera atacou a estrutura com tanta força que o chifre ficou preso na madeira.

Isso provocou gargalhadas entre o público, mas apresentou um problema para os treinadores. Como libertar o rinoceronte? Enquanto o animal estava naquele estado de fúria, ninguém ousava se aproximar. Por fim, alguém decidiu se aproveitar da situação improvisando um novo combate. Um urso foi solto e forçado de encontro ao rinoceronte.

A plateia se levantou espontaneamente de animação. Ninguém conseguia imaginar como esse combate não programado e sem precedentes se processaria. Caso o rinoceronte permanecesse preso e incapaz de se mover, ficaria completamente à mercê do urso, a menos que a couraça oferecesse proteção adequada contra as garras afiadas do oponente.

O urso lançou uns golpes contra o traseiro do rinoceronte, tirando sangue, mas esses só serviram para incitar a fera a exercer o esforço necessário para se libertar. Ao som de madeira lascando-se, o animal livrou por fim o chifre.

Quando o rinoceronte recuperou a mobilidade, o urso não teve chance. Do mesmo modo como o auroque fora arremessado no ar, o urso também foi, aterrissando com uma ferida aberta na barriga, e não se levantou mais.

Treinadores entraram para encurralar o rinoceronte, que se tornou surpreendentemente dócil após despender a fúria. Os espectadores permaneceram de pé, aplaudindo de forma entusiástica a fera, que havia triunfado não apenas em uma, mas em duas lutas, sem parar para descansar. Um dos acrobatas correu a fim de tocar o chifre para dar sorte. O rinoceronte, espantado, sacudiu a cabeça, e aquele movimento leve mas poderoso derrubou o homem no chão. O público prendeu a respiração e depois irrompeu em gargalhadas, quando o acrobata ficou de pé e fez sua saída executando uma série de saltos e cambalhotas.

Passando pelo acrobata que saía, um homem extremamente musculoso entrou na arena. Usava apenas uma tanga mínima e um manto com capuz, feito com pele de leão. Fazia claramente o papel de Hércules, pronto para realizar um de seus famosos trabalhos.

Um touro foi solto na arena. Fitas amarelas, azuis e vermelhas nos chifres o identificavam como proveniente de Creta, a criatura que gerara o monstruoso Minotauro na rainha Pasífae.

O homem representando Hércules flexionou os músculos e se exibiu para a plateia, parecendo extremamente confiante, mesmo enquanto o touro bufava e batia os pés. Quando o animal arremeteu, o sujeito agarrou seus chifres e saltou em seu lombo. Agachando-se enquanto se segurava, conseguiu se manter nas costas do animal, mesmo enquanto esse corcoveava e arremessava as patas de trás. Quando o touro começou por fim a se cansar, ele pulou fora. Em uma demonstração espetacular de força, agarrou o bicho pelos chifres, torcendo-os para um lado e para o outro, até forçar o animal a se ajoelhar diante dele.

A visão de um homem submetendo um touro apenas com as mãos já seria espantosa por si, mas aquela luta era só o primeiro estágio do espetáculo. Enquanto o lutador mantinha o animal imóvel no centro da arena, um grupo correu pelo campo e pôs um arreio no touro. Uma corda desceu do céu. Parecia ter surgido do nada, mas, na verdade, fazia parte de um sistema de cordas e guinchos, que se estendia de um lado ao outro do anfiteatro, pelo ponto mais alto, nas bordas dos toldos de lona. O mecanismo de suspensão fora posto no lugar enquanto todos os olhos estavam fixos em Hércules lutando contra o touro.

A corda que pendia foi presa ao arreio do touro. O homem que representava Hércules montou no animal. A corda se esticou e o touro começou a ser içado no ar. Quando os cascos perderam o contato com o solo, o touro entrou em pânico e começou a corcovear com violência, girando loucamente no ar. O cavaleiro agarrou a corda com uma das mãos e acenou com a outra. Depois, curvou a cabeça para trás e soltou um grito estridente.

O touro subia cada vez mais. Olhando para cima, a fim de acompanhar a ascensão, os espectadores ficavam ofuscados pelo sol. O animal e o cavaleiro se tornaram uma silhueta e a corda fina pareceu se desvanecer. Parecia que o touro estava correndo no ar, voando sem asas.

Pequenos objetos de cores brilhantes começaram a cair sobre o público, vindos do alto. Os pequenos quadrados de pergaminho esvoaçavam e saltitavam no ar, como borboletas. Com a visão impedida pelo sol, ninguém conseguia dizer de onde vinham aquelas pequenas lembranças, descendo aos milhares. Quando aterrissavam em meio à multidão, ouviam-se gritos de alegria e empolgação.

— Um pão! Recebi um pão de graça!

— Ah, a minha é bem melhor. Uma pulseira de prata!

— E eu ganhei uma cesta com salsicha e queijo. Alimentará minha família durante um mês!

Os espectadores começaram a competir pelos quadrados de pergaminho, pulando para agarrá-los enquanto desciam ou abaixando-se para pegar os que caíam no chão. A cena era caótica mas jubilosa.

— Tito os manipula como se fossem crianças — declarou Epafrodito, com um suspiro, constatando o brinde que receberia, um vidro de compota.

— Você parece nostálgico — observou Lúcio.

— Estou pensando nos velhos tempos. O que Nero não teria conseguido se tivesse construído esse anfiteatro em vez da Casa Dourada e se soubesse como agradar a pessoas? Elas não querem ver um imperador interpretando Édipo no palco. Querem ver um boi voando!

— Por falar no boi... onde foi parar? — perguntou Marcial.

Lúcio olhou para cima, protegendo os olhos contra a luz do sol. O touro e o cavaleiro desapareceram, assim como o dispositivo que os havia erguido no ar. Boi, Hércules e cordame, tudo sumira de alguma forma, enquanto todos se encontravam distraídos com a chuva de presentes, criando a ilusão de que o touro tinha carregado Hércules para o Olimpo, fundindo-se no éter. Enquanto outros, do público, começavam a perceber o que havia acontecido, outra onda ruidosa de aclamações percorreu o anfiteatro.

Em meio ao júbilo, um segundo intervalo foi anunciado.

Enquanto Lúcio e os amigos se levantavam e esticavam as pernas, um mensageiro bem-vestido surgiu e disse algo ao ouvido de Marcial.

Seus olhos se esbugalharam.

— Nós três? — perguntou ele.

O homem assentiu com a cabeça.

Marcial se virou para os amigos.

— O humilde sonho de um poeta se realiza! Sigam-me, vocês dois — chamou ele, disparando sem esperar.

— Aonde ele está nos levando? — indagou Lúcio a Epafrodito.

— Imagino que algum de seus patronos esteja dando uma festa particular durante o intervalo — respondeu Epafrodito. — Mais comida e mais vinho.

Lúcio olhou para trás. Cornélia estava de pé, conversando com uma das companheiras vestais. Ela virou o rosto em sua direção. Ele tentou ficar por último para trocar um olhar de despedida, porém Epafrodito agarrou seu braço e o puxou consigo.

Eles seguiram Marcial e o mensageiro pelo vestíbulo; depois, passaram por um cordão de pretorianos e um salão esplendidamente decorado, que terminava em um lance de degraus de pórfiro. O mármore púrpura reluzia com veios de carmim sob a luz filtrada do sol.

Marcial subia a escada de dois em dois degraus, seguindo o mensageiro. Olhou para trás e viu que os amigos hesitavam.

— Não fiquem aí parados, vocês dois. Venham!

Lúcio subiu a escada de mármore até o camarote imperial, com o coração disparado. Olhou para Epafrodito em busca de apoio, mas este, normalmente calmo e controlado, parecia tão aturdido quanto ele.

O que Epafrodito estaria sentindo? Já vivera no centro do poder, porém tinha mais de dez anos que se aposentara do serviço imperial, levando uma vida modesta e calma. Ficava ocasionalmente nostálgico pelos dias de glória no reinado de Nero, mas em geral contente por poder se sentar em seu jardim e falar sobre filosofia e literatura com Epíteto e Dion. Nero já se fora há muito tempo. A Casa Dourada tinha sido demolida e desmantelada. Epafrodito havia sobrevivido, porém no mundo novo dos Flavianos não passava de um homem esquecido.

Eles foram levados ao imperador, que permaneceu sentado, com a irmã de um lado e a filha do outro. O irmão se encontrava perto. O mensageiro apresentou Marcial e Epafrodito; Lúcio ouviu seu nome ser dito em voz alta e teve a presença de espírito de dar um passo à frente. O imperador meneou com a cabeça de forma graciosa para cada um deles.

O rosto de Tito estava ruborizado; os olhos brilhavam de animação.

— Então, Marcial, esses são membros de seu círculo íntimo, os críticos amigos que têm o privilégio de ouvir seus poemas antes mesmo de mim.

— Sim, César. E isso é algo muito bom, se não os ouvidos de César estariam sujeitos a poemas muito ruins.

— Aquele outro companheiro seu, escritor, com quem você anda, que escreveu uma elegia linda para Melancomas...

— Dion de Prusa?

— Sim, ele mesmo. Não veio com você?

— Não, César, Dion se sente indisposto.

— Como você mente, Marcial! Conheço as inclinações filosóficas de Dion. Admita que o homem não está aqui hoje porque faz objeções a esse tipo de jogos, por princípios.

— Pode ser que eu o tenha ouvido dizer uma bobagem dessas.

Tito balançou a cabeça.

— Bem, o mundo se verá privado das impressões de Dion sobre os espetáculos do dia, mas mal posso esperar para ler as suas. As atrações inspiraram você?

— Muito, César. Entrar no Anfiteatro dos Flavianos é ser transportado a um mundo onde reina a justiça perfeita e os deuses caminham entre nós. Queria ficar aqui para sempre.

Tito declarou rindo:

— Veja se vai sentir o mesmo depois de ficar sentado pelas próximas horas. Eu tenho o melhor assento da casa e minhas costas já estão doendo. Mas não estou me queixando. As caçadas aos animais foram esplêndidas, de primeira classe mesmo. Embora em um dia tão belo como esse eu preferisse estar caçando também. Você não, Lúcio Pinário? Disseram-me que é caçador.

Lúcio ficou pasmo, surpreso pelo imperador saber algo sobre ele e ainda mais um detalhe tão pessoal. Teria Tito obtido essa informação em algum dos antigos dossiês de Vespasiano?

— Sim, César, gosto muito de caçar. Mas em minha propriedade não há camelopardos nem auroques.

— Não? Mas deveria. Aquela coisa do touro foi realmente incrível, não? Os engenheiros me garantiram que podiam erguê-lo, mas fiquei aqui roendo as unhas um tempo, vou lhes confessar. Que confusão seria se a corda tivesse rebentado! Mas não tenho motivos para duvidar de meus engenheiros tão confiáveis. É só dar um guincho e um pouco de corda; depois, sai de baixo, como diria meu pai. Se conseguem atirar um projétil sobre as muralhas de Jerusalém e acertar a testa de um sacerdote judeu, na cúpula do templo, por que não fariam um boi voar?

"Mas acho que as melhores atrações do dia já acabaram, ao menos para mim. Eu iria para casa agora se pudesse. Agora sobraram apenas bestiários e gladiadores. Carpóforo está no programa, o melhor bestiário do mundo; mata qualquer animal que lute contra ele só com as mãos, se preciso. É interessante de ver, mas não esperem surpresas. E, depois, os gladiadores. Quem quer ver um monte de homens gordos e suados arrancando sangue um do outro? Vi sangue o suficiente em Jerusalém, para a vida inteira, mas acredito que isso seja novidade para esses vagabundos de Roma, que nunca se aventuram além do Portão Apiano. É claro que meu irmão adora esse tipo de coisa, não é, Domiciano? Ele poderia assistir a gladiadores se pavoneando e esfaqueando um ao outro o dia inteiro. Fica empolgado quando o combate é acirrado. Nero não gostava de lutas de gladiadores, não é, Epafrodito?"

Epafrodito piscou.

— Suponho que não, César.

Domiciano deu um passo à frente, de braços cruzados com uma expressão desagradável no rosto. Seu jovem filho, observando-o com atenção, também cruzou os braços e franziu o cenho.

— Você só supõe? — questionou Domiciano. — Pensei que tivesse conhecido Nero muito bem. Esteve com ele até o amargo final, não?

Tito estivera conversando com os convidados, desempenhando o papel de imperador sociável, que o pai havia levado à perfeição; o tom agressivo do irmão deixou todos desconfortáveis, inclusive os membros da família.

— Epafrodito não veio aqui para ser interrogado — disse Domitila.

Como os irmãos, ela possuía o rosto largo e o nariz proeminente típico dos Flavianos; o temperamento assemelhava-se mais ao do afável Tito que ao severo Domiciano.

Epafrodito pigarreou.

— Acho que conheci Nero tanto quanto qualquer um, especialmente nos últimos tempos. César está completamente certo; Nero não se interessava muito por esportes sangrentos.

— Preferia teatro, poesia e esse tipo de coisa, não é? — perguntou Tito, de forma apaziguadora. — Meu versátil irmão gosta de gladiadores *e* de poesia, não é, Domiciano? Ele próprio é um poeta. Escreveu um muito bom sobre a batalha do monte Capitolino, quando aquele demônio, Vitélio, pôs fogo ao Templo de Júpiter. Domiciano viu tudo com os próprios olhos e compôs uns versos tão realistas que senti como se eu mesmo tivesse estado lá. Senti o cheiro da fumaça e ouvi os gritos. O mesmo tipo de coisa que quero que você faça, Marcial, para os jogos de hoje.

— Ninguém que veja estes jogos terá necessidade de meus versos, César, porque eles são inesquecíveis — comentou Marcial. — Mas, para os poucos infelizes que perderam a ocasião, vou me esforçar para transmitir uma pequena amostra das visões e dos sons gloriosos que testemunhei, por mais inadequadas que sejam minhas palavras.

Domiciano bufou.

— Os "poucos infelizes" que não estão aqui hoje, inclusive seu amigo Dion. Quem são esses filósofos para se acharem tão melhores que os outros? O sonho de nosso pai era ver esse anfiteatro inaugurado. Ele morreu antes disso, mas perseveramos mesmo assim. Tito trabalhou muito para esses jogos, todos nós, com mais zelo e esforço que um imprestável como seu amigo Dion poderia imaginar, embora o filósofo se considere bom demais para aceitar este presente generoso ao povo de Roma.

— Alguns homens são apenas sensíveis — declarou Tito, com benevolência. — Cícero não tinha estômago para espetáculos de gladiadores. Sêneca também não.

— Mas eles assistiam, mesmo assim — retrucou Domiciano. — Esses jogos são um dever solene, além de uma celebração, irmão. Os que não assistem, melhor dizendo, os que marcam sua ausência, desrespeitam a memória de nosso pai.

— Eu não iria tão longe, irmãozinho. Mas você fez uma observação excelente. Os espetáculos de gladiadores começaram como uma forma de se homenagear os mortos. Nossos ancestrais obrigavam os prisioneiros a lutar até a morte nos jogos funerários, para marcar o falecimento dos grandes homens. Já superamos há muito esses primeiros tempos, como a construção desse anfiteatro demonstra. O que Rômulo, com sua cabana coberta de palha, acharia deste lugar? No entanto, as lutas de gladiadores de hoje remetem aos primeiros espetáculos desse tipo, porque homenageiam o falecimento de um grande homem, nosso pai. Cada gota de sangue derramada hoje será em sua honra.

— E cada gota de vinho entornada hoje deve ser bebida em sua honra também — acrescentou Marcial.

As palavras foram arriscadas, indo de encontro à atmosfera sombria criada pelo imperador, mas o risco valeu. Tito sorriu à frase de Marcial e ergueu a taça.

— Bebamos então ao Divino Vespasiano — brindou o imperador.

O vinho foi servido aos convidados. Quando Lúcio ergueu a taça, tomou consciência de súbito da natureza extraordinária do momento. Ele estava no camarote imperial, perto o bastante para tocar os três filhos do Divino Vespasiano, e bebendo vinho com o próprio César — e tudo por causa de sua amizade com um poeta!

Lúcio e os amigos retornaram aos assentos.

O espetáculo foi retomado com uma série de lutas entre homens e animais, culminando com a aparição do famoso Carpóforo, que estava em excelente forma, incrivelmente ágil para alguém tão musculoso e aparentemente capaz de ler os pensamentos de um animal, à medida que previa cada movimento do oponente.

Embalado pelo calor da tarde e pelo excesso de vinho, Lúcio cochilou durante a longa apresentação de Carpóforo. Nos momentos em que despertou, viu o bestiário armado com uma adaga para enfrentar um urso, depois com uma clava a fim de lutar contra um leão e pegando com as mãos nuas não apenas um, mas dois bisões. Toda vez que matava um animal, Carpóforo o colocava sobre os ombros musculosos e desfilava em torno da arena para exibi-lo. Despertando, cochilando e vendo apenas o bestiário em combate, inúmeras vezes, Lúcio parecia preso em um sonho de massacres, que se repetia de forma interminável.

Por fim, foi acordado por uma ovação retumbante, quando a multidão ficou de pé a fim de aclamar Carpóforo após a luta final.

Lúcio se levantou com os outros. Piscou, bocejou e esfregou os olhos.

— Quantos animais o homem matou? — perguntou ele a Marcial.

— O quê? Você não estava contando como todo mundo?

— Cochilei.

— Você e o imperador, imagino. Carpóforo deu conta de um total de vinte animais, um depois do outro. Isso deve ser inédito. E não sofreu mais que um arranhão. O homem é invencível. Se quiserem descobrir um adversário a sua altura, vão ter de arranjar uma hidra, ou talvez um daqueles touros que cuspiam fogo, que Jasão encontrou na terra de Colchis.

Depois, vieram as lutas de gladiadores. Lúcio ficou contente por Epíteto e Dion não terem vindo; os confrontos foram mais sangrentos que qualquer um de que se lembrasse e pareciam infindáveis, estendendo-se por horas a fio. Muito antes da luta final entre dois dos mais famosos gladiadores, Prisco e Vero, Lúcio pensou que até o mais ardoroso admirador daquele tipo de espetáculo já devia estar saciado. Quando os dois se atracaram, contudo, ele olhou para o camarote imperial e viu Domiciano de pé, diante do parapeito, agarrando-o com força, assistindo ao combate com profunda atenção e reagindo com todo o corpo, sacudindo-se, fazendo caretas, grunhindo, cerrando os dentes e exclamando baixinho. O filho se encontrava ao lado, imitando tudo que o pai fazia. Enquanto isso, o imperador permanecia sentado, assistindo à luta sem emoção, lançando às vezes um olhar sardônico para a agitação do irmão e do sobrinho.

Prisco era um gladiador trácio, que usava um elmo de aba longa, com uma grade cobrindo o rosto, decorado com um grifo; armaduras cobriam suas pernas até a coxa e ele carregava um escudo redondo pequeno e uma espada curva. Vero era murmilo, inimigos tradicionais dos trácios, chamados assim por causa de *mormylos*, um peixe, que ornamentava seu elmo; a perna direita se encontrava protegida por uma perneira grossa e ele estava armado como legionário romano, com espada curta e escudo alto, oblongo.

Os dois lutadores estavam tão equiparados que um não conseguia ferir o outro, mas a graça de seus movimentos era tão impressionante, e a violência dos confrontos súbitos, tão espantosa, que a luta era, sem dúvida, o confronto mais eletrizante do dia. Até Tito parou de conversar com a irmã e a filha, inclinando-se para a frente na cadeira, enquanto o irmão ficava cada vez mais animado. Não havia dúvida quanto ao gladiador pelo qual Domiciano torcia; ele não parava de gritar o nome de Vero e, quando um senador sentado próximo começou a encorajar, aos berros, o trácio, ele atirou uma taça no homem e mandou que calasse a boca.

Tito revirou os olhos diante daquela explosão súbita, mas não deu importância.

— Talvez o murmilo possa acrescentar uma taça de vinho a suas armas. Meu irmão está tirando mais sangue que Vero hoje.

O senador, que usou uma dobra da toga para estancar o sangramento do corte na testa, deu um sorriso forçado, fingindo apreciar o humor do imperador.

A luta teve muitos pontos altos e momentos de tensão, provocando suspiros, gritos e até mesmo explosões de choro dos espectadores exaustos e ofuscados pelo sol. Por fim, Tito a encerrou, levantando-se e fazendo um sinal ao mestre de cerimônias dos jogos para que interrompesse a competição. Prisco e Vero tiraram os elmos. Com os rostos cobertos de suor e os peitos arfantes, ambos ergueram o olhar até o imperador, aguardando o julgamento.

Em uma das mãos, Tito segurava uma espada de madeira, presente tradicional ao gladiador que fazia mérito à liberdade. Após um combate travado tão de perto, sem vencedor claro, qual dos dois receberia a espada?

Os partidários de ambos começaram a cantar — "Prisco! Prisco!" e "Vero, Vero!". Ambos os grupos se encontravam dispersos de forma tão equilibrada pelas arquibancadas que os nomes se fundiam em um grito indistinto de duas sílabas.

O imperador desapareceu do camarote imperial. A multidão ficou confusa e o canto foi morrendo, até que um portão abaixo se abriu e Tito entrou na arena. Sua presença na areia coberta de sangue entusiasmou o público, que fez uma ovação ensurdecedora quando o imperador se aproximou dos dois gladiadores, segurando a espada de madeira.

Tito chegou até eles. Estava de costas para Lúcio, que desejava ver sua expressão. A multidão começou a cantar os nomes dos favoritos novamente.

Tito deu um passo à frente. Os espectadores ficaram em silêncio. O imperador parou. Em vez de conferir a espada de madeira, ergueu o braço esquerdo para mostrar que carregava uma segunda espada. Adiantando-se, ofereceu as duas a ambos os gladiadores ao mesmo tempo. Vero e Prisco foram declarados vencedores, os dois, e recompensados com a liberdade. Aquilo nunca acontecera antes.

Quando os sorridentes gladiadores ergueram as espadas de madeira no ar, o público ficou de pé, na ovação mais longa e ensurdecedora do dia. A princípio, eles gritavam o nome dos gladiadores, mas, aos poucos, o bramido indistinto se transformou em uma única palavra, repetida sem parar:

— César! César! César!

Lúcio examinou a vasta área do anfiteatro. Nunca vira tantas pessoas em um só lugar ou um rasgo de emoção tão imenso. No centro de tudo aquilo, encontrava-se o imperador.

Tito ainda era um homem jovem. Com sorte, reinaria por muitos anos, até que o próprio Lúcio ficasse velho. Tivera um início auspicioso. Todos os desastres e as provações do ano anterior — a destruição de Pompeia, a peste em Roma, o incêndio que havia devastado a cidade — foram eclipsados pelo sucesso estrondoso dos jogos inaugurais. Tito não apenas distraíra os cidadãos mas os inspirara com um sentimento de unidade e confiança restaurada. Mais festejos, peças e espetáculos se seguiriam durante todo o dia, em locais espalhados por toda a cidade, mas era difícil imaginar algo que se comparasse com o esplendor do dia de inauguração do Anfiteatro Flaviano.

Os dois gladiadores fizeram sua saída. O imperador saudou uma última vez o povo e saiu da arena. O camarote imperial estava vazio. A arena ficou vazia. Não havia mais acrobatas, disputas nem espetáculos a serem vistos.

Enquanto contemplava os milhares de espectadores ao redor, ocorreu a Lúcio que a multidão era o verdadeiro espetáculo. Sentada em círculo, sendo todos visíveis uns aos outros, a plateia passara tanto tempo assistindo-se quanto aos jogos. O ruído do ajuntamento, fosse murmúrio ou bramido, era contagiante; a acústica do local conseguia captar um sussurro ou uma gargalhada dada do outro lado, ou amplificar o rugido da multidão a um volume sobre-humano. O anfiteatro já possuía vida própria: daquele dia em diante, aquele seria o local de reunião de toda Roma, de ricos e pobres, patrícios e plebeus, a encarnação viva do espírito da cidade e do desejo de seu povo. O mundo fora do anfiteatro podia oferecer perigos que iam além do controle humano — pestes, terremotos, incêndios, enchentes, todos os riscos da guerra —, mas dentro de sua concha protetora existia um cosmo em miniatura, em que os cidadãos de Roma eram deuses, contemplando das alturas o pequeno mundo da arena, onde viviam e morriam feras e mortais, a seu capricho.

Talvez Epíteto e Dion devessem ter vindo, pensava Lúcio; de que outra forma poderiam entender a grandeza coletiva experimentada pelos espectadores? E quem, a não ser os amigos filósofos, ajudaria Lúcio a entender a sensação curiosa de alheamento, que lançara uma sombra sobre o deleite daquele instante, que despiu a experiência de glamour e a fez parecer superficial e vazia? Em meio ao borrão de tantos rostos e ao troar indistinto e palpitante de tantas vozes, Lúcio se sentira de repente mais só que nunca, em toda a vida.

Entretanto, não estava sozinho. Em meio à vasta multidão, dois olhos se voltaram para contemplá-lo. Cercada pelas companheiras vestais, perto o bastante para tocá-lo se ousasse, Cornélia sorria para ele. Ela não disse nada, nem precisava. Lúcio sabia que a veria novamente.

84 D.C.

Lúcio se arrumou para sair de casa, no Palatino, vestindo não a toga, mas uma túnica marrom e gasta, que um dos escravos lhe emprestou. Nenhuma esposa romana, casada com um cidadão de bem, permitiria que o marido saísse de casa tão desmazelado e desinteressante; mas, aos 37 anos, Lúcio ainda não tinha mulher e nenhuma intenção de adquirir uma. Ia e vinha como queria, livre das preocupações de família ou da maioria das obrigações sociais que cabiam a homens de sua idade e riqueza.

Ao sair pela porta da frente, o coração disparou. Que absurdo, pensou ele, que um homem de sua idade sentisse aquela excitação de adolescente diante da perspectiva de um encontro sexual e com uma mulher que já era sua amante havia mais de três anos. Contudo, a emoção que sentia ao vê-la nunca diminuía; ficava cada vez mais forte. Seria o perigo que o excitava? Ou era por só se encontrarem tão raramente, o que tornava cada ocasião especial?

Ele olhou para o céu sem nuvens. Teria preferido o anonimato de um manto com capuz, mas, em um dia quente de verão, esse tipo de vestimenta chamaria mais atenção ainda. Ele deu alguns passos pela rua estreita e depois olhou para trás, em direção a casa. Como aquele lugar era absurdamente grande para um solteiro morar! Era preciso uma grande quantidade de criados para cuidar da residência. Às vezes, sentia que os escravos eram os verdadeiros habitantes, e ele, um mero ocupante.

Como preferia a pequena casa do Esquilino aonde se dirigia, comprada com o objetivo único de encontrar a amante.

Desceu a ladeira do Palatino e cruzou o coração da cidade, passando pelo Arco de Tito, o Anfiteatro Flaviano e olhando para o gigantesco Colosso do Sol. Cruzou a movimentada Subura, mal se dando conta do barulho e do odor. Subiu um caminho íngreme e sinuoso em um contraforte do monte Esquilino e parou para tomar fôlego no pequeno reservatório chamado lago de Orfeu, batizado assim porque o formoso chafariz era decorado com uma bela estátua de Orfeu, com sua lira, cercado por animais que o ouviam. A casa de Epafrodito ficava perto, porém Lúcio tomou uma direção diferente.

Por fim, chegou a seu destino. A casa era pequena e discreta, sem nada que a distinguisse. A porta era de madeira, sem pintura, e sequer tinha uma aldrava como ornamento. Ele tirou uma chave da túnica e entrou. Não havia porteiro para introduzi-lo e nenhum escravo no interior. Só isso já a tornava um lugar especial. Onde em Roma um homem ficaria completamente só, sem ter sequer a presença de criados?

Ela estava esperando por ele em um pequeno jardim no centro da casa, reclinada sobre um divã. Devia ter acabado de chegar, pois ainda vestia o manto com capuz usado para atravessar a cidade. Diferente de Lúcio, não podia sair em público sem esconder o rosto, mesmo em um dia quente como aquele.

Ele se sentou a seu lado sem dizer palavra e tirou o capuz dela. Ficou excitado ao ver o cabelo curto e louro. Dava-lhe uma aparência curiosa, de menino, e a tornava diferente das demais mulheres. Apenas as outras vestais e as servas a viam assim, de cabeça descoberta; aquela visão, das mechas bem rentes e do corpo nu, era sua apenas, privilégio sagrado e profano, desfrutado por nenhum outro homem na terra. Ele passou os dedos por seu cabelo, embriagado por uma sensação de posse.

Pôs os lábios sobre os dela e provou seu hálito doce. Deslizou a mão para dentro do manto e tocou a pele quente e fina. Arfou. Sob o manto, ela não vestia nada, sequer uma camisola de dormir ou uma túnica simples. Havia atravessado a cidade assim, nua, a não ser pelos chinelos e pelo manto com capuz.

— Que loucura! — murmurou ele.

Lúcio retirou o manto e aninhou o rosto em seu pescoço. Ela sorriu com suavidade, pousando os lábios na parte interior das orelhas dele, mordiscando-as com leveza. Ela abriu o manto e o deixou cair, ficando subitamente nua em seus braços.

Ele tirou a túnica e fez amor com ela, rápida e desesperadamente, como um rapaz. Era egoísmo seu, porque sabia que ela preferia um ritmo bem mais lento. Entretanto, a amante cedeu a seu desejo e pareceu sentir prazer com aquela excitação trêmula e incontrolável. Toda a emoção chegou ao máximo em instantes e foi despejada em um jorro. Ele chorou, o que a deixou excitada; como se para lhe provocar mais lágrimas ainda, cravou as unhas em suas costas e o puxou mais para perto, demonstrando uma força que nunca deixava de surpreendê-lo, envolvendo os membros em torno dele, como os ramos de um vinhedo se enroscam em torno de uma pedra.

Não foi preciso esforço para chegar ao clímax: este chegou sem ser chamado, como um fogo que consome tudo diante de si, inclusive ela, pois Lúcio a sentiu estremecer contra sua pele suada e apertá-lo dentro de si. Ela gritou por tanto tempo e tão alto que os vizinhos devem ter ouvido. *Que ouçam*, pensou ele; saberiam que escutaram uma mulher em êxtase, mas não tinham como saber que se tratava de uma vestal.

Quando acabou, eles ficaram bem juntos um do outro; os corpos nus tocando-se, sem dizer nada e apreciando o crepúsculo.

Ao se conhecerem, ele de imediato se impressionou com a beleza do rosto dela, mas não fazia ideia da perfeição do corpo. Ficou praticamente sem fôlego na primeira vez que a viu nua; e ainda ficava. Ao longo dos anos, havia pago para ter prazer com algumas das cortesãs mais refinadas e atraentes de Roma, porém nunca conhecera uma mulher com seios mais lindos ou quadris mais sensuais que Cornélia; as curvas voluptuosas e a formosura pálida, marmórea de sua pele o induziram a explorar cada centímetro dela com as mãos, ansioso por descobrir as partes mais recônditas e sensíveis de seu corpo. Os seios e quadris eram como os de Vênus, maduros e femininos; as pernas esguias, as mãos pequenas e as cavidades do pescoço e da garganta eram tão finas e delicadas como as de uma criança.

Ela era linda e também ardente. Nem mesmo a cortesã mais habilidosa jamais reagira a seus toques com tanta vitalidade, ou o tocara, em troca, com tanta lascívia e falta de pudor. Às vezes, ele se sentia o parceiro mais vulnerável, um trêmulo escravo do prazer, à mercê de uma amante completamente desinibida, capaz de proporcionar ou reter o êxtase com um simples toque de dedos ou a carícia suave da respiração.

Era bela, ardente — e perigosa. O que fazia com Cornélia era não só imoral e irreverente mas também ilegal. Seu amor era um crime tão sério quanto o de assassinato. Ele não sentia nenhum prazer pervertido nesse fato, ou assim dizia a si mesmo. Entretanto, por que escolhera Cornélia entre todas as mulheres? No fundo, desconfiava que a natureza proibida do relacionamento desempenhava um papel qualquer na excitação que sentia, no entanto, como uma folha levada pela enchente, não se perguntava como chegara àquela situação nem fazia qualquer tentativa de resistir à força que o arrastava. Aceitava simplesmente que estava à mercê de um poder maior e se submetia a ele.

Cornélia lhe dava o maior prazer físico que já havia experimentado, mas o fascinava também de formas que nenhuma relação tinham com o corpo. Nunca conhecera uma mulher que conversasse com tamanho discernimento sobre o mundo; tinha a cultura de Epíteto, a espirituosidade de Marcial e o cosmopolitismo de Dion. Como vestal, conhecia todos que eram importantes e estava em posição de acompanhar qualquer evento significativo que ocorria na cidade. Era muito mais ligada que Lúcio às esferas políticas e sociais; abria uma janela para esses mundos, através das quais ele podia contemplar as coisas a uma distância confortável, mantendo o desligamento costumeiro. Não era apenas a melhor parceira de cama possível mas a interlocutora mais encantadora que conhecia. Podia conversar com ela sobre qualquer assunto e o que tinha a dizer era sempre interessante.

Quando o calor do ato sexual frenético diminuiu e o suor dos corpos esfriou, eles foram se separando gradualmente. Ficaram deitados lado a lado, tocando-se nos quadris e ombros, olhando para o teto.

— Que desculpa você deu dessa vez? — perguntou ele.

— Pela minha ausência da Casa das Vestais? Fiquei responsável por cuidar da árvore de lótus, no bosque sagrado do Templo de Lucina, aqui no Esquilino.

— Uma árvore de lótus precisa de muito cuidado?

— Essa tem quinhentos anos. Tomamos conta dela com muito amor.

— E o que a torna tão especial para as vestais?

— Todas as árvores de lótus são sagradas. Há uma no bosque, ao lado da Casa das Vestais. Quando uma menina é iniciada, seu cabelo é cortado pela primeira vez e as mechas são penduradas na árvore como oferenda à deusa. É uma cerimônia linda.

— Tenho certeza de que é.

— Algo o está deixando preocupado. O que é, Lúcio?

Ele suspirou.

— Um mensageiro veio até minha casa ontem e entregou uma carta de Dion de Prusa.

— Ah, seu amigo que foi exilado pelo imperador. Onde está esse sofista tão famoso?

— Na Dácia, se é possível acreditar que uma carta percorra toda a distância de além do Danúbio até Roma.

— Dizem que a Dácia é uma das poucas terras civilizadas que os romanos ainda não conquistaram.

— Uma das poucas terras ricas que ainda não pilhamos, é o que quer dizer.

— Como você é cínico, Lúcio. Não aceita a ideia de que Roma tem um papel especial, que lhe foi dado pelos deuses: levar a religião e as leis romanas para o restante do mundo, uma província de cada vez.

Ele nunca tinha muita certeza se levava Cornélia a sério quando ela falava em tom patriótico. Afinal de contas, apesar da indiferença pelo voto de castidade, ela se considerava uma sacerdotisa devotada à religião do Estado.

— Dizem que os dácios têm atravessado o Danúbio e feito incursões em território romano — disse ela —, escravizando fazendeiros na fronteira, saqueando povoados, estuprando mulheres e meninos. É quase como se o rei Decébalo estivesse provocando deliberadamente Domiciano a atacá-lo.

— Ou ao menos é o que o imperador quer que acreditemos. É uma antiga estratégia romana, fingir que o inimigo é o responsável pelo começo de uma guerra que desejamos muito travar. Tito gastou até o fim o tesouro que o pai saqueou dos judeus; agora, Domiciano precisa de dinheiro. Se ele quiser pôr as mãos no ouro do rei Decébalo, uma guerra para vingar ultrajes contra cidadãos romanos servirá muito bem a seu propósito.

Ela fez um gesto de desprezo com a mão.

— Chega disso! Não vou desperdiçar nosso tempo juntos debatendo a questão dácia. Você estava falando de seu amigo Dion. Ele está muito desanimado?

— Nem um pouco. A carta é na verdade muito animada. Mesmo assim, o exílio dele é um peso para mim.

Ela suspirou.

— Todos sabem o risco que correm quando aborrecem Domiciano, até um sofista tão inofensivo quanto Dion.

— Mas os filósofos não são inofensivos, pelo menos é o que Dion diz. Ele acredita que o poder das palavras e das ideias é tão grande quanto o dos exércitos. Aparentemente, Domiciano também crê nisso. Que diferença do irmão, que proclamava não temer as palavras e deixava dizerem o que quisessem. O reinado de Tito está começando a parecer uma era de ouro.

— É curioso como as épocas de ouro são sempre tão breves — comentou Cornélia. — Eu me pergunto se o reinado de Tito parece tão bom, em retrospecto, justamente porque durou poucos anos. Argumentam que ele não mandou matar um único senador. Talvez não tenha vivido o suficiente. Quando morreu daquela doença súbita, ninguém nunca sugeriu que tenha havido crime, Domiciano assumiu o poder sem derramamento de sangue. Imediatamente baniu alguns dos partidários mais fervorosos de Tito, que não julgava confiáveis. Mas, depois que um irmão sucedeu ao outro, o que mudou de fato? Muito pouco. Ainda assim, o povo ficou logo com saudades de Tito, porque morreu jovem, belo e amado, de maneira que Domiciano já começou em desvantagem. Ele nunca foi atraente ou bem-humorado como o irmão...

— Isso é uma contemporização! Você tem visto a conduta de Domiciano no anfiteatro, seus ataques apopléticos durante as lutas de gladiadores, o modo como estimula um combatente e grita ameaças a todos que torcem pelo outro. Ele baixa o nível do lugar. Os espectadores o imitam. Há brigas. Tem dias em que existe mais sangue nas arquibancadas que na areia.

— Você está exagerando, Lúcio. Eu também preferiria ver mais decoro no anfiteatro. O lugar é dedicado a Marte e os espetáculos são rituais religiosos, mas a visão de tanto derramamento de sangue libera emoções perigosas nas pessoas, até no imperador, parece. Mais inquietante para mim são as manobras da corte imperial. Acho que os problemas acabam por surgir em todos os reinados, mais cedo ou mais tarde. Facções se formam, aparecem rivalidades e as intrigas fervem em silêncio. E tudo piorou quando o filho de Domiciano morreu.

— Como ele amava o menininho! A criança era o reflexo dele, sempre o acompanhando nas lutas, imitando cada movimento seu.

— O menino não era só uma criança adorada. Para um imperador, um herdeiro significa segurança, porque a mera existência de um filho desestimula os rivais. Quando ele morreu, Domiciano não só sofreu como passou a suspeitar de todos ao redor. Os cortesãos, por sua vez, começaram a desconfiar dele. Quando um clima desses se estabelece, até os menores atos do imperador deixam qualquer um com os nervos à flor da pele.

— O exílio não é um "ato menor" quando os banidos somos nós.

— É verdade — concordou ela.

— Tampouco perder a cabeça.

— Você está falando de Flávio Sabino, o marido da sobrinha de Domiciano. Aquilo foi uma grande infelicidade e tão desnecessária. Meus amigos da corte imperial me disseram que o imperador não tinha nenhuma causa real para acreditar que Flávio estivesse conspirando contra ele; o homem foi preso e decapitado mesmo assim. Infelizmente para seu amigo Dion, ele era sempre visto na companhia de Flávio Sabino.

— E isso é crime?

— Talvez não, mas, se Domiciano tivesse acusado Dion de conspirar contra ele, seu amigo teria perdido a cabeça junto de Flávio. Em vez disso, o imperador o baniu. Dion tem sorte de ainda estar vivo.

— Vivo, mas exilado da Itália e proibido de voltar a sua Bitínia natal. É um preço alto para se pagar por ter sido um visitante bem-vindo na casa da filha de Tito e do marido. Você sabe qual foi a primeira coisa que Dion fez depois que fugiu de Roma? Foi à Grécia consultar o oráculo de Delfos, famoso por dar conselhos ambíguos, mas não dessa vez. "Vista roupas de mendigo", disseram a Dion, "e vá para os confins do império e além". E lá foi ele, para além do Danúbio.

— Para um homem com a curiosidade de Dion — disse Cornélia —, viajar para terras distantes deve ser uma chance maravilhosa de aprender mais sobre o mundo. Pense em todas as metáforas e alusões obscuras que ele poderá usar naqueles discursos eruditos dele.

Lúcio sorriu.

— Ele já usou uma dessas metáforas na carta, se referindo às práticas funerárias dos citas. "Da mesma forma como esses bárbaros enterram copeiros, cozinheiros e concubinas ao lado dos reis mortos, é um costume romano castigar amigos, familiares e conselheiros, sem nenhuma razão, quando um homem bom é executado."

Cornélia respirou fundo.

— Você queimou a carta?

— É claro, depois de lê-la alto para Epafrodito e Epíteto.

— Você leu para mais alguém?

— Para Marcial, você quer dizer? Ele a adoraria! Mas não, não li para ele. Querido Marcial... Poeta mimado de Tito um dia, marionete de Domiciano no outro. Ele ainda estava trabalhando em um daqueles poemas sobre os jogos inaugurais quando Tito morreu. O que fazer com aquele trabalho todo? Reescrever os versos para adaptá-los ao novo imperador, é claro. O livro acabou de ser publicado. Aparentemente, Domiciano ficou muito satisfeito, e isso agrada Marcial, porque ele diz que o imperador é um crítico muito mais lúcido que o irmão. Porém Marcial tem de dizer isso. Um poeta precisa comer.

— Enquanto filósofos morrem de fome? — perguntou Cornélia, esticando os braços sobre a cabeça e alongando os dedos do pé.

Seu corpo esfregou o dele, e Lúcio sentiu uma onda renovada de excitação.

— Dion não está morrendo de fome — rebateu ele. — Diz que os dácios são na verdade muito civilizados, apesar de adorarem um só deus. Os templos e as bibliotecas de Sarmizegetusa não têm muito a oferecer se comparados aos de Roma, mas o rei Decébalo tem fama de possuir um dos maiores tesouros em ouro do mundo. Onde há tanta riqueza, um filósofo famoso de Roma não precisa passar fome. Sempre haverá um nobre dácio querendo alimentar um homem que traz um pouco de inteligência e erudição para sua mesa.

Lúcio ficou de lado e a encarou. Passou a mão sobre a curva sinuosa de seu quadril e depois percorreu com os dedos o delta formado pelas coxas.

— A carta é na verdade muito inspiradora. Nada parece diminuir seu ânimo; sempre procura ver o lado positivo. Dion diz que o exílio pode até ser uma bênção, apesar dos problemas que lhe causou. É isso que os estoicos ensinam. Toda infelicidade que atinge um homem, pobreza, doença, sofrimento amoroso, velhice, exílio não passa de mais uma oportunidade de aprender uma lição.

— Você acredita nisso, Lúcio?

— Não sei. Escuto meus amigos filósofos e tento entender suas palavras. Epíteto fala que não é um determinado acontecimento que nos perturba, mas a forma como o vemos. Nada é intrinsecamente bom ou mau, o pensamento é que o torna. Então, tenha bons pensamentos e encontre felicidade no momento presente.

— Mesmo estando doente, faminto, com dor ou longe de casa?

— Epíteto diria que mesmo uma afronta ao próprio corpo, como a doença ou a tortura, é um acontecimento externo, fora de nosso verdadeiro eu. A essência de alguém não está no corpo, mas na inteligência que o habita. Esse "eu" é a única coisa que ninguém pode tocar, a única coisa que possuímos de verdade. O funcionamento de nossa vontade é a única coisa, em todo o universo, sobre a qual temos controle. Quem aprende a aceitar isso é feliz, apesar das circunstâncias físicas; enquanto quem imagina poder controlar o mundo a sua volta fica confuso e amargurado. Assim, você vê alguns oprimidos pela pior das infelicidades e que, no entanto, são felizes; e vê outros cercados de luxo, que possuem escravos para fazer todas as suas vontades, mas são infelizes.

— E se um homem é oprimido por outros? Se seu exercício de livre-arbítrio fica restringido pela força bruta de outro?

— Epíteto diria que é impossível. Outros homens até exercem poder sobre o corpo e as posses de alguém, mas nunca sobre a vontade. O "eu" é sempre livre, se tivermos consciência disso.

— E o ato do amor, ou os outros prazeres carnais?

— Epíteto despreza o que ele chama de "apetite", a necessidade de satisfazer os desejos do corpo. Muitas vezes, apetite demais controla o homem, em vez de ser controlado por ele.

— Mas como temos um corpo e suas necessidades básicas têm de ser satisfeitas se quisermos existir nesse mundo, o apetite serve claramente a algum propósito. É preciso comer, então por que não ter prazer com a comida? E isso que você e eu fazemos juntos, Lúcio, não lhe dá prazer?

— Talvez demais. Há momentos em que, quando estou com você, esqueço onde estou e até quem sou. Perco-me no momento.

— E isso não é delicioso? — comentou, sorrindo.

— Perigoso, diria Epíteto. Perder o próprio eu no êxtase é uma armadilha, uma exaltação do corpo em detrimento da vontade, uma capitulação ao apetite, um convite à dor e à desilusão, porque não temos controle algum sobre a paixão e o apetite do outro. Alguém pode nos amar hoje e nos esquecer amanhã. O prazer pode se transformar em sofrimento. Mas acredito que um homem precisa tocar e ser tocado, unir-se a outro ser, sentir às vezes que é um animal com corpo, desejos e nada mais. Sinto isso com você, Cornélia. Eu não abriria mão do que compartilho com você por nada.

— Então, concorda com a visão estoica ou não, Lúcio?

— Grande parte dela faz sentido para mim, mas tenho minhas dúvidas. Sabedoria é só isso: aceitar o destino e reconhecer que somos basicamente impotentes? Se os sofrimentos e os prazeres do corpo estão separados de nossa identidade pessoal e se nada precede ou tem continuidade após a morte, por que então se preocupar em viver? Mas olhe para mim, conversando sobre filosofia com uma virgem vestal! Será que os deuses olham para baixo e riem de nós, Cornélia? Será que nos desprezam?

— Se Vesta ficasse zangada comigo, eu saberia.

Ele balançou a cabeça.

— Às vezes, não consigo acreditar no risco que você corre para vir me encontrar — disse Lúcio, passando a ponta do dedo indicador sobre o seio dela e observando o bico endurecer. — Às vezes, não consigo acreditar no risco que estou correndo.

Os dois conheciam a lei. Uma vestal condenada por romper o voto de castidade devia ser enterrada viva; o amante seria pendurado em uma cruz e espancado até a morte.

Cornélia declarou, dando de ombros.

— Ao menos, desde a época de Nero, durante todo o meu período como vestal, nosso voto de castidade nunca foi posto em vigor. Algumas vestais permanecem virgens, outras não. Não ficamos nos gabando do que fazemos e os sacerdotes da religião do Estado não ficam tomando conta de nossas vidas. Eles recebem suas instruções do Pontífice Máximo, que é também o imperador. Vespasiano nunca se importou com o que fazíamos. Tito também sempre olhou para o outro lado. Eles sabiam o que importava de fato. Desde que mantenhamos o fogo sagrado de Vesta queimando sem interrupção e façamos os rituais da forma correta, Roma continuará recebendo a bênção da deusa.

— Você acredita de verdade em Vesta e na proteção dela?

— É claro que acredito. Não me diga que é ateu, Lúcio. Você não tinha se convertido ao judaísmo?

— Você sabe que meu prepúcio permanece intacto.

— Ou pior ainda, se tornado um seguidor de Cristo, inimigo dos deuses e da humanidade?

— Não. Não sou judeu nem cristão, mas...

— Sim?

Ele hesitou. O que ia dizer naquele momento nunca falara em voz alta a ninguém.

— Meu tio, Késio, era cristão.

— Mesmo?

— Sim. Ele foi queimado vivo por Nero, junto de outros cristãos, castigados por iniciarem o Grande Incêndio.

Ela comprimiu os lábios.

— Que coisa terrível para você.

— Terrível para ele. Nunca o conheci. Meu pai o mantinha longe de mim.

— Terrível para ele, claro...

Cornélia deixou algo implícito, mas ele podia ler seus pensamentos: se o homem era cristão e incendiário, talvez merecesse a punição.

— Não foi seu tio quem lhe deu isso, foi? — perguntou ela, apontando para o amuleto, que pendia da corrente em torno de seu pescoço.

— Por que você está perguntando? — Lúcio nunca havia usado o *fascinum* para ir vê-la. Aquela era a primeira vez que tinha se esquecido de deixá-lo em casa.

— Vi você tocá-lo quando o mencionou. Parece um pouco com uma cruz. Os cristãos se gabam de que seu deus morreu crucificado, como se isso fosse motivo de orgulho!

— Na verdade, meu tio Késio usou esse amuleto durante a vida; estava usando-o ao morrer. Assim me disse meu pai uma vez. Mas a semelhança com uma cruz é só uma coincidência. É um talismã de família, um *fascinum*.

— Não parece um *fascinum*.

— É porque está muito velho e gasto. Se olhar para ele de certo ângulo, dá para perceber a forma original. Está vendo? Olhe só o falo e aqui as asas.

— Sim, estou vendo.

— Você é uma das poucas que já o viu. Quando o uso, deixo debaixo da roupa, fora de visão.

— E quando você vai às termas?

— Deixo em casa. Tenho medo de perder.

— Então sou realmente uma privilegiada por ver Lúcio Pinário nu, usando apenas sua herança de família.

Ele baixou os olhos.

— Eu também nunca havia falado de meu tio antes. Para ninguém, nunca.

— É segredo, então?

— Alguns sabem sobre ele, imagino. Epafrodito deve saber, pois conheceu meu pai muito bem, porém nunca fala nisso.

— Entendo. Há certas coisas em toda família sobre as quais nunca se fala, parentes que nunca são mencionados.

Ele percebeu que estava tocando o *fascinum*, virando-o de um lado para o outro entre o indicador e o polegar. Depois, contemplou-o por um instante e o soltou resmungando:

— Como em Hades acabamos falando sobre meu tio Késio?

— Estávamos conversando sobre Vesta, o fogo sagrado e sobre ateus, como os cristãos, que não acreditam nos deuses.

— Não tenho muita certeza do que penso sobre os deuses. Ultimamente tenho lido Evêmero. Você o conhece?

— Não.

— Ele serviu na corte de Cassandro, rei da Macedônia depois de Alexandre. Evêmero acreditava que nossas histórias dos deuses são apenas histórias sobre mortais, que viveram há muito, exageradas pelos contadores, que lhes atribuem poderes sobrenaturais.

— Então acho que esse Evêmero era, com certeza, ateu.

— Eu também tenho estudado Epicuro. Ele achava que os deuses existiam, mas acreditava que eles teriam se retirado de nosso mundo, ficando tão distantes dos mortais que seu efeito sobre nós é muito débil, quase imperceptível, como uma sombra lançada por uma lâmpada fraca.

— A luz lançada pelo fogo sagrado de Vesta não é fraca, eu garanto a você — retrucou Cornélia. — A deusa está comigo todos os dias. Eu a sirvo com alegria e gratidão. Mas essa crença geral de que ela exige a virgindade das sacerdotisas e castiga a impureza enviando catástrofes sobre a cidade é uma falácia, uma ideia errada que já demonstrou ser falsa várias vezes. Eu sei, com toda segurança, que muitas vestais não foram castas e não houve nenhuma consequência ruim. Se não, Roma teria sofrido muitos desastres todos os anos desde que sou vestal.

— Perdemos Pompeia...

— Que ficava longe de Roma.

— Houve um incêndio terrível...

— O Templo de Vesta e a Casa das Vestais permaneceram intactas.

— E uma peste...

— Nenhuma vestal morreu ou sequer ficou doente. Falar sobre desastres sempre deixa você tão duro?

— Só com você.

Eles fizeram amor novamente. Nunca tinham se encontrado sem se amarem mais de uma vez, talvez para compensar a falta de frequência dos encontros. Para Lúcio, a segunda vez era sempre melhor que a primeira — menos apressada e mais descontraída, com um sentimento de união maior entre eles e um clímax mais satisfatório para ambos. Durante o ato de amor, todas as dúvidas sobre a existência eram suspensas. Cada momento bastava por si mesmo.

Ele a abraçou forte quando Cornélia chegou ao orgasmo. Nunca se sentira tão perto dela. Contudo, depois, ela se soltou dos braços de Lúcio e se virou de costas para ele.

— Essa é a última vez que vamos nos encontrar, por um tempo — avisou ela. — Por alguns meses, pelo menos.

— Por quê?

— Vou viajar. Só voltarei na primavera.

— Vai ser um inverno longo sem você. Aonde vai?

— Para a Casa das Vestais em Alba Longa.

A cidade ficava a um dia de viagem pela Via Ápia, em uma região montanhosa, de vilarejos típicos, *villas* luxuosas e propriedades de caça.

— Fica só a algumas horas de Roma. Eu podia ir encontrá-la...

— Não. Ficarei em retiro. As regras são mais estritas em Alba. As vestais lá pertencem à mais antiga de todas as ordens, estabelecida antes mesmo de Roma ser fundada.

— Pensei que o culto a Vesta tivesse se originado aqui em Roma.

Ela sorriu com tristeza e balançou a cabeça.

— E você, um patrício com um nome que vem dos tempos de Hércules!

— A história da religião não é meu ponto forte.

— Achei que você tivesse lido Tito Lívio.

— Só as partes sobre minha família.

— Toda criança romana devia saber que Reia Sílvia, mãe de Rômulo e Remo, era vestal.

— Veja só, outra vestal que não era virgem!

— O pai dela era o rei Numitor de Alba. Ele foi assassinado pelo irmão, Amúlio. Esse tio malvado temia que Reia gerasse um dia um rival para o trono. Então, ele a forçou a se tornar vestal e a viver em retiro, mas mesmo assim ela ficou grávida. Dizem que Marte a teria violentado. Outros contam que foi o tio, Amúlio, quem a estuprou. Seja como for, Reia manteve sua condição em segredo até os gêmeos nascerem... — explicou Cornélia, com a voz embargada.

— Até eu sei essa parte — disse Lúcio. — A mãe pôs os recém-nascidos em um cesto e um escravo os levou para um morro rochoso, deixando os bebês lá para morrerem. Que coisa mais terrível, não acha?

— Mas que escolha Reia Sílvia tinha? Muitas mulheres fazem o mesmo hoje em dia. É uma prática comum.

— Mas que tipo de mãe abandona o filho para morrer?

— Escravas, mulheres pobres, meninas estupradas. Reia Sílvia ia encarar a morte se a prova de seu crime fosse descoberta.

Lúcio meneou a cabeça. Nunca havia aprovado a prática comum de se abandonar bebês, mas não queria discutir com ela.

— Está bem, conheço o restante da história. Júpiter provocou uma tempestade terrível e houve uma grande enchente, então os gêmeos foram carregados até Roma, onde o cesto encalhou em um morro. Uma loba os encontrou, levou-os para sua caverna, chamada Lupercália, e os amamentou. Finalmente, Rômulo e Remo foram adotados por um criador de porcos e a esposa, cresceram, se tornaram guerreiros temidos, mataram o malvado Amúlio, resgataram a mãe, Reia Sílvia, e fundaram Roma. E o resto é história. Mas por que você tem de ir a Alba, Cornélia? E por tanto tempo?

— A decisão não é minha. A Virgem Máxima me mandou ir. É meu dever obedecê-la.

Havia algo de evasivo no tom de Cornélia, mas ele percebeu que não faria sentido pressioná-la.

— Sentirei sua falta. Sentirei falta disto — declarou Lúcio, puxando-a para mais perto. — Porém, mais ainda, vou sentir falta *disso*, do que a gente faz depois do amor. As brincadeiras, as provocações, a conversa séria. Você terá outro amante enquanto estiver em Alba?

— Não — respondeu ela, sem hesitação.

— Então, eu também não.

— Não seja ridículo. Você é homem.

— E você é uma mulher, a única que quero. Quem mais eu poderia procurar? A esposa entediada de algum conhecido, procurando uma hora de distração? Uma escrava, contando as rachaduras no teto até eu terminar? Uma prostituta, de olho nas moedas de meu bolso? Ou talvez eu deva procurar alguma moça de olhos dóceis, nova no mercado dos casamentos, cujo pai esteja querendo acertar com um pretendente de nome patrício antigo, com reputação de andar na companhia de filósofos exilados e com uma fortuna de família ligeiramente maculada pela associação a Nero. Nenhuma delas poderia discutir filosofia e religião comigo depois.

— Você pode se surpreender.

— Acho que farei o que Marcial faz quando um de seus rapazes não comparece ao encontro: aprender a amar minha mão esquerda. Ou imagino que possa procurar outra vestal...

— Você não ousaria!

— Varonila não é feia e é até mais jovem que você; talvez jovem demais para o meu gosto. E as irmãs Oculata? Uma vez desfrutei da atenção de uma dupla de irmãs, há alguns anos. E quantos homens também já tiveram irmãs que eram vestais? Só pela novidade...

— Nem pense nisso! — exclamou Cornélia, beliscando-o de brincadeira, mas com força suficiente para fazê-lo gritar. — Você e eu tomamos precauções, Lúcio. Somos discretos. Quando nossos caminhos se cruzam em público, no Anfiteatro Flaviano, no Fórum, nos cumprimentamos rapidamente, algo perfeitamente natural e aceitável, e seguimos nosso caminho. Não damos motivo de desconfiança a ninguém. Mas, se você ficar com fama de procurar deliberadamente a companhia das vestais, se parecer muito familiarizado com nossas idas e vindas...

— Cornélia, eu só estava brincando, provocando você do jeito que um homem provoca a mulher que ama, quando ela acaba de lhe dizer que durante vários meses ele não poderá falar com ela, tocá-la ou fazer aquilo...

O fervor dele reacendeu o dela. O amor que fizeram foi mais apaixonado que nunca, motivado pela notícia da separação iminente.

85 D.C.

— E você tem sido fiel esse tempo todo, Lúcio? Mesmo não ficando a sós com ela por mais de um ano? — perguntou Marcial.

Eles estavam no jardim de Epafrodito, junto do anfitrião e Epíteto.

— Como prometi a ela — respondeu Lúcio.

— Deixe-me ver se entendi. Essa mulher ficou fora vários meses; depois retornou, finalmente, e agora se recusa a encontrá-lo de novo, exceto se for em público e de passagem. Ainda assim, você continua casto, sem ter relações com mulheres nem com rapazes.

— Correto.

— Mas, Lúcio, isso é loucura! Se essa moça perdeu o interesse físico por você, o mundo não pode parar. Entendo o sofrimento, a saudade e o período de dor quando um caso de amor termina. Mas, enquanto espera que isso passe, ainda assim deve satisfazer suas necessidades físicas. Se ainda não se sente preparado para ter prazer com outra, então arranje um menino, pois você não se interessa mesmo por eles. Desse jeito, poderia ter todo prazer físico sem nenhum arrependimento de traição. Embora eu não consiga entender como se pode trair uma mulher, quando foi ela quem o abandonou.

— Marcial, você não está entendendo. Ela não me traiu. Está tão casta quanto eu.

— É mesmo? Como você pode saber disso? É claro que nunca nos diria se essa mulher é casada, viúva, escrava de outro homem ou uma prostituta comum de Subura.

Ela não é nenhuma dessas coisas, pensou Lúcio, mas era incapaz de encontrar um modo de explicar o fato sem revelar a identidade de Cornélia.

— Pessoalmente — disse Epíteto —, não vejo nada de mau, de anormal ou de estranho em permanecer casto, se o corpo e a mente estão de acordo com a escolha. Essa mania louca de deflorar virgens, experimentar todas as prostitutas disponíveis, ter casos ilícitos com esposas de outros homens e, ao mesmo tempo, dar a mesma atenção a rapazes jovens e eunucos dóceis, o tipo de tema tão em moda atualmente na poesia, só torna os homens mais agitados e insatisfeitos. Essa entrega ao desejo proporciona muito pouca felicidade a longo prazo.

— Ah, mas proporciona tanto prazer no curto prazo — comentou Marcial. — Embora possa ser muito exaustivo, garanto a vocês. Nosso imperador costumava ser um atleta sexual, todos sabem. Quando era jovem, antes do pai se tornar imperador, dizem que Domiciano tratava pelo primeiro nome todas as prostitutas de Roma; ia nadar nu no Tibre, ao luar, com um grupo de moças bonitas. E seduzia muitas matronas respeitáveis também. Ele chamava essas atividades de "lutas de cama". Gosto disso, vocês não? Mostra que nosso imperador, na juventude, não levava o amor muito a sério. Era só mais uma maneira de se manter em forma e dar uma boa suada, como montar a cavalo ou se exercitar no ginásio. É claro que depois de ele se casar, e por amor, nunca houve um marido nem pai mais dedicado. Ah, a morte daquele menininho precioso! Que golpe foi aquilo. E depois o caso da esposa com aquele ator, Páris, um ato irracional de uma mãe sofrendo, é claro, foi mais uma decepção. Nosso imperador fez o que qualquer romano com um mínimo de autorrespeito faria: se divorciou da mulher e, por um acaso, Páris foi assassinado na rua uma noite. Mas Domiciano era tão dedicado àquela esposa escolhida que a perdoou e a tomou de volta, e a felicidade conjugal dos dois continua. Meu maior desejo é que eles produzam logo um novo herdeiro. Na verdade, já tenho até um poema preparado para a ocasião: "Nasça, criança maravilhosa, para quem seu pai possa confiar as rédeas eternas do império..."

— E, no entanto, Domiciano parece feliz? — perguntou Epíteto. — Terá sido alguma vez feliz, mesmo na juventude, quando era tão exímio nessa tal de luta de cama? Não. Está sempre com aquela expressão severa, constipada, que se via no rosto do pai. Porém, olhem aqui nosso amigo Lúcio. Já viram algum homem que pareça mais contente? E ele só tem uma amante e que não exige nada dele. Lembra os prazeres já experimentados com ela, que foram perfeitos e invioláveis, em retrospecto, e a contempla de longe, com algum sofrimento mas também com a satisfação acridoce de que ela também o deseja. É claro que deve haver algum perigo ou impropriedade ligados a esse relacionamento, seja pelo lado dela ou dele, se não, acho que ele nos diria seu nome; mas esse elemento de risco só deve apimentar mais o desejo. Ele ama essa mulher como se diz que certos homens amam uma deusa, de longe, com toda a dedicação e por sua conta e risco. Vejam como ele parece satisfeito: os olhos brilham, os movimentos são seguros e graciosos, sua postura toda é a de um homem em paz com o mundo e consigo. Acho que nosso amigo Lúcio descobriu uma felicidade secreta, que o restante de nós só pode tentar adivinhar.

— Tentamos adivinhar é o nome dessa amante — brincou Marcial.

Lúcio comentou, sorrindo:

— É estranho, mas, de alguma forma, esse relacionamento, apesar de não convencional, preencheu uma necessidade em minha vida. Mesmo sendo tão agradecido pelo presente da amizade de cada um de vocês, havia uma lacuna em mim, um vazio que permanecia não satisfeito por sua espirituosidade, Marcial, por sua filosofia, Epíteto, que me deixava inseguro, apesar de sua preocupação paternal comigo, Epafrodito. Ela preenche esse vazio.

— Então a poesia, a filosofia e a amizade não podem competir com o amor não correspondido? — perguntou Marcial.

— Não é amor não correspondido, só não realizado, ao menos por enquanto.

Epíteto concordou:

— Se você encontrou a felicidade em um amor casto, devia tentar manter a relação como está. A felicidade que vem da consumação do amor físico é passageira.

— Toda felicidade é passageira — declarou Marcial. — A vida é precária. Tudo muda. Olhe só para nós quatro, ficando mais velhos a cada ano.

— No entanto, todos conseguimos permanecer solteiros — acrescentou Epafrodito, dando uma gargalhada.

— Só aquele camarada nunca muda — observou Epíteto, inclinando a cabeça em direção à estátua de Melancomas. — O jovem boxeador continua tão perfeito como no dia em que Epafrodito tirou o véu que o cobria.

— E vazio de qualquer desejo! — exclamou Marcial, rindo. — Talvez devêssemos sentir inveja de nosso Melancomas. Enquanto tudo em volta muda, ele nunca envelhece e nunca é atormentado por fome, tristeza ou desejo. Talvez a Medusa não fosse esse monstro todo, quando transformava os homens em pedra. Talvez estivesse lhes fazendo um favor, libertando-os do sofrimento e da deterioração. Por outro lado, Pigmalião desejou uma estátua, lhe deu vida e ficou tudo bem; segundo Ovídio, eles viveram felizes para sempre. Ficamos diante do enigma: é melhor transformar o homem em pedra ou dar vida à pedra?

— Acho que talvez você tenha encontrado um tema digno de um poema — comentou Epafrodito.

— Não, esse paradoxo é sutil demais para meu público. Patronos ricos querem um desenvolvimento rápido, uma ou duas alusões inteligentes, de preferência obscenas, e depois um final esmagador. Não, acho que minha ideia de Medusa *versus* Pigmalião seria mais apropriada a um desses discursos eruditos de nosso amigo Dion. Imaginem que argumentação elaborada ele poderia tecer, evocando todo tipo de metáfora e referências históricas obscuras. Por falar nisso, alguém tem tido notícias de Dion?

— Recebi um discurso novo — respondeu Epafrodito — ontem... — completou, baixando a voz.

— O quê?! E só agora você diz isso? Vamos, leia em voz alta — pediu Marcial.

— Só tive tempo de dar uma olhada rápida. Não sei se...

— Não me diga que é ruim — retrucou Marcial. — Será que o pobre exilado perdeu a agudeza, ilhado em Sarmizegetusa?

— Não, não é isso. Para ser sincero, não sei se é seguro guardar a coisa. Pode ser... subversivo.

— Leia rápido, então, e depois nós queimamos — disse Marcial, rindo.

Epafrodito sorriu inquieto. Lúcio sabia o que ele estava pensando, mas não podia dizer alto: nenhum deles confiava mais totalmente em Marcial, por causa de suas boas graças com o imperador. Ele não parecia ser do tipo que traía velhos amigos, mas Epafrodito aprendera a ser cauteloso ao longo dos anos. Fofocar sobre a vida amorosa de Domiciano era uma coisa — todos, de mercadores de sal a senadores, o faziam —, mas ler em voz alta o trabalho de um filósofo banido era outra.

— Não estou querendo dizer que o discurso seja abertamente subversivo — disse Epafrodito. — Dion é sutil demais para isso. Mas esse trabalho pode ser visto como... uma provocação ao imperador.

— Você atiçou minha curiosidade — declarou Marcial. — Qual é o assunto?

— Cabelo.

— O quê?

— Cabelo. Um discurso erudito sobre o cabelo e seu papel na história e na literatura.

Todos riram. Domiciano era notoriamente sensível com relação à calvície prematura. Na juventude, havia sido sabidamente orgulhoso da juba castanho-avermelhada e, certa vez, como presente a um amigo, chegara a escrever um trabalho a respeito dos segredos para cuidar do cabelo. Após a ascensão ao poder, cópias do tratado proliferaram da noite para o dia; qualquer romano alfabetizado já o lera, mas ninguém ousava mencioná-lo na presença do autor. Teria o encômio de Dion sobre cabelo a intenção de zombar do imperador, cada dia mais calvo, que o exilara?

— Nem o imperador pode evitar as devastações do tempo — observou Marcial, levantando e andando em torno da estátua. — Mas nosso amigo Melancomas nunca vai ficar careca, gordo ou enrugado, e se seu cabelo lustroso desbotar pode sempre ser pintado de novo. Como invejo sua perfeição imutável! Bem, se nosso anfitrião não vai compartilhar conosco o novo discurso de Dion, vou embora. Tenho de trabalhar um pouco antes do sol se pôr. Talvez eu possa fazer algo com aquela ideia sobre Pigmalião e Medusa ou escrever uma carta a Dion, dando-a de presente a ele.

— Vou com você — avisou Epíteto, pegando a muleta e ficando de pé com alguma dificuldade. — Esta noite jantarei com um possível patrono. Ele quer me encontrar nas Termas de Tito, então é melhor eu ir. Você também está indo, Pinário?

Lúcio começou a se levantar, mas Epafrodito tocou seu braço.

— Não, Lúcio, fique um pouco mais.

Quando ficaram sozinhos, Lúcio olhou com expectativa para o anfitrião.

— Você parece preocupado, Epafrodito.

— E estou — confirmou o velho, suspirando. — Por todos os deuses, Lúcio, o que você está fazendo?

— A que está se referindo, Epafrodito?

— Eu sei a identidade de sua mulher misteriosa.

— Como?

— Lúcio, Lúcio, conheço você desde quando era criança! Já conseguiu alguma vez esconder um segredo de mim?

Só o papel que Esporo desempenhou na morte de Nero, pensou Lúcio, mas não disse nada e deixou Epafrodito continuar.

— Antes mesmo de você falar sobre a castidade dela, eu já sabia quem era. Já vi vocês dois se encontrando em público, o cumprimento formal, o olhar desviado e a distância intencional que mantêm. E sei que ela estava ausente de Roma durante o período que você mencionou. Tenho de admitir que é irônico o fato de que o voto que não manteve por uma deusa ela mantenha por você. Não vou dizer o nome dela. O que os escravos não ouvem, não podem repetir. Mas você sabe de quem estou falando. Certo?

Lúcio contemplou o Anfiteatro Flaviano, que se encontrava cercado por andaimes e guindastes; uma nova fileira estava sendo acrescentada para acomodar mais espectadores ainda.

— Sim, está certo.

Epafrodito balançou a cabeça.

— Lúcio, Lúcio! Que risco terrível você está correndo. Quando penso na promessa que fiz a seu pai, de tomar conta de você...

— Sou um homem crescido e responsável por mim mesmo, Epafrodito. Você já foi liberado da promessa a meu pai há muito tempo.

— Ainda assim, o perigo...

— Sempre fomos muito cuidadosos, discretos. Nem a estou vendo mais. Nós nos amamos a distância.

Epafrodito fechou os olhos e respirou fundo.

— Você não está entendendo a gravidade da situação. Há eventos a ocorrer que afetarão a todos.

— Ocorrer?

— Não queria falar sobre isso na frente... dos outros.

— Na frente de Marcial, você quer dizer.

— E de Epíteto também. Até de você, na verdade — disse Epafrodito, fazendo uma pausa para organizar os pensamentos.

Para Lúcio, de repente, ele pareceu tão velho e mais repleto de preocupações do que já o havia visto em muitos anos.

— Você sabe que ainda tenho amigos na casa imperial, mesmo depois de tantas mudanças e tantos anos. Às vezes, fico sabendo de coisas antes delas acontecerem. Minhas fontes exigem que eu seja da maior discrição. Então, em geral, guardo para mim o que fico sabendo. Sim, escondo coisas até de você, Lúcio. Mas não há razão para protegê-lo agora, diante do perigo em que se encontra. Domiciano está para ressuscitar o cargo de censor. Ele pretende assumir os poderes da magistratura ele mesmo, permanentemente.

— O pai dele não fez o mesmo?

— Fez, por um tempo limitado e com um propósito específico. Vespasiano conduziu um censo. Essa é uma das funções tradicionais do censor, mas não é a que interessa a Domiciano.

— Não estou entendendo. O que mais um censor faz?

— Lúcio, Lúcio! Você não aprendeu nada de história enquanto crescia? Sei que seu pai contratava os melhores tutores para você.

Lúcio deu de ombros.

— Por que se preocupar em aprender sobre as instituições da há muito falecida República, quando todo o poder reside agora nas mãos de um único homem e o resto não conta nada?

Epafrodito conteve a exasperação.

— Há muito tempo, quando Roma era governada pelo Senado, o censor detinha grandes poderes. Em alguns aspectos, era o homem mais poderoso da República, porque ficava responsável pela manutenção da lista oficial de cidadãos e eram estes que elegiam os magistrados. O povo não votava individualmente, mas em vários blocos, determinados por sua riqueza e outros indicadores de status. O censor decidia em que bloco alguém votava. Isso era importante, porque os blocos de votantes da elite contavam mais que os da plebe comum. E o censor tinha o poder de tirar um cidadão da lista, o que significava que perdia o direito ao voto.

— E por que um censor faria isso?

— Se um homem cometesse um crime, por exemplo. Ou, o que vem mais a calhar, se ele fosse culpado de ofender a moral pública.

— E quem julgava isso?

— O censor, é claro! E, assim, a partir do dever de manter as listas de votantes, o censor acabou adquirindo outro dever: o de manter a moral pública. Se o censor declarava um homem culpado de imoralidade, podia não só riscar seu nome da lista mas também privá-lo de outros direitos e até tirá-lo do Senado. O cargo de censor surgiu com altos propósitos, mas logo se transformou em um instrumento político, em uma forma de punir inimigos e destruir carreiras.

Lúcio balançou a cabeça.

— Ainda continuo sem entender. Domiciano já tem o poder de empossar no Senado ou retirar de lá qualquer um que ele queira. E, além do mais, o que importam os senadores? Eles não têm nenhum poder, na verdade. Não importa esse decreto patético que aprovaram recentemente, dizendo que "É proibido ao detentor do cargo principal do Estado condenar à morte qualquer um de seus pares". A ideia de que o imperador é o primeiro entre iguais não passa de uma fantasia e a noção de que se pode contê-lo com leis é uma ilusão. Por que então Domiciano quer se tornar censor vitalício?

— O cargo vai dar a ele uma ferramenta nova e muito poderosa. Pense: se o imperador quiser punir um inimigo ou um rival e fizer isso sem nenhum outro propósito, além do de proteger a própria autoridade, agirá como um tirano. Ele também poderia acusar esse inimigo de um crime real, como fraude ou assassinato, mas para isso precisaria produzir uma prova consistente. No entanto, no papel de censor, Domiciano pode se lançar como guardião da moralidade pública, agindo pelo bem de todos.

— O que constitui um ato imoral?

— Uma lista de crimes está sendo elaborada nesse exato momento. Vi uma primeira versão. Inclui adultério, que é definido como qualquer ato sexual realizado por uma pessoa casada que ocorra fora do casamento.

— Mas isso é um absurdo! Domiciano dormia com mulheres casadas quando era mais jovem. Uma delas foi a própria imperatriz, que se divorciou do marido para casar com ele.

— Domiciano também vai ressuscitar a velha lei Scantinia.

— Refresque minha memória.

— Ela proscreve atos sexuais entre homens, quando um deles, nascido livre, seja o parceiro penetrado.

— Metade dos membros da corte imperial tem relações com eunucos!

— Ah, mas todos imaginam que sejam os eunucos os penetrados, o que é perfeitamente legal, pois eles são escravos ou libertos. O cidadão romano que tem papel passivo é que ficará sujeito a ser processado.

Lúcio franziu o cenho.

— Domiciano pretende, com toda seriedade, policiar o comportamento sexual de todos os cidadãos romanos?

— Augusto tinha essa propensão. Ele era muito cruel quando se tratava de castigar o que considerava imoralidade dentro da própria família, especialmente entre as mulheres. Quando o caso era ditar moral para os cidadãos, Augusto, em geral, preferia mais se valer da persuasão que de penalidades, dando benefícios fiscais aos homens casados e com filhos, e assim por diante. Mas temo que Domiciano vá usar seu poder de censor para infligir muito sofrimento.

Lúcio não estava convencido.

— Talvez esses seus temores sejam exagerados. Se Domiciano quer que um punhado de gente escandalosa sirva de exemplo...

— Mas você não está vendo, Lúcio? É isso que todos pensam no início desse tipo de campanha repressiva: vão ser os *outros* que vão sofrer, os "escandalosos", e não eu. Falsa esperança! Domiciano vê inimigos em todo lugar. O próprio fato do Senado ter aprovado esse decreto, tornando ilegal o imperador condenar à morte um senador, o faz pensar que estão conspirando contra ele.

— Então Domiciano vai tentar castigar os inimigos acusando-os de vícios, em vez de insurreição?

— Exatamente. Será criado um dossiê para cada cidadão importante e quem no Senado é esse modelo de virtude que nunca vá temer a fúria do censor?

— O que mais tem na lista de atos imorais?

— Incesto, que inclui relações entre tios e tias, e sobrinhas e sobrinhos, o chamado "crime de Cláudio". E também relações carnais entre uma mulher livre e o escravo de outro homem...

— Mas não entre a mulher e o próprio escravo? Ou entre um homem e o escravo de outro homem?

— Esses atos não estavam listados na versão que vi.

— E fornicar com uma virgem vestal?

Epafrodito empalideceu.

— Isso não precisa estar na lista. Já é um crime capital.

Lúcio começou a andar.

— Como alguém pode saber o que é feito entre quatro paredes?

— O censor vai assumir o direito de saber. Lembra o banimento dos informantes na época de Tito? Esse tempo acabou. Qualquer um que venda segredos de outros, até escravos que traem os donos, vai prosperar com o censor. Os cidadãos que forem presos por infringirem as leis de moralidade poderão ser questionados da maneira que o censor achar apropriada e os escravos serão interrogados sob tortura. Os culpados vão ser estimulados a implicar outros.

— Essa é a motivação única de Domiciano para essa legislação moral? Dar a si mesmo uma ferramenta, a fim de aterrorizar a população?

— Quem sabe o que se passa em sua cabeça? Talvez ele acredite de verdade que possa controlar a moral dos súditos e deseje fazê-lo.

— Hipócrita!

— Sim; ele teve uma juventude desregrada, mas jovens licenciosos muitas vezes se tornam moralistas mais tarde, como o bambu flexível fica duro e quebradiço. O imperador é um homem amargurado. Todos amavam seu irmão; mas ninguém gosta de Domiciano. Seu precioso filho morreu. A mulher o traiu com um ator.

— Então Roma inteira tem de sofrer por causa das decepções de um único homem?

Epafrodito suspirou.

— Para ser justo, nem toda a nova legislação moral é punitiva. Domiciano pretende tornar ilegal a castração em todo o império, assim como a prostituição infantil. Com que rigidez essas leis podem ser postas em prática, eu não sei, mas devemos aplaudir a iniciativa. Essa prática de comprar meninos novos, transformar os mais bonitos em eunucos e depois vendê-los para o prazer de outros é um comércio cruel. A aversão de Domiciano por esse negócio parece sincera. Muitos escravos jovens podem ser poupados de perder a masculinidade.

Lúcio andava de um lado do jardim para o outro.

— Obrigado pelo aviso, Epafrodito, mas garanto: ninguém sabe sobre mim e... a mulher que amo. Exceto você. E você nunca vai dizer nada.

— Qualquer testemunha pode ser obrigada a falar, Lúcio, a menos que tenha o coração fraco e morra antes.

Lúcio sentiu o sangue fugir de suas faces. Após algumas palavras de despedida murmuradas, ele foi embora.

Ficou andando sem rumo; os pensamentos acelerados. O sol começava a se pôr. As sombras se alongavam. Viu-se no centro do Fórum, passando pelo templo circular de Vesta. As portas estavam abertas. A luz do fogo sagrado iluminava o interior de mármore com um brilho suave, alaranjado. Uma sombra passou pela luz; era uma vestal cuidando do fogo. Seria Cornélia? Ele quis subir os degraus e olhar o interior — um simples vislumbre de seu rosto acalmaria as batidas do coração —, mas se obrigou a dar meia-volta e partir.

— Lúcio, você pode pôr um pouco mais de lenha no braseiro? — perguntou Cornélia, tremendo sob um manto pesado, o qual puxou mais em direção ao pescoço.

Nada na pequena casa do Esquilino havia mudado desde o último encontro, muitos meses antes. Lúcio chegara a pensar em vendê-la, mas não teve coragem de fazê-lo; nem de alugá-la. Mantivera-a vazia e exatamente como no tempo em que se encontravam lá com regularidade. Um escravo vinha de vez em quando para cuidar do jardim e retirar as teias de aranha, e, vez por outra, Lúcio aparecia para visitar a casa, sozinho, percorrer os aposentos e o jardim, lembrando-se das vezes que estivera ali com Cornélia.

Mal podia acreditar que ela se encontrasse lá novamente.

Ventava muito naquele dia nublado de inverno. Já ao meio-dia, o local estava encoberto de sombras. Lúcio pegou a lenha para o braseiro. Estavam sentados em cadeiras, um diante do outro, tremendo, mesmo de roupas. Ele não conseguia se recordar de um encontro sequer naquela casa em que não tivessem ficado nus e feito amor, minutos depois de chegar. Entretanto, dessa vez não foram lá para ter prazer. O frio do ar se adequava a seus humores.

O que mais temiam acontecera — e, todavia, ambos ainda estavam vivos. Havia sido Cornélia quem o contatara, insistindo para que se encontrassem de novo, apesar do perigo. Ele não teve como recusar.

Ansioso, Lúcio havia passado a noite acordado, imaginando o encontro. O coração dispararia ao vê-la; iria abraçá-la; ela choraria e falaria de seu sofrimento; ele escutaria e compartilharia o terror das próprias experiências. Encontrariam conforto mais uma vez no corpo um do outro.

No entanto, não foi isso que aconteceu. Quando Lúcio entrou na casa e a viu esperando, com apenas um fogo muito tênue no braseiro para esquentar o ambiente, eles mantiveram distância. Parecia haver uma barreira invisível, não só separando-os fisicamente como também embotando suas emoções. Não que fossem estranhos — isso nunca poderia acontecer —, mas não eram amantes também. Pareciam sobreviventes de um desastre mútuo, entorpecidos pelo abalo. O terror pelo qual passaram eclipsava a paixão que os unira um dia.

Eram incapazes de se aproximar fisicamente um do outro, nem conseguiam falar sobre o motivo do encontro, não a princípio, pelo menos. Começaram evitando o assunto. Falavam como dois conhecidos o fariam, sobre as últimas novidades, mantendo a voz firme e baixa; e essas diziam respeito ao imperador e suas maquinações.

— Lembra o que Tito dizia sobre a falta de poder das palavras para atingir os poderosos? "É impossível eu ser insultado."

Enquanto falava, Lúcio colocava mais pedaços de madeira no braseiro, empilhando-os cuidadosamente, de maneira que pegassem fogo logo e queimassem, produzindo um mínimo de fumaça. Aquela tarefa simples o acalmava.

— Domiciano fez uma lista das peças que não podem mais ser encenadas, seja porque ferem a dignidade do imperador ou porque enfraquecem a moral do público. E todas as peças novas agora têm de ser lidas e aprovadas pelo censor. Temos um imperador que examina as comédias como se elas fossem manifestos contra o Estado.

— É claro que alguém lê as peças por ele — disse Cornélia.

Seu tom de voz era quase normal, apenas um pouco tenso. Não olhava para Lúcio, mas na direção do fogo.

— Domiciano tem toda uma equipe que se dedica a vasculhar cada peça, discurso e poema produzidos na rua dos Escribas, mas o próprio imperador dá a palavra final. Ele se acha escritor, você sabe. Só ele é capaz de julgar as intenções subversivas dos outros autores. Montou uma campanha contra a calúnia também. Aparentemente, parece haver muitos libelos inconvenientes circulando por aí. Não estou falando de cançonetas que insultam o imperador, ninguém é louco a esse ponto, mas daquele tipo de versos burlescos recitados em jantares, quando todos já estão bêbados, ridicularizando o anfitrião ou a anfitriã, provocando algum homem de perna fina ou uma mulher maquiada demais. "A dignidade de cidadãos distintos não pode ser impugnada", diz o censor. Então estamos assistindo a poetas sendo chicoteados e depois atirados em navios com destino a Última Thule.

— E homens importantes não podem comprometer a própria dignidade — acrescentou Cornélia. — Ontem mesmo, ele expulsou um do Senado. O homem tinha aparecido em uma peça, durante um festival, e dançado em público.

— E olha que já tivemos um imperador cuja aspiração máxima era atuar no palco.

Lúcio tentou esboçar um sorriso, mas se perguntou como estaria seu rosto. Cornélia o contemplou rapidamente, depois desviou o olhar, como se fitá-lo lhe provocasse dor.

— Ele também fez uma lista de "mulheres notórias", supostas caçadoras de fortunas que assediam velhos ricos — continuou Cornélia. — Elas não só estão proibidas de receber heranças como também de usar liteiras para atravessar a cidade. "Se elas seduzem e roubam homens velhos, em vez de viverem com os próprios meios, vamos deixá-las fazer seus negócios desavergonhados a pé", diz o censor. Por acaso, conheço algumas das citadas na lista. Elas não são aproveitadoras nem tipos fatais. Uma é viúva e nobre de nascimento, cujos irmãos já morreram e o marido a deixou destituída. O fato de que certo senador queira pagar seu aluguel e se lembrar dela no testamento não deveria ser crime.

— Em breve, um homem nem vai mais poder dar brincos à amante — comentou Lúcio. — O que será da velha tradição romana de se ter uma amante? Como essas mulheres vão se sustentar? E que prazeres restarão na vida para esses velhos e ricos?

— Você está falando como seu amigo Marcial — disse Cornélia, esforçando-se para sorrir.

O aposento começava a se aquecer. Ela soltou um pouco a capa no pescoço e suspirou.

— Na verdade, *não* estou falando como Marcial, e isso é triste — declarou Lúcio. — Ele está mudado.

— Como assim?

— Já não o vemos mais como antes. Agora está sempre ocupado com alguma função da corte, ou em casa, em seu pequeno aposento, escrevendo versos. Ele ainda aparece na casa de Epafrodito de vez em quando, mas quando vai é muito cauteloso no que diz, da mesma forma que temos cuidado com o que falamos perto dele. Marcial costumava brincar com a "luta de cama" do imperador, a expressão azeda e até a calvície, mas agora não. Ele se tornou o favorito de Domiciano, sonho de todo poeta, e descobriu que esse papel requer um equilíbrio quase impossível. Tem de divertir, adular o patrono e criar os poemas mais inteligentes, sobre o tópico que o imperador escolher, porém nunca fazer um trocadilho, uma metáfora ou uma hipérbole que possa ofender o censor.

— Que pena Marcial ter sido amordaçado — disse Cornélia. — Um poeta com garra para registrar o absurdo desses tempos seria muito útil. Você ouviu falar do cidadão que foi retirado das listas de jurados? Ele acusou a esposa de adultério e se divorciou dela, mas depois os dois reataram, exatamente como Domiciano fez. O censor decretou que um homem que não chegava a uma conclusão sobre a própria esposa não poderia jamais julgar seus semelhantes. Então, temos alguém que se divorciou da esposa e depois reatou com ela declarando que outro sujeito que se divorciou da esposa e depois reatou com ela não serve para julgar os outros.

Cornélia riu, porém o riso ficou preso na garganta. Olhou para o fogo. Observar as chamas era uma ocupação familiar para ela.

— As labaredas fazem você se lembrar do fogo sagrado de Vesta? — perguntou ele, em voz baixa.

— Sim.

— E sua fé, Cornélia?

Ela levou muito tempo para responder.

— Permaneço constante em minha devoção a Vesta, apesar do que aconteceu.

Finalmente eles chegaram ao assunto que precisavam conversar. Lúcio deu alguns passos mais para perto e se juntou a ela na contemplação do fogo.

— O que aconteceu com as irmãs Varonila e Oculata foi inacreditável — disse ele.

Cornélia respirou fundo.

— Dizem que Domiciano foi misericordioso. Os castigos poderiam ter sido piores, muito piores.

A voz apagada e sem emoção parecia pertencer a outra mulher, uma estranha. Lúcio se ajoelhou a seu lado e pegou a mão dela. Os dedos estavam frios.

— Cornélia, não precisamos falar sobre isso

— Não, quero falar. Quero lhe contar tudo. Ai, Lúcio, como eu queria falar com você todo dia, enquanto tudo estava acontecendo, mas você era justamente com quem eu não podia falar — disse ela, em uma voz normal por fim, cheia de sofrimento e dor; cujo som partia o coração de Lúcio.

Pela primeira vez, ele sentiu que a mulher naquele aposento com ele era Cornélia, sua Cornélia, a mulher que amava havia tanto tempo e com tal adoração.

Cornélia começou a chorar. Lúcio passou o braço em torno dela, que tentou controlar as lágrimas.

— Tudo aconteceu tão rápido. No meio da noite, homens armados apareceram na entrada da Casa das Vestais e bloquearam as saídas, como se fôssemos criminosas que pudessem fugir. Eles eram comandados por alguém chamado Catulo, um dos amigos mais antigos do imperador. Lembre esse nome, Lúcio! Um homem alto e magro, de cor pálida, manchas na pele e rosto descarnado. Tudo nele é frio como gelo, exceto os olhos. O modo como olhou para mim me fez sentir tão vulnerável. Pensei que aquele olhar ia me queimar.

Ela estremeceu. Lúcio a abraçou sem dizer nada, deixando-a falar no próprio tempo.

— Eles reuniram as escravas da Casa e as levaram em custódia, vestidas com as roupas de dormir. Não tenho certeza para onde, mas soubemos depois que foram torturadas, todas, da mais jovem à mais velha, desde a contadora que cuida dos livros da Virgem Máxima até a escrava meio idiota que esvazia os penicos. "Nunca se sabe que servos vão fornecer as provas mais incriminadoras", disse Catulo no julgamento. E, pela lei, o testemunho de qualquer escravo tem de ser obtido por meio de tortura, mesmo os de uma ordem religiosa como a das vestais. Algumas delas morreram em consequência da violência; eram velhas demais para aguentar. Outras ficaram aleijadas para o resto da vida.

"Quatro de nós fomos acusadas de quebrar os votos de castidade: Varonila, as Oculatas e eu. Não sei por que fui acusada. Não tinham provas contra mim, como se veio a saber. Mas na hora eu não sabia disso. Fiquei quebrando a cabeça, tentando imaginar o que eles sabiam e como haviam descoberto. Nós dois sempre fomos tão cuidadosos! Ou eles teriam simplesmente inventado algo e estariam tentando confirmá-lo usando provas falsas, contra as quais eu não poderia apresentar nenhuma defesa? Fomos levadas para a Regia, a antiga casa do Pontífice Máximo, no Fórum, e confinadas em uma sala pequena. Eu não ousava dizer nada às outras, com medo de que Catulo ou um de seus homens de confiança estivesse escutando em algum lugar, escondido.

"O julgamento foi na própria Regia. Domiciano presidiu, não na função de censor, mas na de Pontífice Máximo. Todas as vestais e vários sacerdotes estavam presentes. Catulo apresentou as provas.

"Pobre Varonila! Não havia a menor dúvida de sua culpa. Ela tinha sido muito imprudente, confiando em uma das escravas, chegando a contar até o nome do amante. O caso das irmãs Oculata foi mais flagrante ainda. Elas dividiam um amante, ao mesmo tempo, e foram vistas entrando e saindo da casa dele. Os amantes de Varonila e das Oculatas já haviam confessado, mas foram obrigados a comparecer ao tribunal e a repetir o testemunho.

"Antes de Domiciano dar seu veredicto contra as três, a Virgem Máxima lhe implorou que fosse leniente. Ele disse que ela deveria se envergonhar, que estava dirigindo a Casa das Vestais como se fosse um bordel. Mas acabou oferecendo uma clemência condicional: se as vestais acusadas admitissem a culpa, ele abriria mão da punição tradicional, enterrar todas vivas, e permitiria que cada uma escolhesse a forma da morte. Varonila e as Oculatas concordaram. Elas confessaram diante do tribunal, com Catulo fazendo as perguntas. Ele as obrigou não só a darem o nome dos amantes mas a relatarem cada uma das ocasiões em que romperam os votos e a descrever os atos específicos que cometiam, por mais íntimos ou embaraçosos que fossem; que partes do corpo foram tocadas e penetradas, em que posições e o que fizeram para satisfazer os amantes.

"Depois de arrancar cada detalhe humilhante de Varonila e das irmãs Oculata, Catulo permitiu que se sentassem. Durante esse tempo todo, ninguém me fez nenhuma pergunta ou mencionou meu nome, exceto na leitura inicial das acusações. Quase pensei que haviam me esquecido, mas estavam me guardando para o final.

"Não chamaram ninguém para depor contra mim. Como poderia haver testemunhas se nem uma única escrava da Casa das Vestais sabia algo sobre nosso caso, e nenhum escravo seu nunca me viu nesta casa? Catulo mandou que eu dissesse o nome de meu amante e confessasse. Se eu assim fizesse, disse ele, seria poupada como as outras, de ser enterrada viva e poderia escolher a forma de minha morte.

"Eu disse a ele que não tinha nada a dizer. Domiciano levantou da cadeira e veio até mim. 'Se confessar agora, nesse momento, será poupada do castigo tradicional. Mas essa é sua última chance. Se mais tarde surgirem provas e você for condenada, será enterrada viva. O que me diz, vestal?'

"Continuei muda, mas pensei: eles devem ter prendido Lúcio; ele deve estar na sala ao lado. Se eu não confessar, Catulo vai trazê-lo até minha presença, meu amante vai contar tudo a eles e serei enterrada viva. Quase confessei! Estava aterrorizada. O suspense era insuportável. Eu podia acabar com tudo, dizendo a Domiciano o que ele queria ouvir. Só tinha de pronunciar algumas palavras e tudo estaria terminado.

"Mas resisti e não falei nada. Catulo levou Domiciano a um canto e cochichou no ouvido dele. O imperador anunciou que eu seria levada a uma sala particular, tirariam minha roupa e me examinariam, para determinar se eu era virgem ou não. Ele próprio, na função de Pontífice Máximo, conduziria a investigação, com a Virgem Máxima de testemunha."

Lúcio se sentiu mal fisicamente imaginando a cena e estremeceu.

— Não, Lúcio, não aconteceu nada. A Virgem Máxima o enfrentou. Disse que um procedimento daqueles, realizado em uma vestal que mantinha a inocência e contra quem não havia provas de má conduta, seria uma ofensa a Vesta. Os sacerdotes concordaram. Mesmo apavorados, quase todos objetaram. O próprio Domiciano viu que tinha ido longe demais e desistiu. Mas estava furioso, como Catulo. Toda vez que o homem me olhava, eu me sentia nua.

"Domiciano retirou as acusações contra mim. A Virgem Máxima considerou isso uma pequena vitória. Eu ainda não sei por que fui acusada, pois eles não apresentaram nenhuma prova. Acho que alguém me acusou de forma anônima, alguém que suspeitava de mim sem saber o suficiente para testemunhar. Talvez eles achassem que eu confessaria só de medo. E quase o fiz."

Lúcio balançou a cabeça vagarosamente.

— Acho que esse tal de Catulo foi seu acusador. Você já o tinha visto antes?

— Devo ter, como parte da comitiva do imperador. Nunca o notei.

— Mas aposto que ele notou você. Um homem desses, quando deseja uma mulher que não consegue ter, usa toda a influência que pode para tê-la sob seu controle.

— Ele quase conseguiu minha morte.

— Você é uma vestal, Cornélia. Bela, altiva e inalcançável. Alguns teriam o prazer perverso de destruir uma mulher como você. Pode ser exatamente isso que Catulo queria, vê-la despida e humilhada.

— Então não conseguiu. Mas destruiu Varonila e as irmãs Oculata. Elas voltaram para a cela. A Virgem Máxima conseguiu um veneno de efeito rápido para elas, que morreram antes do sol raiar.

— E os amantes?

— Porque confessaram espontaneamente, Domiciano foi tolerante. Em vez de serem pendurados na cruz e apanhar com varas até morrer, perderam os bens, a cidadania e foram exilados, o mesmo castigo que Domiciano reserva aos caluniadores e adúlteros. Mas, Lúcio, e você? Quando soube das prisões, deve ter ficado aterrorizado.

— Meu sofrimento não foi nada comparado ao seu, Cornélia.

— Mesmo assim...

— Não vale a pena falar sobre isso.

Na verdade, os dias e as noites, imediatamente após ele ter sabido das acusações contra as vestais, foram os mais longos de sua vida. A todo momento esperava que alguém batesse a sua porta. O castigo para o aproveitador de uma vestal assombrou seus pesadelos; dormir se tornou impossível. Pensou em fugir para alguma das propriedades rurais ou até em embarcar em algum navio, em Ostia, com destino ao mar Euxino e à terra dos dácios, a fim de se juntar a Dion, mas a futilidade de um empreendimento como esse o deteve; se Domiciano quisesse prendê-lo, não haveria escapatória e uma fuga súbita seria como uma confissão. Nem podia abandonar Cornélia. Se fosse preso, iria se recusar a testemunhar, mesmo que fosse torturado, disse a si mesmo, e, se fosse executado, morreria com a certeza de não a ter traído.

Ele não comentou com ninguém sobre as prisões e o julgamento iminente, nem com Epafrodito. Se estivesse sendo vigiado e seguido, qualquer um com quem tivesse contato poderia ficar sob suspeita.

O dia do julgamento das vestais chegou e Lúcio ainda era um homem livre. Durante aquele dia inteiro esperou que soldados viessem prendê-lo. Como sempre, despachou o liberto Hilário para o Fórum, a fim de entregar mensagens e trazer as notícias do dia. À tarde, ele finalmente retornou, recitando os últimos preços para os grãos de Alexandria. Mencionou também outra peça acrescentada à lista do censor, embora não conseguisse se recordar do título.

— E o que mais? — perguntou-se Hilário, coçando a cabeça. — Ah, sim, o Pontífice Máximo deu seu veredicto sobre as vestais acusadas.

— Deu? — Lúcio tentou ocultar o tremor na voz.

— Todas foram consideradas culpadas, menos uma.

— Tem certeza? — Lúcio mal respirava. — Que vestal foi essa?

Hilário pensou por um instante.

— O nome dela é Cornélia Cossa. Ela foi absolvida.

Lúcio não acreditou no que ouvia. Ficou tão pasmo com a notícia quanto se ela tivesse sido considerada culpada. Sentiu-se tonto. Hilário lhe perguntou se estava bem.

— Eu tomaria um pouco de vinho. Você pode me trazer, Hilário?

Assim que o liberto saiu do aposento, Lúcio rompeu em pranto.

Queria entrar em contato com ela, mas não ousava. Então, um dia, chegou uma mensagem, escrita em um pedaço de pergaminho e trazida por um menino de rua. "Encontre-me amanhã", era tudo que dizia, mas Lúcio sabia quem a tinha enviado e o que significava. E assim estavam juntos novamente, após tantos meses de separação.

Lúcio balançou a cabeça.

— Se Catulo foi o responsável por sua prisão, ele não vai desistir. Ficará vigiando e esperando por outra chance de arruiná-la. Pode estar vigiando bem agora. Pode ter visto você vir até aqui. Foi uma loucura nos encontrarmos de novo.

— Eu tinha de ver você, Lúcio.

— E eu tinha de ver você, Cornélia.

Ele tocou seu rosto e a beijou.

Os dois haviam chegado esperando que o encontro fosse casto, uma ocasião para conversar e compartilhar o sofrimento, reconhecer o perigo terrível do qual haviam escapado e dizer um último adeus; mas a tensão daquele suplício culminou em um desejo físico que ia além de qualquer coisa que já experimentaram antes. A união foi mais que uma simples junção de corpos; significou uma afirmação de que ainda estavam vivos. Ele sentiu uma liberação jubilosa, como nunca tinha imaginado. Soube que aquela não seria a última vez que se encontrariam.

Muito mais tarde, enquanto caminhava para casa, sozinho, e a névoa do desejo começava a se dissipar, ele conseguiu pensar com clareza novamente. A ironia da situação se tornou tão clara que ele deu uma gargalhada. A campanha inexorável de Domiciano pela moral pública o atirara de volta aos braços de uma virgem vestal.

88 D.C.

Faltavam cinco dias para os idos de Junius, vigésimo aniversário da morte de Tito Pinário.

Como fazia todos os anos nessa data, Lúcio conduziu um ritual simples de recordação diante da efígie de cera do pai, que ocupava um nicho no vestíbulo de sua casa, no Palatino. Estava acompanhado apenas do liberto Hilário, que fora o preferido do pai e que venerava a memória do antigo dono. Nos anos após ser alforriado, ele havia se casado e constituído família e, de muitas formas, era um romano mais dedicado que o filho do ex-dono, cumprindo todos os feriados e os ritos habituais para benefício dos filhos. Como sentia pouco interesse por religião e não tinha uma família sua, Lúcio observava poucas cerimônias no decorrer do ano, mas nunca se esquecia de comemorar o dia da morte do pai.

Como ocorria todo ano, sentia-se um pouco culpado enquanto celebrava a memória do pai. Aos 40 anos, Lúcio não possuía herdeiros; após sua morte, quem continuaria a honrar a lembrança do pai e de todos os outros ancestrais? Duas das três irmãs tinham filhos, mas não eram Pinários.

Era também o vigésimo aniversário da morte de Nero.

A data não era especialmente importante para Lúcio, exceto pela relação que tinha com a morte do pai, mas significava muito para Epafrodito. Com o propósito de observar a ocasião, havia convidado Lúcio a se juntar a ele diante da tumba de Nero, no monte dos Jardins.

Estava um dia ameno e claro. Lúcio decidiu ir caminhando, em vez de ser carregado em um sedã. Ele disse a Hilário que passasse o restante do dia com a família se quisesse e saiu sozinho.

Ao deixar a casa, Lúcio olhou para as novas e vastas alas recém-acrescentadas ao palácio imperial. Domiciano aumentara tanto o complexo que ele agora ocupava não apenas o trecho sul do Palatino mas grande parte do restante do monte. Dera também um nome à residência; assim como Nero batizara o palácio de Casa Dourada, Domiciano chamava o seu de Casa dos Flavianos. Dizia-se que os aposentos públicos eram enormes, com tetos altíssimos e abobadados, enquanto os quartos e os jardins, onde o imperador residia de fato, eram surpreendentemente pequenos e localizados nas entranhas do palácio, acessíveis apenas por portas secretas e corredores ocultos.

Lúcio desceu a Escada de Caco, atravessando o mercado e o Fórum. Passou pela área vasta e cercada, onde um pedaço de terra, ligando o monte Quirino ao Capitolino, estava sendo escavado para dar lugar a um grande fórum novo, que facilitaria a passagem do centro da cidade ao Campo de Marte. A quantidade de terra removida era impressionante; as construções que preencheriam esse espaço teriam de ser erigidas em uma escala verdadeiramente monumental. Esse fórum era, sem dúvida alguma, o mais ambicioso dos projetos de edificação do imperador, mas se tratava de apenas um deles. Era possível ver estruturas subindo por toda a cidade e muitas outras construções, mais antigas, ainda danificadas pelos incêndios da época de Nero e Tito, estavam finalmente sendo restauradas. A todo lugar que ia, em Roma, Lúcio via guindastes, andaimes e ouvia contramestres gritando ordens a grupos de operários. A batida incessante dos martelos ecoava de todas as direções.

Em todos os lugares, também, ele via a imagem do imperador. Estátuas monumentais de Domiciano haviam sido colocadas em muitas interseções importantes e praças públicas. Eram de bronze, decoradas com ouro e prata, retratando invariavelmente o imperador em sua armadura enfeitada de general triunfante. Andando pela cidade, era impossível não ver uma estátua dessas; de certos lugares, chegava-se a ver duas ou até três a distância. Em Roma era impossível escapar do olhar severo de Domiciano.

Juntamente das estátuas, o imperador mandou erguer arcos comemorativos por toda a cidade, pequenas réplicas do imenso Arco de Tito no Fórum, ornamentados no mesmo estilo excessivamente enfeitado. Em muitos deles, alguns espíritos corajosos e rebeldes rabiscaram grafites, que consistiam em uma única palavra: ARCI — que, quando dita em voz alta, podia ser tomada como o termo latino para "arcos" ou o grego *arkei*, que significava "chega!".

Quase tão onipresentes quanto as estátuas e os arcos, e construídos em vasta escala, eram os altares a Vulcano, erguidos por Domiciano pela cidade inteira. Eles foram prometidos por Nero que, como Pontífice Máximo, declarara que sacrifícios a Vulcano impediriam um novo Grande Incêndio. Em vez disso, o ex-imperador havia concentrado as energias na construção da Casa Dourada e, no caos subsequente a sua morte, os projetos dos altares se perderam. Vespasiano nunca achou apropriado ressuscitar o plano e o resultado, muitos pensavam, fora o imenso incêndio que danificara a cidade, em especial o Campo de Marte, na época de Tito. Este renovou a promessa de construir os altares, mas morreu antes de dar início às edificações. Foi Domiciano quem os ergueu por fim. Eram enormes, esculpidos em sólidos blocos de travertino, com mais de seis metros da largura. Nos dias em que se sacrificavam animais a Vulcano, longas colunas de fumaça podiam ser vistas sobre toda a cidade, enquanto os sacerdotes apelavam ao deus que impedisse um novo incêndio.

A devastação do Campo de Marte permitira a Domiciano reconstruir o espaço a seu bel-prazer. Enquanto Lúcio atravessava a vasta área, via os novos templos que dominavam a linha do horizonte, juntamente de um vasto estádio para competições esportivas e um grande teatro chamado Odeon, reservado a espetáculos musicais, não para peças. Domiciano proibira por completo as encenações teatrais.

Quando Lúcio começou a subir o monte dos Jardins, viu que um grande número de pessoas caminhava na mesma direção. Observou mais gente, e mais ainda, convergindo para o mesmo local, a rua que passava diante do cemitério da família de Nero, cercado por um muro de pedras. Muitos estavam vestidos de preto, como se de luto. Outros levavam coroas de flores.

A maioria era de sua idade ou mais velha — em outras palavras, idosas o bastante para se lembrarem da época de Nero. Por não ter tido filhos, Lúcio esquecia às vezes que toda uma geração posterior a ele só conhecia os Flavianos. A predominância de presentes na casa dos 40 anos ou mais velhos que isso fazia, porém, com que os rostos jovens na multidão sobressaíssem ainda mais. Os de mais idade pareciam sérios e sombrios, ao passo que os mais novos exibiam um ar animado de celebração.

Vendo sua expressão perplexa, uma jovem sorridente pegou seu braço. As roupas eram surradas, mas ela parecia recém-arrumada, como se tivesse acabado de vir das termas. Tinha um cabelo ruivo brilhante e carregava uma guirlanda de narcisos, violetas e papoulas.

— Sorria, amigo! — saudou ela. — Ainda não soube da novidade?

— Que novidade?

— Ele vai voltar!

— Quem?

— O Divino Nero, é claro!

— Não me lembro do Senado votar honras divinas para esse imperador em particular — argumentou Lúcio.

— E o que importa se um monte de velhos idiotas vota para chamar um deus de deus? Nada que o Senado diga pode mudar a verdade de que Nero é um deus vivo.

— *Era* um deus vivo, você quer dizer.

— Não! — retrucou ela, rindo e revirando os olhos. — Você não ouviu o que eu disse? Ele está voltando, do oriente, onde viveu esse tempo todo. Chegará aqui a qualquer momento, para reocupar seu lugar legítimo de imperador. Vai reconstruir a Casa Dourada e trazer uma nova Era de Ouro.

Lúcio olhou para ela sem entender. A menina era muito bonita, mesmo estando iludida.

Ela riu e balançou a cabeça.

— Vejo que você duvida. Não faz mal. Ponha isso no monumento dele hoje. Quando chegar, ele saberá e ficará satisfeito com você — disse a moça, tirando um narciso da guirlanda e lhe dando.

Ele pegou a flor, conseguiu sorrir meio sem jeito e se afastou em meio à multidão. Havia algumas pessoas paradas, segurando guirlandas e esperando que o sepulcro fosse aberto ao público. Outras, que não podiam ficar, tentavam chegar o mais perto para pôr as coroas de flores contra o alto muro de pedras que cercava a sepultura. Empurrado de todos os lados, Lúcio olhava em volta, esperando ver Epafrodito em meio à multidão. Um portão de madeira no muro se abriu, com um som de dobradiças enferrujadas, e uma voz familiar chamou seu nome.

Epafrodito acenou para ele da estreita entrada, por onde Lúcio passou e a fechou em seguida.

— Que multidão! — exclamou Lúcio, feliz por escapar do aperto. — Isso acontece todo ano?

— Sim e não — respondeu Epafrodito. — Todo ano trazem guirlandas e realizam cerimônias de recordação, mas eu nunca tinha visto tantas pessoas antes. É por causa do vigésimo aniversário, imagino.

Eles estavam sozinhos no interior da área cercada de pedra. A tumba de Nero não era a única — tratava-se do jazigo dos ancestrais pelo lado paterno —, mas era, de longe, a mais impressionante. O sepulcro enfeitado que continha as cinzas era esculpido em raro pórfiro branco. Diante dele, erguia-se um altar em mármore de Luna. Os requintados relevos de cavalos, nos quatro cantos, eram duplamente apropriados, pois Nero amava cavalgar e esses animais representavam um símbolo funerário desde a mais remota antiguidade. Havia flores sobre o altar, onde um pedaço fumegante de incenso anulava a fragrância delas com o perfume esmagador.

— Vejo que já honrou o morto — comentou Lúcio.

— Desculpe não ter esperado você, Lúcio. Tenho a chave do portão e entrei. Não tinha certeza da hora que você chegaria e eu queria dizer uma prece antes do portão ser aberto ao público. Daqui a pouco, todos lá fora passarão pelo sarcófago e depositarão suas coroas.

— Há centenas lá fora.

Epafrodito balançou a cabeça.

— Como a maioria, eles conseguem acreditar em duas coisas ao mesmo tempo. Dizem alegremente que Nero nunca morreu, mas estão aqui para comemorar o aniversário de sua morte e trazem guirlandas para a tumba. Nero morreu, mas está vivo.

— E está a caminho de Roma neste exato momento. Alguém acabou de me dar a notícia e me dizer que me preparasse para sua chegada.

— Uma jovem ruiva?

— Sim, muito bonita e carregando uma guirlanda.

— Essa moça falou comigo antes. Não tive coragem de dizer que estava presente quando Nero morreu, muito menos de que morreu pelas minhas mãos — disse Epafrodito, franzindo o cenho. — Curiosamente, meus contatos na casa imperial me disseram que *há* na verdade um impostor dizendo ser Nero, em algum lugar da Síria. Ele não é o primeiro desse tipo, mas parece ter um apoio sério dos párticos, que podem dar ao homem algum reforço militar e fazer uma incursão. Se isso acontecer, Domiciano está preocupado que esse falso Nero possa causar danos consideráveis às províncias do oriente. Ainda existe muita gente, especialmente na Judeia, que odeia os Flavianos, aqueles que Vespasiano e Tito não conseguiram matar ou escravizar. E as pessoas, nessa parte do mundo, estão sempre falando sobre mortos que voltam à vida.

— Quem é esse impostor?

— Não faço ideia. Aqueles que o viram dizem que ele canta como uma cotovia e se parece muito com Nero.

— Mas será que acham que Nero teria 50 anos hoje?

Epafrodito sorriu, melancólico.

— Ele estaria muito gordo e careca, imagino.

— Como podem acreditar tanto em uma coisa dessas?

— Porque, Lúcio, sem a disciplina da filosofia para dar rigor ao pensamento, o povo pode e vai acreditar em qualquer coisa, por mais absurda que seja. Na verdade, quanto mais impossível a ideia, mais se acredita nela. Todos estão cansados de Domiciano. Gostam de alimentar a fantasia de que Nero está voltando.

— Trazendo com ele uma nova Era de Ouro?

— Por que não? Alguns dos mais velhos, ali fora, se lembram do reinado de Nero e dirão que foi maravilhoso, embora eu ache que a nostalgia que sentem é mais pela juventude perdida que por Nero. E os mais jovens têm a propensão natural da mocidade de acreditar que uma Era de Ouro deve ter existido em algum lugar e em alguma época, provavelmente antes que fossem nascidos. Então, por que não na época de Nero?

— Isso quer dizer então que daqui a uma geração olharão para trás e acharão que houve uma Era de Ouro de Domiciano?

— Difícil imaginar!

— Eu não teria tanta certeza — retrucou Lúcio. — Caminhando até aqui, vi a mão do imperador em tudo quanto é lugar. Estátuas, templos, altares e arcos...

— *Arkei!* — exclamou Epafrodito. — Ninguém aguenta mais Domiciano em seus calcanhares.

— Você acha? Ele agradou muito ao povo quando acrescentou a nova fileira ao Anfiteatro Flaviano. Você admirou aquela monstruosidade desde o início, Epafrodito, e agora há mais razões que nunca para adorá-la. Ninguém em Roma ficará sem um assento.

— Mas ele proibiu a encenação pública de peças teatrais — argumentou Epafrodito.

— Todos os atores estão tendo de pagar pelo pecado de Páris! Mas o povo se importa? Acho que não. Por que eles iriam preferir antigos dramas enfadonhos e comédias rançosas quando Domiciano lhes proporciona espetáculos, e não apenas espetáculos, porém os mais formidáveis já realizados. Suas maravilhas eclipsam até as que o irmão oferecia. Ele inunda o anfiteatro e encena batalhas navais em escala natural, com condenados e escravos lutando pela vida e se afogando diante de nossos olhos. Que peça se poderia igualar a um espetáculo desses? Ele proporciona ao povo prazeres extravagantes, como as lutas de gladiadores que ele realiza à noite, em que mulheres e anões nus são obrigados a combater à luz de tochas. Que comédia faria o povo rir tanto assim? E do céu caem figos, tâmaras e ameixas sobre o público. Os espectadores ficam achando que morreram e acordaram nos Elísios.

— E o tempo todo o imperador está lá, sentado em seu camarote — falou Epafrodito —, acompanhado daquela criatura que tem a cabeça tão pequena. Será uma criança? Um anão? Será que é humano? Os dois cochicham e riem baixinho — disse ele, estremecendo. — Nero adorava a beleza e a perfeição, e seu gosto para tudo era impecável. Domiciano ama excessos, muitos enfeites, muitos ornamentos, e se cerca de aberrações humanas. Seu comportamento durante o espetáculo é apavorante. Você se lembra do dia em que o céu ficou preto e desabou uma tempestade daquelas? O vento e a chuva foram tão fortes que os toldos se tornaram inúteis, e o público começou a deixar o anfiteatro. Domiciano deu ordens aos soldados para que bloqueassem as saídas. O povo não teve permissão nem de buscar abrigo nos vãos de escada e nos corredores. Roma inteira teve de ficar sentada e aguentar o dilúvio. E, quando uma vaia varria o anfiteatro, o imperador exigia silêncio, furioso, e conseguiu, depois que um bom número de espectadores descontentes foi atirado na arena, a fim de se juntar aos condenados prestes a serem massacrados por um manada de auroques enlouquecidos.

Lúcio assentiu:

— Que momento bizarro foi aquele, sentado debaixo daquele aguaceiro com mais cinquenta mil pessoas e ninguém dizendo uma palavra, enquanto trovões roncavam, relâmpagos cortavam o céu e homens gritavam e morriam na arena. Digam o que quiserem, mas foi inesquecível, um dia como nenhum outro, exatamente o que o povo quer quando vai ao anfiteatro. Os jogos se tornaram mais populares que nunca.

— Porque Domiciano reduziu o povo romano ao nível de cães. Eles permanecem fiéis mesmo quando o dono bate neles, desde que lhes dê comida.

— E tem o apoio das legiões também — acrescentou Lúcio —, e é aí que reside o verdadeiro poder. Nero só se afundou quando perdeu o controle delas. Ele nunca conduziu as legiões em uma batalha, como Domiciano. E elas lhes são fiéis como foram ao pai e ao irmão. Ele paga bem aos soldados e isenta os veteranos de impostos.

— Mas suas guerras na Germânia e na Dácia acabaram em empate, na melhor das hipóteses. A morte do general Fusco e a perda de um estandarte de águia para os dácios foi uma catástrofe.

— Que Domiciano usou a seu favor — disse Lúcio. — Quando a ameaça da Germânia se tornou banal, os dácios se transformaram no novo inimigo para os romanos temerem e desprezarem. E, apesar de seu sucesso limitado, ele ainda encenou triunfos, desfilando pelo Fórum como um conquistador.

— Embora ninguém saiba ao certo o que ele conquistou. Você está sabendo dos comentários sobre os supostos prisioneiros, obrigados a desfilar acorrentados no triunfo germânico? Uma fonte da casa imperial me contou que, na verdade, eram os maiores e mais fortes escravos do palácio, usando calças de couro e perucas louras para parecerem germânicos.

— Esse é o problema com Domiciano, não? — comentou Lúcio. — Não se sabe nunca o que é real e o que não é. A cidade inteira virou um palco. Tudo que acontece é um espetáculo organizado pelo imperador. Ficamos nos perguntando se ele próprio ainda sabe o que é real.

— Ele agora assina a correspondência oficial com o título de Dominus e Deus — disse Epafrodito. — Isso faz dele o primeiro imperador, desde Calígula, a exigir ser tratado como dono do povo, e também o primeiro, mais uma vez desde Calígula, a se considerar um deus vivo. Dá novos nomes aos meses em homenagem a si mesmo. Comemoramos o aniversário dele não mais em October, mas em domicianus, que é precedido não mais por September, mas por germanicus, em homenagem a seus triunfos na Germânia. Ele vai a todos os lugares acompanhado por uma imensa guarda de lictores e usa o traje de general triunfante nas ocasiões oficiais, até quando discursa ao Senado e deveria estar usando uma toga, como primeiro entre iguais. A coroa de louros esconde a calvície.

— Mas como ele se dá ao luxo disso tudo, dos espetáculos, do soldo generoso aos soldados e dos projetos monumentais de construção?

— Isso é meio misterioso — respondeu Epafrodito. — Minhas fontes dizem que ele mesmo gere o tesouro, esquadrinhando obsessivamente até os menores gastos; não se compra um alfinete sem sua aprovação. Como é de se imaginar, os contadores e os tesoureiros morrem de medo dele. Mas isso tem um lado bom: Domiciano pôs fim à corrupção e ao autoenriquecimento, tão desenfreados durante os anos pródigos e irresponsáveis do reinado do pai. Porém meus velhos amigos do tesouro acham que o Estado está destinado à bancarrota e, quando isso acontecer, o imperador vai culpá-los. São como homens aguardando a sentença de morte, vendo a areia deslizando pela ampulheta; só que, nesse caso, são sestércios escorrendo entre os dedos do imperador. Estão todos esperando que Fusco conquiste realmente a Dácia e capture o tesouro do rei Decébalo, mas por enquanto não há a menor perspectiva de isso acontecer.

— Ele pode se chamar de dono e de deus, mas Domiciano teme os subordinados tanto quanto esses o temem. Vê conspirações em tudo. Senadores são condenados à morte por causa de observações casuais, que só um louco consideraria suspeitas. Ele se tornou muito supersticioso: tem medo não só de adagas e venenos mas também de feitiços. Você soube da mulher executada porque foi vista tirando a roupa diante de uma estatueta do imperador? Presumiu-se que ela estava tentando enfeitiçá-lo, usando magia sexual.

Epafrodito pôs as mãos sobre o sarcófago de Nero, sentindo a frieza da pedra lustrada. O último pedaço de incenso no altar havia se transformado em cinzas, mas a fragrância ainda pairava no ar.

— Curiosamente — disse ele —, Domiciano agora tem algo em comum com Nero, que nenhum de nós esperava: está apaixonado por um eunuco.

— Não!

— Sim. Lembra o desprezo que ele demonstrava pela camarilha de eunucos do irmão, e a única realização louvável em sua campanha pela moralidade, a proibição da castração? Agora Domiciano se apaixonou, de forma evidente, por um eunuco. O nome do rapaz é Earino, e ele é de Pérgamo. Um comerciante de escravos o castrou aqui na Itália quando era muito jovem, usando o método da água quente.

— O que é isso?

— A criança senta em um tonel com água fervendo, que amolece o escroto. Depois os testículos são apertados entre o polegar e o indicador, até serem esmagados. Esse método não deixa cicatriz, o que muitos proprietários acham bom. Os meninos submetidos a esse procedimento têm de ser muito novos e, mais tarde, desenvolvem muito menos atributos masculinos que aqueles castrados depois, o que os donos também acham bom. Há alguns anos, Earino foi adquirido pela casa imperial, onde todos os eunucos belos terminam. Seu rosto parece o de Cupido. O cabelo é louro, muito claro, como ouro branco, e também sabe cantar.

Lúcio assentiu.

— Dizem que os eunucos imperiais sempre têm algum talento, além daquele para o qual foram feitos.

— No caso de Earino, ao que parece, o menino tem um dom de fato. Quando cantou para o imperador, Domiciano se apaixonou de imediato. Ele mima Earino sem a menor vergonha, enche de presentes, veste-o com os trajes mais caros e lhe dá os perfumes mais raros. No aniversário dele de 17 anos, Domiciano o alforriou e lhe fez uma doação generosa. Para celebrar a ocasião, Earino enviou uma mecha de seu cabelo louro a um templo em Pérgamo. É um costume grego os rapazes doarem uma mecha de cabelo a um templo da cidade natal ao chegarem à idade adulta. Talvez você se lembre de que Nero fez algo parecido, quando doou uma amostra da primeira barba ao Templo de Júpiter, no Capitólio.

"Quando Earino enviou a mecha de seu cabelo, os poetas da corte tropeçaram um no outro, na pressa de celebrar o acontecimento. Nosso querido Marcial escreveu uns versos comparando Domiciano a Júpiter e Earino a Ganimedes, até aí nenhuma surpresa. Mas por pura bajulação, o rival, Estácio, se superou. Seu poema é uma verdadeira *Eneida* de adoração a um eunuco. Escute isso."

Epafrodito pigarreou e declamou:

Todos os favoritos anteriores e batalhões de criados recuam
Quando o neófito leva ao líder poderoso
O pesado cálice de cristal e ágata,
Tornando o vinho mais doce pelo toque de suas mãos brancas e macias.
Rapaz querido dos deuses, escolhido como primeiro a beber da vindima,
Abençoado por tocar tantas vezes aquela poderosa mão direita
Cujo poder os dácios anseiam por conhecer —

Epafrodito se calou e fez um gesto fingindo vomitar.

— Nem Marcial se rebaixou tanto, escrevendo algo tão horrível quanto isso, embora já tenha chegado perigosamente perto.

— É curioso — disse Lúcio — como um homem tão mau quanto Domiciano consegue prodigalizar tanto afeto a um rapaz inofensivo, mutilado. É quase como se Earino fosse um animal de estimação.

— Earino quer dizer "primavera" em grego. Domiciano está com quase 40 agora. Estácio diz que o eunuco devolve a juventude ao imperador, embora eu ache que o jovem só o faça se lembrar dela. Mas você pôs o dedo em uma coisa, Lúcio. Dizem que a imperatriz tem pleno conhecimento da paixão do marido e que ela, também, gosta muito de Earino. Por que não? É melhor para ela que Domiciano passe o tempo cortejando um eunuco em vez da mulher de algum senador, ou, pior ainda, uma moça solteira, em idade de ter filhos, que poderia infernizá-lo para que se divorciasse da esposa. A imperatriz tem de dar a ele mais um herdeiro para substituir o filho morto; enquanto Domiciano ficar despejando seu sêmen em um eunuco, ninguém vai conseguir isso. Para propósitos dinásticos, um eunuco não é um rival. Earino é mais um animalzinho de estimação, como você disse, uma criatura linda de cuja companhia os dois desfrutam.

— Domiciano! O que pensar desse homem? — indagou Lúcio. — Por um lado, é obcecado por minúcias burocráticas, mas, por outro, tem um medo mórbido de complôs e magia. Já foi um adúltero promíscuo e agora cobre um eunuco de mimos, porém está determinado a criminalizar as "lutas de cama" dos outros. E é esse o homem que modela cada faceta do mundo em que vivemos. Ele está no próprio ar que respiramos.

Epafrodito suspirou.

— Chega de falar do imperador. E você, Lúcio?

Lúcio deu de ombros.

— Nada muda em meu mundinho.

— Isso quer dizer que você ainda está se encontrando com ela?

Lúcio comentou, sorrindo:

— Atualmente, somos como um velho casal, se é que se consegue imaginar um casal, casado em segredo, que só se vê algumas vezes por ano. A paixão ainda existe, porém arde de forma mais estável, com uma chama mais branda.

— Como a chama do fogo sagrado de Vesta?

— Se é o que parece. Ela tem menos tempo ainda para me ver, agora que se tornou a Virgem Máxima.

— Tão jovem! Que idade tem ela agora?

— Trinta e dois. E está mais bela que nunca.

Epafrodito sorriu.

— Você não me parece um homem casado. Ainda parece um amante.

— Sou um homem de muita sorte por conhecer uma mulher assim. Ah, não me olhe desse jeito, Epafrodito. Não precisa me alertar novamente sobre os riscos. Acho que fui abençoado e não amaldiçoado, quando a Fortuna me levou até ela. Em nenhum outro lugar eu encontraria um amor como o dela.

— Verdade, agora você falou como um amante. Como passa o resto do tempo?

— Quando não estou caçando em alguma de minhas propriedades, aproveitando o ar fresco e a emoção da caça, faço o que tenho de fazer para manter meu patrimônio. Negócios com imóveis e comércio não são exa tamente atividades respeitáveis para um patrício. Agricultura em grande escala ou o serviço público seriam mais adequados, porém você sabe que nunca busquei status. Hilário faz a maior parte do trabalho. Ele sente muito prazer passando números de uma coluna para a outra, ditando cartas para mercadores e enviando instruções para advogados.

— Então nada de política ou serviço público para você ainda?

— Claro que não! Mais que nunca, me parece que a única estratégia razoável para um cidadão romano é atrair o mínimo de atenção possível. Até agora, consegui não ser notado pelo imperador. E pretendo continuar assim.

Assim que proferiu essas palavras, Lúcio sentiu que estava tentando o destino. Ele pôs a mão dentro da toga e tocou o *fascinum*.

Epafrodito abriu a boca para dizer algo, mas depois pareceu mudar de ideia.

— O que foi? — perguntou Lúcio.

— Eu estava me perguntando se você já ouviu falar de Catulo.

Lúcio prendeu a respiração.

— O braço direito do imperador, que conduziu a investigação contra as vestais?

— E muitas outras nos últimos anos. Esse parece ser seu dom especial, uma habilidade para descobrir qualquer ato ou declaração secreta que cause a destruição de outro mortal. Como Domiciano o valoriza por isso! Mas uma onda de infelicidade se abateu sobre Catulo. Ele ficou gravemente doente com uma febre e quase morreu. Mas já está de pé de novo, recuperado por completo, porém, ficou totalmente cego.

Lúcio se lembrou das palavras de Cornélia: *Tudo nele é frio como o gelo, exceto os olhos. O modo como olhou para mim me fez sentir tão vulnerável. Pensei que aquele olhar ia me queimar.*

— Mas essa é uma notícia muito boa — comentou Lúcio, apesar da expressão sombria. — Catulo cego! Você devia ter me dito isso logo.

Epafrodito mordeu os lábios.

— Epíteto diz que sentir alegria pelo sofrimento dos outros é pecado, como a arrogância; provoca a retaliação dos deuses.

— É mesmo? Toda Roma assiste e aplaude quando milhares morrem na arena ou quando prisioneiros são estrangulados ao final de um triunfo, e os deuses parecem aprovar. Por que eu não ficaria um pouco satisfeito com a queda tão merecida de um monstro como Catulo?

— Não estou certo de que a cegueira tenha posto um fim a Catulo. Domiciano ainda o tem entre seus conselheiros mais próximos. Dizem que a enfermidade só o tornou mais perigoso.

Novamente, Lúcio sentiu um estremecimento supersticioso. Ele ia tocar o *fascinum* quando ouviram um barulho de chave na fechadura. O portão se abriu e um funcionário falou dali.

— Vou permitir que entrem daqui a um instante — avisou o homem. — Talvez vocês queiram prestar as últimas homenagens.

Eles voltaram a atenção para o sarcófago. Enquanto Epafrodito ficava em silêncio, com as mãos cruzadas e o olhar baixo, Lúcio queimava um pouco de incenso e colocava a flor que a jovem lhe dera sobre o altar. Ele não estava pensando em Nero enquanto rezava, mas no pai e em Esporo.

Eles foram em direção ao portão. O funcionário gritou à multidão para que os deixassem passar. Quando Lúcio adentrou o ajuntamento, cercado pelo cheiro de flores, a mão de alguém agarrou seu braço.

Era a jovem ruiva:

— Não se esqueça — gritou ela. — Nero está chegando um dia desses. Sim, um dia desses!

91 D.C.

— Gostou da estada no campo?

— Gostei, Hilário.

— Boas caçadas?

— Normais para essa época do ano, nada além de veados e coelhos. Mas o campo está lindo.

— E gostou de dormir até tarde hoje de manhã?

— Sim, muito. Eu acordava ao amanhecer todo dia, mas a viagem para casa me deixou cansado. Felizmente, aqui na cidade um homem pode dormir até o meio-dia sem perder nada.

— E a visita às termas esta manhã?

— Muito agradável. Gosto mais de ir à tarde que de manhã, especialmente às Termas de Tito. Não são tão cheias e são mais relaxantes. Na verdade, passei uma hora jogando um jogo bobo de tabuleiro com um completo estranho, em uma das galerias, e depois dei um último mergulho na água quente. Senti-me tão limpo e renovado, preparado para o resto do dia.

— Não há mais muito do dia pela frente, infelizmente. O sol está se pondo tão cedo. Mas podemos ter ainda mais uma hora de luz no estúdio. Gostaria que o senhor se juntasse a mim para revisar as contas do armazém de Alexandria. Há umas discrepâncias para as quais eu gostaria de chamar sua atenção...

— Agora não, Hilário.

— Não vai demorar.

— Vou sair.

— Posso perguntar para onde?

— Não.

— Talvez essa noite, então, à luz das lâmpadas? — perguntou Hilário, com uma expressão de lástima, segurando um pergaminho.

— Provavelmente não, Hilário. Pode ser que eu só chegue muito tarde.

— Entendo — disse o liberto, olhando para as roupas de Tito.

O dono da casa não estava usando toga, mas uma túnica de cores brilhantes, curta o bastante para exibir as pernas atléticas, cingida por um cinto de couro com detalhes em prata, em torno da cintura, ainda fina aos 44 anos, graças ao regime recente de cavalgadas e caçadas o dia inteiro, comendo apenas o que conseguia caçar. Hilário balançou a cabeça. Era óbvio que o dono da casa ia vê-*la* — a mulher cuja existência Lúcio nunca reconhecera e cuja identidade, o serviçal muito sabiamente jamais havia tentado descobrir. Às vezes Hilário sentia pena do filho do antigo dono. Ele era apenas um liberto; contudo, encontrara uma mulher adequada para casar e, juntos, geraram filhos maravilhosos.

Quando Lúcio se aprontou para sair de casa — sozinho, como sempre fazia quando ia encontrar a amante secreta —, assoviou a melodia de uma velha canção de caça. Hilário foi cuidar dos afazeres.

Era uma tarde fresca de outono. Lúcio fez um caminho repleto de rodeios, olhando para trás ocasionalmente e seguindo em frente. Fazia muito que adotara esses hábitos para se certificar de que não estava sendo seguido, quando se dirigia à pequena casa no Esquilino.

Como acontecia, em geral, quando retornava a Roma após uma temporada extensa no campo, achava a cidade desagradavelmente suja, barulhenta e fedorenta, cheia de pessoas infelizes e de aparência perigosa — e era sempre no Fórum. Depois de entrar em Subura, sentia-se mais relaxado, porque, embora as ruas fossem mais cheias, e os habitantes, mais sujos, não havia tantas estátuas de Domiciano em todos os lugares. Era o que mais lhe incomodava durante o primeiro e segundo dias em Roma — a onipresença do imperador, Senhor e Deus, sempre o observando.

Contudo, mesmo as imagens inevitáveis do imperador não conseguiam solapar seu ânimo naquele dia. Talvez o ar fresco do outono fizesse Lúcio se sentir com metade da idade. Ou o fato de que não via Cornélia havia tanto tempo — mais de dois meses — e ambos tinham por fim encontrado uma hora para se ver. Ele recebera sua mensagem cifrada nas termas àquela tarde, entregue como sempre por um menino de rua, escolhido ao acaso, sem meios de descobrir a identidade da mulher que contratara seus serviços nem o significado das palavras que ela lhe ensinara a repetir: "Hoje. Uma hora antes do sol se pôr."

As lojas nas partes mais nobres da cidade já estavam fechadas, mas muitos estabelecimentos em Subura permaneciam abertos até escurecer, e Lúcio descobrira que a qualidade dos gêneros alimentícios ali era, em geral, tão boa quanto a que se encontrava nas lojas do Aventino, que cobravam quatro ou cinco vezes mais. Ele comprou um pão chato, de casca grossa, um queijo duro e defumado, um pote de sua conserva favorita e alguns outros itens. Havia vinho e azeitonas na pequena casa do Esquilino, mas não artigos frescos e, se a experiência servia de guia, os dois ficariam com bastante apetite mais tarde. Ele saiu de Subura e subiu a ladeira, carregando uma sacola de pano com as provisões e assoviando uma canção alegre.

Parou de assoviar ao ver uns pretorianos que vagavam nas redondezas do pequeno reservatório, chamado lago de Orfeu. Os soldados, mesmo armados e de uniforme, não pareciam estar a serviço. Um deles escalara as estátuas de bronze do chafariz e estava encostado contra um veado, que se quedava embevecido, de orelhas em pé, para escutar Orfeu tocando a lira.

O que estariam fazendo naquela área tão residencial, que misturava casas elegantes, como a de Epafrodito, e outras mais modestas, no entanto ainda assim residências respeitáveis, como a pequena residência de Lúcio? A visão de homens armados era inquietante. Ele quase deu meia-volta, depois pensou em Cornélia, aguardando-o pacientemente. Resolveu, então, prosseguir, tomando uma ruazinha estreita e sinuosa. Após uma curva fechada, viu a frente da casa.

A porta se encontrava escancarada.

Lúcio se virou e percebeu que os soldados vistos no lago de Orfeu o haviam seguido. O que ia na frente do grupo o olhou nos olhos. Mantinha uma expressão impassível mas determinada. Com um meneio de cabeça e um pequeno movimento de mão, o pretoriano deixou claro que Lúcio devia entrar na casa.

Ele atravessou o vestíbulo e entrou no aposento seguinte. Havia alguém sentado no divã em que esperava encontrar Cornélia. A iluminação era fraca; seus olhos precisaram de um momento para se adaptar. O homem no divã estava vestido como membro da corte imperial, com uma veste profusamente bordada, de mangas compridas. Usava um colar com grandes peças de cornalina e um anel, ostentando a mesma pedra vermelha. Ele se virou para encarar Lúcio, mas havia um vazio desconcertante em seus olhos, que não pareciam se fixar em nada. O rosto era descarnado; a pele, pálida e manchada.

— Você é Lúcio Pinário?

— Sim, sou.

— Meu nome também é Lúcio, Lúcio Valério Catulo Messalino. Talvez já tenha ouvido falar de mim.

— Talvez.

— Estou ouvindo um tremor em sua voz, Lúcio Pinário?

Parecia não haver mais ninguém no aposento, apenas os dois. Por uma sombra na parede, Lúcio podia ver que um pretoriano o seguira até o interior da casa e havia se postado no vestíbulo.

— Sua presença me honra, Catulo.

Catulo gargalhou.

— Como você é bem-educado, Pinário! O decoro me obriga a dizer algo lisonjeiro sobre sua casa, mas infelizmente não a enxergo. No entanto, meus outros sentidos são bastante aguçados. Estarei sentindo, muito ligeiramente, um perfume feminino nesta sala? Ou será imaginação minha?

— Não há nenhuma mulher aqui, Catulo.

— Não? Ainda assim, posso quase sentir sua presença.

No silêncio que se seguiu, os itens na sacola de pano farfalharam ligeiramente.

— O que está carregando? — perguntou Catulo.

— Apenas um pouco de comida. Posso lhe oferecer, Catulo?

O homem riu.

— Não, não como nada que não seja preparado por meu cozinheiro ou pelo do imperador e provado por um escravo primeiro. Essas precauções básicas são um dos inconvenientes de minha posição. Eu lhe aconselharia a não comer dessa comida, também.

— Por que não?

— Por que estragar seu apetite, quando daqui a pouco vai jantar na Casa dos Flavianos?

— Vou? — A voz de Lúcio desafinou como a de um rapaz.

— É por isso que estou aqui, Lúcio Pinário. Para fazer um convite em nome de nosso Senhor e Deus. Você está convidado a jantar com ele. Há um sedã esperando lá fora.

Lúcio engoliu em seco.

— Não estou vestido adequadamente. Preciso passar primeiro em casa e pôr minha melhor toga...

— Não há necessidade. O imperador vai lhe fornecer roupas.

— Vai?

— Esse será um jantar especial, que requer roupas especiais. Você não precisa trazer nada. Vamos?

Lúcio olhou em volta da sala. Onde estava Cornélia? Teria chegado antes dele, visto os pretorianos e ido embora? Ou não teria vindo? Ou — ele mal podia suportar a ideia — já estava lá quando Catulo chegou?

Catulo chamou os pretorianos, que o ajudaram enquanto deixava a casa. Lúcio fechou a porta e pegou sua chave.

— O que você está fazendo? — perguntou Catulo.

— Trancando a porta.

Catulo deu de ombros.

— Se acha necessário.

Pareceu a Lúcio que aquelas palavras eram claras: não havia muita necessidade de se trancar uma casa para onde o dono não retornaria.

Ele foi levado pelas ruas em um sedã sozinho. Não fez nenhuma tentativa de conversar com Catulo, que estava no seu, particular. Ora, os dois emparelhavam; ora, ele ia à frente, dependendo da largura da rua. Lúcio se viu pensando nas histórias que ouvira sobre as brincadeiras cruéis de Domiciano com as vítimas, desarmando-as com presentes e demonstrações de amizade, antes de submetê-las a torturas terríveis. A técnica favorita de interrogatório era queimar os órgãos genitais; o castigo preferido, quase uma morte, cortar as mãos.

O caminho mais curto para o palácio os levaria bem próximo do Anfiteatro Flaviano e do Colosso. Em vez disso, atravessaram o Fórum, passando pela Casa das Vestais e o Templo de Vesta. Seria proposital, para deixá-lo nervoso? Certamente, pois, quando eles subiram por fim o Palatino, os carregadores passaram diante da casa de Lúcio. Catulo devia saber com exatidão onde estavam, pois seu sedã emparelhou com o de Lúcio e Catulo voltou a cabeça para ele sorrindo, como se provocando-o com um vislumbre final do lar.

Os sedãs os deixaram em uma das entradas do palácio imperial. O salão de recepções ao qual foram levados, com teto altíssimo, era mais suntuoso que qualquer outro já visto por Lúcio. Até os templos decorados com mais esmero não se comparavam à opulência daquele local, que talvez fosse visto melhor àquela hora do dia. A derradeira luz do sol que se punha, vinda das altas janelas, ainda iluminava os recantos mais remotos do salão, revelando toda a magnitude e a espantosa atenção para com os detalhes. A profusão de lâmpadas recém-acesas conferia um brilho resplandecente às superfícies lustrosas de mármore e bronze, fazendo com que a estátua monumental de Domiciano, no centro do salão, recoberta de ouro e prata, faiscasse com pontos de luz brilhantes.

Do salão de recepção, eles foram levados por uma série de aposentos igualmente suntuosos, mas cada vez menores, até Lúcio se ver caminhando em fila única atrás de Catulo, com um pretoriano bem nos seus calcanhares, por um corredor estreito, revestido com mármore verde-escuro por todos os lados; até o teto baixo era feito do mesmo mármore. Se ainda houvesse algum resto de luz do dia, ela não penetrava ali; o caminho era iluminado apenas por lâmpadas fracas, distantes umas das outras na parede. Lúcio tinha a sensação de estar debaixo da terra, embora não tivessem descido nenhuma escada. Sentia-se como se estivesse entrando na tumba de algum rei antigo. O ar se tornou rançoso e rarefeito. Estava com dificuldades para respirar.

Lúcio foi levado a uma pequena sala lateral, toda recoberta do mesmo mármore verde-escuro, iluminada por uma única lâmpada, onde foi deixado só para trocar de roupa. O traje reservado para ele era uma veste, de mangas compridas, não muito diferente da usada por Catulo, porém totalmente preta; até os bordados nas orlas eram negros. Com relutância, Lúcio tirou a túnica colorida, colocou-a de lado e pegou o traje. Depois, sobressaltou-se e deu um grito abafado.

Do nada, aparecera um menino. Tinha o cabelo escuro e vestia uma roupa preta; a pele também fora pintada da mesma cor. Na luz difusa do ambiente, Lúcio não o vira até que ele deu um passo à frente, de súbito, como uma aparição de pesadelo.

— Vou ser seu criado essa noite, amo — anunciou o menino, tomando o traje de Lúcio. — Permita-me ajudá-lo a se vestir, amo.

Estupefato, Lúcio o deixou ajudá-lo a pôr o traje negro. Então, ele o pegou pela mão e empurrou uma parede de mármore. Uma porta se abriu como por mágica e o menino o conduziu.

Lúcio se viu em um aposento sem cor. Todas as superfícies eram negras. O chão e as paredes eram de um sólido mármore preto. As pequenas mesas espalhadas pela sala eram feitas de metal preto, assim como as lâmpadas, que emitiam uma luz muito baça. Os quatro divãs de jantar, reunidos a um canto, eram de ébano e viam-se almofadas negras espalhadas sobre eles. Um parecia maior e mais enfeitado que os outros.

Percebeu com o canto do olho um movimento. Pensou ter visto uma porta se abrir em uma das paredes de mármore negro, mas, como nenhuma luz apareceu, ficou incerto; até uma figura entrar, vestida como ele, de preto, e trazida por um menino também pintado de preto. Era Catulo. Sem uma palavra, ele parou diante do divã localizado em frente ao maior deles e fez um gesto a Lúcio, indicando-lhe que se postasse em frente ao divã da direita.

Outra figura passou pela porta, levada também por um menino. Lúcio deixou escapar um suspiro de sofreguidão, que ecoou acentuadamente no pequeno aposento.

Era Cornélia.

Estava usando uma veste de linho e um toucado tipo *suffibulum*, similares aos trajes habituais, com a diferença de que esses eram completamente pretos.

Seus olhos se encontraram. O medo no rosto dela refletia o do seu. Ela ergueu uma das mãos na direção dele; os dedos tremiam. O gesto era um pedido de ajuda. Nenhum dos dois falou, conscientes da presença do cego Catulo, que indicou com um aceno de cabeça que Cornélia devia ficar diante do divã à esquerda.

À luz difusa da sala, Lúcio viu uma estela de pedra, vertical, encostada contra uma parede, atrás do divã de Cornélia. Havia letras entalhadas nela, mas ele não as podia ler. Lúcio olhou para trás e viu que outra estela de pedra, semelhante, encontrava-se atrás de seu divã. O entalhe elaborado e a forma, no geral, eram as de uma lápide. Escrito na pedra, ele leu o próprio nome.

Lúcio viu estrelas. A sala pareceu balançar e escurecer. Ele achou que ia cair e procurou uma forma de se firmar. O criado percebeu sua agonia e pegou sua mão. Lúcio se apoiou no menino, sentindo-se fraco e tonto.

Experimentava tanta aflição que nem percebeu a entrada de Domiciano no aposento, até ver o imperador, meio sentado, meio reclinado, no divã de honra. A um primeiro olhar, ele parecia estar vestido de preto, como os outros, mas, com um exame mais minucioso, Lúcio viu que o traje de Domiciano era de um tom de púrpura tão escuro que parecia preto, enfeitado com bordados de um vermelho muito escuro. Na cabeça, trazia uma coroa de louros preta. As lâmpadas lançavam a luz de uma forma que seus olhos ficavam ocultos por sombras profundas e invisíveis.

Acompanhando o imperador, estava a criatura de cabeça pequena, que era sempre vista com ele nos jogos. O rosto era estranhamente modelado; e as feições, encarquilhadas. Mesmo vendo-a tão de perto, Lúcio não conseguia identificar se se tratava de uma criança ou um anão. Como os outros criados, estava completamente pintado de preto.

Lúcio percebeu que Catulo estava reclinando-se também, assim como Cornélia, e todos olhavam para ele. Teria perdido a consciência por um momento? Seu criado sussurrou-lhe algo e depois puxou sua mão, instando-o a se sentar.

Lúcio se deixou cair no divã. O criado fez o maior alvoroço, afofando as almofadas e arrumando-as para seu conforto. Uma entrada de azeitonas pretas foi servida, junto de cascas úmidas de pão preto, polvilhadas com sementes escuras de papoula. Serviram-lhe vinho, que também parecia negro como carvão, em uma taça.

Enquanto isso, no espaço entre os quatro divãs, um grupo de jovens dançarinos, pintados de preto como os criados e vestindo muito pouca roupa, realizava uma dança. A música era fúnebre, executada por flautas agudas e chocalho. Lúcio não fazia ideia de onde vinha. Não se viam músicos em lugar nenhum.

A dança parecia interminável. Lúcio viu que Catulo estava comendo, mas não sentia o menor apetite, nem Cornélia, observou ele. Em meio a tanta escuridão, o rosto da vestal parecia muito pálido. Domiciano também não comia, observava os dançarinos.

Por fim, com um floreio dramático das flautas, o espetáculo terminou e os dançarinos se dispersaram, desaparecendo através das paredes.

— Um fato interessante sobre funerais — começou Domiciano, olhando para a frente. — Nos tempos antigos, todos os funerais eram realizados à noite, mesmo os dos grandes homens. Hoje em dia, só os pobres são enterrados à noite, porque não podem se dar ao luxo de cortejos fúnebres, que, a meu ver, são superestimados por serem todos iguais. Primeiro vêm os músicos, alertando a todos sobre o acontecimento; depois as carpideiras, em geral contratadas; e, por último, artistas e bufões, que imitam o falecido. Então, vêm os escravos que ele libertou, demonstrando gratidão por meio de lágrimas e lamentações pelo ex-dono, e, em seguida, os artistas, usando as máscaras de cera dos ancestrais, como se os mortos tivessem voltado à vida para receber mais um descendente em suas fileiras. E então vem o morto, carregado em um ataúde, sobre os ombros dos parentes mais próximos, para que todos possam ter um vislumbre final, antes de ele ser colocado sobre uma pira e queimado. Os presentes jogam todo tipo de coisa no fogo: as roupas do morto, suas comidas preferidas e seus livros mais apreciados. Alguém faz um discurso e, quando acaba, as cinzas são recolhidas e guardadas em um sarcófago de pedra.

"Outro fato interessante: antigamente, nossos ancestrais não queimavam o corpo dos mortos, mas os enterravam intatos. Disseram-me que os cristãos preferem esse tipo de funeral até hoje; dão certo valor ao cadáver, esperando que volte à vida. Mas quem ia querer voltar à vida depois que a carne começasse a apodrecer, especialmente ao se ver preso em uma caixa de pedra ou enterrado no chão? Como a maioria das ideias estapafúrdias dos cristãos, essa parece muito malconcebida. Nós, romanos, não praticamos mais os enterros, exceto no caso muito especial da inumação de uma vestal, culpada de romper o voto de castidade. Mas, nesse caso, não é o enterro de um corpo morto, mas de um que ainda respira.

Catulo assentiu.

— Essa é a antiga penalidade, porém me lembro de que César, em sua sabedoria, concedeu uma punição menos severa, quando as irmãs Oculata e Varonila foram condenadas há alguns anos.

— Venho pensando muito sobre essa decisão — disse Domiciano. — Não é muito aconselhável abandonar a sabedoria de nossos ancestrais. Foi o rei Numa, o sucessor de Rômulo, quem fundou a Ordem das Vestais em Roma. O castigo que ele decretou para uma vestal culpada foi a morte por apedrejamento.

— Isso é fato? — perguntou Catulo, mastigando uma azeitona e cuspindo o caroço na palma da mão do criado. — Nunca soube disso.

— Foi um rei posterior, Tarquínio Prisco, quem inventou a pena de morte por inumação. Seu argumento era religioso. "Que nenhum mortal mate uma sacerdotisa de Vesta", declarou ele. "Deixe a decisão ser tomada pela própria Vesta." Então, a vestal está viva quando é colocada naquela pequena cripta subterrânea, que depois é lacrada, e a entrada, coberta com terra. Assim, ninguém comete o ato de matá-la e ela não recebe meios de cometer o ato. O tempo e a vontade de Vesta se encarregam dela. Acho que Tarquínio Prisco demonstrou grande sabedoria nessa questão, chegando a exceder a de Numa.

A entrada foi levada embora. Cada um dos convivas recebeu um prato de cogumelos e outros fungos, todos negros, graças ao molho no qual tinham sido cozidos. Mais uma vez, apenas Catulo deu alguma demonstração de apetite. Comeu com prazer, chupando o molho na ponta dos dedos.

— Segundo me lembro — disse ele —, quando César julgou os homens que violentaram Varonila e as Oculatas, manifestou grande tolerância.

— Sim, permiti que vivessem, mas venho reconsiderando a sabedoria dessa decisão também. Seria mais prudente, eu acho, fazer vigorar a punição tradicional para o sedutor de uma vestal, como um meio de intimidação para outros que fiquem tentados a cometer um crime desse tipo no futuro. Como Pontífice Máximo, tenho de fazer o possível para preservar a santidade daquelas que guardam o fogo de Vesta. Você não concorda, Virgem Máxima?

Pela primeira vez, Domiciano reconhecia a presença de Cornélia. Com uma voz muito fraca, ela respondeu:

— Sim, Dominus.

— Esta noite, pode me tratar de Pontífice Máximo.

— Sim, Pontífice Máximo.

— Fica melhor. Você não concorda, Virgem Máxima, que a penalidade tradicional é um poderoso meio de intimidação? O homem é despido, pendurado em uma cruz e apanha com varas, enquanto a vestal violentada assiste, até ele morrer. Soube que isso pode levar um bom tempo, dependendo da saúde geral da vítima. Alguém de coração fraco pode morrer depois do primeiro golpe. Outros permanecem vivos por horas. O espancamento pode se tornar muito tedioso, para não dizer cansativo. Às vezes, os lictores encarregados de executá-lo ficam tão exaustos que outros têm de ser trazidos para dar continuidade ao castigo.

Pareceu a Lúcio que o prato de guloseimas que o criado segurava diante dele continha não fungos, mas uma mistura de vísceras e órgãos, nadando em algum líquido desconhecido. Ele começou a ficar nauseado.

Figos negros foram servidos a seguir, exceto para Domiciano. Os criados lhe trouxeram apenas uma única maçã, junto de uma faca de prata. O imperador começou a descascá-la vagarosa e metodicamente, tirando pequenas faixas de casca, que entregava ao acompanhante de cabeça pequena, que as engolia como um cachorro come os restos da mesa do dono. Quando Domiciano mordeu a maçã, o som foi surpreendente, como o de ossos estalando.

Lúcio viu mais uma vez estrelas e ouviu um ruído baixo. Era o imperador cochichando algo para a criatura de cabeça pequena, que sussurrou algo de volta. Os dois riram.

— Estávamos nos perguntando, Catulo, como um cego pode arder de desejo por alguém. A beleza inspira a paixão, mas como ela pode ser percebida sem a visão?

Catulo virou o rosto para Cornélia.

— Um cego pode ter recordações da beleza e possui imaginação também.

— Ah, mas a beleza acaba, Catulo; é tão efêmera quanto embriagante. Suas recordações já estão ultrapassadas, certamente — comentou Domiciano, fitando Cornélia, que abaixou o rosto. — A beleza existe em um momento apenas. Foi por isso que pedi a Earino que nos entretivesse esta noite. Embora não possa vê-lo, Catulo, eu lhe garanto que ele é belo.

O eunuco entrou no aposento, vestido de preto. Era pequeno, delicado e se movia com tal graça que parecia flutuar acima do chão. O cabelo claro, tema para poetas, parecia incrivelmente brilhante no aposento escuro; parecia emanar uma luz própria. A pele era branca como creme.

Naquele aposento sombrio, Earino parecia um ser etéreo de um reino de sonho. Ele se postou no centro da sala e começou a cantar. As notas eram puras e doces mas também perturbadoras; a voz tinha uma qualidade estranha, impossível de se classificar. A canção, assim como o cantor, parecia vir de algum reino para além da experiência comum.

Por que deve o homem com a morte se alarmar,
Se a alma junto do corpo também vai cessar?
Quando essa carcaça mortal é desfeita,
E a vida por inteiro nosso corpo rejeita,
Do sofrimento e da dor nos livramos —
Nada mais nos resta sentir, pois já terminamos.
Mas imaginem se após encontrar nossa Desdita
A alma ainda se ache em seu estado dividida.
Que seria isso para nós? Pois só somos o que somos
Enquanto de corpo e alma dispomos.

E se nossos átomos por um acaso girassem
E estes restos mortais descartados com eles dançassem?
Nada mais que uma farsa acintosa seria,
Porque esse novo ser humano de outra coisa não passaria.
Nós, que já nos fomos, não teríamos nenhuma participação
Em nenhum desses prazeres, nem sentiríamos comoção
Que a esse novo homem caberia,
Que de nossos restos o tempo outra vez moldaria.
Assim tenham coragem e escutem bem:
O que na morte devemos temer também?
Depois que entre nós a vida termina,
Somos como a àrvore que o raio fulmina.

A última nota da canção foi seguida por um longo silêncio. Observando o eunuco e escutando-o, Lúcio pensou em Esporo. Uma lágrima escorreu por seu rosto. Antes que pudesse enxugá-la, percebeu que Domiciano havia se levantado de seu divã e caminhava lentamente em sua direção.

Os olhos do imperador surgiram da sombra e brilharam, refletindo a luz das lâmpadas. O olhar fixo estava concentrado sobre o rosto de Lúcio. Como caçador, ele havia ficado muitas vezes intrigado com a tendência de certas presas, como coelhos, por exemplo, de se imobilizar, em vez de fugir, quando observadas pelo caçador. Agora, entendia. Sentia-se como o coelho, incapaz de mover um músculo, desejando ardentemente ser tragado pela escuridão ao redor. Era como se tivesse virado pedra. Até o coração parecia ter parado de bater.

Domiciano chegou mais perto, contemplando Lúcio atentamente, com a boca pequena comprimida e uma expressão inescrutável, e parou diante dele, esticando a mão. Paralisado como estava, Lúcio, ainda assim, temia gritar se o imperador tocasse seu rosto. Fez o que pôde para não recuar e só um suspiro abafado escapou por entre seus lábios.

Domiciano usou o indicador para secar a umidade da face de Lúcio. Franziu a sobrancelha, olhou para o dedo, depois se virou e, com delicadeza, esfregou-o contra os lábios entreabertos de Earino.

— Tem gosto de sal? — sussurrou ele.

Earino passou a língua pelos lábios.

— Sim, Dominus.

— Uma lágrima — disse Domiciano. — Foram as palavras do poeta Lucrécio que fizeram você chorar, Lúcio Pinário?

Lúcio abriu a boca, temendo falar e, então, recuperou a voz.

— Não sei se ouvi as palavras, Dominus. Só sei que escutei Earino cantar e depois senti uma lágrima na face.

Domiciano balançou a cabeça vagarosamente.

— Eu também chorei na primeira vez que ouvi Earino cantar — disse ele, fitando Lúcio por um longo tempo e depois se virando para Catulo. — O jantar acabou.

O imperador saiu da sala sem mais palavra. A criatura de cabeça pequena o seguiu, assim como Earino.

Lúcio ficou de pé e olhou para Cornélia, do outro lado do aposento, sentindo uma necessidade de correr até ela, que ergueu uma das mãos, implorando-lhe que mantivesse a distância. Enquanto se olhavam nos olhos, tentava, com todo o poder de sua vontade, mostrar-lhe o quanto significava para ele. Jamais a amara tanto.

O criado pegou a mão de Cornélia, puxando-a gentilmente para que ficasse de pé, e a levou da sala.

O aposento ficou mais escuro ainda. Lúcio olhou em volta e viu que todas as lâmpadas, exceto uma, haviam sido apagadas. Catulo desaparecera. A não ser pelo criado, Lúcio estava sozinho.

O menino o levou até uma porta. Ele mal fazia ideia de onde se encontrava, embora sentisse que cada volta o conduzia a um corredor mais largo e profusamente iluminado que o último. Por fim, chegou ao imenso salão de recepções, dominado pela estátua do imperador. Ele ergueu os olhos até seu rosto. O escultor captara o poder terrível do olhar de Domiciano. Lúcio fechou os olhos e estendeu a mão ao criado, deixando o menino o guiar como a um cego.

Só abriu os olhos ao sentir o ar fresco no rosto, então percebeu que estavam do lado de fora, sob um céu escuro e sem luar. Degraus levavam ao sedã que o havia trazido. O menino o ajudou a entrar. Os carregadores o suspenderam. No assento ao lado, estavam as roupas que estivera usando mais cedo.

O percurso até sua casa foi rápido. Ele desceu do sedã, os carregadores deram meia-volta e desapareceram sem uma palavra.

Lúcio bateu na porta. Hilário a abriu. O sorriso travesso se desvaneceu quando viu a expressão de Lúcio.

— O que você está vendo Hilário? Não, não diga. Você está diante de um homem morto.

Nos dias que se seguiram, Lúcio esperou que os pretorianos aparecessem em sua casa a qualquer momento para prendê-lo. Movendo-se ora em um estupor, ora com uma pressa frenética, ele pôs os negócios em dia. Usava sempre o *fascinum*, a fim de não estar sem ele quando viessem prendê-lo.

Confrontado com o esquecimento, tentava pensar nos deuses, nos ancestrais e em todas as outras coisas que se deveria pensar diante da morte, mas não conseguia. Afinal de contas, não acreditava em nada? Esse fato foi o aspecto mais inquietante durante aquela provação. Deixara a Casa dos Flavianos abalado, incerto, cheio de medo, como qualquer um ficaria; porém, mais que isso, saíra de lá com a sensação de que nada importava. No aposento negro, todas as ilusões lhe foram arrancadas. Um homem e um coelho eram exatamente iguais, duas manifestações de consciência, presas por um breve instante, no ciclo de vida e morte sem começo, fim, solução ou propósito.

Nesse estado de espírito, recebeu a notícia de que Cornélia fora presa. Depois, soube que outros também haviam sido — acusados de serem seus amantes. Lúcio não tinha dúvida de que eram inocentes, pois estava certo de ser o único; eles eram apenas homens que incorreram no desagrado do imperador e aquela era a forma de Domiciano destruí-los. Nenhum deles confessou, embora tivessem sido interrogados sob tortura. Nem as escravas da Casa das Vestais produziram qualquer prova contra Cornélia. O veredicto contra ela e os supostos amantes não foi emitido sequer em Roma, mas no retiro do imperador, em Alba. Cornélia nem esteve presente no arremedo de julgamento; foi condenada *in absentia*.

Especulou-se que os culpados receberiam permissão de ir ao exílio, como acontecera após os julgamentos anteriores das vestais. No entanto, como não cooperaram com o tribunal — em outras palavras, não confessaram —, foi decretado que deviam sofrer a penalidade tradicional. No Fórum, para que todos vissem, foram despidos, amarrados a cruzes e apanharam até morrer. Cornélia foi obrigada a presenciar. Lúcio ficou em casa. Não tinha certeza do que seria pior: ver os homens serem mortos ou observá-la enquanto era obrigada a assistir.

Ele pretendia evitar o espetáculo do castigo de Cornélia também, mas, no dia marcado, muito anunciado por arautos e cartazes, sentiu-se incapaz de ficar longe.

Já antes do amanhecer, milhares começaram a se reunir do lado de fora da Casa das Vestais. A punição clássica de uma vestal não era testemunhada há gerações. Os mesmos espectadores que lotavam o Anfiteatro Flaviano vieram assistir a essa exibição também. Vestiam cores escuras, apropriadas a um funeral. O Fórum se transformou em um mar negro.

Lúcio ficou na parte de trás da multidão; e mesmo que quisesse não conseguiria abrir caminho até a frente. Não havia nada a ser visto, a princípio, ao menos. O início da cerimônia ocorreu longe da vista de todos, no interior da Casa das Vestais. Era lá que retirariam de Cornélia a *vitta* e o *suffibulum*, que a despiriam e a açoitariam com varas, enquanto o Pontífice Máximo, as outras vestais e os sacerdotes da religião do Estado assistiriam. Depois, seria vestida como um cadáver e enfiada em uma liteira preta, fechada, com os membros imobilizados e uma mordaça na boca. A liteira seria carregada bem alto, como um ataúde funerário, pelas ruas.

A multidão que aguardava o surgimento da liteira mortuária ficou impaciente. Algumas mulheres começaram a se lamentar e a arrancar os cabelos; homens resmungavam maldições contra a vestal culpada. Outros faziam piadas obscenas, sorrindo com malícia e gargalhando. Poucos ousavam aventar a hipótese de ela ser inocente, apesar do julgamento do Pontífice Máximo, pois comentava-se que ela se comportara com o máximo de dignidade durante todo o processo e nenhum dos condenados dissera nada contra ela.

Por fim, precedida de músicos com chocalhos e flautas, a liteira funerária apareceu. Cortinas pretas ocultavam a ocupante, mas o fato de que havia uma mulher viva no interior — a própria Virgem Máxima, conhecida por causa das aparições nos rituais religiosos e no Anfiteatro — fazia com que todos estremecessem e suspirassem.

A procissão seguiu a passo solene pelo Fórum, depois entrou em Subura, dirigindo-se à Porta Collina. Era o mesmo caminho, pensava Lúcio, que seu pai havia tomado com Nero, na jornada final para fora de Roma.

A procissão se deslocava vagarosamente pela rua estreita. Oprimido pelo ajuntamento, Lúcio deixou o caminho e pegou outras ruas, para chegar antes da procissão, em uma área aberta, no interior da Muralha Serviana. Ali, a multidão tinha apenas começado a se juntar e ele conseguiu encontrar um lugar na frente. Não havia muito a ver — apenas um buraco no chão, de onde saía a extremidade de uma escada e, ao lado, um monte de terra recém-escavado. Essa era a abertura, normalmente coberta, da cripta subterrânea, existente desde o tempo de Tarquínio Prisco, na qual, durante séculos, as vestais condenadas foram enterradas e deixadas para morrer.

Qual era o tamanho da câmara e a que profundidade ficava? Ninguém sabia, a não ser os poucos sacerdotes da religião do Estado que a haviam visto. Dizia-se que continha um catre, uma lâmpada com pouco óleo, uns bocados de comida e uma jarra com água — uma forma cruel de receber e confortar a vítima, condenada a morrer de fome na escuridão. Provavelmente, a cripta era muito pequena, mas tudo que Lúcio sabia era que se estendia sob seus pés. Ele poderia estar pisando sobre o próprio lugar onde Cornélia daria o último suspiro.

O que acontecia com as vestais que já haviam morrido naquele local? Os cadáveres eram removidos ou ficavam na câmara, em uma exibição macabra para cada nova vítima? Se isso fosse verdade, a cripta abrigaria o que sobrou de cada vestal condenada a morrer ali. Teria Cornélia de confrontar exatamente seu destino, contemplando as futuras companheiras e dando-se conta de que os próprios restos ficariam lá expostos para a próxima vestal condenada? Lúcio se pegou tentando imaginar a cena, com detalhes horripilantes, incapaz de pensar em mais nada.

Por fim, ouviu o som de flautas e percussão, junto de gritos e gemidos de lamentação. A procissão se aproximava.

A multidão se adensou à volta, mas Lúcio permaneceu onde estava, determinado a ficar o mais perto possível de Cornélia.

Enfim, a liteira funerária chegou, cercada por muitos lictores, com a missão de conter a multidão e manter a ordem, seguidos de vestais e vários sacerdotes. Entre eles, encontrava-se Domiciano, usando a toga de Pontífice Máximo, com as muitas dobras reunidas e seguras por uma presilha acima da cintura; o capuz que encobria sua cabeça deixava o rosto à sombra. Próximo a ele, estava Catulo, vestido de preto e guiado por um menino que segurava sua mão.

A liteira foi colocada sobre uma plataforma perto da abertura. Os carregadores se afastaram. Sacerdotes abriram as cortinas, soltaram as correias que mantinham Cornélia no lugar e retiraram a mordaça de sua boca. Com rudeza, puxaram-na para fora e a puseram de pé.

Cornélia ficou diante da multidão, vestida não com os trajes de linho, mas em uma estola simples, feita de lã preta. A visão de uma vestal sem o toucado era espantosa, até mesmo chocante. Sem o *suffibulum*, o cabelo excepcionalmente curto ficava à mostra. Vê-la daquele jeito, em público, ciente de que todos os olhares estavam fixos nela, fez Lúcio enrubescer. A visão do cabelo curto havia sido um privilégio exclusivamente seu; agora toda Roma a enxergava daquele jeito. A indignidade era tão obscena como se a tivessem deixado nua. Alguns na multidão ousaram zombar dela. Sem as vestimentas, não era mais uma sacerdotisa, mas uma simples mulher, caída em desgraça, uma criatura malévola que merecia uma morte horrível.

Domiciano pôs um fim à zombaria. Lictores com varas adentraram rapidamente a multidão, atingindo qualquer um que não estivesse mantendo o decoro apropriado.

Cornélia teve de atravessar a curta distância que separava a liteira da abertura no chão sozinha. Ela o fez a passos hesitantes. O corpo estava rígido. Ela parecia sentir dores. Lúcio sabia que havia apanhado com varas e se perguntava que ferimentos e hematomas não estariam ocultos sob a estola negra.

Ela chegou à abertura e baixou o olhar para a escada que descia até a cripta. Balançava e tremia, como um junco soprado pelo vento. Depois, olhou para cima e contemplou o céu, erguendo as mãos.

— Vesta! — gritou. — Sabe que nunca a traí. Enquanto servi em seu templo, a chama sagrada jamais tremeu.

— Silêncio! — gritou Domiciano.

Cornélia baixou os olhos e fitou a multidão, detendo-se em cada rosto.

— César diz que sou culpada de impureza, mas minha condução dos rituais de Vesta sempre foi irrepreensível. Cada uma de suas vitórias, cada triunfo celebrado por ele foi uma prova do favor da deusa.

Domiciano fez sinal a um dos lictores, que partiu em direção a Cornélia. Se não pusesse o pé na escada e começasse a descer por vontade própria, seria forçada a fazê-lo. Quando o homem ia pegar seu braço, ela o repeliu. Foi um movimento muito leve, porém o lictor recuou com violência, como se tivesse sido atingido.

— Cornélia não o tocou! — gritou uma mulher na multidão. — Foi a mão da deusa que o afastou!

— Vejam como ela está calma e digna — comentou alguém mais.

Com o coração disparado, Lúcio ousou erguer a voz.

— Talvez ela seja inocente se Vesta não permite que nenhum homem lhe toque!

Não fez nenhuma diferença. A multidão ignorou aqueles protestos isolados.

Cornélia pôs o pé na escada e a segurou com mãos trêmulas. Deu um passo para baixo e depois outro, até ficar visível apenas da cintura para cima. Tudo que Lúcio podia fazer era não gritar seu nome. Apesar do silêncio dele, ela parecia sentir sua presença: parou, virou a cabeça e olhou diretamente para ele, articulando palavras mudas, que lhe eram dirigidas.

— Perdoe-me.

Cornélia deu mais um passo, depois outro e desapareceu de vista. A multidão soltou um gemido coletivo. Homens sacudiam a cabeça e tremiam. Mulheres caíam de joelho e choravam.

Enquanto descia, a escada se movia ligeiramente, com a vibração dos passos. Depois, ficou imóvel. Lictores se adiantaram e a puxaram para fora do buraco. Era uma escada longa; a cripta ficava muitos metros abaixo do solo. Uma pedra grande e plana foi colocada sobre a abertura. Um monte de terra foi espalhado por cima e socado com martelos de madeira, até que o chão ficasse plano e nenhum sinal da abertura fosse visível.

A nova Virgem Máxima, com olhos baixos e voz trêmula, foi até o local e fez uma prece a Vesta, pedindo à deusa que perdoasse o povo de Roma por demonstrar tamanha falta de piedade e devolvesse seu favor à cidade. O Pontífice Máximo e seu séquito começaram a se retirar. Catulo foi o último a partir, conduzido pelo menino. Pareceu a Lúcio que havia um sorriso em seu rosto descarnado.

A multidão foi se dispersando aos poucos, até sobrar apenas Lúcio. Ele fitava o lugar onde estivera a abertura. Não havia nada para ver ou ouvir. Cornélia fora engolida pela terra. No entanto, sabia que ainda devia estar viva, respirando.

Por que ele continuava vivo?

Lúcio sabia a resposta. Fora salvo por um capricho do destino. O Senhor e Deus do mundo, que via inimigos em todo lugar e executava homens sem razão alguma, que assistia a milhares morrerem na arena sem compaixão, tinha sido abalado por uma extravagância sentimental. Earino era o único ser humano por quem Domiciano sentia algo que se assemelhava ao amor; quando o eunuco cantou na sala negra, Lúcio havia chorado. Apenas por essa razão o imperador o poupara.

Fora salvo por uma lágrima. O disparate daquilo só fazia aprofundar seu desespero.

Ele pensou nas palavras finais de Cornélia: "Perdoe-me." Estava vivo e incólume, um homem livre. Pelo caso com Cornélia, não sofrera nenhuma consequência. Pelo que deveria perdoá-la? Não fazia sentido; ainda assim, tinha certeza de que ela havia articulado as palavras *perdoe-me*.

O que significariam?

93 D.C.

Reclinado na sombra de seu jardim, em uma tarde quente do mês de Augustus, Lúcio refletia sobre o caminho inesperado que sua vida havia tomado nos últimos dois anos.

A punição de Cornélia marcara o ponto mais baixo de sua vida. A existência tinha perdido todo o significado. O prazer de estar vivo desaparecera. Nada lhe trazia satisfação. Estaria sofrendo? Se fosse esse o caso, não era uma agonia extrema — um lembrete de que estava vivo —, mas uma sensação monótona, vazia, como uma amostra da morte. Fora privado de toda e qualquer emoção. Não sentia repulsa pelo mundo ou odiava os outros; não sentia nada.

Agora, tudo havia mudado. A época de desânimo total pertencia ao passado. Mais uma vez, conseguia sentir alegria com prazeres simples — as cores vivas e o perfume doce das flores de seu jardim, o canto alegre dos pássaros, o zumbido das abelhas, o sol morno em seu rosto e a brisa refrescante na ponta dos dedos. Estava vivo de novo — completamente vivo, e não apenas existindo, experimentando cada momento. Tinha consciência de si e aceitava o mundo em que vivia. Alcançara um estado de contentamento que nunca pensara ser possível antes.

A paz recém-descoberta devia-se a um homem: o Professor.

O que havia sido sua vida antes de encontrá-lo? Lúcio se lembrava das visitas frequentes à casa de Epafrodito ao longo dos anos. A amizade fora a razão principal daqueles encontros, mas ele também procurava a sabedoria. Após a morte de Cornélia, todavia, a ironia de Marcial não o divertia mais, e Lúcio achava a ligação do poeta com o imperador intolerável. A filosofia de Epíteto lhe parecia insossa e sem substância. Nem as cartas que recebia de Dion lhe transmitiam qualquer sentimento de iluminação. As visitas à casa de Epafrodito se tornaram cada vez menos frequentes. As cartas de Dion, sem resposta, empilhavam-se sobre a mesa de seu estúdio.

Ainda assim, mesmo no estado mais profundo de desânimo, Lúcio havia continuado a buscar conforto e esclarecimento. Distanciando-se do círculo de amigos, durante um tempo, estudara as formas mais ocultas de crenças disponíveis para um romano curioso. Dessas, havia muitas, todos os cultos do império acabavam encontrando adeptos e catequizadores em Roma. Como Epafrodito lhe dissera certa vez, as pessoas eram capazes de acreditar em qualquer coisa; o número surpreendente de religiões praticadas na cidade era prova disso. Lúcio chegou até a pesquisar o tão desprezado culto dos cristãos, do qual seu tio Késio fora membro, mas não o achou mais interessante que o restante.

Fizera também alguns estudos de astrologia, valorizada por tantos. A natureza fatalista do assunto, porém, só o deixara mais desanimado. Os astrólogos ensinavam que todos os aspectos da vida eram determinados antecipadamente por forças inimaginavelmente mais poderosas que o indivíduo; dentro daquele destino predestinado, alguém tinha muito pouco espaço de manobra para mudar o curso de sua vida. Qual era a vantagem de saber que determinado dia era de mau agouro, se não se podia alterar o rumo dos acontecimentos? Era possível ter esperanças de agradar um deus temperamental, mas nada podia ser feito para alterar a influência dos astros — se é que essa influência existia. Pois, embora os mais sábios que ele considerassem a astrologia uma ciência e dedicassem muito estudo a ela, Lúcio não se impressionava com todos aqueles mapas, originados de textos antigos, nem com as infinitas tabelas cheias de símbolos esotéricos. Tinha uma suspeita desagradável de que a astrologia era uma fraude. Certamente que astrólogos observaram atentamente o céu e aprenderam a prever os movimentos dos corpos celestiais com exatidão considerável, mas o restante da suposta ciência — a explicação precisa de como aqueles corpos celestes afetavam a existência humana — parecia a Lúcio uma mera invenção, um compêndio de tolices, imaginado por homens que entendiam tanto sobre as operações secretas do universo quanto os outros.

Filosofia, religiões exóticas, astrologia — Lúcio estivera aberto a todas essas coisas, no entanto nenhuma delas lhe fornecera um sentido de propósito ou esclarecimento. Nenhuma aliviara o vazio que sentia no âmago de seu ser.

Então, ele encontrou o Professor e tudo mudou.

Aconteceu no aniversário de um ano do dia em que Cornélia foi enterrada viva.

Por muito tempo, Lúcio temeu aquele dia, sabendo que quando chegasse não conseguiria pensar em outra coisa. Naquela manhã, acordou cedo. Não tinha apetite. Vestiu uma túnica simples e saiu de casa. Por horas, andou sem rumo pela cidade, perdido em lembranças. Finalmente, viu-se parado diante da casa no Esquilino, onde se encontrara com Cornélia tantas vezes ao longo dos anos. Ele a havia vendido, rapidamente e por um valor menor, alguns dias depois do castigo, achando que nunca ia querer entrar nela de novo. Agora, estava diante dela, na rua, desejando entrar, ver-se no vestíbulo e se lembrar de seu rosto, sentir mais uma vez a fragrância de jasmim do pequeno jardim, onde faziam amor.

A porta da casa se abriu. Uma mãe e uma filha pequena saíram, seguidas por uma escrava carregando uma sacola, para uma ida ao mercado. O encanto se quebrou e Lúcio partiu.

Inevitavelmente, percebeu-se na Porta Collina e parou no mesmo local onde estivera quando a viu pela última vez, diante da entrada para a câmara subterrânea lacrada. Na mão, segurava uma única rosa, o símbolo do amor e também do sigilo. Não se lembrava de onde a obtivera; devia tê-la comprado de algum vendedor. Apertava-a tão forte que um espinho furou sua palma; ele não sentiu a dor, mas viu um filete de sangue escorrendo pelo dedo.

Aquele momento parecia irreal, como um sonho. Viu-se ajoelhado no lugar exato coberto pela pedra. Como se coloca uma coroa de flores em um sepulcro, ele pôs a rosa sobre o chão batido. O sangue escorria por seus dedos.

Uma sombra o encobriu. Imaginou que tivesse sido flagrado por algum magistrado insatisfeito e que algum lictor se encontrasse atrás dele. A silhueta não era, todavia, a de um soldado. Olhou para cima e se deparou com uma figura pequena, de barba longa e branca. O sol se encontrava bem atrás da cabeça do estranho, transformando seu cabelo rebelde em um halo nebuloso. Os traços eram surpreendentemente joviais, para alguém de cabelo branco como a neve, e bronzeados — o rosto queimado de sol de um viajante ou de quem não tem uma casa. Os olhos eram azuis e brilhantes, parecendo faiscar; mais tarde, Lúcio perceberia que isso era impossível, pois o sol estava por trás de sua cabeça e o rosto encontrava-se na sombra. De onde viria a luz que emanava daqueles olhos? Essa foi a primeira indicação de que o homem atrás dele era mais que um simples mortal.

— Você está sofrendo, meu amigo — disse o estranho.

— Estou — retorquiu Lúcio, sem ver razão para negar.

— Esse tipo de sofrimento é como uma flor que se abre de repente e mobiliza todos os nossos sentidos, mas logo murcha e cai. Você sempre vai se lembrar, porém, ele não vai mais estar presente. Anime-se, meu amigo, pois a hora de seu sofrimento murchar e desaparecer está muito próxima.

— Quem é você? — perguntou Lúcio, franzindo o cenho, ainda de joelhos.

Qualquer um que o visse naquele momento pensaria que aquela posição era para honrar o homem diante dele, apesar do fato deste se encontrar descalço e vestido como um mendigo, usando uma túnica surrada e esfiapada. Estranhamente, a ideia não desagradava Lúcio, que permaneceu de joelhos.

— Meu nome é Apolônio. Sou de Tiana. Sabe onde fica?

— Na Capadócia, eu acho.

— Está correto. Já ouviu falar de mim?

— Não.

— Bom. Os que já ouviram falar de Apolônio de Tiana têm às vezes ideias preconcebidas sobre mim, que não estou interessado em corresponder. Qual é seu nome, amigo?

— Lúcio Pinário. Você é alguma espécie de sábio? — A Capadócia, com suas cidades estranhas no deserto, esculpidas na rocha, era famosa por produzir eremitas e profetas.

O homem riu. O som era muito agradável.

— Sou o que quiserem me chamar. Quando me conhecer melhor, Lúcio Pinário, você vai decidir o que sou.

— Por que você está conversando comigo?

— Todos sofrem, mas ninguém deve sofrer em segredo, como você.

— O que você sabe sobre meu sofrimento?

— Você amou alguém que a lei e a religião decretavam ser proibido e a separação de vocês tem lhe causado muita dor.

Lúcio prendeu a respiração.

— Como você pode saber disso?

O homem riu. Não havia zombaria no sorriso, apenas gentileza.

— Acho que eu poderia me dar ares de mistério e fingir que as histórias sobre mim são verdadeiras, que posso ler o pensamento dos outros, tenho meios ocultos de obter conhecimento, mas a verdade é muito mais simples. Estou em Roma de visita. Antes dessa manhã, nunca havia passado por essa área em particular, mas mesmo um visitante casual logo descobre, pelos moradores, o que aconteceu nesse lugar um ano atrás. Quando observei um homem parado aqui, segurando uma rosa e olhando para o chão por tanto tempo, percebi que devia ter tido algum tipo de relacionamento com a vestal enterrada. Quando se ajoelhou e colocou a rosa no chão com tanto cuidado, sem notar o ferimento na mão, que sangrava, soube que você deve tê-la amado. Qualquer um com olhos podia ver isso, mas em um lugar tão movimentado, onde todos passam com tanta pressa, só eu observei seu sofrimento.

— Quem é você? — perguntou Lúcio.

— Você já me perguntou isso. Sou Apolônio de Tiana.

— Não, quero dizer...

— Venha cá, por que você não fica de pé, meu amigo? — disse Apolônio, oferecendo-lhe a mão — Vamos dar uma volta.

Lúcio disse pouco. Escutava Apolônio, que falava sobre suas viagens de um modo casual, como se fosse a coisa mais comum do mundo ter ido ao Egito para aprender o que os sacerdotes de lá podiam ensinar sobre os hieróglifos das antigas tumbas; a Etiópia, para se encontrar com os filósofos nus, que vivem na nascente do Nilo; e até a Índia, confabular com os famosos sábios do Ganges.

Uma chuva fina começou a cair. Eles chegaram a uma área de belas casas no monte Quirinal. Lúcio procurava uma taverna ou local para comer, onde pudessem se refugiar, quando Apolônio notou que a porta de uma casa próxima estava aberta. Ele inclinou a cabeça para o lado:

— Está ouvindo?

— Não ouço nada — respondeu Lúcio.

— Não? Ouço perfeitamente o som de alguém chorando, vindo dessa casa.

Apolônio andou em direção à porta aberta.

— O que você vai fazer? — perguntou Lúcio.

— Vou entrar. Onde há choro, há necessidade de conforto.

— Você conhece essa gente?

— Nunca estive nessa rua antes em minha vida, mas as ruas e as pessoas são todas iguais. Depois que um homem descobre isso, não se sente mais um estranho em lugar nenhum.

Apolônio entrou na casa. Contra a vontade, Lúcio o seguiu.

Para além do vestíbulo, no átrio, um chuvisco caía por um teto aberto em uma piscina rasa. Depois dela, sobre o chão de ladrilhos, jazia o corpo de uma jovem. Ela usava um traje branco de noiva, com uma faixa púrpura em torno da cintura. Reunidas em volta, estavam algumas mulheres, todas vestidas para um casamento. Pareciam pasmas. Umas choravam baixo. Mais atrás, via-se um grupo de homens, impotentes e confusos.

Como Apolônio ouviu o som do choro e Lúcio não? Para um velho, sua audição era muito boa, pensou Lúcio.

Apolônio olhou para a jovem.

— O casamento dela é hoje? — perguntou.

Uma das mulheres ajoelhadas olhou para cima. Havia uma expressão de choque em seu rosto.

— Sim, hoje é o dia do casamento de minha filha e os deuses quiseram abatê-la!

— O que aconteceu? — quis saber Apolônio.

A mulher meneou a cabeça.

— Organizávamos o cortejo, a fim de ir para a casa do noivo. Estávamos no quarto dela, e eu amarrava a faixa em torno da cintura. Ela se queixou de que estava muito apertada. Disse que não conseguia respirar. Mas não estava apertada; passei o dedo por dentro para lhe mostrar. Porém, ela não conseguia respirar. Disse que sentia o rosto quente. Uma criada veio nos dizer que estava chovendo. Sem uma palavra, ela saiu de perto de mim e correu para cá, para a piscina. Pensei que quisesse refrescar o rosto. Disse-lhe que tivesse cuidado para não molhar a veste e então... ela desfaleceu, caiu, como se pode ver.

— Talvez esteja apenas dormindo.

— O coração parou de bater! Ela não respira!

— Ai de mim — murmurou Apolônio, olhando atentamente para a moça e depois para as mulheres reunidas.

Ele abanou a mão para obter atenção, pensou Lúcio, mas o velho continuava mexendo-a, fazendo sinais no ar. Apolônio tinha a atenção de todos no recinto, inclusive a dos homens que se encontravam mais atrás. Todos mantinham os olhos fixos nele. As mulheres que choravam ficaram quietas.

— Afastem-se — pediu Apolônio.

Sem uma palavra, elas deram um passo atrás. Ele contornou a piscina e se ajoelhou ao lado da moça. Pôs uma das mãos em sua testa e passou a outra sobre o corpo, sem tocá-la. Murmurava palavras inaudíveis. Depois, estalou os dedos. No recinto silencioso, onde o único outro som era o do chuvisco caindo na piscina, o barulho ecoou como um pequeno galho partindo-se. Ele fez uma pausa e então estalou os dedos mais duas vezes.

A moça estremeceu, respirou fundo, suspirou e abriu os olhos.

— Onde estou?

A mãe deu um grito. As outras prenderam a respiração e então pronunciaram agradecimentos, derramando lágrimas de alívio.

Alguns homens também começaram a chorar. Um deles deu um passo à frente.

— Estranho, você devolveu a vida a minha filha! — disse o pai, tonto de alegria.

— Sua filha está viva mesmo, mas não sou nenhum estranho. Sou Apolônio de Tiana.

— Como fez esse milagre? Que deus invocou?

Apolônio declarou, dando de ombros:

— Só falei com sua filha. "Desperte, moça! A chuva já está parando e você vai se atrasar para seu casamento. Respire fundo e acorde!" E depois, como você viu, ela despertou. Que moça quer chegar atrasada no próprio casamento?

— Mas como posso lhe recompensar? Tome, leve isso — indicou o pai, pegando um par de taças. — É prata de lei, incrustada com lápis-lazúli. E não é qualquer um, é de uma variedade especial, com grãos de ouro, que só existe na Báctria.

— O acabamento é requintado — comentou Apolônio.

— Seria um presente para minha filha e o marido, mas quero que você as leve.

Apolônio riu.

— Para que eu quero taças se nunca bebo vinho?

— Beba água nelas então! — exclamou o homem, sorrindo. — Ou venda-as. Compre uma túnica sem buracos para você!

Apolônio deu de ombros.

— Mais uns buracos nessa roupa e estarei vestido com tanto esplendor quanto os filósofos nus da Etiópia.

O homem pareceu intrigado, mas estava tão feliz que deu uma gargalhada.

— Vejo que sua filha já está de pé novamente — disse Apolônio. — Vá ficar com ela, pois não será sua por muito tempo mais. Aproveite cada momento precioso.

— Precioso mesmo! — concordou o pai. — Eu nem sabia o quanto era precioso até o dia de hoje. Obrigado, Apolônio de Tiana! Que os deuses o abençoem! — falou o homem, indo se juntar à esposa, que dava demonstrações de afeto exageradas em torno da filha.

Em meio à confusão, Apolônio se retirou discretamente. Lúcio o seguiu. Na saída, passaram por uma jovem vestal que acabava de chegar para participar do cortejo. A visão provocou um arrepio em Lúcio. Na rua, ele teve de parar para se recompor. Apolônio permaneceu ao lado, observando-o com um sorriso solidário.

— Não entendi o que aconteceu lá dentro — declarou Lúcio, por fim. — A moça estava morta ou não?

— Ah, o dia do casamento! Provoca tantas emoções.

— Você está dizendo que eles só imaginaram que ela estava morta?

Apolônio deu de ombros.

— Suspeito que foram menos observadores do que deveriam ter sido. Isso acontece em geral. Você notou, por exemplo, como as mulheres perto do chuvisco enevoado exalavam um vapor fraco mas visível a cada expiração?

— Você está dizendo que observou esse vapor saindo das narinas da moça?

— Vi o que havia para ver. Meus olhos não veem nem mais nem menos que os dos outros.

Lúcio ergueu a sobrancelha.

— Você fez algo com as mãos. Todos viram. Você os enfeitiçou de alguma maneira?

— Eu os fiz prestar atenção em mim e, quando pedi que se afastassem, eles assim o fizeram. Isso parece mágica?

— As taças que ele ofereceu a você eram muito bonitas e valiosas também, imagino — argumentou Lúcio, cruzando os braços.

— Não me serviriam para nada.

— Bobagem! Como disse o homem, dava para vendê-las. Elas pagariam três meses de aluguel em um belo aposento no Aventino.

— Mas nunca pago aluguel.

— Não?

— Sempre fico com amigos.

— Com quem você está no momento?

— Com você, claro! — respondeu Apolônio, rindo.

A gargalhada era contagiante. Lúcio sentiu as suspeitas em relação ao estranho se desvanecerem e começou a rir também, percebendo que era a primeira vez que o fazia em mais de um ano.

Assim teve início seu relacionamento com o Professor.

Apolônio não pedia a Lúcio que o chamasse de Professor; foi uma decisão sua denominá-lo assim. Como ele dissera no primeiro encontro, "Sou o que quiserem me chamar... você vai decidir o que sou."

Apolônio não era um professor da forma tradicional. Não citava autores importantes nem recitava textos, como os tutores da infância de Lúcio. Não construía premissas lógicas para chegar a conclusões racionais, como Epíteto. Não contava histórias que levassem a desfechos morais ou teológicos, como o deus humano dos cristãos. Não criava mapas e diagramas ou escrevia longos tratados, como os astrólogos. E não reivindicava nenhum status especial para si ou qualquer ligação especial com os deuses, como os sacerdotes da religião do Estado. Apolônio apenas levantava da cama a cada dia e vivia sua rotina. Visitava velhos amigos e fazia novos. Pelo exemplo da própria conduta, mostrava que era possível andar pelo mundo sem vaidade ou medo, raiva ou desânimo; sem inveja de ninguém e sem necessidade de nada.

Quando perguntado, Apolônio declarava opiniões e preferências, mas nunca as utilizava como provas nem insistia que os outros concordassem com ele. Professava crer nos deuses, mas apenas como manifestações vagas de um princípio superior e universal, e não alegava qualquer relacionamento especial com esse princípio além daquele comum a todos os seres vivos, ser uma parte igual da Unidade Divina e tendo o mesmo acesso às bênçãos irradiadas, como a luz do sol, por esse ser. "Sou para essa divindade o que sou para o sol, e o mesmo se dá com você", dizia ele. "Não estou mais perto; ele me aquece tanto quanto aos outros; não me ilumina mais que ninguém. Suas bênçãos são para todos, iguais e em abundância infinita."

Às vezes, parecia a Lúcio que Apolônio se conduzia de forma oposta ao que os outros chamavam de bom senso. Quando questionava essas ações aparentemente desarrazoadas, o Professor se explicava com paciência; mesmo assim, Lúcio nem sempre conseguia entender suas palavras. Entretanto, espantava-se sem cessar com a equanimidade infalível de Apolônio e acabou por confiar no homem de forma irrestrita. Mesmo quando não entendia seu raciocínio, esforçava-se para imitá-lo o máximo possível e tinha fé de que algum dia obteria uma compreensão mais plena.

Apolônio não bebia vinho. A embriaguez não nos levava mais para perto da divindade, dizia ele, mas interpunha um véu de ilusão. Lúcio seguiu o exemplo.

Apolônio não comia carne, afirmando que toda vida era sagrada, inclusive a dos animais. Nem usava nada que proviesse deles: tiras de couro, ossos ou marfim. Lúcio seguiu esse exemplo também, passando a ver a matança de animais da mesma forma que o massacre de homens. Os seres humanos não matavam os semelhantes para comer ou por causa da pele; e não deveriam matar os animais. E, assim como havia muito os cidadãos civilizados tinham abandonado a prática religiosa do sacrifício humano, já era hora de parar com o de animais; a morte deles não podia ser mais agradável aos deuses que a de uma criança. Quanto à matança na arena, por esporte, aquilo não passava de crueldade pura e, na verdade, era pior que a dos humanos, pois estes não possuíam fala e não podiam implorar por piedade. Lúcio, que a vida inteira gostara de caçar, parou com aquilo.

Apolônio não se envolvia sexualmente com ninguém, algo que considerava uma ilusão e uma armadilha; momentos passageiros de prazer levavam apenas à agitação e ao sofrimento sem fim. Lúcio lhe perguntou se a cópula não era uma virtude, por ser necessária à procriação. Apolônio, que acreditava em reencarnação, replicou:

— Qual é a virtude de se criar mais seres humanos e, assim, mais vida mortal e mais sofrimento? Se não houvesse mais nenhum de nós, a população acabaria por desaparecer, e isso seria ruim? Se possuímos espíritos, eles continuarão a existir; ficarão simplesmente livres do processo oneroso de transmigrar de corpo a corpo, consumindo um após o outro, sofrendo as dores do declínio físico sem nunca ter fim. Com ou sem a humanidade, a Unidade Divina continuará existindo. Esse apego sentimental à criação de réplicas infinitas de nós mesmos é mais uma ilusão, outra prisão. A procriação só perpetua o ciclo do sofrimento. Não há virtude nisso. Não passa de um vício.

Tanto quanto Lúcio podia lembrar, nenhum outro sábio, filósofo ou religioso jamais havia declarado a castidade universal como virtude. A princípio, ficou em dúvida quanto a seguir esse exemplo, mas, na verdade, já o praticava. Desde a morte de Cornélia, não buscava mais intimidades com ninguém. Não foi necessária nenhuma mudança de sua parte para imitar Apolônio e, quando tomou a decisão consciente de assim o fazer, experimentou uma grande sensação de liberdade e alívio.

Apolônio não nutria nenhuma estima pelos grandes e poderosos, nem os temia. Durante a primeira visita que fez a Roma, no reinado de Nero, atraíra a atenção do braço direito do imperador, Tigelino, que pôs vigias atrás dele. Apolônio não deu aos informantes motivo para prendê-lo até escutar, por acaso, Nero cantando um dia em uma taverna comum. O imperador se encontrava incógnito, usando máscara, mas não havia dúvida de que se tratava dele. Tigelino estava na plateia, também disfarçado, usando um manto com capuz e tapa-olho. Após a exibição de Nero, ele pediu a opinião de Apolônio.

— Não é algo dos deuses?

— Se os deuses gostam disso, vamos ter de nos esforçar para não apreciá-los menos.

Tigelino ficou furioso.

— Você sabe quem é ele? Você acaba de ouvir César cantar uma de suas próprias composições. Não é divina?

— Agora que acabou, me sinto bem mais próximo dos deuses.

— Pare de falar em charadas e dê sua opinião! Acho a voz dele maravilhosa, e você?

— Digo que tenho uma opinião melhor do imperador que você.

— Como assim?

— Você acha maravilhoso ouvi-lo cantando. Eu acharia maravilhoso se ele ficasse simplesmente em silêncio.

Tigelino acusou Apolônio de ferir a dignidade do imperador e o prendeu. Quando o julgamento se aproximava, percebeu que precisava de provas mais contundentes do que uma declaração ambígua. Mandou um informante escrever uma série de acusações contra Apolônio e as autenticou, para que parecessem provenientes de uma testemunha externa quando apresentadas no tribunal. Todas as declarações falsas foram imputadas a Apolônio, de natureza subversiva o bastante para condená-lo à morte.

No tribunal, diante de Nero e dos magistrados, Apolônio foi chamado. Tigelino apresentou o rolo de pergaminho lacrado no qual as acusações estavam escritas e o brandiu como uma adaga. Porém, ao abri-lo, ficou boquiaberto e sem fala.

Nero exigiu vê-lo.

— Isso é alguma piada? — perguntou a Tigelino.

O pergaminho estava totalmente em branco. O imperador deu ordens a seu braço direito para soltar Apolônio, estipulando, porém, que deixasse de imediato a Itália.

— Nero achou que eu fosse um mágico — explicou Apolônio. — Temia que eu realizasse alguma vingança sobrenatural se fosse preso ou executado.

— Mas, Professor, como o pergaminho que Tigelino apresentou ficou em branco? — perguntou Lúcio. — O original teria sido substituído por outro? O escriba usou alguma tinta especial, que se tornava invisível? Ou você recorreu a alguma força sobrenatural para fazer com que as mentiras no pergaminho desaparecessem?

— Penso em outra possibilidade ainda — disse Apolônio. — E se os que olharam para o pergaminho simplesmente não viram que havia algo escrito lá?

— Mas, Professor, como isso poderia acontecer?

— Muitas vezes, quando algo é inexplicável, é só uma questão de ver ou não ver. Da mesma forma que é possível abrir os olhos de um homem para o que está diante de si, apenas direcionando sua atenção, existem meios de fazer alguém ficar cego para algo que está bem à frente.

Esse era o máximo de clareza que Apolônio fornecia nas explicações.

Havia conhecido Vespasiano também, quando Vitélio era imperador. As legiões que o apoiavam estavam marchando em direção a Roma, mas ele se encontrava em Alexandria. Incerto quanto ao futuro e ansioso por conselhos, Vespasiano solicitara a orientação dos astrólogos e filósofos mais influentes da cidade, famosa por seu saber. No primeiro encontro com o futuro imperador, Apolônio descreveu uma visão, na qual contemplava os últimos dias de Vitélio, inclusive o incêndio do Templo de Júpiter e a fuga milagrosa de Domiciano. Vespasiano duvidou, mas um mensageiro trouxe a notícia desses acontecimentos para Alexandria no dia seguinte. Ele ficou muito impressionado e disse "Ou esse homem tem realmente visões de acontecimentos futuros ou possui uma capacidade de coletar informações superior à minha. Seja como for, quero seus conselhos!".

— Tirei vantagem da oportunidade de encorajar Vespasiano em suas ambições — declarou a Lúcio. — Eu via que era um homem de temperamento equânime e o candidato com mais chances de restaurar a paz e a ordem ao estado caótico em que se encontrava o império. Mas, depois, quando ele me escreveu cartas implorando que viesse a Roma, a fim de aconselhá-lo, recusei.

— Por que, Professor?

— Por causa do tratamento que deu aos gregos. Nero tinha muitos defeitos, mas amava a Grécia e sua cultura; concedeu muitos privilégios às cidades gregas, lhes dando um grau de dignidade e liberdade que nenhum imperador havia garantido antes. Mas Vespasiano viu por bem revogar todos esses privilégios. De forma deliberada e sistemática, fez com que os gregos retornassem a um estado de subserviência. Foi uma grande decepção para mim. Toda vez que me escrevia, eu respondia com uma carta de censura a ele.

— Não!

— Ah, sim.

— O que você dizia nessas cartas?

— Minha carta final para ele dizia o seguinte: "Apolônio ao imperador Vespasiano: Um homem mau se redimiu libertando os gregos. Um homem bom se maculou escravizando-os. Por que esse homem desejaria a companhia de um conselheiro que não vai escutar? Adeus."

Tendo recebido uma carta de apresentação de Vespasiano, Apolônio também se encontrara com Tito. Foi em Tarso, após o pai retornar a Roma como imperador e confiar os negócios do oriente ao filho.

— Gostei de Tito — comentou Apolônio. — Era de uma modéstia surpreendente e tinha um senso de humor maravilhoso. E, aos 30, quando muitos guerreiros se tornam desleixados, ele se mantinha em forma. Tito tinha um pescoço muito grosso, como o de um atleta que treina. Uma vez o segurei pela nuca e disse: "Quem conseguiria pôr um pescoço de touro desses debaixo de um jugo?" Tito riu e respondeu: "Só o homem que me criou desde que eu era um bezerro!" A deferência que tinha pelo pai era muito carinhosa, embora possuísse requisitos melhores para ser governante que ele. Que infelicidade, tivemos o pai durante dez anos e o filho só durante dois!

— É verdade que você previu a morte de Tito? — perguntou Lúcio.

Apolônio, sorrindo, revelou:

— Às vezes, eu sei, pareço falar por meio de charadas. Mas sobre isso vou tentar ser o mais claro possível. Imagine-se entrando em uma caverna escura. Você produz uma centelha e, só por um momento, vê o tamanho do lugar. Os detalhes são incertos e a forma da caverna é vaga, mas apreende-se logo se ela é grande ou pequena. O mesmo acontece, vez por outra, quando conheço alguém. Na mesma hora, percebo se o tempo dela nesse mundo vai ser longo ou curto. No momento em que o conheci, soube que Tito não envelheceria como o pai. Ele era como uma lâmpada que queima com mais brilho que as outras, porém por um tempo menor.

— E o irmão?

— Não conheço Domiciano. Mas me parece que ele não tem nada a ver com uma lâmpada. Ele é o que apaga as lâmpadas. Traz escuridão, e não luz.

— Eu me pergunto quanto tempo mais seu reinado de trevas vai durar.

Apolônio deu de ombros.

— Ele só tem 42 anos.

— A idade com que Tito morreu.

— Sim, mas Vespasiano foi até os 62.
— Mais vinte anos de Domiciano! — exclamou Lúcio.
— Talvez sim — disse Apolônio. — Talvez não.

Lúcio se encontrava reclinado sobre seu divã no jardim, de olhos fechados, respirando o perfume das flores e pensando em como sua vida havia mudado naquele ano, desde que conhecera o Professor.

Sentia o calor do sol nos pés. Apolônio lhe ensinara a andar descalço. Que necessidade tinha alguém de usar sapatos na própria casa? Às vezes, Lúcio chegava a ir descalço ao Fórum. Olhavam para ele como se fosse louco.

— Está sonhando? — perguntou Apolônio.

Ele pedira licença um instante para esvaziar a bexiga na pequena latrina, ao lado do jardim. O Professor era como qualquer um e estava sujeito às mesmas necessidades de ingestão e excreção, ditadas pelos ciclos repetitivamente infinitos do corpo mortal.

— Os outros já vão chegar — avisou Lúcio, desejando que não fosse assim.

Gostava de ficar a sós com o Professor, escutando suas histórias, fazendo-lhe perguntas, simplesmente desfrutando sua presença tranquila. Contudo, Apolônio possuía muitos amigos e, às vezes, cabia a Lúcio fazer o papel de anfitrião em sua casa. Estava esperando cerca de cinquenta homens e mulheres, de todas as classes sociais, de libertos a patrícios. Haveria, com toda probabilidade, alguns senadores entre eles mas também lojistas, artesãos e pedreiros. Ninguém que desejasse ouvir Apolônio falar era mandado embora.

Lúcio contemplou o Professor e sorriu. Para um observador desatento, Apolônio não parecia mais que um velho decrépito. No entanto, essas eram as ilusões do mundo material: as aparências não significavam nada. Imitando o Professor, Lúcio havia começado a evitar os serviços de seu barbeiro. Seu cabelo nunca estivera tão comprido, e nunca antes usara barba. Aos 46 anos, ele possuía apenas alguns fios grisalhos, porém um dia talvez ficasse com uma barba tão branca quanto a do Professor.

— Que história você vai contar ao grupo hoje? — quis saber Lúcio.

— Estava pensando em falar sobre o tempo que passei na Etiópia.

Lúcio balançou a cabeça. As histórias do Professor sobre a Etiópia estavam entre suas favoritas.

— Pensei, em especial, que poderia contar a história de meu encontro com o sátiro, pois a maioria das pessoas, atualmente, nunca viu um e tem várias ideias erradas sobre essas criaturas.

Lúcio se sentou ereto.

— Você encontrou um sátiro na Etiópia? Nunca ouvi essa história.

— Seria porque nunca a contei a você?

— Nunca! Tenho certeza. Eu me lembraria.

— Bem, foi durante a viagem para ver o grande lago que dá origem ao Nilo. Nas margens, existe uma colônia de filósofos nus, que são mais sábios que os gregos, mas não tanto quanto os da Índia, de quem são aparentados. Eles me receberam muito bem, porém pude ver que estavam aflitos e perguntei-lhes a causa.

"Toda noite, eram perturbados pela visita de uma criatura selvagem, um ser que era bode da cintura para baixo, com pernas peludas, cascos; e homem da cintura para cima, mas com chifres de bode e orelhas pontudas. Pela descrição, deduzi que fosse um sátiro, um ser anteriormente desconhecido naquela região. Ele interrompia o sono dos sábios, pisando pesado do lado de fora de suas cabanas e balindo no meio da noite. Quando o confrontaram e se queixaram, o sátiro emitiu ruídos grosseiros e fez gestos obscenos. Ao tentarem capturá-lo, ele se mostrou mais rápido que o mais veloz dos homens, pulando, se esquivando, fazendo-os tropeçar um no outro e deixando-os se sentindo idiotas.

"Os sábios me levaram até um vilarejo próximo, onde as incursões do sátiro eram muito mais sérias, segundo os anciãos. Ao menos uma vez por mês, sempre à noite, ele conseguia chegar até as mais belas e núbeis das mulheres, murmurando encantamentos em seus ouvidos enquanto dormiam, enfeitiçando-as e atraindo-as para a floresta. Algumas moças despertaram desse feitiço e ousaram resistir a ele, fazendo a criatura agredi-las, estrangulando-as e pisoteando-as com os cascos. Duas delas morreram assim e outras ficaram seriamente feridas. Os habitantes do vilarejo estavam aterrorizados com o sátiro."

— O que você fez para ajudá-los, Professor?

— Lembrei que estudei um livro raro, deixado pelo rei Midas, conhecido por ter um pouco de sangue sátiro em suas veias, como comprovado pelo formato das orelhas. Vez por outra, os parentes sátiros abusavam de sua hospitalidade, criando caos na corte com sua conduta desvairada. Mas, quando era criança, a mãe de Midas tinha lhe ensinado um jeito de lidar com essas criaturas, que o rei resolveu experimentar. O vinho tem um efeito muito peculiar nelas. Quando um sátiro bebe, fica bêbado, como nós, e acaba caindo num sono profundo, roncando muito alto. Porém, ao acordar desse estupor alcoólico, a natureza animal o abandona e ele se torna tão inofensivo quanto uma criança. Um sátiro domado dessa forma é capaz de aprender a falar e até ponderar. A mudança desses seres é, sem dúvida, uma das razões porque são vistos tão raramente hoje em dia, pois eles têm mais medo dos humanos que os humanos deles.

"No entanto o sátiro selvagem sente grande aversão pelo vinho, de modo que o desafio é conseguir fazer com que ele beba. Os habitantes do vilarejo tinham razões para crer que aquele sátiro bebia água, à noite, em um cocho para o gado. O chefe local possuía uma jarra de vinho egípcio que havia sobrado de uma festividade recente. Seguindo minhas instruções, o vinho todo foi despejado no cocho certa noite. De manhã, se pôde ver que parte substancial da mistura de água e vinho tinha sido bebida.

"O sátiro dormia em sua toca, sem dúvida, mas onde ela ficava? Percorri toda a área em torno do vilarejo, aguçando os ouvidos, procurando o som de roncos. Lá pelas tantas, ouvi um leve ruído. Fui seguindo-o até um lugar que os nativos chamavam de Gruta das Ninfas. Lá, em cima de uma pedra coberta de musgo, no meio dos juncos, roncando desbragadamente, estava o sátiro, num sono profundo e cheirando a vinho.

"Os habitantes do vilarejo ficaram ansiosos para acordá-lo, mas achei melhor que voltasse a si em seu tempo. Uma hora depois, de repente, ele parou de roncar, esfregou os olhos e ficou de pé. Os aldeões queriam apedrejá-lo e chegaram mesmo a catar pedras adequadas, porém o protegi com meu corpo e disse a eles que não fizessem mal à criatura, porque agora ele era um sátiro mudado e seus dias de maldades haviam terminado. Naquela noite, numa festa abençoadamente sóbria, pois todo o vinho tinha se acabado, os sábios nus dançaram para os habitantes do vilarejo, e o sátiro se juntou a eles, dando pulos e cambalhotas no ar."

Lúcio sorriu. O cheiro de jasmim sob o sol quente era embriagante.

— Se eu ouvisse uma história dessas de qualquer outro homem, não acreditaria nem por um minuto sequer. Mas de você, Professor...

Hilário entrou correndo no jardim. Pela expressão alarmada, ele não estava ali para anunciar a chegada dos convidados.

— A guarda pretoriana. Eles se recusaram a aguardar no vestíbulo...

Homens armados adentraram o jardim.

— Você deve ser Apolônio de Tiana — disse um oficial. — E eu diria que esse camarada cabeludo é seu filho, se não soubesse a verdade — completou, sorrindo de forma afetada. — Acho que um patrício bem-nascido deveria procurar um professor melhor para se espelhar ou, pelo menos, um mais bem-arrumado. Mas não se preocupem, vamos livrar vocês dessas barbas ridículas em breve.

Lúcio foi agarrado pelos guardas e arrastado para fora de casa. Ele e Apolônio foram obrigados a marchar descalços pelas ruas, em direção ao palácio imperial, enquanto os vizinhos, alertados pela agitação, observavam. Alguns estavam horrorizados ao mesmo tempo que outros tinham um ar de satisfação, de complacência. O desprezo de Lúcio pelas obrigações sociais, a nova aparência excêntrica e os visitantes que causavam embaraço escandalizaram os vizinhos bem-relacionados do Palatino.

Aproximaram-se da mesma entrada do palácio em que Lúcio chegara para o jantar na sala negra. Ele sentiu uma onda de pânico e olhou para Apolônio em busca de orientação. O Professor não parecia impressionado pela entrada grandiosa nem temeroso do que poderia aguardá-lo no interior.

— Professor, você sabe o que está acontecendo?

— Acho que sim. Finalmente, vou me encontrar com o imperador.

— Perdão, Professor. Se eu estivesse de guarda, se Hilário nos tivesse dado algum aviso...

— O que aconteceria, então? Você acha que eu ia perder a oportunidade de conhecer Domiciano? Vim a Roma para isso.

— Mas, Professor...

— Vamos agradecer por esses homens terem chegado na hora certa. Se fosse um pouco depois, eles poderiam prender todas as visitas aguardadas, e isso seria muito inconveniente para todos os envolvidos. Imagine uma multidão dessas sendo levada para a Casa dos Flavianos. Dessa forma, podemos esperar ter toda a atenção do imperador.

Eles foram levados por um labirinto de corredores, chegando por fim a um salão de recepção pequeno, mas decorado de forma opulenta. Em uma cadeira enfeitada, posta sobre um estrado, estava sentado Domiciano, com o queixo apoiado em uma das mãos, parecendo enfadado. Um secretário eunuco lia um pergaminho em voz alta para ele. Quando Apolônio entrou no recinto, largou o rolo e pegou uma tabuleta de cera e um estilo, a um sinal do imperador, a fim de tomar notas.

— Estava ouvindo as acusações contra você, mágico — avisou Domiciano.

Apolônio o encarou sem entender.

— Você não tem nada a dizer?

— Está se dirigindo a mim? — indagou Apolônio. — Pensei que estivesse falando com algum mágico, embora não veja nenhum aqui entre nós.

— Você nega que pratica magia, Apolônio de Tiana?

— Existe magia? Nossos ancestrais acreditavam que havia dois meios de se obter o favor dos deuses. O primeiro é através de oferendas, quando um mortal sacrifica um animal e implora as bênçãos dos deuses. O segundo é a magia, quando faz um encantamento e obriga os deuses a realizarem sua vontade. O método tradicional de propiciação é com certeza um erro, pois os deuses provavelmente não gostam de ver a destruição de um ser que eles mesmos criaram. Quanto à magia, será possível obrigar os deuses a agirem contra a vontade? Uma coisa dessas violaria a ordem da natureza.

— É por isso que a chamamos de magia e a consideramos crime — retrucou Domiciano.

Apolônio deu de ombros.

— Como eu já disse, não estou vendo nenhum mágico aqui.

— Então, como você se denomina? Veste-se como um mendigo. Dá-se ares e usa barba e cabelo compridos, como um filósofo.

— Eu me denomino Apolônio, o nome que recebi ao nascer.

— E você, Lúcio Pinário. Era para ser um homem morto hoje, se não fosse minha misericórdia. Qual é sua desculpa para se associar a esse mágico?

Lúcio reuniu coragem.

— Não vejo nenhum mágico, Dominus.

Domiciano franziu a testa.

— Vejo que o mágico lhe transformou em fantoche. Ele o enfeitiçou ou você é tão idiota que o segue por vontade própria? Não importa. Raspem as barbas deles.

Os pretorianos se aproximaram com tesouras e navalhas. Apolônio não resistiu. Lúcio seguiu o exemplo. Os cabelos foram grosseiramente tosquiados, e as barbas, cortadas. Arrancaram-lhes as túnicas, mas deixaram as tangas. Lúcio usava o *fascinum*, pendurado numa corrente fina em torno do pescoço. Tocava-o quando um dos guardas agarrou-lhe as mãos e as puxou para a frente. Correntes foram colocadas em volta dos pulsos; o metal era tão pesado que Lúcio mal conseguia erguer os braços. Mais grilhões foram presos nos tornozelos. Ele viu que o mesmo era feito com Apolônio, que, sem roupa, parecia muito magro e frágil.

— Isso é curioso — comentou Apolônio. — Se acha que sou mágico, o que o faz pensar que pode me agrilhoar? E, se pode me agrilhoar, o que o faz pensar que eu pratique magia?

Domiciano não ouvia. Uma mosca pousara no braço de sua cadeira. O imperador fez sinal ao secretário para que lhe entregasse seu estilo, tocou a ponta do instrumento afiado com o dedo, segurou-o, apontado para a mosca durante alguns segundos, e depois o lançou, trespassando-a. Então, levantou o inseto empalado e sorriu.

— Aprendi a fazer isso quando era garoto. Em vez de usar meu estilo para copiar Cícero, passava tardes inteiras caçando essas pestinhas e as empalando. Isso requer uma habilidade considerável.

Apolônio balançou a cabeça.

— Quando conheci seu irmão em Tarso, uma mosca pousou no dedo dele. Sabe o que ele fez? Soprou-a para longe, e nós dois rimos. Qualquer um pode pôr fim a uma vida com uma arma, mas poucos conseguem poupar uma com um sopro. Qual dos dois é mais poderoso?

Domiciano rangeu os dentes.

— Lúcio Pinário, você deve apreciar o uso habilidoso de uma arma. Você é caçador, não?

— Não mais, Dominus — respondeu Lúcio. — Toda vida é sagrada. Não mato nada se puder evitar.

Domiciano meneou a cabeça, desgostoso, e gritou a dois pretorianos:

— Você, traga-me um arco e uma aljava de flechas. E você, vá se encostar naquela parede lá, de frente para ela. Estenda os braços paralelos ao chão. Aperte a mão contra a parede com os dedos bem separados.

Domiciano testou a corda do arco e depois escolheu uma flecha.

— Essa é outra habilidade que aprendi sozinho. Observe, caçador. Vou disparar quatro flechas. Observe o espaço entre os dedos.

Domiciano mirou. Lúcio reparou que nem os pretorianos nem o secretário pareciam apreensivos. Aquele era um feito que o imperador já realizara muitas vezes.

No silêncio que se fez, Lúcio ouviu um murmúrio baixo. Não conseguiu entender as palavras nem de onde vinha o som. O murmúrio desapareceu. Ninguém mais parecia tê-lo percebido. Lúcio se perguntou se o teria imaginado.

Domiciano disparou quatro flechas em uma rápida sucessão. Cada uma delas emitiu um som agudo como o de uma vespa. Com um sorriso de satisfação, ele baixou o arco.

— O que acham disso? Uma flecha em cada um dos espaços entre os dedos do homem. Tito nunca conseguiria fazer uma coisa dessas...

Com um gemido alto, o pretoriano bateu contra a parede, deslizou e tombou no chão. O secretário gritou e deixou cair a tabuleta de cera.

As quatro flechas acertaram as costas do guarda, disparadas com tanta força que perfuraram sua armadura. Alguns de seus companheiros gritaram também e correram para acudi-lo.

— O que é isso? — gritou Domiciano, com a voz trêmula. — Isso é obra sua, mágico!

— Eu não disparei nenhuma flecha — declarou Apolônio, esticando os pulsos agrilhoados para mostrar que não tinha nada nas mãos.

— Levem o mágico para longe de mim! Tranquem os dois em algum lugar.

— Mas qual é a acusação contra mim? — perguntou Apolônio.

— O secretário anotou tudo que você disse. Suas próprias palavras vão condená-lo. Você blasfemou contra os deuses ao ridicularizar a prática dos sacrifícios de animais. E ofendeu minha majestade diversas vezes não me tratando como Dominus.

— Então agora é possível ser condenado tanto pelo que não se diz como pelo que se diz? Seu irmão não punia ninguém por falar livremente; você castiga um homem por não dizer nada.

Domiciano atirou o arco no chão com tanta força que a arma quebrou e a corda se soltou.

Apolônio permaneceu inabalável.

— E quais são as acusações contra Lúcio Pinário?

— Ele não é seu cúmplice?

— Prefiro chamá-lo de meu amigo. Tenho muitos amigos. Vai prender todos?

— Espere e veja, mágico!

Apolônio suspirou e balançou a cabeça enquanto os guardas atavam correntes aos grilhões e retiravam os dois do recinto. Os grilhões pesados feriam os tornozelos e os pulsos de Lúcio. O chão de mármore polido era frio sob seus pés descalços.

Foram levados a uma cela subterrânea, iluminada apenas por aberturas com grades no teto. As paredes de pedra pareciam suar. Montes de palha eram o único local para dormir. O lugar cheirava a sujeira. Para dejetos, havia um único balde, preso a uma corda que podia ser içada por uma das aberturas.

Eles não estavam sozinhos. Foi preciso um longo tempo para os olhos de Lúcio se adaptarem à penumbra do local, porém aos poucos contou mais de cinquenta companheiros prisioneiros, a maioria agachada contra as paredes. Vez por outra, ouvia a palha farfalhando e o guincho de um camundongo.

Lúcio se sentia fraco e se apoiou contra uma parede. Tocou a testa e percebeu que estava pegajosa como as pedras contra as quais se encostava.

— Está indisposto? — perguntou Apolônio.

— Esse lugar...

— Você está pensando nela e imaginando o buraco subterrâneo onde a confinaram.

— Sim.

— Remova todos esses pensamentos da cabeça, Lúcio. Pense apenas nesse momento e no lugar onde está. Veja-o como realmente é, nada mais e nada menos.

— É horrível!

— Não é tão confortável quanto seu jardim, certamente, mas podemos respirar e nos mexer. Temos luz o suficiente para nos enxergarmos e, mais importante ainda, estamos juntos, desfrutando da companhia um do outro e desses novos amigos com quem estamos. Imagino que eles tenham muitas histórias para contar. Enquanto tivermos curiosidade, não nos aborreceremos.

Lúcio conseguiu dar um sorriso triste.

— Professor, isso aqui é uma prisão.

— Lúcio, nós mortais passamos cada momento de nossas vidas numa prisão. A alma está encerrada dentro de um corpo perecível, escravizada por todos os desejos que afligem a humanidade. O homem que construiu a primeira habitação só fez se cercar de outra prisão e se tornar escravo dela, porque todas as habitações requerem manutenção, exatamente como o corpo humano. Acho que quem mora num palácio é muito mais prisioneiro que aquele que ele acorrenta. Quanto ao lugar onde estamos agora, temos de pensar que não somos os primeiros a serem confinados assim. Muitos sábios, desprezados pela multidão ou odiados por um déspota, tiveram de suportar esse destino, e os melhores entre eles o fizeram com serena resignação. Vamos tentar fazer o mesmo, de modo a não sermos inferiores aos que deram o exemplo antes de nós.

Alguns outros prisioneiros, ouvindo-o falar, aproximaram-se.

— Você é Apolônio de Tiana, não é? — perguntou um deles.

— Sou.

— Ouvi você falar uma vez. Reconheci sua voz. Mas nunca o vi assim. Cortaram seu cabelo e também a barba — constatou o homem, balançando a cabeça. — Nunca pensei em ver aquelas madeixas brancas raspadas como lã de carneiro! Quem imaginaria que Apolônio de Tiana pudesse ser posto a ferros?

— Quem me pôs a ferros imaginou isso, se não, não o teria feito — comentou Apolônio.

O homem riu.

— Claro que você é Apolônio! Mas esses grilhões devem estar lhe causando um bocado de dor. Vejam como o ferro áspero fere a carne.

— Eu não tinha notado. Estou pensando em coisas mais importantes.

— Mas como você pode sentir dor e não pensar nela? Não é possível ignorar a dor.

— Não é bem assim — refutou Apolônio. — O espírito cuida daquilo que o eu considera importante. Se há ferimento, o homem pode escolher não sentir dor ou mandá-la parar.

O prisioneiro comprimiu os lábios.

— Mas por que você ainda está aqui? Você é mágico. Por que não vai embora simplesmente?

Apolônio riu.

— Como o homem que me pôs aqui, você me acusa de ser mágico. Bem, vamos supor que seja verdade. Nesse caso, devo estar aqui com vocês porque quero.

— Por que alguém ia querer estar aqui? — questionou outro prisioneiro, dando um passo à frente e cruzando os braços.

— Talvez eu sirva para alguma coisa. Talvez minhas palavras possam trazer algum conforto ou coragem. Por que você está aqui, amigo?

— A pura verdade? Porque sou rico demais.

Lúcio viu que o rapaz vestia uma bela túnica e uma capa, apesar de sujas devido ao longo confinamento na cela úmida. O rosto estava empalidecido, mas dobras de pele pendiam de seu queixo, como se já tivesse sido gordo e perdido peso com muita rapidez.

— Quem o pôs aqui? — perguntou Apolônio.

— Quem você acha? O mesmo que nos pôs todos aqui.

— Ele cobiça sua riqueza?

— Ele disse na minha cara, antes de me mandar para cá, que o excesso de riqueza é perigoso para um cidadão comum. O dinheiro nos torna insolentes e orgulhosos, argumentou ele. Como se inventar acusações contra mim, me atirar nesse buraco e tentar extorquir meu dinheiro fosse para meu próprio bem!

— Ele lhe ofereceu alguma saída?

— Assim que admitir as falsas acusações de evasão de impostos e lhe entregar minha fortuna, estarei livre.

— Então, por que ainda está aqui? O dinheiro não está lhe adiantando de nada. Seu único valor agora é o de financiar sua saída desse lugar.

— Não vou abrir mão dele!

— Sua riqueza o pôs aqui, meu amigo, e ela pode comprar sua liberdade. Mais importante ainda, o pagamento de seu resgate vai libertá-lo do próprio dinheiro, pois a riqueza também é uma prisão. Quem tomá-la de você só vai aumentar a própria servidão.

— Que bobagem! — exclamou o homem, resmungando uma obscenidade e afastando-se.

Apolônio falou em voz baixa a Lúcio:

— Acho que esse companheiro ainda não está pronto para receber minha mensagem.

— E eu? — indagou outro prisioneiro, dando um passo à frente. Era alto e bem-constituído, mas suas mãos tremiam. — Preciso de coragem. Vão me levar para confrontar o imperador hoje à tarde, mas acho que vou morrer de medo antes que isso aconteça.

— Coragem, meu amigo. Eu mesmo acabo de vir da presença do imperador, e você pode ver que saí de lá sem um arranhão.

— Mas todos sabem que você é destemido. Como consegue?

— Penso em algum exemplo que não sentiria vergonha de seguir. Você pode fazer o mesmo.

— Mas em que exemplo você pensou?

— Lembrei-me de Odisseu e do perigo que enfrentou quando entrou na caverna de Polifemo. O ciclope era gigantesco e forte demais, nem mesmo cem homens o dominariam. Com apenas um olho, a criatura era horrível demais de se ver, e possuía a voz retumbante como um trovão. Pelo chão estavam espalhados ossos humanos, restos de refeições antigas, porque o ciclope comia carne humana. Mas Odisseu ficou com medo? Não. Considerou a situação e se perguntou como vencer um oponente poderoso demais para ser subjugado pela força e cruel demais para se deixar convencer. Apesar disso, ele deixou o antro do ciclope vivo, assim como a maioria de seus companheiros.

O primeiro homem que havia falado e perguntado a Apolônio sobre o cabelo tosquiado e a dor causada pelos grilhões, comentou:

— Você está comparando nosso imperador ao ciclope? Está sugerindo que alguém deveria cegá-lo?

— Acho que esse indivíduo é um informante — sussurrou Apolônio no ouvido de Lúcio. — Os comentários anteriores dele não foram para se solidarizar comigo, mas para me induzir a falar mal de Domiciano — murmurou, e depois declarou em voz alta: — E o que você pensa, meu amigo, do homem que o pôs aqui, entre nós?

O prisioneiro deu de ombros.

— Não tenho nada de bom a falar sobre ele.

— Se todos tivessem um temperamento tão compassivo! Você não tem nenhuma palavra dura a quem confina outros num lugar tão imundo, que manda cortar seus cabelos e os põe em grilhões, que extorque suas riquezas, cuja renomada crueldade faz com que tremam quando chamados a sua presença?

— É claro, me sinto como os outros aqui devem se sentir.

— E como é isso? Por favor, fale livremente — instigou Apolônio. — Você pode dizer o que quiser diante de mim, porque sou o último nesse mundo que iria delatar alguém. Não? Você não tem nada a dizer? Quanto a mim, o que tenho a dizer ao imperador, digo diretamente a ele.

— Isso seria o mesmo que entregá-lo! — exclamou o homem que estava com medo de encontrar o imperador. Houve um assentimento geral de cabeças e resmungos de concordância. Era óbvio que muitos na cela já suspeitavam do informante.

Apolônio recuou como se já tivesse acabado de falar, no entanto os outros prisioneiros lhe imploraram que continuasse.

— Diga-nos mais coisas — pediu um deles. — O pior desse lugar é o tédio. Conte-nos de suas viagens. Você conhece o mundo inteiro.

Apolônio se sentou no chão e os prisioneiros se agruparam a sua volta. Ele descreveu rios, montanhas e desertos que já tinha visto. Falou sobre os povos que conhecera e seus costumes exóticos. Os encarcerados ouviam com expressões enlevadas, alguns fechando os olhos, transportados a lugares distantes pela narrativa do Professor, livres da cela de prisão pelos cenários que ele pintava em suas imaginações. Lúcio também fechou os olhos e ouviu com eles.

Apolônio falou de quando encontrou o local, nas grandes altitudes das montanhas geladas do Índico Cáucaso, onde nem Alexandre, o Grande, aventurara-se, em que os deuses acorrentaram Prometeu pelo crime de ter dado fogo aos mortais.

— Encontrei até os grilhões que prenderam o titã. Eram gigantescos, tão grandes que dava para ficar de pé dentro de um deles, com os braços abertos, e mal tocar as laterais. Eles foram colocados dos dois lados de um desfiladeiro estreito; assim, era possível visualizar como Prometeu deve ter sido enorme. O titã já tinha partido havia muito. Os nativos me contaram que Hércules, numa de suas muitas viagens, encontrou Prometeu, no exato momento que a águia de Júpiter também chegava, para executar o tormento diário de arrancar suas entranhas. Hércules ficou com pena dele e acertou a ave, derrubando-a. Na ravina embaixo, encontrei os ossos de um pássaro enorme, maiores que quaisquer outros que eu já tenha visto. Hércules partiu os grilhões e libertou Prometeu. De fato, pude ver que o metal estava partido e retorcido, mas estranhamente não se encontrava coberto por ferrugem. Vulcano deve ter forjado aqueles grilhões a partir de algum composto desconhecido dos mortais.

Exausto pelos acontecimentos do dia e embalado pela voz do Professor, Lúcio estava quase cochilando. Calhou de abrir os olhos um momento, o suficiente para ver por entre as pestanas que Apolônio usava a mão para esfregar o pulso, esticando os tendões e massageando o ferimento causado pelos grilhões — *que haviam desaparecido.*

Os olhos de Lúcio se abriram por completo, e ele soltou uma exclamação de espanto. Os outros, cuja maioria também parecia já meio adormecida, sentaram-se eretos e seguiram seu olhar.

— Os grilhões! — exclamou um deles. — Ele tirou os grilhões.

— Tirei? — perguntou Apolônio, olhando em volta distraidamente, como se tivesse perdido algo. — É mesmo. Ah, mas não é bom que os guardas me vejam assim. Vão ficar bastante chateados.

Ele lhes deu as costas por um instante e começou a fazer uma série de movimentos peculiares, curvando-se e retorcendo-se de um lado para o outro. Quando se virou, os grilhões estavam novamente nos pulsos.

— Pronto, assim é melhor! — declarou Apolônio, sacudindo os ferros, em um tilintar monótono.

Ele começou outra história. Essa era sobre o tempo em que estivera na Babilônia, quando jovem, onde encontrou o rei dos párticos, Vardanes, e seus astrólogos caldeus.

Lúcio olhou para os próprios grilhões. Virou as mãos de um lado para o outro e puxou as algemas. Não havia a menor possibilidade de tirá-las. E, no entanto, parecia que o Professor havia passado as mãos por elas sem sequer pensar, como se tira um par de sandálias grandes. Ou teria Apolônio apenas criado a ilusão de ter feito aquilo? Ou nunca havia sido agrilhoado?

Eles passaram muitos dias na cela. As acomodações eram sujas, e a comida, ruim, mas o regime não era duro; não sofriam danos físicos nem eram obrigados a trabalhar. Lúcio recebeu a visita de Hilário, que o assegurou de que tudo caminhava bem em sua ausência. Ocorreu-lhe, não pela primeira vez, que era uma parte secundária na própria casa, a qual era inteiramente capaz de ser administrada sem ele.

Apolônio também recebeu visitas, inclusive uma delegação de homens importantes, conduzidos por Marco Nerva, um velho político do Senado, de aparência típica, rosto estreito e ascético, testa alta e larga e cabelo branco muito bem-tratado. Lúcio sabia que o senador era amigo e correspondente de Dion de Prusa.

Nerva indagou sobre a saúde dos prisioneiros; Apolônio respondeu perguntando sobre a do senador, pois o político tinha o aspecto muito mais debilitado que ele. Pela intimidade dos dois, Lúcio deduziu que eram velhos conhecidos. Ele nunca cessava de se surpreender com a quantidade e a variedade de pessoas com que o Professor se dava. Parecia que conhecê-lo era estar a um passo ou dois de quase qualquer um no mundo.

Nerva e Apolônio conversaram sobre assuntos sem importância — a comida na prisão, o tempo e qual dos dois tinha o cabelo mais branco. O Professor lhe perguntou sobre sua cidade natal, o vilarejo de Narnia, supostamente localizado no centro exato da Itália e era um dos poucos lugares que Apolônio nunca havia visitado; Nerva lhe garantiu que se tratava de um local encantador. Pareceu a Lúcio que o Professor devia ter lhe feito algum sinal antes sobre a presença de um informante e a cautela necessária à conversa. Ou estariam conversando em código?

Após todos partirem, Lúcio expressou surpresa de que Nerva e os outros tivessem ousado visitar Apolônio. Domiciano estava sempre vendo conspirações entre os senadores. Não estariam aqueles homens despertando a desconfiança do imperador, ao visitar alguém preso por desrespeitar sua majestade?

— Nem tanto — retrucou o Professor. — Por me visitarem tão abertamente, eles se protegem contra suspeitas. Caso eu fosse de fato subversivo, e se estivessem conspirando comigo, viriam até aqui para conversar sobre o tempo? Eles vieram aqui como políticos romanos, para fazer uma visita de cortesia a um antigo conselheiro do Divino Vespasiano e do Divino Tito. Conspiradores jamais viriam me visitar, eles se esconderiam nas sombras. Então, com sua audácia, eles desarmam os temores de Domiciano.

— Entendo. Nerva não me pareceu tão inteligente.

— Não se deixe enganar pelos modos dele. Nerva é um homem muito astuto. Tenho grandes esperanças nele.

— Grandes esperanças em um senador tão velho e debilitado?

— Aparentemente, ninguém era mais robusto que Tito. No entanto, os que apostaram suas esperanças no futuro dele as viram despencar. Então, por que não esperar que um homem velho e debilitado traga um amanhã melhor?

Os dias se passaram, até que certa manhã chegou um pretoriano e lhes disse que seriam levados à presença do imperador, que estava pronto para julgá-los e dar a sentença.

Lúcio fizera o melhor a fim de se preparar para esse momento, tentando imitar a equanimidade do Professor. Ainda assim, sentiu um arrepio de pânico.

— Professor, o que vai ser de nós?

— Lúcio, o que você teme? Que sejamos torturados e mortos? Tudo que vive tem de morrer, e existem coisas bem piores que passar por dores físicas. Como seria muito mais terrível se nos comportássemos de modo vergonhoso e perdêssemos o respeito próprio; então seríamos realmente prejudicados e o dano teria sido causado por nós mesmos.

Lúcio respirou fundo.

— Vou olhar para você, Professor, e seguir seu exemplo.

— E vou fazer o máximo para que esse exemplo seja bom, Lúcio. Saber que você vai olhar para mim me dará forças.

Eles foram levados primeiro a uma antecâmara, contígua ao salão de recepções. Os grilhões foram removidos. Um grupo de escravos apareceu, encarregado de torná-los apresentáveis para o julgamento. Bacias com água foram trazidas para limpar o rosto e as mãos de ambos. Vestiram-nos com túnicas limpas. Também receberam sapatos, mas, como eram feitos de couro, Apolônio se recusou a calçá-los. Lúcio seguiu o exemplo e permaneceu descalço.

Quando os escravos terminaram de limpá-los e vesti-los, eles foram postos a ferros novamente.

Uma figura com trajes suntuosos de cortesão imperial entrou no aposento e se aproximou deles. Para surpresa de Lúcio, tratava-se do velho amigo e protetor Epafrodito. Lúcio o vira bem pouco desde a morte de Cornélia. Ele havia envelhecido muito.

— Lamento não ter ido visitá-lo na prisão, Lúcio — desculpou-se Epafrodito, mantendo a distância e uma postura digna, mas a voz estava embargada de emoção. — Não foi possível, por causa de minha nova posição. Ver você assim, agrilhoado...

— Você serve a Domiciano agora?

Epafrodito deu um sorriso falso.

— O imperador me tirou da aposentadoria. Insistiu que o Estado necessitava de meus serviços. Não tive como declinar o convite.

— Você deve ter se sentido lisonjeado, imagino — comentou Lúcio —, pelo imperador se valer da ajuda do homem que conduzia a Casa Dourada.

Parecia que Domiciano — que sempre se recusara a ter entre os cortesãos qualquer um ligado ao pai e ao irmão e que eliminara muitos integrantes da equipe imperial durante as crises de desconfiança — agora era forçado a recorrer aos tempos de Nero, a fim de encontrar homens com experiência suficiente para gerir o Estado.

— Eu permaneceria como estava, de bom grado, um observador distante dos acontecimentos — argumentou Epafrodito. — No entanto, existem vantagens em meu novo cargo. Consegui, por exemplo, convencer o imperador a me dar a função de preparar você e seu amigo para o julgamento.

Epafrodito se virou para Apolônio.

— Você está ciente das regras do procedimento? O julgamento acontecerá diante de um público seleto de senadores, magistrados e dignitários imperiais. As acusações serão lidas por um promotor. Você vai ter a chance de contestá-las. Depois, César dará a sentença.

— César vai me julgar? — perguntou Apolônio.

— Sim.

— Mas quem vai julgar César?

Epafrodito ergueu as sobrancelhas.

— César não está sendo julgado.

— Não? Acho que ele cometeu muitos crimes contra os ensinamentos da filosofia.

Epafrodito suspirou.

— César não está preocupado com filosofia.

— Ah, mas a filosofia está muito preocupada com César, que ele governe como um sábio.

Epafrodito suspirou de novo e trocou olhares com Apolônio, que deixaram Lúcio perplexo. Ele achava que os dois não se conheciam — ou não seriam estranhos um ao outro?

Epafrodito continuou:

— Você vai ter um tempo curto para dar suas respostas. Olhe para o relógio hidráulico. Quando o nível da água cai e a alavanca sobe, quer dizer que seu tempo está terminando. Termine o que tem para dizer. Você não poderá falar mais que o relógio permite.

— Então espero que o Tibre esteja conectado a esse relógio hidráulico, pois cada gota de suas águas vai ser necessária para que eu diga tudo que tenho a dizer ao imperador.

— Receio que seu tempo vá ser consideravelmente mais curto que isso — retrucou Epafrodito. — Outra coisa, você não tem permissão de levar nada consigo para o tribunal que possa ler ou lançar algum sortilégio mágico. Então, não pode levar escondido nenhum rolo ou pedaço de pergaminho em que haja algo escrito, ou amuleto, ou qualquer objeto mágico.

— Como fomos despidos e depois vestidos por escravos do próprio imperador, acho que isso não vai ser um problema — declarou Apolônio.

— Mesmo assim, é meu dever me certificar de que não há nada escondido nas túnicas de vocês. Levantem os braços o máximo possível.

Epafrodito passou as mãos sobre Apolônio e depois fez o mesmo com Lúcio, que endureceu, pois se lembrou de que usava o *fascinum* sob a fina túnica. Ele reprimiu o impulso de tocá-lo. Epafrodito passou as mãos sobre o peito de Lúcio. Devia ter sentido o talismã, porém não disse nada e deu um passo atrás.

Em seguida, levou-os à sala de julgamento, um aposento sombrio, mas magnífico, decorado com mármores escuros e cortinas vermelho-sangue. Diante de uma enorme estátua de Minerva, Domiciano estava sentado e, a seus pés, de pernas cruzadas sobre o estrado, via-se a criatura de cabeça pequena. Epafrodito se juntou a um grupo de outros cortesãos, de pé a um lado. Próximo a ele estava o relógio hidráulico que havia mencionado. O mecanismo interno do instrumento encontrava-se oculto, por sob uma cobertura em bronze decorada que reproduzia imagens do sol, da lua e das estrelas.

Entre os senadores presentes, Lúcio notou Nerva, com o cabelo branco, e muitos outros que visitaram Apolônio. Havia também alguns rostos que reconheceu das reuniões entre os seguidores de Apolônio — magistrados e até alguns cortesãos imperiais, que ousaram participar de encontros em casas particulares, onde o Professor falava. Lúcio se sentiu mais animado diante desses semblantes familiares, embora nenhum deles se atrevesse a olhá-lo nos olhos ou a demonstrar algum sinal de solidariedade.

O promotor deu um passo à frente. O coração de Lúcio parou. Era Catulo. O cego levava um cajado e era assistido por um secretário, que, com frequência, sussurrava em seu ouvido.

— Dominus, o mágico Apolônio e seu cúmplice, Lúcio Pinário, foram admitidos a sua divina presença — anunciou Catulo. — Chegou a hora de eles se submeterem a seu julgamento. O mágico será julgado primeiro. Aproxime-se, Apolônio de Tiana. Olhe para nosso Senhor e Deus, trate-o de Dominus, e lhe suplique que seja justo e misericordioso com você.

Apolônio deu um passo à frente, mas não olhou para Domiciano. Pelo contrário, parecia olhar em todas as outras direções. Fitou o companheiro de cabeça pequena do imperador e fez uma expressão estranha, como se faz às crianças, diante da qual a criatura pareceu se assustar e recuou. Contemplou com curiosidade o relógio hidráulico ao lado de Epafrodito e então se virou para trás, para os espectadores, e sorriu.

O assistente de Catulo sussurrou furiosamente em seu ouvido. O promotor bateu o cajado no piso de mármore:

— Mágico! Você vai olhar e se dirigir a nosso Senhor e Deus!

— Muito bem — concordou Apolônio, dando de ombros.

Ele olhou para cima e ergueu as mãos agrilhoadas o mais alto que pôde.

— Divina Singularidade, emanação da perfeição que os romanos chamam de Júpiter, maior dos deuses! — gritou ele. — Revele-nos sua sabedoria. Dê-nos sua sentença. Deixe-nos conhecer sua vontade. Diga-nos, lhe imploramos, quem lhe desagrada mais: o homem que profere bajulações profanas ou o que as ouve?

Houve um murmúrio entre os presentes.

Catulo bateu com o cajado no chão de mármore, exigindo silêncio.

— Podemos prescindir de sua resposta formal à primeira acusação contra si, pois, com suas ações, mágico, já nos satisfez.

— E qual era essa acusação?

— De que você se recusa a demonstrar o respeito apropriado a César e a tratá-lo de Dominus.

— Você me disse para olhar para o Senhor e Deus e isso eu fiz. Ergui a cabeça e olhei para a Divina Singularidade.

— Não tente nos enganar fingindo devoção, mágico. É verdade que você se acha um deus? É verdade que outros o chamam de deus e você aceita sua veneração sem objeções?

— Promotor, estou impressionado — respondeu Apolônio. — Você deve ter feito uma pesquisa. Acho que está se referindo a meu tempo na Índia, quando fui buscar sabedoria junto aos sábios do Ganges. Eles se referem a si como deuses. Quando lhes perguntei o porquê, eles responderam: "Porque somos homens bons." Todas as criaturas, apesar de suas formas mortais, possuem divindade, e ser bom de verdade é ser divino. Antes de deixá-los, os sábios indianos me chamavam de "deus" e eu me sentia honrado.

— Então um homem pode se tornar deus simplesmente sendo bom?

— Ser bom não é tão simples quanto você parece imaginar.

— Mas, se você encontra um homem bom, chama-o de "deus"?

— Chamo. Se o homem que você deseja que eu trate de deus fosse bom, eu o faria de bom grado.

Novamente, ouviram-se murmúrios entre os espectadores. Catulo deu repetidas pancadas com o cajado contra o chão.

Foi possível ouvir a criatura de cabeça pequena murmurar de forma audível:

— Ele sequer usa sapatos!

— O quê? — indagou Apolônio. — Fale mais alto, pequeno.

A criatura sibilou e cuspiu, como um gato ao encurvar as costas.

— Você veio aqui descalço — gritou ela. — Mostra desprezo por César!

— Se eu tivesse calçado o sapato que me foi oferecido, estaria mostrando desprezo pelo pobre animal que forneceu o couro. Eu não mataria uma vaca, uma criatura divina, nem iria dilacerá-la só para cobrir os pés, da mesma forma que não mataria você, meu amiguinho, para fazer sapatos. A generosidade do solo fornece tudo de que necessito para comer e me vestir. Se eu tiver de proteger os pés, uso sapatos de pano ou cortiça. Não preciso matar outros seres.

A criatura de cabeça pequena se espremeu contra as pernas de Domiciano e cobriu o rosto.

Catulo sorriu de satisfação.

— É verdade, mágico, que em sua juventude você fez um voto de silêncio e ficou sem falar durante cinco anos?

— Sim. O silêncio é um idioma em si. Há muito que se aprender não falando.

— No entanto, parece que, desde então, não consegue ficar de boca fechada. Você pode se arrepender de não ficar em silêncio hoje, mágico. As palavras que acaba de proferir levam, com muita propriedade, à segunda acusação contra você: que blasfemou contra os deuses e pôs em risco o Estado ao pregar contra a instituição do sacrifício de animais. Você nega essa acusação?

Catulo fez sinal a Epafrodito, que tocou em uma chave do relógio hidráulico. A água borbotou enquanto fluía de uma câmara à outra, e a alavanca que marcava a passagem do tempo começou a se mover.

Apolônio pigarreou.

— Eu disse que o sacrifício de animais é desnecessário? Sim. Ofendi os deuses e coloquei o Estado em risco ao fazê-lo? Não. Para demonstrar o respeito adequado à Divina Singularidade não precisamos oferecer nenhuma vítima, nem acender fogueiras, nem queimar incenso, nem fazer promessas, nem oferecer nenhum tipo de bugiganga, amuleto ou qualquer outro objeto material. Pois, se existe um deus, que é superior a tudo e possui tal perfeição que o torna único e diferente de qualquer outra essência, então para que esse deus precisa de nossas pobres oferendas? Longe de lhe dar força, essas oferendas materiais apenas poluem sua pureza. E como ousamos tentar negociar com a Divina Singularidade fazendo promessas e pedidos? Deveríamos abordar a Divina Singularidade usando apenas nossa mais alta faculdade, que é a inteligência. Deveríamos tentar nos tornar conhecidos da Divina Singularidade apenas com o pensamento, que em si é puro. Se desejarmos manifestar esses pensamentos para o benefício de outros mortais, então podemos usar belos discursos, que são o servo imperfeito do pensamento. Uma canção ou uma prece dita, compartilhada por mortais, pode ser agradável à Divina Singularidade, mas carcaças ensanguentadas e restos calcinados só podem ser uma ofensa àquilo que é a perfeição.

A alavanca do relógio hidráulico alcançou a posição mais alta, o que fez um sino soar. O borbulhar da água cessou. Apolônio sorriu com serenidade. Dissera o que tinha para dizer exatamente no tempo permitido.

Catulo fez uma expressão de nojo.

— Preciso fazer a próxima acusação, Dominus? O acusado já se incriminou o suficiente. Oferecer-lhe novas oportunidades de falar só vai sujeitar Vossa Majestade a mais blasfêmia e subversão.

Domiciano, que estivera assistindo aos procedimentos em silêncio, fitou Apolônio, inclinando a cabeça com curiosidade.

— Que esse homem é culpado e merece a morte não há nenhuma dúvida. Mas a terceira acusação contra ele é a mais séria. Deve ser tratada.

Catulo enunciou a terceira acusação.

— Alega-se que Apolônio de Tiana pratica magia. Testemunhas afirmam que ele curou doentes usando o poder mágico, e fez com que mortos retornassem à vida, contra as leis da natureza. Usou de feitiçaria para observar acontecimentos longínquos e obter assim conhecimento sobre os movimentos de outros, inclusive seus, Dominus. Usou de poderes mágicos para ler a mente de outros, de modo que, mesmo permanecendo em silêncio, suas vítimas não podiam esconder dele seus pensamentos. Esses usos da magia, que violam em si mesmos as leis de homens e deuses, constituem também um risco claro ao Estado e à pessoa de César. O que você diz dessa acusação, Apolônio de Tiana?

Mais uma vez, Epafrodito mexeu na chave do relógio hidráulico, que começou a borbulhar alto na sala subitamente silenciosa, pois todos os presentes tinham a intenção de ouvir as palavras de Apolônio.

O Professor se virou para Lúcio. Seus lábios não se mexeram, ainda assim ele o ouviu dizer:

— Você está com aquela coisa que Epafrodito lhe deu mais cedo? Entregue-a para mim agora.

Lúcio ficou intrigado. Nada havia mudado no salão e, no entanto, tudo parecia de repente irreal, como se tivesse começado a sonhar sem adormecer. Sobre o que Apolônio estaria falando? Epafrodito nada lhe dera antes. Entretanto, via-se procurando algo na túnica e retirando uma pequena esfera feita de vidro, que entregou ao Professor.

Novamente, sem mover os lábios, ele lhe disse:

— Você é um bom amigo, Lúcio Pinário. Vou sentir sua falta. Seja forte.

Apolônio ergueu a esfera de vidro e a atirou no chão. Houve um clarão ofuscante e uma explosão. Uma nuvem de fumaça envolveu Apolônio, em seguida ouviu-se o ruído de grilhões caindo no chão. Um cheiro peculiar entrou pelas narinas de Lúcio. O chão pareceu ondular, como se sacudido por um terremoto. Lúcio achava que só ele sentia isso, mas, quando olhou para os espectadores, viu que também cambaleavam, como se tivessem recebido um golpe. Alguns caíram de joelhos. Lúcio se virou e notou que Domiciano havia se levantado da cadeira. O companheiro de cabeça pequena estava agarrado às pernas do imperador.

O cego Catulo virava a cabeça de um lado para o outro.

— O que está acontecendo? — gritava ele. — O que o mágico fez?

A fumaça se dispersou. Apolônio havia desaparecido. Os grilhões vazios jaziam sobre o chão de mármore.

— Que brincadeira é essa? — perguntou Domiciano, dando ordens aos guardas para que revistassem cada canto da sala e se certificassem de que todas as saídas estivessem bloqueadas. Apolônio não foi encontrado.

Domiciano encarou Lúcio com ódio.

— O mágico olhou para você antes de desaparecer. O que aconteceu?

— Não sei, Dominus.

— Aonde ele foi?

— Não sei, Dominus.

— Dispam esse homem — ordenou Domiciano.

A túnica de Lúcio foi arrancada.

— O que é isso? — perguntou o imperador.

— O que está vendo, Dominus?

— Ele usa uma espécie de talismã.

Catulo ergueu as sobrancelhas.

— Como isso foi acontecer, Epafrodito? Você devia ter se certificado de que os prisioneiros não carregavam nenhum apetrecho mágico.

— Estou tão surpreso quanto você — declarou Epafrodito.

Domiciano desceu do estrado e se aproximou de Lúcio, que se retraiu, mas permaneceu firme. O imperador esticou a mão e segurou o *fascinum*.

— O que é isso? Esse amuleto teve alguma participação na desaparição do mágico?

— É um *fascinum*, Dominus. Uma relíquia de família. Eu o uso como proteção, mas ignoro qualquer outro poder que possua.

Domiciano franziu o cenho.

— Parece uma cruz.

Catulo se apressou até eles, batendo com o cajado no chão, diante de si.

— Uma cruz, Dominus?

Domiciano pôs o *fascinum* na mão do promotor, que o examinou com a ponta dos dedos. Lúcio se contraiu ao ver aquele homem tão perto de si. Catulo também se retraiu, soltando o *fascinum* com uma demonstração de repulsa.

— Com toda certeza, trata-se de um amuleto mágico. Sinto a feitiçaria nele! Magia cristã, desconfio.

— Cristã? — perguntou Domiciano.

— Eles usam uns amuletos em forma de cruz para enfeitiçar os inimigos.

— É um *fascinum*, Dominus, não um crucifixo — retrucou Lúcio.

— Ele mente — acusou Catulo. — Enquanto eu preparava meu dossiê sobre ele, descobri que seu tio era cristão, um daqueles que Nero puniu por serem incendiários. Será coincidência ele usar um amuleto cristão?

Domiciano olhou Lúcio de cima a baixo.

— Esse homem é seguidor de Apolônio, e, o que quer que seja, Apolônio não é cristão.

— Não devemos esperar que os inimigos dos deuses sejam consistentes em suas blasfêmias. Esse cristão oculto acaba de auxiliar na fuga de um mágico muito perigoso e, por meio desse amuleto, pode estar planejando pôr em risco sua divina pessoa. Lúcio Pinário conspirou contra você, Dominus. Ele tem de ser castigado.

Domiciano apertou os olhos.

— Sim. Mas como?

— O tio dele foi queimado vivo no Circo Vaticano.

Lúcio sentiu como se seu corpo inteiro estivesse sendo aferroado e viu manchas turvas diante dos olhos. Tentou imitar a coragem de Apolônio, porém cambaleou e caiu no chão.

Domiciano olhou para ele.

— Você tem certeza de que esse pobre desgraçado representa alguma ameaça a mim, Catulo?

Catulo baixou a voz até transformá-la em um sussurro.

— Dominus, se o mágico Apolônio escapou de verdade, então esse homem pode sofrer em seu lugar. O castigo deve ser público e planejado para se adequar ao crime.

Domiciano balançou a cabeça.

— Eu sei o que fazer com ele.

Lúcio não foi levado para a cela anterior, mas através de uma série de corredores subterrâneos estreitos, até outra, muito menor, com espaço suficiente para conter um preso apenas. Permitiram-lhe ficar com o *fascinum*. Pelas conversas cochichadas entre os guardas, entendeu que receberam instruções para tirá-lo dele, no entanto estavam todos com medo de tocar no amuleto.

A cela era um cubículo vazio e sem janelas, de pedra úmida e com barras de ferro de um lado. Para além delas, próximo demais para que pudesse pôr a cabeça entre uma e outra, havia um corredor curvo, pouco iluminado pela luz indireta do sol. Em algum lugar ali perto ouviu o som de animais selvagens — rugidos de leões, mugidos de auroques e latidos de cães. O ar estava tomado pelos odores de palha, esterco, urina e carne crua para alimentar os carnívoros.

De outro ponto, chegava-lhe o ruído de espadas se chocando umas contra as outras e vozes rudes — deviam ser gladiadores treinando — e Lúcio percebeu onde estava: nas celas abaixo do Anfiteatro Flaviano. Se estivesse bem lembrado, a próxima ocasião de jogos seria dentro de cinco dias.

Pela alternância de escuridão e luz, ele conseguia marcar a passagem dos dias. À noite, o corredor ficava escuro e as trevas em sua cela eram totais. A ausência completa de luz no período noturno o aterrorizou a princípio, mas na imaginação buscava a companhia de Apolônio e se sentia confortado. Parecia-lhe às vezes que o Professor falava com ele durante a noite, mas naquele breu não tinha como saber se estava acordado ou sonhando, vivo ou morto.

— Fique calmo — dizia Apolônio. — Embora eu esteja fisicamente longe, estou com você.

No quinto dia, Lúcio despertou com uma grande confusão de ruídos, que vinham de perto e de longe — o som de trombetas, gritos e risos, a batida de portões e o alvoroço constante de uma grande multidão, pontuada, a intervalos, por urros de empolgação. O anfiteatro, sobre ele, estava cheio de gente e os jogos haviam começado.

A punição de criminosos fazia parte do entretenimento. Lúcio havia assistido a essas exibições muitas vezes, antes de se tornar um seguidor de Apolônio e parar de frequentar os jogos. Embora já tivesse, às vezes, se imaginado no papel de um caçador na arena, espreitando aqueles animais exóticos, nunca havia cogitado encarnar um dos pobres criminosos, forçados a lutar até a morte ou se tornar presa das feras selvagens. E, no entanto, aquele seria seu destino.

Teria Apolônio previsto esse desfecho? Por que o Professor teria fugido, salvando-se e abandonando Lúcio para sofrer uma morte horrível e humilhante? Por que não usara sua mágica para levá-lo com ele?

Por um breve instante, Lúcio se entregou ao desânimo. De repente, seu humor melhorou. Experimentou uma sensação de leveza, como se um grande peso tivesse sido retirado de cima dele. Até os grilhões pareciam mais leves. Ele decidiu se entregar completamente ao Professor, acreditar que Apolônio previra aquele momento e que o havia preparado o suficiente para encará-lo com calma e dignidade. Tudo para seu bem.

Quando os guardas vieram pegá-lo, ficaram surpresos com sua atitude. Estavam acostumados a ver homens se encolhendo de medo, chorando, resistindo, implorando, caídos no chão ou inertes, fitando o vazio. Entretanto, Lúcio os encarou, balançou a cabeça de forma amigável e se ergueu para acompanhá-los.

Eles retiraram os grilhões. Seus braços e pernas se encontravam enfraquecidos e enrijecidos após um confinamento tão longo, mas Lúcio ficou contente por estar livre daquela restrição. Esticou os braços e abriu os dedos. Fez movimentos com as pernas e levantou os joelhos, testando o controle do corpo. Era uma coisa boa que, em seus momentos finais, fosse capaz de se sentir um homem novamente, apesar de por tempo tão breve.

Tiraram a túnica esfarrapada, de modo que ficou apenas com a tanga imunda. Em torno da cintura, amarraram um cinto de couro com uma bainha, onde havia uma faca. Ele a retirou por um momento e viu que a lâmina estava muito cega. Entregaram-lhe um arco, fraco, com a corda mal-amarrada, e uma única flecha, cuja ponta não era de metal, mas de cortiça. À distância, os espectadores não conseguiam ver que as armas eram inúteis.

À medida que prosseguiam por um corredor, o ruído da multidão ia ficando mais alto. Eles chegaram a um portão, feito com barras de ferro, que foi aberto. Os guardas baixaram as lanças, mas não foi necessário forçar Lúcio a entrar na arena. Ele caminhou descalço sobre a areia aquecida pelo sol, apertando os olhos por causa da claridade do dia.

Já conhecia a enormidade do anfiteatro do ponto de vista das arquibancadas, mas nunca da arena. A magnitude da multidão era descomunal. O camarote imperial parecia tão pequeno em meio àquela vastidão, e seus ocupantes, figuras de uma pintura. Lúcio localizou Domiciano, a imperatriz e o companheiro de cabeça pequena do imperador. Os membros mais favorecidos da família imperial estavam lá, inclusive a bela sobrinha de Domiciano, Flávia Domitila, junto do marido e de dois dos filhos pequenos. Earino também podia ser visto e, próximo ao eunuco, Lúcio percebeu, com um ligeiro choque, Marcial. Faria ele um poema sobre o que estava para acontecer? Entre os cortesãos, divisou também Catulo e Epafrodito.

Fez-se silêncio. Um arauto proferiu o anúncio. As palavras ecoaram estranhamente nos ouvidos de Lúcio. Ele não conseguiu entender uma só palavra dita, exceto seu nome, Lúcio Pinário, que lhe soou estranho, uma série de sons que nada tinha a ver com o que era.

"Lúcio Pinário: meu nome é Lúcio Pinário", disse a si mesmo. "Estou num lugar chamado Roma e vou morrer em breve."

Lúcio caminhou até o centro da arena e se virou, fazendo um círculo lentamente e olhando em volta.

Sentiu que estava no centro exato do cosmo, cercado por toda a população de Roma, pela própria cidade, pelo vasto império, pelas terras e pelos oceanos que jaziam além. Todos os olhos no anfiteatro estavam sobre ele e, mesmo assim, não se sentia exposto e vulnerável, mas estranhamente isolado e protegido. Ao redor predominava um barulho incessante e um caos vertiginoso, mas onde se encontrava havia silêncio e quietude. Lúcio estava na pupila do olho da Divina Singularidade. Teria Apolônio sabido que ele sentiria aquilo? Teria sido por isso que o Professor o havia guiado até aquele lugar e momento?

Ele ouviu o ruído de um portão abrindo-se e se virou para ver que não estava mais sozinho na arena. Um leão fora solto. O animal olhou em volta, farejando o ar, e depois viu Lúcio. A fera se agachou por um instante, tensionando e flexionando as patas traseiras; então, deu um pulo para a frente e correu diretamente para Lúcio.

De que adiantavam arco e flecha? Mesmo que Lúcio mirasse e acertasse o felino, estaria apenas enfurecendo-o mais. Ele os jogou para o lado.

De que adiantava a faca? Havia uma pequena chance de que, mesmo com uma lâmina tão cega, Lúcio ferisse o animal; poderia até, por um milagre, acertá-lo fatalmente. Contudo, quando isso acontecesse, a fera já o teria maltratado e, na melhor das hipóteses, os dois morreriam. Lúcio não sentia vontade de matar o leão. Tirou a faca da bainha, o que deixou a multidão muito animada, e depois a jogou para longe, o que provocou gritos de escárnio e manifestações de confusão.

Lúcio olhou para o cinto em torno da cintura. O que Apolônio pensaria se o visse usando um artigo de couro? Desamarrou-o, atirando-o também para longe.

De repente, sentiu nojo da tanga imunda, tocando sua pele. Não queria morrer usando aquilo. Arrancou-a e a jogou no chão.

Lúcio encontrava-se nu no centro do cosmo, despido de qualquer pretensão terrena — nu, a não ser pelo *fascinum*, que recebia a luz do sol e a refletia de forma brilhante.

Como encontrou sensatez para fazer o que se seguiu? Um escravo velho, sobrevivente, repleto de cicatrizes, de muitas caçadas perigosas, ao longo de toda uma vida, contara-lhe certa vez a melhor forma de se portar, caso um dia encontrasse uma fera em campo aberto, sem a vantagem de uma arma.

— É preciso ser tão selvagem e feroz quanto o animal. Não, mais selvagem e mais feroz! Tem de pular, bater os braços, gritar e berrar como um louco.

— Fingir ser perigoso? — havia perguntado Lúcio.

— Não é fingir — dissera o escravo. — É encontrarmos dentro de nós mesmos uma natureza tão selvagem quanto a da fera.

— E se eu não tiver essa natureza?

— Todos temos — tinha respondido o escravo.

Em pouco tempo, Lúcio esquecera aquela conversa, mas se lembrou dela naquele instante, enquanto o leão corria para ele.

Ouviu um grito tão apavorante que ficou com medo, embora soubesse que ele mesmo o emitia. Seu corpo estava em movimento, mas não fazia ideia de como pareceriam esses gestos. Talvez fossem cômicos, como as contorções de um mímico, pois escutou gargalhadas nas arquibancadas. Todavia, o leão não parecia estar se divertindo com a gritaria, o bater de pés no chão e o abrir e fechar dos braços. A fera parou e deu um pulo para trás, parecendo assustada. Lúcio sentiu que estava com a vantagem e continuou. Fez o que ninguém em sã consciência faria: atacou o leão.

O que fazer se o leão se mantiver firme? Não teria outra escolha a não ser se atirar sobre a fera e lutar com ela. A ideia era absurda, mas não havia como voltar atrás.

Ouviu suspiros de descrença e gritos de excitação entre os espectadores. O leão agachou-se, baixou as orelhas, ergueu uma pata e mostrou as presas. Lúcio continuou com o ataque impetuoso, gritando a plenos pulmões, balançando os braços e ganhando velocidade à medida que se aproximava. Quando já estava para pular, o animal deu meia-volta e começou a correr.

Lúcio correu atrás do leão. O tumulto nas arquibancadas era ensurdecedor. Ele percebeu um grande movimento para cima em torno dele. De uma só vez, os espectadores haviam se levantado.

O leão correu uma distância curta; depois parou e olhou para trás com as orelhas baixas, preparou-se para lutar e então perdeu a coragem, começando a correr de novo, agachado, perto do chão. O animal parecia tão perplexo com o comportamento covarde quanto com o avanço implacável de Lúcio. O predador não estava acostumado a ser caçado.

Lúcio não podia continuar gritando e correndo por muito tempo. A prisão o enfraquecera. Encontrara dentro de si uma inesperada reserva de energia e a soltara em uma grande explosão de barulho e ação, mas já começava a se sentir esgotado.

Em um piscar de olhos, a força se foi. Ele parou de correr. Não conseguia mais gritar. Estava sem fôlego. Mal podia ficar de pé.

O leão correu até o outro lado da arena, deu meia-volta e olhou para Lúcio; então se sentou na areia, como uma esfinge, e se pôs a abanar a cauda de um lado para o outro.

Ficaram assim por um momento, homem e leão, examinando-se um ao outro sobre a areia. Por fim, um portão se abriu. Funcionários, com varas longas, correram para a arena e começaram a espetar o leão, incitando-o a atacar Lúcio de novo. Entretanto o felino se voltou para eles, apontando as garras e movendo-as no ar. Os funcionários resolveram se retirar. O leão se sentou de novo na areia, ofegando e pondo a língua para fora.

Incapaz de permanecer de pé, Lúcio se sentou. Ele observou, perto, uma poça de sangue na areia, onde havia um pedaço de carne. Havia muitas chances de ter sido algum ser humano, uma das vítimas anteriores do dia, mas estava tão ensanguentado e macerado que parecia um corte de carne no açougue. Lúcio torceu o nariz e sentiu-se nauseado.

Por um momento, ele e o leão ficaram sentados na areia, descansando e mantendo a distância. Então, o felino se moveu. Levantou e começou a andar vagarosamente em sua direção. A multidão murmurava de expectativa. A uma certa distância de Lúcio, o leão parou e se sentou de novo, mais uma vez como uma esfinge, fitando-o.

Lúcio reuniu os últimos vestígios de força para rastejar de joelhos até o pedaço de carne ensanguentada na areia. O que Apolônio pensaria de sua intenção? Ele acreditava que os homens não deviam comer animais, porém Lúcio nunca o ouvira expressar a opinião de que animais não deviam comer humanos. Fazia parte da natureza deles e não podiam ser convencidos do contrário.

Com uma expressão de nojo, Lúcio agarrou o pedaço de carne e o atirou para o leão. O animal recuou, mas depois inclinou a cabeça em direção à carne, cheirando-a. Pulou sobre ela, agarrou-a com as patas e a atacou com as poderosas mandíbulas.

A fera saboreava a refeição. Ao terminá-la, levantou-se e se aproximou de Lúcio, que permaneceu onde estava, exausto demais para fazer qualquer coisa, a não ser fechar os olhos. Ele respirou fundo e aguardou o que estava por acontecer. Enquanto o leão se aproximava, Lúcio ouvia seus passos sobre a areia e sentia o cheiro de sangue em seu hálito.

Algo áspero e úmido tocou a mão de Lúcio. Abriu os olhos e viu que o felino lambia o sangue em seus dedos. Fazia-o sem pressa e com muita eficiência; depois se sentou a seu lado e fechou os olhos, aparentemente feliz.

Das arquibancadas veio uma estranha mistura de ruídos — aplausos e gargalhadas, mas também caçoadas raivosas e gritos de escárnio. Alguns espectadores se encontravam fascinados com a cena testemunhada e saudavam a coragem de Lúcio. Outros se sentiam roubados da emoção de ver um homem ser despedaçado e desconfiavam de alguma trapaça no ar.

Lúcio olhou para o camarote imperial. Domiciano estava de pé, com Catulo ao lado sussurrando no ouvido direito do imperador. Epafrodito também lhe dizia algo no ouvido esquerdo. Domiciano dispensou os dois e deu uma ordem a outro cortesão de seu séquito. Alguns minutos depois, os funcionários com longas varas apareceram de novo na arena. Uma delas possuía um pedaço de carne amarrado na ponta. Eles atraíram o felino até uma das aberturas e o fizeram passar pelo portão, que se fechou atrás deles.

Do camarote imperial, um cortesão fez sinal a Lúcio, que, sabe-se como, conseguiu ficar de pé e cambaleou naquela direção. Domiciano estava no parapeito, olhando para ele.

O imperador ergueu a mão. Os espectadores fizeram silêncio.

Domiciano deu um sorriso gelado. Graças à acústica extraordinária do anfiteatro, ele mal precisava erguer a voz para ser ouvido por Lúcio.

— Acredito, Lúcio Pinário, que você seja o homem mais sortudo que já encontrei. Mais de uma vez quis acabar com você e mais de uma vez mudei de ideia.

— César é misericordioso — conseguiu dizer Lúcio.

A garganta doía e a voz estava rouca de tanto gritar.

— Talvez. Ou talvez César se dê conta de que há alguma mágica poderosa em torno de você. Foi o mágico de Tiana quem lhe ensinou a lançar aquele feitiço no leão?

— Estou sempre atento ao exemplo do Professor, Dominus. Mas ele não me ensinou nenhum feitiço.

— Então, talvez esse amuleto que você usa seja responsável por sua boa sorte. Ele deve possuir uma magia muito poderosa.

Lúcio tocou o *fascinum*.

— Você está perdoado e solto, Lúcio Pinário. Os bens que lhe seriam confiscados estão devolvidos. Epafrodito, cuide dos detalhes.

— Mas, Dominus... — protestou Catulo, antes de Domiciano calá-lo, colocando um dedo em seus lábios.

Funcionários ajudaram Lúcio a sair da arena. Eram bem fortes, e Lúcio ficou feliz com isso. Suas pernas não valiam mais nada, e eles praticamente tiveram de carregá-lo para fora.

96 D.C.

O tempo andou estranhamente tempestuoso durante todos os meses do verão e até em September — ou Germanicus, como aquele mês havia sido rebatizado por Domiciano. À medida que uma tempestade violenta se seguia à outra, até observadores casuais notavam a ocorrência sem precedentes de raios. Eles atingiram o Templo de Júpiter, no Capitólio; o dos Flavianos, causando estragos à estátua de Vespasiano, no santuário; o palácio imperial, em várias ocasiões, inclusive uma, dizia-se, que causara um pequeno incêndio no quarto de dormir do imperador. Havia uma especulação generalizada sobre o significado de tantos presságios vindos do céu.

Envolvido em uma capa de lã, Lúcio estava sentado em um banco de pedra de seu jardim encharcado, sob o céu ameaçador da manhã. Um raio surgiu exatamente sobre sua cabeça, lançando uma luz fantasmagórica sobre a folhagem reluzente em torno dele, e foi seguido, um instante depois, por um trovão que fez as folhas tremerem. Se havia algum presságio a ser percebido em todos aqueles raios, Lúcio o ignorava. Encontrava-se mais uma vez em uma fase ruim da vida, a pior pela qual já passara desde a morte de Cornélia. Como ainda sentia a falta dela, especialmente em um momento como aquele!

Também sentia falta de Apolônio. Desde sua desaparição de Roma, o Professor estivera sempre em movimento, viajando de cidade em cidade nas províncias do oriente, sempre à frente dos agentes de Domiciano. Durante um longo tempo, Lúcio não teve notícias dele, mas por fim o senador Nerva lhe fez uma visita e revelou que se mantinha em contato com Apolônio. Até se ofereceu a enviar mensagens entre os dois, compartilhando com Lúcio um código com o qual criptografava as cartas.

As mensagens de Apolônio a Lúcio eram estimulantes, mas breves a ponto de se tornarem superficiais. Uma carta típica, após ser decodificada, dizia: "Estou em uma cidade costeira que não posso revelar o nome, entre gente do bem. Contei-lhes a história de meu amigo em Roma, que ficou deitado ao lado de um leão na arena. Como eu gostaria de ter estado aí para ver. Sua coragem transmite coragem aos outros. Adeus."

Quando Lúcio lhe escrevia, falava pouco de si — não havia muito a relatar sobre sua existência solitária —, então, mencionava acontecimentos de Roma, que ele considerava interessantes para o Professor, embora desconfiasse de que Nerva mantivesse Apolônio bem-informado nesse sentido.

Essa troca de correspondências infrequente não substituía o antigo contato pessoal de Lúcio com o Professor. Sem ter mais a presença de Apolônio para lhe dar um exemplo diário, ele se sentia muitas vezes confuso e perdido. Ainda seguia seus princípios, abstendo-se de vinho, carne e sexo, mas a sensação de equilíbrio e bem-estar da qual desfrutava ao lado do Professor o abandonava muitas vezes.

Mais raios percorreram o céu, seguidos por um longo ribombar de trovão.

Apesar de Apolônio acreditar que não se devia insistir na tristeza, Lúcio se pegava remoendo a perda de todos que foram importantes para ele. O suicídio do pai havia sido um golpe terrível e, mesmo após tantos anos, a morte de Esporo ainda o perseguia. A mãe morrera em consequência da peste posterior à queda de cinzas sobre Roma, depois da erupção do Vesúvio; sem sua presença para unir a família, ele se afastara cada vez mais das três irmãs, e a aparição na arena, uma marca de vergonha apesar do perdão, tinha completado aquele distanciamento. Sentiu-se pesaroso quando Domiciano baniu Dion de Prusa; agora, o imperador tinha achado conveniente banir Epíteto também, junto de todos os outros filósofos de Roma. Lúcio já apreciara Marcial e sua ironia, mas a lealdade bajuladora do poeta a Domiciano o afastara havia tempo; para ele, era como se o antigo amigo estivesse morto. Com a partida de Apolônio e a grande possibilidade de que jamais retornasse a Roma, Lúcio se sentia solitário e isolado, sobrevivente solitário da catástrofe em andamento que era sua vida.

Esses pensamentos mórbidos foram deflagrados pela notícia terrível que havia recebido no dia anterior: Epafrodito morrera.

Ninguém havia sido um amigo melhor. Epafrodito mantivera Lúcio a salvo durante os meses traiçoeiros que se seguiram à morte de Nero, recebera-o em seu círculo de amigos cultos, fora o único a quem ele havia confiado a história do amor por Cornélia. A proximidade entre os dois foi diminuindo com o tempo, mas apenas porque a melancolia de Lúcio o tinha levado a buscar inspiração fora do círculo de Epafrodito.

A reaparição dele em sua vida, no julgamento de Apolônio, havia sido tão breve quanto inesperada. Depois de ser poupado por Domiciano, Lúcio chegou em casa, vindo da arena, e encontrou uma carta de Epafrodito, entregue não por um emissário imperial, mas por um portador particular. A carta expressava alegria pela sorte de Lúcio mas também deixava claro que não poderia mais haver contato entre eles: "Meu retorno ao serviço imperial e sua história singular com o imperador tornam impossível que continuemos íntimos como antes. Você é um homem perigoso de se conhecer. Eu também. Vamos manter uma distância, para nosso próprio bem. Mas saiba, Lúcio, que sempre vou gostar de você e lhe desejo bem. Espero que destrua esta mensagem após lê-la."

Nos anos que se seguiram, Lúcio não viu nem se comunicou com o velho amigo e mentor. E agora Epafrodito estava morto.

Hilário, garimpando informações no Fórum um dia antes, trouxera-lhe a notícia. Ele não havia conseguido descobrir a causa nem as circunstâncias exatas da morte. Lúcio esperava saber mais detalhes por meio da visita que chegaria a qualquer momento.

O céu nublado da manhã escureceu como se fosse noite. Uma chuva forte começou a cair. Tremendo sob o manto de lã, Lúcio se retirou do jardim e foi para a biblioteca, onde Hilário preparava um fogo no braseiro. Com o ruído da chuva no telhado e os trovões, não ouviu que alguém batia à porta da frente, mas o liberto escutou e conduziu a visita até a biblioteca, desaparecendo em seguida discretamente.

A volumosa capa ocultava seu sexo; e o capuz, o rosto. Estaria usando-a para se proteger do tempo inclemente ou porque lhe permitia atravessar o Palatino sem ser reconhecida? Ela parou diante do braseiro e esquentou as mãos por um instante; depois, retirou o capuz e balançou a cabeça, liberando mechas de um cabelo negro brilhante com alguns fios brancos.

Flávia Domitila era sobrinha do imperador, filha de sua irmã, Domitila, mas não possuía os traços típicos dos Flavianos. As maçãs do rosto eram altas; o nariz, pequeno; e a testa, grande. Tinha olhos escuros, faiscantes, e uma boca sensual. O contorno da capa insinuava uma figura voluptuosa, que se tornava robusta. Embora a vida de Flávia se assemelhasse muito pouco à de uma vestal — dera à luz sete filhos —, havia algo nela que fazia Lúcio se lembrar de Cornélia. Talvez fosse o voluntarismo e o entusiasmo, ou porque Flávia era a primeira mulher, desde Cornélia, que lhe havia inspirado um leve sinal de desejo. Entretanto, não era para seduzi-lo, nem sequer para buscar sua amizade, que ela viera.

— Saudações, Flávia.

— Saudações, Lúcio.

— O que você tem para me contar sobre a morte de Epafrodito? — perguntou ele.

Ela suspirou.

— Imagino que vocês fossem amigos próximos na época de meu avô.

— Éramos. Nunca deixei de chamar Epafrodito de amigo, embora não o visse já há algum tempo.

— O que você soube?

— Só o que meu liberto descobriu escutando os rumores do Fórum, o que não foi muito. É verdade mesmo que ele morreu?

— Sim.

— Como foi?

— Domiciano o condenou. Ele deu cabo da própria vida.

— Mas por quê? Qual foi a acusação?

— A mesma que meu tio sempre faz contra os inimigos, reais ou imaginários. Ele foi acusado de conspirar contra César.

— E conspirou de fato?

Flávia olhou para o fogo.

— Você está sugerindo que tenho conhecimento sobre essas coisas, sobre quem quer ver o imperador morto?

— Acho que muitos desejam a sua morte, mas poucos arriscariam tudo para fazer isso acontecer. Epafrodito foi um deles?

Flávia comprimiu os lábios. A luz do fogo se refletia em seus olhos. Lúcio achou a beleza dela perturbadora. O que Apolônio diria sobre aquela presença em sua casa? Certamente, o Professor desdenharia a atração física que sentia por ela, porém Flávia não estava lá por causa disso, e sim porque os dois desejavam a morte de Domiciano. O que Apolônio acharia disso? O Professor aprovaria um assassinato, mesmo que de um tirano?

Flávia meneou a cabeça.

— Eu costumava ver Epafrodito na corte imperial. Seus modos eram tão temerosos e tímidos, e pensei comigo mesma: esse homem daria um agente ideal. Quem suspeitaria dele? Então, me aproximei, com cautela e discrição. Ele se recusou. Contou-me que tinha visto muito caos após a morte de Nero e nunca tomaria parte em qualquer plano que pudesse levar a um caos semelhante, por melhor que fosse a intenção. Sua timidez não era fingida, era verdadeira. Ele não queria mais confusão na vida. Pobrezinho! Meu tio devia tê-lo deixado onde estava, em vez de tirá-lo da aposentadoria. O retorno à corte foi sua desgraça.

— O que levou Domiciano a suspeitar dele?

Ela suspirou.

— A história é tão patética que até me dói contar. Domiciano ouviu um boato de que, quando Nero tentou se matar, não conseguiu, e foi Epafrodito quem terminou a tarefa por ele. Por lealdade e compaixão, é claro; mas foi sua mão que deu o golpe final. Domiciano mandou chamá-lo e exigiu que lhe contasse a verdade. Epafrodito ficou com medo de mentir e admitiu ter dado o golpe de misericórdia em Nero. Depois disso, César ficou obcecado com a história. Fez Epafrodito repeti-la não sei quantas vezes, até no meio da noite, como se tentasse induzi-lo a confessar um crime, deixando escapar algum detalhe oculto. No final, Domiciano pôs na cabeça que Epafrodito havia assassinado Nero. "E se for verdade, será que foi algo tão ruim assim?", diziam os cortesãos. Na verdade, sem Nero morto, meu avô nunca se tornaria imperador. Mas meu tio se convenceu de que Epafrodito era uma ameaça para ele. "Um homem que ousa matar um imperador acabará fazendo isso de novo", disse ele. Epafrodito não estava envolvido em conspiração alguma contra meu tio. Mas ele era o assassino de Nero, então tinha de morrer.

— Isso foi há quase trinta anos. É um absurdo.

— Loucura. Meu tio está louco. É por isso que estou aqui e preciso de sua ajuda.

Sua primeira visita fora um mês antes, e ela já havia ido até ele duas vezes desde então, aproximando-se de Lúcio com a mesma cautela que usara com Epafrodito. Ao contrário deste, ele tinha sido receptivo às insinuações sutis de Flávia. Agora ela estava de volta.

— Também posso lhe dizer que Epafrodito deixou um testamento — continuou ela. — Estava sob a guarda das vestais e foi lido hoje de manhã. Você foi mencionado.

— Fui?

— Sim. É claro, meu tio provavelmente invalidará o testamento e reivindicará os bens para si, pois Epafrodito foi condenado como inimigo do Estado.

Estaria ela incitando-o contra Domiciano ao lhe dizer que o imperador pretendia roubar sua herança? Se fosse o caso, Lúcio se ofendeu. A cobiça não era sua motivação. Porém, o que disse em seguida o fez perceber que a julgara mal.

— Ele não deixou muito para você. Quase tudo ficou para um liberto, um filósofo chamado Epíteto, que foi banido da Itália, com a condição de que o dinheiro seja usado para a criação de uma escola. "Que minha fortuna, tal como é, sirva de incentivo ao ensino da filosofia." Mas para você ele deixou uma estátua.

— Uma estátua?

— Está no jardim dele, parece. É a estátua de um atleta, se não me engano.

— O boxeador Melancomas — murmurou Lúcio, lembrando-se da primeira vez que vira a escultura, no dia em que as cinzas do Vesúvio caíram sobre Roma.

— Sim, esse mesmo.

Certa vez, Epafrodito havia observado que "Melancomas continuará aqui muito tempo depois de todos termos ido". A estátua sobrevivera ao dono.

Lúcio se postou diante do braseiro, em frente a ela, encarando-a através das chamas. Tentava vê-la não como uma bela mulher ou uma viúva sofredora, nem como a sobrinha do imperador, mas como uma parceira em potencial em um empreendimento muito perigoso. Seria possível confiar que fosse ficar calada quando necessário? Seria inteligente o bastante para armar um complô bem-sucedido contra um homem tão desconfiado como seu tio, e teria coragem de levar a conspiração a cabo?

As razões para odiar e temer o tio eram suficientemente óbvias. Casada com um primo Flaviano e mãe de sete filhos, era integrante havia muito do círculo de íntimos de Domiciano. Após a morte do filho do imperador e da incapacidade da esposa de gerar outro herdeiro, Domiciano havia colocado dois dos filhos mais jovens de Flávia na linha de sucessão. Seu futuro e o da família pareciam prósperos.

Lúcio lembrou-se de um antigo provérbio etrusco: "Sente-se muito perto das chamas e sua capa pegará fogo." Em uma das crises frequentes de desconfiança, Domiciano se voltara contra Flávia. O pretexto foi que ela e o marido haviam se convertido em segredo à religião dos judeus, ou que tinham se tornado cristãos; não importava qual, uma vez que os dois cultos promoviam o ateísmo e o desrespeito pelos deuses, intolerável no interior da família imperial. Seriam as acusações verdadeiras? Lúcio nunca perguntara a Flávia e ela nunca lhe dissera nada.

Qualquer que fosse a verdade, seu marido havia sido executado; ela e os filhos foram para o exílio na ilha de Pandateria, na costa oeste da Itália. Depois, Domiciano lhe permitiu retornar a Roma — na verdade, obrigou-a — enquanto os filhos ficaram na ilha, a fim de garantir a lealdade da mãe.

Flávia ficou amargurada e desesperada. Era motivada pela vingança mas também pelo desejo de ver a prole sobreviver. Cada dia que Domiciano vivesse, ela e os filhos estariam em perigo. Uma tentativa malfadada de matá-lo significaria, com certeza, a morte deles. Até mesmo uma tentativa de assassinato bem sucedida implicava a destruição de todos mas também poderiam se libertar do medo e se reunir outra vez.

Olhando para ela através das chamas, Lúcio decidiu confiar em Flávia.

— Você sabe por que estou aqui — declarou ela.

— Sei.

— Vai nos ajudar?

Ele pensou em Cornélia e Epafrodito, além de Apolônio, mas, nas atuais circunstâncias, não encontrou inspiração nos ensinamentos do Professor. Lúcio não era um verdadeiro filósofo, apenas um observador sincero e muitas vezes frustrado. Tampouco era um homem de ação — contudo, poderia se tornar um.

— Está bem. Vou ajudá-la. Mas o que posso fazer?

Ela sorriu com o triunfo, o que maculou sua beleza. De repente, Lúcio a viu como sobrinha do imperador, mais parecida que nunca com o tio — cobiçosa, irrefreável e homicida. Não havia feito nenhuma menção aos perigos com os quais se depararia. Provavelmente pouco se importava se ele sobreviveria ou não; era apenas um instrumento a ser usado. Os motivos questionáveis, a probabilidade de que fosse morto, o risco do fracasso — nada disso importava a Lúcio. Estava determinado a unir sua sorte à dela.

— Meu tio mandará chamar você em breve — explicou ela. — Hoje, talvez. Daqui a uma hora, quem sabe.

O coração de Lúcio parou.

— Em nome de todos os deuses, o que fiz para atrair sua atenção dessa vez?

— Não é o que fez, mas quem é. Você vai entender quando ele contar. César vai lhe pedir um favor.

— Que favor?

Flávia balançou a cabeça.

— Quanto menos você souber, melhor. Concorde em ajudá-lo. Faça o que ele pedir. Observe e escute. Através de você, pode surgir uma oportunidade que nos levará ao sucesso.

— Não entendo.

— Nem é preciso, não ainda. Apenas vá até ele quando for chamado.

— Isso é tudo que pode me dizer?

— Mais uma coisa. Na Casa dos Flavianos há alguém em quem pode confiar absolutamente. Se ele orientá-lo a dizer ou fazer alguma coisa, faça. Estou falando de um supervisor imperial chamado Estêvão. É um homem corajoso e não tem nada de melindroso. Quando o momento finalmente chegar, é com ele que todos contamos.

Hilário veio até a porta, parecendo abalado.

— Desculpe interromper...

— O que foi, Hilário?

— Há uma visita no vestíbulo. Um cortesão do palácio. Disse que veio para levá-lo até lá. Está acompanhado de pretorianos, que estão esperando na rua.

— Não fique tão abatido, Hilário. Só devemos nos preocupar quando os pretorianos entram na casa. Essa visita não é inesperada.

Lúcio olhou para Flávia e ergueu as sobrancelhas.

— É melhor eu me esconder — declarou ela.

Lúcio fez um sinal com a cabeça para Hilário, que foi a uma das estantes construídas na parede, pegou um rolo de pergaminho, que era na verdade uma alavanca, e o puxou. A estante se abriu como uma porta. Hilário guiou Flávia para dentro do compartimento oculto e depois fechou a passagem atrás dele. Lúcio suspirou. Em um mundo como aquele, apenas um tolo não teria pelo menos um aposento secreto em casa.

Para visitar o palácio, ele vestiu a mais bela toga. A chuva tinha se abrandado por um momento. Um raio brilhante de sol, que não era visto havia dias, rompeu as nuvens, fazendo as pedras molhadas do calçamento e as poças de água brilharem.

Lúcio foi conduzido até uma parte do palácio que nunca vira antes. Os corredores estreitos, o tamanho pequeno dos aposentos e a atitude menos formal dos cortesãos sugeriam que aquela era uma área mais privativa e menos pública do complexo imperial. Em vários pontos, Lúcio foi revistado em busca de armas; não uma, mas três vezes. Por fim, após esperar sozinho durante uma hora, em um pequeno compartimento que dava para um jardim, Catulo se juntou a ele.

— Saudações, Pinário — disse em um tom de voz monocórdio, que nada revelava sobre a história entre eles.

— Saudações, Catulo.

Lúcio se esforçou para manter a voz firme, embora a simples visão daquele homem fizesse seu coração disparar. As palmas das mãos começaram a suar, de forma tão profusa que precisou enxugá-las na toga. Felizmente, o cortesão cego não podia ver sua perturbação.

— Para quem professa não sentir interesse pelos negócios públicos, suas visitas aqui são surpreendentemente frequentes — observou Catulo, sorrindo.

Talvez estivesse fazendo uma piada para deixar Lúcio à vontade. Ou estaria zombando dele?

— Vim porque fui convocado. O que quer de mim?

Catulo começou a andar. Conhecia bem o recinto. Sem hesitação e aparentemente sem pensar, caminhava de um lado para o outro, virando-se antes de chegar à parede.

— O que estou para lhe dizer nunca deve ser revelado. Compreende, Pinário?

— Sim.

— Sob pena de morte.

— Entendo.

— Mesmo? No passado, César foi muito misericordioso com você; indevidamente, em minha opinião. Mas, se algum dia você revelar o que vou lhe dizer, darei um jeito de condená-lo à morte.

— Você está sendo bem claro, Catulo.

— Bom. Que tempo ruim anda fazendo, não acha?

— Não acho que você tenha me chamado aqui para conversar sobre o tempo.

— Na verdade, sim — respondeu Catulo, parando de andar. — Deve ser de seu conhecimento que têm caído muitos raios pela cidade nos últimos meses.

— Sim.

— César não anda contente com relação a isso. Para ser sincero, está muito preocupado.

— Todos têm medo de raios.

— Não são exatamente os raios o que César teme, mas o significado. Vou explicar. Há muitos anos, quando César ainda era um menino, um astrólogo previu o dia de sua morte; na verdade, até a hora. Também previu a forma da morte: por meio de uma lâmina. Na época, a data prevista deve ter parecido muito distante. Mas o tempo passa. O dia está se aproximando rápido. E, para um menino, "morte por lâmina" significava morrer numa batalha, como um guerreiro corajoso; mas agora, quando imagina uma morte por lâmina, César pensa em traição e assassinato.

— César ainda crê nessa previsão feita há tanto tempo?

— Um homem nunca esquece uma previsão dessas, levando-a a sério ou não. Uma vez, o pai de César fez uma piada com isso. O Divino Vespasiano jantava com os dois filhos; o jovem Domiciano desconfiou de um cogumelo que lhe serviram e se recusou a comê-lo. O imperador riu e comentou: "Mesmo que esse cogumelo seja de uma variedade venenosa, você deve ser imune a ele, meu filho, pois sabemos que o dia de sua morte está muito longe e não são os cogumelos que acabarão com você!"

Lúcio deu de ombros e disse:

— Talvez. Se o dia previsto se aproxima, César deveria chamar esse astrólogo e mandá-lo fazer seu horóscopo novamente.

— O astrólogo já morreu há muito tempo.

— Então, o homem não pode ser punido se sua previsão se mostrar falsa nem recompensado se estiver correta.

Catulo resmungou:

— Você distorce as palavras como Apolônio de Tiana!

— Você me lisonjeia, Catulo. Mas é claro que há outros astrólogos que César pode consultar.

— Ele já fez isso. Ascletarião, que César nunca havia consultado antes, fez outro horóscopo para ele. O astrólogo não mencionou nenhuma previsão específica, mas o que disse foi, de alguma forma, perturbador. Por causa de uma conjunção de astros, a influência benéfica de Minerva, a deusa que César mais venera, está desaparecendo. De acordo com Ascletarião, a proteção de Minerva estará muito fraca no dia em que previram sua morte. Naturalmente, César ficou alarmado. Para aliviar sua ansiedade, ele decidiu testar a habilidade do adivinho. Perguntou a Ascletarião se podia prever a forma da própria morte, ao que o astrólogo respondeu: "Sim, Dominus, serei despedaçado por cães."

Lúcio quase riu alto.

— Não seria porque Ascletarião temesse que o mal-humorado imperador se sentisse inclinado a atirá-lo aos cães na arena e pensou em se salvar prevendo isso, sabendo que César não ousaria fazê-lo?

Catulo fez uma careta.

— Se o astrólogo enganou alguém, foi a si mesmo. César mandou estrangulá-lo imediatamente. Vi-o morrendo de forma muito cruel e pensei: *de nada adiantaram seus poderes de previsão.* César me mandou preparar os ritos funerários naquela mesma tarde, para que nos livrássemos do corpo rapidamente. Mas, embora o dia estivesse com o tempo bom, caiu uma tempestade. Um dilúvio extinguiu as chamas antes do cadáver ser consumido. Uma matilha de cães selvagens surgiu. Antes que alguém pudesse impedi-los, eles pularam sobre a pira e o despedaçaram.

Lúcio balançou a cabeça.

— Então a previsão de Ascletarião estava correta. Para o bem deles, espero que César não procure mais o conselho de nenhum astrólogo.

— No momento, a atenção dele está concentrada em um adivinho de uma tribo germânica chamado Eberwig. César o chamou de Colônia Agripina por causa de seu conhecimento sobre raios. Conforme a arte de ler os relâmpagos entrava em declínio entre os romanos, os germânicos a adotavam. Neste momento, ele está realizando um estudo completo de todas as quedas de raio ocorridas nos últimos meses, mapeando os locais e a frequência. Eberwig entregará seu relatório a César hoje.

— Tudo isso é muito fascinante — comentou Lúcio. — Mas o que tem a ver comigo? Por que estou aqui?

— Quando não consegue dormir à noite, César lê; e, nos últimos tempos, ele mal dorme, o que significa que lê muito. No momento, está fascinado com o reinado de Tibério, cuja trajetória ele acha de grande interesse. Noite adentro, César examina os documentos dessa época e de seus predecessores. Secretários são chamados para trazer esse documento ou aquele. Entre os diários pessoais de Tibério, César encontrou uma menção a seu avô, que também se chamava Lúcio Pinário. Você sabe que ele foi áugure?

— Assim como meu pai.

— Sim. Seu pai realizou augúrios para o Divino Cláudio e para Nero. Mas, antes disso, seu avô já era conhecido de Tibério, Cláudio e até do Divino Augusto.

Tito Pinário falava pouco do próprio pai, cujo exílio em Alexandria ele considerava um capítulo da história da família que era melhor ser esquecido.

— Sei que meu avô era amigo do primo Cláudio e também que entrou em conflito com Tibério, que o baniu de Roma. Mas isso não teve nada a ver com augúrio ou raios. O que sei é que os problemas de meu avô surgiram por causa de seu envolvimento com a astrologia, numa época em que Tibério bania todos os astrólogos.

— Sim, está correto. Porém, antes disso, quando o Divino Augusto ainda era vivo, ele recorreu a seu pai para interpretar um relâmpago que atingiu o antigo palácio imperial. Seu avô nunca lhe contou essa história?

— Não conheci meu avô e meu pai nunca mencionou a história.

— É incrível como as famílias não transmitem as histórias mais interessantes sobre elas mesmas! Ainda assim, lhe garanto que, em seu diário pessoal, Tibério dá todos os detalhes pertinentes. Houve a queda de um raio. Para interpretar o presságio, Augusto chamou seu avô, que previu que ele possuía exatamente cem dias de vida. E que, quando chegasse o centésimo dia, Augusto morreria.

— Isso soa mais como uma lenda.

— Tibério reconta o episódio como fato e Domiciano assim o aceita.

— Perguntarei novamente: o que isso tem a ver comigo?

— Da mesma forma que o Divino Augusto estava convencido, corretamente, de que seu avô era o homem certo para interpretar aquela queda de relâmpago, César tem certeza de que você, neto de Lúcio Pinário, é quem pode explicar o significado dessa praga atual de raios. Por que os deuses o teriam inspirado a poupar sua vida quando tinha todas as razões para acabar com ela não uma, mas duas vezes? César vê agora que você estava destinado a essa tarefa.

Lúcio já se preparava para descartar a ideia como estapafúrdia, quando percebeu que Flávia deveria saber que essa era a razão pela qual Domiciano o chamara ao palácio. Catulo estava lhe oferecendo o meio de chegar à presença do imperador e até de ganhar sua confiança. Como aquela charada levaria ao resultado que ele e Flávia almejavam mutuamente? Isso, não podia prever, no entanto sabia que ela gostaria que cooperasse com Catulo.

— Você tem consciência de que não sou um áugure como meu pai e meu avô? — perguntou ele.

— Sim. Mas seu pai praticava ativamente essa ciência para Nero enquanto você crescia. Deve ter aprendido algo sobre ela só de observá-lo.

Era o bastante, pensou Lúcio, para realizar um augúrio falso se fosse obrigado, sem parecer completamente idiota.

— Sim, vi o ritual sendo realizado muitas vezes. Sei como se faz.

— E seu pai deve ter confiado a você alguns dos segredos dessa ciência, os truques da profissão.

— Na verdade, confiou. Ele gostava de falar sobre augúrios. Imagino que tivesse esperanças de que eu seguisse seu exemplo um dia e me tornasse áugure.

Lúcio se lembrou da última vez que vira o pai. No dia em que Tito Pinário saiu de casa para se juntar a Nero em sua fuga final, levou o segundo melhor *lituus* consigo e deixou aquele que era uma relíquia de família, o belo e antigo instrumento de marfim dos ancestrais, para Lúcio, que mal o olhara desde então e nada havia feito para se devotar ao estudo do augúrio. O velho *lituus* ainda estava em seu poder, guardado em um baú de lembranças, no vestíbulo da casa, bem debaixo do nicho que continha a máscara de cera do pai.

— César deseja que você realize os auspícios — declarou Catulo. — Quer que você observe o céu em busca de raios e lhe dê sua interpretação, não como membro do colégio de áugures, mas como neto e homônimo de Lúcio Pinário.

— Aqui? Agora?

— Por que não? O dia está tempestuoso; não faltam raios.

— Isso não me parece muito certo. O adivinho germânico de César já não está trabalhando para interpretar os raios?

— César vai escutar ambos e comparar suas descobertas. Você vai realizar ou não?

— E se eu me recusar?

— Não é essa a resposta que quero.

Lúcio respirou fundo.

— Vou fazer o que César pede.

Sem nenhum ajudante para guiá-lo, usando apenas o cajado, o cego levou Lúcio pelo pequeno e encharcado jardim e depois por uma série de corredores. O destino era um pátio calçado com seixos, cercado por um pórtico baixo. Lúcio reconheceu o Auguratório; ele tinha visto o pai realizar auspícios naquele local, antes situado fora do palácio imperial, mas agora completamente anexado à Casa dos Flavianos.

Sob um pórtico próximo, protegido da chuva fina e cercado de cortesãos, estava sentado Domiciano, que ergueu a cabeça quando eles chegaram. De repente, Lúcio se sentiu inseguro. Realizar uma farsa religiosa para um homem que queria ver morto. Não conseguia buscar inspiração sequer no Professor.

Para ganhar tempo, ele disse a Catulo que precisaria do *lituus* de seus ancestrais.

— Qualquer *lituus* serve — refutou Catulo.

— Não, tem de ser o *lituus* de marfim que guardo com as coisas de meu pai. Tenho de ir em casa pegá-lo.

— Não, você vai ficar aqui mesmo. Alguém pega para você.

Um cortesão que estava perto, ouvindo, deu um passo à frente. Era um homem de meia-idade, com sobrancelhas eriçadas e uma barba muito bem-tratada.

— Eu vou — ofereceu-se ele.

— Muito bem, Estêvão — anuiu Catulo.

Os ouvidos de Lúcio se aguçaram ao som daquele nome.

— Pinário dirá a você onde encontrá-lo, enquanto explico a demora a César.

Assim que Catulo se afastou, Lúcio sussurrou:

— Mais cedo, antes de vir para cá, ouvi seu nome ser mencionado.

Estêvão balançou a cabeça.

— Daqui a dez dias — avisou ele, em voz baixa, mal movendo os lábios.

Lúcio franziu a testa. Sobre o que o homem estaria falando?

— Daqui a dez dias — repetiu Estêvão. — Quatorze dias antes da calenda de domicianus, na quinta hora do dia. Vai conseguir se lembrar?

Lúcio o fitou sem entender por um momento e depois assentiu.

— Sim — respondeu, em um tom de voz normal. — Eu o guardo num baú antigo, no vestíbulo, bem debaixo da máscara de cera de meu pai. Não tem como errar, é um objeto belo e antigo, feito de marfim sólido. Meu liberto Hilário vai ajudá-lo a encontrar.

— Então, estou indo — anunciou Estêvão. — Voltarei o mais rápido possível.

Domiciano não ficou satisfeito com a demora, tamborilando com os dedos nos braços da cadeira e batendo os pés no chão, com nervosismo. Olhou com raiva para Lúcio e cochichou algo para Catulo, que balançou a cabeça.

— Dominus, seria melhor esperar até depois...

— Tragam-no agora! — exclamou Domiciano. — E levem Pinário para algum lugar, até ele estar preparado para o augúrio.

Enquanto Lúcio era levado para longe, passou por um homem vestindo um traje tão excêntrico que parecia uma paródia de um germânico, com uma longa cabeleira ruiva e barba crespa da mesma cor, botas de pele, perneiras de couro curtido e uma veste do mesmo material, apertada e com tiras, que deixava à vista grande parte do peito largo e peludo. Os braços nus estavam enfeitados com pulseiras em forma de dragões enrolados e cobertos de runas.

Lúcio foi levado até uma pequena sala de espera e deixado só. Viu uma janela com grades no alto de uma parede e subiu em uma cadeira. Olhando para um dos lados, na direção do pórtico, dava para ver uma grande parte do séquito imperial, inclusive Domiciano, e ouvir tudo que era dito.

Catulo falou a um tradutor:

— Diga a Eberwig que César está pronto para ouvir seu relatório.

O tradutor falou com o germânico, que lhe deu uma longa resposta.

Domiciano se inclinou para a frente com impaciência.

— O que ele está dizendo?

O tradutor parecia inquieto.

— Ele pergunta: se der notícias a César que não sejam do agrado, o que vai acontecer com ele?

— Diga-lhe para falar — incitou Domiciano. — Desde que fale a verdade, receberá sua recompensa e permanecerá ileso. Porém, se não falar imediatamente, mandarei estrangulá-lo.

O tradutor e Eberwig conversaram por um longo tempo. Por fim, o primeiro se dirigiu a Domiciano com a voz trêmula.

— Dominus, o adivinho diz que examinou todas as evidências sobre as quedas de raios com o máximo de cuidado e está convencido de que chegou à interpretação correta. Ele afirma que sua frequência e localização preveem uma mudança iminente, no nível mais alto do poder. Diz que isso só pode significar... você.

— Fale com clareza.

— Ele diz que muito em breve haverá um novo imperador em Roma.

Domiciano se reclinou contra o encosto da cadeira, beliscando nervosamente a testa.

— Quando?

— Ele não sabe dizer com exatidão, mas muito em breve.

— Uma questão de meses?

O tradutor perguntou a Eberwig.

— Meses não, Dominus, dias.

Um clarão riscou o céu, seguido de um trovão.

— Levem-no daqui — ordenou Domiciano.

Eberwig protestou. O tradutor pigarreou.

— Ele quer saber sobre sua recompensa.

— Se a profecia dele se concretizar, que peça o pagamento a meu sucessor! — rosnou Domiciano. — Agora, levem-no daqui e o mantenham sob vigilância estrita.

Um silêncio embaraçoso se seguiu. Por fim, Estêvão surgiu, ligeiramente sem fôlego pela corrida. Lúcio foi levado de volta ao pátio. O cortesão deu um passo à frente e lhe entregou o *lituus*.

Não havia mais como adiar o ritual. Lúcio respirou fundo e olhou para o *lituus* em sua mão. Não o tocava havia anos. Que belo objeto era, com todos aqueles entalhes elaborados de pássaros e animais!

Como vira o pai fazer diversas vezes, quando era garoto, Lúcio olhou para o céu e demarcou uma zona para o augúrio. O firmamento cooperou: quase ao mesmo tempo um raio cortou as nuvens escuras em direção ao norte, e depois outro. Lúcio esperou um pouco mais e foi recompensado por um terceiro, tão próximo que iluminou o pátio inteiro, com uma luz azul espectral. Seguiu-se o estrondo tremendo de um trovão, que fez todos se sobressaltarem, exceto Lúcio, cujos pensamentos estavam inteiramente focados no que iria dizer.

Ele se virou e encarou Domiciano.

— O augúrio está feito, Dominus.

— Tão rápido?

— Os sinais são inequívocos.

— E?

— Haverá uma grande mudança, tão grande que vai afetar o mundo inteiro. Ela será súbita, não gradual. Ocorrerá num único instante... como um trovão.

— Quando?

— Os sinais são bastante claros... de forma rara. Contando-se as ramificações dos três raios e observando-se sua relação com os troncos principais, a partir desse momento, um número exato de dias e horas pode ser calculado. O acontecimento será...

— Não diga em voz alta, idiota! — repreendeu Domiciano. — Fale em meu ouvido.

Lúcio se aproximou do imperador. Nunca estivera tão perto dele antes, o bastante para sentir seu hálito e saber que comera cebolas havia pouco, para ver um pelo negro que saía de seu nariz e uma verruga na testa. Tão perto que poderia matá-lo se estivesse armado. Esforçou-se para vencer a repulsa que sentia e falou a seu ouvido:

— Daqui a exatamente dez dias, na quinta hora do dia.

O imperador calculou a data.

— Quatorze dias antes da calenda, antes do meio-dia. Tem certeza?

— Absoluta.

Domiciano agarrou o pulso de Lúcio, apertando-o até doer.

— Você voltará aqui nesse dia, Lúcio Pinário. Estará comigo nessa hora. Se sua previsão for falsa, se estiver tentando me enganar, vou ver você estrangulado a meus pés. Está entendendo?

— Sim, Dominus.

— Você não vai contar isso a ninguém.

— Como quiser, Dominus.

Domiciano o soltou, reclinando-se outra vez e mexendo na verruga da testa com uma das mãos, enquanto, com a outra, fazia um gesto breve de dispensa. Guardas escoltaram Lúcio para fora do pátio, atravessando o palácio e acompanhando-o até em casa. Observou que um pretoriano se postou do outro lado da rua, diante da porta. Suas idas e vindas seriam cuidadosamente vigiadas e ninguém poderia visitá-lo sem ser observado. Flávia Domitila não tinha mais como encontrá-lo.

Naquela noite, escreveu uma carta cifrada a Apolônio, contando-lhe os acontecimentos do dia — a convocação ao palácio, o nervosismo de Domiciano e o augúrio falso, que descreveu em detalhes. Onde estaria o Professor agora? Apenas Nerva sabia. Ao terminar, Lúcio despacharia Hilário com a carta para um intermediário, que a levaria ao senador. Eles nunca se comunicavam diretamente.

Ele a encerrou com o costumeiro "Adeus" e sentiu um arrepio ao escrever a palavra.

Na manhã do décimo quarto dia antes da calenda de domicianus, o mês anteriormente conhecido como October, guardas pretorianos chegaram à casa de Lúcio Pinário.

Ele já os esperava, vestido com a melhor toga. Havia dormido surpreendentemente bem à noite anterior. Despertou ao nascer do dia e escreveu cartas de despedida aos velhos amigos Dion e Epíteto, e até uma mensagem afetuosa a Marcial. Hilário o servia sem suspeitar de nada. Lúcio não lhe dissera o motivo da visita ao palácio; quanto menos soubesse, melhor seria para o liberto. Que manhã terrível teria sido aquela se Hilário suspeitasse que o patrão morreria antes do meio-dia. Ele estava animado, exortando-o a comer algo, incapaz de compreender por que Lúcio não tinha apetite.

O céu estava carregado, mas não tempestuoso. Ele andou pelo jardim, que àquela época do ano costumava ficar sombrio e sem graça, mas, com toda a chuva dos últimos dias, encontrava-se verdejante. No centro erguia-se a estátua de Melancomas, herdada de Epafrodito. Chegara na véspera, e Lúcio havia insistido que os carregadores a instalassem imediatamente. Como Epafrodito, preferiu pôr a estátua não sobre um pedestal, mas no chão. Era uma pena, pensava ele, que teria tão pouco tempo para apreciá-la.

Quando os pretorianos chegaram, Hilário ficou bastante agitado. Lúcio lhe assegurou que tudo ficaria bem e ele pareceu acreditar, até o patrão mencionar as cartas no estúdio, a serem entregues no caso de não retornar. Hilário começou a chorar. Lúcio o abraçou e depois saiu com os guardas.

Foi levado para o interior do palácio até um ponto em que nunca estivera antes. O salão de recepções onde Domiciano o aguardava parecia estar ligado ao quarto particular do imperador, pois, por uma porta aberta, Lúcio viu uma cama desfeita, repleta de almofadas e colchas ricamente bordadas. Naquela manhã, o imperador não desejava se afastar de onde se sentia mais seguro.

Do outro lado do pequeno salão, via-se um estrado, sobre o qual Domiciano estava sentado em uma cadeira, acompanhado apenas de Catulo e da criatura de cabeça pequena. Havia também um relógio hidráulico, artefato belamente adornado, dotado de um mostrador para indicar as horas do dia, o qual se encontrava quase exibindo o numeral da quinta hora.

Uma sacada admitia uma fraca luz porque o dia estava nublado. Instintivamente, Lúcio lhe lançou um olhar atento, perguntando-se se serviria como meio de fuga, porém o aposento estava localizado em um dos andares mais altos do palácio. A sacada dava para um jardim, localizado muitos pisos abaixo.

— Tire a roupa — ordenou Domiciano.

Lúcio suspirou.

— Dominus, já fui revistado em busca de armas. Seus guardas fizeram o trabalho completo.

— Não perguntei se você tinha sido revistado. Mandei tirar a roupa. Tudo!

Lúcio cumpriu a ordem. Não se sentiu envergonhado. Pelo contrário, experimentou uma espécie de liberdade, a mesma da ocasião em que ficou nu diante do imperador e de toda Roma no anfiteatro.

Domiciano mandou a criatura de cabeça pequena examinar a toga descartada por Lúcio e a roupa de baixo, a fim de se certificar de que não continham armas, depois prendeu a respiração ao notar o *fascinum* em uma corrente ao redor de seu pescoço.

— Esse amuleto! Você sempre o usa, não? E nenhum mal lhe acontece.

— Isso não é verdade, Dominus. Muitos males me aconteceram. Os que me eram mais próximos estão todos mortos ou banidos, por sua causa.

— Mas você ainda está vivo. É por causa do amuleto? Dê-me ele!

Os olhos esbugalhados de Domiciano estavam vermelhos e o rosto se encontrava pálido. Ele dava a impressão de não dormir havia dias.

Lúcio passou a corrente pela cabeça. A criatura a arrancou de suas mãos e correu até o estrado. Domiciano pôs a corrente no pescoço e tocou o *fascinum*, que se aninhou entre as dobras de seu traje púrpura.

— Sim — murmurou ele. — Posso sentir sua força. Faça com que ele me proteja hoje, abençoada Minerva! E faça com que a presença desse homem me proteja também.

— Minha presença, Dominus?

— Você não é mágico, Lúcio Pinário, como aquele seu maldito professor? Não há dúvida de que algum tipo de força mágica protetora esteja ligada a você. Esse tipo de coisa passa para os outros. Hoje, pretendo ter você à mão até a hora fatal passar.

Lúcio sorriu à ideia de que pudesse ser uma espécie de amuleto da sorte. Também estava impressionado com a curiosa troca de papéis. Ele já estivera diante do imperador como um condenado; agora, o imperador estava sentado diante de Lúcio, convencido de que era sua vez de encarar a morte. Lúcio havia encontrado a paz ao se confrontar com o fim quase certo, mas Domiciano ficava mais agitado a cada momento.

A criatura de cabeça pequena gritou e apontou para o relógio hidráulico. O mostrador exibia o numeral V.

— Verifiquem se a porta está trancada — berrou Domiciano.

Catulo, que se movia pelo aposento familiar como se enxergasse tudo, desceu do estrado, passou por Lúcio e testou a porta.

— Posso pôr a roupa, Dominus? — perguntou Lúcio. — Tem uma corrente de ar vindo da sacada.

Domiciano grunhiu e balançou a mão.

O tempo passava com um vagar exasperador. Lúcio não sabia exatamente o que havia esperado, mas não era aquele tédio sem fim. Não ocorreria nenhum atentado contra a vida do imperador? Que papel Lúcio desempenharia? Ou teria apenas de aguardar ali até Domiciano morrer ou não, e depois também morrer? Foi necessária toda a sua presença de espírito para ficar de pé, no centro do aposento, sem revelar nenhuma emoção, enquanto o tempo passava vagarosamente.

O imperador se inquietava e suspirava. Seu estômago roncava.

— Você ouviu isso, Lúcio Pinário? Não como nada desde ontem de manhã.

— Está com medo de ser envenenado, Dominus?

— Não vou morrer por veneno. Temo alguma droga que me deixe inconsciente e vulnerável. Estou com fome!

— Meu estômago também está vazio, Dominus.

— Está? Guardei umas maçãs que me deram ontem para minha refeição do meio-dia, de hoje... se viver até lá. Estão numa travessa, em cima da mesa, ao lado de minha cama. Pegue uma, Catulo, e dê a Lúcio Pinário e veremos se ele vai passar mal.

Catulo lhe trouxe a fruta. Lúcio mordeu a polpa crocante. Domiciano o observava comer e começou a ficar com água na boca, de tal forma que precisou limpar um fio de baba que escorria. Quando terminou, o imperador lhe disse que se livrasse do miolo, jogando-o no jardim embaixo. Lúcio foi até a sacada, atirou-o e o observou caindo a uma grande distância. Olhar para baixo deixou Lúcio tonto. O miolo da maçã atingiu e ricocheteou sobre um grande relógio de sol que havia no jardim. O mostrador era um triângulo de ferro, colocado sobre um pedestal de pedra. O dia estava muito nublado para revelar a posição da sombra.

Lúcio se virou e olhou para o relógio hidráulico sobre o estrado. A hora estava quase terminando.

Domiciano continuava inquieto. Puxava o queixo e estalava as articulações. Mexia na verruga da testa. De repente, apareceu sangue em seus dedos. Ele deu um grito de susto e depois percebeu que vinha da verruga.

— Minerva, que esse seja o único sangue a escorrer de mim hoje!

O grito encadeou uma batida à porta.

— Dominus, algo errado?

— Não, Partênio — gritou Domiciano. — Está tudo bem. Mas olhem, o relógio chegou na sexta hora! Acabou! A hora passou e nada de mau me aconteceu. Destranque a porta e o deixe entrar, Catulo.

O camareiro Partênio entrou na sala. Atrás dele, acorrentado e cercado por guardas, vinha o adivinho germânico, Eberwig.

— O que você diz agora, vidente? — questionou Domiciano.

Eberwig murmurou alguma coisa, mas não havia ninguém para traduzir. Os guardas o puseram de joelhos.

— Estrangulem esse idiota — ordenou Domiciano.

Um dos guardas passou uma corrente em torno do pescoço do adivinho e a torceu. O rosto de Eberwig ficou carmesim. Os olhos saltaram e a língua se projetou para fora. O imperador se reclinou na cadeira, sorrindo. Parecia sentir imenso prazer em ver alguém morrer.

Os guardas arrastaram o corpo para fora do aposento. Partênio os seguiu. Lúcio ficou onde estava, na sacada. Por meio de uma extrema força de vontade, conseguira permanecer calmo durante a última hora. Agora, o corpo começava a exibir sinais de pânico. O coração disparou. As palmas das mãos se umedeceram. O suor descia por sua testa.

Pretenderia Domiciano matá-lo, como fizera com o adivinho germânico? Por ora, o imperador se encontrava distraído. Disse a Catulo que lhe trouxesse do quarto a travessa com as maçãs. Quando o cortesão cego passou pela sacada, Lúcio prendeu o fôlego, temendo atrair sua atenção. Ele retornou com as frutas, e Domiciano começou a comer vorazmente, uma atrás da outra.

Partênio reapareceu.

— O supervisor Estêvão deseja vê-lo, Dominus.

— Não quero ver ninguém — retrucou o imperador. — Assim que eu acabar de comer essas maçãs, vou me retirar para minha terma particular.

— Ele insiste muito. Diz que é da máxima importância, Dominus, que tem uma informação urgente sobre um complô contra você.

— Um complô fracassado, você quer dizer! Ainda estou vivo! — exclamou Domiciano, gargalhando. — Mas o deixe entrar. Talvez tenha alguns nomes para me dar. Espere! Ele foi revistado?

— É claro, Dominus. Ninguém chega até você sem ser completamente revistado.

— Vá em frente, então, deixe-o entrar.

O coração de Lúcio parou. A hora prevista para a morte de Domiciano havia passado, e agora ele sabia por quê: Estêvão os traíra. Pobre Flávia;

aquilo seria seu fim. Deixaria o imperador que seus filhos vivessem? Provavelmente, não. Lúcio olhou com atenção em direção ao parapeito da sacada, perguntando-se se a morte por queda seria preferível ao estrangulamento. Sentiu uma vontade súbita de fugir, porém a sacada era alta demais. Se pudesse desaparecer, como Apolônio, em um sopro de fumaça!

As nuvens haviam começado a se dispersar. Um raio morno de sol tocou seu rosto. O próprio céu parecia sorrir à salvação do imperador.

Estêvão entrou no recinto. Antes de ele poder falar, Domiciano lhe fez um sinal para aguardar, chamou Catulo e o puxou para perto.

— Quase me esqueci de Pinário. — Lúcio escutou o imperador dizer em voz baixa. — O que farei com ele?

— O que lhe agradar, Dominus — respondeu Catulo.

Enquanto aguardava ser chamado, Estêvão se juntou a Lúcio na sacada. Na mão direita, segurava um documento enrolado. Seria a lista incriminadora? E estaria ali seu nome? Ele notou que o antebraço esquerdo do supervisor estava envolto em bandagens.

— Uma presa de javali pode causar um ferimento bem profundo — explicou Estêvão, mantendo a voz baixa. — Aconteceu enquanto eu caçava alguns dias atrás. Você acredita que os guardas me fizeram desenrolar essa coisa toda no primeiro dia que vim aqui usando isso? Só ficaram satisfeitos quando viram o sangue e o corte aberto. Acho que se sentiram um pouco nauseados. Desde então, toda vez que venho, eles me revistam como todos, porém nunca mais me fizeram retirar a bandagem.

Domiciano terminou a conversa com Catulo e chamou Estêvão. O supervisor foi até o estrado, enquanto o cego se afastava.

— Dominus, no momento que esse documento chegou a minhas mãos, vim diretamente para cá.

— O que é isso?

— Uma lista de nomes, Dominus. Quando os vir, acredito que ficará chocado.

Catulo se aproximou da sacada. Lúcio se afastou o máximo possível da figura. Mais uma vez, fitou o parapeito. Um raio de sol bateu no relógio embaixo. Algo não estava certo. Lúcio o olhou com olhos semicerrados e com mais atenção. A sombra lançada pelo ponteiro indicava não a sexta hora do dia, mas a quinta.

Ele olhou para o relógio hidráulico. Sem nenhuma dúvida, indicava a sexta hora. Estava errado. Alguém mexera nos ajustes.

Estêvão estendeu o documento a Domiciano, que o desenrolou e examinou, fazendo uma careta.

— O que é isso? Vejo apenas uma lista de magistrados de província. O que isso tem a ver com...

Rápida e habilmente, Estêvão soltou a bandagem em volta do braço esquerdo e pegou algo que estava dentro dela. Sacou uma adaga e pulou para cima de Domiciano. Graças à posição mais elevada sobre o estrado, o supervisor não conseguiu atingir seu coração. A lâmina atingiu a virilha do imperador.

Domiciano gritou de dor e deu um tapa no rosto de Estêvão, que cambaleou, segurando a adaga ensanguentada. O imperador pulou para a frente e o trono caiu na direção oposta. A criatura de cabeça pequena gritou e saiu do caminho. Domiciano se atracou com Estêvão.

— Minha faca! — gritou o imperador. — A que guardo debaixo do travesseiro, tragam-na para mim!

A criatura passou correndo por Catulo, atingindo-lhe com o cotovelo e empurrando-o mais para dentro da sacada, onde quase colidiu com Lúcio, antes de se agarrar ao parapeito em busca de firmeza. A criatura entrou no quarto e, um momento depois, ressurgiu com um olhar de espanto no rosto. Segurava uma bainha, em uma das mãos, e, na outra, um cabo sem lâmina. Alguém havia substituído a faca que Domiciano guardava sob o travesseiro por outra, falsa.

Mais cortesãos entraram no aposento, atirando-se sobre Domiciano, que urrava e oferecia uma resistência tremenda, como um leão atacado por cães.

— O que está acontecendo? — gritava Catulo. — Dominus, como posso ajudá-lo?

De repente, o cego percebeu que Lúcio estava ao lado. Ele rosnou como um animal e o atacou. A precisão da mira e a ferocidade do ataque pegaram Lúcio de surpresa. Enquanto Domiciano lutava contra os cortesãos, Lúcio e Catulo se atracavam na sacada.

O cego usou as unhas afiadas para tentar arrancar os olhos e o nariz do oponente, e enfiava os dentes no braço. Lúcio segurava seus pulsos, tentando imobilizá-lo, no entanto Catulo era muito forte. O máximo que podia fazer era empurrá-lo para o lado, na direção do parapeito. Antes que Lúcio soubesse o que estava acontecendo, o cego já havia caído, com um grito arrepiante, estatelando-se no jardim abaixo.

Lúcio ouviu um som de impacto repugnante e olhou pelo parapeito. Com o rosto para cima, os braços estendidos, Catulo estava empalado na lâmina de metal do relógio de sol; o corpo quase partido em dois, a boca escancarada e os olhos brilhantes. Os membros agitaram-se horrivelmente por um momento, depois amoleceram.

Lúcio percebeu que o aposento atrás de si ficara silencioso, a não ser pelo som de homens recuperando o fôlego. A luta havia acabado. Estêvão veio até seu lado, pendeu a cabeça para trás e exultou com o sol batendo em seu rosto. O cabelo estava despenteado, e as roupas, rasgadas, cobertas de sangue.

Os farrapos que sobraram da bandagem pendiam do braço esquerdo. O corte parecia tão real. Estêvão percebeu Lúcio olhando para ele e sorriu.

— Eu mesmo fiz o ferimento usando uma presa de javali. Nada substitui a autenticidade.

O que Flávia dissera sobre ele? *É um homem corajoso e não tem nada de melindroso.*

Piscando e com a visão turva, Lúcio olhou para trás. Um amontoado cheio de sangue, enrolado na púrpura imperial, jazia no meio do aposento. Cortesãos segurando facas faziam um círculo, arfantes e observando, entorpecidos, o trabalho que realizaram. Sangue fresco e coagulado espalhava-se por todo o chão.

— Ele realmente...?

— O tirano está morto — anunciou Estêvão, erguendo com orgulho a adaga em sua mão direita.

O sol reluzia no sangue. Depois mostrou a Lúcio a mão esquerda, na qual segurava uma corrente com um amuleto.

— Acredito que isso pertença a você, Lúcio Pinário.

Lúcio pegou de volta o *fascinum*, coberto de sangue.

99 D.C.

Os filósofos retornaram a Roma.

Três anos tinham se passado desde a morte de Domiciano. Em uma manhã no começo de September — que não se chamava mais Germanicus —, Lúcio estava em seu jardim com dois hóspedes havia muito ausentes de Roma.

— É uma pena que nenhum de vocês pretenda voltar a morar na cidade — comentou ele, sorvendo uma taça de água, condimentada com cascas de maçã seca, canela e cravo. Os convidados tomavam vinho, mas Lúcio, como sempre, abstivera-se.

— Não existe cidade igual a Roma — disse Epíteto, que havia chegado na noite anterior. — Mas minha vida agora é a escola que fundei em Nicópolis. Os alunos são tão brilhantes e interessados. Eles me inspiram tanto quanto eu os inspiro. E é outra coisa viver em um ambiente onde o grego é falado da manhã à noite, sem ouvir uma única palavra em latim. Sinto-me mais em casa lá que em qualquer outro lugar.

— E você, Dion? Como vai deixar Roma agora que retornou? — perguntou Lúcio.

Olhar para o sofista fez com que ele se lembrasse de forma mordaz da passagem do tempo. Dion estava agora na casa dos 60 anos e parecia muito mais velho que da última vez que o vira, mas naturalmente ele devia olhar para Lúcio, com 52, e pensar o mesmo.

— Fiquei encantado quando Nerva se tornou imperador e suspendeu meu banimento. Eu queria ver Roma de novo, porém fiquei mais contente ainda pelo fato de retornar enfim a Prusa. Com tantas mudanças acontecendo, sinto que meu lugar é em minha terra natal, cuidando dos interesses de meus conterrâneos bitínios. Prusa é tão agradável e calma. Acho que minha longa ausência de Roma me transformou. Eu não poderia desejar acomodações mais confortáveis que essas, oferecidas por você, Lúcio, mas lá fora, nas ruas de Roma, é tudo tão barulhento, tão cheio de gente!

— E como cheira mal! Não se esqueça do mau cheiro — acrescentou a terceira visita de Lúcio.

Ocorrera-lhe que a estada dos dois filósofos seria uma oportunidade perfeita para fazer uma reconciliação com Marcial, embora "reconciliação" talvez fosse uma palavra forte demais. Lúcio e o poeta nunca tiveram um estremecimento; apenas se distanciaram nos últimos anos. Disposto a deixar de lado qualquer ressentimento em vista do relacionamento de Marcial com Domiciano, Lúcio o convidara a se juntar aos amigos que tinham em comum.

— Ah, mas você tem uma boa razão para viver em Roma — declarou Dion. — Desfrutar de todos os elogios que vem recebendo pela publicação da coletânea de seus poemas, que já devia ter saído há muito. Finalmente seu gênio está sendo reconhecido fora dos, como dizer, círculos de elite, em que era apreciado.

— Que bobagem!

Marcial também tinha envelhecido bastante nos últimos anos. Embora fosse um pouco mais jovem que Dion, parecia mais velho, provavelmente em virtude do estilo de vida extravagante que levara na corte de Domiciano.

— Elogios? Que me importam eles? Elogios não pagam aluguel, que acabou de aumentar, por sinal. Por que será que toda vez que se muda de imperador o custo de vida sobe? Vou sair de Roma assim que resolver meus negócios. E por que não? Já tive todos os rapazes dessa cidade que valiam a pena, ou pelo menos todos em minha faixa de preço. Vou me retirar para a Espanha, minha terra natal, onde os aluguéis e os rapazes são muito baratos, assim dizem.

— Nosso novo imperador também nasceu na Espanha — observou Lúcio. — Dizem que Trajano é o primeiro imperador nascido no estrangeiro.

— E por que não? — questionou Dion. — Tendo visto nos últimos anos grande parte do império e as terras que ficam além, acho que será bom para Roma ter um imperador nascido fora da Itália. Embora eu deva dizer que fiquei muito triste com a morte de Nerva. Era um homem bom e um verdadeiro amante da filosofia. Como fiquei satisfeito quando soube de sua promessa de não mandar matar senadores. E fiquei mais satisfeito ainda quando me falaram sobre sua declaração de que a Casa dos Flavianos se chamaria, daí em diante, de Casa do Povo. Esse tipo de coisa serve de exemplo, pelo menos. Temos de admitir que Nerva estava velho e fragilizado, e as exigências do cargo eram provavelmente muito pesadas para ele. Só podemos esperar que seu sucessor tenha, ao menos, a metade do seu valor.

— Trajano é militar — interveio Lúcio — e muito viajado, com experiência na Síria e nas fronteiras da Germânia e da Dácia. Nerva o escolheu para agradar aos pretorianos, que insistiram para ele pôr um comandante capaz na linha de sucessão. Como não possuía filhos, Nerva concordou e escolheu Trajano.

— Vamos esperar que isso estabeleça um precedente — declarou Dion. — A sucessão por linhagem de sangue não se mostrou um sucesso. De Augusto, decaímos até Nero; de Vespasiano despencamos para Domiciano. Talvez, se conseguíssemos estabelecer algum método mais racional para a escolha do sucessor do imperador, o império e todos nele ficariam bem mais satisfeitos.

— É só garantir que os imperadores não tenham filhos — comentou Marcial com sarcasmo —, como o velho Nerva ou como o próprio Trajano. Pobre Plotina! Trajano vive tão ocupado atrás de rapazes que até se questiona se alguma vez ele já foi para a cama com aquela esposa com cara de cavalo.

— Pelo que já ouvi sobre ela, Plotina sabe se cuidar muito bem — disse Lúcio. — Dizem que ela é um tanto imponente.

— Muito em breve vamos ver o casal imperial com nossos próprios olhos — emendou Marcial.

Após mais de um ano de negociações nas fronteiras da Germânia e da Dácia, aquele era o dia que Trajano faria a entrada oficial em Roma.

— Imagino que iremos juntos ao Fórum mais tarde, para assistir, boquiabertos, a chegada de Trajano, junto da cidade inteira — acrescentou o poeta.

— Não vou perder isso — disse Dion.

— Se minha perna permitir — argumentou Epíteto.

— Você não escreveu um poema em antecipação ao acontecimento? — perguntou Lúcio.

Ele perguntou por educação, a fim de dar a Marcial a oportunidade de recitar seu trabalho, porém o poeta reagiu com uma expressão amarga.

— Escrevi, sim, e o enviei ao novo imperador, esperando agradá-lo. Até agora, não recebi nenhuma resposta.

Lúcio balançou a cabeça. Em outras palavras, pensou ele, Marcial havia tentado agradar o novo regime e fora rejeitado. Não era de surpreender que estivesse deixando Roma.

— Mesmo assim, tenho certeza de que todos aqui gostariam de ouvir o que escreveu.

— Muito bem — aceitou Marcial, que não precisava de muito incentivo.

Ele ficou de pé e pigarreou:

Felizes, felizes os abençoados pela Fortuna, por assistirem
à chegada do novo líder, cuja testa resplandece
com a luz das constelações do norte!
Quando chegará esse dia? Quando estará o caminho repleto
de lindas mulheres romanas, apoiadas em cada
árvore e janela ao longo da Via Flamínia?
Chegue logo, dia esperado! Que cheguem nuvens de poeira distante,
erguendo-se da estrada antecipando a aproximação de César!
Então, cada cidadão e emissário estrangeiro ricamente trajado darão
um passo à frente
para exclamar em uníssono, com júbilo, "Lá vem ele!".

Os outros aplaudiram educadamente quando Marcial fez uma mesura. Ele retornou a seu divã e bebeu sedento da taça.

— E hoje chegou o dia — disse o poeta. — Fico pensando que espécie de biga Trajano virá conduzindo. Alguma maravilha dourada e enfeitada, ou algo mais austero e marcial, para enfatizar seu status de militar? Se ele quiser parecer general, chegar a cavalo será melhor, imagino. Ou será que vai se reclinar em uma liteira e ser carregado ao alto, pelos rapazes mais bonitos que arregimentou nas partes distantes do império?

Lúcio suspirou. Como Marcial lhe parecia vazio e irritante. Estava quase arrependido por tê-lo convidado, mas Dion e Epíteto davam a impressão de desfrutarem de fato a companhia do poeta. Talvez fosse necessário um pouco de vinho para se apreciar o brilhantismo de Marcial.

— Como você disse, muito em breve vamos ver por nós mesmos — comentou Lúcio. — Mas ainda está muito cedo. Hilário nos avisará quando for a hora.

— Nesse meio-tempo, Lúcio pode nos contar sobre todas as mudanças que ocorreram em Roma — sugeriu Dion. — Só o fato de ter um homem tão responsável como Nerva à frente do Estado deve ter sido um milagre, depois dos anos sombrios de Domiciano.

— Isso é verdade — concordou Lúcio. — Depois de quatorze longos anos, senti que podia respirar de novo.

— Respire o quanto quiser, se aguentar o cheiro dessa cidade! — declarou Marcial, erguendo um dedo. — Embora eu deva admitir que ficou mais fácil andar por aí depois que puseram abaixo todos aqueles arcos do triunfo que entupiam as ruas e se livraram das estátuas. Agora certamente há muito mais espaço sem um Domiciano dourado em cada esquina. Por falar nisso, o que aconteceu com todas aquelas estátuas?

— Nerva mandou derretê-las para reforçar o tesouro e pagar os pretorianos — respondeu Lúcio.

— Falando de estátuas — observou Dion —, nosso velho amigo aqui parece tão magnífico quanto no dia que o vimos pela primeira vez. — Ele apontou para a estátua de Melancomas, que dominava o jardim. — Vocês se lembram daquela ocasião?

— O dia em que as cinzas de Pompeia caíram sobre nós? — indagou Epíteto. — Quem poderia esquecer?

— Parece uma eternidade — disse Dion. — E, no entanto, Melancomas nunca envelhece. Que obra de arte notável. Incomparável! Foi bom e justo Epafrodito ter deixado a maior parte de seus bens para você, Epíteto, mas estou feliz que Melancomas ficou para você, Lúcio. Está esplêndido aqui em seu jardim.

Lúcio concordou com a cabeça.

— Lembro-me de Epafrodito toda vez que olho para a estátua, e a observo todo dia.

— Um brinde a Epafrodito! — propôs Marcial, erguendo a taça.

— Um brinde — repetiram os outros, em uníssono.

Lúcio engoliu a mistura de água com condimentos e os outros beberam vinho.

— Não sei como você aguenta beber isso — falou Marcial. — Imagino que você se abstenha de vinho para seguir o exemplo de seu antigo professor.

— Sim — rebateu Lúcio. — Tento seguir seu exemplo em tudo que sou capaz.

— Por onde anda Apolônio agora?

— A última notícia que tive é de que estava de volta à terra natal, Tiana — respondeu Lúcio. — Mas ele está sempre viajando. Esperei que retornasse a Roma para aproveitar o breve reinado de seu amigo Nerva, mas ele nunca mais voltou.

Epíteto comentou sorrindo:

— Em Éfeso, contam uma história incrível sobre Apolônio. Já escutaram?

— Claro — disse Dion, e Lúcio assentiu.

Porém, Marcial deu de ombros e disse:

— Ilustre-me, Epíteto.

O estoico sorriu, feliz por ter encontrado um novo ouvinte para a história.

— No dia em que Domiciano foi assassinado pelos cortesãos, Apolônio estava por acaso em Éfeso, a centenas de quilômetros de Roma, dirigindo-se a uma multidão enorme. De repente, no meio da fala, ficou em silêncio, começou a cambalear e a agarrar o vazio, com os olhos fixos no vazio. "Muito bom, Estêvão!", gritou ele. "Viva, Estêvão! Isso mesmo! Golpeie esse desgraçado sanguinário! É isso aí! Isso aí! O feito terminou! Você atacou, feriu e matou o tirano!" As testemunhas eram tantas que não há a menor dúvida de que isso aconteceu, e no *exato momento* em que Domiciano foi morto. Na hora, ninguém fez a menor ideia do que Apolônio dizia, mas, quando as notícias de Roma chegaram, ficou claro que ele tinha assistido ao assassinato *enquanto acontecia*. O homem possui o dom de ver acontecimentos distantes. Agora, toda vez que viaja, atrai mais seguidores ainda. Posso garantir a vocês que todos em Nicópolis conhecem essa história.

— Eles também falam dela em Prusa — acrescentou Dion. — A fama de Apolônio se espalhou pelo império inteiro, graças a esse incidente. Você acha que é verdade, Lúcio?

— Acho que sim — respondeu ele, com um sorriso torcido.

Lembrou-se da carta cifrada que escrevera ao Professor, dez dias antes do assassinato, acreditando que seria a última, na qual lhe contava não apenas o dia previsto para a morte de Domiciano, mas a hora e o nome de quem iria matá-lo. Era bom pensar que, no momento que se encontrava atracado com Catulo na sacada e que Estêvão esfaqueava Domiciano, Apolônio, a centenas de quilômetros de distância, em Éfeso, dava gritos de incentivo.

Hilário apareceu. Havia chegado a hora de ir para o Fórum.

Lúcio não se lembrava de ter visto multidão mais exultante no Fórum. A chegada antecipada do novo imperador havia sido o assunto dominante em Roma por meses. Todos se sentiam exultantes e a cidade inteira parecia estar presente, até os velhos, que em geral evitam multidões, e as crianças, sentadas nos ombros dos adultos. Os telhados das edificações arqueavam sob o peso dos espectadores. Em templos e altares, o povo formava longas filas para rezar pelo bem-estar do novo imperador, e o ar estava carregado do cheiro de incenso. Não era um clima de reverência religiosa, como o de certas festividades, ou de fervor patriótico, presente nas procissões triunfais, nem de sede frenética de sangue, provocado pelos espetáculos no anfiteatro. Era uma sensação mais leve, porém, igualmente intensa; uma atmosfera de júbilo, libertação — de *esperança*, pensava Lúcio, finalmente chegando.

Como se verificou, Marcial estava completamente enganado quanto ao meio de transporte escolhido por Trajano. O novo imperador não chegou de biga ou a cavalo nem de liteira. Entrou na cidade andando e não vestia o uniforme de general, como Domiciano fazia nas ocasiões oficiais, mas uma toga. A visão do governante entrando com simplicidade na cidade, como qualquer cidadão comum, provocou ovações e aplausos espontâneos. Até a pé Trajano era fácil de ser identificado a distância, por causa da altura. Caminhando ao lado, vinha a esposa, Plotina, que sorria e acenava com graciosidade para a multidão. Na casa dos 40 anos, o casal imperial era absolutamente comum, mas de físico robusto. Os modos descontraídos pareciam bastante despretensiosos.

Andando atrás deles, vinha o primo e protegido, Adriano, com pouco mais de 20 anos e também espanhol de nascimento. Como Trajano, era alto e de constituição forte, mais belo que o imperador, porém a face barbeada era coberta por marcas de acne. Confrontado com a multidão tomada por júbilo, comportava-se de modo muito mais cerimonioso que o cordial Trajano. Dizia-se que os dois primos eram muito chegados; foi Adriano, servindo sob as ordens de Trajano na fronteira germânica, quem dera a ele a notícia de sua aclamação como imperador.

No centro do Fórum, todos os membros do Senado se juntaram em grupos para saudar o novo imperador, começando pelos magistrados mais importantes e senadores mais velhos. Lúcio e os amigos estavam perto, por acaso. Quando Trajano começou a se aproximar da fila para cumprimentá-los, Adriano, olhando na direção de Lúcio e seu grupo, sussurrou algo no ouvido do imperador, que balançou a cabeça, voltou-se e caminhou diretamente até eles.

Trajano ergueu a mão e saudou com um sotaque provinciano:

— Dion de Prusa! Epíteto de Nicópolis! Vocês vieram dar as boas-vindas a este humilde cidadão de Roma?

Lúcio se assustou com a aproximação e ficou mais surpreso ainda pela maneira casual com que os amigos filósofos responderam.

— César retorna para casa e seu povo se rejubila — declarou Epíteto.

— A Casa do Povo está vazia há muito tempo — emendou Dion. — César e a esposa vão enchê-la de luz e felicidade.

Trajano riu. Visto de perto, era maior ainda do que Lúcio havia pensado. O rosto era feio, mas agradável, dominado por um nariz comprido e encimado por uma espessa cabeleira grisalha.

— Como nunca nos encontramos antes, devem estar se perguntando como os reconheci. Agradeçam a meu primo ali. O jovem Adriano é um estudioso. Eu o chamo de Pequeno Grego. Ele é tímido demais para vir até aqui conhecer vocês, mas insistiu que eu viesse. Várias noites, em minha tenda, Adriano leu em voz alta para mim seus trabalhos, Dion. Eu ria e chorava, se é que consegue imaginar que um homem tão grande como eu derrame lágrimas. Seus relatos sobre Melancomas, deliciosos! E você, Epíteto, minha esposa fala muito bem de você, embora eu ache que ela se incline mais aos epicuristas que aos estoicos. Deixo a filosofia para Plotina e acredito em qualquer coisa que ela me diga. É muito mais simples desse jeito. E seus companheiros? — perguntou ele, indicando Lúcio e Marcial.

— Esse é nosso anfitrião na cidade — apresentou Dion. — Lúcio Pinário. E esse é Marcial, o famoso poeta.

Marcial deu um passo à frente, ávido.

— Bem-vindo, César! O dia de sua chegada finalmente acontece. Então cada cidadão e emissário estrangeiro ricamente trajado darão um passo à frente para exclamar em uníssono, com júbilo, "Lá vem ele!" — disse, fazendo uma pequena mesura.

Trajano lhe lançou um breve olhar de desprezo, mexeu a mandíbula para a frente e para trás e depois acenou para os filósofos.

— Bem, tenho de ir dizer olá para alguns senadores agora — explicou-se ele, virando-se e dirigindo-se à fila de cumprimentos.

— Incrível! — exclamou Lúcio. — Ele cumprimentou vocês dois antes dos magistrados.

— Bom sinal, eu acho — disse Dion. — O novo imperador pode não ser um amante da filosofia, mas reconhece a contribuição dos filósofos. Tenho grandes esperanças nesse homem.

— Vocês ouviram o sotaque dele? — perguntou Marcial, fazendo uma expressão de desagrado. — Como o de um peixeiro espanhol.

— Dá até vontade de ficar aqui em Roma só para ver que matiz ele vai dar à vida social da cidade — observou Epíteto.

Marcial resmungou:

— Eu não! Não vejo a hora de sair desse monte de estrume fedorento.

Após Trajano ter recebido os cumprimentos pessoais de cada senador, abraçando e beijando diversos deles, ele e Plotina subiram até o Templo de Júpiter, no Capitólio, para uma cerimônia formal; depois retornaram ao Fórum e abriram caminho, em meio à multidão, na direção da entrada principal do palácio imperial. Nos degraus, Trajano fez um breve discurso, no qual elogiou Nerva durante a maior parte. Como o antecessor, prometeu não mandar matar senadores. Em seguida, convidou Plotina a dizer algumas palavras. Ela demonstrou surpresa e resistiu, levando a multidão a gritar para que falasse. Sem precisar de muito estímulo, concordou.

— Nerva chamou esse lugar de Casa do Povo — começou Plotina —, e assim continuaremos a chamá-lo, pois dessa forma, todo dia, nos lembraremos de quem nos pôs aqui e por quem trabalhamos: o povo de Roma. Não muito tempo atrás, as pessoas temiam entrar nessa casa, e algumas que entravam nunca mais eram vistas. Minha esperança é de que possamos fazer daqui um lugar onde todo cidadão se sinta seguro e bem-vindo. Sou uma mulher simples, esposa de um soldado, uma filha da casa de Pompeu. Residir na Casa do Povo, com a bênção de vocês, é a maior honra de minha vida. O respeito de vocês é o maior prêmio que posso imaginar. Vou me esforçar por merecê-lo e mantê-lo.

— Amamos você, Plotina! — gritou alguém na multidão. — Nunca mude!

— Não pretendo. Entro nessa casa da forma como espero ser carregada para fora dela — respondeu, rindo.

Isso provocou uma tremenda ovação e, com ela, Trajano e Plotina fizeram um aceno final, desaparecendo no palácio.

— Que casal encantador — comentou Dion.

— Que casal de atores! — contestou Marcial. — Eles deviam fazer uma trupe de mímicos, realmente.

— Parecem muito agradáveis — disse Lúcio.

Marcial grunhiu.

— Pinário, o homem foi abertamente grosseiro com você. Não disse uma palavra quando Dion lhe apresentou.

— Por mim, tudo bem — respondeu Lúcio. — Prefiro permanecer longe da atenção do imperador.

— Vou embora — anunciou Marcial. — Preciso beber algo e de alguém para beber comigo. Sei que não vou encontrar isso em sua casa, Pinário. Foi bom ver finalmente vocês todos de novo.

Após uma rodada de despedidas, Marcial se foi, assim como Dion, que desejava passar o restante da tarde nas termas, relaxando e escrevendo as impressões sobre os acontecimentos do dia. Lúcio tomou o caminho de casa, andando vagarosamente para acompanhar o manco Epíteto.

De volta ao jardim, o filósofo se juntou a ele para beber uma taça de água com condimentos, fazendo uma careta e esfregando a perna.

— Se ajudar — disse Lúcio —, posso mandar um dos escravos fazer uma massagem em você.

— Não se preocupe, por favor. Na verdade, esperei o dia inteiro para ficar um momento a sós com você.

— Alguma coisa que precisamos conversar? — perguntou Lúcio.

Epíteto parecera calado e ensimesmado o dia inteiro. A expressão de seu rosto era grave.

— Você sabe que Epafrodito deixou seus bens para mim.

— Sim, para a fundação de sua escola. Uma causa digna.

— A riqueza dele foi bem-empregada. Mas, entre os muitos objetos que herdei, havia alguns sem valor monetário. Inclusive esse.

Epíteto mostrou um círculo de ferro oxidado.

— O que é isso?

— Esse bilhete estava preso a ele — explicou Epíteto, entregando-lhe um pedaço de pergaminho, onde se lia:

> Esse grilhão ficou em torno do pulso de um homem de Tiana, mas não foi capaz de contê-lo. Deve ser dado a quem esteve a seu lado naquele dia.

Lúcio pegou o grilhão e gargalhou diante do espanto de receber tal lembrança.

— Um dos grilhões lançados fora por Apolônio durante sua aparição final diante de Domiciano! Que incrível Epafrodito ter conseguido pôr as mãos nisso! E quanta consideração de sua parte tê-lo guardado para mim.

Epíteto balançou a cabeça, mas não sorriu.

— Tem algo mais? — quis saber Lúcio.

— Sim. Os bens de Epafrodito incluíam muitos documentos, como você deve imaginar, muitas *capsae* cheias de rolos e pedaços de pergaminhos, alguns datando da época de Nero, outros mais recentes. Eu os tenho examinado aos poucos, à medida que o tempo permite. Pouco antes de vir para Roma, encontrei um documento que será de interesse particular para você.

— Sim?

— É uma carta escrita com a letra de Epafrodito, ou um rascunho de carta, pois parece inacabada, sem saudação nem assinatura. A princípio, não fazia ideia de a quem poderia ser endereçada, mas, quando a reli e vi os documentos anexados a ela, percebi que era a você. Por que ele nunca a terminou e por que nunca a enviou, não sei. Talvez estivesse esperando Domiciano morrer. Talvez tenha mudado de ideia quanto a contar para você. Eu mesmo fiquei pensando se deveria lhe dar essa carta. Você parece ter alcançado um estado de contentamento invejável, Lúcio. Por que eu deveria lhe dar notícias que só perturbariam sua tranquilidade? Mas o farei mesmo assim.

Epíteto lhe entregou um rolo pequeno. Lúcio o abriu e viu a letra familiar de Epafrodito.

Há duas coisas que nunca contei a você.

A primeira delas é sobre o homem que você chama de Professor. Quando cheguei a vocês dois naquele dia, pouco antes do julgamento, fingi que não o conhecia. Isso foi a pedido dele. Perdoe-me por tê-lo enganado. As ideias do Professor são honestas e simples, mas os perigos desse mundo requerem que ele, às vezes, seja reservado e até sorrateiro. Talvez você tenha percebido que muitos de seus feitos, que alguns atribuem à magia, são realizados por meio de sua habilidade notável de controlar a percepção dos outros. Desconfio de que ele o faça usando o poder de sugestão, embora como isso funcione eu não saiba; sei apenas que funciona com mais prontidão e intensidade com certas pessoas. Pareço ser imune, mas nosso assim chamado Dominus é muito suscetível — como você, meu amigo. A desaparição do Professor àquele dia foi alcançada em parte pelo uso de um objeto que escondi em você sem seu conhecimento e que depois entregou a ele antes que o usasse. Caso volte no tempo, talvez se lembre de outras ocasiões em que pensou ter visto ou ouvido algo milagroso, quando na verdade seus sentidos foram vítimas de uma ilusão, plantada em sua mente pelo Professor. Quem vai dizer que essa habilidade não é um dom vindo da Divina Singularidade, que ele usa não para propósitos escusos, mas com sabedoria, para o benefício de todos nós?

Espero que essa informação nada faça para diminuir o respeito que sente pelo homem ou por seus preceitos. No entanto, como começo a pensar que não terei mais muito tempo de vida, sinto-me obrigado a lhe confessar o que sei.

A segunda coisa que quero lhe dizer é de natureza mais íntima. É sobre a mulher que você amou em segredo por tantos anos.

Pouco antes de seu trágico fim, ela me pediu para ir visitá-la durante o período em que esteve encarcerada. Sabia que eu era seu amigo e queria me confiar um segredo.

Ela foi mãe de um filho seu.

Você deve se lembrar de um período de alguns meses em que esteve fora de Roma. As sacerdotisas de Alba sabiam de sua condição e ajudaram-na a ocultá-la. Foi lá que ela teve a criança. Era um menino. O desprezado bebê foi "exposto", como elas chamam esse costume antigo e muito comum — levado a um local deserto e abandonado para morrer, a menos que os deuses ou algum passante mortal se apiedasse dele.

Ela nunca lhe contou esse segredo, pois se sentia culpada. Também ficou profundamente impressionada pela ideia de que terminaria da mesma forma que havia condenado o único filho — abandonada até morrer de fome. Acho que foi por isso que ela encarou seu destino com tanta tranquilidade. Acreditava que seu fim fosse um castigo de Vesta e que nosso assim chamado Dominus fosse meramente um instrumento da deusa.

Ela deixou a meu critério contar isso a você ou não, após ter partido. Não consegui nem vi razões para fazê-lo. Até este momento. Pois a história perturbou tanto minha paz de espírito que decidi descobrir, se pudesse, o destino da criança — de seu filho. Nosso assim chamado Dominus muitas vezes leva a corte para seu retiro, nos arredores de Alba, aonde sou obrigado a segui-lo. Usei minha posição para obter informações do povo nativo e das sacerdotisas que ocultaram o nascimento.

Não há muito, tive razões para suspeitar que o bebê exposto foi resgatado — "colhido" (como eles dizem) por um catador profissional de crianças expostas e criado como escravo (soube que esses escravos são comumente chamados de "filhos adotivos" e que essa prática lucrativa é disseminada). Tentei encontrar esse menino — tarefa mais fácil, talvez, por uma característica que o distinguia quando bebê: o segundo e o terceiro dedos do pé são ligados até a última junta. Até agora não tive sucesso, mas tenho esperanças de que seu filho ainda vive e eu possa localizá-lo — embora eu não saiba se essa descoberta lhe traria alegria ou tristeza.

No caso desta carta chegar as suas mãos após minha morte, deixo anexadas algumas informações que recolhi até agora.

Se alguma coisa

A carta terminava com uma frase inacabada.

Lúcio pousou o rolo. A revelação sobre Apolônio não o havia perturbado; sabia que o Professor era um mestre da ilusão e se sentia um privilegiado por tê-lo servido de alguma forma, com ou sem conhecimento pleno. Entretanto, a notícia sobre Cornélia e o filho o atingiram como um raio. Olhando em retrospecto, a razão de sua retirada para Alba parecia dolorosamente óbvia. Por que não adivinhara que ela estivesse grávida? Por que ela não lhe contara?

Entendeu por fim por que dissera "perdoe-me" quando desceu à tumba. Falava do filho.

O amor que havia sentido por Cornélia, que tentara com tanta assiduidade enterrar junto de tudo mais daquele passado morto, de repente jorrou dentro dele. O conhecimento de que tinha um filho mudou sua percepção do mundo em um instante.

Sem se importar com a duração nem com a dificuldade da tarefa, Lúcio estava determinado a encontrar o filho.

100 D.C.

— Quando Vespasiano viu que o tesouro estava vazio, encheu-o novamente saqueando Jerusalém — disse Trajano. — Para nós, a solução óbvia é a conquista da Dácia. O saque de Sarmizegetusa seria enorme. Imaginem o que eu poderia construir com todo esse ouro!

O imperador estava tendo uma conferência particular em um dos salões de recepção mais modestos na Casa do Povo. Encontrava-se sentado sozinho no estrado. Plotina e Adriano estavam em suas cadeiras, perto, um de cada lado dele. Através do casamento com a sobrinha-neta de Trajano, Sabina, Adriano fortaleceu a ligação com o primo e imperador, que o incluía com frequência em suas deliberações. A participação da esposa em todas as discussões importantes era habitual.

— As minas de ouro da Dácia e o tesouro do rei Decébalo são lendários — comentou Adriano.

Falava devagar e com cuidado, não por cautela, mas porque fazia um esforço consciente para se livrar do sotaque provinciano, que, um ano antes, tinha sido mais pronunciado ainda que o de Trajano. Várias vezes, ele surpreendera algum cortesão veterano debochando do sotaque espanhol do imperador, que parecia não ter nenhum interesse em alterar a fala. Entretanto, Adriano estava decidido a falar latim como um romano nativo e tinha aulas para aprender.

Eles discutiam o tesouro e os meios de restituí-lo. Impostos significavam uma medida impopular. A conquista era a forma preferida, durante toda a longa história de Roma, como Plotina bem observara.

— Os grandes generais da República destruíram Cartago, tomaram a Espanha e a Grécia. O Divino Júlio conquistou a Gália; o ouro e os escravos que capturou o tornaram o homem mais rico da história e ajudaram a fazer dele governante único do império. O Divino Augusto conquistou o Egito, o reino mais antigo e rico do mundo. Vespasiano saqueou Jerusalém e trouxe para casa ouro e escravos suficientes para construir o anfiteatro. Quando se vê o mapa — disse ela, apontando para uma pintura na parede —, o que sobrou de algum valor para ser tomado a não ser a Dácia?

— Ou a Pártia — falou Trajano, coçando o queixo e contemplando o vasto império que predominava na porção mais oriental do mapa.

— Há perigos, é claro — apontou Adriano. — Até o Divino Augusto se frustrou ao tentar escravizar os germânicos. E nenhum romano até hoje dominou a Pártia, um império simplesmente grande e poderoso demais. A Dácia parece pronta para ser tomada, mas isso, também, oferece riscos. Domiciano fez tudo que pôde para subjugar o rei Decébalo e falhou repetidas vezes.

— Porque Domiciano era um gênio militar apenas em sua imaginação — comentou Plotina.

Adriano concordou:

— César é com certeza um militar e também um diplomata muito melhor que Domiciano. Em vez de atacar o rei Decébalo de frente, talvez a melhor estratégia seja conquistar a boa vontade de seus vizinhos e aliados, usando a política para isolar os dácios, em vez de confrontá-los diretamente.

— Quanto menos sangue derramado pelos romanos, melhor — concordou Plotina. — Nunca se esqueçam do que acontece com os soldados romanos quando são capturados pelos dácios. Eles são entregues às mulheres e as torturas que se inflige a esses coitados são um pesadelo. Se a diplomacia puder facilitar a conquista é muito melhor.

— Não poderíamos também enviar alguns agentes para se infiltrar nas cerimônias religiosas dos dácios? — sugeriu Adriano.

— Qual seria a utilidade disso? — indagou Trajano.

— A cerimônia religiosa mais importante dos dácios é um acontecimento que ocorre a cada cinco anos, na qual um jovem é sacrificado ao seu deus, Zalmoxis.

— Nunca ouvi falar dele — comentou Plotina.

— Nem a maioria fora da Dácia — acrescentou Adriano. — Zalmoxis era um homem, um dácio que se tornou escravo e depois discípulo do filósofo grego Pitágoras, que o libertou. Zalmoxis então retornou a Dácia, virou curandeiro e mestre religioso por vontade própria. Ele morreu, mas foi ressuscitado e pregou aos dácios sobre a imortalidade da alma antes de deixar por fim esse mundo e partir para o outro.

— Os cristãos também não veneram um homem que se tornou deus? — perguntou Trajano. — Ou um deus que se tornou homem?

— Há semelhanças nas duas religiões — reconheceu Adriano —, mas o culto a Zalmoxis é muito mais antigo. A cerimônia mais importante é realizada a cada cinco anos, numa caverna da montanha sagrada de Kogaionon, onde Zalmoxis passou três anos isolado. Um jovem escolhido é lançado nas pontas de três lanças. Sua missão é morrer e depois transmitir os pedidos do dácios a Zalmoxis, no outro mundo. Mas às vezes esses jovens não morrem. Quando isso acontece, o mensageiro é considerado indigno e se escolhe outro, porém é um mau presságio.

— Quando a próxima cerimônia desse tipo vai ocorrer? — perguntou Trajano.

— De acordo com nossos espiões, a próxima acontecerá daqui a alguns meses. Isso me levou a pensar, César, se os agentes romanos no interior da Dácia não poderiam, de alguma forma, sabotar a cerimônia e, ao fazê-lo, espalhar dúvida e dissensão entre eles.

Trajano riu animadamente e deu um tapa no joelho.

— Ah, Pequeno Grego! Só você poderia descobrir, em meio a todo esse despautério estrangeiro, uma forma de usar isso para nossa vantagem. Talvez essa sua erudição sem fim se torne mais útil do que eu pensava. Adoro essa ideia! Sim, sem dúvida, instrua nossos agentes na Dácia a bagunçarem a próxima cerimônia.

— E se eles forem descobertos? — indagou Plotina.

— Negaremos ter tido qualquer conhecimento. Decébalo chegará à conclusão de que os agentes se originaram entre seus inimigos na própria corte.

— Enquanto as mulheres dácias dão um jeito em nossos pobres agentes — disse Plotina.

— Esses homens sabem os riscos que correm em troca das recompensas generosas que lhes dou — disse Trajano. — Mas essa conversa sobre Zalmoxis me fez lembrar dos cristãos — comentou ele, chamando um secretário, que lhe trouxe um rolo de pergaminho. — Um governador de província me pediu instruções oficiais sobre o que fazer. Eles se recusam a professar o culto imperial, a venerar qualquer um dos deuses. Isso os torna uma ameaça à sociedade.

— Mas eles são muito poucos, não? — perguntou Plotina.

— Um de meus ministros disse que são cinco por cento da população — respondeu Trajano.

— Com todo respeito, César, acho essa estimativa muito alta, até mesmo para as cidades do oriente, onde estão mais concentrados — interveio Adriano. — Os contratempos que eles causam não são nem um pouco proporcionais a seu número de fato. A maioria vê o ateísmo flagrante deles como uma ameaça clara à segurança do Estado romano, que sempre dependeu dos favores dos deuses. Quando um cidadão devoto, cumpridor das leis, em Antioquia, por exemplo, descobre que o vizinho é cristão, provavelmente exigirá que algum magistrado faça algo a respeito disso.

— E se o magistrado tomar alguma medida?

— Os cristãos são detidos, presos e têm de fazer uma escolha: reconhecer o imperador e os deuses, queimando incenso num altar, ou ser executados.

— E alguns desses idiotas escolhem mesmo ser executados?

— Esse pessoal é fanático, César.

— E se o magistrado não fizer nada?

— A população faz cumprir a lei com as próprias mãos. Já houve casos de cristãos sendo arrastados para fora de casa e queimados, e até de serem apedrejados até a morte por vizinhos enfurecidos. Como é possível imaginar, esse tipo de coisa dá uma grande dor de cabeça para as autoridades encarregadas de manter a paz.

Trajano esfregou o nariz, pensativamente.

— Mas esses incidentes são raros, não? De acordo com minha experiência, esteja-se em Âncio ou em Antioquia, a maioria das pessoas tenta manter boas relações com os vizinhos e cuidar da própria vida, mesmo que esses vizinhos sejam cristãos.

— E as legiões? — indagou Adriano.

— É claro que um soldado cristão é uma contradição em termos — disse Plotina. — Eu achava que essa gente se opunha a matar.

— No entanto, há relatos de cristãos em meio aos soldados de César, onde causam grandes transtornos ao espírito de equipe. Um legionário que se recusa a sacrificar aos deuses antes de uma batalha representa um perigo claro para os companheiros. Nenhum soldado romano devoto quer servir ao lado dessas pessoas em combate.

Trajano balançou a cabeça.

— Acho que uma política oficial e agressiva de se descobrir e punir esse pequeno culto seria um desperdício de recursos, daria mais trabalho do que valeria a pena, deixando todos ansiosos e preocupados sem uma boa razão. Não quero recompensar esses fanáticos, adoradores da morte, com a atenção que eles desejam. E estou determinado a não seguir o exemplo de Domiciano, sempre pronto a acreditar que alguém era cristão se algum informante o dissesse a ele. Esse tipo de acusação se torna uma maneira fácil de chantagear e se livrar de um inimigo, o que pode ser uma das razões de nossas estimativas quanto ao número de cristãos estarem aumentadas. Existe mais gente acusada de ser cristã que cristãos de fato!

Trajano fez um sinal ao secretário, que trouxe um estilo e uma tabuleta de cera, então começou a ditar:

— Anotações para minha resposta à indagação de um governador de província em relação aos cristãos: essas pessoas não devem ser perseguidas. Se trazidas a sua presença e forem culpadas, devem ser punidas. Mas até o último minuto, se o acusado se arrepender e consentir em venerar os deuses, deve ser perdoado. Acusações anônimas não devem ser levadas em consideração no processo; esse tipo de prática é uma relíquia descartada de uma época anterior. A política oficial em relação aos cristãos, em poucas palavras, pode ser resumida assim: "Não faça perguntas, não diga nada."

Ele se virou para Adriano.

— E então, o que acha?

— César é como um pai que deseja manter a paz entre os filhos, mesmo entre os piores.

Trajano achou graça.

— Fale abertamente, Pequeno Grego! O que você realmente acha?

— Acho que César está sendo tolerante com um erro, mas essa é a opinião de alguém muito mais jovem e menos experiente que César.

— Não esfregue isso na minha cara! — exclamou Trajano, rindo. — Nosso Pequeno Grego é erudito, devoto *e* inteligente.

— E belo, não se esqueça — completou Plotina, com um sorriso.

Adriano balançou a cabeça, agradecendo o elogio e encostando a ponta do dedo em uma cicatriz de acne, no rosto.

— Que outra questão falta discutir? — quis saber Trajano.

O secretário lhe entregou outro documento.

— Ah, o novo censo que encomendei. Vocês acreditam que Roma tem um milhão de habitantes? Tantas pessoas!

— E tanta miséria — completou Plotina. — Caminhei ontem em Subura. A pobreza é chocante; tantas crianças vestidas com farrapos e correndo desenfreadas pelas ruas.

— O número crescente de destituídos não é um problema só de Roma — disse Adriano —, mas de todas as cidades do império.

— Domiciano não fez nada em relação à questão, é claro — declarou Trajano —, porém Nerva instituiu um sistema de ajuda financeira aos filhos dos pobres e aos órfãos. Pretendo manter essa assistência. Talvez possamos até expandir o sistema, se conseguirmos suprir o tesouro.

— Dizem que nunca se abandonaram tantos bebês como agora — comentou Plotina. — Recém-nascidos deixados para morrer, não em colinas remotas, mas do lado de fora das muralhas da cidade. Essa situação está se tornando tão comum que quem viaja pelas estradas já acha natural ver o cadáver de um bebê em uma vala. De onde vêm essas crianças infelizes e em números tão altos?

— Eu estava exatamente lendo um discurso de Dion de Prusa sobre o assunto — disse Adriano. — Ele especula que as escravas, engravidadas pelo dono ou por outro escravo, fazem muitas vezes abortos ou então escondem a gravidez e depois abandonam o bebê.

— Mas abandonar o próprio filho para morrer! Como até mesmo uma escrava pode fazer isso? — argumentou Plotina, que após tantos anos de casamento permanecia sem ter filhos.

— Dion diz que essas servas se livram dos bebês para escapar da escravidão dupla de ter de criar um filho, que vai se tornar mais um empregado para uso do dono.

— Que situação vexaminosa — criticou Plotina. — Tantos problemas, tanto sofrimento.

— E há tão pouca coisa que podemos fazer sobre isso — emendou Trajano.

— Mais uma razão, marido, para que façamos o que pudermos.

O imperador sorriu com tristeza.

— Falando em Dion de Prusa, primo, quase me arrependi de ter me apresentado ao homem. Ele tomou a liberdade de me enviar um longo texto com o título de "Discurso sobre a majestade". Parece que ele está esperando que eu leia a coisa e lhe mande uma resposta. Acho que não percebe que um imperador ocupado em governar o mundo não tem muito tempo para ler uma compilação prolixa de sugestões úteis, por mais bem-intencionadas que sejam.

— E as sugestões são mesmo úteis? — perguntou Plotina.

— Para ser honesto, tentei ler por alto, mas é tão cheio de frases empoladas e alusões literárias obscuras que não consegui entender nada. Talvez, primo, você pudesse ler o discurso de Dion e preparar um pequeno resumo para mim. Então envio ao homem uma resposta adequada.

— Já li — respondeu Adriano.

Trajano ergueu as sobrancelhas.

— Ele enviou uma cópia para você?

— Acho que manda cópias para quase todo mundo que consegue lembrar. Ele distribuiu esse discurso por todo lugar.

— Que audácia a do homem!

— Dion quer influenciar o mundo. Para fazer isso, precisa influenciar o imperador. Para influenciar o imperador, ele usa a ferramenta que melhor conhece: as palavras.

— As palavras podem ter muito poder — disse Trajano.

— E como! Por isso, é melhor para César ter esses filósofos como amigos que inimigos. Na verdade, grande parte dos conselhos dele é muito sensata. Vou ler o discurso de novo e preparar um resumo que César possa ler nas horas vagas.

— Horas vagas! — exclamou Trajano, rindo. — Tenho tão poucas dessas preciosidades. Bem, já falamos o bastante sobre os grandes problemas do mundo. Vamos ver se conseguimos fazer algo de fato hoje de manhã. Que tipo de solicitações temos entre as ordens do dia? — perguntou ele, fazendo um gesto ao secretário, que lhe trouxe uma lista de cidadãos aguardando uma audiência, junto de uma descrição das petições. — O que é essa aqui? — Trajano aproximou a lista dos olhos. — Lúcio Pinário: o nome soa vagamente familiar. Eu conheço esse indivíduo?

— Acredito que não — respondeu Adriano. — Dei uma olhada na lista mais cedo e também reparei nesse nome. Os Pinários são uma família patrícia antiga, primos do Divino Júlio e do Divino Augusto, mas esse que ostenta agora o nome não tem uma importância especial, sequer é senador, embora pareça possuir uma fortuna considerável.

Trajano resmungou:

— De acordo com essas anotações, a solicitação dele tem a ver com uma questão que estivemos discutindo. Esse tal de Lúcio Pinário quer livrar um filho adotivo da escravidão; ele alega que a criança é sua e quer o garoto reconhecido legalmente como tal, para que o nome e a cidadania do menino sejam restabelecidos. Isso não é alforria, é? De acordo com a lei, seria dizer que o menino nasceu cidadão e, portanto, nunca foi escravo, apesar do fato de ter sido criado como tal.

— Há vários precedentes nesse tipo de caso — observou Adriano —, mas invariavelmente surgem filigranas legais que têm de ser decididas caso a caso. Por exemplo, o atual dono do garoto deve ser reembolsado pelos gastos com a criação ou deve ceder a criança ao pai legítimo sem compensação financeira?

Trajano balançou a cabeça, pensativo.

— Que idade tem o menino?

O secretário consultou as anotações.

— Quinze anos, César.

Trajano ergueu as sobrancelhas.

— Bem, vamos dar uma olhada. Mande-os entrar.

Vestido com a melhor toga, Lúcio Pinário adentrou o salão e se postou diante do imperador. Sua atitude era humilde, mas com confiança, e ele olhou em volta de uma forma que sugeria certa familiaridade com o ambiente. O rapaz de olhos muito abertos que o acompanhava, contudo, parecia claramente deslumbrado com a magnificência do aposento.

Trajano e Adriano trocaram olhares rápidos e astuciosos. Os dois eram propensos a apreciar a beleza masculina, e o rapaz era extremamente bem-apessoado. Com cabelo louro escuro e olhos verdes brilhantes, não lembrava muito o suposto pai.

Trajano pegou as anotações do secretário sobre o caso e as leu; depois, passou-as para Adriano e olhou para Lúcio Pinário.

— Parece, cidadão, que sua alegação de paternidade desse menino é, na melhor das hipóteses, frágil. Para começar, você não revela a identidade da mãe. Por que não?

— Meu relacionamento com a mãe do menino não era legítimo, César.

— Em outras palavras, um motivo de escândalo.

— Se não houvesse permanecido em segredo, teria causado escândalo, sim — disse Lúcio. — É por isso que desejo que a identidade dela continue em segredo, embora já esteja morta. Mas juro, pelos deuses, que se tratava de uma mulher nascida livre, da mesma forma que nosso filho.

— Tem certeza de que o rapaz é seu filho e não de outro?

— Tenho, César.

Adriano ergueu os olhos das anotações.

— Se esse relato estiver correto, o menino foi abandonado logo após o nascimento nas vizinhanças de Alba. Ele foi encontrado por um catador e vendido como escravo. Depois, passou pelas mãos de vários outros, antes de ser adquirido pelo atual dono. Você documentou com clareza todas as medidas que tomou para rastreá-lo; mesmo assim, como pode ter certeza de que esse indivíduo é na verdade o menino que está procurando?

— Por causa de uma característica física incomum.

Adriano olhou de novo as anotações.

— Ah, sim, entendi: os dedos do pé ligados — disse ele, olhando para o rapaz e sorrindo. — O rosto é perfeito, todavia, os deuses lhe deram uma falha oculta. Parece um poema de Teócrito.

Trajano riu e meneou a cabeça.

— Pequeno Grego! Será que existe algum garoto belo que não tenha lhe sugerido um poema de alguém? Mas e o atual dono dele? Façam-no entrar.

O homem que entrou vestia não uma toga, mas uma túnica de cores brilhantes. Que não se tratava de um cidadão romano ficou evidente ao falar com sotaque grego cosmopolita:

— Meu nome é Acácio, César. Vivo em Nápoles, e esse menino é de propriedade minha.

Trajano olhou para os pés do homem.

— Suas sandálias estão cobertas de pó.

— Pó de mármore, César. Sou escultor. Adquiri esse menino porque o dono anterior notou que ele tinha certa habilidade para moldar coisas com as mãos, e se ofereceu a vendê-lo a mim. Eu o tenho já há cinco anos. O talento dele é considerável. Não, mais que considerável; ele possui um dom dos deuses. Graças à educação que lhe dei, se tornou um artesão muito habilidoso, e acho que pode virar um verdadeiro artista, talvez até importante. Esse escravo representa um investimento substancial de meu tempo e de meu dinheiro, César, e, se ele for tão talentoso quanto imagino, ganharei bastante dinheiro com suas habilidades no futuro. Não quero abrir mão dele.

Trajano coçou o queixo.

— Entendi. Podem todos se retirar do aposento enquanto César delibera.

— Mas, César — interveio Lúcio —, sinto que não tive nenhuma chance de defender minha causa...

— Os fatos estão todos anotados, não? Podem se retirar.

Depois de os litigantes terem saído, Trajano ordenou que um escravo lhe trouxesse vinho.

— Para resolver esse caso, acho que vamos precisar da inspiração de Baco — anunciou ele, levantando a cabeça e esvaziando a taça. — Bem, primo, o que você acha? Lúcio Pinário é um pai dedicado que executou um trabalho digno de Hércules para descobrir o filho perdido havia tanto tempo? Ou é simplesmente um bode velho concupiscente, tentando pôr a mão no escravo de outro homem?

— É exatamente o que acho — respondeu Adriano.

— Ai, vocês dois! — exclamou Plotina. — Têm sempre que ver o mundo através das próprias inclinações? Nem *todos* os homens de 50 anos gostam de dormir com rapazes bonitos.

Trajano deu um gole na segunda taça de vinho e sorriu com satisfação.

— Plotina, querida, o sujeito sequer foi casado. Você acha sinceramente que ele não se interessa por garotos?

De repente, soltou uma gargalhada, tão longa e alta que teve de enxugar as lágrimas nos olhos.

— Estou me lembrando de uma coisa que um de meus servos disse certa vez. Foi no tempo em que meu pai era governador da Síria e eu o servia como tribuno. Estava me retirando para meus aposentos uma noite, depois de um dia particularmente estressante, e o homem me perguntou se eu queria algo. Eu disse: "Acho que não me importaria se você pudesse me trazer dois garotos sírios de 15 anos." E o servo respondeu, com um ar completamente sério: "Certamente, amo; mas se eu não conseguir encontrar dois de 15, posso trazer um de 30?" Que espirituosidade tinha aquela criatura!

Até Plotina riu. Ela já tinha aceitado as inclinações do marido havia muito tempo e tendia a achar graça nelas. Gostava que ele possuísse senso de humor e risse de si mesmo. O jovem Adriano, por outro lado, levava aquelas coisas muito a sério. Costumava discursar sobre as propriedades filosóficas e místicas do desejo, ao passo que Trajano só queria diversão.

— E então — perguntou o imperador —, o que sabemos sobre esse tal de Lúcio Pinário?

Adriano lia as anotações.

— De acordo com o que está aqui, o homem lutou certa vez contra um leão diante de Domiciano. Dá para imaginar isso? Não há informações sobre o que aconteceu com o animal, mas Pinário sobreviveu, obviamente.

— Muitos tiveram problemas com Domiciano — comentou Plotina. — Até senadores acabaram na arena como castigo. Que isso tenha acontecido com Pinário não depõe contra ele, mas que tenha sobrevivido indica o favor dos deuses.

— O pai dele foi muito ligado a Nero — observou Adriano. — O Pinário mais velho realizou augúrios em apoio às maquinações mais sórdidas do imperador.

— Nero tinha muitos bajuladores, alguns mais propensos e culpáveis que outros — observou Plotina. — Um filho não pode ser responsabilizado pelos erros do pai.

— Mas vejam isso! — exclamou Adriano. — Devia estar no começo das anotações e não no final. O homem tem referências de caráter dadas por Dion de Prusa e pelo filósofo Epíteto. Os dois deram depoimentos entusiásticos sobre sua virtude e honestidade.

— Já sei *como* o conheci! — interveio Trajano, batendo com a mão no joelho. — No dia em que entramos em Roma e você me disse para cumprimentar aqueles dois no Fórum. Lúcio Pinário estava com eles. Bem, se Dion e Epíteto falam bem dele, acho que isso encerra o caso, não, Plotina?

Trajano ordenou que os litigantes retornassem.

— Lúcio Pinário e Acácio de Nápoles, essa é minha decisão: o menino será reconhecido como filho de Pinário. Embora tenha sido criado como escravo, vai ser reconhecido como nascido livre; não é um liberto; de acordo com a lei, nasceu e sempre foi livre, filho de cidadãos. No entanto, considerando-se as incertezas envolvidas no caso, nenhuma culpa recairá sobre você, Acácio, e em nome de seu investimento perdido, Lúcio Pinário vai lhe pagar uma soma adequada à compra de um escravo com a mesma educação para substituir o menino.

O escultor protestou:

— César, o menino é insubstituível. Nunca vou encontrar outro com tamanho talento.

— Se acha que o talento é uma coisa tão rara, queixe-se aos deuses e não a mim — retrucou Trajano.

— Mas, César...

— Minha sentença é irrevogável. Retire-se!

O infeliz escultor saiu. Lúcio e o menino ficaram diante do imperador. Trajano se inclinou para a frente e sorriu.

— Como você se chama, menino?

— Meus vários donos me deram vários nomes — respondeu o garoto, ousando olhar o imperador nos olhos. — Meu dono Acácio me chamava de Pigmalião.

— É mesmo? E você conhece a história de Pigmalião?

— Foi um escultor grego que fez uma estátua tão bela que se apaixonou por ela. Vênus lhe deu vida, e Pigmalião se casou com ela.

— Uma história grega com um raro final feliz — observou Adriano.

— E como você vai chamar o menino, Lúcio Pinário? — perguntou o imperador. — Vai lhe dar seu primeiro nome?

— Não. Se me permitir, César, em sua honra e com seu consentimento, darei a ele o nome de Marcos.

— Meu primeiro nome — disse Trajano, com um grande sorriso. — César está satisfeito.

Lúcio se virou para o rapaz.

— Então, desse momento em diante, meu filho, você se chama Marcos Pinário.

Pronunciando o nome em voz alta pela primeira vez, Lúcio foi subjugado pela realidade do momento. Aos 15 anos, o filho não só fora encontrado e devolvido a ele como também já estava na época de usar a toga da idade adulta. Em um impulso súbito, fez algo que jamais imaginara ser possível.

Com o imperador como testemunha, tirou o colar que usava e o passou pela cabeça do filho. Como incontáveis gerações de Pinários fizeram antes dele, Lúcio entregou o *fascinum* ao herdeiro. Pai e filho se abraçaram.

Trajano teve apenas um vislumbre do amuleto de ouro. Intrigado, chamou Adriano com o dedo e sussurrou em seu ouvido:

— Aquilo é uma cruz? Não é um símbolo cristão?

Adriano franziu o cenho.

— Nossos informantes nada disseram indicando que Pinário pudesse ser cristão. Se ele fosse, isso influenciaria o veredicto de César?

Trajano estendeu a taça para que a enchessem de novo. Permitiu que o olhar se demorasse sobre o criado, que era atraente, embora não tão belo quanto o jovem Marcos Pinário.

— César deseja revogar a sentença e questionar Pinário sobre suas crenças religiosas? — indagou Adriano.

— Claro que não — respondeu Trajano, tomando um gole de vinho. — Você sabe qual é a política oficial: não faça perguntas, não diga nada!

PARTE IV

MARCOS

O escultor

113 D.C.

Marcos Pinário despertou com um calafrio e um sobressalto. A primeira luz baça da manhã escoava através da persiana. Ao longe, um galo cantou.

Uma mão tocou seu rosto. Marcos recuou com um solavanco, depois viu o pai inclinado sobre ele.

— Você estava sonhando, meu filho — disse Lúcio Pinário.

— Estava?

— Ouvi você se lamuriando, lá de meu quarto. Era aquele mesmo sonho?

Marcos piscou.

— Sim, acho que era. Já passou...

Durante anos, antes mesmo de o pai tê-lo encontrado, Marcos havia sido atormentado por um sonho recorrente. Tremia, assustado e nu, e o lugar onde se encolhia era úmido, escuro e frio. Uma mão gigante se aproximava, agarrava-o e ele gritava — e nesse momento do sonho sempre despertava. Nunca via o gigante que o pegava nem sabia o que acontecia depois.

O que significava? O sonho evocaria uma lembrança real ou seria uma fantasia de sua mente? Ele exercia um poder tão mágico que, mesmo após desperto, Marcos precisava de um instante para se lembrar de quem e o que era: não mais uma criança nem um escravo desprotegido, mas um homem de 28 anos, morando com o pai na casa do monte Palatino.

— Você é mesmo meu pai? — sussurrou ele.

Lúcio suspirou.

— Sou. Pela alma do abençoado Apolônio de Tiana, juro. Nunca duvide disso, meu filho.

— Mas quem era minha mãe? — murmurou Marcos.

Após muita deliberação, e apesar do desejo desesperado do rapaz de saber sua origem, Lúcio se decidira a nunca lhe revelar o segredo de seu nascimento. A verdade era perigosa demais, e não só porque havia cometido um pecado capital cada vez que tinha feito amor com Cornélia. Que benefício traria ao jovem Marcos saber que a mãe fora uma vestal, que rompera o voto sagrado da castidade, que tinha sido enterrada viva e sua concepção era o resultado de um crime sacrílego? Esse conhecimento apenas o atormentaria com mais pesadelos. Lúcio só contava ao filho que a mãe havia sido uma patrícia com quem mantivera uma relação ilícita e impossível, cuja família jamais perdoaria aquele deslize e que havia morrido anos antes.

— Eu a amei profundamente e ainda sinto sua falta todos os dias — acrescentava ele, pois essa era a verdade.

Aos 66 anos, Lúcio estava decidido a ir para a sepultura sem revelar a ninguém o fato de Cornélia Cossa ser a mãe de seu filho.

— Também despertei depois de um sonho familiar — disse ele, ignorando a pergunta do filho.

— Apolônio apareceu de novo? — indagou Marcos.

— Sim.

— Ele aparece tantas vezes em seus sonhos.

— Mais agora que quando era vivo! — exclamou Lúcio, dando uma risada. — Eu só queria que ele tivesse retornado a Roma antes de morrer, para que você pudesse ter tido a sorte de conhecê-lo.

— Tive a sorte de ter um pai que o conheceu — comentou Marcos, esboçando um leve sorriso. A terrível impressão causada pelo pesadelo estava diluindo-se.

— É claro que existem aqueles que questionam se Apolônio morreu de fato, pelo menos no sentido comum — disse Lúcio —, levando-se em conta que seu corpo nunca foi descoberto.

— Conte-me a história — pediu Marcos, fechando os olhos.

O pai já lhe havia contado a história muitas vezes antes, mas ele gostava de ouvi-la sempre, pois o ajudava a esquecer o sonho ruim.

— Isso aconteceu há alguns anos, na ilha de Creta, onde o Professor havia obtido muitos seguidores. Uma noite, ele chegou tarde ao templo da deusa minoica Dictina, que fica em um promontório rochoso à beira do mar. As pessoas ricas de Creta depositam seus tesouros nesse templo por segurança. À noite, as portas são trancadas e cães ferozes fazem a guarda. Mas assim que o Professor se aproximou, os animais abanaram o rabo, lamberam suas mãos e as portas do templo se abriram. Quando os sacerdotes o encontraram dormindo, no dia seguinte, acusaram-no de drogar os cães e de usar mágica para abrir as portas. Puseram-no a ferros e o confinaram em uma gaiola de ferro, presa a um precipício sobre o mar, com fortes ondas abaixo. Mas, depois, durante noite, desacorrentado e livre, o Professor se aproximou de novo da entrada do templo e, dessa vez, havia uma grande multidão reunida, esperando sua aparição. Novamente, os cachorros ficaram mansos, fizeram festa para ele e as portas se abriram. O Professor entrou. As portas se fecharam atrás dele e, do interior, veio o canto de mulheres. "Apresse-se, apresse-se, para cima, para cima!" "Saia desse local e ascenda aos céus!" Quando as portas se abriram, não havia cantora alguma nem o Professor. Apolônio nunca mais foi visto nesse mundo, a não ser nos sonhos daqueles que o conheceram.

— Você acha que ele aparecerá em meus sonhos, pai?

— Não sei, meu filho.

— O que ele disse a você dessa vez?

— Conversou comigo sobre a imortalidade da alma. Ele falou: "Aqui está a prova, apresentada a você do além, que não pude oferecer quando estava vivo. O fato de que perduro e apareço para você em seus sonhos mostra que sobrevivi depois de minha vida mortal. Sua alma não é menos imortal que a minha, mas é uma falácia falar em sua alma e minha alma, porque a alma não pertence a ninguém; ela emana e retorna à Divina Singularidade, e o corpo que habita é apenas matéria grosseira, que se decompõe e desaparece. Quando o físico morre, a alma se regozija; como um cavalo veloz livre dos arreios, ela salta para o alto e se mistura ao ar, abominando o período de servidão brutal e dolorosa que suportou."

— Você devia escrever isso, pai.

Lúcio fez um gesto de negação.

— Não acho que deva. Porque, na fala seguinte, o Professor me disse que tudo aquilo que havia acabado de dizer não possuía valor real para os vivos. "Qual a utilidade que esse conhecimento pode ter para você enquanto estiver vivo?", perguntou ele. "Você conhecerá a verdade em breve, e não precisará de palavras para explicá-la ou para se convencer; vai experimentar por si mesmo. Enquanto viver e se locomover entre outros seres vivos, essas coisas serão mistérios para você, como sombras lançadas numa parede por uma luz que não pode ver."

Lúcio olhou para o filho, que o fitou, por sua vez, com olhos verdes e confiantes — os olhos da mãe. Às vezes, Marcos ainda lhe parecia um menino, embora o mundo o considerasse um homem sob todos os aspectos.

— Venha — chamou Lúcio. — Lave o rosto e se vista. Hilário já deve ter acordado os escravos da cozinha e nosso café da manhã está esperando. Você tem um dia movimentado hoje.

Mais tarde, naquela manhã, segurando um martelo com uma das mãos e um cinzel com a outra, Marcos recuou e leu em voz alta a inscrição no grande pedestal de mármore em que estivera dando os toques finais: "O Senado e o povo de Roma dedicam esse monumento ao imperador César Nerva Trajano Augusto Germânico Dácio, filho do Divino Nerva, Pontífice Máximo, em seu sétimo ano no cargo de tribuno, seis vezes aclamado imperador, seis vezes cônsul, pai deste país."

Ele se afastou mais ainda do imenso pedestal e olhou para cima. A elevada coluna se encontrava cercada de andaimes, mas em sua imaginação Marcos podia ver o resultado final. Nunca existira um monumento como aquele, e ele estava imensamente orgulhoso por ter participado da criação.

A coluna tinha trinta metros de altura — se incluídos o pedestal e a estátua que a encimaria, a altura total chegava a trinta e oito metros — e era feita de dezoito cilindros colossais de mármore, empilhados um sobre o outro. No interior da coluna oca, havia uma escada em caracol com cento e oitenta e cinco degraus, iluminada por estreitas frestas nos cilindros. Em torno dela, em uma espiral ascendente, via-se uma série de esculturas em relevo, retratando a conquista da Dácia por Trajano. Essas esculturas eram o motivo para os andaimes que a cercavam; as centenas de imagens que circulavam os cilindros ainda eram terminadas e pintadas.

A altura da coluna correspondia à da encosta escavada para lhe dar lugar; o volume de terra removido com trabalho humano — na maior parte, por escravos dácios — era espantoso. Onde antes uma ramificação do monte Quirinal bloqueara o caminho entre o centro da cidade e o Campo de Marte, via-se então um novo fórum, ostentando o nome de Trajano, cujo destaque era a enorme coluna que se erguia em direção ao céu sobre a cabeça de Marcos.

Ele sentiu a mão de alguém tocar seu ombro. Parado a seu lado, estava o homem que havia desenhado não só a coluna mas todo o complexo do fórum. Apolodoro de Damasco era considerado um segundo Vitrúvio e o comparavam ao grande arquiteto e engenheiro que servira a Júlio César. Trajano o conhecera na Síria, percebera sua genialidade e o mantivera ocupado desde então.

Durante as campanhas dácias, Apolodoro havia servido ao imperador projetando máquinas de cerco e outras armas. A fim de facilitar a movimentação das tropas, ele tinha construído uma ponte estupenda sobre o rio Danúbio, a maior ponte em arco já criada. Para permitir que um vasto exército se movimentasse com rapidez e segurança através dos Portões de Ferro das gargantas danubianas, ele projetou uma pista de madeira presa à face rochosa; as legiões literalmente andaram sobre o rio e penetraram até o centro do território inimigo. A coragem romana, o favor dos deuses e a liderança do imperador haviam alcançado a vitória, porém foi o brilhantismo de Apolodoro que permitira às legiões se moverem com a velocidade e a força de um raio.

No princípio da guerra contra os dácios, Apolodoro tinha pedido a Trajano que lhe conseguisse um assistente. O imperador se lembrou daquele jovem extremamente belo que estivera diante de si um dia, na Casa do Povo, e do comentário feito pelo ex-dono do rapaz: "O talento dele é considerável... ele possui um dom dos deuses." Fora a sorte grande de Marcos Pinário ter sido chamado pelo imperador para trabalhar sob as ordens de Apolodoro de Damasco. Durante toda a guerra, esteve ao lado do artista dia e noite, ajudando-o, observando-o trabalhar, aprendendo com ele, ganhando sua confiança e seu respeito. Agora, de volta a Roma, Apolodoro continuava trabalhando para o imperador, e Marcos prosseguia sob suas ordens.

A aptidão de Marcos para a engenharia era considerável, mas seu dom especial sempre fora o da escultura. Tudo que visualizava na imaginação expressava por meio da pedra com uma segurança e uma facilidade que espantavam até Apolodoro. Enquanto este podia levar o crédito pela concepção e pelo projeto, como um todo, da grande coluna, Marcos esculpira muitas partes do relevo em espiral, assim como a escultura monumental da base, uma pilha de armas que simbolizava a derrota do inimigo. Com imagens vívidas da guerra, muitas delas testemunhadas por Marcos em primeira mão, o relevo em espiral recontava a luta dos dácios, terminando com o massacre e a escravização pelas legiões romanas. Repetidas vezes, na sequência de imagens, surgia a figura do imperador, com frequência sacrificando animais aos deuses ou tomando parte em batalhas furiosas.

Apolodoro se juntou a Marcos na contemplação da coluna. Era um homem alto, com braços enormes, que mantinha em forma tomando parte, em pessoa, na construção dos projetos e não apenas na supervisão do trabalho. Como muitos dos legionários de Trajano, o cabelo ia até os ombros, e ele usava barba, alegando não ter tempo para ir ao barbeiro. Na meia-idade, a cabeleira era ainda espessa e escura, com alguns fios brancos começando a aparecer nas têmporas e no queixo.

Ele deu um aperto afetuoso no ombro de Marcos. A pressão era dolorosamente forte.

— O que sente quando olha para isso?

— Orgulho — respondeu Marcos.

Era verdade: ele tinha imenso orgulho do talento artístico. E o que se pretendia era que os romanos sentissem orgulho ao olharem a coluna — de seus soldados, do imperador, da conquista de mais um povo. Porém não era apenas orgulho o que Marcos sentia quando contemplava as imagens que envolviam a coluna. Muitas delas foram evocadas a partir das próprias lembranças. Embora não tivesse tomado parte na luta, vira os resultados de muitas batalhas, passando por cima de cadáveres, membros amputados, poças de sangue e entranhas espalhadas. Havia visto longos comboios de prisioneiros dácios, exaustos e nus, sendo levados para a nova vida de escravidão. Assistira ao saque de vilarejos e ao estupro de mulheres e rapazes por soldados romanos, desfrutando dos privilégios da vitória após o terror e a euforia da batalha.

O pai havia lhe ensinado os preceitos de Apolônio de Tiana; era difícil conciliar as ideias de alguém que se recusava a matar animais com os horrores testemunhados por ele na guerra e o fato de que o mundo os glorificasse. Marcos já havia experimentado a vida de serviçal; era-lhe difícil se orgulhar da escravização de homens livres, mesmo que ela significasse o enriquecimento do Estado romano e de cidadãos como ele.

A guerra contra a Dácia havia sido necessária para assegurar as fronteiras de Roma e sancionada pelos deuses, cujo favor se tornara manifesto por meio de augúrios e outros portentos. Para agradar a Júpiter, os romanos profanaram todos os templos do deus Zalmoxis, derrubando os altares, destruindo as imagens e obliterando qualquer inscrição referente a ele. O santuário mais sagrado dos dácios, a caverna do monte Kogaionon, onde Zalmoxis vivera como mortal, tinha ficado arruinado, o interior fora saqueado, e a entrada, bloqueada com entulhos. Zalmoxis devia ser um deus muito fraco, pois não havia tido força para salvar os seguidores. A não ser em alguns locais remotos da Dácia, o culto estava então extinto.

Os dácios eram um povo ignorante, ímpio e perigoso, uma ameaça à fronteira do Danúbio e, com o vasto acúmulo de riquezas, uma ameaça a Roma; assim foi dito aos legionários enquanto seus comandantes os exortavam a combater. Contudo, às vezes, parecia a Marcos que os dácios eram apenas um povo orgulhoso, lutando desesperadamente para salvar a si mesmos, sua religião, seu idioma e sua terra natal. Do mesmo modo que as atrocidades que testemunhara na guerra lhe causavam com frequência aflição, o trabalho na coluna que comemorava a guerra por vezes o enchia de dúvidas. Por mais que as imagens sobre ela fossem executadas de forma deslumbrante, não seriam uma celebração à força bruta e ao sofrimento humano?

— Vamos olhar mais de perto — disse Apolodoro, que nunca parecia ser perturbado por esse tipo de pensamento. Ele e Marcos escalaram os andaimes. Já haviam examinado as imagens antes; no entanto, a cada vez, Marcos via sempre um pouco mais de trabalho a ser feito. A maior complexidade, naquele último estágio, era a colocação das espadas em miniatura.

Em vários lugares, foram feitos pequeno buracos, de maneira a encaixar pequenas espadas de metal nas mãos das figuras no relevo; havia sido ideia de Marcos usar esse efeito novo, que dava à escultura mais profundidade ainda, especialmente quando vista a distância. Por infelicidade, os artesãos responsáveis pela tediosa tarefa de embutir esses enfeites tinham sido muito descuidados e negligenciaram diversos buracos na primeira prova. Toda vez que Marcos inspecionava o relevo, descobria outra área esquecida. Com cento e cinquenta e cinco cenas individuais, cada uma fundindo-se à seguinte, e mais de duas mil e quinhentas figuras individuais, talvez não causasse surpresa que o trabalho nem sempre fosse consistente. Ainda assim, Apolodoro exigia perfeição, e Marcos estava determinado a satisfazer a suas expectativas.

Quando os dois subiram nos andaimes, Marcos foi arremessado à história enciclopédica da guerra, recontada pelas imagens. Ao levar treze legiões — mais de cem mil homens — ao campo de batalha, a campanha de Trajano resultara não apenas em vitória, mas em uma aniquilação cultural. As fortalezas dos dácios foram demolidas, junto dos templos e das cidades. Ao encarar a derrota, o rei Decébalo fez uma última tentativa desesperada para esconder o vasto tesouro; desviou um rio, enterrou arcas com ouro e prata na margem amolecida e depois o devolveu a seu curso. No entanto, um informante revelou o segredo aos romanos e o tesouro foi recuperado. Centenas de toneladas de ouro e prata foram confiscadas, despachadas da Dácia sob forte proteção e levadas a Roma. Com a descoberta das minas e o trabalho dos escravos dácios na escavação de novos veios, haveria mais tesouros para enviar.

Com o exército derrotado, o povo escravizado, as cidades e os vilarejos em chamas, o tesouro roubado, o rei Decébalo acabou se matando. Ele foi descoberto sentado, ereto, sobre um banco de pedra, no exterior da caverna lacrada, no monte Kogaionon, vestindo os trajes de gala e cercado de vários nobres, que tomaram veneno. O corpo do rei foi desnudado e decapitado. As vestes foram queimadas. O cadáver nu e sem cabeça foi atirado em um despenhadeiro rochoso, a fim de ser consumido pelos abutres. A cabeça foi levada para Roma pelos mesmos mensageiros velozes que trouxeram a notícia do término bem-sucedido da guerra. Enquanto o povo de Roma se amontoava no Fórum para comemorar, a cabeça de Decébalo era exibida no monte Capitolino, como prova da derrota dos dácios, e depois foi atirada Escadaria Gemoniana abaixo. Alguém a chutou para a multidão, e foi sendo lançada de mão em mão como uma bola, até cair nas pedras do pavimento. A aglomeração a cercou, dando início a uma competição para ver quem deixava o rasto maior dos últimos restos do rei Decébalo no chão.

Quando Trajano retornou a Roma, comemorou com inéditos cento e vinte e três dias de jogos no Anfiteatro Flaviano e em outros locais da cidade. Dez mil gladiadores combateram. Onze mil animais foram massacrados. A dimensão desses espetáculos era inédita; assim como a escala de seu pródigo projeto de construções, cujos resultados eram vistos em todas as direções da camada mais elevada dos andaimes em torno da coluna. Apolodoro e Marcos contemplaram a maior basílica já construída, um vasto salão revestido de mármore e inundado de luz. Um pátio contíguo, o maior espaço aberto do centro da cidade, era dominado por uma enorme estátua de Trajano a cavalo. A alguma distância, em frente à face rochosa do monte Quirinal, uma vasta arcada para estabelecimentos, com vários andares, era construída. Havia também um ginásio para competições esportivas e um novo complexo de termas, maior ainda que aquele criado por Tito. Dos dois lados da coluna, diretamente abaixo deles, viam-se as duas alas da biblioteca de Trajano. Aquela dedicada à literatura latina estava quase terminada, e o salão de leitura, decorado de forma extravagante, repleto de bustos de autores famosos, seria em breve aberto ao público; a ala grega ainda se encontrava em construção. Apolodoro, que havia trabalhado como arquiteto principal e projetista dessas novas construções, chamava-as de "os frutos da Dácia".

Mesmo sendo tão grandiosas, nenhuma dessas edificações se aproximava da altura da coluna. Do andaime mais alto, Apolodoro e Marcos pularam para o topo. A visão da cidade, em todas as direções, era praticamente desimpedida; apenas o Templo de Júpiter, no alto do Capitolino, pairava mais alto. Virando-se vagarosamente, Marcos viu a casa do pai e a vasta Casa do Povo, sobre o Palatino, o Anfiteatro Flaviano e a gigantesca estátua do Sol no lado oposto do Fórum, as amontoadas habitações de Subura, a colina dos Jardins e a vasta área do Campo de Marte, com a curva do Tibre mais além.

O único objeto feito pelo homem que alcançava o nível deles era um guindaste enorme, situado um pouco depois da ala grega da biblioteca. Apolodoro o apontou com um aceno de cabeça satisfeito.

— Refiz os últimos cálculos na noite passada. Está tudo pronto. Vamos pôr a estátua no lugar hoje.

Marcos baixou o olhar até os trabalhadores que cercavam a estátua de Trajano, a ser colocada sobre a coluna. Eles a estavam amarrando com correntes acolchoadas e cordas presas ao guindaste.

— Daqui a quanto tempo?

— Assim que eu conseguir pôr todos os homens em seus lugares. Vamos descer usando a escada dentro da coluna. Você pode observar enquanto dou as últimas instruções. Venha, Pigmalião.

Havia muito, através do próprio imperador, Apolodoro soubera que Pigmalião já tinha sido o nome de Marcos. Para este, era uma lembrança dos anos de escravidão, mas, quando o arquiteto de Damasco o usou pela primeira vez, como apelido carinhoso, ele ficou intimidado demais para objetar. Apolodoro não punha claramente nenhuma maldade naquilo; parecia achar que o nome era um cumprimento, um reconhecimento da habilidade do rapaz como escultor.

Enquanto desciam, Marcos contava cada um dos cento e oitenta e cinco degraus. Sempre fazia isso. Todos os artesãos e operários praticavam rituais semelhantes — sempre amarrando um número ímpar de nós, ou usando um número par de pregos, ou pisando no andaime com o pé direito primeiro.

Eles andaram até o guindaste e ficaram diante da estátua de bronze dourada de Trajano. Apolodoro havia executado o projeto básico, porém Marcos esculpira a maior parte dos detalhes mais delicados, inclusive o rosto e as mãos. Isso significara passar longos períodos de tempo com o imperador, que escutava relatórios e ditava correspondências, enquanto Marcos o observava e esculpia sua imagem, fazendo primeiro modelos preliminares e então trabalhando na estátua em escala natural. Ele se lembrava com nitidez do encontro inicial com Trajano, treze anos antes, quando o pai lhe solicitara o reconhecimento como cidadão livre. O imperador havia causado grande impressão então e ainda causava.

Bem mais acessível era seu protegido, Adriano, que se encontrava muitas vezes presente enquanto Marcos esculpia a imagem de Trajano; talvez o achasse mais afável porque tinha idade mais próxima à dele. Adriano havia se distinguido nas guerras dácias, comandando a Primeira Legião de Minerva, mas também possuía um interesse ávido pela arte e opiniões formadas sobre tudo, desde a poesia de Píndaro ("incomparavelmente bela") até a coleção de Trajano de taças de prata dácias ("inexprimivelmente horríveis; deviam ser derretidas"). Dizia-se que se interessava por arquitetura, embora nenhum de seus projetos fantasiosos tivesse resultado em uma construção de fato.

Adriano se juntou a eles, enquanto Apolodoro e Marcos faziam uma inspeção final, para ver se a estátua se encontrava seguramente preparada para ser içada.

— A operação está dentro do planejado? — perguntou Adriano.

— Vamos começar a qualquer momento — respondeu Apolodoro. — O imperador estará presente?

— Ele pretendia estar, mas questões do Estado impediram sua vinda — explicou Adriano, abrindo um sorriso e baixando a voz. — Na verdade, desconfio que ele esteja um pouco nervoso com essa coisa toda. Não acho que ele goste da ideia de se ver sendo içado trinta metros acima do solo e balançando em uma corrente.

— Talvez seja melhor que não esteja aqui — opinou Apolodoro. — Sua presença poderia deixar os homens nervosos.

Adriano contornou lentamente a estátua e depois balançou a cabeça.

— Que ideia inteligente você teve, Marcos Pinário, de exagerar e alongar ligeiramente os traços do imperador, de forma a torná-los mais naturais quando vistos pelos espectadores no chão. Qual é a palavra para isso?

— É um truque de perspectiva chamado escorço — respondeu Marcos. — Fico grato por ter apoiado minha ideia.

— Vamos torcer para que funcione. César ficou muito cético ao ver o resultado; horrorizado, na verdade. "Nenhum homem tem o nariz tão grande, nem eu!", disse ele. Lembra um pouco uma caricatura quando vista assim de perto. Mas à distância de trinta metros e de um ângulo baixo, desconfio que esse nariz, na verdade, vá lisonjeá-lo.

Os operários escolhidos para ficar no alto da coluna e orientar a colocação da estátua já estavam no lugar; eles gritaram e acenaram para Apolodoro, a fim de indicar que estavam prontos. Os que iriam operar as diversas cordas e polias do guindaste também já se encontravam em suas posições, da mesma forma que os escravos que fariam o trabalho de içar, girar as manivelas e firmar os contrapesos. A estátua estava pronta para ser erguida. Apolodoro fechou os olhos e murmurou uma prece. Marcos tocou o *fascinum* em seu peito.

Apolodoro deu o sinal para que a operação começasse. Com um grande rangido, as várias partes do guindaste começaram a se mover. A estátua deixou o chão e começou sua ascensão.

Subiu até a metade da altura da coluna e, depois, mais alto ainda, até ficar balançando sobre ela. Apolodoro examinou todos os vários mecanismos em ação e, de repente, pareceu nervoso.

— Marcos, corra até o alto da coluna. Faça com que tudo seja feito da forma correta.

Marcos correu até a coluna, entrou e subiu os degraus aos saltos. Estava tão concentrado em chegar ao topo que se esqueceu de contá-los.

Os operários no alto da coluna estavam em círculo, prontos para guiar a estátua até o local indicado, demarcado com giz. Cada um deles trazia uma corda em torno da cintura amarrada a um pino de ferro, cravado no mármore, que os seguraria em caso de queda. Marcos não usava nenhuma corda.

A estátua parecia flutuar, girando ligeiramente, de modo que o dourado refletia os raios do sol. Depois, começou a se mover com lentidão na direção deles, até parecer pairar sobre suas cabeças. Os homens ergueram os braços e tocaram sua base, que deu início à descida. O contramestre gritava instruções, certificando-se de que a direção da estátua permanecesse correta, enquanto era colocada no lugar. Marcos afastou-se do caminho, agachando-se para manter o equilíbrio.

A escultura ainda estava meio metro acima do topo da coluna quando ele ouviu um ruído abrupto. Uma corrente havia se rompido em algum lugar.

Marcos olhou para a imagem, que balançava um pouco; depois, para o guindaste, que também parecia oscilar ligeiramente. Então, este começou a se inclinar para um lado.

— Não pode ser! — gritou o contramestre. — A estátua está descendo! Segurem firme!

Os operários seguraram o objeto, porém não conseguiam guiá-lo mais, enquanto balançava de um lado para o outro. Com um estrondo tremendo, parte do guindaste desabou. Enquanto se esforçava para manter o equilíbrio e ficar longe da estátua, Marcos viu, de relance, que uma seção do guindaste caía e os homens no chão corriam para sair do caminho. Ele teve um momento de vertigem, no qual parecia que a estátua imensa estava parada, enquanto todo o resto — terra, céu e a coluna sob seus pés — girava fora de órbita.

A estátua bateu em um dos operários. O movimento foi relativamente pequeno, mas o peso deu uma força absurda ao ligeiro contato. O homem foi caindo para trás, girando os braços no ar. Saiu da coluna e foi para o andaime mais alto, porém não recuperou o equilíbrio e continuou cambaleando para trás. Marcos esperava que a corda de segurança impedisse a queda; todavia, o nó na cintura não havia sido bem-feito. O operário se soltou e caiu do andaime, com uma cambalhota para trás. O grito ecoou no ar, enquanto despencava para o chão. Ouviu-se um som repugnante de impacto e, então, um momento de silêncio; depois, um estrondo tremendo, quando a seção partida do guindaste desmoronou sobre a ala grega da biblioteca.

Marcos sentiu um momento de puro pânico. Imaginou que a escultura giraria cada vez com mais força, fora de controle, batendo em mais operários, até atingir a coluna, desalojando o cilindro mais alto, desequilibrando-a e provocando seu desabamento.

Porém, não foi isso que aconteceu.

A estátua girou para um lado; depois, para o outro e, então, de repente, aterrissou com uma pancada surda no alto da coluna. Nenhum operário se feriu, e, quando viram mais de perto, todos se espantaram ao perceber que ela tinha caído exatamente dentro da marcação de giz. Apesar do guindaste quebrado, o resultado não poderia ter sido mais perfeito.

Para Marcos, a terra e o céu pararam aos poucos de girar e tudo ficou imóvel. Notou que segurava o *fascinum* com a mão direita. Os dedos doíam. Enquanto abria lentamente o punho, pulou para o andaime e fez uma avaliação dos estragos causados lá embaixo.

O guindaste estava arruinado para sempre. Uma das extremidades da ala grega da biblioteca fora destruída, mas aquela parte da construção estava inacabada e os reparos seriam relativamente pequenos. O homem que havia caído jazia retorcido sobre o pavimento de pedra, cercado por uma poça de sangue. Enquanto Marcos observava, Apolodoro e Adriano se aproximavam do cadáver. O escultor olhou para o corpo um instante e depois ergueu o olhar até Marcos. Seu rosto estava pálido.

Marcos, aturdido demais para falar, estendeu o braço e levantou o polegar, para indicar que tudo estava bem no alto da coluna. Apolodoro pareceu que ia desmaiar de alívio.

Adriano deu um passo para trás, a fim de evitar a poça de sangue que se espalhava; depois, levantou os olhos até Marcos, ou antes, para além dele, até a gigantesca estátua de Trajano.

— O nariz! — gritou ele.

Do que estaria falando? Marcos virou a cabeça para olhar a imagem. O dourado refletia a luz do sol com tanto brilho que sua visão ficou ofuscada. Depois, olhou para Adriano e fez um gesto interrogativo.

Adriano abriu um grande sorriso, pôs as mãos em torno da boca e gritou:

— O nariz... está... perfeito!

Um mês depois, Lúcio Pinário ofereceu um pequeno jantar em homenagem ao filho.

A coluna seria em breve oficialmente consagrada e, durante as várias comemorações, o imperador e o arquiteto-chefe seriam o foco de toda atenção. Antes de isso acontecer, Lúcio queria mostrar reconhecimento pela realização e pelo trabalho duro do filho. O jantar seria um grande evento na casa dos Pinários, que raramente recebia convidados além do pequeno círculo dos amigos do dono, a maioria dos quais já com bastante idade e era composta de companheiros seguidores de Apolônio de Tiana — um grupo não muito dado a festejos tradicionais por não comer carne nem beber vinho.

Há anos não se cozinhava ou servia carne na casa de Lúcio, e ele não conseguiu se convencer a incluir qualquer tipo de carne, ave ou peixe no cardápio; o cozinheiro lhe assegurou que ninguém sequer notaria a omissão, em meio às iguarias altamente condimentadas e aos doces fantásticos que seriam oferecidos. Contudo, em um jantar que incluía um membro da casa imperial — Adriano aceitara o convite — tinha de haver vinho. Lúcio jamais tomava, no entanto Marcos bebia ocasionalmente, e ele não tinha objeções quanto a servir bebidas aos convidados. Se ficassem desapontados com a ausência de carne, estava determinado a não lhes dar motivo para decepções em relação ao vinho; Lúcio estocara uma variedade do que um comerciante respeitado lhe garantiu ser das melhores safras, gregas e italianas.

Para uma ocasião como aquela, informou-lhe o filho, tinha de haver um escurra entre os convidados; nenhum evento social importante podia ocorrer, em meio à elite da cidade, sem um bufão desses para diverti-la. Aparentemente, havia toda uma classe desse tipo em Roma, homens que ganhavam a vida graças ao espírito. Um escurra implorava convites para jantar na casa dos ricos e, em troca, compartilhava rumores, contava piadas, inseria duplos sentidos nas conversas, bajulava o anfitrião e debochava graciosamente dos convidados.

— E onde vou encontrar uma pessoa dessas? — perguntou Lúcio ao filho, absolutamente certo de que não havia escurras entre os empedernidos acólitos do Professor.

— Apolodoro disse que trará um. Favônio é o nome dele — respondeu Marcos.

Apolodoro tinha convidado também o diretor do arquivo imperial, um homem com seus 40 anos, chamado Caio Suetônio. Este soubera que o Pinário mais velho conhecera Nero e seu círculo, havia muito desaparecido, e estava ansioso por conhecê-lo.

Após muitos dias de preparativos, chegara finalmente a hora. Os convidados surgiram em rápida sucessão e foram levados aos divãs de jantar. Pairava pela casa o burburinho constante de conversas e risadas.

O escurra mostrou seu valor logo. Favônio tinha cabelo vermelho frisado, bochechas cheinhas e um nariz peculiar, torto; pela barriga protuberante, parecia adorar comer e raramente perdia uma refeição. Quando se tornou evidente que nenhuma carne seria servida, ele fez um bico de desaprovação.

— Vejo que vão nos servir uma dieta de gladiador essa noite: nada de carne, só cevada e feijões! Ah, mas graças aos deuses é permitido aos gladiadores beber vinho.

Lúcio e Marcos ficaram chocados com a grosseria do homem, mas todos riram, e nem mais uma palavra foi dita, a noite inteira, sobre a ausência de carne e peixe; a queixa descarada do escurra evitou qualquer outra reclamação. Em vez disso, os convidados competiam entre si para ver quem elogiava mais a habilidade e engenhosidade do cozinheiro.

Adriano e Suetônio conversaram com Lúcio. O arquivista estava curioso para saber mais sobre Nero, ao passo que o protegido do imperador queria se inteirar de cada detalhe da amizade de seu anfitrião com Apolônio de Tiana, Epíteto e Dion de Prusa.

Marcos notou que Apolodoro se mantinha fora da conversa por longos períodos. Parecia-lhe haver alguma tensão entre o arquiteto e Adriano, com quem sempre estivera em termos amigáveis.

O primo do imperador pediu licença para ir à latrina. Assim que sumiu de vista, o escurra resmungou:

— Acho que esse camarada perdeu o sotaque provinciano completamente.

— Estava pensando o mesmo — disse Lúcio. — Quando ele chegou a Roma, me lembro de ter tido a impressão de que seu sotaque era muito mais carregado.

— Sua impressão está certa — concordou Favônio. — Ainda falam sobre uma ocasião, no início do reinado de Trajano, quando Adriano leu um discurso do imperador para o Senado e os políticos riram alto. Adriano ficou tão vermelho que deu para ver suas cicatrizes de acne.

— Adriano trabalhou muito para se livrar do sotaque e acho que conseguiu — declarou Suetônio, cuja dicção era tão refinada que soava pedante.

Apolodoro, que era de Damasco e cujo latim tinha seu próprio sotaque provinciano, balançou a cabeça.

— Ele agora soa tão igual a um romano nativo que Trajano parou de chamá-lo de Pequeno Grego. Agora o chama de Pequeno Romano.

Favônio prendeu o riso.

— Ai, vou ter que roubar essa de você.

— Não é uma piada — insistiu Apolodoro —, é a verdade!

Todos os convidados ficaram em silêncio quando Adriano retornou. Ele aproveitou a oportunidade para levar a conversa de volta a Dion de Prusa, cujos últimos escritos demonstravam grande preocupação com a questão do casamento. Alegremente restabelecido em sua cidade natal, o filósofo parecia também estar muito bem-casado e expressava o contentamento louvando as virtudes da união conjugal, acima de todas as outras formas de amor.

O assunto não empolgou ninguém. Lúcio Pinário conhecera o amor, mas nunca o casamento. A esposa de Apolodoro andava muito doente nos últimos tempos, e pensar nela apenas o deixava mais triste. Adriano era casado, havia alguns anos, com a sobrinha-neta de Trajano, Sabina, porém o casamento não gerara filhos e muitos achavam que era só de conveniência.

Quanto a Marcos, sua origem ilegítima, assunto nunca discutido abertamente pelos que o conheciam, mas aparentemente sabida por todos, tornara difícil para ele encontrar uma pretendente que se adequasse a seu nome de família antigo e status de patrício; sem ser casado ainda, e nem tendo perspectivas imediatas, ele havia aberto mão da ideia de formar uma família e se dedicava inteiramente ao trabalho.

O escurra, vendo o desânimo causado pelo assunto, deu um jeito de fazer algumas piadas grosseiras sobre o casamento, que pareceram forçadas e banais. Foi Suetônio quem reavivou a conversa. Além do trabalho de arquivista, ele era um colecionador ávido de antiguidades e historiador amador, mantendo um caderno dedicado especialmente às anedotas sobre casamentos imperiais. Durante um bom tempo, ele divertiu os convidados com histórias sobre o duelo de tiradas entre Lívia e Augusto, os casamentos de Calígula com as irmãs, a infelicidade de Cláudio com Messalina, a agonia com Agripina e o casamento de Nero com a bela e malfadada Popeia, seguido pelo noivado com a sósia, a igualmente infeliz Esporo.

— Você deve ter conhecido Esporo — comentou Suetônio, olhando para o anfitrião.

Lúcio não deu qualquer resposta por um longo tempo.

— Sim, conheci — disse ele, por fim.

— Esse eunuco era tão belo como dizem? — perguntou Adriano.

— Sim, ela era — respondeu Lúcio, baixando os olhos.

Os outros ficaram esperando que ele continuasse, mas, em vez disso, falou:

— Vamos ao jardim? Levem as taças com vocês. Vou servir um vinho especial, da Samotrácia, com um travo de jasmim que só emerge sob o luar; assim me disse o comerciante.

Ao pisarem no jardim, Adriano parou de súbito. Olhava para a estátua de Melancomas. Marcos já havia notado que os visitantes ficavam muitas vezes surpresos com a imagem do boxeador nu, provavelmente porque se encontrava ao nível do chão, e era tão extraordinariamente realista que um observador casual poderia confundi-la com um homem de carne e osso. Todavia, a reação de Adriano ia além da mera surpresa: o rosto se iluminou de admiração e fascínio. Ele estendeu a mão para tocar o mármore liso do rosto da estátua. No momento seguinte, deu um passo atrás e tocou a própria face, passando os dedos sobre as imperfeições ásperas e matizadas.

— Melancomas — disse Lúcio.

— Sim, já vi outras imagens dele, mas nenhuma que se comparasse a essa — comentou Adriano, sem tirar os olhos da estátua. — Dizem que

Melancomas foi amado pelo Divino Tito. Sortudo Tito! Se um dia eu pudesse encontrar um jovem tão belo quanto esse...

Marcos sorriu.

— Se um dia eu pudesse criar uma estátua tão bela quanto essa.

Favônio se meteu entre os dois e ergueu uma sobrancelha para cada um deles.

— Que ambos possam satisfazer seus desejos e ser felizes!

Apolodoro se juntou a eles. Estava um pouco mais bêbado que os outros. Para ele, aquela noite era um intervalo raro, após meses de trabalho incessante, e sorvera uma quantidade considerável das excelentes safras oferecidas. Vendo que todos contemplavam a estátua, balançou a cabeça.

— Ah, Melancomas. Magnífico! Sem dúvida a coisa mais bela e preciosa nessa casa — comentou ele, olhando de Marcos para Adriano. — Vejam vocês dois, estão enfeitiçados! Mas por razões muito diferentes, desconfio. Qual de vocês é realmente Pigmalião e qual é o Pequeno Grego? Acho que Marcos é mais o *connaisseur* puro, o Greguinho que ama a arte por ela mesma, e você, Adriano, é o amante que anseia por ver a estátua com vida! Talvez devêssemos chamar *você* de Pigmalião!

Favônio riu, porém Marcos não gostou. Ser chamado de Pigmalião em particular era uma coisa, mas ouvir o antigo nome de escravo usado na frente dos outros o ressentia. Adriano também não apreciou: parecia furioso, e as cicatrizes de acne em sua face ficaram de um vermelho vivo. Mais uma vez, Marcos se intrigou com a tensão entre os dois.

Favônio, que não perdia nada, viu o olhar de Marcos e o puxou de lado. Enquanto caminhavam para a outra extremidade do jardim, o escurra falou em voz baixa:

— Você não sabe da discórdia entre os dois?

Marcos franziu a testa. Os olhos do escurra se iluminaram. Nada dava a Favônio prazer maior que a chance de criar uma fofoca nova.

— Estão todos falando sobre isso! Por onde você tem andado esses últimos dias?

— Ajudando meu pai a organizar essa festa — respondeu Marcos.

— Ah, então você não soube do encontro que César teve com Apolodoro, sobre a reconstrução da ala grega da biblioteca?

— Eu sei disso. Foi há dois dias.

— Mas não estava lá?

— Só vou me envolver quando chegar a hora de decorar o interior.

— Entendo — disse o escurra, balançando a cabeça. — Acontece que Adriano *esteve* presente ao encontro.

— Como acontece quase sempre.

— Mas dessa vez ele apresentou alguns projetos próprios.

— Que tipo de projetos?

— Apolodoro estava explicando a César o tempo que levaria para terminar os reparos da ala grega, quando Adriano interrompeu e propôs que a ala tivesse uma cúpula. Ele adora cúpulas. E mostrou uns desenhos e umas plantas muito bem-elaborados, que insistiu para os dois darem uma olhada.

— Mas essa ideia é impossível. A ala latina e a grega foram planejadas para ser simétricas, e a latina não tem cúpula.

— Foi exatamente isso que Apolodoro disse. Ao que Adriano contestou: "É por isso que estou propondo remodelar a ala latina e lhe dar uma cúpula também." Ele parece acreditar que uma cúpula é absolutamente necessária para um prédio desse tipo, alguma coisa como deixar entrar luz pelo teto. Adriano apresentou então outro desenho, mostrando como a biblioteca ficaria se *as duas* alas tivessem cúpula, com a Coluna se erguendo entre elas, e parece que Trajano se encantou com a ideia.

Marcos ergueu as sobrancelhas, pensando no tempo e no esforço que um projeto desses acarretaria.

— E como Apolodoro reagiu?

— Pelo que sei, ele foi completamente ferino. Você sabe que ele não tem papas na língua quando se trata dessas coisas. Adriano ainda comentava sobre a beleza das cúpulas, quando Apolodoro apontou para os desenhos e torceu o nariz. "O que se espera que essas coisas pareçam?", perguntou ele. "Dois testículos inchados flanqueando uma coluna em pé?" Bem, tendo essa imagem em mente, não dá para pensar de outra forma, não? "Essas monstruosidades bulbosas não só estragam toda a simetria do conjunto", disse ele, "como vão desabar antes mesmo de estarem terminadas". Ao que Adriano atirou alguma farpa sobre aquele acontecimento infeliz do guindaste quebrado. Apolodoro o fitou bem nos olhos e disse: "Desenhar sua fantasia é uma coisa, meu jovem, construí-la de fato é outra. Agora vá embora e desenhe suas cuias em outro lugar. César e eu temos muito a conversar, e você não entende nada desses assuntos."

— Trajano o deixou falar assim com o próprio primo?

— O imperador dá a Apolodoro muita liberdade, como você sabe, ao menos em questões que tenham a ver com arte e arquitetura. Confia na opinião dele inteiramente, enquanto Adriano, no final das contas, ainda é o Pequeno Grego, um diletante excessivamente instruído, que faria melhor se concentrando em sua carreira militar e deixando a arte a cargo dos prestadores de serviço que a criam para seus superiores. Adriano ficou arrasado. Juntou seus preciosos desenhos e bateu em retirada, praticamente em lágrimas. Oh, céus! Mas agora fechamos o círculo, e ali estão eles, ainda contemplando aquela estátua, sem dizer uma palavra um para o outro.

Marcos tentou pensar em um tópico novo para discussão.

— Então, Adriano, e essa expedição que está sendo montada pelo imperador contra o império pártico?

A pergunta pareceu arrancar Adriano de um transe. Ele sorriu.

— Vou acompanhá-lo. Parece que finalmente verei as cidades do oriente, talvez até Ctesifonte.

Ele aludia à capital da Pártia. Não contente com a conquista da Dácia, Trajano fora tomado por uma presunção ainda maior — realizar a ambição romana, diversas vezes frustrada, de voltar aos dias de Júlio César, seguir os passos de Alexandre, o Grande, e expandir o império para o oriente, conquistando os reinos da antiga Pérsia.

Lúcio Pinário, que se juntara aos convidados no jardim, pigarreou.

— Não existe nenhum propósito estratégico para incitar essa guerra, a não ser que os párticos possuem o único império do mundo capaz de rivalizar com o romano.

— Acho que temos todas as razões para conquistá-los — disse Favônio. — Ou antes, a única razão que existe para qualquer guerra: saquear riquezas. Os dácios foram os últimos vizinhos a restar nas fronteiras do império que possuíam algo que valia a pena tomar. Para além de nossas províncias na costa norte da África jaz um deserto desconhecido; depois do Egito, existe uma terra de trogloditas selvagens e selvas intransponíveis; a parte norte da ilha da Britânia é um ermo gelado; e os reinos para além da Germânia e da Dácia parecem ser completamente incultos, habitados por bárbaros tão imundos que sequer vale a pena tomá-los como escravos. Tem a Índia, é claro, e, depois dela, o reino de Sérica, terra da seda, que deve ser rica, com certeza, mas o mundo que se estende além do rio Indo é tão remoto que dificilmente algum romano deva ter viajado até lá, exceto alguns mercadores intrépidos. A nosso alcance, só restam a serem conquistados a Pártia e seus reinos satélites, e a riqueza desse império deve ser descomunal.

— Assim como o desafio de tomá-lo — acrescentou Adriano. — Até mesmo os Flavianos, com suas grandes ambições, nunca sonharam com uma coisa dessas. Mas César está pronto para o desafio.

— Você não vai, não é, Marcos? — indagou Lúcio, com um ligeiro tremor na voz.

— Não, pai. O imperador decidiu que Apolodoro e eu permaneceremos aqui em Roma.

Apolodoro assentiu.

— Estou compilando um manual de desenhos para máquinas de cerco e coisas do gênero para o imperador levar com ele e treinando alguns de meus melhores engenheiros para a expedição. Porém ainda há muito trabalho a ser feito nos projetos de construção grandiosos de César, aqui na cidade, e quem, além de mim, seria o responsável? Naturalmente, ele quer alguém com experiência, alguém que saiba como fazer as coisas de acordo com seu altíssimo padrão.

A jactância pareceu a Marcos uma tentativa deliberada de alfinetar Adriano. Após outro gole de vinho, Apolodoro falou diretamente a Adriano:

— Mas enquanto Pigmalião e eu ficamos aqui na cidade para finalizar os projetos, tenho certeza de que você vai conseguir matar um ou dois párticos, Pequeno Grego! E, como todo conquistador, vai achar mais fácil demolir construções e arrancar seus ornamentos que erguer uma.

Adriano ficou vermelho de raiva. Apolodoro riu e estendeu a taça para que lhe servissem mais vinho. Não teria ele percebido como ofendera profundamente o primo do imperador? Será que se importava com isso?

Lúcio deu um passo à frente.

— César demonstra grande confiança mantendo você aqui em Roma, Apolodoro. E você deve confiar muito em Marcos, para mantê-lo aqui com você.

— Ninguém mais possui habilidade para terminar a decoração interior da ala grega da biblioteca — explicou Apolodoro, olhando de esguelha para Adriano.

— Fico grato ao ouvi-lo dizer isso — falou Lúcio —, porque, como nossa noite juntos está chegando ao fim, eu gostaria de lembrar o motivo dessa ocasião: homenagear meu filho por tudo que ele realizou nos últimos meses. Peço a vocês que façam um brinde. Ergam suas taças, por favor. A Marcos Pinário, o melhor filho que um homem poderia desejar.

— A Marcos Pinário! — repetiram os outros.

Exceto Apolodoro, que gritou, soando completamente bêbado:

— A Pigmalião!

Assim que terminou o brinde, Hilário entrou e falou algo no ouvido de Lúcio, que correu para Apolodoro.

— Sua filha está no vestíbulo — anunciou ele, em voz baixa. — Hilário a convidou para vir até aqui, ao jardim, mas ela não quis. Ao que parece, está muito preocupada. Sua esposa teve uma piora.

Parecendo subitamente sóbrio, Apolodoro respirou fundo e saiu sem dizer uma palavra aos outros.

Os convidados começaram a deixar o jardim, até ficarem apenas Marcos e Adriano, que continuavam contemplando a estátua de Melancomas e coçando o queixo. Por causa do gesto, Marcos achou que ele estava refletindo ou perdido em pensamentos; depois, percebeu que ele tocava novamente as cicatrizes de acne, que desfiguravam um rosto que, caso contrário, seria belo.

Enquanto os convidados se despediam do anfitrião, Marcos se dirigiu ao vestíbulo, onde Apolodoro tinha uma conversa em voz baixa com a filha. Já havia conhecido Apolodora quando começou a trabalhar com seu pai. Ela era uma criança na época. Desde então, não a vira mais.

Quando Hilário abriu a porta para Apolodoro e a filha saírem, ela olhou para Marcos por um instante. Ele se surpreendeu ao ver em que beldade ela havia se transformado, com o cabelo escuro brilhante, uma pele cintilante e olhos enormes.

Mais tarde, quando foi para a cama, Marcos adormeceu pensando nela.

Lúcio Pinário dizia que o vinho perturbava o sono, e essa era mais uma razão ainda para se evitá-lo; talvez a bebida tivesse provocado os estranhos sonhos de Marcos aquela noite.

Os pensamentos agradáveis em relação à filha de Apolodoro se desvaneceram assim que adormeceu. Ele estava de volta a Dácia. Um vilarejo se encontrava em chamas. Como um pássaro, seguia um menino despenteado e esfarrapado, que corria por ruas estreitas. Rindo e fazendo ruídos obscenos, soldados romanos o perseguiam. O garoto pulou sobre um cadáver, abriu caminho em meio a ruínas esparsas e saltou sobre labaredas chamejantes. De repente, chegou a um beco sem saída. Não tinha escapatória. Gritava, mas muitos outros gritavam no vilarejo; ele era apenas mais um.

De repente, Marcos se tornou o menino. Os soldados convergiram sobre ele. O menino era pequeno e eles eram grandes. Pairavam sobre o garoto na escuridão, de maneira que não podia ver seus rostos. Uma mão gigante se estendeu em sua direção...

Marcos já havia tido esse sonho antes, ou outros muito parecidos. Sempre, esse era o momento em que despertava, tremendo e banhado de suor. Entretanto, dessa vez, pareceu mergulhar mais profundamente ainda no sonho. Os soldados lascivos desapareceram, assim como as ruínas do vilarejo. Tudo ficou permeado por uma luz dourada. Pairando diante dele, havia um jovem belo e nu. Lembrava-lhe a estátua de Melancomas, no entanto era um ser tão radiantemente lindo que parecia mais que humano. Seria um deus?

O jovem o contemplava com uma expressão de tanto carinho e compaixão que Marcos, de repente, viu-se quase em lágrimas.

O jovem veio em sua direção e sussurrou:

— Não tema. Vou protegê-lo.

Então, Marcos acordou.

O quarto se encontrava iluminado pela primeira e fraca claridade do amanhecer. Ele pegou a colcha que retirara durante o pesadelo e se cobriu com ela até o queixo. O calor o confortou, mas era a impressão prolongada do sonho que o preenchia com uma sensação delicada de bem-estar. Nunca havia experimentado aquilo antes, uma certeza de que, em algum lugar do universo, existia uma força que era perfeita e afetuosa, que o protegeria de todos os males do mundo.

Quem era aquele jovem divino do sonho? Não vira indícios que o identificassem como um dos deuses familiares do Olimpo. Seria Apolônio de Tiana, que visitava o pai tantas vezes em seus sonhos? Marcos achava que não; Apolônio teria se mostrado como ele sempre o ouvira ser descrito, um velho de barba branca. Seria uma manifestação da Divina Singularidade, da qual o pai falava? Talvez. Parecia a Marcos, porém, que o jovem do sonho era um ser completamente novo, nunca visto antes por ninguém desse mundo. Revelara-se a Marcos apenas.

À medida que a impressão do sonho começava a se desvanecer, Marcos tentava se lembrar do rosto do jovem — tentou até desenhá-lo, pegando o estilo e a tabuleta de cera que deixava ao lado da cama, mas percebeu ser impossível captar seus traços. O rosto que Marcos desenhou era apenas um esboço aproximado, que não revelava sua perfeição sobrenatural.

Talvez o jovem nada mais fosse que um produto da imaginação. E, contudo, o sonho havia parecido mais real que o estado de vigília. Marcos estava convencido de que aquele ser vinha de algum lugar fora dele, um mundo inimaginavelmente vasto, belo e repleto de maravilhas.

118 D.C.

Trajano estava morto.

Quatro anos de campanhas no oriente resultaram em uma série de conquistas, inclusive a captura de Ctesifonte e a submissão de grande parte do império pártico. A Armênia se tornou província romana, expandindo o império até as margens do mar Hircaniano, assim como a Mesopotâmia, a Assíria, que incluía a cidade mítica de Babilônia, e os rios Tigre e Eufrates, dando a Roma acesso direto ao golfo Pérsico e controle sobre todas as importações da Índia e de Sérica, inclusive a seda. Trajano enviou uma carta ao Senado, na qual declarava que sua missão estava completa; lamentava apenas que fosse velho demais para seguir o exemplo de Alexandre e marchar até a Índia. Na verdade, ao longo das campanhas, muitas vezes exibira o vigor de um homem com metade de sua idade, marchando a pé e atravessando rios com correnteza forte junto dos soldados, que o veneravam como a um deus.

Depois, quando rebeliões esparsas irromperam nos territórios recém-conquistados, Trajano adoeceu. Seu estado ficou tão grave que Plotina, que estava com ele, persuadiu-o a velejar até Roma. Ele não foi longe. Na costa da Cilícia, sofreu um ataque que o paralisou; então, foi afligido por uma hidropisia, que inchou partes de seu corpo de forma impressionante. Prosseguir viagem se tornou impossível, e a armada imperial ancorou no pequeno porto da cidade de Selino. Lá morreu Trajano, aos 64 anos, terminando um reinado de vinte anos, que havia acrescentado territórios e riquezas sem precedentes ao império.

Adriano, servindo como governador da Síria, foi declarado imperador. Ele chegara a Roma alguns dias antes, mas até então fora visto apenas por um punhado de pessoas. Aquele seria o dia de sua apresentação pública como imperador, com um cortejo triunfal para comemorar as conquistas fabulosas no oriente. O triunfo não seria por Adriano, mas uma homenagem póstuma ao Divino Trajano.

Nos preparativos para a ocasião, Marcos e Apolodoro estiveram muito ocupados. Todo o caminho a ser percorrido pelo cortejo tinha de ser decorado com bandeiras e coroas de flores, assim como diversos templos e altares por toda a cidade. Plataformas para observação precisaram ser erguidas próximo à coluna, onde o cortejo atingiria o clímax. Cenários precisaram ser criados para as peças que seriam representadas nos dias vindouros. Enfeites foram feitos para os vários banquetes, grandes e pequenos. Apolodoro tinha sido convocado para uma audiência particular no dia em que Adriano chegou e estivera em contato diário com ele desde então. Marcos, trabalhando sob suas ordens, ainda não havia visto o novo imperador.

Era cedo. A cidade não tinha começado a se movimentar, mas Apolodoro, Marcos e os operários já estavam de pé havia horas, trabalhando à luz de tochas, a fim de aprontar o caminho triunfal. O cortejo começaria dentro de poucas horas.

Eles estavam perto da Coluna, examinando as fitas de cores brilhantes afixadas às plataformas de observação. No ar completamente parado, elas pendiam frouxas como mortalhas, mas, à menor brisa, tomariam vida e sua ondulação acrescentaria excitação e cor às aclamações da multidão.

Marcos inclinou a cabeça para trás, abriu bem a boca e bocejou.

— Conseguiu dormir à noite passada? — perguntou Apolodoro.

— À noite passada? Nem amanheceu ainda. Ainda é ontem.

Apolodoro riu.

— Você está falando bobagem, Pigmalião. Foi para a cama cedo, como mandei?

— Fui, mas... — Marcos quase completou com: *Minha esposa foi para a cama comigo, o que significa que não dormi nada*; porém, como a moça era a filha de Apolodoro, ele se conteve.

No entanto, Apolodoro leu seus pensamentos — os dois já trabalhavam juntos havia tanto tempo que um, em geral, sabia o que se passava na cabeça do outro —, e sorriu com benevolência. O relacionamento entre Apolodora e Marcos se desenvolvera aos poucos, com um longo namoro, proporcionando aos pais de ambos a chance de se acostumar com a ideia. Apolodoro tinha conhecimento da origem ilegítima de Marcos, no entanto um casamento em uma família patrícia tão antiga era uma grande honra para a filha de um grego de Damasco; para Lúcio Pinário, a união parecera muito abaixo da posição do filho, mas este claramente amava a garota, e, quando se perguntou "O que faria Apolônio de Tiana?" — sempre seu teste para tomar uma decisão difícil —, aprovou o enlace com entusiasmo.

O casamento era feliz. Até então, não havia gerado nenhum filho — mas não por falta de tentativas, como Marcos deixou claro com outro bocejo e um sorriso sonhador.

— Nunca pensei que veria esse dia — declarou Apolodoro, observando os encarregados da limpeza varrendo a praça vazia, que em breve seria tomada pela multidão.

— O dia em que celebraríamos o triunfo sobre o império pártico? — indagou Marcos.

— Não, o dia em que Adriano percorreria as ruas de Roma como César. Para mim, ele ainda é um garoto. Acho que pensei que Trajano viveria para sempre.

— E Trajano também, ao que parece — emendou Marcos. — Mesmo já estando no fim, paralisado e inflado como uma víbora árabe, dizem que se recusava a fazer um testamento. Alguns falavam que ele queria morrer sem nomear um sucessor, para imitar Alexandre, o Grande. *Como* Adriano se tornou imperador?

— Foi obra de Plotina — explicou Apolodoro. — Não que Adriano não fosse a escolha óbvia. Mas foi ela quem assegurou sua legitimidade. Disse a todos que o marido tinha adotado Adriano antes de dar o suspiro final, e incitou os cortesãos leais a apoiar Adriano o tempo inteiro. Alguns dizem que Plotina deve estar apaixonada por ele e os dois mantinham um caso pelas costas de Trajano.

— Será verdade?

Apolodoro riu.

— Conhecendo Adriano, o que você acha? Desconfio que o afeto de Plotina por ele é mais maternal, não? Tenho certeza de que ela é apaixonada por ele, e há muito tempo, porém da forma como uma mulher mais velha fica encantada com um homem mais jovem. Mas isso não significa que o relacionamento dos dois seja carnal.

— Imagino que Adriano vá para a guerra assim que esse triunfo terminar — comentou Marcos.

— Por que você diz isso?

— Soube que muitas das cidades recém-conquistadas estão em rebelião. Essas insurgências ameaçam desfazer todos os triunfos rápidos obtidos por Trajano. Adriano terá de voltar e reconquistar tudo para impedir que se perca.

— Ou talvez não — retrucou Apolodoro. — Eu estava conversando com ele ontem... Você sabe que isso é absolutamente confidencial, genro.

Quando o assunto era sério, Apolodoro tendia a chamar Marcos de genro, em vez de Pigmalião.

— Adriano diz que as novas províncias do oriente são indefensáveis. Ele acha que Trajano foi longe demais. Os territórios conquistados se encontram não só em rebelião como também os judeus estão dando trabalho de novo. Promoveram tumultos sanguinários em Alexandria e Cirene, e há uma guerra em curso na ilha de Chipre. Dezenas de milhares já morreram. De acordo com Adriano, suprimir os judeus é muito mais importante que manter Ctesifonte. Então, em vez de despejar soldados e dinheiro em uma guerra perpétua, a fim de conservar as novas províncias do oriente, ele quer ceder as áreas mais problemáticas a soberanos que tenham obrigações com Roma, criando uma série de Estados clientes ao longo de uma fronteira oriental mais defensável.

— Parece que ele já havia pensado muito na situação, antes mesmo de se tornar imperador.

— Desconfio que sim. Você conhece Adriano, tem uma opinião formada sobre tudo, seja qual for o assunto.

Marcos franziu a testa.

— Então, aqui estamos nós prontos para celebrar um triunfo pelas mesmas conquistas de que Adriano pretende abrir mão.

Apolodoro riu.

— Irônico, não? Mas você e eu fizemos nosso trabalho. Embelezamos a cidade com todo o esplendor, como se Adriano pretendesse manter essas províncias por mil anos.

Os primeiros raios de sol atingiram o alto da Coluna. A estátua de Trajano parecia que ia explodir em chamas douradas.

— Hora de ir para casa e vestir nossas melhores togas — declarou Apolodoro.

Marcos assentiu e bocejou; depois, fechou os olhos.

— Não ouse dormir quando chegar em casa, Pigmalião, ou vai perder o triunfo. Nem vá fazer aquela outra coisa também, a menos que você e Apolodora pretendam gerar um filho dessa vez!

Apolodoro riu com entusiasmo e deu um tapa nas costas de Marcos, fazendo-o acordar quando estava para adormecer em pé.

— Seu pai vem?

Marcos sentiu uma ponta de ansiedade à menção do pai e despertou abruptamente.

— Não, ele não vem. Não tem andado bem ultimamente.

Na verdade, Lúcio Pinário, que contava então 70 anos, encontrava-se de cama havia já um mês, afligido por tonturas e fraqueza nas pernas. Hilário, que também se tornara muito fragilizado nos últimos anos, estava sempre ao lado do antigo dono, muitas vezes lendo para ele cartas recebidas de Apolônio de Tiana, que continuava a visitá-lo regularmente em sonhos. Ao lado da cama, como um lembrete de que não era preciso temer a morte, Lúcio guardava o grilhão de ferro que o Professor descartara. Da mesma forma que Apolônio tinha conseguido se livrar das algemas, Lúcio esperava o momento em que sua alma abandonaria o corpo terreno, a fim de se alçar e se unir à Divina Singularidade.

Algumas horas depois, sob um céu sem nuvens e um sol resplandecente, Marcos aguardava a chegada do cortejo triunfal. Apolodoro, cumprimentado por um conhecido, afastara-se um pouco, levando Apolodora consigo, de maneira que Marcos ficou desacompanhado na multidão.

Muito antes de o desfile alcançar a Coluna, ele ouviu as reações retumbantes da multidão ao longo do caminho, que serpenteava pela cidade. O som das aclamações se tornou mais próximo, até que, por fim, a vanguarda dos trombeteiros apareceu.

Eram seguidos por magistrados e senadores, com togas de bordas vermelhas, alguns conversando casualmente, como se indiferentes àquela pompa, enquanto outros se conduziam com toda a dignidade do cargo. Depois, vinham os touros brancos a serem sacrificados no Templo de Júpiter, no alto do monte Capitolino, seguidos por inúmeras carroças e carretas, abarrotadas de espólios de guerra, pinturas e modelos das cidades capturadas — Ctesifonte, Babilônia e Susa — e uma grande quantidade de cativos em farrapos e correntes, inclusive alguns monarcas sem importância, depostos por Trajano.

Por fim, precedida por lictores brandindo fasces com coroas de louros, a biga triunfal chegou. Trajano ficara famoso por fazer a primeira entrada como imperador na cidade a pé; nesse dia, sua efígie ia ao lado de Adriano na biga. Era feita de cera, modelada e colorida para parecer espantosamente real. Não havia necessidade de fazê-la maior que o tamanho natural, pois Trajano, em vida, tinha sido mais alto que os outros homens.

— Inevitavelmente, surge a questão: qual dos dois na biga é mais duro? — perguntou uma voz no ouvido de Marcos.

Ele se virou e se deparou com Favônio.

Junto do escurra estava Suetônio. O diretor do arquivo imperial ergueu as sobrancelhas.

— Acho que nosso novo imperador parece extraordinariamente relaxado e animado — gracejou ele. — Vejam como Adriano sorri e saúda a multidão. Não, esperem, estou olhando para a efígie de Trajano!

— Não acho que Adriano goste de ser observado — sugeriu Marcos, que tinha de admitir que o novo imperador parecia claramente desconfortável, de pé ao lado da sorridente imagem de cera de seu predecessor.

— Dizem que Vespasiano ficou completamente entediado durante seu triunfo — comentou Suetônio. — Existe uma carta sua nos arquivos na qual ele escreveu: "Que idiota eu fui ao exigir uma honraria tão cansativa!"

— Quem pode dizer o que nosso novo imperador está pensando, com aquela barba escondendo seu rosto? — indagou Favônio. — Essa barba é o centro das atenções. Suetônio, já tivemos antes algum imperador com barba?

Suetônio pensou.

— Existem imagens de Nero usando uma barba parcial, com as bochechas e o queixo raspados. Mas uma barba fechada? Não. Adriano é o primeiro.

— Você acha que ele quer nos lembrar de que se imagina um filósofo? — perguntou Favônio. — Ou ele está imitando a aparência descuidada dos soldados comuns, que nunca se barbeiam quando estão em campanha, como se pode ver em todas aquelas imagens de romanos barbados, ali na Coluna, matando dácios?

— Os pelos faciais dele me parecem impecavelmente bem-cuidados — apontou Marcos. — Não é qualquer homem que consegue ter uma barba tão bonita. Acho que o imperador está muito belo desse jeito.

Parecia-lhe que a motivação de Adriano era óbvia: a barba era uma forma de encobrir as cicatrizes de acne, que tanto o constrangiam. Como protegido de Trajano, Adriano se sentia obrigado a manter o rosto barbeado, como preferiam incontáveis gerações da elite romana. Contudo, agora era o imperador e faria o que desejasse — até deixar crescer a barba.

— Daqui a um ano — disse Favônio —, prevejo que a maioria dos senadores e praticamente todos os cortesãos na Casa do Povo estarão de barba. Até os eunucos velhos, que sobraram do tempo de Tito, usarão barba, nem que tenham de colá-la!

— Os únicos sem barba vão ser os jovens que quiserem atrair a atenção de César — emendou Suetônio.

A biga emparelhou com a base da Coluna e parou. Adriano desceu do veículo, segurando uma urna funerária.

— Então ele vai realmente fazer isso! — exclamou Favônio. — Adriano vai depositar as cinzas do velho na base da Coluna.

— A ideia é essa — disse Marcos, responsável pela preparação do pequeno jazigo que receberia a urna.

— Foi preciso um ato do Senado para tornar isso legal — observou Suetônio. — Até agora, os restos mortais de todos os imperadores foram enterrados em sarcófagos fora das muralhas da cidade. Mas Adriano cismou que a Coluna de Trajano também devia servir de tumba para o ex-imperador.

Favônio olhou para a Coluna.

— Em seu local de descanso final, Trajano vai permanecer de pé e ereto pela eternidade. Invejo o velho!

Acompanhado de Plotina, Adriano depositou a urna na câmara. Depois, leu um elogio fúnebre, enumerando as ações de Trajano, não apenas como construtor e militar mas como amigo do povo e do Senado de Roma. O ex-imperador mantivera o voto de não mandar matar senadores durante seu reinado — promessa que Adriano repetiu — e um dos feitos do qual mais se orgulhava foi a ampliação do sistema de assistência social de Nerva, para órfãos e filhos de pobres, que Adriano também prometeu dar continuidade.

— Mas, nesse dia — disse Adriano —, comemoramos seus triunfos no campo de batalha e, em particular, as conquistas pelas quais o Senado achou apropriado lhe conferir o título de Pártico. Comemoramos suas vitórias sobre tantos inimigos e a captura de tantas cidades: Nisibe e Batnae, Adenystrae e Babilônia, Artaxata e Edessa...

Adriano continuou nesse viés monótono. Seu estilo retórico era surpreendentemente maçante. Talvez estivesse cansado ou nervoso, pois com frequência puxava a barba e, vez por outra, Marcos ouvia um indício do antigo sotaque espanhol.

Favônio suspirou.

— Ele está só recitando um catálogo e deixando de fora os detalhes picantes; é como servir ossos sem carne! Vocês conhecem a história do encontro de Trajano com o rei Abgaro de Osroene?

Marcos deu de ombros. Estava prestes a mandar o escurra se calar, quando Suetônio se interpôs entre eles.

— Ouvi uma versão, mas adoraria escutar a sua, Favônio.

Os olhos do bufão brilharam.

— Bem, não sei exatamente onde fica Osroene, mas soa terrivelmente exótico...

— Era um daqueles pequenos reinos nas antigas terras da Mesopotâmia — explicou Suetônio. — A capital era Edessa, que não fica longe da parte alta do rio Eufrates.

— Geografia nunca foi meu forte — admitiu Favônio. — Seja como for, o rei Abgaro morria de medo tanto dos romanos quanto dos párticos, como uma galinha cercada por uma raposa e um lobo, e toda vez que um ou outro se aproximava dele para conversar, saía correndo, em pânico. Então, pelo máximo de tempo possível, enquanto Trajano estava na vizinhança e tentando se encontrar com ele, Abgaro ignorava todos os chamados e permanecia escondido, esperando que os romanos fossem embora. Mas, quando alguém lhe contou sobre a queda de Trajano por rapazes, Abgaro suspirou de alívio, pois o garoto mais bonito de todo o oriente, por consenso geral, era seu filho, o príncipe Arbandes. Trajano já havia desistido de encontrar o rei e partiu, deixando um de seus generais com instruções para saquear Edessa, quando Abgaro e a comitiva real saíram atrás do imperador e o alcançaram na fronteira. Naquela noite, ao lado da estrada, Abgaro mandou erguer uma grande tenda e ofereceu um banquete suntuoso a Trajano. E adivinhem quem estava sentado na almofada ao lado da de César? Não era ninguém menos que o jovem príncipe Arbandes. Trajano ficou fascinado; dizem que ele escreveu uma carta cifrada para Adriano, proclamando "Encontrei o rapaz mais belo do mundo!". Para encerrar a noite, Abgaro mandou o filho fazer uma dança bárbara qualquer para divertir o imperador. O que aconteceu depois do banquete só é possível imaginar, mas ao que parece a diplomacia dançante de Arbandes funcionou, porque Trajano poupou a cidade de Edessa e deixou Abgaro manter o trono, como marionete romana.

Suetônio franziu a testa.

— Mas não foi esse tal de Abgaro que vimos mais cedo, acorrentado, marchando junto dos outros monarcas depostos por Trajano?

— Sim, a sorte do rei sofreu um revés. Após Trajano conquistar a Babilônia e descer o Eufrates de barco para dar uma olhada no golfo Pérsico, chegou a notícia de que uma revolta havia irrompido em Osroene. O rei Abgaro culpou agitadores párticos e insurgentes judeus, mas, quando o general de Trajano, Lúsio Quieto, e sua cavalaria de berberes, de cabeças descobertas, chegaram para sufocar a rebelião, Edessa foi saqueada e Abgaro, deposto. Por isso vimos Abgaro desfilando diante de nós a ferros hoje.

— E o que aconteceu com o príncipe Arbandes? — quis saber Marcos.

— Boa pergunta — disse Favônio. — Ele não estava entre os prisioneiros, um filhotinho bonito chamaria atenção entre esses velhos cães sarnentos! Em vista da prática louvável de Trajano, de dar educação a seus rapazes depois de terminar com eles, aposto que Arbandes recebeu um tutor e foi enviado a alguma academia na Grécia. Ou talvez vá fazer sua dança selvagem para Adriano no banquete dessa noite!

O escurra estava sendo jocoso. O destino de Arbandes não tinha o menor interesse para ele; a história do rapaz apenas fornecia material para um conto picante. Marcos, recordando-se de todo sofrimento que presenciou na Dácia, sentiu uma ponta de piedade pelo príncipe dançarino, que fizera tudo que podia para salvar o reino do pai.

Adriano havia chegado ao fim do elogio fúnebre e recitava todos os títulos do falecido imperador, inclusive Dácico, conquistador da Dácia; Germânico, conquistador da Germânia e, naturalmente, Pártico.

— Mas entre todos os títulos com que foi honrado, pelo povo agradecido e pelo Senado de Roma, aquele do qual mais se orgulhava era um jamais conferido antes: Ótimo, o melhor dos imperadores.

Sentindo que o discurso estava terminando, a multidão reagiu com aclamações ruidosas. Era impossível dizer se os gritos de "Ave, César!" eram para Trajano ou Adriano. Foi Suetônio quem deu um passo à frente e aclamou o novo imperador pelo nome.

— Ave, Adriano! Que seu reinado seja longo!

O grito foi repetido por outros. Adriano, que parecia mais desconfortável que nunca recebendo esses louvores, embora observasse a iniciativa de Suetônio, lançou um aceno de gratidão na direção do arquivista.

Durante uma calmaria nas aclamações, Favônio, que, pelo brilho nos olhos, achou que havia descoberto algo inteligente para dizer, deu um passo à frente e gritou:

— Ave, Adriano! Que tenha mais sorte que Augusto! Que seja melhor que Trajano!

Suetônio comprimiu os lábios diante daquela proclamação ousada.

— Mais sorte que o mais sortudo? Melhor que o melhor? Ouçam, ouçam! — exclamou ele, repetindo mais alto a frase, e assim o fizeram muitos outros.

— Que tenha mais sorte que Augusto! — gritava o povo. — Que seja melhor que Trajano!

Marcos contemplou o novo imperador que estava realmente comovido pela torrente de elogios. Entretanto, mesmo em meio àquele júbilo, ele viu Adriano tocar o rosto. Para os outros, parecia estar alisando a barba, como fazem os filósofos pensativos, mas Marcos sabia que o imperador estava pensando nas cicatrizes escondidas sob ela.

Quando Marcos e Apolodora chegaram em casa àquela noite, Hilário os esperava à porta com lágrimas nos olhos. Marcos correu até o quarto do pai.

Lúcio Pinário havia emagrecido tanto nos últimos meses que o corpo mal parecia fazer pressão sobre a cama. Os braços estavam cruzados sobre o peito; os olhos, fechados. Havia um sorriso em seu rosto.

— Aconteceu enquanto ele dormia — explicou Hilário. — Vim dar uma olhada nele. Soube no momento que entrei no quarto. Pus um espelho diante das narinas e vi que não havia mais respiração.

Marcos tocou o *fascinum* sobre o peito e olhou em volta do quarto, perguntando-se se o espírito de Lúcio permanecia ou se já havia voado para se reunir a Apolônio e se fundir à Divina Singularidade. Contemplou seu rosto e começou a chorar.

Jamais ouviria a voz do pai de novo nem saberia o nome da mãe.

120 D.C.

Em um dia fresco de outono, Marcos e Apolodoro se viram envolvidos em um dos projetos mais desafiadores já enfrentados. Estavam tirando o Colosso do lugar.

Originalmente, a imensa estátua de Nero ficava no pátio da Casa Dourada. Foi deixada no lugar quando este foi demolido por Vespasiano, que mandou remodelar as feições, a fim de que o deus Sol não se parecesse mais com o antigo imperador. Durante décadas, a estátua permaneceu com as costas voltadas para o Anfiteatro Flaviano, dominando a extremidade sul do antigo Fórum e contemplando os telhados de templos e edifícios da administração, voltados para o monte Capitolino.

Adriano havia decidido construir um grande templo no local. Para lhe dar lugar, o Colosso tinha de ser removido. O projeto era especialmente importante para o imperador, porque ele mesmo estava projetando o novo templo. Apolodoro sequer tivera permissão de ver a planta.

— Sua tarefa é apenas alterar o Colosso de lugar — disse o imperador a ele, em um dia ensolarado, enquanto examinavam o local. — Quero que a estátua seja posicionada bem perto do anfiteatro. Aqui, vou lhe mostrar o lugar.

Quando Apolodoro viu o local, manifestou certas reservas.

— A área em torno do anfiteatro já fica congestionada em dias de jogos. Pôr o Colosso aqui vai piorar o problema. E tem a questão da proporção: ter a escultura tão perto do anfiteatro reduz a escala das duas estruturas. À distância o observador vai achar o contraste muito desagradável. Em vez de congestionar essa área...

— Pelo contrário — retrucou Adriano com rispidez —, essa área aberta é exatamente o lugar certo para acomodar a imagem. Na verdade, vejo espaço para *duas* estátuas dessas.

— Duas, César?

— Pretendo construir uma nova para fazer companhia ao Colosso, da mesma altura.

— Mas onde pretende pôr uma coisa dessas?

— Bem ali, em um ponto equidistante entre o anfiteatro, o Colosso do Sol e meu novo Templo de Vênus e Roma. Acho que deve ser uma estátua de Luna, de maneira que as duas juntas prestem homenagem ao sol e à lua. Isso não agrada seu senso de equilíbrio?

Apolodoro franziu o cenho.

— Sob o ponto de vista religioso, talvez. Mas esteticamente...

— Quero que você desenhe a nova estátua, Apolodoro. O estilo deve combinar com a do Sol, é claro, mas estou interessado em ver que inovações vai propor. Imagino que um projeto desses seja tanto um desafio de engenharia quanto artístico. Não podemos deixar que a deusa perca um braço ou desabe em escombros quando houver um terremoto, como aconteceu com o Colosso de Rodes. A estátua que Nero mandou construir resistiu ao tempo. Então, quando for mexer nela, sugiro que aproveite a oportunidade para estudar a forma como foi fundida e montada e para descobrir todos os segredos que puder sobre sua construção.

A perspectiva daquela incumbência — a criação de uma estátua igual em tamanho a do Colosso — silenciou todas as objeções de Apolodoro. Até aquele momento, ele considerava o trabalho na Coluna de Trajano a conquista máxima de sua carreira, no entanto o Colosso de Luna eclipsaria todos os outros feitos. Essa era a oportunidade de criar uma obra de arte que permaneceria pela eternidade.

Nesse meio-tempo, o desafio era mover o Colosso do Sol.

A distância a ser percorrida não era grande, apenas algumas centenas de metros, e o chão era plano e pavimentado. A área havia sido impedida a espectadores. Primeiro, o Colosso foi içado por três guindastes, a uma altura suficiente para que um transporte sobre rolos fosse colocado embaixo. Na vertical, a estátua foi suavemente baixada sobre o transportador. As cordas ficaram amarradas e foram puxadas por grupos de homens de todos os lados, a fim de mantê-la firme enquanto era movida.

Um grupo de vinte e quatro elefantes foi atrelado ao transportador. A um sinal de Apolodoro, o treinador pôs a manada em movimento. Os rolos estalavam sob o peso. As cordas esticadas rangiam ao serem tensionadas. Os elefantes erguiam as presas e bramiam.

Marcos assistia aos procedimentos com um tremor de ansiedade. O quase desastre ocorrido quando a estátua de Trajano foi colocada no alto da Coluna ainda estava vivo em sua memória. Esse projeto era, no mínimo, mais ambicioso, e a possibilidade de um desastre, em vista da proximidade do anfiteatro, era ainda maior. Apesar do planejamento cuidadoso e da atenção rigorosa aos detalhes, fatores desconhecidos estavam em ação. O principal deles era a distribuição irregular do peso dentro do Colosso e o temperamento volátil dos elefantes.

— *Apenas* alterar o Colosso de lugar! — disse uma voz atrás dele.

Era Apolodoro, de braços cruzados, observando com atenção a estátua, enquanto ela se movimentava pesadamente para a frente.

— O que é isso? — perguntou Marcos.

— São as instruções do imperador para mim: "sua tarefa é apenas alterar o Colosso de lugar". Comparado a isso, desenhar um templo novo vai ser uma brincadeira de criança. Ele provavelmente está lá em cima agora, esboçando cuias para pôr no alto de seu templo.

Marcos lançou um olhar ao monte Palatino. Em uma sacada alta da Casa do Povo, Adriano e alguns cortesãos observavam o empreendimento.

— Ouvi uma piada contada por um dos trabalhadores hoje — comentou Apolodoro, sem tirar os olhos da estátua.

— Como era? — perguntou Marcos.

— O homem perguntou: "O que vão dizer se o Colosso cair no interior do Anfiteatro Flaviano?"

Marcos estremeceu à ideia.

— O quê?

— Que é a vingança de Nero!

Marcos deu uma risada seca. Tocou nervosamente o *fascinum* e murmurou uma prece — não para o antigo deus que o talismã representava, mas ao jovem radiante que lhe aparecera pela primeira vez na noite do jantar em sua homenagem e, desde então, uma visita frequente em sonhos. Ele sempre lhe trazia uma sensação de bem-estar e tranquilidade, embora nunca revelasse seu nome. Dizia apenas o mesmo de sempre: "Não tema. Vou protegê-lo."

O Colosso se movia gradualmente para a frente. Marcos tentava imaginar a visão espantosa para Adriano e todos os outros que observavam à distância, um gigante transpondo a cidade a passos vagarosos. Por fim, a estátua chegou ao local a partir de onde seria içada para o novo pouso. Mais uma vez, ela foi erguida em direção ao céu e, depois, lentamente, com o máximo de precisão, baixada até a nova base.

Os trabalhadores aclamaram. A operação fora executada sem falhas. Marcos suspirou de alívio e se virou para o sogro, que sorria em júbilo, como se jamais tivesse havido possibilidade de erro.

— Nada de vingança de Nero hoje! — exclamou Marcos.

Mais tarde, à noite, Marcos e o sogro, junto de Apolodora, comemoraram com tranquilidade a boa sorte do dia com um jantar em sua casa. Ainda era um pouco difícil para ele considerar a casa sua, e não do pai. Marcos era o herdeiro único de seus bens e um dos poucos Pinários que restavam em Roma. A antiga família patrícia encolhera a ponto de só haver um punhado de primos espalhados, fato que dava uma urgência especial ao desejo de Marcos de ter um filho que levasse seu nome.

Apolodoro pareceu ler seus pensamentos.

— Vocês dois têm alguma novidade? — perguntou ele, olhando o genro e depois a filha.

Apolodora desviou os olhos e ruborizou, como sempre fazia quando questionada sobre o assunto.

Apolodoro deu de ombros.

— O mundo precisa de sangue novo quando as gerações mais velhas se vão. Vocês sabem quem acabou de morrer? O velho amigo de seu pai, Dion de Prusa.

— Quando soube disso? — perguntou Marcos.

— Hoje cedo, depois que mudamos o Colosso de lugar. Suetônio estava passando e me deu a notícia.

— É verdade, isso marca a passagem de uma geração — concordou Marcos, em voz baixa.

O pai e quase todos os amigos mais chegados haviam partido. Até Hilário estava morto. Falecera de uma doença súbita no inverno anterior, sobrevivendo ao patrão pouco mais de um ano.

— Uma geração passa e outra toma seu lugar — declarou Apolodoro. — Estamos em uma nova era, com Adriano no comando. Todo tipo de mudança está em andamento. Imaginem um imperador que se considera arquiteto! — exclamou, balançando a cabeça, e depois esvaziou a taça de vinho.

— Temos de admitir que alguns falam mal do imperador — comentou Marcos.

— Quem? Só um punhado de descontentes — refutou Apolodoro.

Desde que Adriano o instruíra a iniciar os esboços preliminares do Colosso de Luna, Apolodoro não gostava de ouvir alguma palavra contra o imperador.

— Estou pensando nos senadores condenados à morte no início do reinado dele, contrariando sua promessa — disse Marcos.

Entre os supostos conspiradores, estivera Lúsio Quieto, o saqueador de Edessa.

— Talvez eles estivessem de fato conspirando para matar o imperador e merecessem a sentença, mas ainda assim...

— Adriano nunca quebrou sua promessa — interrompeu Apolodoro —, ao menos, não tecnicamente. O que ele disse de fato foi que não puniria senadores sem o consentimento expresso do Senado e, na verdade, a maioria votou a favor das execuções.

— Mesmo assim, a impressão que deu...

— Sinceramente, Pigmalião, qualquer rancor que tenha resultado dessa sequência de acontecimentos infelizes foi mais que compensado pela boa vontade que César obteve ao acender aquela fogueira de notas promissórias no pátio do Fórum de Trajano. Cancelamento total das dívidas para os que deviam ao Estado. Que ideia!

— Houve quem dissesse que o Tesouro iria à falência e a economia ficaria paralisada — observou Marcos.

— Em vez disso, aquela fogueira teve o efeito contrário. A confiança foi restabelecida e todos começaram a gastar de novo. A nova receita com os impostos mais que compensou as dívidas perdoadas. O imperador mostrou sua boa vontade para contribuir com os cofres públicos ao derreter o famoso Escudo de Minerva, aquela tão glorificada travessa de prata criada por Vitélio. Todos os imperadores tinham medo de tocar naquela coisa, até Trajano. Levavam aquilo a sério, como uma oferenda sagrada à deusa. Mas, quando Adriano estava passando em revista os bens imperiais, deu uma olhada no escudo, declarou ser inconcebível que uma deusa se preocupasse em ter algo tão horroroso consagrado a ela e mandou derretê-lo. Dizem que conseguiu cunhar moedas suficientes para pagar uma legião inteira! Ele é um homem inteligente, nosso Adriano!

Durante o resto da noite, Apolodoro continuou a dominar a conversa, elogiando fastidiosamente o imperador — Marcos quase preferiu os velhos tempos, quando o sogro disparava farpas ocasionais contra Adriano —, e depois enaltecendo as próprias conquistas, com um entusiasmo alimentado pelo consumo contínuo de vinho. O jovem Pinário foi tolerante. Se algum homem merecia se gabar um pouco e beber para alegrar o coração, era Apolodoro, que realizara algo realmente notável naquele dia, com a realocação bem-sucedida do Colosso.

Por fim, embora Marcos e Apolodora lhe oferecessem uma cama para passar a noite, Apolodoro preferiu ir para casa. Disse que queria trabalhar nos esboços da estátua de Luna em seu estúdio particular. Marcos desconfiou que ele cairia em um sono profundo antes de conseguir um estilo.

A casa pareceu muito quieta após Apolodoro ter saído. Marcos deu uma volta, à luz das estrelas, no jardim e parou para contemplar a estátua de Melancomas. Era um homem de sorte por ser dono de uma coisa daquelas. O próprio imperador aparecia, às vezes, apenas para se sentar só no jardim e admirá-la. A estátua quase, mas não completamente, captava a imagem do ser divino que visitava Marcos em seus sonhos.

Ocasionalmente, ele considerava a ideia de esculpir seu deus dos sonhos. Até então, fora impedido pelas exigências do trabalho de fazê-lo — ou era o que dizia a si mesmo. Na verdade, tinha medo de tentar, receoso de não conseguir captar a perfeição de seu jovem divino. Talvez algum dia se sentisse pronto.

Apolodora veio se juntar a ele no jardim e segurou sua mão.

— Marido, tenho uma coisa para lhe dizer.

Marcos olhou em seus olhos e respirou fundo.

— Mas por que você não me disse antes?

— Queria que você soubesse antes de qualquer um, inclusive de meu pai. Decidi esperar que ele fosse embora. Contaremos a ele amanhã.

— Um filho? Nosso filho! Tem certeza?

— Tenho.

Ele contemplou o rosto de Apolodora sob a luz das estrelas. Desejou que a criança tivesse aquele cabelo negro e brilhoso e os olhos escuros. Tocou o *fascinum* e murmurou uma prece de agradecimento ao jovem que aparecia em seus sonhos.

121 D.C.

Marcos caminhava pelo antigo Fórum; passou pelo Templo de Castor e pela Casa das Vestais, assobiando alegremente uma canção de marcha que havia aprendido nas campanhas dácias.

Era uma linda manhã, em fins de Aprilis, mais bela ainda pelo fato de o filho ter nascido, saudável e perfeito, no dia anterior. O bebê parecia ter puxado mais ao pai que à mãe, com cabelo dourado e olhos azuis brilhantes, que a parteira previu mudarem para verde com o tempo. Marcos deu ao menino o nome de Lúcio. O único pesar era o pai não ter vivido para ver o neto receber seu nome.

A vida ia bem. Marcos se encontrava alegremente ocupado com o trabalho, que, no momento, significava colaborar com Apolodoro nos desenhos para a estátua de Luna. Nunca vira o sogro tão entusiasmado com um projeto. Marcos estava indo para o canteiro, a fim de conferir umas medidas. Quando se aproximou do Anfiteatro Flaviano e viu o Colosso pairando a seu lado, imaginou ver a estátua de Luna, e essa visão lhe provocou um arrepio de prazer.

No caminho, passou pela localização prévia do Colosso, onde as obras estavam em andamento, para as fundações do Templo de Vênus e Roma. Como ficaria ao ser terminado permanecia ainda um segredo. Até então, Adriano havia insistido em supervisionar todos os aspectos do projeto, excluindo Apolodoro por completo e proibindo os construtores de mostrar a planta a quem não estivesse diretamente envolvido. O imperador estava determinado a provar que podia conceber e criar uma obra-prima sua, sem ajuda de ninguém. Apolodoro se sentia naturalmente curioso, mas resistira a todos os impulsos de bisbilhotar a obra; suas energias estavam concentradas por completo na encomenda de Luna. A julgar pela dimensão das fundações, o templo seria enorme. Uma construção tão vasta, dominando a localização principal já ocupada pelo vestíbulo da Casa Dourada, faria do templo um marco, qualquer que fosse a aparência.

Marcos chegou ao local reservado à estátua de Luna, pegou um rolo de barbante, compasso, uma tabuleta de cera, um estilo e tirou as medidas que precisava. Por um tempo, ficou parado no local, deleitando-se com a ideia de que, um dia, o feito máximo de Apolodoro se ergueria do chão para o mundo todo se maravilhar e de que poderia mostrá-lo ao pequeno Lúcio e dizer: "Eu participei da construção disso."

Depois, passou pelo Anfiteatro Flaviano e pelo grande complexo de termas, erguido por Apolodoro para Trajano. Como todos os projetos do ex-imperador, elas foram construídas em uma escala vastíssima e decoradas com grande sofisticação. Pinturas e esculturas adornavam as áreas públicas, e as piscinas eram cercadas de mosaicos coloridos. Além das instalações para as termas e dos pátios para se exercitar, havia muitas salas, onde se podia cortar o cabelo ou as unhas, desfrutar de um copo de vinho ou de uma refeição leve, ler um rolo de papiro da biblioteca, ou apenas se sentar e conversar com os amigos. Havia também muitos recessos e reentrâncias pouco iluminados, onde os fregueses podiam se entregar a momentos de intimidade, às vezes com prostitutas e às vezes uns com os outros. Quase todos os aspectos da vida eram exercitados nas termas. O escurra Favônio dissera certa vez a Marcos que uma existência ideal seria aquela em que um homem nascesse, vivesse, procriasse e morresse nas termas, sem nunca precisar sair delas.

Marcos se despiu, deixando as roupas e os sapatos no vestiário. O chão, aquecido por canos de água quente, estava deliciosamente tépido. As paredes também eram aquecidas. Carregando uma toalha sobre o ombro, dirigiu-se para a piscina de água quente mais próxima. O local se encontrava pouco iluminado e cheio de vapor. Antes que seus olhos pudessem se adaptar, uma voz familiar chamou seu nome. O sogro tinha chegado antes dele.

— Como está meu neto hoje? — perguntou Apolodoro, enquanto Marcos entrava na piscina e se acomodava a seu lado. A água estava tão quente que ele teve de se abaixar aos poucos.

— Tão barulhento quanto estava ontem — respondeu Marcos, abrindo um sorriso. — A parteira diz que ele tem pulmões muito fortes.

— Bom, muito bom! — exclamou Apolodoro.

— Parabéns pelo nascimento de seu filho, Marcos Pinário.

Marcos olhou em volta, surpreso por ouvir a voz do imperador, que ele não vira em meio ao vapor. Adriano estava próximo, imerso até o peito e encostado contra um dos lados da piscina. Um escravo jovem e belo se encontrava sentado, de pernas cruzadas, usando um par de tenazes para cachear seu cabelo, úmido pelo vapor. Havia também vários outros atendentes, Marcos supôs serem secretários e guarda-costas.

— Obrigado, César.

— Por favor, aceite também meus parabéns, Marcos Pinário — disse o homem ao lado de Adriano, que era Suetônio, anteriormente funcionário do arquivo imperial, mas agora elevado ao posto de secretário particular do imperador.

— Obrigado, Suetônio.

— E também parabenizo você — declarou alguém que estava obscuro, atrás de um véu de vapor. Apenas uma mancha de cabelo vermelho era visível, mas Marcos reconheceu a voz. Graças à amizade com Suetônio e aos próprios esforços tenazes para se insinuar, Favônio havia conseguido atrair as graças do imperador. — Dou os parabéns não só pelo nascimento do filho mas também pela barba esplêndida que deixou crescer. Seu belo rosto parece uma pintura emoldurada com ouro.

— Barbas *estão* na moda — declarou Marcos, tocando de forma constrangida os pelos louros e ásperos que cobriam suas mandíbulas; ainda não se acostumara a eles. — Sogro, quando me enviou aquela mensagem hoje de manhã, pedindo para vir encontrá-lo aqui, não mencionou que César estaria presente.

— Que diferença teria feito? — perguntou Favônio. — Você estaria vestindo alguma outra coisa? — brincou ele, rindo da própria piada.

— Na verdade, nosso encontro aqui foi mero acaso — comentou Adriano. — Mas, como Apolodoro e eu estamos aqui, acredito que os deuses tenham nos reunido. Interpreto isso como um sinal de que chegou finalmente a hora de mostrar uma coisa a você, Apolodoro.

— O que César tiver para me mostrar, será uma honra ver — declarou Apolodoro.

Marcos olhou para o escurra, esperando que aproveitasse a oportunidade para fazer algum comentário obsceno, porém Favônio ficou de boca fechada. Adriano possuía um senso de humor notoriamente delicado, em especial quando se referia a si mesmo ou a sua aparência. Nesse aspecto, era muito diferente de Trajano, que parecia incapaz de se ofender.

Aquela não era a primeira vez que Marcos encontrava Adriano nas termas. Era uma prática do imperador ver e ser visto nos banhos públicos, locomovendo-se entre os frequentadores, como se fosse apenas mais um cidadão, desfrutando as amenidades da vida em Roma. Apolodoro achava que ele fazia isso para demonstrar a sintonia com o povo, algo com que o "Pequeno Grego" tinha menos facilidade que Trajano. Pelas costas de Adriano, Favônio havia comentado certa vez com Marcos que o imperador frequentava as termas por gostar de ver jovens nus.

Com a testa gotejante de suor, Adriano sugeriu que o grupo fosse para a piscina fria. Quando todos se dirigiram ao ambiente contíguo, Marcos notou que Favônio usava a toalha para esconder o máximo possível o corpo rechonchudo e róseo, enquanto Adriano permanecia nu, deixando o rapaz que havia cacheado seu cabelo carregar a sua. Não tinha razão para se envergonhar do físico. Aos 45 anos, os ombros largos, o peito musculoso e a barba cerrada, com alguns fios brancos aqui e ali, ele lembrava a Marcos a imagem de Júpiter, como retratada pelos grandes escultores do passado.

Ao entrarem no ambiente que continha a piscina de água fria, Adriano observou um homem de barba grisalha esfregando as costas contra um canto saliente de uma parede.

— Por Hades, o que você está fazendo, cidadão? — perguntou o imperador.

O homem mal o olhou; certamente não o havia reconhecido.

— O que lhe parece que estou fazendo? Estou massageando as costas contra a parede. Tenho um nódulo horrível na omoplata que não desaparece. Um ferimento antigo de guerra. Isso é a única coisa que parece aliviar um pouco.

— Por Hércules, homem, você parece um Ganimedes caquético fazendo uma dança erótica! Encontre um escravo para fazer isso por você.

— Escravo? A única escrava que tenho é uma velha que cozinha para mim, e as mãos dela estão já muito encarquilhadas para fazer massagem em alguém.

Adriano comprimiu os lábios.

— Um ferimento de guerra, você disse. É um veterano, então?

— Claro que sou. Primeira Legião de Minerva, campanha da Dácia. Recebi esse ferimento há quinze anos.

— Nas costas?

— Não porque estivesse fugindo! Os malditos dácios nos emboscaram na floresta e nos atacaram por trás. Arranquei uma flecha das costas e continuei lutando até ver o último dácio morto. Têm horas que parece que a flecha ainda está aqui — comentou ele, esfregando o dorso furiosamente contra a saliência.

— Primeira Legião de Minerva, você disse. No entanto, não reconhece seu velho comandante.

O homem parou com os movimentos e olhou Adriano mais de perto. Seu queixo caiu.

— César! É você? Não fazia ideia! Claro que reconheço agora. Não tinha barba então.

— Deixe-me ver seu ferimento.

O soldado se virou. Havia uma cicatriz negra em uma das omoplatas. Adriano estendeu a mão e pressionou o local com o polegar.

— Aqui? — perguntou ele.

— Ai, bem aí! — respondeu o homem, soltando um gemido.

Adriano recuou e chamou um dos secretários.

— Alguns escravos que trabalham aqui nas termas devem ser bons massagistas. Compre dois para esse homem.

O veterano se virou, boquiaberto.

— Por essa eu não esperava! Você é realmente amigo dos soldados, César, para fazer uma coisa dessas por um antigo veterano da Minerva. Que todos os deuses o abençoem! Mas como vou pagar pela manutenção desses escravos? Eles têm de ser alimentados, e mal me sustento.

Adriano se virou para o secretário.

— Junto dos escravos, dê a esse homem um estipêndio mensal para a manutenção deles.

— Quanto, César?

— Como vou saber? Peça a Suetônio que estabeleça uma quantia. Ele conhece esse tipo de coisa.

Adriano seguiu em frente. O veterano olhava para ele com admiração.

— Muitas bênçãos, César! — gritou ele.

Depois de uma breve imersão na piscina fria, Adriano mandou os escravos pegarem as roupas de todos. Vestiu uma toga púrpura com enfeites de ouro. Os integrantes de sua comitiva também vestiram togas, em vez das túnicas simples que Marcos e Apolodoro achavam adequadas a uma visita às termas. Era curioso, pensava Marcos, que o imperador não se importasse de ser visto nu por metade de Roma, mas, quando vestido, gostava que ele e os homens de seu séquito fossem vistos apenas em trajes formais.

Após todos terem se vestido, Adriano os levou a um conjunto de aposentos particulares, reservado para uso exclusivo do imperador. Marcos já tinha visto aquelas salas quando estavam sendo construídas, mas nunca fora admitido nelas depois de terminadas. Colunas e paredes eram revestidas com os mais raros mármores; os pisos, decorados com mosaicos cheios de detalhes; os móveis eram de inspiração grega; as almofadas e os cortinados, de seda; e as pinturas e estátuas foram escolhidas pelo próprio Adriano. Era impossível negar o gosto refinado do imperador.

Adriano mandou servir vinho e guloseimas. A conversa passou para a viagem que o imperador faria em breve, com o propósito de visitar tropas e conversar com magistrados ao longo do Reno, na Gália e na Britânia. Apolodoro comeu pouco, observou Marcos, e bebeu o vinho puro, sem acrescentar água. Quando Adriano chamou os convivas para segui-lo até uma sala ao lado, Apolodoro mandou um escravo encher seu copo e o carregou com ele.

O aposento era dominado por uma grande mesa, sob a qual plantas arquitetônicas foram abertas, com os cantos apoiados com pesos de mármore, em forma de cabeças de águia. Havia também a maquete de um templo, feita não de madeira pintada, mas com colunas e degraus de mármore reais, telhado dourado e portas de bronze. Cada aspecto do modelo, dos frisos pintados no frontão aos capitéis esculpidos das colunas, tinha sido reproduzido nos mínimos detalhes.

Adriano deu um passo para trás e estudou os convidados, gratificado por ver os olhares de espanto em seus rostos.

— Como devem ter percebido, esse é o projeto do Templo de Vênus e Roma. O arquiteto Decriano fez essa maquete para mim. Incrível, não? Mas a planta é inteiramente minha. Como o andamento foi tão rápido e não tenho como dizer quanto tempo ficarei longe, decidi mostrar o projeto a vocês finalmente.

Apolodoro circulou vagarosamente a mesa, estudando as plantas e a maquete; depois, ergueu as sobrancelhas.

— Mas onde é a frente do templo e os fundos? Acho que Decriano deve ter interpretado mal sua planta. Ou César pode me mostrar o que não vejo.

Adriano sorriu.

— Você está vendo, Apolodoro, mas não está percebendo. Decriano também ficou surpreso ao ver o que fiz, porém logo passou a apreciar a novidade. Deixe-me explicar. Esse templo está situado no centro exato da cidade, o que significa que se encontra no meio do império e, portanto, no centro do mundo. Pergunto a você: um centro pode ter frente e fundos? Não. Do centro de qualquer coisa, só se olha para fora, não importa a direção.

— Talvez devesse ser um templo redondo, então — comentou Apolodoro.

Adriano franziu a testa.

— Foi a primeira ideia, mas os engenheiros não conseguiram garantir que uma cúpula da dimensão que imaginei pudesse ser posicionada em cima. Então, minha solução foi essa: um templo duplo, com uma parede divisória passando pelo meio, e que pode ser adentrado pelos dois lados. A parte que dá para o Anfiteatro Flaviano é dedicada a Vênus Felix, Portadora da Boa Sorte. O lado em frente ao antigo Fórum será consagrado a Roma, a Eterna. Não terá fachada nem fundos, mas duas entradas de igual importância. Dentro de seus respectivos santuários, as estátuas de Vênus e de Roma vão estar de costas uma para a outra, com uma parede entre elas. Uma olhando para o oriente; a outra, para o ocidente. Mostrarei aqui a vocês. É muito engenhoso.

Adriano pegou o teto dourado da maquete, que saiu por completo, revelando o interior, e era tão primorosamente bem-acabado e detalhado quanto o exterior, com pequenas colunas de pórfiro, absides de mármore e belas estátuas da deusa.

Apolodoro contemplava a maquete sem dizer nada.

Adriano pigarreou.

— É claro que é preciso entender o jogo de palavras em ação aqui. Vênus representa o amor e Roma, escrita de trás para a frente, é "amor". Então, pôr as duas divindades, Vênus e Roma, uma de costas para a outra, num único templo, cria mais uma simetria que vai além das palavras. Na câmara de Roma, haverá um altar onde os funcionários públicos farão sacrifícios para a boa sorte da cidade. No santuário de Vênus, terá outro, onde os recém-casados poderão fazer sacrifícios à deusa. Eu mesmo desenhei os altares, é claro... — completou ele, baixando a voz e esperando que Apolodoro dissesse algo.

Por fim, este apontou para a maquete e falou:

— Imagino que não dê para levantar o templo inteiro, para se ver o que tem embaixo.

— Não — respondeu Adriano. — De que serviria?

— Para ver o porão.

— Há um porão, mas não é de interesse particular...

— Imagino que haja também um túnel, ligando esse porão às câmaras subterrâneas do Anfiteatro Flaviano.

Adriano meneou a cabeça.

— Não tenho planos de fazer um túnel assim...

— Que pena! A necessidade de se ter um é tão óbvia. Decriano devia ter percebido isso. Provavelmente percebeu, mas ficou com medo de dizer algo.

— Do que você está falando, Apolodoro?

— O porão desse templo vai ser grande. Tanto espaço, no coração da cidade, não devia ser desperdiçado. Seria um local ideal para se guardar os vários mecanismos do anfiteatro, quando não estão sendo usados; elevadores, bombas, guindastes e assim por diante. Com um túnel subterrâneo, essas máquinas podiam ser levadas do porão do templo ao anfiteatro e, depois, de volta, sem serem vistas. Que pena! Que oportunidade desperdiçada! Se eu tivesse sido consultado...

— Só *você* olharia para um templo e imaginaria um armário! — comentou Adriano. — Essa construção não tem nada a ver com espaço para armazenamento. Tem a ver com beleza, adoração e...

— E com o próprio templo — completou Apolodoro, suspirando. — Acho que deveríamos estar gratos pelos engenheiros não terem resolvido o problema da cúpula, se não teríamos uma cuia gigante pousada em pleno centro do império. No lugar, temos... isso. O teto é normal, e o telhado, também; eu aprovo. Sim, a ideia do templo duplo é inteligente; até demais, admito. O templo é um palíndromo! Pessoalmente, acho um pouco anormal uma construção com duas frentes e sem fundos. Não vou dizer que considero agradável. O projeto todo é defeituoso, de baixo para cima, literalmente. A estrutura devia ser construída sobre um solo mais alto, para que se sobressaísse mais no início da Via Sacra. Se Trajano conseguiu escavar um morro para dar espaço ao Fórum, seu sucessor devia ter feito um morro para colocar o templo em cima. Isso lhe teria dado um porão maior ainda, e mais espaço para armazenagem, a propósito. É claro, poderia fazer um teto mais alto; talvez não seja tarde demais para resolver esse problema, pelo menos.

— Telhado mais alto? — perguntou Adriano, com o rosto pálido.

— Óbvio. Qualquer aluno iniciante de arquitetura veria que essas estátuas são grandes demais para os interiores.

— Grandes demais?

— E se as deusas quisessem levantar e sair? Bateriam com a cabeça no teto.

— Mas por que as deusas...

Apolodoro se manteve sério por um momento e depois deu uma gargalhada. Ninguém o acompanhou.

Apesar do calor que emanava do piso e das paredes aquecidas, pareceu a Marcos que o ambiente havia ficado subitamente gelado. O rosto de Adriano estava vermelho, como se tivesse acabado de sair da piscina mais quente das termas. Apolodoro parecia não ter consciência da cena que causara. Fez sinal a um escravo e pediu mais vinho.

Sem dizer palavra, Adriano saiu da sala. Suetônio, Favônio e os outros o seguiram, no entanto Apolodoro permaneceu onde estava. Bebia vinho e contemplava a maquete, balançando a cabeça.

— Sogro, o que você fez? — disse Marcos.

Apolodoro deu de ombros.

— Ele me perguntou o que eu achava, e eu lhe disse. Melhor agora que mais tarde. Ele ainda pode salvar alguma coisa dessa bobagem.

— Sogro, você se acha tão importante... Você acha que o imperador não tem sentimentos?

Apolodoro abanou a mão com desdém.

— Se você não tem nada de inteligente a dizer, Pigmalião, vá para casa e troque as fraldas de meu neto.

Marcos correu atrás dos outros. Esperava encontrar o imperador rindo e brincando com os amigos na galeria, minimizando os comentários de Apolodoro. Quando alcançou a comitiva, porém, viu que a atenção de Adriano fora atraída por uma visão muito imprópria: dois homens nus, de meia-idade, cada um de um lado da galeria, esfregavam furiosamente as costas contra saliências na parede, como o veterano empobrecido anteriormente. Ao que parecia, rumores da bondade do imperador com o ex-soldado haviam se espalhado, e os dois estavam na esperança de provocar uma reação igualmente generosa. Adriano agarrou com raiva um deles pelo ombro e o empurrou na direção do outro; depois, chamou os guarda-costas.

— Se esses indivíduos precisam tanto esfregar as costas, que se esfreguem um no outro. Amarrem-nos, um de costas para o outro. Deixem-nos assim pelo resto do dia, como exemplo para qualquer um que pretenda fazer César de bobo.

Adriano se afastou a passos largos. Marcos o seguiu por um tempo; depois, foi diminuindo a velocidade aos poucos e parou, observando o imperador e a comitiva se distanciarem e ouvindo o eco das passadas pela longa galeria.

122 D.C.

— Não empilhem essas pedras aqui — pediu Marcos. — Não estão vendo que vai ser preciso cavar mais? Empilhem ali!

Os trabalhadores encarregados de aumentar o porão do Templo de Vênus e Roma eram, provavelmente, os mais burros com quem Marcos já havia lidado, e ele já lidara com trabalhadores muito obtusos. Eles não tinham nem a desculpa de serem escravos; eram todos pedreiros experientes. Adriano insistira que apenas artesãos de certo nível fossem empregados em cada estágio da construção do templo, inclusive na ampliação do porão.

Como coubera a Marcos supervisionar o projeto? Tinha sido uma questão de desgaste, pensava ele. Não havia feito nada para cair nas graças do imperador; ao contrário disso, aqueles com mais experiência e posição caíram em desgraça, um a um, até Marcos se ver chamado para dirigir os trabalhos no Templo de Vênus e Roma, enquanto Adriano se encontrava fora da cidade, percorrendo as províncias do norte. Era uma grande honra, mas naquele estágio inicial nada havia de desafiador a ser feito e, com certeza, nenhuma necessidade de suas habilidades como artista. Basicamente, o templo ainda não passava de um buraco no chão e, por ordem de Adriano, esse buraco era ampliado.

— Passo meus dias com idiotas num buraco no chão — resmungou Marcos, balançando a cabeça.

O escravo que o assistia no canteiro todos os dias — executando pequenas tarefas, levando mensagens, fazendo anotações — era um macedônio ruivo chamado Amyntas. O jovem desceu a escada e se aproximou dele.

— Amo, sua esposa veio visitá-lo.

— Ela trouxe meu filho com ela de novo?

— Sim, amo.

Marcos suspirou. Quantas vezes já havia pedido a Apolodora que não o visitasse no canteiro de obras e, em especial, que não trouxesse o bebê? Mesmo nos melhores dias aconteciam acidentes — uma carroça carregada de pedras podia virar, ou um carpinteiro, com a mão suada, podia deixar escapar um martelo, voando pelo ar. Apolodora era realmente filha do pai; fazia o que queria.

Marcos decidiu que os operários podiam trocar as pedras de lugar sem sua supervisão. Subiu a escada, intimamente feliz por aquela chance de sair do buraco e respirar um pouco de ar livre.

A alguma distância, com o Anfiteatro Flaviano e o Colosso como pano de fundo, Apolodora estava sentada sobre uma pilha de tijolos cuidadosamente empilhados. Ao lado, uma de suas escravas segurava o pequeno Lúcio nos braços, falando-lhe com ternura. Apolodora não parecia feliz.

— Aconteceu alguma coisa? — perguntou Marcos.

— Chegaram duas cartas para você — avisou ela, pegando dois rolos de pergaminho. — Trazidas por mensageiros diferentes.

— Você as leu? — perguntou Marcos, franzindo o cenho.

— Claro que não! É por isso que estou aqui.

Marcos compreendeu. Apolodora queria saber o conteúdo das cartas.

Ela lhe entregou a primeira. O selo era familiar. O próprio Marcos entalhara a cornalina do anel de Apolodoro; quando pressionado contra a cera de lacre, deixava a imagem da Coluna de Trajano.

— Esta é de seu pai — anunciou ele. — Você podia tê-la aberto se quisesse.

Apolodora balançou a cabeça.

— Eu fiquei muito nervosa. Você lê, marido, e me conta o que é.

A carta tinha vindo de Damasco, onde Apolodoro estava vivendo havia alguns meses. Tecnicamente, Adriano não o banira de Roma, mas a ordem imperial que o designava para um cargo indefinido em sua cidade natal equivalia ao mesmo. Apolodoro não tinha vontade de retornar a Damasco. Oficialmente, o imperador havia alegado que precisava de um construtor com sua experiência, para supervisionar os reparos na guarnição romana, porém a comissão era sem dúvida um castigo.

Na carta, Apolodoro não se queixava nem dizia nada que pudesse ser interpretado como crítica ao imperador. Talvez, pensava Marcos, o exílio do sogro tivesse lhe ensinado a escolher as palavras com mais cuidado. Marcos pulou as formalidades e procurou o propósito da carta, que leu em voz alta para Apolodora.

— "Você sabe que estou ansioso para retornar a Roma, a fim de retomar meu trabalho na estátua de Luna e servir ao imperador, com minha capacidade máxima, em qualquer outro projeto que possa agradá-lo. Com esse objetivo, em minhas horas vagas, que, infelizmente, são muitas por aqui, compus um tratado sobre máquinas de cerco, que dediquei ao imperador. Mandei a ele a primeira cópia, com uma nota expressando minha esperança de que essa pequena contribuição à ciência da guerra possa receber sua aprovação. Embora eu tenha lhe enviado essa cópia há alguns meses, não ouvi nada dele. Se você tiver algum meio de descobrir se o imperador recebeu esse presente, e o que achou, ficarei muito agradecido se me disser alguma coisa, genro..."

Marcos passou os olhos pelo restante da carta. Apolodoro descrevia uma tempestade de areia que varrera a cidade, fazia alguns comentários irônicos sobre a cozinha damascena ("bodes, bodes e mais bodes") e observava que a inquietação entre os judeus, por toda a região, parecia aumentar de novo. Anexada à carta, havia uma folha de pergaminho na qual Apolodoro tinha desenhado a última versão para a estátua de Luna.

— Pobre pai — comentou Apolodora. — Está tão infeliz.

— Ele não diz isso.

— Porque tem medo. Isso é o mais triste de tudo.

Marcos teve de concordar. A vaidade e o estilo bombástico do sogro eram algumas vezes difíceis de aturar, mas Marcos se constrangia em ver aquele homem, que fora tão orgulhoso, reduzido à condição de servidor réprobo, desesperado para voltar a cair nas graças do imperador.

— Onde está a outra carta?

Apolodora lhe entregou. Ostentava o lacre imperial em cera vermelha, e o pergaminho era aquele, de alta qualidade, que Adriano sempre utilizava quando se correspondia com Marcos, o que fazia com bastante frequência, usando o novo serviço postal, muito mais rápido e confiável que o fragmentado sistema anterior.

Marcos rompeu o lacre e abriu o rolo. A carta vinha de um posto avançado muito ao norte da Britânia. Passou rapidamente os olhos nela para ver se havia alguma menção ao sogro, porém não viu nada.

Como sempre, Adriano perguntava sobre o andamento das obras no templo e fornecia instruções muito detalhadas sobre como conduzir o trabalho. Descrevia a viagem pela Gália e pela Britânia, que tivera o efeito de torná-lo por fim conhecido das legiões, com as quais não havia mantido contato até então. Adriano saboreava a reputação de soldado dos soldados, capaz de suportar dificuldades ao lado das tropas; como Trajano, não temia dormir no chão, marchar durante dias, atravessar rios e subir montanhas. Foram anexados também alguns esboços feitos por ele, estudos para uma muralha maciça, que cruzaria a largura total da ilha da Britânia em seu ponto mais estreito. Para erguer essa fortificação, necessitaria de pelo menos quinze mil homens, vindos de todas as partes do império.

— Uma muralha atravessando a Britânia? — perguntou Apolodora, olhando por sobre o ombro do marido para os desenhos. O tom de desdém a fez soar estranhamente como o pai. — Trajano não construiria uma muralha. Conquistaria o que quer que estivesse além.

— Só se os bárbaros tivessem algo que valesse a pena saquear — completou Marcos.

A muralha era emblemática na nova política de fronteiras do imperador. Adriano acreditava que não havia mais incentivos para ampliar as conquistas; não restava nada que valesse a pena conquistar, exceto as províncias ocidentais da Pártia, das quais Trajano se apoderara brevemente, mas não conseguira manter. No reino de Adriano, criava-se um consenso de que o império havia atingido um limite natural; as terras selvagens e os pobres para além de suas fronteiras ofereciam pouca pilhagem e, ainda por cima, encontravam-se cheias de saqueadores em potencial. O objetivo de Adriano não era conquistar esses povos, mas mantê-los distantes. Sua tarefa era assegurar a paz e a prosperidade no interior das fronteiras já existentes do império.

Quase como algo secundário, Adriano mencionava que havia demitido o secretário particular, Suetônio, que voltaria da Britânia para a vida privada em Roma. Marcos leu em voz alta: "Sei que você se encontra em termos amigáveis com esse indivíduo; então, quero lhe dar essa notícia eu mesmo. Você vai sem dúvida ouvir rumores a respeito do motivo da demissão. O fato é que esse cidadão desenvolveu um relacionamento profissional impróprio com a imperatriz."

— O que em Hades isso quer dizer? — perguntou Apolodora.

— Políticas da corte — respondeu Marcos. — Sabina tem seus cortesãos, e Adriano, os dele, e, quando as relações entre o imperador e a imperatriz estão tensas, esses cortesãos se veem, às vezes, em uma situação delicada.

Qualquer um que seja muito aliado de Sabina corre o risco de ser demitido por Adriano. Desconfio que tenha sido isso o que aconteceu com Suetônio.

— Meu pai, agora Suetônio além de muitos outros — disse Apolodora. — Homens cujas vidas foram arruinadas porque disseram uma palavra mal-escolhida ou olharam para o imperador do modo errado.

— Não acho que a vida de Suetônio esteja arruinada — falou Marcos. — Ele está voltando para Roma, não? Finalmente vai ter tempo de terminar aquela história, que ele sempre sonhou em escrever, sobre os primeiros Césares.

Apolodora olhou com desânimo para a carta.

— Nenhuma menção a meu pai, então, ou ao tratado que ele enviou a Adriano?

— Receio que não.

— O que vai acontecer se você contrariar o imperador, marido?

Marcos fez uma expressão de desagrado.

— Vou fazer o máximo para isso não acontecer.

Quis dizer a ela que não havia motivo para preocupação, mas, na verdade, Adriano tinha um lado cruel e até mesquinho. Marcos dizia a si mesmo que a situação poderia ser muito pior. Exceto o número pequeno de execuções no início do reinado, o imperador mantivera a palavra de não mandar matar senadores, e os castigos eram brandos se comparados aos de alguns de seus predecessores. Quando lembrava as histórias contadas pelo pai sobre o reinado de Domiciano — que obrigara Lúcio Pinário a encarar um leão na arena e cujo método preferido de interrogatório tinha sido queimar a genitália dos homens —, os de Trajano e Adriano pareciam pacíficos em comparação.

Ainda assim, Marcos tinha plena consciência de que servia sob a vontade de Adriano. Em um Estado governado de forma absoluta, por mais esclarecido que fosse o líder, todos estavam a sua mercê. Ele sentiu um ataque súbito de ansiedade, ao pensar o quanto havia subido na vida e o quanto tinha a perder. Acalmou-se tocando o *fascinum* no peito e pensando no deus sem nome que o visitava em sonhos.

Seu olhar perturbado recaiu sobre o Colosso, ao lado do anfiteatro, ofuscante sob a luz do sol. Lançou de novo um olhar ao desenho da estátua de Luna, na carta de Apolodoro e, então, ao local, próximo, que ela ocuparia. Por mais que tentasse, não conseguia imaginá-la pairando acima dele; via apenas o céu vazio. A obra-prima que seria o feito máximo de Apolodoro, — seu monumento para as eras futuras — seria algum dia construída?

Apolodora começou a chorar. As lágrimas caíam por suas faces. O pequeno Lúcio a imitou, iniciando um berreiro.

Marcos observava, sentindo-se incapaz de confortá-los. Murmurou então uma prece:

— Deus do sonho que me protege, me dê um trabalho grandioso a ser feito, e me dê um imperador que me deixe fazê-lo!

125 D.C.

A cidade encontrava-se alvoroçada de entusiasmo com o tão esperado retorno do imperador a Roma. O que começara como uma viagem às províncias do norte havia se transformado em uma grande jornada, atravessando o império, levando-o da Britânia aos Pilares de Hércules e à Mauritânia — na qual sufocou uma revolta sangrenta —, depois, pelo mar Mediterrâneo até a Ásia Menor e, então, para a Grécia, onde distribuiu favores na cidade de Atenas, restabelecendo-a como grande centro de saber, ao dotá-la de uma nova biblioteca, um fórum, um arco e restaurando o Templo de Zeus Olímpico.

Agora, por fim, Adriano estava de volta a Roma e, naquele dia, ia visitar a casa de Marcos Pinário.

Os empregados vivenciavam um frenesi de preparativos de última hora. Tudo tinha de estar perfeito. Marcos pensava em como aquela visita parecia diferente da primeira vez que Adriano fora a sua casa, há cerca de doze anos, quando o pai havia oferecido um jantar em sua homenagem pelo trabalho na Coluna de Trajano. Ele tinha sido um convidado de honra naquela ocasião, mas, nesse dia, seria possível pensar que um deus estava para aparecer. Apolodora dava ordens aos escravos para limpar cada canto, podar cada arbusto do jardim e esfregar cada superfície de mármore até que ficasse brilhando. Marcos sabia o que ela estava pensando: se conseguissem causar a impressão certa no imperador, talvez ele voltasse atrás em relação ao banimento do pai, que continuava a acumular poeira em Damasco.

— Você *vai* tocar no assunto, não? — perguntou-lhe Apolodora, pela décima vez naquele dia.

— Vou tentar, esposa. Se surgir uma oportunidade...

Amyntas entrou correndo.

— Amo, eles estão subindo a rua! Vão chegar aqui a qualquer momento!

— Calma, Amyntas. Respire fundo. Quando você for abrir a porta...

— Eu, amo? Sou *eu* quem vai abrir a porta?

Marcos sorriu. Quem era o mais indicado na casa para saudar o imperador se não o mais belo dos escravos jovens?

— Sim, Amyntas, você.

— Mas estou tão nervoso, amo. Veja como minhas mãos tremem.

— O imperador vai achar seus modos encantadores. Agora, vá. Ouço uma batida à porta.

Uma comitiva com cerca de vinte integrantes passou em fila pelo vestíbulo, pelo átrio e seguiu para o salão de recepções formais, onde refrescos os aguardavam. Adriano, resplandecente em uma toga púrpura, acolheu a saudação formal de Marcos e então o puxou de lado.

— Vamos nos retirar para o jardim, Marcos Pinário. Apenas nós dois.

Marcos caminhava ao lado do imperador.

— Você parece bem, César — comentou ele.

Era verdade. Embora próximo de completar 50 anos, com fios brancos no cabelo e na barba, Adriano se encontrava elegante e musculoso como sempre, e seu humor estava excelente. Os anos de viagem haviam lhe feito bem.

— Ah, aí está ele! — exclamou, quando entrou no jardim.

Marcos se lembrou da expressão de reverência no rosto de Adriano quando pôs os olhos, pela primeira vez, na estátua de Melancomas. O imperador pareceu menos impressionado agora. Inclinou a cabeça e a olhou de cima a baixo, com um ar mais nostálgico que de espanto.

— César deve ter visto muitas obras de arte belas durante suas viagens — disse Marcos.

— Sim. Coisas e experiências espantosas. Minha iniciação nos Mistérios de Elêusis foi a mais notável delas, embora não possa dizer nada de mais específico sobre ela, é claro. Minhas viagens me abriram os olhos. Recebi uma educação muito boa quando jovem. Meus professores fizeram o máximo para me esclarecer. Mas livros e palavras representam só uma parte. A experiência de fato é o principal. Ah, antes que eu me esqueça, Epíteto me pediu que lhe transmitisse seus cumprimentos. Acho que ele e seu pai eram muito próximos.

— Sim, César. Como ele está?

— Brilhante como sempre, e ainda ensinando em sua escola em Nicópolis. Espero que minhas faculdades permaneçam tão aguçadas quanto as dele quando eu chegar aos 70.

— Acho que Epíteto deve ser o último dos amigos do círculo de meu pai que ainda está vivo — comentou Marcos, pensativo.

Adriano estava de tão bom humor que Marcos se perguntou se aquele poderia ser um bom momento para trazer à baila o assunto do sogro. Já limpava a garganta para falar quando o imperador voltou a atenção para a estátua de Melancomas.

— Você se lembra, Pinário, do que falamos sobre essa estátua, aquela noite tantos anos atrás? Eu disse: "Se um dia eu pudesse encontrar um jovem tão belo quanto esse." Ao que você respondeu: "Se um dia eu pudesse criar uma estátua tão bela quanto essa."

Marcos sorriu, recordando-se.

— Sim, e Favônio disse: "Que ambos possam satisfazer seus desejos e ser felizes!"

— O escurra! Tinha esquecido que ele estava aqui àquela noite, mas sim, você está certo, agora me lembro. Bem, Favônio era um sábio, no final das contas. Sabe de uma coisa? Vendo-a de novo depois de todo esse tempo, a estátua de Melancomas já não me impressiona tanto. E você, Marcos, como artista, com muito mais anos de experiência agora: o que acha dela?

Marcos tentou contemplar a imagem familiar com um novo olhar.

— Talvez os ombros sejam um pouco largos demais, e os quadris, muito estreitos; mas é claro que o escultor tinha o dever de registrar as verdadeiras proporções do modelo vivo. O trabalho em si me parece irrepreensível.

— Mesmo? Espere, tem alguém que quero que você conheça.

Adriano chamou um secretário que estava na entrada do jardim e falou algo em seu ouvido. O homem correu até o salão de recepções para trazer alguém. Marcos notou que Apolodora os espiava de um canto, parecendo ansiosa. Enquanto se perguntava de novo se deveria mencionar o sogro, um jovem amigo do imperador entrou no jardim e se juntou a eles.

Marcos ficou pasmo. O rapaz parado diante dele era a própria encarnação do deus de seus sonhos.

Adriano riu.

— Essa é a reação típica dos que veem Antínoo pela primeira vez. Mas espere aí, tente não ficar de queixo tão caído, Pigmalião. Era assim que chamavam você, não? Da mesma forma que me chamavam de Pequeno Grego?

Marcos fechou a boca. A semelhança era incrível demais para ser acidental. Ele tocou o *fascinum* no peito.

— Perdão, César. É que... é difícil de explicar...

— Então, não tente. Não com palavras, ao menos — disse Adriano, passando do latim para o grego. — Antínoo, o que você acha dessa estátua?

O jovem respondeu também em grego, com sotaque da Bitínia.

— É muito bela. Quem é?

— Melancomas, um lutador famoso.

— Ele ainda está vivo?

Adriano sorriu.

— Melancomas e o imperador Tito foram amantes cinquenta anos atrás.

— E daí? — Antínoo inclinou a cabeça para o lado. — Ele podia ser um belo homem aos 70 anos hoje.

O sorriso de Adriano se desfez.

— Não, Melancomas morreu jovem. Mas quero que você fique perto da estátua. Quero ver vocês dois lado a lado. É uma curiosidade que tenho desde que o conheci. Tire a roupa, Antínoo. Não há necessidade de ter pudor diante de Pigmalião; ele é um artista.

Antínoo ficou ao lado de Melancomas. Tirou a túnica e a deixou cair no chão; depois, desamarrou a tanga e a deixou também cair.

Adriano cruzou os braços e balançou a cabeça.

— Você vê, Pinário? Eles não são realmente comparáveis, são? Por mais belo que Melancomas seja, ele fica ofuscado ao lado de Antínoo — disse, contornando o jovem e a estátua, olhando de um para o outro. — É claro que o mármore frio não pode competir com a pele quente e viva, do mesmo modo que as palavras em um livro não conseguem se igualar à realidade da experiência. Mas, mesmo que Melancomas estivesse vivo, respirando e de pé ao lado de Antínoo, haveria alguma dúvida de quem é mais belo?

Marcos ainda estava atordoado demais para pensar com clareza.

— Não sei o que dizer.

— Então não diga nada. Você não é um poeta, é um artista, afinal de contas. E é isso que quero de você: arte. Quero que esculpa Antínoo. É claro, como falei, que sei que o mármore ou o bronze nunca poderão captar plenamente a sutileza e a solidez do corpo, mas você deve dar o melhor de si. O que me diz, Pigmalião? Vai me fazer uma estátua de Antínoo?

— Claro que vou, César — respondeu Marcos, tonto, vendo a esposa olhando para ele de seu esconderijo.

Podia jurar pela própria vida que não conseguia se lembrar do que ela queria.

Para realizar a encomenda do imperador, Marcos estabeleceu um ateliê na base do monte Aventino, não muito longe do rio. Era um local grande, com excelente luz e muito espaço. Em breve, as prateleiras estavam repletas de dezenas de modelos em argila do jovem e das várias partes de seu corpo. Às vezes, Marcos ouvia o som dos trabalhadores no porto, mas afora isso o ambiente era muito calmo.

Ele nunca sentira tanto prazer em fazer algo quanto trabalhar naquela estátua. Todos os outros trabalhos, até os do Templo de Vênus e Roma, foram suspensos.

Antínoo era o modelo ideal. Nunca se atrasava, tinha modos impecáveis e se conduzia com uma compostura bastante madura para alguém tão jovem. Concordava em manter calmamente a mesma pose por horas, contente apenas por existir e ficar imóvel com aquele físico perfeito, deixando que os pensamentos por trás do rosto, também perfeito, permanecessem um mistério.

A partir das breves conversas ocasionais entre eles, Marcos soube que Adriano conhecera o jovem enquanto viajava pela Bitínia. Comentou então que Dion de Prusa era de lá também, mas Antínoo nunca tinha ouvido falar nele. A filosofia não lhe interessava.

Também não se interessava por religião ou ciência, mas, quando surgiu o assunto da astrologia, ele contou a Marcos que o imperador era um astrólogo perito.

— César faz com frequência o próprio horóscopo — disse Antínoo. — Ele não deixa ninguém mais fazê-lo porque isso daria aos outros conhecimento demais sobre ele, você entende? É por isso que não permite nenhum astrólogo na corte e estuda o céu ele mesmo. Como consegue se lembrar do significado de todas aquelas configurações de estrelas está além de minha compreensão, mas ele tem uma mente muito científica, é claro. Ele também faz horóscopos para os conhecidos.

— Inclusive o seu?

Antínoo franziu a testa.

— Não, nunca para mim. Ele parece ter alguma superstição em relação a isso. Diz que algumas coisas devem permanecer um mistério.

O jovem gostava realmente era de caçar. Um dia, quando o assunto surgiu por acaso — Marcos falava sobre todas as estátuas famosas feitas do caçador Actaeon —, Antínoo demonstrou um entusiasmo nunca visto antes.

— Um leão quase me matou uma vez — contou ele.

— Mesmo?

— César e eu estávamos caçando juntos, a cavalo. Encurralamos o animal contra um rochedo. César queria que eu o matasse, então atirei minha lança primeiro, mas só o feri. O leão ficou furioso. Rugia e se agachava, balançando o rabo, depois avançou contra mim. Meu coração parou. Achei que ia morrer. Mas, enquanto saltava, a lança de César atingiu o animal e perfurou seu coração. Ele caiu no chão, morto. Se César não o tivesse matado, ele teria me feito em pedaços. César salvou minha vida. Jamais vou poder lhe retribuir isso.

— É uma história incrível — comentou Marcos, vendo no olhar do jovem um brilho que estava determinado a captar.

Ele pegou um pedaço de carvão, um papiro e começou a desenhar furiosamente.

— Acho que tem alguém fazendo um poema sobre isso — disse Antínoo, suavemente, com o encantador sotaque da Bitínia, como se ter as atividades registradas em versos fosse uma ocorrência trivial.

Provavelmente, havia um bocado de coisas que Antínoo aceitava como naturais, pensou Marcos. Como deveria ser atravessar a vida com aquela aparência, atraindo a admiração de todos que encontrava?

Após o espanto inicial, Marcos passou a perceber que Antínoo não era o deus de seus sonhos. Em primeiro lugar, apesar da primeira impressão devastadora, começou a ver que o jovem não era exatamente idêntico ao deus do sonho ou, pelo menos, não o tempo inteiro. Havia algo de mercurial em sua aparência, como se vê em todos os rostos humanos; mudava de acordo com o humor, o ângulo e a luz. Às vezes, Antínoo não se parecia nem um pouco com o deus e Marcos não conseguia imaginar como pensara isso; depois, no instante seguinte, virava o rosto da mesma forma e se tornava o deus do sonho, vivo. Era essa natureza fugidia da aparência do jovem que Marcos tentava captar, desafio que percebeu ser exaustivo. Se Antínoo não era um deus, era certamente o receptáculo de um, possuindo certo grau de poder divino. Marcos faria o máximo para captar essa divindade no mármore.

De maneira atípica, Adriano se abstivera de tomar qualquer parte no processo, não aparecendo sequer para dar uma olhada nos esboços e nos modelos em argila, feitos por Marcos. Declarou a intenção de esperar até que a estátua estivesse terminada para pôr os olhos nela. Marcos ficou sensibilizado com a confiança do imperador, e a privacidade do processo havia lhe permitido se entregar por completo ao trabalho.

Antínoo havia acabado de ir embora quando Marcos ouviu uma batida à porta. Um pequeno vestíbulo separava o estúdio da entrada, e foi lá que admitiu um visitante inesperado: Caio Suetônio.

— Marcos Pinário! Não o vejo há séculos — disse Suetônio. — Às vezes, passo pelo canteiro do novo templo, mas não vejo você mais lá.

— Meu trabalho no templo está suspenso por enquanto. Venho aqui para o ateliê todos os dias.

— Escondendo-se, hein? Achei que nunca ia encontrar esse lugar, oculto entre esses silos e armazéns. Está fazendo algum trabalho para o imperador, não?

— Talvez.

— Vamos, Pinário, todos sabem o que você está preparando: a estátua do rapaz da Bitínia.

Marcos franziu o cenho.

— Como você sabe?

— Favônio me contou. Não sei mais sobre as idas e vindas imperiais, mas Favônio me mantém informado. Ele disse que todos estão falando sobre essa estátua sua, do mesmo modo como se está falando de Adriano e desse novo favorito.

— E o que dizem?

— Alguns falam que estão escandalizados pela falta de decoro de Adriano, dando a um jovem estrangeiro, sem importância, um lugar de honra na corte. A facção de Sabina não anda muito contente; César nunca teve tão pouco tempo para a imperatriz. Mas há pessoas satisfeitas por ver o imperador tão feliz. Um César feliz é um César benevolente. Então, posso dar uma olhada na estátua para ver o motivo de toda essa agitação?

Marcos balançou a cabeça.

— Ninguém tem permissão para vê-la, sinto muito.

— Não? Talvez então você possa me deixar ver um esboço preliminar? Nunca sequer vi esse rapaz. Estou curioso para saber como ele é.

— Não será possível. Nem César viu ainda meu trabalho, e ninguém tem permissão para vê-lo antes de César.

Suetônio fez uma expressão de desagrado.

— Muito bem, um jovem da Bitínia deve se parecer com qualquer outro, imagino. Estão todos disponíveis para romanos endinheirados, ou assim parecia quando eu estava lotado lá no serviço imperial. Não se podia nem entrar nas termas que esses rapazes praticamente se atiravam em cima da gente.

— Não sei — disse Marcos. — Nunca estive na Bitínia.

Houve um silêncio embaraçoso, quebrado por Suetônio.

— Tenho trabalhado muito, também.

— É?

— Mourejando em minha coletânea de biografias imperiais. Andei escrevendo sobre Domiciano ultimamente e isso consegue deixar qualquer um de mau humor. Eu estava pensando: seu pai alguma vez falou sobre esse tempo? Em especial, ele mencionou alguma vez uma "sala negra"? Ao que parece, havia um aposento no palácio imperial para onde Domiciano levava certos convidados, quando queria matá-los de medo.

— Não, não me lembro de nenhuma história sobre uma sala negra.

— Não faz mal, muitos outros têm histórias para contar. E tenho de dizer, algumas delas, que andei coletando sobre os imperadores, quase desafiam a imaginação. São muito chocantes, e mais ainda por serem verdadeiras.

Detesto a ideia de ter de terminar minha coletânea com Domiciano, um indivíduo tão sombrio, mas ainda não se pode escrever esse tipo de biografia sobre Trajano ou Nerva, pai e avô adotivo do imperador. Nunca se sabe o que pode ofender. Até o relato mais lisonjeiro pode, de alguma forma, provocar desagrado no imperador.

— César permite que você escreva o que quiser sobre as dinastias anteriores?

— Espantoso, não? Todos em posição de autoridade me garantem que posso escrever o que quiser. Minha maior preocupação é o que o imperador vai dizer sobre minha prosa. Adriano se acha escritor, você sabe. Arquiteto, imperador, autor, crítico literário, será que existe alguma coisa que esse homem não possa fazer? Sua especialidade é coletar pequenas informações sobre coisas estranhas e depois compilar catálogos de fatos maravilhosos. O livro dele está para sair a qualquer momento. É claro que não pode publicar uma coisa dessas sob o próprio nome, então mandou que aquela criatura sua, Flégon, assinasse o livro. É uma miscelânea trivial, uma perda de tempo, o tipo de coisa que todos estão lendo no momento.

— Não é então um trabalho de mérito, como suas biografias imperiais?

— Exatamente. Talvez você fosse gostar de ler o que escrevi até agora. Seria útil ver as reações de uma pessoa como você, um homem culto e experiente, mas sem pretensões literárias ou interesses pessoais. Posso lhe mandar uma cópia?

— Claro! Por favor — aceitou Marcos, só para se livrar de Suetônio.

Estava ansioso para retornar ao estúdio, onde podia ficar sozinho e contemplar o progresso na estátua de Antínoo.

Alguns dias depois, enquanto se preparava para sair de casa rumo ao ateliê, um mensageiro imperial chegou com uma solicitação para que Marcos fosse à Casa do Povo.

— Você sabe por que estou sendo chamado? — perguntou ele.

— Infelizmente, não — respondeu o mensageiro.

Marcos ficou desnorteado. O trabalho na estátua havia progredido até chegar a um estágio que era particularmente agradável para ele — aplainar, lustrar a pedra e fazer pequenos ajustes. Perderia a melhor parte do dia, quando a luz era mais intensa, e teria de passar pelo inconveniente de trocar a túnica simples por uma toga.

A solicitação também o deixou inquieto. Se Adriano estava curioso em relação ao progresso da estátua, por que não ia simplesmente vê-la? Teria a visita de Suetônio ao atelier sido observada e relatada ao imperador? Contudo, Adriano já conhecia Marcos bem o suficiente para saber que nunca mostraria a imagem a ninguém antes dele. Enquanto se vestia, chegou à conclusão de que não era necessário ficar ansioso. Talvez houvesse algum detalhe arquitetônico sobre o templo que o imperador quisesse discutir.

O aposento onde Adriano o recebeu era mobiliado com muito bom gosto, ostentando peças gregas trazidas das viagens; possuía a atmosfera íntima de uma casa particular, em vez de um salão de recepções magnificente. O escravo que acompanhou Marcos lhe indicou um divã e trouxe uma taça de vinho para ele. Vários convidados já estavam presentes, e outros não paravam de chegar. Antínoo estava lá, notou Marcos; a imperatriz Sabina, não. Alguns eram senadores e magistrados; porém, havia mais escritores e filósofos. O clima era o de um encontro literário. Quase todos os homens exibiam pelos faciais, embora poucos cultivassem uma barba tão bela quanto a do imperador.

Por fim, Adriano se levantou e chamou o erudito Flégon de Trales, um homem pequeno e desinteressante, que o imperador apresentou como autor de um novo trabalho, intitulado *Livro das maravilhas*. Ele ficou de pé diante dos convidados e leu alguns trechos, com verificabilidade garantida por meio de pesquisas muito escrupulosas, que tinham a ver com coisas fantásticas — visões de centauros vivos, aparições de fantasmas, casos de homens que deram à luz e de mulheres que mudaram de sexo. Flégon encerrou com alguns relatos sobre a descoberta de dentes e ossos gigantescos, cuja existência parecia provar que criaturas imensas, já extintas, viveram na terra.

— "Um dente do tamanho da perna de um homem veio à tona após um terremoto na Sicília e foi mostrado ao imperador Tibério" — leu Flégon —, "que mandou convocar um geômetra chamado Pulquério, que chegou à conclusão de que uma criatura possuidora de um dente daqueles teria de ser do tamanho de uma embarcação, muito maior que qualquer ser conhecido hoje em dia. Ossos gigantescos foram encontrados também em uma caverna da Dalmácia, e outros, de tamanho idêntico, foram desenterrados em Rodes, em Atenas e no Egito. Alguns dizem que esses objetos devem ser feitos de uma pedra que se assemelha ao osso, ou que são falsificações intencionais, mas digo que não deveríamos desacreditar nessas evidências notáveis. Pelo contrário, considerem que, no começo, quando a natureza se encontrava em seus primórdios, ela elevava tudo até a proximidade dos deuses, porém, assim como o tempo está diminuindo, as coisas vivas, da mesma forma, tornaram-se menores em estatura."

Flégon fez uma mesura. Marcos viu que Adriano estava radiante como um escritor orgulhoso. Lembrou-se da afirmação de Suetônio, de que o imperador era o verdadeiro autor da obra e se juntou aos outros nos aplausos.

Após esse breve intervalo de diversão, Adriano passou para assuntos mais sérios:

— Nossa atenção tem sido chamada pela morte recente de um cidadão, um caso de assassinato, ao que parece. Um escravo é suspeito de ter matado o dono.

Ouviram-se murmúrios de desdém, proferidos por alguns dos convidados, em especial os senadores.

Adriano ergueu a mão.

— Apesar do aspecto chocante desse crime, eu trouxe o assunto à baila porque vejo aqui uma oportunidade de se reformar certas leis que nos foram passadas por nossos ancestrais. Em especial aquelas medidas cruéis que exigem o interrogatório, sob tortura, de cada escravo da casa onde ocorre um crime desses e, se um deles for considerado culpado, a execução de todos. Marcos Pinário...

Marcos piscou e levantou a cabeça, surpreso por ter sido chamado.

— Convidei você a vir aqui hoje, Pinário, porque seu avô fez, certa vez, um discurso eloquente no Senado sobre esse assunto, no reinado de Nero. Imagino que você tenha conhecimento dessa ocasião.

Marcos pigarreou.

— Sim, César, meu pai me disse alguma coisa sobre isso.

— Suponho que você não tenha conhecido seu avô, mas deve se orgulhar do que ele disse. Felizmente suas palavras foram registradas e preservadas nos arquivos do Senado. Eu as li pela primeira vez à noite passada. Flégon, você faria a gentileza de ler em voz alta o trecho que marquei?

Flégon pegou o pergaminho e se pôs de pé diante de todos novamente.

— "Esses escravos devem ser conhecidos não só de outros companheiros escravos, de outras casas, mas também de lojistas, artesãos e todo tipo de cidadão com quem se relacionem. Alguns são meninos de recados e mensageiros; outros, costureiros e cabeleireiros; outros mais, cozinheiros e faxineiros. Há os que são guarda-livros e escribas, altamente educados, e escravos valiosos, que merecem um pouco de respeito. Têm aqueles que já estão na idade de morrer; os recém-nascidos, apenas começando a vida; os que se encontram no auge dela, na plenitude de sua utilidade e valor. Há servas grávidas, prontas a gerar novas vidas. Essas vítimas da lei não são uma multidão sem rosto, mas seres humanos, conhecidos de seus vizinhos, de maneira que não podemos nos surpreender se estão murmurando por toda a cidade que a lei é severa demais."

Adriano assentiu e pegou de volta o pergaminho.

— Acho essas palavras notáveis, considerando-se a ocasião e o clima em que foram ditas. Seu avô falou daqueles escravos condenados como se fossem seres humanos, não apenas um bem; como se o sofrimento deles fosse importante. Na época, os sentimentos de seu avô foram censurados e ridicularizados; mas, com a passagem das gerações e o progresso geral da humanidade, acho que podemos ver que seu avô não foi só corajoso e compassivo mas sábio. Como o Divino Trajano tantas vezes me disse, se o imperador enxerga uma forma justa de reduzir o sofrimento daqueles sob seus cuidados, mesmo os mais miseráveis, portanto fica obrigado a fazê-lo. No caso em questão, acho que temos uma oportunidade de realizar exatamente isso. Assim sendo, proclamo vários éditos relacionados à punição de escravos.

"Primeiro, se o dono é assassinado na própria casa, nenhum escravo será interrogado sob tortura, exceto os que se encontravam perto o bastante para ter algum conhecimento do crime. Essa reforma já devia ter sido feita há muito tempo."

Ouviu-se um murmúrio de aprovação. Vários dos presentes balançaram a cabeça em respeito a Marcos, homenageando seu visionário avô.

— Mais ainda — continuou Adriano —, um dono não pode mais matar um escravo à vontade. Em vez disso, a execução dele deve ser decidida por um tribunal. Também, nenhum dono pode vender um escravo, homem ou mulher, para cáftens ou treinadores de gladiadores, a menos que esse amo prove que o escravo não possui mais utilidade. Além disso, pretendo abolir as casas de trabalho forçado existentes, às quais alguns donos destinam seus escravos indesejados, por uma taxa, e onde até mesmo alguns libertos miseráveis terminam, desesperados para pagar suas dívidas com trabalho. Visitei essas casas de trabalhos forçados, locais de sofrimento inimaginável, e pretendo fechá-las.

O pronunciamento do imperador foi recebido com silêncio. Adriano olhou em torno da sala.

— Alguém deseja comentar algo sobre essas ideias?

Um senador de cabelo branco, bem-barbeado, deu um passo à frente.

— César, hoje nos apresentou a uma obra chamada *Livro das maravilhas*. Porém, mais assombrosas que qualquer coisa nesse livro são as ideias radicais que expôs diante de nós. Respirei fundo quando ouvi sobre um dente de uma criatura do tamanho de uma embarcação, mas fiquei boquiaberto ao ouvir que os cidadãos romanos não terão mais o poder de disciplinar como acharem adequado seus escravos. Temo que as novas leis de César se tornem muito impopulares, e não apenas com os ricos, donos de muitos escravos. Considere o indivíduo comum, dono apenas de um punhado de escravos. A menos que sua autoridade sobre esses escravos seja absoluta, e sim, até o ponto da morte, como ele se sentirá seguro dentro de sua casa à noite? Nossos ancestrais criaram essas leis por uma razão, e o Divino Augusto as reafirmou. Temo que esse pronunciamento vá causar um descontentamento considerável e tal desordem que os magistrados não terão capacidade de conter.

Adriano ergueu a mão, pedindo silêncio.

— Se alguma desordem irromper, responsabilizarei os magistrados. É seu dever refrear essas insurreições, seja qual for a causa, e fazer com que a lei seja respeitada; todas as leis, inclusive essa. Se os magistrados não conseguirem executar essa tarefa, então outros, mais capazes, serão indicados para ocupar seus lugares.

O senador inclinou a cabeça e recuou. Ninguém mais ousou fazer comentários.

— Caso não haja mais assuntos a serem tratados nesta manhã, estou pronto para almoçar — anunciou Adriano.

Enquanto os vários pratos eram servidos, o imperador chamou Marcos para seu lado.

— O que *você* achou de minhas ideias, Pigmalião?

— Não sou político, César.

— Talvez não, mas seu avô era. Quem imaginaria? Tive de verificar duas vezes para ter certeza de que o Pinário autor daquele discurso, diante de Nero e do Senado, era de fato seu avô. Fazer aquilo requer coragem. Você pode se orgulhar do sangue que corre em suas veias, Pinário.

— Eu me orgulho, César. Obrigado por me convidar a vir até aqui hoje, para ouvir as palavras de meu avô.

— Sim, imaginei que ia gostar. Como vai o trabalho na estátua?

— Está indo bem, César, e rápido. Em breve estarei pronto para revelá-lo a você.

— Muito bom! — exclamou Adriano, olhando para Antínoo, sentado ao lado de Flégon, folheando o *Livro das maravilhas*. — Mal posso esperar para vê-la.

Por fim, Marcos estava pronto para a visita do imperador ao ateliê.

Apolodora estava com ele, supervisionando o trabalho dos escravos, enquanto limpavam e arrumavam o local, decorando-o especialmente para a ocasião. Marcos havia lhe dito que esses preparativos eram desnecessários.

— É um ateliê: é normal ser bagunçado e cheio de pó de mármore. O imperador sabe disso.

No entanto, Apolodora havia insistido em deixar tudo perfeito. Se Adriano ficasse satisfeito — e é claro que ficaria —, aquela poderia ser a oportunidade de Marcos pedir um favor especial: o retorno do sogro no exílio.

Apolodora também teimara em trazer Lúcio, com 4 anos agora, dizendo que o menino devia estar lá para presenciar o momento de orgulho do pai. Era óbvia a ideia de que a visão do garoto pudesse levar o imperador a ser misericordioso com seu avô.

À medida que a hora da visita se aproximava, Marcos ficava mais inquieto. Não só Adriano julgaria seu trabalho como também ele teria de expor o delicado assunto do sogro para o imperador, com a felicidade da esposa dependendo do resultado. Parou diante da estátua uma última vez, estudando as curvas sensuais do corpo nu, a inclinação da cabeça, o olhar distante e o sorriso esquivo. Sem dúvida, aquele era sua criação mais requintada e bela. Pegou uma lona e a jogou sobre a escultura.

Ouviu-se um som vindo do vestíbulo. Amyntas entrou correndo.

— Amo...

— Sim, já sei, o imperador chegou.

— Ele deixou a comitiva na rua. Só Antínoo veio com ele.

— Então, faça-os entrar!

Os dois entraram. Marcos estava próximo à figura encoberta. Apolodora se postara perto, com o pequeno Lúcio ao lado.

Ninguém dizia uma palavra. Adriano sorriu e fez um ligeiro gesto com a mão, indicando que Marcos podia ir em frente.

O escultor puxou a lona. A imagem foi revelada.

Adriano se aproximou e a contornou vagarosamente, olhando-a de cima a baixo. Seu rosto era inexpressivo.

Antínoo sorria; parecia satisfeito com a imagem. Certamente, a estátua não lhe oferecia nenhuma surpresa, pois a vira em cada estágio de criação.

Mentalmente, Marcos ensaiava o pequeno discurso preparado: *César, recentemente você achou acertado elogiar o requerimento de meu avô, pedindo que se mostrasse clemência até mesmo pelos mais humildes dos homens. Também tenho um requerimento a fazer, que apenas César pode garantir. Peço que mostre clemência e perdão por...*

— Um erro — declarou Adriano.

Ele havia concluído a volta completa da estátua e estava parado diante dela, contemplando-a. Não havia expressão em seu rosto.

Marcos piscou. A declaração foi tão abrupta que ele não tinha certeza se havia ouvido corretamente.

— Um erro, César? Se houve alguma falha, alguma área que eu não tenha alisado o mármore o suficiente... — disse ele, embora soubesse que cada milímetro da estátua estava perfeito.

— Não. A ideia toda foi um erro — explicou Adriano em um tom gélido, evitando olhar para Marcos e para a estátua. — A culpa é minha, Marcos Pinário, não sua. Eu nunca devia ter esperado que você ou qualquer outro fizesse o que eu queria. Só agora entendo.

— César, se a pose da estátua não é de seu agrado, ou se a inclinação da cabeça...

— Nada nela me agrada. Por Hércules, olhe para Antínoo! E depois olhe para essa... essa caricatura.

Tremendo, Apolodora deu um passo à frente.

— César, a semelhança é verdadeira.

— O que você sabe? Você é como uma cega. E você também, Marcos. Tem certa habilidade, sim. Essa é a imagem que pretendia dar forma, com certeza. Mas não tem olhos para ver. Essa... *coisa*... não é Antínoo, nem mesmo uma simulação aproximada. Será que sou o único que consegue vê-lo?

Adriano deu as costas à estátua, como se tivesse aversão a ela.

Apolodora olhou para Marcos, desesperada.

— Marido, fale! — sussurrou ela.

— Esse não é o momento — retrucou ele, entre dentes.

No entanto, Apolodora havia apostado tanto naquele encontro que não pôde deixar a chance passar. Ela correu até Adriano, quando este já saía, e caiu de joelhos.

— César, temos um favor a pedir. Meu pai, em Damasco, anseia por retornar a Roma. Se puder perdoá-lo, nós imploramos!

Adriano estremeceu, fez um gesto de desdém com a mão, deu-lhe as costas e partiu.

Seguindo-o, Antínoo olhou para trás e relanceou a estátua, despedindo-se dela. Para Marcos, o rosto do jovem e o da estátua eram como uma imagem no espelho, perfeitamente idênticos em cada detalhe.

Na entrada para o vestíbulo, Adriano parou e se recompôs. Os olhos se mantinham desviados; a voz era tensa, mas calma.

— Você vai voltar ao trabalho no templo, Marcos Pinário. Ainda há muito a ser feito lá. Mas vai destruir essa abominação e tudo relacionado a ela. Entendeu? Assim que eu for embora, destruirá todos os modelos e queimará todos os desenhos. Depois, vai quebrar essa estátua em pedaços e transformá-los em pó. Ninguém jamais deverá ver isso.

129 D.C.

O trabalho continuava no Templo de Vênus e Roma — com as imensas colunas posicionadas por fim, a verdadeira solidez da estrutura tornava-se evidente —, mas nesse dia Marcos trabalhava em outra obra, no Campo de Marte, onde Adriano havia decidido reconstruir uma ruína abandonada, chamada de Panteão.

A estrutura original, um templo dedicado aos grandes deuses, havia sido erguida por Agripa no reinado de Augusto. Danos causados por fogo, na época de Tito, foram reparados por Domiciano. Outro incêndio, causado por relâmpagos, praticamente destruiu a edificação, enquanto as obras da Coluna e do Fórum de Trajano se encontravam em andamento. Com todos esses projetos enormes requerendo os recursos disponíveis, a reconstrução do Panteão foi abandonada. Durante quase vinte anos, ele permaneceu em ruínas, uma área isolada com um cordão no centro agitado do Campo de Marte. Um dia, passando por aquela já familiar monstruosidade, Adriano teve uma ideia. As limitações do local eram tais que qualquer reconstrução teria de ser praticamente quadrada na forma. Era difícil imaginar um templo esteticamente agradável com profundidade menor que a largura — essencialmente um cubo. Todavia, e se o novo templo fosse circular — ou, na verdade, como Adriano percebeu em um segundo de inspiração, esférico? O imperador se deu conta de que ali estava, por fim, o projeto ao qual poderia dar plena expressão a seu fascínio por cúpulas — as "cuias gigantes", ridicularizadas por Apolodoro. O Panteão reconstruído seria único, uma esfera dentro de um quadrado, coroada por uma cúpula de dimensões quase inconcebíveis. O desafio de construí-la já havia frustrado engenheiros no passado, no entanto Adriano insistia que ela poderia ser feita e encarregara Marcos de executá-la.

A manifestação de confiança de Adriano nele o surpreendera, pois havia ficado muito abalado com a rejeição da estátua pelo imperador. Entretanto, ele nunca havia relembrado ao escultor o desagrado naquela ocasião e Marcos estava determinado a lhe mostrar que era digno de confiança. Contagiados pelo entusiasmo de Adriano, Marcos e uma equipe de engenheiros conceberam novas ideias para tornar possível uma cúpula tão vasta — fazendo o concreto mais fino no alto, usando caixotões para diminuir a espessura e projetando uma abertura no topo, como um olho, que admitisse luz e reduzisse o peso. Estava decidido a não decepcionar o imperador. Muitas vezes, desejava que Apolodoro estivesse ali com ele, para lhe dar conselhos e ajudar a fiscalizar aquele empreendimento tão arriscado e estimulante.

A construção da cúpula ainda estava muito distante. Naquele dia, Marcos inspecionava os trabalhos recentes nas paredes grossas para suportar o peso, quando ouviu um grito familiar. Levantou a cabeça e viu os cachos louros do filho, reluzindo ao sol.

Aos 8 anos, Lúcio já tinha idade para visitar os canteiros de obras do pai, desde que supervisionado. Marcos ficou surpreso ao ver que o menino não estava acompanhado por um dos escravos que geralmente o escoltavam, mas por Amyntas, que, de modo rápido, havia ascendido de status na casa e normalmente se ocupava com as incumbências mais importantes.

Marcos saudou o garoto levantando-o nos braços — tarefa que já não era tão fácil — e notou depois a razão da visita de Amyntas. Havia um rolo de pergaminho na mão do escravo e, mesmo a distância, Marcos pôde ver o lacre imperial impresso na cera.

Adriano se encontrava mais uma vez fora, viajando. Ele se correspondia de modo frequente com Marcos, porém as cartas vinham misturadas em geral a outros documentos imperiais e eram entregues por mensageiros no palácio, aonde Marcos mandava um escravo pegá-las. Não era comum o envio de uma correspondência diretamente para sua casa, em vez do palácio.

Enquanto Amyntas levava Lúcio para ver as paredes, Marcos rompeu o lacre e abriu o rolo. As cartas anteriores vieram de Cartago, Sicília, Atenas, Éfeso, Antioquia e da cidade de Lambaesa, no interior da África. O cabeçalho revelava que fora postada em Palmira, entreposto comercial no deserto. Lembrando-se de sua proximidade com Damasco, sentiu uma ponta de esperança. Em sua última carta, Apolodoro havia manifestado a intenção de fazer o máximo para obter uma audiência com Adriano, se as viagens do imperador o levassem a algum lugar perto de Damasco.

A carta não estava escrita na primeira pessoa, como era costume do imperador, repleta de apartes cultos e alusões literárias, mas em uma terceira pessoa rígida e formal. Já pelas primeiras palavras, Marcos soube que trazia más notícias:

> César deseja pessoalmente informar a Marcos Pinário sobre um acontecimento infeliz, de maneira que fique sabendo do ocorrido por César e não através de outra fonte. César exporá o fato de forma direta: o sogro de Marcos Pinário, Apolodoro de Damasco, foi executado

por conspirar contra a vida do imperador. Devido a provas irrefutáveis reveladas, César não teve outro recurso. O ato foi realizado com rapidez e respeito à posição do acusado como cidadão.

Marcos sabia o que aquilo queria dizer: Apolodoro havia sido decapitado e não morto de forma mais vergonhosa, como a crucificação.

Marcos Pinário não precisa temer nenhuma recriminação contra si. Embora esteja ciente do elo natural de afeição entre ele e o sogro, César é de opinião que Marcos Pinário não desempenhou nenhum papel no complô, tem certeza de sua lealdade ao imperador e deseja que continue seu valioso trabalho no Templo de Vênus e Roma e no Panteão. O desejo de César é que esse acontecimento funesto não tenha nenhum efeito sobre a amizade que nutre por Marcos Pinário. Não se falará mais nisso.

Atordoado, Marcos soltou a carta. Seria verdade que Apolodoro tinha conspirado contra o imperador? Teria a amargura de tantos anos de exílio o levado a se envolver em algum complô desesperado? As viagens de Adriano o expunham não apenas aos que buscavam favores como também àqueles que, em cada região, ansiavam por vingança e, nas vizinhanças de Damasco, onde tantos foram submetidos a sofrimentos, sob o domínio romano, deviam existir muitos desse tipo. Teria Apolodoro conspirado com outros descontentes e sido descoberto pelos agentes de Adriano ou fora vítima de rumores e mentiras? O imperador falava de "provas irrefutáveis", mas aquela expressão era usada invariavelmente quando um inimigo declarado do Estado era condenado à morte.

Provavelmente, Marcos nunca saberia a verdade. O imperador se encontrava acima de qualquer questionamento; e Apolodoro, impossibilitado de fornecer respostas.

Marcos viu algo com o canto do olho. Levou algum tempo para perceber que se tratava de um homem de toga. Apenas quando este falou, reconheceu Caio Suetônio.

— Pinário, não vejo você há mais tempo que os Titãs. Ontem mesmo eu estava revisando uma passagem sobre Marcos Agripa e pensei comigo: vou dar uma passada para ver o que Pinário anda fazendo no templo arruinado de Agripa. Essas paredes parecem tão terrivelmente grossas; você deve planejar pôr um telhado muito pesado no alto! Não ouvi uma palavra sua quando lhe enviei meu trabalho inacabado, faz tantos anos. Tudo bem, nem todos são críticos literários, e vamos agradecer aos deuses por isso. Mas agora tenho boas notícias! Terminei finalmente o trabalho e mantenho um exército de escribas ocupado, fazendo cópias. Posso lhe mandar uma? Não é uma leitura ruim, se é que eu mesmo posso dizer isso. Prometo que não vai se entediar. Pensará que escrevi um livro de maravilhas, como o de nosso amigo Flégon, repleto de anedotas escandalosas. É incrível o que alguns daqueles imperadores faziam! Até eu me surpreendi com os detalhes que descobri, e passei anos vasculhando os arquivos imperiais. Tem uma história sobre Calígula que é realmente quase impossível de acreditar...

Marcos não prestava atenção. Pensava em como daria a notícia a Apolodora.

De repente, foi distraído por um raio de sol sobre os cachos louros do filho. Lúcio havia alcançado uma área com altas pilhas formadas por tijolos soltos.

— Amyntas! — gritou Marcos. — Tome conta de Lúcio. Ele não devia estar ali. É muito perigoso.

Suetônio sorriu.

— Meninos! Sempre se envolvendo em problemas, não é? Que pena nosso imperador não ter um; isso o manteria longe de problemas. Ah, mas eu tinha esquecido: César tem um rapaz para tomar conta. Leva-o a todos os lugares. Assim me contam meus correspondentes ao longo de suas rotas de viagem. Soube que o próximo destino é Jerusalém, ou o que costumavam chamar de Jerusalém. Adriano planeja reconstruir a cidade que Vespasiano destruiu e lhe dar um novo nome, muito bonito: Aelia Capitolina; em homenagem a seus ancestrais, os Aelis. Imagino que vá pôr uma estátua sua ao lado da de Júpiter e ver se convence aqueles judeus cabeçudos a queimarem um pouco de incenso no altar. Depois, ele vai rumo a Alexandria, para sua primeira estada no Egito. Ele e Antínoo darão uma de César e Cleópatra, velejando languidamente pelo Nilo, passando por hipopótamos e crocodilos. Você acha que os egípcios vão pôr alguma cabeça de animal na estátua de Adriano e declará-lo deus?

O homem não parava de falar. Marcos não escutava uma só palavra.

132 D.C.

Adriano estava de volta a Roma.

Após anos viajando, o retorno do imperador à cidade seria marcado por celebrações e banquetes. Todavia, o primeiro passeio, bem cedo, na manhã seguinte após a primeira noite no palácio imperial, foi uma visita surpresa ao canteiro de obras do Templo de Vênus e Roma, para ver os progressos feitos durante sua ausência. Quando o imperador foi informado de que Marcos Pinário não se encontrava presente, estando ocupado naquela manhã em seu ateliê, ele e a comitiva se dirigiram diretamente ao monte Aventino.

Marcos e os assistentes estavam ocupados, juntando algumas seções da gigantesca estátua de bronze de Vênus a ser instalada no templo. Quando Amyntas entrou correndo para anunciar que o imperador estava no vestíbulo, Marcos disse a todos que parassem de trabalhar e ficassem exatamente onde estavam. Largou as ferramentas e sacudiu o pó da túnica. Amyntas, verificando a aparência do amo, retirou alguns fragmentos de metal da barba.

Vestido de forma impecável como sempre, o imperador fez um rápido exame na escultura e depois sugeriu que os trabalhadores fizessem uma pausa, a fim de que ele e Marcos pudessem conversar em particular.

— Acabo de vir do templo — avisou Adriano. — Fiquei satisfeito com o progresso. Você trabalhou bem, Pinário.

— Obrigado, César. Sou apenas um dos muitos artesãos e engenheiros que têm o privilégio de realizar, todo dia, o grande projeto do imperador.

— Não precisa ser tão modesto, Pinário. Passei a vida inteira lidando com arquitetos e artistas do mundo todo. Talvez você seja o mais talentoso.

Agora que Apolodoro está morto, pensou Marcos. Depois se lembrou da outra morte ocorrida no decurso das viagens de Adriano. Durante uma excursão Nilo acima, Antínoo havia se afogado.

Pareceu a Marcos que o imperador tinha envelhecido consideravelmente desde a última vez que o vira. Havia mais fios brancos no cabelo e a barba estava agora quase totalmente grisalha. O rosto revelava mais rugas. Falava vagarosamente e com um tremor na voz. O olhar era baço. Perdera a centelha essencial.

Adriano andava pelo ateliê, tocando os vários implementos.

— Você passou tantas horas com ele aqui, nessa sala. Sozinho com ele, olhando-o e observando-o. Mais que qualquer um nesse mundo, exceto eu mesmo, você deve se lembrar de como era.

— César está falando de Antínoo — disse Marcos, em voz baixa. — Quando soube de sua morte, chorei.

Era verdade. Havia sofrido, nem tanto pelo jovem em si, cuja personalidade tinha permanecido um mistério para ele, mas pela perda de tanta beleza. Em seu espírito, ainda existia alguma ligação enigmática entre o jovem da Bitínia e o deus que o visitava em sonhos. A morte de Antínoo significara mais que a de um simples mortal; o falecimento era emblemático para a morte de todas as coisas.

— Você ficou sabendo as circunstâncias em que se deu? — perguntou Adriano, em um sussurro.

— Só sei o que todos sabem, que Antínoo se afogou no Nilo.

— O Egito lançou um encanto sobre nós. O calor, o zumbido dos insetos, a lama, o rio correndo sem parar, os templos cheios de símbolos estranhos e os deuses com cabeça de animal, os gigantescos monumentos de um passado tão distante. À medida que viajávamos mais, Nilo acima, fomos tomados por um temor desconhecido, antigo.

"Da mesma forma que me havia iniciado nos Mistérios de Elêusis, explorei os rituais secretos dos egípcios. Quando os sacerdotes previram meu futuro, viram uma coisa terrível. Disseram que minha vida tinha acabado, que eu morreria em questão de dias, a menos que... outra vida fosse sacrificada no lugar da minha. Não quis acreditar neles, mas, quando fiz meu horóscopo, adaptando a leitura para a influência mais forte das estrelas do sul, vi que eles estavam certos. Eu corria um grande perigo. A morte estava muito próxima."

Marcos respirou fundo.

— Então Antínoo...

— Sacrificou-se em meu lugar. Nunca lhe pedi que fizesse isso. Eu estava inquieto aquela noite. Ouvi-o sair da cabine, depois o som suave de um corpo caindo na água. Estava meio adormecido e pensei que sonhava...

Marcos se lembrou da história que Antínoo lhe contara certa vez, naquela mesma sala, sobre a vez em que Adriano e ele caçavam um leão. *Se César não o tivesse matado, ele teria me feito em pedaços. César salvou minha vida. Jamais vou poder lhe retribuir isso.*

O rapaz havia finalmente conseguido.

— O que Antínoo fez não foi o ato de um simples mortal — continuou Adriano. — Sempre senti que havia algo de divino nele. Acho que você sentia isso também, Pinário. Mas nunca entendi de fato a natureza de sua divindade até ele deixar este mundo. Em sua homenagem, mandei construir uma cidade no Nilo, onde consagrei um templo a ele e nomeei sacerdotes para venerá-lo. Em Éfeso e Atenas, no caminho de volta a Roma, mandei construir mais templos em honra do deus Antínoo.

Marcos ficara sabendo sobre as iniciativas do imperador em nome do novo deus. A grandiosidade do sofrimento de Adriano era o assunto do momento em Roma; alguns ousavam ridicularizar, mas outros respeitavam. Marcos o ouvira ser comparado à loucura de Alexandre, o Grande, após a morte do amante, Efestio, mas era-lhe difícil olhar para Adriano, envelhecido e barrigudo, e ver qualquer semelhança com a figura atraente e amaldiçoada do rei macedônio.

— Não haverá um templo para Antínoo aqui em Roma — declarou Adriano. — Assim como o culto ao imperador não é requerido aos cidadãos da Itália, da mesma maneira não vou pedir que o povo romano venere o jovem que foi meu consorte. Porém planejo construir uma tumba para ele perto de Tibur, a leste da cidade. Penso também em mandar fazer uma residência lá, um lugar onde eu possa me retirar do mundo — disse Adriano, fechando os olhos por um longo momento e depois os abrindo. — Pinário, naturalmente quero que você faça parte desses projetos.

— Claro, César. Farei tudo que puder.

Adriano se aproximou, olhando com firmeza nos olhos de Marcos.

— O que realmente quero, meu querido Pigmalião, é que você esculpa Antínoo.

Marcos o encarou de volta. Teria o sofrimento apagado a memória do imperador?

Adriano deu um sorriso pálido.

— Entendo sua hesitação, Pinário. Deixe-me explicar. Templos foram erguidos, e eles têm de ter estátuas, de maneira que artistas no Egito e na Grécia esculpiram imagens do Divino Antínoo. Na melhor das hipóteses, essas estátuas são, que palavra posso usar?, aceitáveis. Mas nenhuma delas captou a essência divina de Antínoo. Estou convencido de que apenas você, porque só você o esculpiu em vida, pode realmente fazer isso. Quero que faça uma estátua de Antínoo. Vamos colaborar juntos nesse projeto, você e eu, trabalhando a partir da memória.

Marcos sentiu várias coisas ao mesmo tempo — dúvida, medo e uma ponta de raiva mas também um arrepio de entusiasmo, como não experimentava havia muito tempo.

Adriano o olhava com uma expressão lastimosa.

— Não acredito que... quando mandei você destruir a estátua...

— Cumpri a ordem que me foi dada, César. Queimei os esboços. Destruí os modelos. Arranquei os braços e as pernas da estátua, esmaguei o corpo, pulverizei as mãos e os pés...

Adriano estremeceu e fechou os olhos.

— Mas... — continuou Marcos, hesitando por um momento longo e decidindo contar a verdade. — Guardei a cabeça.

Os olhos de Adriano se escancararam.

— Era a coisa mais bela que eu já havia feito, ou que podia esperar fazer — disse Marcos. — Não consegui destruí-la.

— Onde está?

Marcos foi até uma parte do ateliê, onde reinava a desordem. Adriano o seguiu. O escultor empurrou para o lado uma pilha de ferramentas e papiros rasgados, revelando um pequeno armário coberto de pó. O trinco de ferro estava corroído. Ele não o abria havia anos. Era doloroso demais olhar para o objeto que continha.

Marcos abriu o trinco e enfiou a mão no armário. Levantou-se e ergueu a cabeça de Antínoo.

Adriano ofegou, tirou a peça das mãos de Marcos e a segurou. Encostou os lábios no mármore, com os olhos cheios de lágrimas.

Nos dias e meses que se seguiram, o imperador passava cada hora vaga com Marcos no ateliê, cercado, a princípio, por desenhos e pequenos manequins de argila; depois, por modelos em tamanho real. Juntos, tentavam recriar, para alegria de Adriano, a verdadeira imagem de Antínoo. Marcos desenhava e moldava, e o imperador fazia as críticas, circundando os modelos, tocando-os e fechando os olhos, como se evocasse lembranças táteis; orientando Marcos a fazer o peito mais largo, o nariz ligeiramente mais longo ou a curvatura das panturrilhas mais pronunciada.

Tendo esculpido Antínoo como modelo vivo, Marcos confiava nas lembranças que possuía da aparência do jovem; às vezes, as sugestões de Adriano lhe soavam duvidosas, mas fazia como ordenado. O imperador estava satisfeito e, com frequência, ficava tão abalado com a verossimilhança da imagem que chorava. Para Marcos, estranhamente, aquela criação em conjunto parecia lhe lembrar mais o deus de seus sonhos que a lembrança de Antínoo vivo.

Por fim, chegou o dia de apresentar a obra.

A estátua não seria nenhuma surpresa para Adriano, que havia supervisionado sua criação desde o início. Mesmo assim, Marcos quis fazer uma apresentação formal, mais para benefício do filho que do imperador. Entretanto, o jovem Lúcio estava atrasado. O imperador chegou antes do menino, mas não pareceu se importar com a espera. Caminhava pelo ateliê, mexendo nos vários objetos e respirando fundo.

— César está com a cabeça cheia hoje — observou Marcos.

Os dois se sentiam cada vez mais confortáveis na presença um do outro. Agora, Adriano desabafava regularmente com Marcos.

— A revolta dos judeus — disse o imperador. Era o problema que mais o preocupava aqueles dias. — É como a hidra: corta-se uma cabeça e surgem duas novas. Dezenas de milhares continuam a morrer. Enquanto um número significativo de judeus persistir acreditando que esse agitador, Simão Bar Kochba, é o tão esperado Messias, não vejo outro jeito de suprimir a revolta, a não ser realizando um extermínio em massa, do tipo que Trajano executou na Dácia. Mas isso não é possível no caso dos judeus; eles estão espalhados pelo império inteiro. A única solução duradoura é assimilar de alguma forma essas pessoas, queiram elas ou não. Com esse objetivo, decretei proibida a prática de cortar o prepúcio. Por razões que desafiam a compreensão, eles atribuem um significado religioso a esse procedimento bárbaro. É mais um modo deliberado de se diferenciarem. Para o próprio bem e para pôr um fim a essas insurreições, eles têm de abandonar sua religião primitiva e aceitar os verdadeiros deuses, como o resto do mundo.

— Soube que renomeou a província — comentou Marcos.

— A região que era a Judeia passa agora a ser chamada de Síria Palestina e Jerusalém, de Aelia Capitolina. Essas coisas fazem diferença: nomes, símbolos e afins.

— E os problemas de César com os cristãos? — perguntou Marcos.

Essa era outra preocupação mencionada ocasionalmente pelo imperador. Adriano fez um ar de troça.

— Minha labuta com os cristãos não é nada se comparada aos problemas criados pelos judeus. Alguns conselheiros acham que ambos são da mesma estirpe, mas esse tipo de pensamento é ignorante e ultrapassado; muitos cristãos não são e nunca foram judeus. Seu ateísmo os separa dos vizinhos, como no caso dos judeus, mas, ao contrário desses, eles parecem ser muito dóceis; aliás, a docilidade faz parte de seus ensinamentos. Enquanto permanecerem reduzidos em número e mantiverem a cabeça baixa, acho que a política de Trajano, de "Não faça perguntas, não diga nada", é a melhor coisa.

— O que isso significa, exatamente? — perguntou Marcos, para quem essa frase nunca tinha feito muito sentido.

— Significa que os magistrados romanos agem contra os cristãos apenas quando há uma queixa formal contra eles. Se não há queixa, não há ação.

— Isso seria dar um bocado de poder aos vizinhos deles — observou Marcos.

— Se os cristãos continuarem a agir de forma irracional, então vão ter de viver ou morrer a critério da maioria decente e cumpridora da lei — disse Adriano, soltando o modelo de argila que examinava e erguendo as sobrancelhas. — Você não teve um parente cristão?

— Creio que não — respondeu Marcos, gargalhando.

A negativa era genuína. Nunca haviam lhe contado sobre o tio-avô cristão.

— Acho que sim. Tenho certeza disso — afirmou o imperador, que havia analisado todos os aspectos do dossiê imperial de Marcos, enquanto decidia o destino de Apolodoro. — Na verdade, esse talismã que você usa não é uma espécie de amuleto cristão? Sempre o considerei uma herança do cristão de sua família, e usado por razões mais sentimentais que religiosas, pois claramente você não é cristão.

— Símbolo cristão? Meu *fascinum*? Claro que não! — retrucou Marcos, tocando o talismã. — Essa relíquia de família me foi dada por meu pai, em sua presença e na do Divino Trajano. O *fascinum* é muito anterior ao surgimento dos cristãos.

— Acalme-se, Pigmalião! Talvez eu esteja enganado quanto a seu amuleto. Ainda assim, posso garantir a você que o irmão de seu avô era cristão. Não consigo lembrar o nome dele agora, mas sei com certeza que foi executado por Nero depois do Grande Incêndio. Deve ter sido um grande escândalo na época. Provavelmente por isso você nunca ouviu falar sobre ele. As famílias têm mania de silenciarem sobre os escândalos do passado; os filhos são os últimos a saber, quando sabem. Se você não acredita em mim, pergunte ao seu amigo Suetônio na próxima vez que o vir. Em sua pesquisa, ele deve ter descoberto o Pinário cristão, com certeza.

— Com todo respeito, César, Suetônio não é meu amigo — disse Marcos, aturdido e surpreso com essas revelações.

— Não? Suetônio não mandou a você uma cópia pessoalmente assinada de suas biografias imperiais?

Haveria algo que Adriano não soubesse, graças à vasta rede de espiões imperiais?

Marcos pigarreou.

— Sim, Suetônio me mandou uma cópia, mas não pedi e juro que nunca li.

— Não? Pois, deveria. Não são más. Um pouco obscenas, mas imagino que os detalhes picantes sejam o que prendem a atenção da maioria dos leitores. Ah, acho que seu filho finalmente chegou.

Eles se viraram ao ouvir um som vindo do vestíbulo. Amyntas entrou primeiro, parecendo um pouco envergonhado, com medo de que Marcos o culpasse pelo atraso. Antes que pudesse falar, Apolodora adentrou a sala, vestindo a melhor estola. Ela nunca havia perdoado Adriano pela morte do pai, mas em sua presença tivera sempre o cuidado de não revelar nenhum traço de amargura. Vinha seguida de Lúcio que, aos 11 anos, era muito grande para a idade, quase da altura do pai. Os olhos verdes e o cabelo claro vieram de Marcos, mas a compleição parecia herdada do avô, Apolodoro.

Feliz por poder esquecer as perturbadoras revelações do imperador sobre um parente cristão, Marcos deu início à apresentação. Andou até a estátua e puxou a lona.

Adriano parecia vê-la pela primeira vez. Contemplou-a por um longo tempo e depois esticou a mão para tocá-la. Marcos percebeu em seu rosto a mesma expressão de espanto que manifestara ao ver, pela primeira vez, a estátua de Melancomas, anos antes.

— Você o captou, Pinário — murmurou Adriano. — Fez o impossível. Agora vai ter de fazer de novo.

— De novo, César?

— Temos de fazer mais peças. Ligeiramente diferentes umas das outras, de forma a captar aspectos diferentes de sua divindade, mas todas fiéis como esta. Elas podem servir de modelo para outros, que farão imagens dele por todo o império. Você está pronto para isso, Pinário?

— Nada me daria mais prazer, César — aceitou Marcos, com um tremor na voz.

A perspectiva de dedicar tempo e talento à criação de mais imagens como aquela — que, para ele, eram tanto uma manifestação de devoção ao deus de seus sonhos quanto ao amado de Adriano — encheu-o de felicidade.

— Estou feliz por seu filho estar aqui hoje — declarou o imperador. — Para mostrar minha gratidão, quero oferecer uma oportunidade muito especial ao jovem Lúcio. Recentemente, fazendo horóscopos, descobri um fato curioso: ele nasceu no mesmo dia de um de meus protegidos, Marcos Vero. Como os dois são exatamente da mesma idade, a diferença é de minutos, proponho que apresentemos seu Lúcio ao jovem Veríssimo...

— Veríssimo, César?

— Às vezes, chamo Vero assim. Ele ama tanto a Verdade que não resisto a fazer trocadilhos com seu nome. Bem, se Lúcio e Vero se derem bem, os dois podem ser educados juntos.

Marcos olhou para Lúcio, que parecia um pouco estupefato diante da ideia.

— Tenho medo de que meu filho fique em desvantagem, César. Tento dar bons tutores a ele, mas sua educação, até agora, não tem como competir com a de seu protegido.

Adriano sorriu.

— Não se preocupe, não é para Lúcio competir no campo da erudição. Vero possui um intelecto prodigioso; às vezes, a extensão de seu conhecimento surpreende até a mim mesmo. Mas ele também adora todos os tipos de esporte. Ele poderia aproveitar um companheiro da própria idade para praticar boxe, luta, jogos com bola, equitação e assim por diante. O que você acha?

Ocorreu a Marcos que o filho poderia ser um adversário forte demais para o jovem Vero em todas as competições atléticas; Lúcio era descomunalmente grande e forte para a idade. Ele olhou para Apolodora, cujos olhos brilhavam de entusiasmo. Apesar do rancor por Adriano, via a tremenda oportunidade oferecida ao filho. Aos 11 anos, Lúcio Pinário seria admitido no círculo mais íntimo da corte imperial.

Lúcio era jovem demais para usar toga, no entanto possuía uma túnica confeccionada com primor, que Marcos considerou adequada para o encontro com Vero. Apolodora reclamou que os recentes surtos de crescimento do menino tornaram as mangas compridas um pouco curtas, mas Marcos lhe disse que não se preocupasse.

— Eles não são tão exigentes em relação a essas coisas na Casa do Povo como você imagina — argumentou ele.

— A Casa do Povo? — Apolodora riu. — Só você a chama assim, marido.

— É?

— Tenho certeza de que toda aquela benevolência para com o populacho terminou com a morte de Plotina.

— Vou me corrigir. E então, Lúcio, está pronto para nossa visita à Casa de Adriano?

Um cortesão os recebeu à entrada do palácio imperial, na hora marcada, e os conduziu a um jardim verdejante com chafarizes jorrando água. Era ali, por enquanto, que a estátua de Antínoo havia sido colocada. Ao lado, Adriano se encontrava sentado em um banco de pedra com o menino Marcos Vero, que era seu primo distante e sobrinho-tataraneto de Trajano. Tinha cabelo cacheado, nariz proeminente e boca pequena. Fora criado em um ambiente o mais refinado possível, cercado por filósofos e sábios de grande renome, mantendo uma compostura superior a sua idade.

Adriano apresentou Vero a Marcos e ao filho. Quando Lúcio expressou a honra pelo encontro, como o pai o ensinara a fazer, Vero balançou a cabeça.

— A honra é minha de conhecer alguém de minha idade, cujo avô foi amigo do grande Apolônio de Tiana — disse ele, virando-se para Marcos. — Seu pai tinha muitas histórias para contar sobre Apolônio?

— Para falar a verdade, não se passava um só dia sem que ele contasse uma história sobre Apolônio. Meu pai o chamava de Professor e era muito devotado a ele, em vida e na morte.

Vero pareceu sinceramente entusiasmado.

— Você tem de compartilhar essas histórias comigo! Elas têm de ser escritas.

— Ai de mim, minha mão foi feita para segurar o cinzel, não um estilo — disse Marcos.

— Mas você tem de ditar essas histórias a um escravo. Os que conheceram Apolônio já estão quase todos mortos agora...

— Adorável, não? — perguntou Adriano, estendendo a mão para acariciar o cabelo do menino, que reagiu com um revirar de olhos infantil. — Acho que alguém devia esculpi-lo nessa idade. Talvez você encontre tempo para fazê-lo, Marcos, embora eu deteste interromper seu trabalho na próxima estátua de Antínoo.

— Seria um prazer para mim, César.

Marcos olhou para o menino e imaginou de imediato a expressão que tentaria captar na pedra — uma mistura de inocência e sabedoria, sofisticação e ingenuidade.

— Soube que seu pai também era amigo íntimo do falecido... — começou o menino, hesitando e olhando para Adriano em busca de ajuda.

— Veríssimo imagina que você ainda não sabe da notícia que chegou hoje de manhã por um emissário imperial — explicou o imperador. — Epíteto morreu.

Marcos respirou fundo e baixou os olhos.

— É verdade, era o último dos amigos do círculo de meu pai.

Vero pegou a mão de Marcos.

— Talvez possamos encontrar conforto nas palavras do próprio Epíteto: "Somos perturbados não pelos acontecimentos, mas pela forma como os vemos." Isso não é verdade mesmo quando se trata da morte de entes queridos?

Marcos sorriu com tristeza.

— Não sou o filósofo que meu pai foi. Nem tenho certeza se sei o significado dessas palavras.

— Se estamos sofrendo por causa de algum acontecimento exterior a nós, não é o acontecimento que nos perturba, mas nossa opinião sobre ele. E está em nosso poder apagar essa opinião *agora* — declarou Vero, com uma convicção extraordinária para alguém tão jovem.

— Bem-colocado, Veríssimo! — exclamou Adriano, voltando-se para Marcos. — Os genealogistas me disseram que esse menino descende do sábio rei Numa e acho que eles devem estar certos.

Marcos balançou a cabeça. Como iria seu taciturno e desajeitado filho estar à altura de alguém como o jovem Vero?

— Proponho que esses dois meninos passem um tempo comigo em Tibur — sugeriu Adriano. — O que acha de montar e caçar um pouco, Lúcio?

— Apolônio de Tiana era contra a matança de animais — retrucou Lúcio, sério.

O imperador riu.

— Excelente! Você e Vero já têm até um assunto pronto para debater: um amante da filosofia pode também gostar da caça? Você vem também, Pigmalião. Escolhi um local para a tumba de Antínoo, e há outros locais que quero mostrar a você, para as termas, a biblioteca, a piscina grande...

— Será uma honra, César — disse Marcos, erguendo os olhos para a estátua de Antínoo, o deus que havia lhe trazido tanta boa sorte.

136 D.C.

No sexto dia antes das nonas de Maius, Marcos Pinário e o filho, Lúcio, estavam entre a multidão de cortesãos que enchia os pórticos em torno do antigo Auguratório, no monte Palatino. Diante do altar, o próprio imperador realizou o augúrio a fim de marcar a passagem para a idade adulta de Marcos Vero, que se encontrava no meio do pátio de cascalho, vestindo a primeira toga.

Aos 15 anos, apesar do intelecto maduro, Vero ainda não possuía barba, e os traços delicados pareciam mais de um menino que de um homem. A barba e o cabelo de Adriano estavam com mais fios brancos que nunca, e o rosto exibia uma palidez doentia; Marcos tinha a impressão de que o imperador aparentava bem mais de 60 anos. Comentava-se que sofria de uma doença séria. Ele tinha iniciado a construção do próprio mausoléu.

Marcos estava envolvido no projeto.

— Todos os outros túmulos imperiais estão cheios — havia dito Adriano —, e não tenho a intenção de passar a eternidade espremido ao lado de Trajano, dentro da coluna.

A estrutura seria uma vasta construção circular, com um projeto não muito diferente do mausoléu de Augusto, porém muito maior e localizada nas margens do Tibre, em frente ao Campo de Marte. Marcos sentia que o imperador não conseguia ser feliz a menos que tivesse algum grande plano de edificação em andamento. Agora que o Templo de Vênus e Roma estava por fim terminado, junto do Panteão e sua magnífica cúpula, além da espaçosa casa de campo em Tibur, o que havia sobrado para construir exceto o mausoléu?

Nas cerimônias de consagração de todos esses grandes projetos, Marcos estivera entre o seleto grupo de arquitetos e artistas mais elogiados pelo imperador, no entanto essas homenagens não se comparavam à que seria conferida aos Pinários naquele dia. Assim que acabou de realizar os auspícios para Marcos Vero, declarando-os altamente favoráveis, Adriano chamou o nome de Lúcio Pinário e lhe pediu que se aproximasse.

O rapaz olhou para o pai — aos 15 anos, já era um pouco mais alto que Marcos — com uma expressão de terror súbito. A combinação de vigor e timidez o tornara a companhia ideal para Vero; suas diferenças complementavam um ao outro. Entretanto, não era o momento para ser acanhado. Marcos lançou um olhar austero e confiável ao filho, depois, deu-lhe um pequeno empurrão, a fim de pô-lo a caminho.

Lúcio deu um passo à frente, hesitante a princípio, mas então com mais confiança. Em vez de permanecer no lugar, Vero se adiantou para saudar o amigo. Adriano não fez objeções a esse lapso de decoro; havia se apegado muito a Lúcio nos últimos meses, e fora ideia sua fazer do recebimento da toga de adulto uma cerimônia dupla, que incluísse os dois jovens.

Por mais desajeitado que se sentisse vestido assim, Lúcio parecia esplêndido em sua toga, pensava Marcos. Para ele, o menino desmentia a ideia geral de que a humanidade estava em declínio, definhando no intelecto e no vigor físico, a cada geração. Tinha a impressão de que o filho combinava o que havia de melhor na linhagem dos pais e não via razão para Lúcio não ultrapassar os ancestrais sob todos os aspectos. Diante dos cidadãos mais importantes de Roma, o próprio imperador realizou os auspícios, declarou-os favoráveis e anunciou que Lúcio Pinário, filho de Marcos Pinário, obtivera todos os privilégios e deveres de um cidadão da maior cidade do mundo.

Entre os que se aproximaram dos jovens para congratulá-los estava o sucessor recém-adotado por Adriano. Lúcio Ceiônio estava na casa dos 30 anos, velho demais para despertar as atenções sexuais do imperador, porém, ainda assim, detentor de uma beleza selvagem e um físico estatuário.

Certa vez, Adriano comentara com Marcos Pinário:

— Em todo o império, não há um homem mais belo que Lúcio Ceiônio.

— Espero que não tenha sido essa a razão pela qual o escolheu para ser seu sucessor — havia retrucado Marcos, brincando.

— Não tenha tanta certeza disso — falara o imperador. — Se a beleza é um sinal do favor dos deuses, então Ceiônio o possui em abundância. Às vezes, quando olho para ele, acho que adotei um deus e não um homem.

Chamou a atenção de Marcos o fato de que, naquele dia, Ceiônio não parecesse muito bem; tinha a mesma palidez doentia de Adriano e, enquanto Marcos o olhava, teve um ataque de tosse tão violento que precisou deixar o pátio. O imperador o observou sair com um olhar preocupado. Alguém se inclinou na direção de Marcos e lhe falou ao ouvido:

Oh, belo jovem, visão abençoada de um dia,
Assim que avistado, logo partia.

— Favônio! — exclamou Marcos. — Só você para distorcer as palavras de Virgílio em um mau agouro.

— Virgílio? Não fazia a menor ideia — disse o escurra. — Na verdade, eu estava citando o imperador. Eu o ouvi recitar esses versos hoje cedo, quando o pobre Ceiônio chegou.

— Ele está seriamente doente?

— César acha que sim. Disseram-me que ele fez o horóscopo de Ceiônio e o resultado foi alarmante. Pobre Adriano! Justamente quando estava com o futuro planejado com cuidado, com o império isolado, os templos terminados, o mausoléu em andamento e o próximo imperador escolhido... O destino fez a sorte virar de forma imprevisível. Parabéns, a propósito, pela chegada de seu filho à idade adulta, e em companhia tão seleta. O futuro dos Pinários parece muito brilhante.

— Obrigado — disse Marcos, irritado com a petulância do homem e dando um jeito de assentir graciosamente.

— Quase tão brilhante, se é que posso dizer, quanto essa bugiganga curiosa em seu peito. Como o ouro reflete a luz do sol!

Marcos ergueu a mão para tocar o *fascinum* que estava usando por fora da toga, naquele dia, à vista de todos por esta ser a última ocasião em que o ostentaria.

— Agora, peço licença. Preciso ver meu filho.

Adriano já conduzia os dois jovens para uma sala privativa, diante do Auguratório. Para a cerimônia que se seguiria, Marcos havia solicitado que as únicas testemunhas presentes fossem o imperador e Vero.

O ambiente pequeno e tranquilo era decorado de forma parcimoniosa. Um busto de Antínoo, posicionado em um nicho, era o destaque de uma das paredes. Esta, também, tinha sido uma solicitação de Marcos, que a única imagem presente fosse a do Divino Jovem.

Enquanto o imperador e Vero estavam de um lado, Marcos se aproximou do filho. Agora que a cerimônia pública havia terminado, Lúcio parecia completamente relaxado. Ele sorriu quando Marcos tirou a corrente do pescoço e ergueu o *fascinum* nas mãos.

— Meu filho, você já viu esse amuleto muitas vezes, pendurado em meu pescoço. Antes de mim, meu pai o usou, e, antes dele, o seu. O *fascinum* está em nossa família há muitas gerações, antes mesmo da fundação da cidade. Ele tem nos protegido, guiado, nos dado força nas horas de adversidade. Você é agora um homem, com todas as incertezas da vida pela frente. Nesse dia, quero passar o *fascinum* a você, de modo que nunca tenha de enfrentar sozinho essas incertezas. Da mesma forma como ele me guiou, deixe-o guiá-lo agora. E, do mesmo modo que ele me foi dado na presença do imperador, o Divino Trajano, quero dá-lo a você aqui, diante de César.

Marcos passou a corrente pela cabeça do filho. Era estranho ver o talismã de ouro reluzindo sobre outro peito e, por um momento, sentiu uma ponta de arrependimento. Teria o pai sentido o mesmo quando lhe deu a relíquia? Se esse fora o caso, nunca disse uma palavra sobre o assunto, e nem Marcos diria.

Durante cerca de uma hora, antes do banquete ter início, os dois jovens foram deixados sós.

— Não sei quanto a você — disse Vero —, mas vou tirar essa toga e pôr algo mais confortável.

— Você vai ter de vesti-la de novo para o banquete — disse Lúcio. — Além do mais, eu não trouxe outra roupa para trocar.

— Você pode usar uma de minhas túnicas, embora vá ficar um pouco curta. Não tem problema, somos homens agora e temos permissão para mostrar as pernas. Vamos até meus aposentos.

Uma estátua de Minerva lhes fez frente ao entrarem nos cômodos de Vero. Em um canto, um busto de Sócrates se destacava sobre um pedestal. No teto e nas paredes, não havia pinturas de guerra, cenas de sedução, donzelas dançando nem gladiadores lutando; na verdade, não se via pintura alguma. As paredes estavam pintadas de um plácido azul-celeste, cor que favorecia os estudos e as discussões filosóficas, de acordo com Vero.

Enquanto tiravam as togas e vestiam túnicas, a atenção de Vero foi atraída pelo *fascinum* no peito do amigo. Ele pediu para tocá-lo.

— Será que é tão antigo quanto seu pai alega?

— O Divino Cláudio acreditava que sim.

Vero balançou a cabeça, com gravidade.

— Poucos conheceram tão bem o passado distante quanto o Divino Cláudio. Que incrível que esse objeto já existisse nos dias do rei Numa, e até antes, na época em que semideuses como Hércules andavam pelo mundo. Que coisa espantosa ter essa ligação com os ancestrais. Um deles pode tê-lo usado quando Aníbal e seus elefantes atravessaram os Alpes, e outro quando o Divino Júlio foi morto por assassinos. Onde você vai guardá-lo quando não estiver usando?

— Você viu o altar no vestíbulo de nossa casa. Em meio aos nichos que exibem as máscaras de cera dos ancestrais, guardamos uma capsa pequena que contém todas as cartas de Apolônio de Tiana recebidas por meu avô, o grilhão que ele retirou e um pequeno busto de Antínoo, feito por meu pai. O *fascinum* fica guardado ali.

Vero balançou a cabeça. Ele havia pedido e recebido permissão para ler as cartas de Apolônio, mas tinha ficado muito decepcionado. Apolônio poderia ter sido um grande professor; mas grande escritor não fora. As cartas nada mais eram que breves mensagens de estímulo, entusiásticas, mas sem qualquer conteúdo filosófico e, frequentemente, contendo erros gramaticais. O grilhão havia impressionado Vero menos ainda; era igual a qualquer outra peça de ferro corroído e, intimamente, ele se perguntava se seria autêntico. Quanto a Antínoo, Vero não compartilhava do fascínio de Adriano por rapazes belos e, embora fosse circunspecto demais para admitir, sentia pouco entusiasmo pelo culto do Divino Jovem.

No entanto, o *fascinum* era outra questão. Para Vero, parecia um objeto realmente espantoso, repositório de todos os mistérios do passado, mais intrigante ainda porque o tempo havia desfigurado sua forma, mas fora incapaz de diminuir o brilho dourado.

Lúcio tinha lhe mostrado o *fascinum*. Vero acreditava que deveria mostrar ao amigo algo igualmente maravilhoso.

— Venha comigo — chamou ele.

Eles se dirigiram a uma parte do palácio imperial inédita para Lúcio. Logo se tornou evidente que entraram em alguma área proibida; com um sussurro, Vero lhe disse para ficar em silêncio, e toda vez que alguém passava o amigo o escondia.

Eles chegaram a uma porta trancada. Para espanto de Lúcio, Vero pegou um pequeno instrumento de metal e forçou a fechadura.

Depois, prosseguiram por um longo corredor e chegaram até outra porta trancada, que Vero forçou com a mesma facilidade.

Ao passarem por ela, ele a fechou silenciosamente. Estavam em uma câmara de pedra. Fendas estreitas no alto das paredes permitiam a passagem de raios brilhantes de sol. Mesmo antes de os olhos se adaptarem à obscuridade que engolia a maior parte do ambiente, Lúcio viu que este era tomado, até a altura do peito, por armários de madeira e, em cima deles, encontravam-se objetos que brilhavam com pontos de luz colorida.

— Essa é a sala das joias — sussurrou Vero.

Cercando-os, havia uma vasta coleção de pedras preciosas. A maioria estava guardada nos armários, porém alguns dos exemplares mais fantásticos se encontravam em exibição sobre pedestais, pendurados nas paredes ou simplesmente sobre os armários, deixados ali por Adriano, Sabina ou qualquer outro cortesão que tivesse permissão para manusear aqueles objetos preciosos. Alguns eram talhados em forma de camafeus; outros, lapidados e incrustados em joias, como colares e pulseiras de ouro e prata. Alguns estavam em estado natural. Havia rubis e safiras, esmeraldas e lápis-lazúli, ametista e jaspe, cornalina e ágata, olho de tigre e âmbar.

— Adriano adquiriu tudo isso nas viagens? — sussurrou Lúcio.

— Não, elas foram coletadas por gerações de imperadores. Nero acabou em um aperto tão grande que vendeu a maior parte das pedras que herdou, mas Vespasiano e seus sucessores conseguiram recuperar muitas delas. Está vendo aquele colar de cornalina? A rainha Cleópatra o estava usando no dia em que morreu. Augusto ficou furioso por ela ter se matado, e o arrancou dela com as próprias mãos, como um troféu.

— Nunca imaginei que existisse uma coleção dessas — comentou Lúcio, pasmo com o tesouro.

Ele havia visto a espaçosa propriedade do imperador ser erguida em Tibur. Estivera ao lado do pai durante as consagrações do Templo de Vênus e Roma e do Panteão, as maiores e mais suntuosas edificações já construídas. Sempre soubera que a riqueza de Adriano era imensa, porém agora, contemplando os esplendores que o cercavam, percebeu que a fortuna do imperador ultrapassava qualquer cálculo.

— Pouquíssimos viram essa sala — declarou Vero. — E menos ainda viram isso — acrescentou ele, abrindo um armário e tirando uma pedra, que segurou entre dois dedos, procurando o raio mais próximo de luz do sol.

Para Lúcio, a pedra parecia ter vindo de um mundo de sonhos. Era octaédrica e grande como uma noz; transparente e, no entanto, captava a luz, devolvendo-a em uma série estonteante de cores. Lúcio nunca vira nada assim.

— Chama-se diamante — explicou Vero. — Esse é, de longe, o espécime maior e mais perfeito já encontrado. Não é apenas belo: é indestrutível. O fogo não queima e nenhuma lâmina corta.

— De onde veio?

— Achamos que Domiciano o adquiriu. Ele tinha uma queda tão grande pelo sigilo que ninguém sabe a história, mas deve ter vindo da Índia, que é a fonte de todos os diamantes verdadeiros. Nerva o presenteou a Trajano, como um sinal de sua preferência; e Trajano o presenteou a Adriano, como recompensa pelo comando da Primeira Legião de Minerva. É a joia mais rara da coleção e do mundo inteiro.

— É incrível! — exclamou Lúcio.

— Eu, na verdade, não me interesso muito por pedras preciosas — disse Vero —, nem pelas outras armadilhas da riqueza. Os objetos materiais não possuem valor intrínseco, só o que os homens atribuem a eles. Mas, ainda assim, quando contemplo algo tão belo e perfeito quanto isso, acho que deve ser, de alguma forma, uma manifestação daquilo que Apolônio chamava de Divina Singularidade.

— Eu poderia ficar horas olhando para ela — declarou Lúcio. — Obrigado por me mostrá-la.

Vero sorriu.

— E, no entanto, a coisa mais preciosa dessa sala não é esse diamante, mas esse objeto que você usa no peito.

— Você acha realmente? — indagou Lúcio, baixando os olhos para ver o *fascinum*, que lhe parecia uma coisa frágil, grosseiramente moldada, comparada à perfeição inquebrável do diamante. Ele mal acreditava que o amigo estivesse falando sério, no entanto não era do feitio de Vero brincar com esse tipo de coisa.

— Acho, de verdade. Estou falando não apenas como Marcos Vero, seu amigo, mas como Veríssimo, que ama a verdade acima de tudo.

138 D.C.

O mês de Junius havia sido atipicamente abrasador. O de Julius prometia ser mais quente ainda. Vestindo toga e limpando o suor da testa, Marcos Pinário tomou o caminho do palácio imperial, em resposta a um chamado do imperador.

Suava porque o dia estava quente e dizia a si mesmo: um homem na casa dos 50 anos devia ser carregado de sedã, em um dia como esse, em vez de andar a pé. Mas, na verdade, estava muito nervoso. Não via o imperador havia meses e, naquele período, um chamado ao palácio não era motivo para comemoração, mas para sérias apreensões. Adriano estava então com

62 anos. A saúde declinava rapidamente, e a doença fizera despertar nele um lado perigoso, quase assassino, da personalidade. O voto que havia feito, mais de vinte anos antes, de não mandar matar senadores fora posto de lado. Uma atmosfera de apreensão e medo envolvia todos que lidavam com ele.

Marcos não foi conduzido a um salão de recepções, porém aos aposentos particulares de Adriano. O cortesão o deixou em uma sala com sacada, que dava para um jardim. A luz forte do sol, entrando pela varanda, ofuscou Marcos, que não percebeu o que havia na sala; apenas aos poucos foi notando a mobília suntuosa, as estátuas elegantes, as pinturas nas paredes — e o fato de não estar sozinho. Deu-se conta da silhueta de uma figura, sentada em um divã, com as costas voltadas para a luz do sol. Por um momento, pensou tratar-se de Adriano — o cabelo e a barba possuíam muita semelhança —, no entanto a postura era a de alguém mais jovem. Marcos respirou fundo, achando por um instante que via Ceiônio, que morrera durante as calendas de Januarius. Comentava-se que o espírito do sujeito ainda vagava pelo palácio, retido pelo sofrimento do luto de Adriano.

Todavia, era mais velho que Ceiônio fora e mais jovem que Adriano — talvez na casa dos 40 anos —, e parecia se encontrar em excelente saúde, apesar da tensão no rosto:

— Você deve ser Marcos Pinário — disse ele em voz baixa. — Sou Tito Aurélio Antonino. Acho que nunca nos encontramos, mas creio que conhece meu sobrinho, o jovem Marcos Vero. Ou melhor, meu filho, como imagino que devo chamá-lo agora.

Então, esse era o homem que Adriano, cruelmente desapontado com a morte de Ceiônio e pressionado pela iminência da sua, havia indicado como sucessor. Determinado a controlar a sucessão mesmo após a morte, Adriano fizera com que Antonino adotasse como herdeiros o filho do falecido Ceiônio e também o jovem Marcos Vero, que tomara o nome do novo pai e era então Marco Aurélio, o terceiro na linha de sucessão.

Essas adoções forçadas não foram as únicas artimanhas do imperador na tentativa de controlar o futuro. Ele parecia determinado a mover ou remover muitos ao redor, como peças em um tabuleiro. No estado em que se encontrava, deprimido e confinado ao leito, obcecado pela ideia de proteger a sucessão, recorrera à execução ou ao suicídio forçado de uma série de homens, que considerava ambiciosos demais. A última e mais escandalosa dessas mortes tinha sido o suicídio forçado do cunhado, de 90 anos, Serviano, que Adriano suspeitava estar tentando favorecer o neto. A morte da imperatriz Sabina também encadeara outro escândalo: alguns dos parentes ousaram murmurar que Adriano a envenenara.

— Fui informado de que César tinha mandado me chamar — explicou Marcos.

Antonino assentiu.

— Foi a primeira coisa que pediu quando acordou hoje de manhã.

— Espero encontrar César com mais saúde que na última vez que o vi — falou Marcos.

— Imagino que essa seja sua forma delicada de se informar sobre a condição dele. Verá por si daqui a pouco. Tente não parecer chocado com sua aparência. Ele está com o corpo todo inchado de fluidos; o rosto, tão intumescido que mal dá para reconhecê-lo. Dizem que algo parecido aconteceu com Trajano, perto do fim.

— Posso perguntar sobre o estado de espírito de César?

Antonino lhe lançou um olhar penetrante.

— Você o conhece há muito tempo, de forma que não vou mentir. Nos últimos dias, ele tentou acabar com a própria vida algumas vezes. Primeiro, mandou que um escravo o esfaqueasse. Quando o escravo recusou, tentou se esfaquear sozinho, mas estava fraco demais. Depois pediu veneno a um médico. "César está me pedindo para ser seu assassino", disse o pobre homem, e Adriano citou Sófocles para ele: "Estou lhe pedindo para ser aquele que vai me curar, o único médico que pode dar fim a meu sofrimento", as palavras de Hércules em *As traquinianas*, enquanto agonizava e pedia ao filho que ateasse fogo nele. O médico se recusou a lhe dar o veneno. Por causa disso, César mandou que o executassem, junto de todos que frustraram suas tentativas de suicídio.

Marcos limpou novas gotas de suor da testa.

— E o médico foi executado?

— Claro que não. Só retirei de sua presença todos que ofenderam o imperador e os substituí por outros. Todos receberam ordens estritas para ficar de olho em César e impedir qualquer outra tentativa de suicídio. Enquanto isso, como os médicos não conseguem curá-lo, ele vem apelando para uma série de curandeiros e mágicos, a maioria charlatões, não tenho dúvida, mas ultimamente parece um pouco melhor. César insiste que está em condições de viajar e pretende ir a Baiae amanhã. Diz que o ar marítimo vai melhorar sua saúde. Mas, antes de ir, quer vê-lo.

Antonino o acompanhou até a porta do quarto. Abriu-a, mas permaneceu onde estava, indicando que Marcos devia entrar sozinho.

As cortinas encontravam-se cerradas para impedir a entrada da luz do sol. Através da luminosidade de algumas lâmpadas, ele viu deitada a figura grotescamente inchada do imperador. Uma estátua de Antínoo, não exatamente em tamanho real, encontrava-se em um pedestal aos pés da cama, olhando para Adriano.

Conforme a advertência de Antonino, o edema deixara o imperador quase irreconhecível — as bochechas, o queixo e até a testa estavam tremendamente inchados, ao passo que os olhos e a boca pareciam pequenos e espremidos. Entretanto, quando falou, a voz era a mesma, a não ser por um indício do antigo sotaque espanhol que teimava em transparecer.

— Pigmalião! É você?

— Sim. César queria me ver?

— Sim, chegue mais perto. Você parece bem, Pinário. Não, não se incomode em devolver o cumprimento. Tremo só em pensar como deve estar minha aparência. Você notará que Antonino teve a delicadeza de retirar todos os espelhos do quarto — comentou Adriano, conseguindo dar um leve sorriso.

Marcos ficou surpreso por encontrá-lo de tão bom humor. Era esse o homem amargo que vinha ordenando execuções indiscriminadamente?

— Chamei você aqui, Pinário, porque queria lhe agradecer por tudo que fez por mim esses anos todos, e em especial por seu empenho no culto de Antínoo. O Divino Jovem não tem nenhum seguidor mais fiel. As imagens que você criou vão sobreviver a todos nós. O corpo é tudo que conhecemos nessa vida, mas ele envelhece, murcha e apodrece, como sei muito bem. Só a perfeição é imortal, e recebemos a bênção do deus de testemunhar a perfeição, de tocá-la, você e eu.

Falar o cansava. Adriano fez uma pausa para descansar um instante e depois continuou:

— Dê uma olhada no objeto em cima daquela mesa, perto da janela. Abra a cortina, se precisar de mais luz.

Sobre a mesa, Marcos viu uma maquete do novo mausoléu. Ao puxar a cortina, viu que a janela emoldurava uma vista distante da construção, do outro lado do Tibre. Os trabalhos encontravam-se bem adiantados, mas a decoração que o imperador tinha em mente para o alto da vasta edificação circular permanecia um mistério — até então. No topo da maquete, estava instalada uma estátua de Adriano conduzindo uma biga, puxada por quatro cavalos. Marcos ficou boquiaberto. A julgar-se pela escala do modelo, a escultura da quadriga seria uma das maiores estátuas já feitas. Embora não tão alta, a grandiosidade da obra rivalizaria com o Colosso do Sol.

— O que você acha, Pigmalião?

— Posso perguntar quem fez essa maquete, César?

— Eu mesmo, com esses meus dedos inchados. Sim, é uma coisa grosseira, mas nunca me considerei escultor. Vou deixar os detalhes para um verdadeiro artista, para você, Pinário. E então, o que acha?

— As proporções da estátua para o mausoléu foram feitas corretamente?

— Dentro do possível.

Marcos franziu a testa.

— O mausoléu tem quase vinte metros de altura. Essa escultura é quase tão alta quanto a estrutura em que se apoia. César faz ideia do tamanho que a coisa vai ter?

— Sim.

— Mas como se vai construir um monumento tão grande? Como vai ser transportado e montado no alto do mausoléu? A quantidade enorme de bronze necessária...

— Deixo esses detalhes insignificantes para você, Pigmalião! — vociferou Adriano.

Seu rosto enrubesceu e os olhos se reduziram a dois pontos sinistros de luz. Por um instante, Marcos imaginou que a cabeça do homem fosse estourar, como uma uva espremida entre dois dedos.

Depois, Adriano riu.

— Escute-me! Está ouvindo esse sotaque? Mais forte que o de Trajano! Quando penso nas horas que passei com meus professores de dicção, lendo Cícero em voz alta até ficar rouco. Pelos colhões de Numa, nunca soei tanto como um espanhol desde que era um menino. E isso foi há muito tempo... — comentou ele, fechando os olhos e deixando-se levar pela imaginação.

Marcos o contemplou durante um longo tempo. O que Apolônio de Tiana teria achado de Adriano? Ele era com certeza infinitamente melhor que Domiciano e mais versado em filosofia que Trajano, porém, se ela fazia com que um homem se conformasse com a vida e o preparava para encarar a morte, então, em Adriano, de nada adiantaram todas as lições de filosofia. À medida que a morte se aproximava, ele se ligava mais ao mundo material, ambicionando um monumento maior que qualquer outro, determinado a decidir quem governaria depois dele até a segunda geração. A vida o obcecava; a morte lhe era inaceitável — a sua não menos que a do adorado Antínoo, que Adriano havia tentado manter vivo, propagando-lhe a imagem pelo mundo inteiro.

Talvez nenhum imperador conseguisse ser um filósofo de verdade, pois seu dever era se preocupar profundamente com o mundo material e os mortais que o habitavam, mas Adriano chegara mais perto que qualquer outro. Talvez, mesmo com todos os defeitos, ele fosse o melhor governante que o mundo poderia esperar. Seria Antonino superior? E o jovem Marco Aurélio, se algum dia chegasse ao poder?

Como reflexo, Marcos estendeu a mão para tocar o *fascinum*, no entanto ele não estava em seu peito. Pertencia a Lúcio agora. Para o Divino Jovem, que o olhava de cima, ele sussurrou:

— Sou um homem de sorte, por ter vivido nessa era e sob um imperador desses.

— O que é isso? — murmurou Adriano, abrindo os olhos. — Você ainda está aí, Pigmalião?

— Estou, César.

— Quase me esqueço de lhe dizer. Fiz de você senador.

— Eu, César?

— Por que não?

— Há pessoas no Senado que dirão que não existe lugar para um simples escultor entre elas.

— Quem se importa com o que aquelas criaturas inúteis acham? Eu disse que você agora é senador e pronto. Você me serviu tão bem quanto qualquer general ou magistrado, melhor que a maioria, aliás. E nunca esqueça que seu avô foi promovido ao Senado pelo Divino Cláudio, e que o pai dele foi senador também, e que seu tataravô foi um dos três herdeiros de Júlio César. Então, a partir de agora, você é o senador Pinário, exceto quando eu cometer algum lapso e chamá-lo de senador Pigmalião.

Marcos sorriu e agradeceu:

— Obrigado, César.

— Também indiquei você para o sacerdócio de Antínoo.

— Eu, sacerdote?

— O serviço religioso está em seu sangue: você descende de uma longa linhagem de áugures. Basicamente, você já é um sacerdote de Antínoo, então é melhor desfrutar o título e o estipêndio, junto dos deveres.

— Que deveres?

— Você vai fazer mais imagens de Antínoo para propagar seu culto.

— Farei o possível, César.

Adriano fechou os olhos. A respiração diminuiu. Marcos achou que estava dormindo, mas então ele começou a falar, muito baixo. Recitava um poema. Talvez, o tivesse composto ele mesmo; Marcos nunca o ouvira antes.

Alma doce que habita esta argila,
Logo estarás de partida.
Aonde irás? Para que região
escura e fria e sem coração,
onde nunca mais rirás nem brincarás?

Adriano suspirou e adormeceu. Marcos deixou silenciosamente o quarto.

No dia seguinte, o imperador e a comitiva partiram para Baiae. Dez dias depois, chegou a Roma a notícia de que Adriano estava morto.

Antonino, que vinha governando o Estado na ausência de César, partiu imediatamente para Baiae, a fim de cuidar dos restos mortais e trazê-los a Roma. Coube ao jovem Marco Aurélio supervisionar os preparativos para os ritos funerários, inclusive as lutas de gladiadores em homenagem ao morto.

Após o retorno a Roma, Antonino foi reconhecido como imperador por uma declaração unânime do Senado.

— Que tenha mais sorte ainda que Augusto! — gritaram os senadores. — Que seja melhor ainda que Trajano!

Os últimos meses de Adriano deixaram um gosto amargo na boca de muitos deles. Surgiu um movimento para anular vários de seus decretos finais — inclusive a nomeação de alguns favoritos para cadeiras no Senado e outros altos cargos. Antonino disse que essas anulações desonrariam a memória do pai adotivo e se recusou a permiti-las. Insistiu que o Senado divinizasse Adriano, apesar da grande relutância. Assim, Marcos Pinário reteve o cargo de senador e sacerdote de Antínoo, e o falecido imperador se tornou o Divino Adriano.

141 D.C.

A construção e a decoração do mausoléu de Adriano estavam por fim concluídas. Naquele dia, os restos mortais do falecido imperador seriam oficialmente sepultados.

Para se chegar ao monumento funerário, havia sido construída sobre o Tibre uma nova ponte, que oferecia uma visão imponente da enorme estrutura, e foi lá que o imperador Antonino e um grande número de dignitários se reuniram para a cerimônia. Juntamente dos de Adriano, os restos da imperatriz Sabina e de seu ex-herdeiro, Ceiônio, seriam também enterrados.

Para Marcos Pinário, vestido com a toga de senador, a ocasião marcava o ápice de sua longa carreira; proporcionava-lhe também um momento raro para simplesmente parar e recuperar o fôlego. Ele nunca estivera tão ocupado na vida, nem durante os anos agitados das campanhas dácias, quando era assistente de Apolodoro. Participava regularmente de reuniões do Senado, em Roma. Fazia viagens frequentes à propriedade de campo, em Tibur, para supervisionar o culto a Antínoo, e moldava imagens novas do Divino Jovem sempre que a inspiração lhe chegava. Todavia, a maior parte de seus esforços nos últimos anos tinha sido consumida pelo planejamento e construção da gigantesca estátua sobre o mausoléu do falecido imperador. As imagens de Antínoo eram inquestionavelmente as mais belas entre todas as obras de Marcos, o mais próximo que chegaria da perfeição, no entanto a estátua da quadriga com Adriano era, de longe, a mais imponente.

Construir uma obra em escala tão imensa havia sido um desafio; criar uma escultura de grandiosidade suficiente para homenagear Adriano de forma adequada foi outro. De pé sobre a nova ponte, escutando com um ouvido apenas os infinitos discursos e invocações, Marcos contemplava o grupo enorme de esculturas e sentia uma satisfação tremenda. Apolodoro diria que a estátua era muito grande, que seu volume reduzia o mausoléu embaixo a um mero pedestal, fazendo toda a estrutura parecer instável. No entanto, Marcos havia resistido à tentação de alterar a maquete de Adriano, permanecendo fiel aos desejos do imperador, embora tivesse empregado diversos truques para dar às figuras uma proporção mais agradável, quando vistas do chão. Nos últimos dias, ele se aventurara por todas as Sete Colinas e pelas estradas que partiam da cidade, vendo como a escultura parecia a partir de vários ângulos de visão e distâncias. Pela proeminência, Adriano, em sua quadriga, rivalizava com o Templo de Júpiter, no alto do monte Capitolino, com o Colosso do Sol e até com o Anfiteatro Flaviano. Na verdade, Marcos descobrira um ponto privilegiado, ao norte da cidade, do qual nada podia ser visto de Roma, a não ser a quadriga; a ilusão de contemplar uma figura titânica, conduzindo uma carruagem gigante através de uma paisagem desprovida de seres humanos, fora completa. Como artista, Marcos não havia conhecido momento de satisfação maior, nem mesmo admirando as imagens do Divino Jovem.

Ao lado dele, estava Apolodora. As feições eram as de uma beldade oriental que envelhecia, mas exibia a expressão inescrutável de uma verdadeira matrona romana. Marcos não tinha ideia do que ela sentia. Fazia muito tempo que não expressava ressentimento ou dor pela morte do pai.

Perto dela, via-se Lúcio, que continuara crescendo até ficar um palmo mais alto que o pai. Ele usava o *fascinum*, embora o amuleto se encontrasse oculto sob as dobras da toga. Marcos viu o filho trocar olhares com Vero — ou Aurélio, como todos o chamavam então.

O próprio imperador havia adquirido recentemente um cognome novo. Agora era Antonino Pio, após receber esse nome do Senado, aparentemente em reconhecimento por sua piedade filial, no desempenho de seus deveres para com o pai adotivo, inclusive pela insistência de que o Senado devotasse honras divinas a Adriano; mas muitos achavam que a concessão do nome Pio era para agradecer Antonino por salvar a vida dos vários senadores que Adriano teria condenado à morte nos últimos dias de seu reinado.

— Prefiro salvar a vida de um cidadão inocente a tirar a de mil inimigos — havia dito Antonino.

Ele nada tinha da natureza inquieta e taciturna de Adriano; era conhecido pelo temperamento plácido e por um senso de humor benévolo. Sob seu governo pacífico, a amargura característica do fim do reinado de Adriano havia quase desaparecido da memória popular.

Por fim, os discursos e rituais terminaram. Carregando a urna que continha as cinzas de Adriano, Antonino Pio cruzou a ponte e entrou no mausoléu. No vestíbulo, um nicho abrigava uma estátua do falecido imperador. À direita, um corredor forrado de mármore ascendia suavemente, seguindo um trajeto em espiral. A rampa fazia um círculo completo, terminando em uma câmara bem em cima da entrada e, dali, outro corredor levava a uma sala circular, exatamente no centro da construção. Nichos foram feitos nas paredes para dar lugar às urnas contendo as cinzas de Adriano, Sabina e Ceiônio. O local era muito grande, com espaço suficiente para proporcionar o descanso eterno de muitos imperadores. Assim, o mausoléu era tanto um monumento ao passado quanto uma manifestação de fé no futuro. Os homens morriam, porém o império romano continuava. Aquele era um lugar para abrigar os restos mortais de gerações vindouras.

Marcos observou Antonino colocando a urna no nicho. Experimentava a sensação de tristeza e alívio que vem com o fim de uma era. Adriano, o viajante inveterado, chegara ao fim da última viagem.

Seguiu se um banquete. Exausto por ter ficado de pé o dia inteiro, Marcos justificou sua ausência um pouco antes. Apolodora foi embora com ele, mas Lúcio ficou, dizendo que queria fazer companhia a Aurélio.

— Que sorte temos de esses dois terem se tornado amigos tão próximos — comentou Marcos à esposa, enquanto iam para casa de liteira. — Por esse resultado feliz, e por tanta coisa mais, só temos de agradecer ao Divino Adriano.

Apolodora não fez nenhum comentário; apenas assentiu e fechou os olhos, como se estivesse cansada demais para falar. Quando chegaram em casa, ela foi diretamente para a cama.

Apesar do cansaço, Marcos se sentia inquieto. Era geralmente assim nos dias em que era chamado para tomar parte em cerimônias e rituais; esse tipo de evento o enchia de uma excitação nervosa, que afastava o sono. Ele ficou caminhando no jardim por um tempo e depois foi para a biblioteca. Amyntas, conhecendo os hábitos do dono e antecipando suas necessidades, havia deixado uma lâmpada acesa para ele.

Marcos examinou os rolos nos escaninhos, identificados por etiquetas penduradas e, em um impulso, puxou um volume das biografias imperiais do falecido Suetônio, que vieram recentemente à baila em uma conversa com o jovem Marco Aurélio, que manifestara espanto ao saber que Marcos nunca tinha lido aquela obra.

— Você está me dizendo que possui uma das primeiras cópias, dada a você pelo próprio Suetônio, e nunca a leu? Inacreditável! Você tem de lê-la.

Marcos localizou os outros volumes e os empilhou sobre a mesa, depois começou a passar os olhos pelo texto. Do severamente moralista Augusto, o poder havia passado para o circunspecto Tibério, que terminara na mais plena devassidão e deixara o mundo à mercê do monstruoso Calígula, cuja morte sangrenta tinha conduzido ao reinado do desafortunado Cláudio, corneado por uma esposa, Messalina, e provavelmente assassinado por outra, Agripina, que pusera o filho, Nero, no trono e foi recompensada com a morte. Após Nero, vieram quatro imperadores em rápida sucessão: Galba, Oto, Vitélio e depois Vespasiano, o brando e competente general, que deixou o império para os filhos; primeiro, o popular Tito, e, em seguida, o desconfiado e cruel Domiciano. Aí acabava o relato de Suetônio, porém Marcos não precisava de nenhum historiador para lhe contar sobre os reinados de Nerva, Trajano e Adriano.

Marcos entendeu por que aquelas biografias eram tão populares. As histórias contadas por Suetônio eram brutais, engraçadas e chocantes. As pessoas que descrevia eram, em sua maioria, espantosas. Teria Calígula dado realmente a seu cavalo Incitatus uma baia de mármore, um cocho de marfim, cobertores púrpura e um colar de pedras preciosas, tudo como preparativo para torná-lo cônsul? Teria Nero tentado matar de fato a mãe, colocando-a em um barco instável? Teria Domiciano levado convidados a uma sala escura, onde todos eram tratados como praticamente mortos, e depois os soltado, fazendo piadas com seu desespero? Que tempos espantosos e terríveis o pai, o avô e o bisavô de Marcos atravessaram — e como ele sabia pouco sobre suas vidas!

Quando a primeira luz do amanhecer começou a vir do jardim, percebeu que estivera lendo a noite inteira. Foi então para a cama, pensando que uma hora de sono seria melhor que nada, e sonhou com imperadores loucos.

Quando acordou, apesar de ter dormido tão pouco, Marcos se sentiu estranhamente enérgico. Após um desjejum demorado com a esposa e o filho, convidou Lúcio para dar uma volta com ele.

— Vista a toga — pediu ele. — E coloque o *fascinum*.

— É alguma ocasião especial, pai?

— Qualquer caminhada pela cidade de Roma é uma ocasião especial.

Uma liteira os carregou pelo Campo de Marte e os depositou na ponte nova que cruzava o Tibre. Marcos queria olhar para o monumento sem as distrações de uma cerimônia apinhada de gente. Havia feito aquilo em várias ocasiões anteriores, mas fora antes do depósito dos restos mortais de Adriano no interior. A edificação lhe parecia diferente agora, mais completa. O imperador havia desejado um monumento para as eras futuras. Marcos não tinha dúvida de que aquele sepulcro ainda estaria de pé dali a mil anos.

Pai e filho caminharam até o Panteão. Entraram para admirar as estátuas dos deuses e a sensação extraordinária de luz e espaço, criada pela alta cúpula e a claraboia que a perfurava. Ali, também, estava um monumento que permaneceria pela eternidade, tributo à altura dos deuses e das deusas que celebrava.

O passeio os levou ao Anfiteatro Flaviano, o maior local de encontro já criado, onde toda a Roma vinha ver e ser vista, assistindo a espetáculos de vida e morte. Perto dali, erguia-se o Colosso do Sol, que já havia sido uma estátua de Nero e o mais perto que ele chegara de ser divinizado. Marcos se lembrou da ambição de Apolodoro, de construir uma estátua igualmente colossal de Luna; esse sonho morrera para sempre, junto do sogro. Quase nunca se falava de Apolodoro em casa, devido às circunstâncias da morte. Ocorreu a Marcos que Lúcio sabia muito pouco sobre os dois avôs. Ele decidiu que devia contar ao filho tudo que sabia sobre seus ancestrais, até mesmo sobre o misterioso tio-avô que fora cristão.

Do anfiteatro, era apenas uma pequena caminhada até o Templo de Vênus e Roma. Durante anos, Marcos havia custado a perceber a concepção inovadora de Adriano, de um templo com duas frentes; o resultado era sem dúvida uma das edificações mais esplêndidas da terra. No santuário de Roma, sacerdotes realizavam um ritual em homenagem à cidade; no de Vênus, recém-casados queimavam incenso no altar, rezando à deusa para que abençoasse a união.

— Veja como parecem felizes — comentou Marcos. — Você já está na idade de casar, filho. Posso esperar que em breve...

— Talvez, pai — disse o jovem, ruborizando.

Graças à amizade com o jovem Aurélio, havia boas chances de Lúcio unir a casa Pinário, pelo casamento, a uma das famílias mais importantes da cidade. Quem sabe, mais uma vez, os Pinários pudessem servir como cônsules e vestais, como na época dos reis e nos primeiros séculos da República.

Os degraus do templo os levaram à Via Sacra. Atravessaram o antigo Fórum — fundado com tijolos, mas revestido de mármore por Augusto — e prosseguiram até o ainda mais grandioso Fórum de Trajano, onde subiram a escadaria em espiral até o topo da Coluna de Trajano. Essa era vista da cidade favorita de Marcos. Ele se lembrou do dia em que a estátua do imperador fora colocada no lugar, quase resultando em um desastre. Como era jovem, então!

No caminho de volta à casa no Palatino, Marcos, por impulso, decidiu dar uma passada pelo Senado, embora não houvesse reuniões aquele dia. Ao lado de Lúcio, queimou um pouco de incenso no Altar da Vitória e proferiu uma prece:

— Deusa, garanta vitória a Roma e derrota aos inimigos. Proteja o império que entregou a Augusto. Guarde Roma contra todos que queiram causar-lhe dano, seja do exterior ou do interior.

Por que havia pedido a Lúcio que desse essa caminhada com ele? A leitura de Suetônio lhe dera a ideia. Os detalhes estavam todos misturados em sua cabeça, mas Marcos havia ficado com uma vaga impressão de que o mundo havia progredido desde a época de Augusto. Na correria da vida diária, era fácil esquecer que lugar especial era Roma, como era estranho o passado e muito melhor, sob todos os aspectos, o mundo do presente. Pensando nas histórias estranhas de Suetônio, lembrando-se daquelas que o pai lhe contara e refletindo sobre as próprias recordações, de uma vida que tivera início na escravidão, mas que o havia levado até a companhia de imperadores e ao culto do Divino Jovem, pareceu a Marcos que o mundo tinha passado por uma série de provações terríveis, para chegar a algo que se assemelhava a um estado de perfeição, ou tão perfeito quanto os mortais eram capazes de fazê-lo. Ele fizera sua parte para criar esse mundo estável, pacífico e verdadeiramente civilizado, a ser herdado pela geração do filho. O tempo passaria e o mundo de Adriano daria certamente lugar ao mundo de Marco Aurélio — e depois?

De pé, diante do Altar da Vitória com o filho ao lado, o senador Marcos Pinário sentiu uma onda de otimismo. O que reservava o futuro? Nem mesmo os deuses sabiam.

NOTA DO AUTOR

Império é um romance sobre a vida na cidade de Roma, do reinado de Augusto, o primeiro imperador, ao apogeu do império, sob o governo de Adriano; cobre o período de 14 a 141 d.C. Em um romance anterior, *Roma*, segui uma linhagem familiar desde a origem da cidade até a ascensão da República romana.

Sob alguns aspectos, o período de tempo retratado em *Império* é um dos mais acessíveis da história. Os principais historiadores, inclusive Suetônio, Tácito e Plutarco, encontram-se amplamente disponíveis para leitores do mundo inteiro, seja em latim ou grego originais ou em várias traduções, e até as fontes escritas mais secundárias (inscrições, fragmentos de poemas etc.) podem ser rastreadas por qualquer leitor. As evidências arqueológicas são muito ricas: toda a cidade de Pompeia foi preservada quando o Vesúvio a soterrou em 79 d.C., alguns dos prédios mais importantes da época ainda estão de pé (como o Panteão) e escavações na cidade de Roma continuam revelando novos achados, como a câmara que se acredita ser a gruta Lupercale de Augusto, cuja descoberta foi anunciada em janeiro de 2007. Outras evidências vêm da numismática, e o comércio mundial de moedas romanas na internet tem feito imagens grandes e nítidas até daquelas mais obscuras, amplamente acessíveis. Com todas essas fontes para se recorrer, o período é muito apreciado pelos historiadores modernos, que produzem mais livros anualmente sobre o império romano que qualquer um consiga ler.

E, ainda assim, para os romancistas, o período oferece um problema especial: os imperadores. Ou antes, o império-centrismo.

Quando escrevi *Roma*, enfrentei um desafio muito diferente. As fontes de informação relativas aos primeiros mil anos da cidade são muito mais limitadas. No entanto, a narrativa oferecida por elas é quase inimaginavelmente rica: lendas de semideuses e heróis, histórias de levantes sociais e uma violenta luta de classes, a história como representação teatral de famílias, facções e personalidades poderosas, todas se esforçando para cumprir seu destino particular. O desafio foi, de alguma forma, encontrar espaço para esse prolífico elenco de personagens em um único romance.

Com o fim da república e a ascensão do governo autocrático, a narrativa muda. Os conflitos de classe e os heróis (e vilões) individuais recuam. Tudo se resume aos imperadores: personalidade, família, hábitos sexuais, as vidas com frequência exuberantes e as mortes por vezes violentas. A história de Roma se transforma em uma sequência de biografias de homens que governavam o império. Tudo e todos são secundários e estão submetidos ao autocrata.

Isso não é um problema, se a ideia é fazer dos imperadores o foco da ficção, como em *Eu, Claudius, imperador*, de Robert Graves, ou *Memórias de Adriano*, de Marguerite Yourcenar. Entretanto, as autocracias, nas quais todo poder está concentrado nas mãos de poucos, quando até os generais mais ousados servem aos caprichos do mestre e os melhores poetas rebaixam o talento para bajular o autocrata, não produzem o tipo de herói exuberante que populava *Roma*, como Coriolano ou Cipião Africano. Em vez disso, desprovido de qualquer esperança de influenciar o curso dos acontecimentos humanos — ou até mesmo a própria vida —, o povo busca diversão nos espetáculos e poder através da magia; ou se volta para dentro, em busca da iluminação mental ou espiritual, em vez da glória militar ou da ação política. Um ambiente desses induz a um tipo de história muito diferente da contada em *Roma*. Heróis e vilões dão lugar a sobreviventes e exploradores em uma busca interior.

É comum hoje em dia se comparar Roma aos Estados Unidos, mas a vida no império romano era provavelmente mais parecida com aquela na repressiva União Soviética. O império soviético nunca teve seu Trajano ou Adriano, mas não é difícil ver Stalin como Domiciano.

Os leitores de *Império* que desejarem ler as fontes originais podem começar com Suetônio, que escreveu biografias dos primeiros doze Césares, de Júlio a Domiciano. Plutarco escreveu as de Oto e Galba. Tácito, em *Anais* e *Histórias*, discorreu sobre o período que vai de Tibério ao Ano dos Quatro Imperadores. Não dispomos de biografias antigas de Nerva ou Trajano, mas o fio é retomado em uma obra chamada *História Augusta*, que nos fala de Adriano e seus sucessores. Devido à parcialidade e aos métodos desses autores antigos, há razões para se duvidar quanto à veracidade de todos esses trabalhos. Entender essa mistura do que é verdade e do que não é mantém ocupados os historiadores modernos.

Dião Cássio é outra fonte importante, embora os livros de sua *História Romana*, que cobrem o período que se segue a Cláudio, sobrevivem apenas em fragmentos e de forma abreviada. *A guerra dos judeus*, de Josefo, descreve o conflito acirrado entre Roma e Jerusalém. *Naturalis Historia*, de Plínio, é repleta de detalhes históricos, espera-se que mais precisos que suas observações científicas. As cartas escritas por seu sobrinho, Plínio, o Jovem, fornecem-nos um retrato vivo de sua época e incluem a erupção do Vesúvio, o reinado paranoico de Domiciano e a política de Trajano de "não faça perguntas, não diga nada", com relação aos problemáticos cristãos. A maior fonte sobre a vida de Apolônio de Tiana é um relato imaginoso de Filostrato, que viveu cem anos mais tarde; supostamente uma biografia, talvez mais bem classificada como romance.

Poetas e dramaturgos também fornecem muitos detalhes históricos e imagens da vida diária. No governo de Augusto, temos Virgílio, Horácio e Ovídio; no de Nero, Petrônio, Sêneca e Lucano; e no dos imperadores seguintes, Quintiliano, Marcial e Juvenal.

A piada dos dois rapazes de 15 anos contra um de 30 vem do livro de piadas mais antigo de que se tem conhecimento, um texto grego chamado *Philogelos* (*O amigo do riso*). Ouvi falar dele, pela primeira vez, na Universidade da Califórnia, em Berkeley, em 2008, na série anual de palestras, chamadas Sather Lecture, feita por Mary Beard. A piada original não menciona Trajano, mas adequa-se a ele (um imperador seguinte, Juliano, fez a própria piada sobre Trajano na sátira *Os Césares*; quando Trajano visita o Olimpo, "É melhor Zeus ter cuidado, se quiser manter Ganimedes para si!").

O sofista Dion de Prusa, que aparece no romance, é mais conhecido como Dion Crisóstomos ("Boca de Ouro", epíteto que lhe foi dado por gerações posteriores). É ele quem, no Discurso 21, nos conta que Esporo teve algo a ver com a morte de Nero, que poderia, de outra forma, ter continuado a reinar. Essa é a tradução de J. W. Cohoon, com os itálicos acrescentados: "Foi só por conta dessa devassidão sua, contudo, que ele [Nero] perdeu a vida — refiro-me à forma como tratava o eunuco [Esporo]. Pois este, com ódio, revelou os planos do imperador a sua comitiva, que assim se rebelou contra ele, convencendo-o a pôr fim à própria vida como achasse melhor. Aliás, essa verdade não é conhecida até hoje; pois no que dizia respeito ao restante de seus súditos, não havia nada que o impedisse de continuar como imperador pelo resto da vida, visto que até hoje todos gostariam que estivesse vivo."

Quando são citados poemas no romance, as traduções são minhas. Tácito (*Anais*, 15.70) nos conta que Lucano recitou os próprios versos como últimas palavras; os historiadores conjeturam que tenha citado *Farsália*, 4: 516-17. O poema de Estácio que retrata Earino como criado de Domiciano é *Silvae*, 3.4. A canção de Earino é de *De Rerum Natura* (*Sobre a natureza das coisas*); uma versão prévia apareceu em meu romance *Arms of Nemesis*. O poema de Marcial celebrando a chegada de Trajano a Roma é *Epigramas*, 10.6. Os versos de Virgílio usados para descrever Ceiônio são da *Eneida*, 6: 869-70. O poema de Adriano nos é conhecido através de sua biografia *História Augusta*.

Quase todas as fontes supracitadas podem ser encontradas, em traduções inglesas e formatos virtuais, na internet. Minha própria pesquisa me levava quase que diariamente à página de Bill Thayer, chamada LacusCurtius, uma notável fonte de informação, que inclui os textos de Suetônio, Tácito, Plutarco, a *Historia Augusta*, Dião Cássio, Dion Crisóstomo, *A Topographical Dictionary of Ancient Rome*, de Samuel Ball Platner, *A Dictionnary of Greek and Roman Antiquities*, de William Smith e muito mais, belamente apresentado e comentado de forma inteligente. A página inicial é: http://penelope.uchicago.edu/Thayer/E/Roman/home.html.

Outra página de interesse especial é Livius, de Jona Lendering (www.livius.org). O texto ilustrado da *Vida de Apolônio*, de Filostrato, tornou-se um velho e caro amigo (planejo postar mais links de interesse para os leitores de *Império* em minha própria página, www.stevensaylor.com).

Em tempos de incerteza, relacionamentos de longo tempo são mais importantes que nunca. Keith Kahla é meu editor desde 1994; Alan Nevins, meu agente desde 1995; e Rick Solomon, meu parceiro desde 1976. Obrigado a todos. E agradecimentos especiais a meu amigo Gaylan DuBose, autor de *Farrago Latina*, que generosamente leu e comentou as provas.

Outro velho e querido amigo — embora nunca tenhamos nos encontrado — é o falecido Michael Grant. Quando eu era garoto, sendo criado em Goldthwaite, no Texas, os livros de Grant foram os primeiros, sérios, que encontrei sobre o mundo antigo. À medida que meu interesse crescia, descobri outros livros seus; onde minha curiosidade me levava parecia haver algum trabalho dele sobre o assunto — desde as biografias de Cleópatra, Júlio César, Nero e Jesus, até livros sobre etruscos, gladiadores, moedas romanas e os próprios historiadores antigos. Foi a tradução de Grant de

Murder Trials, de Cícero (em especial a oração para Sextus Roscius), o que me inspirou a escrever meu primeiro romance, *Roman Blood*. *Catilina's Riddle*, *The Venus Throw* e *A Murder on the Appian Way* (sobre o qual Grant generosamente fez comentários) foram inspirados pela sua tradução de *Selected Political Speeches*, de Cícero. Em minha pesquisa para Império, vi-me sem direção nos meandros do mundo do pensamento romano, no qual astrologia, estoicismo, deuses antigos e novos cultos se misturavam; foi Grant quem me mostrou o caminho com dois livros brilhantes, *The World of Rome* e *The Climax of Rome*. Com gratidão por tudo que Michael Grant me deu e continua a dar, dedico este livro a sua memória.

Este livro foi composto na tipologia Minion Pro Regular, em corpo 11/14, e impresso em papel off-white no Sistema Cameron da Divisão Gráfica da Distribuidora Record.